高职院校“双高”建设项目精品教材

中国现当代文学概论

主　编　余俊光
副主编　罗伊恒　张　超
编　者　（以姓氏笔画为序）
王安琪　李少俊　张玉良

西南交通大学出版社
·成　都·

图书在版编目（CIP）数据

中国现当代文学概论 / 余俊光主编. —成都：西南交通大学出版社，2021.10（2022.8 重印）

ISBN 978-7-5643-8302-2

Ⅰ. ①中… Ⅱ. ①余… Ⅲ. ①中国文学－现代文学－文学研究②中国文学－当代文学－文学研究 Ⅳ. ①I206.6

中国版本图书馆 CIP 数据核字（2021）第 205443 号

Zhongguo Xiandangdai Wenxue Gailun

中国现当代文学概论

主　　编 / 余俊光

责任编辑 / 郭发仔

封面设计 / 原谋书装

西南交通大学出版社出版发行

（四川省成都市金牛区二环路北一段 111 号西南交通大学创新大厦 21 楼　610031）

发行部电话：028-87600564　028-87600533

网址：http://www.xnjdcbs.com

印刷：四川煤田地质制图印刷厂

成品尺寸　185 mm × 260 mm

印张　23.25　　字数　581 千

版次　2021 年 10 月第 1 版　　印次　2022 年 8 月第 2 次

书号　ISBN 978-7-5643-8302-2

定价　59.00 元

课件咨询电话：028-81435775

前言

编写《中国现当代文学概论》是汉中职业技术学院在完成陕西省高职院校“双高”建设项目时规划的子项任务之一，该教材适用于高职高专文科类专业学生学习。

目前理论界关于中国现当代文学的分期主要是两分法，即以1949年7月第一次全国文学艺术工作者代表大会（简称“文代会”）为界，将20世纪的中国文学划分为“现代文学”和“当代文学”两个部分，依据是毛泽东关于“新民主主义革命”和“社会主义革命”的相关论述。近百年的文学发展虽然在前后时段和不同层面上确实存在矛盾与反差，但它们都是追求现代性理想的文学，是一个不可分割的、具有深层次延续性的整体。

“现代文学”以1917年《新青年》发表胡适的《文学改良刍议》和陈独秀的《文学革命论》为开端，至1949年7月第一次文代会在北京的召开。它直接承接了清朝末年资产阶级知识分子所发起的文学改良运动，这是新民主主义革命时期在文学形式、内容、情感与以往完全不同的新文学，是用现代文学语言与文学形式表达现代中国人的思想、情感、心理的文学，是无产阶级领导的人民大众的反帝反封建的文学。其对外来文化的吸收与创造是文学现代化的重要特点，与20世纪中国发生的“政治、经济、科技、军事、教育、思想、文化的全民现代化”的历史进程相适应，“文学的现代化”受到了西欧、北欧地区和苏联、日本等国家文学的深刻启示与影响。同时，现代文学并没有完全割裂与中国传统文学的联系，在对中国传统文学的变革与改造中，探索具有本民族特色的文学之路。从这个角度来看，现代文学是在“现代化与民族化”的矛盾张力中发展的。现代作家为此展开了持续的论争，做了大量的艺术探索与实践，并积累了丰富的经验与教训。

当代文学是现代文学的延续和创新，是“五四”以来新文学运动发展到社会主义历史阶段以后所产生的文学现象和文学过程。1949年中华人民共和国成立之后，中国的社会性质已转变为“社会主义”，文学也从反帝反封建的新民主主义文学转变为具有中国特色的社会主义文学。在新的历史条件下，中国现当代文学具有与社会生活实践保持同步探索的性质。《中国现当代文学概论》所选的文学现象、文学作品截至2001年第七次全国文代会召开前夕。

中国现当代文学在语言运用方面，确立了现代汉语的美学规范。开设中国现当代文学课程，目的是提高学生们的语言表达能力和汉语综合运用能力。因此，教师们必须教学生们研读、赏析现代语言艺术大师们创作的文学作品的方法。中国现当代文学还是一部可歌可泣的知识分子的梦想史、奋斗史和血泪史。知识分子自觉地以中华民族精神启蒙与国民性格重塑为重要使命，以文学的方式参与对这个时代的重铸和改造工作。通过阅读他们创作的文学作品，探索中国人从屈辱麻木到追求自信再到回归自信的曲折历程，找回文化自信，充分肯定自身的文化价值，在源远流长的民族记忆和圆融大气的中国智慧中找回民族之“根”，不断促进社会主义文艺走向繁荣之路。

《中国现当代文学概论》在编写的过程中，按照“以史为纲，兼顾重点作品鉴赏”的思路，有意识地弱化文学史的概述，强化对重点作品的赏析和解读。所选的作品都是各个历史时期具有独创性的经典文本。在解读作品时，也主要以社会主义核心价值观作为衡量尺度，对作家作品、文学运动、文学现象、文学流派等进行评价。同时，也注意吸收学术领域最新的研究成果，对文本进行多元化阐释，培养学生的辩证思维，提高其评论作品的能力。无论是文学史的概述还是文学作品的赏析解读，该教材一以贯之地突出课程思政“以德育人”的功能，用马克思主义理论引导学生树立正确的世界观、人生观和价值观，为社会主义建设培养能担当民族复兴大任的时代新人。

《中国现当代文学概论》，共分六编三十章。具体编写分工为：张超负责第一、三、七、十一、十七章的编写；余俊光负责第二、四、八、九、十、三十章的编写；李少俊负责第五、六章的编写；罗伊恒负责第十二、十三、十四、十五、十六、二十三、二十四章的编写；张玉良负责第十八、十九、二十、二十五、二十七章的编写；王安琪负责第二十一、二十二、二十六、二十八、二十九章的编写。各位编者以严谨、认真的态度对自己撰写的章节做了反复修订。刘澍声、罗伊恒、张超对书稿进行了仔细校对，余俊光对全书进行了审核。

中国现当代文学是一门年轻而开放的学科，编者们对其作家作品的选择、介绍和解读，力求有新思路、新认识。由于编者们知识水平有限，书中仍有很多问题有待商榷，希望各位同行和读者能够提出宝贵意见。借此机会，我们向对《中国现当代文学概论》的编写提供框架论证、资料借鉴、思路建议的专家、读者表示感谢。

编　者
于汉中职业技术学院
2021年6月15日

目录

第一编　现代文学的发生期（1917—1927）

第二编　现代文学的繁荣期（1927—1937）

第三编　现代文学的发展期（1937—1949）

第五编　“文化大革命”时期的文学（1966—1976）

第六编　新时期文学（1976—2000）

第一编　现代文学的发生期
（1917—1927）

第一章　中国文学现代化的发生

发生于 1917 年的五四文学革命，标志着古典文学的终结、现代文学的开端。以其为起点，中国文学正式进入现代化的发展轨道。从性质和内容来看，现代文学指的是与传统文学相区别的新的文学，它是用现代文学语言以及文学形式来表达现代国人的感情、心理、思想的文学。从时间来看，是指 1917—1949 年这一阶段的文学。此阶段大致以十年为期，可划分为三个阶段：1917—1927 年为以五四文学革命为轴心的 20 年代文学，1928—1937 年为左翼革命文学和人文主义文学互竞并存的 30 年代文学，1937—1949 年为以国统区、解放区、沦陷区等政治地域为割分的 40 年代文学。

第一节　20 世纪 20 年代文学思潮

20 年代文学也即中国现代文学第一个十年，大致时间为 1917—1927 年。其中包括五四时期的文学和第一次国内革命战争时期的文学。由于五四运动对后世影响重大深远，故通常称该十年为“五四文学时期”，也称作“以五四为代表的 20 年代文学”。

20 世纪的文学主题具有双重性，即现代性启蒙和建立现代民族国家。因此，20 世纪的文学思潮相对而言比较复杂。复杂的原因在于中国文学的现代化是内外因的结果，内因是中国社会内部的变革，外因是外国文艺思潮的影响。中国的文学思潮不仅接受了外国文艺思潮的影响，而且有选择地将外国文艺思潮引进并加以使用。受外国文艺思潮的启示，很多观念性的变革在 1898 年的“戊戌变法”前后发生，如严复在《天演论》中引进了西方的进化论思想，王国维将西方的哲学思想引入中国文学批评中，梁启超倡导“三界革命”等。这些都为五四文学革命的发生奠定了基础。五四文学革命发生以前，我们的文学界对外国文学中的“理想与写实”“写实与浪漫”的分类就已经有了一定的了解。外国文艺思潮传入中国以后，我们更加自觉主动地学习和引进外国文艺思潮，众多文人志士对外国文学的认识和了解进一步加深了，也更详细、准确。大家知道了写实主义、浪漫主义、新浪漫主义、古典主义等文学主张，同时也大规模介绍并全文翻译能够体现这些文学理论的代表性作品。一时间，外国文艺思潮在中国得到了广泛的传播。当然，在接受和吸纳外国文艺思潮的过程中，我们并不是全盘接受，而是有选择性地接受，即“剔除糟粕，取其精华”，在结合中国文学界现状的基础上产生了中国第一个现代文学思潮，即启蒙主义文学思潮。

在不断接受外国文艺思潮并使之为我们所用的过程中，文学家们也适时地提出了一个观点，即中国文艺必须走向世界。茅盾认为：“民族文艺的新生，常常是靠一种外来的文艺思潮的提倡，由纷乱如丝的局面暂时地趋向于一条路，然后再各自发展。”大家充分认识到了将外国文艺思潮引进中国的必要性和重要性，但是也提出必须走出一条适合自己的特色之路。

外国文艺思潮的涌入，打开了进步知识分子的视野，他们以思想启蒙为使命，高举民主和科学的旗帜，发动了反封建的新文化运动。新文化运动以《新青年》为阵地，主要从两个方面推进思想启蒙运动：一是以批判孔子作为反封建反传统的突破口，抨击文化专制主义，实现思想自由；二是通过输入、介绍、吸收西方文化，启蒙国人思想，反对封建专制主义。新文化运动在文化思想领域的变革直接促成了五四文学革命的兴起，而文学革命也反过来成为新文化运动中最有成绩的一部分。1917 年 1 月，胡适在《新青年》上发表《文学改良刍议》，从“一时代有一时代之文学”的文学进化论角度，提出要废除文言文，确立白话文在新文学中的主导地位。同年 2 月，陈独秀继胡适之后在《新青年》上发表《文学革命论》，提出要废除封建旧文学，建设“革新政治、改造社会”的新文学。一场旨在反对文言、提倡白话，反对旧文学、提倡新文学的五四文学革命由此轰轰烈烈地展开了。

为扫清新文学发展道路上的障碍,革命先驱者们先摧毁了旧文学阵地占据主流位置的“黑幕派”、鸳鸯蝴蝶派以及旧戏曲，继而批判了林纾、梅光迪、章士钊等文化保守主义者，最终取得了重大的实绩：其一是白话文代替文言文。中国古典文学是用文言文创作的，绝大多数是反映贵族阶级生活的精神文化产品。而五四文学革命倡导的白话文，则打破了贵族与平民的阶级壁垒，让平民阶级也有机会欣赏、消费文学作品，实现了人的平等。其二是“人”的发现。受西方文化的影响，五四文学革命的先驱者们对“人”有了现代性的理解，从而有了革新旧文学、建设新文学的努力。其三就是文学的世界性得到集中体现。我们说，在五四文学革命时期，众多文人已经意识到了中国现代文学并不是孤立存在的，相反，它是世界文学的一部分，与世界文学有着不可割裂的关系，这既有时代的原因，也是众多文人志士秉承的观念。换句话说，中国现代文学既是中国的，也是世界的。

在这一时期，受外国文艺思潮的影响，作家的创作也有了不同的倾向性。有着相同创作理念的作家汇聚到一起，通过文学创作、思想交流和文学研讨，逐渐形成了不同的文学社团。据不完全统计，在 1921—1923 年，文学社团有 40 余个；到 1925 年，文学社团则迅猛增加到 100 多个。其中比较有代表性的文学社团有文学研究会、创造社、新月社、语丝社、浅草社、沉钟社和湖畔诗社。

与此同时，也出现了一批优秀的文学作品。在小说方面，有鲁迅的《狂人日记》《孔乙己》《药》，庐隐的《海滨故人》。在诗歌方面有郭沫若的《女神》，胡适的《尝试集》《人力车夫》，刘半农的《教我如何不想她》《相隔一层纸》《学徒苦》，刘大白的《田主来》《卖布谣》，汪静之的《蕙的风》等。在散文方面，多为议论文，这是由当时的社会现实所决定的，因为五四文学革命时期的散文主要服务于文学论战。在剧本方面，有汪仲贤的《好儿子》、胡适的《终身大事》等。

第二节　新文化运动

1911年爆发的辛亥革命，结束了中国两千多年的封建统治，中国社会转型的大幕由此拉开。而在第一次世界大战后，西方列强暂时放松了对中国的入侵和掠夺，这让中国民族资本主义得到了短暂的发展时间。随着中国民族资产阶级力量的不断壮大，实行民主政治、发展资本主义成为他们内心强烈的利益诉求，这为新文化运动提供了坚实的物质基础。清末以来兴起的新式文化教育和留学热，为新文化运动培养了拥护文化变革的主力军。而辛亥革命后封建思想的瓦解，政治上各路军阀的走马换灯，造就了中国历史上少有的言论较自由、思想较松动的特殊时期，使新文化的发生具备了可能性。再者，现代出版业的发展、专业报刊的出现、现代稿费制度的推行，为职业作家解决了生存上的温饱，让其有闲有钱去思考形而上的问题，专心致力于文化思想的变革。这就是新文化运动出现的主客观条件。

可以这样说，由胡适、陈独秀、鲁迅、李大钊、钱玄同等接受过西方教育的文人志士发起的新文化运动，从本质上而言，是一次“反传统、反孔教、反文言”的思想启蒙运动，是一场文化界的思想革命。辛亥革命虽然推翻了清王朝的统治，但并不彻底，专制主义仍存在于当时的社会之中，无论是袁世凯称帝还是“革命”者集权，都在告诉我们一个事实，即专制主义思想对当时国人的影响仍然根深蒂固。“数年以来，创造共和再造共和的人物，也算不少。说良心话，真心知道共和是什么，脑子里不装着帝制时代旧思想的，能有几人?”(《社会改良会宣言》)陈独秀等深感“要帝制不再发生，民主共和可以安稳……非先将国民脑子里所有反对共和的旧思想一一洗刷干净不可”(《旧思想与国体问题》)。而当时发起新文化运动，最重要的目的就是告诉当时的中国人，我们要具备现代公民意识，我们要彻底摆脱封建专制主义的束缚，实现真正的民主。

新文化运动开始的标志是1915年9月《青年杂志》创刊。该刊物从第2卷起便更名为《新青年》，并一直沿用。新文化运动一开始，便高高树立起了“人权”与“科学”两面大旗，后来用“民主”取代“人权”这一提法，因此，新文化运动的两面大旗便改为“民主”与“科学”。陈独秀在《新青年》发刊词《敬告青年》一文中明确提出：“国人而欲脱蒙昧时代，羞为浅化之民也，则急起直追，当以科学与人权并重。”他认为“人权平等之说兴”和“科学之兴”“若舟车之有两轮”是推动现代社会进化的基本条件。从此，《新青年》开始大力提倡民主与科学。同时，陈独秀将“民主”与“科学”称为“德先生”和“赛先生”。他在1918年1月《新青年》杂志上发表的《新青年罪案之答辩书》一文中表示：“西洋人因为拥护德、赛两先生，闹了多少事，流了多少血，德、赛两先生才渐渐从黑暗中把他们救出，引到光明世界。我们现在认定只有这两位先生，可以救治中国政治上道德上学术上思想上一切的黑暗。若因为拥护这两位先生，一切政府的压迫，社会的攻击笑骂，就是断头流血，我们都不推辞。”自此，《新青年》杂志成为当时先进知识分子抨击文化专制、倡导思想自由、宣传西方现代思潮的主阵地，陈独秀、李大钊、胡适等人纷纷发表自己的观点。

陈独秀认为儒家思想是实现民主的最大障碍，发表了一系列抨击尊孔复古的文章，提出了“打倒孔家店”的口号，对封建伦理思想进行了猛烈抨击，继而将批判的矛头指向封建专制制度。他说“所谓民为邦本，皆以君主之社稷（即君主祖遗之家产）为本位”“而与民主主义之民主政治，绝非一物”。他指出，近世欧罗巴人最早提出民主（democracy）思想，因此我们必须认真、全面地学习西方民主。李大钊则认为，“民与君不两立，自由与专制不并存”

“君主生则国民死，专制活则自由亡”。他提出：“全民普选是民主的主要内容和方式，是民主国家的根本标准。”他相继在《新青年》杂志上发表了两篇文章——《布尔什维主义的胜利》和《庶民的胜利》，不遗余力地宣传俄国革命和马克思主义。与此同时，在1916年9月《新青年》第二卷上，李大钊发表了《青春》一文，号召当时的广大青年，要彻底解放自己的思想，“冲决过去历史之网罗，破坏陈腐学说之囹圄”，勇敢地担负起“孕育青春中国之再生”这一历史使命！胡适则号召广大青年要摆脱奴隶状态，肩负起公民的责任，做一个为民主而奋斗的爱国者，“争你自己的自由就是争国家的自由，争你自己的权利就是争国家的权利。因为自由平等的国家不是一群奴才建造得起来的！”

1918年1月，《新青年》从第4卷第1期起，成立六人编辑委员会，由陈独秀、胡适、李大钊、沈尹默、钱玄同、高一涵轮流担任主编。实际上，以《新青年》为核心，已经形成包括具有初步共产主义思想的知识分子、革命小资产阶级知识分子和资产阶级知识分子三部分人的新文化统一战线。在第4卷第1期上，李大钊发表了著名的《布尔什维主义的胜利》和《庶民的胜利》两篇文章，不遗余力地宣传俄国革命和马克思主义。1919年5月，李大钊将他轮值主编的第6卷第5期《新青年》变成“马克思主义研究专号”，并发表了《我的马克思主义观》，对马克思主义的三个组成部分作了比较全面的介绍。1920年11月，胡适致函《新青年》编委，认为《新青年》差不多成了“苏俄”的汉译本，表示要退出编委会。1921年10月《新青年》杂志社解散，胡适另办《努力》周报，宣扬“整理国故”。与此同时，编委会成员也另行加入了其他文学社团。新文化统一战线在同各种复古逆流斗争的同时，自身也在发生变化。

可以说，新文化运动是辛亥革命在思想文化领域的一种延续和发展。新文化运动在当时的中国造成了较大规模的、空前的思想解放，这种力度和广度是不言而喻的。同时，在政治上和思想上，新文化运动也给予封建专制主义一次非常沉重的、致命的打击，彻底动摇了传统礼教的思想统治地位，同时也为马克思主义在中国的广泛传播开辟了道路。新文化运动开始之后，全国各个地方的进步报刊和进步社团如雨后春笋般，全国新出版的报刊猛增至四百余种，如《觉悟》《曙光》《新社会》《天津学生联合会报》《湘江评论》等；进步社团则有三四百个，如“俄罗斯研究会”“新学生社”“觉悟社”，还有马克思学说研究会。这些社团和报刊的活动，使得马克思主义在中国各地得到了广泛的传播。与此同时，还极大地促进了马克思主义同中国工人运动相结合的步伐，为中国共产党的成立创造了条件。

新文化运动作为中国近代史上一次空前的反封建的思想启蒙运动，彻底批判了封建纲常伦理，引进了西方文化。中国知识分子由此受到了西方民主和科学思想的洗礼，民众的民主主义觉悟也被唤醒，他们主动选择并接受了马克思主义思想，并将马克思主义视为拯救国家于危难、改造社会、推动革命的思想武器。但是，由于当时众多文人志士对西方文化和文学思潮的径直急取，对中国传统文化不加批判地否定，也造成了一些负面影响。比如，没有将新文化运动与工农运动相结合，这大大缩小了新文化运动的影响范围，仅仅将其框在知识分子这一圈子中。再比如，在新文化运动过程中，没有正面提出反帝的任务，还回避了当时对军阀政府的实际斗争等。

在文化氛围上，新文化运动动摇了封建旧文化在文坛的统治地位，传播了西方文化与思想，启蒙了民智，架起了一座贯通东西方文化交流的桥梁。自此以后，中国对西方的理解层次更深了，范围更广了，达到了广度和深度的双提升。在思想启蒙上，新文化运动给予封建专制思想致命的一击，为西方民主和自由的生长开辟了新的天地。在政治方面，新文化运动为中华民族培养了一大批关心国家大事、挽救国家于危难的仁人志士，为中国的政治民主化运动造就了可靠的生力军。

第三节　五四文学革命

如果说新文化运动是一场以反封建思想为主要目的思想启蒙运动,那么 1917 年爆发的文学领域的革命则是一场以批判封建旧文学为主要导向的文学革命运动。揭开文学革命序幕的分别是胡适反对文言、提倡白话的《文学改良刍议》和陈独秀反对旧文学、提倡新文学的《文学革命论》两篇文章。

1917 年 1 月，胡适的《文学改良刍议》在《新青年》第 2 卷 5 号上刊出。在这篇文章中，胡适从进化论的角度提出“一时代有一时代之文学”的文学发展观，论证了文学变革的必要性，明确提出了以“白话文学”为“中国文学之正宗”的主张。他在文章中提出：“吾以为今日而言文学改良，须从八事入手。八事者何？一曰，须言之有物。二曰，不摹仿古人。三曰，须讲求文法。四曰，不作无病之呻吟。五曰，务去滥调套语。六曰，不用典。七曰，不讲对仗。八曰，不避俗字俗语。”“八事”从文章形式、内容等方面对封建旧文学发展进行了深刻的思考，深入分析封建旧文学，并且一语击中当时封建旧文学的弊端，正式提出要确立“白话文学”的文坛主导地位。这是五四文学革命的第一篇宣言，也是文学革命在形式上的变革。

随后，1917 年 2 月，陈独秀在《新青年》发表了《文学革命论》一文，明确提出了推翻旧文学、建设新文学的征战目标：“推倒雕琢的、阿谀的贵族文学，建设平易的、抒情的国民文学；推倒陈腐的、铺张的古典文学，建设新鲜的、立诚的写实文学；推倒迂晦的、艰涩的山林文学，建设明了的、通俗的社会文学。”这是继胡适的“白话文学”之后，对封建旧文学的再次宣战，批判的锋芒直指明之前后七子及桐城派的仿古主义，主张以革新文学作为革新政治、改造社会之“利器”，但同时也认为文学有其独立于政治之外的审美价值。陈独秀的这篇文章，既是对晚清以来以梁启超为代表的文学工具论的反驳，也把文学改革运动推向了高潮。

《文学改良刍议》和《文学革命论》的横空出世，引起了巨大的影响，瞬间成为五四文学革命的纲领和宣言。陈独秀和胡适关于中国文学革命的一系列理论和主张，很快便得到很多同道中人和广大青年的积极回应。钱玄同、刘半农、周作人等一大批文人纷纷发表自己的见解和看法。钱玄同首先表态“绝对赞同”，同时斥责那些专事拟古而风行一时的骈文和散文为“选学妖孽”“桐城谬种”；与此同时，他还专门用语言文字演化的历史事实来支持文学革命，为其提供佐证。刘半农则相继发表了《诗与小说精神上之革新》和《我之文学改良观》等文章，着重对“破坏古文的迷信、建立美的白话散文”“破坏诗歌旧韵、重造新韵”等一系列问题，提出了自己的见解，并给出了极具建设性的意见。1918 年 12 月，周作人在《新青年》杂志上发表了《人的文学》一文，全面阐述了新的文学主张，他以人道主义思想为根本，抨击“非人的文学”，提倡“人的文学”，试图将西方的人道主义思想直接移植于中国新文学，使文学革命内容更加具体化。

1919 年 1 月，李大钊发表了《什么是新文学》一文。他在文章中提到：“我们所要求的新文学，是为社会写实的文学，不是为个人造名的文学”，要用“宏深的思想、学理，坚信的主义，优美的文艺，博爱的精神”做“土壤根基”。为了努力扩大新文学的影响力，时任《新青年》杂志编辑的钱玄同，化名为王敬轩，将反对文学革命的言论汇集到一起，模仿封建旧文人的写作口吻，写了一篇《给新青年编辑的一封信》，并及时在《新青年》杂志上登出；同时，《新青年》杂志又刊出了刘半农的作品《复王敬轩书》。这篇文章作者以记者名的名义来反驳王敬轩，逐一驳斥反对文学革命的言论。“双簧信”事件既扩大了文学革命的影响，也成了五四文学革命期间的一段佳话。

第四节　新文学社团的涌现

五四文学革命以后，新文学运动由开创阶段进入巩固和发展阶段，大量纯文学刊物不断涌现，新文学作家们也进行组合，形成了文学观和创作风格相近的一批社团。新文学社团的出现使得中国现代文学史上第一个十年充满了生气和活力，标志着大批文人志士开始投身到建设新文学的历史潮流当中。本节着重为大家介绍一批在当时文坛上有较大影响力的文学社团。

1921 年 1 月，文学研究会于北京成立，最初的发起者有郑振铎、叶绍钧、沈雁冰、周作人、王统照、孙伏园、许地山、郭绍虞、朱希祖、瞿世英、蒋百里、耿济之等 12 人，朱自清、谢冰心、王鲁彦、瞿秋白等稍后参加。文学研究会的规模是当时新文学社团中最大的，成员有 170 多人。成立时发表了《文学研究会简章》和《文学研究会宣言》。文学研究会的宗旨是：“研究介绍世界文学，整理中国旧文学，创造新文学。”文学研究会在成立时明确主张，要把文学看作“是一种工作，而且又是于人生很重要的一种工作”，反对“将文艺当作高兴时的游戏或失意时的消遣”，强调时代环境对作家的影响，强调文学为人生并改造人生的重大意义。文学研究会的成立标志着“为人生而艺术”一派的形成，突出地显示出该流派的两个基本特征，即注重文学的社会功利性和“写实”的创作方法。文学研究会成立初期，除出版刊物、编辑丛书外，还组织成立了“读书会”，并出台了规定，要求只要是文学研究会的会员，必须加入读书会，这对提高会员的创作研究水平和文学素养起了很大的促进作用。

1921 年 7 月，创造社在日本东京成立，前期成员有郭沫若、张资平、田汉、郁达夫、成仿吾等，后期成员有冯乃超、李初梨、彭康、穆木天、华汉等。与文学研究会“为人生而艺术”相对应，创造社主张“为艺术而艺术”。创造社的主要成员大多留学日本，深受 19 世纪末 20 世纪初欧洲浪漫主义、唯美主义乃至早期现代主义文艺思潮的影响，初期崇尚“艺术至上”，提倡浪漫主义；后期转而强调“阶级意识”，倡导“革命文学”。创造社的文学活动以 1925 年“五卅运动”为界分前后两期。前期的创造社宣称“没有划一的主义”，强调以创造精神建设新文学，但一般更注重本我、神会及艺术的非功利性、超功利性，文学主张似乎也有些自相矛盾，有时主张“艺术无目的”，创作源于“直觉”与“灵感”，不可以规矩来测量，认为文艺是“内心智慧的表现”“天才的自然流露”，作家要本着内心的要求，充分自由地表现自我，解放个性，追求艺术的全与美，明显地否定艺术的社会功利性而过分强调其自身目的性；有时却又强调文学的时代使命，认为“我们是时代潮流的一泡，我们所创造出来的东西，自然免不了要有它的时代色彩。然而我们不当止于无意识地为时代排演，我们要进而把住时代，有意识地将它表现出来”，从而使一般人“对于时代负有一种重大的使命”“对于时代的虚伪与它的罪孽，我们要不惜加以猛烈的炮火”。但总的来说，创造社成员初期的创作风格还是一致的，对自我表现的偏重、直抒胸臆的抒情和病态的心理描写，使得他们的创作带有十分鲜明的流派特色。后期创造社转向提倡“同情于无产阶级”的革命文学。创造社的文学影响，特别是郭沫若的新诗、郁达夫的小说散文、田汉的剧作，在短期内即形成与“为人生派”众多作家相抗衡的局面，有力地促进了文学革命的发展。

1923 年，新月社于北京正式成立，主要成员有胡适、徐志摩、闻一多、梁实秋等。社名是依据泰戈尔诗集《新月集》，由徐志摩起名的，旨在以“它那纤弱的一弯分明暗示着，怀抱着未来的圆满”。新月社原是一个文化社交团体，后来在其内部逐渐形成一个诗人群体，就是新月诗派。新月诗派的代表性刊物是《诗镌》，这是 1926 年 4 月徐志摩在《晨报》副刊上开辟的，他们提出“要把创格的新诗当作一件认真事情做”。新月诗派的命名虽然与新月社相关，但是，他们的核心研究对象并不是新月社。新月诗派认为历来所谓真正的诗歌，都是来自人最深处的灵魂，诗歌就是用灵魂去说话，然后再去感动灵魂，因此新月诗派的诗人们在诗歌创作过程中非常注重对灵魂的表达以及对美的全面诠释。新月诗派以“和谐、共进、新月求新”的诗歌交流为宗旨，同时非常坚持作者自身独特的创作追求，即通过诗歌之名来全面演绎平凡人的诗意人生。新月诗派以 1928 年徐志摩在上海创办《新月》月刊为界，分为前期和后期。前期的新月诗派注重提倡新格律诗，因此又被称为“新格律诗派”。对新诗艺术形式上的探索是这一时期他们诗歌创作的关注点。

除了上述几个影响比较大的文学社团之外，这个时期还出现了语丝社、莽原社、未名社、浅草社、沉钟社和湖畔诗社。

语丝社因《语丝》周刊而得名。1924 年 11 月《语丝》创刊，6 年后的 1930 年 3 月停刊。随着《语丝》周刊的停刊，语丝社也不复存在。因倡导针砭时弊的杂感小品，语丝社又被称为“语丝派”。他们创造出来的现代散文发展中影响比较大的“语丝体”，是一种着重社会批评与文化批评、任意而谈的随笔文体。其主要成员有鲁迅、刘半农、周作人、钱玄同、林语堂、江绍原等人。与语丝社同时期开展活动的还有莽原社和未名社，分别开办有《莽原》《未名》等刊物。两个社团都是由鲁迅扶持，代表作家有台静农、高长虹、韦素园、尚钺等。他们译介了很多俄国文学和十月革命后的苏联文学作品，在文学创作上以反映农村现实的“乡土小说”为主。

浅草社于 1922 年春在上海成立，办有《浅草》季刊。1925 年《浅草》停刊后，浅草社同仁在北京成立沉钟社，办有《沉钟》周刊，两社一脉相承。鲁迅称浅草社“确是中国的最坚韧、最诚实、挣扎得最久的团体。”

湖畔诗社于 1922 年 3 月在浙江杭州成立。开始有冯雪峰、应修人、潘漠华、汪静之 4 人，稍后有魏金枝、谢旦如、楼建南等人加入。1922 年 4 月出版社团诗歌合集《湖畔》。湖畔诗社成员的作品主要以抒情短诗为主，集中展现了在新文化运动初期，那些挣脱封建礼教束缚的青年对美好、自然的热烈向往以及对幸福、爱情的美好憧憬，独具一种清新、质朴、单纯的美。

第五节　与封建旧文学的激战

五四文学革命引发了中国文学观念和文学思潮的巨大变化，面对这一巨大变化，中国的知识分子都不得不进行调整，表现出不同的态度和思想，这必然会导致思想交锋和学术论争。

新文学立足未稳，为争取新文学的生存权，与复古派、学衡派、甲寅派等旧文学展开思想交锋。但在这之前，文学革命先驱们与“黑幕派”和鸳鸯蝴蝶派的批判首先拉开了序幕。

“黑幕派”，以“警世、醒世、劝世”为招牌，大肆渲染丑闻和秘史。1916 年 10 月 10 日，《时世新报》杂志专门开辟了专栏——“上海黑幕”。1918 年出版的笔记体小说——《中国黑幕大观》及其续集，同时期的《上海妇女》《上海黑幕》等文章，内容涵盖了当时中国社会各个方面的黑幕。“黑幕派”的代表作家有张秋虫、向恺然、平襟亚、陆士谔等人。

萌芽于 20 世纪初，盛行在辛亥革命后的鸳鸯蝴蝶派，因清代小说《花月痕》一文中的诗“卅六鸳鸯同命鸟，一双蝴蝶可怜虫”而得名。后面又因鸳鸯蝴蝶派刊物中的《礼拜六》影响最大，故后人又称之为“礼拜六派”。鸳鸯蝴蝶派的作家们创作的内容主要侧重描写才子佳人的情情爱爱，主要代表作家有徐枕亚、包天笑、李涵秋、李定夷、周瘦鹃等。代表性的刊物有《礼拜六》《眉语》《小说时报》等。他们提出的一系列文学思想和主张，旨在将文学作为消遣、嬉戏的工具，以言情小说为文章的骨架，风格和情调偏于世俗，极为媚俗。茅盾（沈雁冰）曾在《自然主义与中国现代小说》等一系列文章中，批判“鸳鸯蝴蝶派”在“思想上的一个最大的错误就是游戏的消遣的金钱主义的文学观念”。鲁迅在《关于〈小说世界〉》等文章中，批判“鸳鸯蝴蝶派”是“旧文化小说”的“异样的挣扎”。

文学革命作为新文化运动重要的一部分，以摧枯拉朽之势迅速席卷全国，自然会遭到复古派（旧文学势力）的反抗。其中最具有代表性的人物是林纾（1852—1924），林纾是福建闽县人，字琴南，号畏庐，近代文学家、翻译家。这位喜欢用古文翻译西方小说的文学家，对白话文代替文言文极为反对。相继写了《论古文白话之消长》《致蔡鹤卿太史书》《答大学堂校长蔡鹤卿太史书》，对白话文运动大加鞭挞。在《致蔡鹤卿太史书》中，他罗列新派人物两大罪名：一是“覆孔孟，铲伦常”，二是“尽废古书，行用土语为文字”，认为他们是“叛亲蔑伦”“人头畜鸣”。面对林纾的讨伐，时任北京大学校长的蔡元培在《答林琴南书》中强调“循思想自由原则，取兼容并包主义”。与此同时，林纾还发表摹仿古人的文言小说《荆生》《妖梦》，咒骂文学革命任务，并且希望心目中的“伟丈夫”出面干涉、镇压文学革命。李大钊、鲁迅等人也纷纷发文谴责复古派这一违背历史发展规律的行为。李大钊写了《新旧思潮之激战》，揭露林纾之流的阴谋，鲁迅则在《随感录》等一系列杂文中讽刺“国粹家”。以林纾为代表的复古派对新文学的反抗在当时只是停留在表面，并没有任何实质性的理论力度，反而引发了新文学阵线联盟一致反攻。

1922 年，新文学阵营与学衡派进行了斗争。学衡派因在南京创办的《学衡》杂志而得名，核心成员有梅光迪、吴宓、胡先骕、刘伯明、柳诒徵等七人。他们试图以学理立言，在中外文化比较中坚持“昌明国粹，融化新知”，因此他们对新文学运动的激进行为甚为反感。梅光迪在他的《评提倡新文化者》一文中，攻击文学革命为“标袭喧攘，侥幸尝试”“提倡方始，衰象毕露”，并称倡导者为“政客”“诡辩家”“功名之士”等。吴宓、胡先骕持“中学为体、西学为用”的立场分别写了《论新文化运动》《评〈尝试集〉》，对新文化运动和新文学提出了系统的批评意见。对此，鲁迅专门发表了《估学衡》一文，有力地回击了学衡派的观点。他指出这批学兼新旧的学者们“于新文化无伤于国粹也差得远”。《学衡》虽然一直到 1933 年才停刊，但自此后，学衡派已无力与新文化运动和文学革命相抗衡。

1925 年，新文学阵营与甲寅派进行了斗争。章士钊，字行严，时任北洋政府司法与教育总长。他复刊《甲寅》周刊，并在第一卷九号重刊《评新文化运动》，紧接着在十四号上又登载他的《评新文学运动》。该文集中攻击新文化运动和白话文，从逻辑学、语言学、文化史等方面来论证文言文的优点，可归结为“国性群德，悉存文言，国苟不亡，理不可弃”，甚至还认为“白话文学”已经是强弩之末。新文学阵营对此全力反击，其中鲁迅写了《十四年的“读经”》《古书与白话》《答 KS 君》等杂文，揭露甲寅派提出的“读经救国”“废弃白话”只是“阔人”愚弄统治群众“偶尔用到的工具”。

第六节　文学革命的实绩

五四文学革命爆发以后，迅速得到了社会各界中文人志士的支持，产生了广泛的社会影响，并顺势取得了一系列重大的文学实绩。

其一是白话文得到了全面的推广。五四文学革命以后，白话文在文学作品和一般学术著作的范围内取得了合法的、正统的地位。用白话写出的书报在全国各地呈井喷式涌现，并走向鼎盛。其中，用白话出的报纸就达到 10 余种之多，用白话编辑的教科书就达 50 余种，用白话写成的小说有 1500 多种。1920 年 1 月，当时的教育部训令全国各国民学校先将一二年级国文改为语体文。1920 年 4 月，教育部又发通告，明令国民学校除一二年级国文科改为语体文外，其他各科教科书，亦相应改用语体文。至此，作为文学革命中重要的一环——白话文运动取得了较显著的效果。不但在文体改革上是一场革命，还促进了新文学运动和国语统一运动以及汉字改革运动的发展。

其二是新文学社团蜂拥而起。在新文化运动的影响下，许多青年和文学作者聚集，形成不同的文学社团。比较著名的文学社团有文学研究会（1921）、创造社（1921）、新月社（1923）、语丝社（1924）、浅草社（1922）、沉钟社（1929）和湖畔诗社（1922）。

其三是文学理论建设成果也逐渐初现。1917 年，胡适开始建构“历史的进化的文学观念”。在《文学改良刍议》中，他提倡“不摹仿古人”，认为“文学者，随时代而变迁者也。一时代有一时代之文学”，并提出“吾辈以历史进化之眼光观之，决不可谓古人之文学皆胜于今人也”。《文学改良刍议》把白话文学史观推到主流文学史的地位，同时也开启了历史的进化的文学观念的全面建构。不久之后，胡适顺应文学革命的高潮，发表了《历史的文学观念论》，全面而深刻地阐释了这一理论：“一言以蔽之，曰：一时代有一时代之文学。此时代与彼时代之间，虽皆有承前启后之关系……愚惟深信此理，故以为古人已造古人之文学，今人当造今人之文学。”在这一理论的建构中，生物进化论观点被胡适充分运用到了文学领域。在 1918 年 10 月发表的《文学进化观念与戏剧改良》一文中，他进一步强调了这种时代的演进规律，详尽阐述了文学进化观念的四层内涵，将进化论植入变革中国旧文学的“科学实验”，以进化论为支点来建构他提出的实用主义的文学革命的理论框架，进而形成了“历史的文学进化观念”。

胡适是从语言、形式上革新文学，而周作人则是从思想、内容上考虑新文学的建设。在 1918 年 12 月发表的《人的文学》中，为了区别新文学和旧文学，周作人用“人的文学”来概括新文学的内容，认为新文学应该表现人道主义的思想，将社会“人生诸问题”、底层民众“非人的生活”以及“理想的生活”都纳入新文学的创作内容中。

“平民文学”在很大程度上是承接“人的文学”中的观点而来的，是作为“人的文学”的具体化而出现的。1919 年初，周作人在《平民文学》一文中指出封建旧文学是“贵族的文学”，是以帝王将相、才子佳人为主人公，用文言文创作的文学形式；新文学是平民的文学，应该用通俗的白话文描写普通人的平凡生活，以及大多数人的“真挚的思想与事实”。无论是“人的文学”还是“平民文学”，都是以人道主义为根本，强调人性的文学。此外，周作人还在1921年6月发表的《美文》中区分了文学散文和非文学散文的界限，将以抒情为主的艺术性的散文定义为文学散文，即美文。从理论上廓清了文学散文的文类品格，使散文成为与小说、诗歌、戏剧并列的现代文学形式。

其四是诗歌、小说、散文、戏剧创作实绩突出。在诗歌方面，新文学团体进行了大胆的“尝试”，胡适的《白话诗八首》、刘半农的《教我如何不想她》、鲁迅的《梦》《爱之神》《他们的花园》等新诗作品成为五四新文学运动中最早出现的文体。在小说方面，鲁迅的《狂人日记》，通过被迫害者“狂人”的形象以及“狂人”自述式的描写，揭示了封建礼教“吃人”的本质，表现了作者对以封建礼教为主体内涵的中国封建文化的反抗，也表现了作者深刻的忏悔意识；接着发表的《孔乙己》《药》等小说“表现的深切”和“格式的特别”，“颇激动了一部分青年读者的心”。除鲁迅之外，冰心、叶绍钧、王统照等 “问题小说”作家创作的小说，鲁彦、许杰等“乡土小说”作家创作的小说，郁达夫、郭沫若等作家创作的主观抒情小说，从内容到形式无不给当时的文坛带来新的气息。在散文方面，最具有代表性的就是周作人的“美文”和鲁迅的政论性杂文、散文诗《野草》等。在戏剧方面，胡适、郭沫若、田汉、洪深的作品也很有社会意义，其中胡适的独幕剧《终身大事》是现代文学史上第一部话剧作品。

第二章　中国现代文学的奠基人：鲁迅

鲁迅，中国现代文学奠基人，著名的文学家、思想家、民主战士，五四新文化运动的开拓者之一。毛泽东曾说："鲁迅是中国文化革命的主将，他不但是伟大的文学家，而且是伟大的思想家和伟大的革命家。鲁迅的骨头是最硬的，他没有丝毫的奴颜和媚骨，这是殖民地半殖民地人民最可宝贵的性格。鲁迅是在文化战线上，代表全民族的大多数，向着敌人冲锋陷阵的最正确、最勇敢、最坚决、最忠实、最热忱的空前的民族英雄。鲁迅的方向，就是中华民族新文化的方向。"①

第一节　鲁迅思想发展与创作情况

鲁迅（1881—1936），1881 年 9 月 25 日出生于浙江绍兴，原名周樟寿，字豫山，后改豫才，1898 年去南京求学时改名周树人。1918 年发表《狂人日记》始用笔名"鲁迅"。祖父周福清（字介孚），翰林出身。父亲周伯宜（本名周凤仪），秀才出身。母亲鲁瑞，出身于深宅，善于自修，性格坚毅，平易近人。

鲁迅出生于一个家道败落的封建士大夫家庭。1892 年，鲁迅在绍兴寿镜吾开设的著名私塾"三味书屋"读书。1893 年 9 月周福清因贿考案败露而入狱，被钦定为"斩监候"，鲁迅父亲的秀才资格也因此被斥革。1925 年，鲁迅应《阿 Q 正传》俄译者王希礼之请而写《著者自叙传略》。他写道："听人说，在我幼小时候，家里还有四五十亩水田，并不很愁生计。但到我十三岁时，我家忽而遭了一场很大的变故，几乎什么也没有了；我寄住在一个亲戚家，有时还被称为乞食者。我于是决心回家，而我的父亲又生了重病，约有三年多，死去了。"为了避难，鲁瑞带着 13 岁的鲁迅和 9 岁的周作人到皇甫庄外婆家生活。这一段经历里，社会的势利与人情的冷酷、农民的善良与农村的凄惨，给幼小的鲁迅留下深刻的记忆，对他后来的创作产生了重大影响。

鲁迅以自然进化论作为思想武器助推科技救国。1898 年 5 月，鲁迅心怀梦想在维新变法的浪潮中到了南京，先在江南水师学堂轮机班就读，后改入江南陆师学堂附设矿路学堂学习采矿。学校开设的自然科学课程开拓了他的知识视野。同时，近代著名的资产阶级启蒙思想家严复译述的英国生物学家赫胥黎的《天演论》中"物竞天择，适者生存"的观点增强了当时中国救亡图存的紧迫感，鲁迅很快接受这一新的思想，引用白居易《长恨歌》中诗句"上穷碧落下黄泉，两处茫茫皆不见"，表达对民族、国家前途的忧虑。此后，进化论的观点就成为鲁迅早年思考问题和观察社会的主要思想武器，他深信未来必胜于过去、青年必胜于老年。

"幻灯片事件"促使鲁迅"弃医从文"。1902 年 3 月，江南督练公所选择学生到外国留学，鲁迅等五位优秀生被选中，先入日本东京弘文学院预备班学习日语。为了表示与腐朽的清王朝决裂，鲁迅毅然剪掉象征清朝传统的长辫，留了个精神的平头，照相留念，并还寄给了好

---

① 毛泽东：《新民主主义论》，《毛泽东选集》第一卷（第一版），人民出版社 1964 年版，第 658 页。

友许寿裳，在照片背面自题小诗："灵台无计逃神矢，风雨如磐闇故园。寄意寒星荃不察，我以我血荐轩辕"，抒发了强烈的爱祖国、爱民族的豪情。1904 年 8 月入仙台医学专门学校学医，重要原因之一"是因为我确实知道了新的医学对于日本维新有很大的帮助力"（《鲁迅自传》）。在《呐喊·自序》里，他说："我的梦很美满，预备卒业回来，救治像我父亲似的被误的病人的疾苦，战争时候便去当军医，一面又促进了国人对于维新的信仰。" 但很快这个"美梦"就被"幻灯片事件"所击碎，转而"弃医从文"。"从那一回以后，我便觉得医学并非一件紧要事，凡是愚弱的国民，即使体格如何健全，如何茁壮，也只能做毫无意义的示众的材料和看客，病死多少是不必以为不幸的。所以我们的第一要著，是在改变他们的精神，而善于改变精神的是，我那时以为当然要推文艺，于是想提倡文艺运动了。"1906 年 7 月，鲁迅再次来到东京，积极筹办文艺杂志《新生》，撰写《人之历史》《摩罗诗力说》《科学史教篇》《破恶声论》《文化偏至论》等，提出"掊物质而张灵明，任个人而排众数"的主张，翻译编印《域外小说集》，崇尚西方的尼采、叔本华、克尔凯郭尔等"先觉善斗之士"，系统全面地评价拜伦、雪莱、裴多菲等具有民主革命思想的浪漫主义诗人，称他们是"精神界之战士""摩罗诗人"，进化论思想得以充实，希望借改造"国民性"为启蒙的核心内容来唤醒民众觉悟。同时，鲁迅还积极传播先进的科学思想，编著《中国地质略论》《中国矿产志》，翻译凡尔纳的科学小说《月界旅行》《地底旅行》，以科学"导中国人群以进行"。

随着新文化运动的深入发展，鲁迅由"呐喊"转入深沉的思考，在严酷的斗争里抛弃了进化论而重新选择了阶级论思想。1909 年 8 月鲁迅回到国内，先后在杭州、绍兴任教。绍兴光复后，他率领学生"武装演说队"上街宣传，还组织学生去迎接王金发的队伍。辛亥革命失败后，他很痛心，在《哀范君三章》诗中写道："狐狸方去穴，桃偶已登场。故里寒云恶，炎天凛夜长。"充分表露了鲁迅对中国前途无限关注的苦闷心情。1911 年冬写的文言小说《怀旧》讽刺了辛亥革命的不彻底。1912 年 3 月，应教育总长蔡元培邀请，鲁迅到教育部任职；到 1917 年，他中断了文学活动，深居简出，专心抄古碑、读佛经，校勘古籍，在寂寞和苦闷里研究中国历史、分析辛亥革命历史教训，积蓄力量寻找文学革命的突破口。1917 年 10 月，俄国十月革命爆发，鲁迅等进步的小资产阶级知识分子看到了新世纪的曙光。1918 年 1 月，鲁迅参加改组后的《新青年》编委会工作，接连发表一系列小说、杂感和论文，向封建文化展开猛烈的批判。五四运动之前，鲁迅连续发表了《狂人日记》《孔乙己》《药》三篇白话小说以助推新文化运动。1920 年 8 月起，鲁迅先后被聘到北京大学、北京师范大学、北京女子师范大学任教，热情指导学生，支持学生掀起反对北洋政府的学潮；组织成立语丝社、莽原社、未名社等青年文学社团，抨击资产阶级右翼文人。1923 年 8 月，鲁迅的第一本短篇小说集《呐喊》出版，收入 1918—1922 年（即五四运动高潮时期）创作的 15 篇小说（1930 年第 13 次印刷时抽出《不周山》，后改名《补天》，收入《故事新编》中）。新文化统一战线分化后，鲁迅继续通过文学作品对社会革命进行艰苦的探索，1926 年 8 月，第二本短篇小说集《彷徨》出版，收入 1924—1925 年间（即五四运动退潮期）创作的 11 篇小说。"三一八"惨案后，鲁迅以最大的悲愤写了《无花的蔷薇之二》《记念刘和珍君》，揭露反动当局的卑劣凶残，鼓舞革命群众进行不屈的斗争。1926 年 8 月 26 日，鲁迅在北洋政府通缉的威胁下离开北京到厦门大学任教，由于革命形势的复杂变化和所接触的马列主义思想的指引，鲁迅认识到仅依靠文艺寻求社会解放有很大的局限性。1927 年 1 月，鲁迅到广州中山大学任教。期间，鲁迅大量阅读了《少年先锋》等革命刊物，又与陈延年等共产党人多次接触，很快了解到当时共产党的方针、政策和任务，加深了对中国共产党的认识。广州的“四一五”事变之后，鲁迅积极营救被捕学生未果，愤然辞职。这次的事件对鲁迅的思想是一个新的冲击，原先的进化论思想因此而轰毁，鲁迅严肃地表示：“我一向是相信进化论的，总认为将来必胜于过去，青年必胜于老人……我在广州，就目睹了同是青年，而分成两大阵营，或则投书告密，或则助官捕人的事实”（《三闲集·序言》），断言“惟新兴的无产者才有将来”（《二心集·序言》）。他在《革命时代的文学》中明确说：“中国现在的社会情状，只有实地的革命战争，一首诗吓不走孙传芳，一炮就把孙传芳轰走了。”至此，瞿秋白在《鲁迅杂感选集》“序言”里作了中肯的评价：“鲁迅从进化论到阶级论，从绅士阶级的逆子贰臣进到无产阶级和劳动群众的真正的友人，以至于战士，他是经历了辛亥革命以前直到现在四分之一世纪的战斗，从痛苦的经验和深刻的观察中，带着宝贵的革命传统，到新的阵营里来的。” 瞿秋白把鲁迅及其思想放在具体的历史发展过程中加以考察，他既指出鲁迅世界观和思想从进化论进到阶级论的发展过程，又指出鲁迅从绅士阶级的逆子贰臣进到无产阶级和劳动群众的真正友人以至于战士的革命战斗的过程。1925—1927 年，鲁迅还出版了杂文集《热风》《坟》《华盖集》《华盖集续编》、散文诗集《野草》、回忆性散文集《朝花夕拾》。

鲁迅最终从革命的民主主义者转变为伟大的共产主义战士。1927 年 9 月 27 日，鲁迅离开广州赴上海，开启了他人生后十年的辉煌历程。在大革命失败后广大革命文艺青年汇聚上海的背景下，鲁迅应邀到劳动大学、立达学园、复旦大学、暨南大学等做演讲，参与编辑《语丝》《奔流》《朝华》等刊物，指导青年作家。1928 年初，以后期创造社和太阳社为主开始倡导无产阶级革命文学运动。由于倡导者受到当时国内外社会主义思潮中“左”的理论的影响，他们对中国革命的性质和任务的分析存在某些偏差，夸大文艺的社会功能，忽视作家世界观改造的艰巨性，把批判的矛头错误地指向鲁迅等进步作家，否定五四新文学的成就。在革命文学论争过程中，鲁迅亲自翻译普列汉诺夫、卢那察尔斯基的文艺著作。他认识到，在中国，真正需要解决的不是那些口号的问题，而是人的问题，特别是国民精神的变革。鲁迅提出许多精深的观点，弥补了后期创造社和太阳社在理论上的偏颇，为中国左翼作家联盟（简称“左联”）的成立打下了坚实的理论基础。在社会活动中，鲁迅与瞿秋白、冯雪峰、茅盾、柔石等共产党人建立了深厚的友谊，深刻理解共产党的方针、政策并自觉接受共产党的领导。1930 年 3 月，“左联”成立，鲁迅作为发起人之一，与左联作家们编辑《萌芽》《前哨》《十字街头》等机关刊物，译介苏俄文艺理论和文学作品，抗击并粉碎了国民党反动派的文化“围剿”。同时，鲁迅投身于各种社会活动，先后参加革命互济会、中国自由运动大同盟、中国民权保障同盟、远东反帝反战同盟中国分会等组织，积极发挥自己的影响。在“两个口号”论争过程中，他精心引导，于 1936 年 10 月协调文艺界各方面代表发表《文艺界同人为团结御侮与言论自由宣言》，促成了文艺界抗日民族统一战线的初步形成。鲁迅多年珍藏着一张陈赓同志画的鄂豫皖革命根据地形势图，准备写一部关于红军战斗的作品，只可惜没有来得及动笔，就于 1936 年 10 月 19 日病逝了。上海民众代表献出一幅“民族魂”的旗帜覆盖在鲁迅的棺木上，表达了人民对鲁迅的崇高敬意。由于社会斗争的需要，1928—1936 年，鲁迅先后出版《而已集》《三闲集》《二心集》《伪自由书》《南腔北调集》《准风月谈》《花边文学》《且介亭杂文》《且介亭杂文二集》《且介亭杂文末编》等九本杂文集，1936 年 1 月出版以历史传说和神话故事为题材的历史小说集《故事新编》。

第二节　《呐喊》和《彷徨》

《呐喊》《彷徨》主要反映清末民初中国江南农村农民生活的贫困和新文化运动前后知识分子命运的沉浮。其中的小说以彻底的叛逆精神大胆揭露了封建宗法社会的制度弊害，多方面揭示了地主阶级对广大农民从物质到精神层面残酷奴役的事实，从启蒙的角度对普遍存在的国民劣根性进行了无情的鞭挞，表达了清醒的知识分子对个性解放和社会解放思想的执着追求与探索。现在看来，这两本小说集确实以"表现的深切和格式的特别"显示了五四文学革命实绩（鲁迅《中国新文学大系・小说二集・导言》)，属于现代小说的奠基典范。

《呐喊》收入的 14 篇小说分别是《一件小事》《狂人日记》《鸭的喜剧》《端午节》《故乡》《孔乙己》《药》《阿 Q 正传》《兔和猫》《社戏》《风波》《头发的故事》《明天》《白光》。"呐喊"意为革命先驱者呐喊助威，如作者在《呐喊・自序》里所说："呐喊几声，聊以慰藉那在寂寞里奔驰的猛士，使他不惮于前驱。"

《彷徨》收入的 11 篇小说分别是《祝福》《在酒楼上》《幸福的家庭》《肥皂》《长明灯》《示众》《高老夫子》《孤独者》《伤逝》《弟兄》《离婚》。取名为《彷徨》，鲁迅在《题〈彷徨〉》一诗中说出了缘由："寂寞新文苑，平安旧战场，两间余一卒，荷戟独彷徨。"

一、用启蒙精神解剖现实，引导社会改革

鲁迅在《我怎么做起小说来》中说："在中国，小说不算文学，做小说的也决不能称为文学家，所以并没有人想在这一条道路上出世。我也并没有要将小说抬进'文苑'里的意思，不过想利用他的力量，来改良社会……所以我的取材，多采自病态社会的不幸的人们中，意思是在揭出病苦，引起疗救的注意。"因此，在"五四"时期，鲁迅尊奉"革命的前驱者的命令"，提倡新文学、反对旧文学，提倡新道德、反对旧道德，对封建伦理观念和宗法制度进行了猛烈抨击。在《狂人日记》中，第一次揭露了中国文明史竟然是一部血淋淋的吃人历史。接着又连续发表《孔乙己》《药》等 25 篇令人振聋发聩的反映现实生活的小说，同时运用投枪、匕首式的随感录，与封建势力、复古派开展了浴血战斗，以引导社会大众走出"铁屋子"、掀翻"人肉筵宴"，走上个性解放和社会解放。

（一）总结辛亥革命不彻底的教训，批判国民劣根性

鲁迅弃医从文后不久就在日本加入革命团体光复会，回到绍兴教书期间，积极参与光复会活动，支持王金发的反清斗争。辛亥革命失败后，鲁迅随即写了文言小说《怀旧》，从客观角度表达了对资产阶级革命失败的失望之情。他在《怀旧》里写道，辛亥革命爆发了，消息传来，人们惶惶不安，封建势力代表人物金耀宗、秃先生与愚昧无知的普通群众一样关注着事态的发展，把革命视作"长毛""山贼海盗之乱"。最后消息查实，革命军将临的传闻，实为一批外地难民路过所引起的虚惊，于是一切重归平静，只给他们的晚间纳凉增添了一点"长

毛”旧话和“新乱”谈资。小说里反映出普通群众对辛亥革命的隔膜，以及作者对农民问题的关注，凝聚着鲁迅早年对启蒙精神苦苦探索的智慧。《药》以 1907 年民主革命英雄秋瑾起义为背景，描写了革命者流血牺牲而不被理解，他们的鲜血反被做成人血馒头去医治痨病这样一个旧民主主义革命的悲剧，发人深省地剖析了辛亥革命失败的教训。《药》的主题是沉重的，资产阶级革命家一方面对群众的不觉悟表示深切的忧虑，“苦我同胞意未同，徒劳流血叹无功”(秋瑾《吊吴烈士樾》)；“痛同胞之醉梦犹昏，悲祖国之陆沉谁挽？”(秋瑾《给浔溪女校徐小淑的信》)，另一方面又把自己视为“一盏神灯，导无量众生，尽登彼岸”的救世主(秋瑾《中国女报发刊辞》，1907 年 1 月 14 日《中国女报》)。资产阶级革命家天生的不可克服的矛盾，必然导致难以唤起民众觉醒，而使革命党人陷于孤立，先驱者的鲜血只有白流。鲁迅在《药》的结尾时故意用了曲笔，“分明有一圈红白的花，围着那尖圆的坟顶”，革命者夏瑜的坟上有后继者献上花环，暗示出夏瑜并不是完全孤寂的，革命的火焰是扑不灭的，也增加小说的亮色。《头发的故事》围绕女子剪发、男人剪辫子的问题组织故事，通过头发问题引起反复曲折的风波，革命之后只是革去了头上的辫子，社会状态依然换汤不换药，寄寓了作者对封建顽固势力的憎恶，对软弱不彻底的旧民主主义革命的愤懑。鲁迅在他的杂文《病后杂谈之余》中说：“辫子还有一场小风波，那就是张勋的‘复辟’，一不小心，辫子是又可以种起来的，我曾见他的辫子兵在北京城外布防，对于没辫子的人们真是气焰万丈。幸而不几天就失败了……”小说《风波》形象地描写了只因七斤没有了辫子，在“皇帝坐了龙庭”后，他老婆便意识到他处境的危险，所以他对老婆的辱骂只能忍气吞声。“革命”的风波过后，人们的生活依旧，七斤帮人撑船依然穿梭于城市与乡村之间，赵七爷依然是封建礼教的代言人。“辫子风波”虽小，但再次透露出“革命者”与民众之间的隔膜。“革命者”是悲哀的，民众仅做麻木的“看客”同样是悲哀的。故事真实反映了民众的启蒙教育的道路依然艰辛和漫长。《阿 Q 正传》是鲁迅的代表作之一，塑造的畸形的阿 Q 形象在中国是妇孺皆知的典型形象，就连法国大作家罗曼·罗兰也说：“我永远忘记不了阿 Q 那副苦恼的面孔。”阿 Q 生活在清末民初的江南水乡，他不仅政治上受压迫、经济上受剥削，还在思想上受奴役、精神上遭摧残，是一位上无片瓦、下无立足之地的农村无产者。阿 Q 性格里最突出的特征是“精神胜利法”，即欺软怕硬、狡猾无赖，盲目自大、狭隘保守，假装正经、维卫道学，自轻自贱、麻木健忘。阿 Q 平时听信了统治阶级的宣传，认为革命就是跟他过不去，所以对革命是“深恶痛绝”的，但革命党要进城了，举人老爷惶恐至极，阿 Q 才“神往”起革命来。他所理解的革命，一是杀“仇人”，二是抢东西，三是抢女人。这充分说明辛亥革命没有宣传民众、教育民众、发动民众，而是严重地脱离民众，广大民众对这场革命的对象、目的不清楚，这场革命与他们有怎样的关系不明白，仍然被封建思想所愚弄，因此就谈不上参与支持和参加这场革命了。赵秀才和假洋鬼子本来是互不买账、“素不相能”的，在革命到来时，他们勾结到一起，到尼姑庵砸了一块“皇帝万岁万万岁”的龙牌后，便宣布他们已经“革命”了，是“革命党”了，这反映了封建阶级对革命的投机。阿 Q 找假洋鬼子，想“投降”革命党，却被假洋鬼子赶了出来。革命党进城后，知县大老爷还是原官，带兵的还是先前的老把总，举人老爷等摇身一变都成了“革命党”。政权、军权仍落在封建阶级手里，作威作福的仍是这班人。辛亥革命给未庄带来的唯一变化是许多人将辫子盘了起来。赵家遭抢，阿 Q 遭赵秀才的诬陷被当作抢劫犯抓了起来。革命前压迫他的是封建地主，革命中不准他革命的是封建地主，革命后审问他的仍是封建地主的代表。最后，阿 Q 被枪决了，成了一具冤魂。看客们反认为枪毙了比不上杀头好看。鲁迅对辛亥革命前前后后的描写，不正说明辛亥革命是一场悲剧吗？鲁迅对阿 Q 在辛亥革命中的遭遇和辛亥革命后的结局的描写,不正说明他死得可悲、至死都没有觉醒吗？鲁迅自己说，写阿 Q 是要“画出这样沉默的国民的魂灵来”。小说《示众》描写了一群人围观犯人这样一个场景，这群人是中国人的符号代码，看客心态是中国国民共同的病态心理。鲁迅对中国国民的这一劣根性做出了深刻的概括、揭示和批判，他在《伪自由书·观斗》中提到：“中国人爱看别的东西斗争，也爱自己斗争。最普遍的是斗鸡、斗蟋蟀，南方有斗黄头鸟、斗画眉鸟，北方有斗鹌鹑，一群闲人们呆着看……自己不与斗，只是看。”可以说“整个中国就是一个‘大游戏场，大剧场’，一切真实的思想与话语一旦落入其中，就变成了供看客鉴赏的‘表演’”。

（二）揭露封建礼教和宗法制度弊害

《狂人日记》是现代文学的第一篇白话小说，通过对一个精神病患者的精神状态和心理活动的描绘，“暴露家族制度和礼教的弊害”，与俄国果戈理的同名小说相比，表现得更为“忧愤深广”。在中国，封建家族制度和礼教范式已经有两千多年的历史，各朝文人曾经写过一些文学作品对其压抑人性和自由的弊端进行过揭露和批判，但远未达到鲁迅这样极其尖锐地把它的本质概括为令人警醒的“吃人”的高度。鲁迅把对封建制度的深刻认识，熔铸到一个病狂与清醒有机结合的狂人形象之中，使这一艺术形象蕴涵着巨大的思想容量。狂人作为一个被迫害致狂的思想先觉者，其身上体现了叛逆者和思想者两方面的特点。作为叛逆者，他必然不被本阶级所容，往往把他视为“异端”加以迫害。正如小说所写：自从把古久先生的陈年流水簿子踹了一脚，他们一翻脸，也就把他当恶人了。赵贵翁似乎怕他，似乎想害他。七八个人交头接耳地议论，其中最凶的，张着嘴，对他笑了一笑。作为思想者，由于他的思想极度敏感，神经始终处于高度紧张的状态，相对于那些迟钝麻木的苟活者来说，是更容易成为精神病患者的。狂人对于未来的求索首先是“诅咒吃人的人”，劝转大哥一样的人停止吃人；同时严正地警告一切吃人的人和提醒沉睡在“铁屋子”里一切被吃者，“将来是容不得吃人的人”；也认真地自我反省，悔悟自己也曾吃过人，惭愧“难见真的人”。于是，他向吃人的世界发出沉闷的呼喊：“没有吃过人的孩子，或者还有？救救孩子……”可以说，这种对现实社会制度的彻底否定、对未来不存在吃人现象的理想社会的探求精神，是当时革命民主主义思想和进步的进化论思想的新高度。《故乡》写“我”冒着严寒，回到相隔两千余里，别了二十余年的故乡，通过在故乡的所见所闻表达了离乡多年后重新回乡后物是人非的感慨。1898 年 5 月，作者离开故乡，“想走异路，逃异地，去寻求别样的人们”而到南京。1919 年 12 月，他最后一次回故乡接母亲到北京。其间经历了辛亥革命、二次革命，封建王朝的专制政权虽然被推翻了，但代之而起依然是军阀官僚的统治，中国广大民众，特别是农村农民，过着饥寒交迫的非人生活，精神也日益贫困化。“我”与闰土之间的隔膜，实际上就是传统农民保守的生活方式和封建宗法观念与现代文明之间的冲突。童年玩伴闰土称“我”一声“老爷”的那一刻，“我”感到我们之间已经隔着一层“可悲的厚障壁”。而闰土让水生“给老爷磕头”，“我”就感到农民的愚昧、麻木，有些窒息般的心酸。《祝福》写了封建礼教对寡妇祥林嫂的压迫，从夫权、族权、父权到神权，从阳间世界到阴间世界，从鲁四老爷、四婶到婆婆、大伯、柳妈及鲁镇的群众，联成一个周密系统的封建大网络。祥林嫂形象以血泪控诉了封建礼教和封建势力，启示人们，妇女问题首要和根本上是一个反封建的问题，由于封建势力和封建礼教根深蒂固，周密系统，因此，反封建具有艰巨性和长期性特点。《明天》通过寡妇单四嫂子痛失独子的描写，展示了一幅令人震悚的劳动妇女孤立无助的悲苦，抨击了黑暗社会吃人的本质和没落社会里人们的无情与冷漠。面对病入膏肓的儿子，单四嫂子无能为力，她没有得到任何同情和帮助，只能日夜守着，抱着自欺欺人的希望，也许到了明天会好起来。小说用对比的手法开头，写鲁镇夜半三更亮灯的只有两家——咸亨酒店和单四嫂子家，单四嫂子要靠纺纱维持生计。在宝儿垂死之际，单四嫂子心乱如麻，红鼻子老拱和蓝皮阿五却在咸亨酒店喝着酒唱着小曲，打着单四嫂子的歪主意；何小仙面对着急的单四嫂子求医却显示出慢条斯理、不紧不慢的样子；同是妇女的王九妈也假情假意地“关心”单四嫂子。小说再次揭示封建社会的冷漠麻木、自私势利、贪婪庸俗的国民劣根性的缺陷，说明不改变现有的社会制度，普通民众的“明天”是不会有希望和幸福的。

（三）揭示农民与地主之间的阶级对立根源

在《阿 Q 正传》里，阿 Q 没有家，住在未庄的土谷祠里；阿 Q 是个没有固定职业的农民，割麦便割麦，舂米便舂米，撑船便撑船；阿 Q 没名没姓，是社会的底层人物，赵太爷的儿子中秀才了，阿 Q 于是说自己与赵太爷是本家，并前去贺喜；赵太爷听后气得满脸溅朱地打了阿 Q 两个嘴巴，此后再不敢说姓赵的事儿了；阿 Q 没有家室，满脑子的封建伦理，也想女人，向吴妈求爱，却遭到赵太爷的驱逐，连打短工的资格都失去了；阿 Q 希望参加“革命党”，被赵秀才和假洋鬼子拒绝了，最后却被扣上“抢犯”的罪名，还稀里糊涂地被枪决了，未庄的人们对阿 Q 被游街和被枪决感到不满足。《故乡》里，闰土年岁与作者相仿，没有见过世面，长期生活在江南农村，美好的童年已经尘封，“多子、饥荒、苛税、兵、匪、官、绅，都苦得他像一个木偶人了”，而封建的等级观念和阴森的神权统治，更使他精神麻木。《祝福》里的祥林嫂淳朴善良，对生活没有奢望，不幸年轻丧夫，接着被婆婆利用“父权”卖给贺老六。祥林嫂坚守“夫权”宁愿头撞香炉。生活刚刚平静不久，贺老六却死于伤寒，儿子阿毛被狼叼走了，贺大伯利用“族权”撵走了祥林嫂。祥林嫂到鲁四老爷家做帮佣，在封建礼教卫道者眼里，祥林嫂成了伤风败俗的化身，于是她听信同是佣工的柳妈建议，决定拿出所有积蓄到土地庙捐一条“让千人踏、万人跨”的门槛，以诚心赎罪。生活中的苦难，祥林嫂用坚韧和勤劳做了化解。死亡，对于一般人来说，是解脱苦难的终结，而对于祥林嫂却是更大的恐惧的开始，“神权”使祥林嫂失去了理智。《离婚》里的爱姑大胆泼辣、骄纵蛮横，丈夫施家姘上了寡妇要与爱姑离婚，爱姑不干，施家请出乡绅慰老爷说和，调解过多次没有成功，双方“闹了整三年”。爱姑理直气壮，她所依据的正是封建宗法之理。爱姑最后之所以会屈服，是因为她坚信封建教条，对封建父权、夫权、族权深信不疑。“你爱姑把官司打到哪里都不管用，你拼出命来施家也不会家败人亡。”鲁迅在农民问题上，不仅揭示了他们苦难的根源，揭示出封建制度的罪恶，还深刻剖析了农民不堪忍受的生活地位和他们缺乏革命觉悟之间的矛盾，对农民的革命前途表现出了深切的关注。鲁迅在《灯下漫笔》里说：“中国人向来就没有争到过‘人’的价格，至多不过是奴隶，到现在还如此，然而下于奴隶的时候，却是数见不鲜的……有更其直截了当的说法在这里：

一是想做奴隶而不得的时代，二是暂时做稳了奴隶的时代。”阿 Q、吴妈、祥林嫂、柳妈、闰土、爱姑、华老栓、七斤等都生活在这两种时代之中，这种时代不结束，他们就永远生活在暗无天日的苦海里。

（四）探索知识分子引领社会发展的艰难历程

在鲁迅反映知识分子生活的小说中，知识分子形象一般可以分为三类。第一类是已经觉醒的知识分子形象，主要包括《狂人日记》和《长明灯》里的狂人、《一件小事》中的“我”。《狂人日记》里的狂人实际上是一个敢于向传统挑战的已经觉醒的知识分子形象，一个敢于向现实的世俗社会挑战的清醒的反封建的民主主义的象征形象。《长明灯》里的疯子突然发出要灭掉神庙里的梁武帝时代点燃的“长明灯”的喊声。吉光屯是鲁迅笔下虚构的微型社会，其迷信落后的风气反映出旧中国封建文化土壤中畸形成长的社会生态。屯民们严守着圣贤的古训，迷信传统根深蒂固，已经渗透到日常出行、婚丧嫁娶、生老病死、饮食起居等方面。屯民们惧怕神明报应，平日里说话行事有诸多禁忌，思想封闭守旧。在陈腐愚昧的社庙正殿有一盏从未熄灭过的长明灯，那是封建社会君权与神权的产物。疯子尽管孤军奋战，受到人们的敌视和禁锢，但他浩然的正气使得凡夫俗子都感到胆战心惊。《一件小事》在平淡的故事情节中透露着作者对车夫这类人的崇敬，反映了知识分子的自我反省，表现出真诚向劳动人民学习的新思想。所以，里面的“我”是一个正在觉醒的知识分子。第二类是进步的小资产阶级知识分子形象，如《在酒楼上》的吕纬甫、《孤独者》中的魏连殳、《伤逝》中的涓生和子君、《药》中的夏瑜等，他们都具有现代进步的思想和改革的要求，曾有过为自己理想而奋斗的辉煌历史，但是随着岁月的考验、生活的磨炼后，他们的反抗几乎都以失败而告终。他们的失败，都是民主资产阶级天生的弱点造成的。吕纬甫是一个较早觉醒的知识分子，他在辛亥革命时期，他和他的战友们曾经连日议论改革中国的方法，并且还英勇地去城隍庙内拔掉神像的胡子。随着生活的不如意，再加上革命又处于低潮，他抛却了豪情壮志、人生目标，情绪消沉、意志颓废、随波逐流、敷衍软弱。他执教曾被抨击过的“子曰诗云”，发出人生就像苍蝇飞圈子的感慨，甚至跋涉千里去为一个三岁时便死去的小弟迁葬。《孤独者》中的魏连殳是性格独特的小资产阶级知识分子的典型形象，魏连殳的性格与鲁迅也有相同之处，比如鲁迅因“五四”退潮、战友分散而感到寂寞；魏连殳喜欢发表文章，因此受到攻击等。魏连殳自幼失掉父母，与祖母相依为命，祖母是父亲的继母，同样也孤独得很。魏连殳出国留学，获得新知后更是卓越不凡，加深了孤独。 魏连殳是个“吃洋教”的新党，议论非常多，而且“往往颇奇警”，因在报上表达的思想被人攻击，被受聘的学校辞退，孤独尤甚。因理想与信仰一再受挫，他违心地做了军阀杜师长的顾问， 借以报复社会对他的冷落与不公。最后终因不甘心这样孤独下去，而在孤独中死掉了。鲁迅借助“我”的口吻号召人们从孤独中走出，继续探索拯救国民光明之路，正如《彷徨》集扉页所引屈原的诗句“路漫漫其修远兮，吾将上下而求索”。《伤逝》是鲁迅唯一一篇以青年男女爱情婚姻为题材的小说，小说通过涓生“手记”的形式，追叙了他与子君从热恋、同居，到争吵、离异，直至悲剧的过程。在“五四”精神的鼓动下，子君勇敢地冲破家庭、亲友的阻挠，喊出“我是我自己的，他们谁也没有干涉我的权利!”的誓言。他们结婚后，子君整日忙于琐碎的家务，将争取到的爱情和婚姻当作终极奋斗目标，失去了之前的朝气和热情，她又回到了另外一个封建家庭。婚姻缺少了更新和创造，加上涓生因失业而受打击，他竟然错误地将一切是非都推在子君的头上，他们的婚姻出现了裂痕，很快就分手了。分手后的子君又被重新推回到了以前的封建牢笼之中，不久便“在严威和冷眼”中郁郁而死；分手后的涓生依旧处境艰难，无奈的他只有带着悔恨回首往事。易卜生的《娜拉》被介绍到中国来，人们对娜拉式的离家出走表示肯定，而鲁迅在《关于妇女解放》里说，娜拉的出走不是妇女解放的结束，而是问题的开始，“解放了社会，也就解放了自己”。可见，鲁迅创作《伤逝》不仅仅是为了再现知识分子爱情、婚姻的走向，还贯注了作者的自我解剖和对未来的冷峻思考，从中探索破解知识分子困境的路向。第三类是受封建思想腐蚀和毒害的知识分子，如《肥皂》中的四铭、《高老夫子》中的高尔础、《孔乙己》中的孔乙己、《白光》中的陈士成等。四铭表面上是一个尊孔、崇儒、专经、复古的国粹派，组建移风文社，以挽颓风而存国粹为己任，整日里鼓吹专重圣经崇，祀孟母，但内心里却丑恶至极。当他听到挑逗女丐的言语后，又情不自禁地讲述了孝女的德行及光棍的秽语，其内心的淫秽之态暴露无遗，把封建复古派的反动本质和肮脏灵魂暴露在光天化日之下。《高老夫子》中的“高老夫子”原名高干亭，被牌友们戏称为“老杆”，因为发表了一篇关于整理国史的所谓“脍炙人口”的名文，便自以为学贯中西了，“因仰慕俄国文豪高尔基之名，故更名为“高尔础”。其实他是一个只会打牌、听书、跟女人的无赖，他为了去贤良女校看女学生，便应聘去教书，而因为胸无点墨、当众出丑而辞去职务、大骂新式教育。显然，这是一个道貌岸然、迂腐浅薄、跟风复古的庸俗知识分子形象。《孔乙己》中的孔乙己和《白光》中的陈士成都是封建文化、封建科举制度的殉葬品。孔乙己自命清高、迂腐不堪、自欺欺人，小说里多次描写他满口“之乎者也”，连偷书也说成“窃书不能算偷”，反映他受封建教育毒害之深。“孔乙己是站着喝酒而穿长衫的唯一的人”，他穿着长衫，放不下读书人的架子，不愿意与“短衣帮”为伍，显得迂腐可笑。孔乙己是孤独的、麻木的、可悲的，周围的人不仅不同情他，反而经常取笑他，这简直是对“万般皆下品，惟有读书高”的莫大讽刺。陈士成是一个考了十六次也没有中试的老童生。他出身于没落的豪绅阶级，陈府有过他光荣的过去。在陈士成的心目中、他出身于书香门第之家，理应一步青云，但他竟然会屡试屡败，这岂不是考官有眼无珠？封建科举制度和没落世家的妄自尊大，在他的生活和精神上造成了一种对功名富贵疯狂追求的欲望。在精神失常后，他在幻觉中追逐着“白光”，最后溺水而亡。这是一个一心指望“隽了秀才，上省去乡试”的读书人凄凉阴森的悲惨结局。

二、鲁迅小说开创了现代白话小说民族化的新纪元

《呐喊》《彷徨》在思想上是一致的，但由于写作时间、环境、心境不一样，两者的风格就有了差异。《呐喊》写于五四运动高潮时期，新文化运动统一战线结成的反帝反封建势力强大，作者精神高涨，作品多写劳动人民的苦难，给人的感觉就显得激越悲壮。后来新文化统一战线分裂了，资产阶级右翼背叛了新文化运动，文化革命走向低潮。鲁迅作为进步的小资产阶级革命知识分子，一时看不清所应依靠的阶级力量，在革命的十字路口有过彷徨，“技术虽然比先前好一些，思想也似乎较无拘束，而战斗的意志却冷了不少”（《南腔北调·自选集自序》），作品给人以冷峻沉重的感觉。总的来看，鲁迅小说开创了现代白话小说民族化的新纪元。

（一）开创了现代白话小说民族化新形式

鲁迅大胆地吸收了外国文学的表现方法，摒弃了旧小说僵硬的套式，继承和发展了中国古典的和民间的优秀文学传统，创造了具有独特民族形式和民族风格的文学作品。《呐喊》出版后不久，茅盾在书评《读〈呐喊〉》里说："在中国文坛上，鲁迅君常常是创造'新形式'的先锋；《呐喊》里的十多篇小说，几乎每篇都有新形式，而这新形式又莫不给青年作者以极大的影响，必然有多数人跟上去实验。"从《狂人日记》到《离婚》，在谋篇结构上学习和借鉴了西方小说体式灵活多变的长处，摆脱了中国传统惯用的单线纵向结构方式的束缚。如《狂人日记》采用日记片段的形式，有利于揭示狂人心理活动和语无伦次的特征；《孔乙己》从小伙计的角度，截取他所熟知的孔乙己几个典型的生活片段，以高度概括孔乙己凄惨的一生；《药》采用明显、暗线相交织的方式把群众的麻木愚昧与革命者的孤独奋战统一到启蒙的必要性这个主题上面；《祝福》不依先头后尾的旧规，采用倒叙的结构方式；《伤逝》在结构形式上最引人注目的特点是以涓生的内心独白贯穿始终，使涓生第一人称经验性叙事视角和回顾性叙事视角相互缠绕，增强了作品的悲凉气氛；《离婚》在叙述方式上主要以人物对话为载体，只用船上慰老爷家两个场景，具有浓重的话剧空间结构性，两个空间连接的实际时间有先后顺承，但在结构框架安排上，却形成了"平行的时空"。

（二）通过典型化塑造，将普通民众引入文学殿堂

新文化运动期间，鸳鸯蝴蝶派、"黑幕派"、礼拜六派的通俗读物充斥文坛，它们多以勇将策士、侠盗赃害、妖怪神仙、才子佳人、妓女嫖客、无赖奴才的题材吸引读者，严重消磨了人们积极向上的精神意志，占社会绝大多数的劳苦大众都是些配角，鲁迅、茅盾等新文学作家对此予以痛击。经过"弃医从文"后的长期思考，鲁迅着重于挖掘农村农民题材和知识分子题材，将狂人、"疯子"、孔乙己、闰土、祥林嫂、阿 Q、单四嫂子、爱姑、吕纬甫、子君等一批典型环境中的典型人物引进文学殿堂，开拓了现代文学的题材范围，这在新文化运动之前是不可能的。"五四"时期，文学对"人"的发现、对"人"的表现，是启蒙精神的先决条件，是改革国民性的具体实践。面对农民的麻木不觉悟，作者表现了"哀其不幸，怒其不争"的同情；面对知识分子的彷徨颓唐，作者一方面肯定他们的进步影响，另一方面揭示出他们战斗中精神的痛苦和自身的内心危机。这些人物的塑造，都经过了作者典型化手法的处理，即在现实生活中寻找各种各样的人的性格和行为特征，将其有机地聚合到所要塑造的文学人物的身上。正如鲁迅在《我怎样做起小说来》里讲道："所写的事迹，大抵有一点见过或者听过的缘由，但决不会用这事实，只是采取一端，加以改造，或者生发开去，到足以几乎完全发表我的意见为止。人物的模特儿也一样，没有专用一个人，往往嘴在浙江，脸在北京，衣服在山西，是一个拼凑起来的角色。"《狂人日记》里"狂人"的原型名叫阮久荪，为鲁迅大姨母的第六个孩子，早年毕业于浙江法政专门学校，曾做地方军政官的佐助人员，后患"迫害狂"，鲁迅就带他去住院。就医之前，这个姨表弟写了一封"绝命书"让转给家里，主要意思是说"此次是繁邑绅商各界，密议决定，设计陷害"。后来，鲁迅逐渐认识到封建礼教的吃人本质，他表弟的"狂人"形象也渐渐活了起来。《祝福》中的祥林嫂是由多个原型组成的，"只有那眼珠间或一轮，还可以表明她是一个活物，她一手提着竹篮，一手拄着一支比她更长的竹竿，下端开了裂……"这副形象的模型是鲁迅的一个远房伯母，她的丈夫死后留

下一个儿子，也在三味书屋读过书。可他长大以后住在做事的地方不大回来，她觉得儿子是丢掉了，因此精神有点失常，也是常拄着一根破竹竿，常给人们讲其儿子的故事。《故乡》中的人物几乎都是有原型的，闰土的原型叫运水，其父亲章福庆住在海边，种着沙地，还是一个手艺工人，在周家做“忙月”。小说中写到的雪地捕鸟的事本是父亲章福庆的，鲁迅移到运水身上，主要是为了反衬他的变化。“豆腐西施”杨二嫂的“言行大抵是写实的”，不过不是出自某一个人，她身上也有鲁迅的一个亲戚的影子。《阿 Q 正传》里的阿 Q 是从那个时代的许许多多阿 Q 同类中抽象出来的，根据主体需要进行了高度概括，是不同身份的“合成”、多种角色“拼凑”，是真正典型化了的、艺术化了的“这一个”。他不是以上身份的简单相加，他既有“种种”人的普遍性，又有“一个”的特殊性，既像“这个”又像“那个”，可又谁都不像。1934 年，当时《戏》周刊画了阿 Q 的像，鲁迅看了之后，觉得有些别扭，回信说：“我的意见，以为阿 Q 该是三十多岁左右，样子平平常常，有农民式的质朴、愚蠢，但也很沾了些游手之徒的狡猾。在上海，从洋车夫和小车夫里面，恐怕可以找出他的影子，不过没有流氓样，也不像瘪三样。只要在头上戴上一顶瓜皮小帽，就失去了阿 Q，我记得我给他戴的是毡帽……”（鲁迅《寄〈戏〉周刊编者信》）可见，鲁迅塑造的阿 Q 是独特的。

（三）人物塑造的多样化手法极大地体现了现代小说的艺术表现张力

20 年代初期，鲁迅小说与当时流行的问题小说、自叙小说的表现手法不同，在题材开掘、情节设置、各类描写、心理刻画、比喻暗示等方面很具有特色。鲁迅小说的故事情节因人物性格的需要而设置。在《祝福》中，作者花费了大量的篇幅多次渲染阿毛被狼吃掉这一情节，鲁迅一向是惜墨如金的，因此，这一情节的背后必定寄寓着作者深刻的用意。阿毛被狼衔去，使得祥林嫂唯一的生命支柱轰然倒塌，仅有的一点希望也变成了绝望。而由于阿毛之死，祥林嫂也就不再是名正言顺的贺家的人了，所以，大伯来收屋，也就是必然的了。失去了丈夫和儿子，又失去了唯一的居所，祥林嫂真的是走投无路了。《孔乙己》从小伙计的视角，通过众人取笑孔乙己脸上又添了新伤疤、讥笑孔乙己考不中秀才、孔乙己为偷书作辩解、孔乙己教小伙计识字、孔乙己给小孩子们分茴香豆、侧面点出孔乙己被打断腿等六个生活片段，根据逻辑关系结构设置了小说情节。鲁迅的小说一直遵循“选材要严，开掘要深”的原则，《呐喊》《彷徨》集子里都是惜墨如金的短篇小说。鲁迅善于运用描写，特别是白描，“要极省俭地画出一个人的特点，最好是画他的眼睛……”（鲁迅《我怎么做起小说来》），也就是抓住人物的特点，“借一斑而知全豹，以一目尽传精神”。在《祝福》中，鲁迅描写祥林嫂的眼睛达十二次，通过描写眼睛的变化，揭示其悲剧的性格以及在封建制度压迫下的悲惨命运。在《故乡》里，作者刻画了与闰土重逢的场景：

> 他站住了，脸上现出欢喜和凄凉的神情；动着嘴唇，却没有做声。他的态度终于恭敬起来，分明的叫道：
>
> “老爷！……”

这声“老爷”与少年时的“迅哥”反差太大，也让读者顿时有惊愕之感。又如写孔乙己：“身材很高大；青白脸色，皱纹间时常夹些伤痕；一部乱蓬蓬的花白的胡子”“穿的虽然是长衫，可是又脏又破，似乎十多年没有补，也没有洗”。这几句描写，犹如用几条墨线，简单几笔，尽传神态。鲁迅善于刻画人物的内心世界，以充分揭示人物当前的精神状态，从而使人物形象变得鲜活、生动。如《阿 Q 正传》里赵太爷的虚伪和贪小便宜的心理，主要通过简洁的对话来表现：

> “阿 Q，听说你在外面发财，”赵太爷踱开去，眼睛打量着他的全身，一面说。“那很好，那很好的。这个，……听说你有些旧东西，……可以都拿来看一看，……这也并不是别的，因为我倒要……”
>
> “我对邹七嫂说过了。都完了。”
>
> “完了？”赵太爷不觉失声地说，“那里会完得这样快呢？”

从吞吞吐吐的言语里，读者就很清楚赵太爷其实很想买阿Q热炒的那些来路不明的衣服，当阿 Q 说卖完了，赵太爷就大失所望。这样的例子，在鲁迅小说里随手就能发现，如阿 Q 关于革命的梦、《明天》里单四嫂子掩埋了宝儿回到家里的幻觉、《狂人日记》里狂人早上出门被七八个人交头接耳地议论、《故乡》最后一段作者从心理上对故乡的疏离、《祝福》里祥林嫂反复给别人讲阿毛的故事、《伤逝》开头睹物思人的凄凉气氛，等等。《狂人日记》则成功借鉴西方现代派手法，比喻、暗示、象征等修辞手法的娴熟使用，使其成为中国新文学第一篇意识流小说。例如，《狂人日记》里，“我不见他，已是三十多年”，比喻黑暗的长久；“古久先生的陈年流水簿子”，比喻、暗示中国几千年不变的传统文明；“黑漆漆的，不知是日是夜。赵家的狗又叫起来了”，象征整个封建社会的黑暗与凶险。

（四）小说语言博取古今、兼收中外、融合雅俗，遣词造句都经过深思熟虑，具有洗练凝重、冷峻犀利、辛辣深刻的特质，是现代小说语言的典范

《狂人日记》采取二元对立角度架构全篇，“小序”部分用文言体叙述非狂人（候补官员）的内心表达，日记正文以白话语言表现“狂人”（非正常）对社会秩序清醒的反抗，两个部分的语言形成鲜明对照，充分显示了白话文学的表现能力。鲁迅对遣词用字的要求也很严，他曾说：“文章写完后至少看两遍，竭力将可有可无的字、句、段删去，毫不可惜。”因此，在他的小说中，无论是叙事状物还是写景抒情，所用的动词、形容词都是非常鲜明生动的。《狂人日记》第七则说：“试看前几天街上男女的样子，和这几天我大哥的作为，便足可悟出八九分了。最好是解下腰带，挂在梁上，自己紧紧勒死；他们没有杀人的罪名，又偿了心愿，自然都欢天喜地地发出一种呜呜咽咽的笑声。否则惊吓忧愁死了，虽则略瘦，也还可以首肯几下。”语言叙述滑稽而凝重，带有“黑色幽默”的味道。《阿 Q 正传》第五章写阿 Q 从城里回到未庄，“睡眼蒙胧的在酒店门前出现了，他走进柜台，从腰间伸出手来，满把是钱，在柜上一扔，说‘现钱，打酒来！’”后来作者经过推敲，把“满把是钱”改为“满把是银的和铜的”，这一改，把钱具体化了，比起初稿，更加生动；小说结尾，未庄人对阿 Q 被枪决颇有感慨，这里有叙述、有议论，语句冷峻犀利、辛辣深刻，在含泪的笑声中送走了一个又一个“阿 Q”。可见，对国民的启蒙道路是何等漫长啊！《药》写华老栓离开家门来到丁字街口，“老栓也向那边看，却只见一堆人的后背；颈项都伸得很长，仿佛许多鸭，被无形的手捏住了的，向上提着。静了一会，似乎有点声音，便又动摇起来，轰的一声，都向后退；一直散到老栓立着的地方，几乎将他挤倒了”。这里的叙述性语言，是描述刑场上围观的麻木的观众，人们因好奇而争看杀人的场面。鲁迅只是选取了几个动词，就将看客们的神态写出来了，“伸”“捏”“提”三个动词，生动形象而犀利准确。《一件小事》写出了“我”与“人力车夫”之间的差

距，作品主题的表达仅用一个“榨”字，压出“我”的羞愧与自惭，鲁迅不愿将自己的思想、观点直截了当地倾诉给读者，而是在含蓄之中留下许多“空白”，希望读者自己去进一步思考。《伤逝》在语言上大量采用反复、排比、比喻等诗歌常用的手法，凝重、悲凉氛围加重，增强了小说的抒情性。另外，鲁迅的小说中使用了一些绍兴方言，乡土气息很浓郁。也正因为如此，人们也把鲁迅认定为现代乡土小说的鼻祖。如《阿Q正传》中的“老鹰不食窝下食”“栗凿”“兜搭”“肚里一轮”；《狂人日记》中的“拿过嘴”“白厉厉”“老谱”“见情”；《祝福》里的“眼珠间或一轮”“回头人”；《孔乙己》中的“荐头”“粉饭”；《药》中的“拗开”“乖角儿”；《离婚》里的“团头团脑”“杀头癞皮狗吃糖拌饭”“夹胳一嘴巴”“三茶六礼”“打顺风锣”；《肥皂》里“眼睛生在额头上”等。这些方言生动活泼、意味深长，增强了小说的真实感和艺术感染力。

第三节　《野草》和《朝花夕拾》

20 世纪 20 年代后期，新文化统一战线分化了。当时，南方遍燃革命之火，北洋政府统治下的北方却仍然风沙扑面。北洋政府残酷镇压学生的爱国热情，鲁迅坚定地站在正义一边，对帝国主义买办走狗、封建复古逆流、军阀官僚的帮闲文人等进行无情的揭露。特别是“三一八”惨案之后，段祺瑞政府为开脱责任，以“假借共产学说，啸聚群众，屡肇事端”为由通缉鲁迅。面对兄弟失和、帮闲诬陷的压力，鲁迅内心非常苦闷和悲愤，这种情绪在《野草》里比较明显。1926 年 8 月 26 日，鲁迅应林语堂之邀启程往厦门。在厦门大学任教期间，这里的海边气候温暖，政治气氛也不浓郁，个人报酬丰厚，鲁迅的心情轻松愉悦。他除编写教学讲义《汉文学史纲要》，也写了历史小说《奔月》《铸剑》，还创作了《朝花夕拾》后面的五篇。

《野草》和《朝花夕拾》在鲁迅的著作中，是最“个人化”的散文，为现代散文的创作提供了两种体式，或者说开创了现代散文的两个创作潮流与传统，即“独语体”的散文与“闲话风”的散文。

一、《野草》的思想艺术特色

《野草》是鲁迅的一部抒情性散文集，共收录散文 23 篇，创作于 1924 年 9 月至 1926 年 4 月间。其中的作品通过艺术化手段展现了特定历史时期的风云变幻，显露了作者不屈的战斗精神和孤寂苦闷的矛盾心境。《野草》中有鲁迅对生命、对人生、对社会深刻的哲理性的思考，也是鲁迅心路历程的真实体现。作者将散文、诗歌手法很好地融合，在现代文学史上开启了散文诗的先河。《野草》的主要内容如下。

第一，对韧性战斗和殉道精神的礼赞。《这样的战士》表现了鲁迅“不克阙敌，战则不止”的高亢精神。文章里的战士怀着对敌人的刻骨仇恨，孑然一身，目光明敏锐利，不被“好名称”“好花样”所欺骗，坚毅地高举起战斗的投枪。《过客》写一名倔强的过客在历史的阴阳界上艰难地跋涉，他背负因袭的重责，听命于前驱者的召唤，不顾辛劳疲惫、不计成败得失、始终昂首向前，这是作者“韧性战斗”的革命精神的写照。《秋夜》是鲁迅与旧社会抗争到底的誓言，它通过秋夜的天空、小粉红花、枣树和小青虫等形象的描写，寄托着对黑暗现实的愤怒和抗争，表现了对被压迫者的深切同情，对顽强抗击黑暗、追求光明和理想的大无畏英勇战士作了热情的赞颂。《淡淡的血痕中》是为纪念“三一八”惨案殉难者而作，在愤怒的心境下，鲁迅还连续写下了《无花的蔷薇之二》《死地》《可惨与可笑》《记念刘和珍君》《空谈》。面对压迫，面对流血，鲁迅从觉醒者的身上看到民族的希望，他把目光转向了屹立于人间的与庸人完全不同的叛逆的猛士，对“叛逆的猛士”饱含激情地予以讴歌。《死火》里的“冰山”“冰谷”象征帝国主义和军阀势力，作品描写了梦中的“我”所经历的一个荒诞色彩很浓的故事，通过“我”要拯救死火走出冰山冰谷的故事，表达了作者愿意为革命事业献身的牺牲精神。

第二，对黑暗现实和市侩哲学的批判。《失掉的好地狱》通过梦境中神、魔、人夺取地狱统治权的争斗，清醒地告诫人们，对那些以新的面貌出现的统治者不能抱有任何幻想。写《失掉的好地狱》一个多月前，鲁迅在《杂语》一文中已指出：“称为神的和称为魔的战斗了，并非争夺天国，而在要得地狱的统治权。所以无论谁胜，地狱至今也还是照样的地狱。”老军阀虽然被赶下了台，新上台的军阀依然如故。论其统治，后者则更凶狠、更残酷和更反动了。《狗的驳诘》从“我”在“隘巷”中与狗遭遇，并斥责狗的“势利”入笔，写狗的驳诘，指出狗虽势利，但那些知道根据铜银、布绸、官民、主奴的贵贱而分别采取不同态度的正人君子，比狗还更加势利，从而对那些为反动阶级所豢养的走狗文人进行了辛辣的讽刺。《颓败线的颤动》通过前后两个梦境，描绘了一个人间惨剧的始末，揭示了一位含辛茹苦的母亲被忘恩负义的儿女所放逐的严酷事实，在道义上谴责了以怨报德的负义者。在《复仇》中写裸体男女持刀对立，引来无数路人鉴赏，他们以自己温热的身体，向那些冷漠无聊、无药可救的看客们复仇。无聊之人因麻木而无聊，因麻木而显悲哀，使无聊之人更加无聊。《立论》通过梦中的师生对话，谈到立论的难度，并以事为喻，讲了一个让后人耳熟能详的故事：有人家新生了一个孩子，满月后让客人看，有人说孩子将来会发财，于是得到一番感谢；有人说孩子将来要升官，于是得到一番恭维；有人说孩子将来会死，于是被痛打了一顿。作者通过寓言讽刺了圆滑世故、哈哈处事的市侩哲学，揭示出人类热爱谎言胜过热爱真理的普遍人性问题。《聪明人和傻子和奴才》以寓言故事方式，采用对比手法，描写了三种人物对待黑暗现实和奴隶悲惨生活的不同态度，辛辣地批判了聪明人的伪善和欺骗，歌颂了傻子的执着和反抗，而对奴才的驯服和麻木给予了无情的嘲讽和鞭挞，寄寓了作者对改造国民性的深沉思考。

第三，对光明未来的憧憬和自我探索的剖析。1925 年 1 月，北伐的前夜，革命形式出现了可喜的局面。鲁迅在《雪》里通过对“暖国的雨”“江南的雪”“朔方的雪”的对比描写，表达出自己对南方的局势朝着好的一面发展的殷切向往，而通过描写北方的雪则是对北方局势的不满，并认为要像北方的雪一样通过奋斗来争取自由。《好的故事》通过对梦境中“好的故事”的描绘，反映了作者尽管生活在风雨如磐的环境里，但他对依然在“寒霜，有冷的夜气”的秋夜里向往着“好的故事”，表现出鲁迅对美好生活的热爱和美好理想的憧憬。《影的告别》通过梦境写人的影子不愿意做一个不明不暗的影，不愿意偷生苟活于不明不暗的境地，不愿意跟随人了，所以，向人告别。作品最后，作者以悲壮的姿态，“在不知道时候的时候独自远行”。这是在反抗绝望之后，瞬间所激发的勇气。“三一八”惨案之后，青年们淋漓的鲜血、北洋军阀政府的淫威、“正人君子 ”们的离间攻击，使鲁迅陷入了一种身心交瘁、极度困危的境况。然而，从写于此时的《一觉》来看，鲁迅的精神却并不颓唐，反而更加昂扬了。《一觉》既是对充满感念的北京生活的一个总结，也是从现实生活、从周围的青年中看到新的希望、新的力量以后，他的思想即将有一个重大变化的讯号。《墓碣文》通过荒诞不经的情节展示了一个黑暗势力的反抗者思想上的矛盾现状，既反映了鲁迅在上下求索中的彷徨苦闷，又表现了鲁迅严格解剖自己、不断探索前行的革命精神。《风筝》以风筝为引线，通过回忆，对“我”粗暴对待小弟的言行进行了深刻的反思，这无疑也是对封建宗族制度摧残儿童的罪恶进行控诉。

1934 年 10 月 9 日，鲁迅在给萧军的信里谈到《野草》的创作。信里说：“我的那一本《野草》，技术并不算坏，但心情太颓唐了，因为那是我碰了许多钉子之后写出来的。”因为使用了太多的“曲笔”，有人认为《野草》的风格可以用“独语”来概括。从文本反映的思想来看，它是鲁迅心灵炼狱中熔铸的诗，是浸透着生命体验的“反抗绝望”的哲学。其艺术特点主要体现在以下几方面。

第一，借景抒情，意蕴深刻。《野草》是散文，但融进了更多的诗歌成分，所以，我们称它是散文诗。它融情于景、借景抒情，将现实生活里的感触以“曲笔”方式呈现，采取象征的手法来表现。1925 年 3 月 18 日，鲁迅给许广平的信中说：“我的作品，太黑暗了，因为我常常觉得惟‘黑暗与虚无’乃是‘实有’，却偏要向这些作绝望的抗战，所以很多偏激的声音。”在鲁迅笔下，枣树、小粉红花、小青虫、天空、月亮、星星、冰谷、枫叶、雪花……都有特定的象征和隐喻意义。《秋夜》描绘了秋天夜晚作者在自己后园所看到和感受到的各种景象，表现了作者当时苦闷、孤独的心境，而各种景物都被赋予了特定的象征含义，寄寓着作者的爱憎情感。《雪》中凛冽的朔方的冬天象征北洋政府统治下的北方严酷现实，“隐约着的青春的消息”的江南的冬天则是大革命春潮即将到来的南方政治形势的生动写照，作品巧妙表达了作者虽然身处严冬，却向往着明媚的春天。《好的故事》里展示了“美丽、幽雅、有趣”的画图，集中写梦境中的“好的故事”，以情绘景，情景交融，创造了作者美好理想的诗的意境。

第二，艺术形象，个性鲜明。在小说创作时，鲁迅善于用白描、画眼睛，抓住人物的主要性格特征，简洁几笔，勾勒得准确到位。在《野草》里，战士、过客、老翁、老妇、傻子、奴才、聪明人、裸体人等人物形象，都刻画得丰满生动；就连自然景物，如枣树、小粉红花、小青虫、天空、月亮、星星、冰谷、枫叶、雪花等，也都个性鲜明。《颓败线的颤动》写一位母亲不惜出卖肉体养育女儿成人，长大后的女儿却以怨报德，“那垂老的女人口角正在痉挛，登时一怔，接着便都平静，不多时候，她冷静地，骨立的石像似的站起来了。她开开板门，迈步在深夜中走出，遗弃了背后一切的冷骂和毒笑”。作者抓住她“骨立的石像似的”表情和“举两手尽量向天”的动作，反映了人物复杂内心的矛盾斗争，塑造了母亲遭亲情唾弃而不争辩的高大形象。《风筝》采用白描的手法，描写“十岁内外”“多病，瘦得不堪”的小兄弟，“张着嘴，呆看着空中出神”，为别人放的风筝“惊呼”“跳跃”，寥寥几笔就把小兄弟善良、活泼可爱、喜欢游戏的性格表现了出来。《聪明人和傻子和奴才》中三个人的语言富有个性，准确地表现了各自的身份、地位和思想。

第三，构思新奇，想象丰富。《野草》中，以“梦”为题材的有 9 篇，这是作者新奇构思、丰富想象最集中、系统的代表。作者对梦境绘声绘色的描述，取得了正面描写和直抒胸臆的方法所不可能达到的艺术效果。正是借助于超人间、超现实，变幻莫测、捉摸不定的梦境，作者才能把那些“难于直说”的情绪表达得委婉含蓄而又淋漓尽致。只有在梦中，狗才能和人对话；只有在梦中，死后的人才能毫无顾忌地对现实社会进行批判；只有在梦中，才能将原先被人遗弃在冰谷中的“死火”拾起，“塞于衣袋中间”，并决心把它带出“冰谷”，使之“永得燃烧”，借以表达对革命火种的呵护之情。《复仇》设计出“一男一女裸着全身持刀立于旷野，既不拥抱也不杀戮”的场景，对“看客”心态进行了无情的“复仇”。

第四，格式多样，语言精美。《野草》在格式上多姿多彩，有议论散文、抒情散文、叙事散文，有寓言故事、打油诗、诗剧，使用了现实主义、表现主义、荒诞以及怪诞等多种艺术手法，语言凝练简洁、清新优美，给人一种既冷峻深沉、奇幻瑰丽，又肃穆遒劲、韵味绵长的阅读体验。《聪明人和傻子和奴才》于记叙中满含揭露、颂扬、讽刺之情，高度凝练的特色化语言，不仅含义丰富，也充满了诗意。《淡淡的血痕》在纪念殉道者的同时，作者悲愤地指出，“叛逆的猛士出于人间”，这是战斗的呼唤、是复仇的呐喊，通篇洋溢着强烈的激情。《狗的驳诘》是一篇典型的寓言故事，作者借梦境，通过人狗之间的拟人对话，无情地揭露了正人君子们卑鄙势利的嘴脸。《我的失恋》是一首幽默的“拟古的新打油诗”，尖锐地讽刺当时盛行的失恋诗，读起来通俗上口、韵律轻松。《过客》是一个短诗剧，全篇运用过客、老翁、女孩之间对话，虽然读起来艰涩难懂，但仍然可以感受到：过客走的路无疑是少有人走的，甚至是充满绝望难以被人理解的路。或许在过客心中，坟地总有尽头，走过坟地或许满是鲜花。

二、《朝花夕拾》的思想艺术特点

《朝花夕拾》写于 1926 年 2—11 月，共 10 篇，最初以“旧事重提”的总题发表于《莽原》半月刊，1927 年 7 月鲁迅在广州重新编订时改名为《朝花夕拾》。作者说，这些文章都是“从记忆中抄出来”的回忆性散文。

《朝花夕拾》的思想内容是很丰富的，鲁迅以青少年时代的生活经历为线索，真实生动地叙写了自己从农村到城镇、从家庭到社会、从国内到国外的一组生活经历，抒发了对往昔亲友和师长的怀念之情，同时也对旧势力、旧文化进行了嘲讽和抨击。其思想内容具体表现在以下几方面。

第一，对亲友、师长的怀念。通过对青少年时期生活片断的回忆，记叙他所接触到的一些感人事迹，塑造了一批栩栩如生的人物形象，如长妈妈、寿镜吾、藤野先生、范爱农等，赞颂他们身上表现出的优秀品质，表现出对他们的深切怀念之情。《阿长与〈山海经〉》里的保姆阿长为鲁迅禁锢的童年买了梦寐以求的《山海经》，讲“长毛”的故事，给鲁迅幼小的心灵打开了一扇知识的窗户，但她长期受封建思想的毒害，那些“麻烦的道理”烦琐之至，所以“我实在不大佩服她”。三味书屋里的私塾寿镜吾是作者的启蒙老师，他对学生要求严格、认真负责、开明通达，鲁迅是很尊敬他的。《藤野先生》中的藤野严九郎是个生活随便、不拘小节的人，但是治学严谨，对留学日本的作者没有民族偏见，给予真诚的帮助和指导，使作者终身难以忘怀。《范爱农》中的范爱农在革命前不满黑暗社会、追求革命，辛亥革命后又备受迫害，作者认为范爱农的溺水是时代的罪愆。

第二，对封建思想、封建伦理和资产阶级文人给予揭露与抨击。《二十四孝图》中，作者以愤激的心情，揭露“老莱娱亲”和“郭巨埋儿”所谓的“孝行”，控诉了封建孝道的虚伪、丑恶和残忍。《五猖会》从父亲对孩子心理的无知而产生的隔阂、冲突里，写出封建家庭教育在儿童心灵上投下的阴影。《从百草园到三味书屋》用乐园似的百草园生活和枯燥陈腐的三味书屋生活相对比，批判了陈腐的封建教育方法。《琐记》对自己在南京求学的一段生活作了总结，他批判了当时的教育是学非所用，爬上二十丈的桅杆不可以当个好水兵，钻进二十丈的地道也不能做个好矿工。这说明当时的教育和实践相脱节，作者对这样的教育非常不满，所以决定出国学习，继续深造。《狗·猫·鼠》中，作者首先点明“仇猫”的理由是媚态可憎、幸灾乐祸、折磨弱者，讽刺了自命清高的现代评论派那些“正人君子”。

第三，真实记录了浙东地区民情风俗和特定时期的社会现象。《五猖会》《无常》写乡间人们都爱看的迎神赛会，内容像《社戏》。无常是勾摄生魂的使者，活无常是个很出风头的角色。它借舞台所见，描写了“鬼而人，理而情，可怖而可爱”，被“下等人”所喜爱的“活无常”，通过这个“鬼”和现实中的“人”对比，刻画出了现实生活中某些“人格”不如“鬼格”的人的丑恶面目，指出所谓的“正人君子”根本不是公正的代表，“公正的裁判是在阴间”。《父亲的病》叙述父亲长期治病的过程中，对勒索钱财、庸医误人、迷信愚人表达了深深的愤慨。《琐记》里的衍太太是位专爱搬弄是非、教唆小孩子作恶、怂恿鲁迅看黄色书籍，然后散布流言蜚语的两面派人物，作者对这样的小人是十分憎恶的，加之学校教育的枯燥，鲁迅不得不“走已路”。《藤野先生》从侧面勾勒出昏庸无耻、不学无术的清国留学生的丑态。《范爱农》写绍兴光复的第二天，范爱农约鲁迅看绍兴光复后的景致，“满眼是白旗。然而貌虽如此，内骨子是依旧的，因为还是几个旧乡绅所组织的军政府，什么铁路股东是行政司长……”说明辛亥革命根本不彻底，换汤不换药，范爱农最后的悲剧也就是辛亥革命悲剧的缩影。

《朝花夕拾》文笔自然流畅、深沉隽永，看似谈闲叙事，实则充满了理性。其艺术特色主要体现在以下几方面。

第一，截取生活片断，塑造了富有个性特征的人物形象，如阿长妈妈勤劳善良、爽朗纯朴，但迷信愚昧；寿镜吾老师方正、慈祥、质朴、博学，虽然有点儿迂腐，但认真负责、开明通达；藤野先生穿着不拘小节，但对工作极其认真，对中国留学生一视同仁；衍太太是典型的市侩形象，她愚蠢、自私自利、心术不正，让人心生厌恶；范爱农是个耿直狷介、落落寡合、富有正义感的爱国知识分子。

第二，采用多种多样的艺术手法表现主题。一是夹叙夹议的叙述方法，《朝花夕拾》多半是写往事，作者含着强烈的爱憎，联系现实进行议论。《父亲的病》写到药引“蟋蟀一对”，旁注小字“要原配，即本在一窠中者”时，作者很自然地插上一句寓意讽刺：“似乎昆虫也要贞节，续弦或再醮，连做药资格也丧失了。”《琐记》中写到衍太太的造谣后，作者说道：“流言的来源，我是明白的，倘是现在，只要有地方发表，我总要骂出流言家的狐狸尾巴来。”二是字里行间洋溢着炽热的抒情气息，不论是写人，还是叙事，笔端都带有强烈的感情，且多半不外露，而是在看似平淡的叙述中流露出深长的意味。《五猖会》在看戏前所遭遇的阻难，写出了父亲对儿童心理的无知和隔膜。《范爱农》是通过个人的友谊和感受着笔的，所以就增加了更浓的悲剧气息。三是调动了各种对比手法，采用历史和现实、人物同人物、人物和魂魄，以及不同的生活环境等多种对比，从而使描写的对象更加突出，爱憎感情表现得更加鲜明。《从百草园到三味书屋》运用对比描写了百草园从盛夏到严冬的景致、三味书屋的乐趣与枯燥。《藤野先生》里，鲁迅的忧国忧民之情与清国留学生赏樱花、学跳舞的不学无术，藤野先生的民族友善和日本青年的寻衅，“幻灯片事件”里我的清醒与中国看客的麻木等都形成鲜明对比。四是白描手法的运用，即抓住人物特征，几笔勾勒就很传神。如写藤野先生，写他的“黑瘦”“八字须”“缓缓而很有顿挫的声调”“戴着眼镜，扶着一叠大大小小的书”，衣着模糊，冬天穿旧外套，活画出一位生活俭朴、治学严谨的学者形象。写范爱农外貌：“这是一个高大身材，长头发，眼球白多黑少的人，看人总像在藐视”“他穿着很旧的布马褂，破布鞋，显得很寒素”。他“瞪着他多白的眼”，虽身处逆境、穷愁潦倒，但他斜眼看人的藐视目光，总是透出他傲岸不群的豪爽和自尊。五是在批判封建旧制度旧道德时，多用反讽手法，即“双关”。表面上很冷静地叙述事件的始末，其实是反话正说，在叙述中暗含着“言在此而意在彼”的巧妙讽刺。在《父亲的病》中，对庸医的行医过程细细道来，没有正面指责与讽刺，但字里行间处处蕴含着作者激愤的批判和讽刺。在《藤野先生》中，作者用了“标致”来讽刺清国留学生的丑态；用“精通时事”来讽刺清国留学生所“精通”的“时事”其实是些无聊的事；用“爱国青年”来反讽当时日本一些受军国主义思想影响而妄自尊大、盲目忠君、思想狭隘的青年；用“何尝”来加强反语的语气从而加强肯定。

第三，语言鲜明生动，寓庄于谐。《狗·猫·鼠》全篇燃烧着战斗的火焰，如“虫蛆也许是不干净的，但它们并没有自命清高：鸷禽猛兽以较弱的动物为饵，不妨说是凶残的罢，但它们从来就没有竖过‘公理—正义’的旗子……”把帝国主义、封建军阀和它们的奴才们不如虫蛆、不如鸷禽猛兽的本质勾画了出来。《阿长与〈山海经〉》里，长妈妈知道鲁迅喜爱《山海经》后，她告假回家四五天后，穿着新的蓝布衫回来，一见面，便高兴地说：“哥儿，有画儿的‘三哼经’，我给你买来了！”一个淳朴善良、细致有爱心的形象跃然而出。《二十四孝图》中谈到“郭巨埋儿”时写道：“我最初实在替这孩子捏一把汗，待到掘出黄金一釜，这才觉得轻松，然而我已经不但自己不敢再想做孝子，并且怕我父亲去做孝子了。”将孩童的担心、疑惑写得提心吊胆。《琐记》里的衍太太怂恿孩子们打旋子，从旁计数，看见大人来了又说：“你看，不是跌了么？不听我的话，我叫你不要旋、不要旋。”将一个爱挑拨是非的双面人形象刻画得淋漓尽致。

第四节 感应时代的杂文

杂文创作是鲁迅毕生最重要的事业，是他心血的主要结晶和创造力的重要标志。在鲁迅笔下，杂文成为一种自由摹写世相、描述见闻、评说人事、言志抒情、思想启蒙和反抗现实的武器。

杂文萌芽于思想革命和文学革命，动荡的时代给杂文的勃兴提供了舞台。1918 年 4 月，《新青年》开辟“随感录”栏目，刊载对社会和时事的短评。同年 9 月 15 日，在《新青年》五卷三号上，鲁迅以笔名“俟”发表《随感录·二十五》。随后又在《晨报副刊》《京报副刊》《国民新报副刊》《语丝》《莽原》《猛进》等报刊上撰稿，在他的带动和影响下，杂文创作蔚然成风。随着社会斗争和思想斗争的日益尖锐，鲁迅感应到时代的步伐加快了，杂文写作与日俱增，充分显示了杂文是匕首、似投枪的战斗作用。

1935 年底，鲁迅在《且介亭杂文二集》“后记”里说：“我从在《新青年》上写《随感录》起，到写这集子里的最末一篇止，共历 18 年，单是杂感，约有八十万字。后九年中的所写，比前九年多两倍；而这后九年中，近三年所写的字数，等于前六年……”1918—1927 年，鲁迅出版的杂文集有《热风》《坟》《华盖集》《华盖集续编》，1928—1936 年出版的杂文集有《而已集》《三闲集》《二心集》《伪自由书》《南腔北调集》《准风月谈》《花边文学》《且介亭杂文》《且介亭杂文二集》《且介亭杂文末编》。之后，由后人编订出版杂文集《集外集》《集外集拾遗》《集外集拾遗补编》。关于鲁迅杂文的功用，瞿秋白在《鲁迅杂感选集·序言》里指出：“鲁迅的杂感其实是一种‘社会论文’——战斗的‘阜利通’(Feuilletou)。谁要是想一想这近二十年的情形，他就可以懂得这种文体发生的原因。急遽的剧烈的社会斗争，使作家不能够从容地把他的思想和情感熔铸到创作里去，表现在具体的形象和典型里；同时，残酷的强暴的压力，又不容许作家的言论采取通常的形式。作家的幽默才能，就帮助他用艺术的形式来表现他的政治立场，他的深刻的对于社会的观察，他的热烈的对于民众斗争的同情。不但这样，这里反映着‘五四’以来中国的思想斗争的历史。”鲁迅的杂文面对社会现实和反帝反封建斗争的需要，无畏无惧、爱憎分明，深刻鲜明地反映了第一、二次国内革命战争时期的生活面貌和革命斗争进程。

一、鲁迅杂文的思想内容

第一，对封建制度和国民劣根性进行无情揭露，抨击封建复古派“国粹主义”论调。在五四新文化浪潮中，鲁迅写了《我之节烈观》《我们现在怎样做父亲》，从进化论角度对“表彰节烈”“夫权思想”“父权思想”等儒家礼教进行批判。《娜拉走后怎样》《论雷峰塔的倒掉》对吃人的“文明”、腐朽的礼教予以批驳，号召青年创造中国历史上未曾有过的新时代。《灯下漫笔》里，作者以沉痛的笔墨回顾了中国人的奴隶命运，认为中国人只有两个时代：一是“想做奴隶而不得的时代”，二是“暂时做稳了奴隶的时代”。同时指出：“所谓中国的文明者，其实不过是安排给阔人享用的人肉的筵宴。所谓中国者，其实不过是安排这人肉的筵宴的厨房。”他要求彻底“扫荡这些食人者，掀掉这筵宴，毁坏这厨房”，使中国人进入“历史上未曾有过的第三样时代”。《说“面子”》《黄花节的杂感》《经验》《观斗》《洋服的没落》《老调子已经唱完》《略论中国人的脸》《小杂感》等对死要面子、善于忘却、麻木冷漠、围观呆看、外强内弱、自私自利、攀亲认祖、甘于驯顺等国民劣根性进行了嬉笑怒骂的揭露，对国民卑怯保守的病态心理作了深刻的剖析。在封建复古派猖狂诋毁新文化运动时，鲁迅发表《随感录·三十五》《随感录·五十七》《所谓“国学”》《估〈学衡〉》《答 KS 君》《十四年的读经》等，揭露和驳斥了复古派的“国粹主义”，揭穿了封建道德的虚伪本质。

第二，对帝国主义、封建军阀及其欧化绅士和市侩文人进行批判，提出“痛打落水狗”和韧性战斗的论断。1926 年 3 月，奉系军阀在日本帝国主义支持下进兵关内，冯玉祥率领的国民军同奉军作战。日本帝国主义公开援助奉军，炮击国民军，并向北洋军阀段祺瑞政府提出抗议，借口维护《辛丑条约》，提出种种无理条件。3 月 18 日，北京学生和各界群众为抗议日本帝国主义的强盗行径发动示威游行，段祺瑞政府竟然下令开枪，造成死伤 200 多人的惨案。鲁迅把 3 月 18 日称为“民国以来最黑暗的一天”，当天写了《无花的蔷薇之二》，愤怒抗议了段祺瑞的罪行，尖锐指出：“如此残虐险狠的行为，不但在禽兽中所未曾见，便是在人类中也极少有的。”“墨写的谎说，决掩不住血写的事实。血债必须用同物偿还。拖欠得愈久，就要付更大的利息!”《记念刘和珍君》以朴素的笔墨写出了对于“为了中国而死的中国青年”的“悲哀与尊敬”，表达了对“中外的杀人者”——帝国主义及其走狗们悲戗的愤慨。《死地》《可惨与可笑》斥责了“现代评论派”陈源之流为段祺瑞政府开脱罪责的行为，指出他们的言论“比刀枪更可以惊心动魄”。《一点比喻》《我还不能“带住”》《丧家的资本家的“乏”走狗》揭露陈源等人“高帽皮袍，装腔作势”的本质，揭穿了他们虚伪善变、“摆臭架子”“乏走狗”的要害。《战略关系》《中国人的生命圈》《“友邦惊诧”论》通过铁的事实揭露了国民党反动派投敌卖国的罪行和妄图瓜分中国的阴谋，对“友邦惊诧”的谬论进行了犀利批驳。《论“费厄泼赖”应该缓行》通过对历史的和现实的阶级斗争经验教训的总结，认为当时不存在实行“费厄”的条件，指出国民党反动派的所谓“友邦”实际上是与日本帝国主义一个鼻子出气、企图破坏全民抗日运动的帮凶，对敌人不能宽容，“落水狗”必须痛打，号召人们发扬“痛打落水狗”的精神。《答有恒先生》回顾了自己的战斗经历，无情解剖自己，从血的教训中认清了进化论的偏颇，宣告了进化论的破灭，坚定了继续战斗的意志。

第三，粉碎国民党发动的反革命文化“围剿”，批判各种错误的文艺思潮。国民党反动派对苏区武装进行“围剿”的同时，对进步文化也进行“围剿”。一是剥夺进步文化的出版自由。1930 年 12 月，国民政府颁布了《出版法》《图书杂志审查办法》，对报纸、杂志、书籍的控制越来越严。1932 年 11 月，国民党中央宣传部又公布“宣传品审查标准”，凡是宣传共产主义、批评国民政府、要求民主和抗日的言论，一律严加禁止。二是禁止进步书刊、破坏文化团体，纠集“上海滩上久已沉沉浮浮的流尸”，发动“民族主义文学”运动。三是捕杀进步文化工作者，如中国左翼戏剧家联盟的演员宗辉在南京被杀、“左联”五烈士被害、丁玲等被囚禁等。鲁迅在《小杂感》里尖锐讽刺蒋介石等大要政治流氓伎俩，他们扬言除暴，却实施了虐杀。发表《中国“铲共大观”》《为了忘却的纪念》《黑暗中国的文艺界的现状》《无产阶级文学和前驱者的血》等，公开揭露和抨击国民党反动派查禁书刊、捣毁书店、囚禁和杀害革命作家的罪行。发表《革命时代的文学》《新月社批评家的任务》《文学和出汗》《卢梭和胃口》《习惯与改革》《文学是有阶级性的吗？》等，深入剖析了新月派鼓吹永久不变的“人性论”的错误论调，严正声明文学是有阶级性的。鲁迅在《“硬译”与“文学的阶级性”》里形象地说：“自然，‘喜怒哀乐，人之情也’，然而穷人决无开交易所折本的懊恼，煤油大王哪会知道北京捡煤渣老婆子身受的酸辛，饥区的灾民，大约总不去种兰花，像阔人的老太爷一样，贾府上的焦大，也不爱林妹妹的。”当自我标榜“文艺自由人”胡秋原、“第三种人”苏汶以“只准某一种文学把持文坛”为名，反对“左联”时，鲁迅发表《论“第三种人”》《又论“第三种人”》等，对他们提出中肯批评，指出“生在有阶级的社会里而要做超阶级的作家，生在战斗的年代而要离开战斗而独立，生在现在而要作给予将来的作品，这样的人，实在也是一个新造的幻影。”当林语堂在上海不谈政治、倡导“幽默闲适”论调时，鲁迅先后发表《小品文的危机》《帮闲法发隐》《帮忙文学与帮闲文学》《从讽刺到幽默》《航空救国》《今文八弊》等文章，敢于直面惨淡的人生，把文学当作“匕首”和“投枪”，刺向敌人，在当时“风沙扑面、狼虎成群的时候”，所谓幽默，其实是“将屠夫的凶残，使大家化为一笑，收场大吉”一类的东西，给反动当局起到帮闲或者帮忙的作用。

第四，对社会黑暗面和各种怪现象进行针砭，自觉开展社会批评和文化批判，这也可以看作是对国民劣根性的持续批判。《太平歌诀》从一则新闻记事开头，南京孙中山墓行将竣工，石匠要取幼童的灵魂来“合龙口”，市民中以讹传讹流传三种歌谣，作者艺术地阐明了革命与群众的关系问题，如果革命得不到群众的广泛支持，最后只能落得“叫人叫不着，自己顶石坟”的下场。20 世纪 30 年代，国民党政客提倡“新生活运动”，宣扬封建主义的礼义廉耻及忠孝仁爱信义和平等，鲁迅则通过《中华民国的新“堂・吉诃德”们》《由中国女人的脚，推定中国人之非中庸，又由此推定孔夫子有胃病》，从历史形成的孔教观念入手，深刻剖析这种儒教自身的不可自圆其说的深刻矛盾性，从而揭露其虚假和欺骗性的本质，起到刨现实中“坏种”祖坟的作用。《黄祸》《外国也有》对阿 Q 式的自我陶醉做了揶揄嘲讽。《〈如此广州〉读后感》 对国民迷信顽疾痛心疾首，“此弊不去，中国是无药可救的”。在《准风月谈》里，鲁迅不仅通过十里洋场司空见惯的“揩油”“吃白相饭”、说风凉话等小市民的恶习进行调侃，对文坛上捧场逐利、“捐班”诗人、“商定”文豪等丑闻给予怒骂。《花边文学》以小见大，透过一个个肮脏的社会现象，如保守势力的糊涂昏聩、随人起哄的空虚乏味、官商子弟的百无聊赖、平庸人物的自甘卑污等，指出国民党反动统治的腐朽和没落。《中国文坛上的鬼魅》《从帮忙到扯淡》《答国际文学社问》等，对文化界的种种丑行做了无情鞭笞。

第五，积极推动无产阶级革命文学运动，热情歌颂人民的力量，极力扶植青年作家。在革命文学论争时，创造社、太阳社生搬硬套马克思主义文艺理论，无端指责鲁迅。鲁迅在潜心翻译和研读苏俄文艺理论原著后，先后撰写了《“醉眼”中的朦胧》《文艺与革命》《革命咖啡座》《文坛的掌故》《现今的新闻学的概观》等，科学阐述了文学与时代、文学与革命的关系，他反对“超时代”和“创造时代”的错误提法，明确指出“文艺是时代人生的记录”，主张革命文学要与革命现实紧密结合。在谈到作家世界观改造的重要性时，鲁迅在《革命文学》里说：“我以为根本问题是在作者可是一个‘革命人’，倘是的，则无论写的是什么事件，用的是什么材料，则都是‘革命文学’。从喷泉里出来的都是水，从血管里出来的都是血。”在“左联”成立大会上，鲁迅发表《对于左翼作家联盟的意见》，他尖锐指出：“左翼作家”有三种情况容易变成“‘右翼’作家”对“左联”今后的发展提出了四点宝贵意见。《中国无产阶级革命文学和前驱者的血》在对左联五烈士哀悼的同时，坚定地预言劳苦大众的革命必胜。《辱骂和恐吓决不是战斗》阐述了左翼作家应有的文风问题，提出了“战斗的作者应该注重于‘论争’”，对无聊攻击、辱骂和恐吓的不良倾向进行了剖析和批评。在“两个口号”论争中，鲁迅发表《论现在我们的文学运动》，客观公正地论述了文学革命发展与“民族革命战争的大众文学”之间的关系，认为“民族革命战争的大众文学是无产阶级革命文学在现在时代的真实的更广大的内容”。《答徐懋庸并关于抗日统一战线问题》，驳斥了个别人对作者的中伤和挑衅，批评了左联关门主义倾向和狭隘的小团体思想，表明自己对文艺界统一战线的态度，那就是“我赞成一切文学家，任何派别的文学家在抗日的口号之下统一起来的主张”。在鲁迅的促进下，文艺界抗日民族统一战线于 1936 年 10 月初步形成。在《中国人失掉自信力了吗》里，鲁迅运用辩证唯物主义的观点，从历史和现实两方面，对“中国人”作了阶级分析，热情赞扬了作为“中国的脊梁”的“并不失掉自信力的中国人”，号召中国人民要分清是非，向英雄人物学习，积极投入到革命的时代洪流中去。左翼作家们在成长过程中，鲁迅热情地关心支持他们，提出了“选材要严、开掘要深”的指导意见，先后为柔石、叶紫、萧军、萧红、徐懋庸等的新作写序。许广平在回忆录中也曾经说，鲁迅为了帮助青年，“逐字逐页的批改文稿，逐字逐句的校勘译稿，几乎费去先生半生功夫”。

第六，拥护中国共产党的抗日民族统一战线政策，拥护中国共产党的领导。1931 年 10 月，鲁迅向“左联”文委书记冯雪峰以及茅盾打听中央苏区和毛泽东的情况，极为佩服朱、毛在第二次反“围剿”斗争中的战绩，因为他们把气焰嚣张的国民党反动派“吓坏了”。1936 年 4 月，冯雪峰奉党中央之命离开陕北到上海，住在鲁迅的家中，向鲁迅讲述了红军长征的经过、遵义会议的情况、党的抗日民族统一战线政策。1936 年春天，“左联”解散时，托派企图离间鲁迅同中国共产党的关系，破坏抗日民族统一战线，鲁迅在病榻上完成了《答托洛斯基派的信》《论现在我们的文学运动》《答徐懋庸并关于抗日统一战线问题》三篇杂文，表明了鲁迅对中国共产党的热爱和鲜明态度，蕴含着鲁迅对中国共产党的坚定信念和对未来的希望。在《答托洛斯基派的信》里，鲁迅严厉斥责道：“你们的‘理论’确比毛泽东先生高超得多，岂但得多，简直一是在天上，一是在地下。但高超固然是可敬佩的，无奈这高超又恰恰为日本侵略者所欢迎……”也在《答徐懋庸并关于抗日统一战线问题》里，他宣称：“中国目前的革命的政党向全国人民所提出的抗日民族统一战线的政策，我是看见的，我是拥护的，我无条件地加入这战线。”

此外，鲁迅杂文还对传统文化、苏俄关系、儿童问题、妇女问题、民间文学、木刻版画等发表了许多精辟的评论。

二、鲁迅杂文的艺术特色

鲁迅的杂文艺术经历了由单纯到繁复、由清新到冷峻的过程。特别是后期杂文艺术性更强，风格独特，以至于形成独树一帜的“鲁迅风”潮流。

第一，鲁迅杂文是诗与政论的结合，是文艺性的社会论文。它既不同于一般的政论文，也不同于一般的文艺作品，它具有一般的评论性质，同时又有文艺作品的特点，具有高度的艺术性，发挥了极强的战斗作用。瞿秋白把鲁迅的杂文称为“文艺性的论文的代名词”。冯雪峰在《鲁迅与中国民族及文学上的鲁迅主义》里说：“鲁迅先生独创了将诗和政论凝结于一起的‘杂感’，这尖锐的政论性的文艺形式。”鲁迅往往能在短短的几百字里把问题剖析得清清楚楚、合情合理，揭示本质透彻深刻、一针见血。鲁迅在《小品文的危机》里说，杂文必须“是匕首、是投枪，能和读者一同杀出一条生存的血路的东西”。郁达夫说鲁迅“能以寸铁杀人”。鲁迅曾说他的杂文“论时事不留面子，砭锢蔽常取类型”，所以他杂文里的形象就非常具有代表性，如乏走狗、叭儿狗、媚态的猫、嗡嗡营营的苍蝇、哼哼吸血的蚊子，等等。

第二，鲁迅杂文善于选择人们习以为常的生活现象、心理习惯等作为“开发口”，一直挖掘到历史的底层，揭示出深广的社会历史文化。鲁迅杂文擅长分析，他的论辩能置强敌于死命，揭露矛盾的方法也多种多样。如在解剖国民劣根性方面，《看镜有感》《说胡须》《灯下漫笔》《再论雷峰塔的倒掉》《论“他妈的”》等，每一篇都是一口开掘不尽的思想深井，几口古井、几根胡须、饭后闲谈时的传闻、兑换钱币的心理变化，乃至于几乎人人都挂在嘴边的“国骂”，都蕴含着丰富的社会学、历史学、民族学、心理学等内涵。

第三，鲁迅常常在幽默中夹杂轻松的讽刺，用诙谐有趣、含蓄有力的语言揭露生活中的丑人丑事。他认为，“讽刺”的生命是真实，不必是曾有的事实，但必须是会有的实情。“讽刺”和“幽默”不同于打诨取笑和“把屠伯的凶残化为笑料”的所谓艺术，而是通过夸张、比喻、双关、反语等手法，揭露病态的社会。《错登的文章》里说，印制给少年们看的刊物上往往有描写岳飞呀、文天祥呀的故事，“不过这两位，却可以励现任的文官武将，愧前任的降将逃官，我疑心那些故事是为办给大人老爷们看的刊物而写的文字，不知怎么一来，却错登在少年读物上了。要不然，作者是决不至于如此低能的”。这段话明显讽刺了国民党言行不一的丑态，对他们出卖祖国、屈膝投降的罪行进行了猛烈鞭笞，语言极尽幽默。在《现代中国的孔夫子》里，说军阀张宗昌“连自己也数不清金钱和兵丁和姨太太的数目”，以夸张达到讽刺效果。《“有名无实”的反驳》里，从报上引述一位国民党排长的话，同现实生活相对照，进行了无情的嘲讽，几乎通篇全用反语写成。《知难行难》写了胡适先后被退位的宣统皇帝和蒋介石召见的丑态。作者采取漫画式笔法，在幽默中讽刺胡博士的奴才相。

第四，鲁迅杂文广泛吸收和借鉴中外散文的优点，创造了形式多样的文体，充实和丰富了现代散文艺术宝库。鲁迅杂文样式自由活泼、不拘一格、或长或短，主要有序、跋（如《萧红作〈生死场〉》、按语（如《〈行路难〉按语》）、日记（如《马上日记》）、杂记（如《读书杂谈》《张资平氏的“小说学”》）、贺电（如《祝中俄文字之交》）、通信（如《关于小说题材的通信》《两地书》）、祭文（如《论“人言可畏”》）、墓志铭（如《死》），还有书评（《关于〈苦闷的象征〉》）、文艺短评（如《杂谈小品文》）、时评（如《“友邦惊诧”论》）、讲演（如《文艺与政治的歧途》）、歌谣（如《好东西歌》）、寓言（如《拟豫言》）、游记（如《秋夜纪游》）、散文诗（如《夜颂》）、回忆性散文（如《忆韦素园君》）、学术论文（如《谈金圣叹》《魏晋风度及文章与药酒之关系》）等。

第三章　中国现代诗歌的奠基人：郭沫若

郭沫若（1892—1978），四川乐山人，原名郭开贞，字鼎堂，号尚武。早年留学日本，在九州帝国大学学医。1921 年 8 月出版的第一本新诗集《女神》，以崭新的内容与形式开一代诗风，使之成为中国现代新诗的奠基之作，郭沫若也因此成为中国现代新诗的重要奠基人之一。同年，郭沫若又与成仿吾、郁达夫等人一同创立“创造社”，成为新文化运动的重要旗手。随着革命形势的发展，郭沫若在不同心境下还创作了《星空》《瓶》《前茅》《恢复》等诗集。作为 20 世纪的文化巨人，郭沫若在历史剧的创作方面也大放异彩。早在现代戏剧发展的第一个十年里，就写出了著名的《三个叛逆的女性》，并将五四精神融入历史人物的塑造中，赋予他们时代气息。在抗日战争时期，又接连创作了《屈原》《虎符》等六部历史剧。

第一节　开一代诗风的《女神》

《女神》是郭沫若的第一部诗集，主要收录了作者在 1919—1921 年之间的代表性诗作。它的问世犹如响彻长空的惊雷，震动了当时的文艺界。连《序诗》在内，共收诗歌 54 首和诗剧 3 篇（即《女神之再生》《湘累》和《棠棣之花》），这些诗作大多是作者在日本留学时期所创作的。其中代表诗篇有《女神之再生》《凤凰涅槃》《天狗》《日出》《晨安》《炉中煤》《地球，我的母亲！》《笔立山头展望》等。在诗歌形式上，挣脱了旧体诗的束缚，创造了雄浑奔放的自由诗体，为“五四”以后自由诗的发展开拓了新的天地，《女神》也因此成为中国现代新诗的奠基之作。

《女神》以饱满的热情、酣畅淋漓的笔墨、丰富的想象，大胆地创造了自我抒情主人公的形象。这一抒情主人公形象，是五四时期觉醒的中华民族的自我形象，是一个具有破坏与创造性格、热烈追求自由个性的自我形象。作者在《凤凰涅槃》中所描绘的中国古代传说中凤与凰这一对神鸟，是中华民族精神的象征。诗中，在除夕将近的时刻，它们自集香木，自煽火星，从容自焚。作者以豪放不羁、酣畅洒脱的笔墨描写了凤凰在熊熊烈火中更生与壮丽的图景，揭示了中华民族所经历的毁旧创新的伟大涅槃过程，以投火自焚来结束自己的生命这意味着中华民族已经结束了历史上最黑暗的一页。而凤凰更生后的生动、华美、芬芳，又宣告了中华民族脱胎换骨、振兴腾飞、追求新生的伟大时刻已经到来，洋溢着作者对祖国和民族获得新生的无比激动与快乐的心情。这个自我抒情主人公是热情饱满的。在《晨安》里，作者热情地向高山、大海、祖国同胞、风云雷雨、诗者伟人发出了晨安的问候，生动无比、富有生机。“物我无间”的思维方式又使作者将宇宙万物自如地神化与人化。如“晨安，长动不息的大海呀！/晨安，我年轻的祖国呀！/晨安，恒河呀，恒河里流泻着灵光呀！”这种热情洋溢体现了作者形象思维的丰富性与多样性、生动性与科学性。同时，作者通过丰富的想象力和大胆的创造力，让女神从神龛中走下来，亲手创造了鲜红的太阳，让大海娶太阳为新娘，让不羁的天狗气吞日月……在作者的笔下，地球是有血有肉的人类慈母，雨雪是她的呼吸，月亮则成了这慈母化妆的明镜。在这里，个人的自我价值得以实现，创造力得到承认，人类一切的情感都被释放了出来，这对于长期习惯压抑自己情感的中国人是破天荒头一遭。

《女神》最大的特点在于其自身的浪漫主义色彩。在《女神》的创作过程中，作者经常采用借物抒情的方法，通过神话故事和神话传说来表达自己的情感和理想。作者还采用比喻、象征等表现手法来着重表现其浪漫主义色彩。比如，在《炉中煤》一诗中，作者用“眷恋祖国的情绪”来作为诗歌的副标题，这正是“炉中煤”一诗的寓意。作者通过极具浪漫主义的奇特想象，以煤作喻，寄寓诗人积极进取、以身报国的爱国情操，也表现了当时大批知识分子心灵的觉醒，同时也体现了作者与时代精神相统一。在《凤凰涅槃》一诗中，作者重点描绘了自力更生的凤凰形象，凤凰通过对黑暗旧社会的反叛，逐渐成长为新时代的民族战士。在他们身上既蕴含了深沉、悲壮的情感基调，又汇聚了中华民族和中国人民各种美好的品德。《天狗》一诗开头，作者便自称“天狗”，说“天狗”能够吞日、吞月，能够吞掉一切的星球。而“我便是我了”则是作者个性获得充分张扬后所表现出来的自豪感。可以说，《天狗》是作者在五四精神照耀下对人的个性解放的一首赞歌，也正是因为具有冲破一切束缚个性发展的勇气之后，个性才能够得到充分发扬，五四时期的新青年才能够具有无限的能量，让山河、大地、宇宙发生彻底的改变。通过《天狗》《凤凰涅槃》《炉中煤》等诗，我们不难看出，郭沫若的《女神》，想象力最为丰富，感情极为波澜壮阔，可以称得上是诗歌界最华美的存在。

《女神》作为一部开一代诗歌新风的作品，处处彰显着五四时代精神。《女神》的抒情主人公是一个追求个性解放的战斗者，是一个要求尊崇自我的战斗者，同时也是一个大胆地反抗封建制度以及封建思想的叛逆者。《天狗》中抒情主人公喊出的语言，就是这一时代精神的集中体现。这种情感的抒发与五四时期我们提倡的思想大解放、大潮流是一脉相承的。因此，我们可以说，诗歌中的“我”就是时代精神的代表者。我们可以说，《女神》中的作品，都体现了作者对力量、对光明的美好歌颂，色彩绚丽，声调激昂，气势恢弘。

《女神》的创作时期正值五四运动的高潮时期，因此里面的很多诗歌都体现了五四时期的狂飙突进精神。作者在创作《女神》的过程中，吸收了很多西方哲学思想，特别是斯宾诺莎的泛神论思想，同时又受到了现代文艺思潮的影响，打破了传统旧体诗词的内容表达和形式表达。在艺术表达上采用了自由体诗歌形式，诗无定节，节无定形，行无定字，不讲究整齐匀称的押韵，而是以诗人内在情绪的消长形成诗歌的内在节奏，为自由体诗歌的发展开辟了道路。如《天狗》全诗共四小节，有的两行为一小节，有的十三行为一小节，每小节字数有的三字，多则十字；同时，每小节的押韵韵例也不规则，形式上确实做到了极端的自由。

第二节　现代自由体诗歌典范《凤凰涅槃》

《凤凰涅槃》是郭沫若创作的一首长篇抒情叙事诗，发表于 1920 年，后收入诗集《女神》。当时全国反帝反封建的浪潮正在波澜壮阔地展开。当时作者正在日本留学，虽然作者身在国外，但心念祖国。于是，他将“个人的郁积，民族的郁积”注入诗篇之中，用犀利的笔尖，写出了许多脍炙人口、流传至今的佳作名篇。《凤凰涅槃》就是其中的佳作之一。

《凤凰涅槃》全诗共六章：序曲、凤歌、凰歌、凤凰同歌、群鸟歌、凤凰更生歌。“序曲”渲染凤凰自我牺牲时悲壮的气氛；“凤歌”是对旧社会罪恶的揭露；“凰歌”是女性悲痛的倾诉；“凤凰同歌”再次表现了革命青年所向往的悲壮而美丽的自我牺牲。“群鸟歌”

是一个插曲，让凤凰的形象和群鸟的形象形成鲜明的对比；“凤凰更生歌”是长诗的主要部分，“凤凰和鸣”以汪洋恣意的笔调以及无数的重奏复唱，表现重生后的凤凰的极度欢欣，象征中国社会新生后的光明、自由、幸福，洋溢着浓烈、炽热的向往光明、追求理想的火山爆发式的激情。

凤凰，是我国古代神话传说中的一种神鸟。它饮朝露、栖息梧桐，被人们认为是吉祥和美好的象征。凤凰涅槃，浴火重生。五百年一次凤凰的生命快结束时，便会集梧桐枝自焚，在烈火中新生，其羽更丰，其音更清，其神更髓。作者采用了古老而有趣的传说，以他那化腐朽为神奇的笔，写下了这一著名的诗篇，表达了他希望祖国在烈火中得到新生的理想。

诗歌融汇中外关于凤凰的神话于一炉，赋予新的内容，创造了象征旧中国的毁灭和新中国的诞生的凤凰形象。凤凰是祖国的形象，“凤凰涅槃”这个命题就是表示中华民族要在这场反帝反封建的革命斗争中获得新生。同时，诗中的“凤凰”也象征着在革命烈火中死而复生、弃旧图新的自我。凤凰的忧愁、痛苦和自我牺牲的决心，也正是诗人所表达的自己忧国忧民的激愤和准备投身革命烈火化为新我的决心。

通过凤凰主动地为自焚创造条件，无情地批判否定旧的宇宙和人生，不顾凡鸟的嫉妒、嘲笑而义无反顾、毫无保留地焚烧旧我，以及重生后的无比美好和欢乐，表现了作者对祖国无限热爱的深情，对旧世界的无比痛恨和对祖国新生的热切追求，揭示了只有在革命烈火中才能除旧布新的真理充分运用。

在“凰歌”中，诗人充分运用比喻这种修辞手法。作者将“凤凰的处境”比作一叶“孤舟”，指出这一叶“孤舟”“帆已破，樯已断，楫已飘流，柁已腐烂”，而驾驶这叶孤舟的是“疲倦的呻唤”中的“舟子”。同时，作者将凤凰“缥缈的浮生”比喻成“黑夜里的酣梦”“睡眠当中的一刹那的风烟”。作者把“一切旧传统、旧束缚的影响”诅咒为“环绕着我们活动着的死尸”“贯串着我们活动着的死尸”。通过一系列的比喻，读者很快就能体会到作者要在诗歌中表达的含义，那便是中国人民生活在黑暗腐朽的旧中国，已经没有任何意义，也失去了活着的价值，无法实现自我人生价值。打破现在的旧中国，创造一个新中国、一个崭新的生存环境、一个能够充分体现自我价值的世界，是一件刻不容缓、箭在弦上不得不发的事情。

“凰”悲伤地感叹“五百年来”生活当中的一切“羞辱”和所有的 “污浊”，在感叹中眼泪“倾泻如瀑”“淋漓如烛”。她深切地感受到了自己处境的痛苦和艰险，于是开始向苍天和大地询问，提出“我们这缥缈的浮生，到底要向哪儿安宿？”这样一个发人深省的问题，进而去探索人生是否存在“至真、至善、至美”这一境界。她开始追忆自己曾经经历过的 “新鲜、甘美、光华、欢爱”的青年时光。可以看出，这种对中华民族源远流长的历史、灿若星河的文化的深切缅怀，一方面是对当下黑暗腐败的社会现实的揭露和鞭挞，另一方面则是作者对未来社会的美好期望。因此，虽然现实“只剩下些悲哀、烦恼、寂寞、衰败”，虽然凰也存在人生如梦的悲哀，但难能可贵的是她没有表现出颓废、悲伤和绝望。相反，在涅“槃”的这一刻，她深切地感到“一切都已去了，一切都要去了”。熊熊的烈火，即将让旧世界化为灰烬，而自己将获得永生。

《凤凰涅槃》在艺术特色上极具表现力。首先，作者使用了象征的表现手法，用凤凰涅槃的全过程来象征五四时期中华民族觉醒与蜕变的全过程。诗中诸多的艺术形象大多具有深刻的象征意义。凤凰是五四精神的象征、诗人自我的象征，火是五四革命火焰的象征，群鸟是北洋军阀和市侩帮腔文人的象征，凤凰的传说则是旧世界和诗人旧我的毁灭以及新世界和诗人新我诞生的象征。其次,《凤凰涅槃》具有强烈的浪漫主义色彩。诗中大量采用排比、反复、设问和反问等表现手法，充分显示出了火山爆发一般的激情和气势。同时，大量神话传说的运用，也给诗歌带上了浪漫主义的色彩。最后，在诗歌形式上，作者摒弃了格律体对句子长度的规定，打破了旧体诗的束缚，根据情感的起伏，自由消长。郭沫若创造的自由诗的形式，对于新诗改革具有极大的促进作用。

第三节 早期历史剧《三个叛逆的女性》

在五四文学革命时期，郭沫若不仅开一代新诗创作的诗风，在历史剧创作方面也颇有建树。李一鸣在《中国新文学史讲话》中评价郭沫若的历史剧创作说，郭氏的创作，替“历史剧划开了一条新路。此后的历史剧风起云涌，借古事来给现今说法，未始不是由此开其端倪”。

郭沫若的历史剧旨在借用历史人物传达自己对人生价值的判断和自己的情感思想，并不单是为了还原和再现历史。他自己就创作历史剧的意图发表过看法，他说:“借古人的骸骨来，另行吹嘘些生命进去。”因此，郭沫若所创作的历史剧中，剧中人物的语言和行动、思想和性格，多是作者的想象和虚构，是他自己的愿望、思想的直接体现，而非剧中历史人物在其生活的时代就能说出和做到的。尤其是他早期创作的历史剧《三个叛逆的女性》，在剧作主人公性格中就集中体现了五四时代的革命精神，在当时社会的青年中产生了强烈而积极的影响。

1919 年的五四运动让中国革命进入全新的历史时期，中国妇女解放运动也随着五四运动而拉开序幕。郭沫若首先举起了反封建的旗帜，提出了中国妇女解放问题。他说“如今是该女性觉悟的时候了！……她们先要求成为一个人，然后再能说道人与人的对等的竞争”“我们是看历史上有名的女性，便单就中国而论，如像卓文君，如像蔡文姬，如像武则天，如像李清照，她们的才力也并不亚于男人，而她们之所以能够成人，乃至成为男性以上的人，就是因为她们是不肯服从男性中心道德的叛逆女性。她们不是因为才力过人，所以才成为叛逆；是她们成了叛逆，所以才力才有发展的呀!”

《三个叛逆的女性》创作于 20 世纪 20 年代，剧本包含《王昭君》《卓文君》以及《聂嫈》。郭沫若曾明确表示他创作《三个叛逆的女性》的目的，就是要反对“三从主义”的封建道德，提倡“三不从”的新道德。他说:“我怀着这种想念已经有多少年辰，我在历史上很想找几个有为的女性来作为具体的表现。”

《卓文君》写于 1923 年 2 月，剧作主要取材于《史记·司马相如列传》和民间传说。郭沫若力图通过《卓文君》吹响中国妇女反封建斗争的第一声号角，为她们呐喊助威。作者正面肯定了卓文君的私奔，称其私奔是对封建礼教的一次勇敢的反叛，是值得称许的行为；同时，作者还赋予卓文君正面、鲜明、感人的艺术形象。卓文君生长于名门贵族之家，早年丧夫后便回到娘家居住，他的父亲要求她必须从一而终，使她如同生活在“水晶石的囚牢里”，苦闷异常；当司马相如的琴声把埋藏在她内心深处的情爱唤醒后，她便蔑弃父命，大胆地追求人生的自由和幸福。红箫的那句“各人的命运，是该各人自己去开拓”，给了她巨大的精神鼓励，她勇敢直率地向她父亲表示“我不相信男子可以重婚，女子便不能再嫁!”这也可以看作她对封建礼教发出的挑战。剧作最后她手提宝剑，肩负“自己做人的责任”，怀着“后代的人会来讴歌”自己的信心，毅然决然地迈出封建的牢狱大门，飞奔到了司马相如的身边，这不是“私奔”，而是光明正大地出走。

卓文君在丧夫之后和司马相如私奔，这完全是背叛了旧道德的。卓文君捍卫自己婚姻的主权，追求婚姻自由，在剧作第三幕的深夜出走中，表现得尤为光彩照人。她下定决心与司马相如私奔，逃离她父亲为她打造的“水晶囚牢”，与心爱之人一起连夜逃走。然而她的出逃计划被人告发，私奔失败后，她决定公开出走，与自己的父亲和公公斗争。当她的父亲当面骂她是“淫奔妇”，并叫她用剑自裁时，她义正词严：“我以前是以女儿和媳妇的资格来对待你们，我现在是以人的资格来对待你们了”“我不相信男子可以重婚，女子便不能再嫁！我的行为我自己问心无愧”“你要叫我死，但你也没有这种权利！……我如今是新生了，不怕你咒我死，但我要朝生的路上走去！”卓文君用实际行动为自己争取做人的权利，昂首阔步走向都亭与司马相如会合，谱写了一曲可歌可泣的爱情新篇章。

在这个剧作创作过程中，作者借卓文君的口告诉我们，20 世纪初期的中国，新女性有了觉醒的呐喊，有了鲜明的现代意识；同时也告知广大妇女，要获得真正的人权，必须冲破封建礼教的束缚。

《王昭君》写于 1927 年 7 月，郭沫若这样说自己创作《王昭君》的初衷：“她的一生诚然是一个悲剧，但这悲剧的解释在古时完全归结命运——就是她不幸被君王误选，更不幸的是以美人之身下嫁匈奴（这一层悲哀之中不消说是含有很浓厚的民族主义的色彩的），这些都好像冥冥之中有什么在那儿作弄，不是人力所能左右的一样，像这种命运的解释，我完全把它改成性格的悲剧去了。”

《王昭君》取材于王昭君出塞远嫁南匈奴呼韩邪单于这段史实，作者在历史记载的基础上，浓墨重彩刻画了王昭君倔强不屈的性格。王昭君本不想入宫，无奈不幸被选进宫。其他嫔妃为了博得君王的宠爱，纷纷拿银子贿赂宫廷画师，希望画师能把自己画得美一点，可以通过画师的生花妙笔“一朝选在君王侧”。但是王昭君却是众多妃嫔中的“另类”，她义正词严地拒绝了画师要求她多封红包的无理要求，并且自己甘愿落选，既不屈服于画师的淫威，也不与其他妃嫔同流合污。后来汉元帝发现了王昭君的美丽容颜，一怒之下杖杀了宫廷画师，想要收回让王昭君下嫁匈奴的旨意，以册封其为中宫皇后的巨大恩赐为诱饵，希望昭君留下来。但是，此时的王昭君不但不肯听从汉元帝的话，还当着汉元帝的面，揭露了汉元帝的荒淫无道，控诉并戳穿了封建统治者的本性：骄傲自大、荒淫无道、昏庸无耻、自私自利，将自己的快乐建立于别人的痛苦上，凌驾于黎民百姓之上，肆意践踏人民的权利。全剧体现了王昭君立身处世的自主权，也体现了只要自己精神是自由的，即便“苦”也是“甜”的。

作者在塑造王昭君这个人物过程中，侧重于体现中国传统女性由反抗“夫权”到反抗“王权”这一历史进程，也表达了郭沫若对女性叛逆精神更高的追求与期许。郭沫若说“王昭君这个形象使我十分表示同情的，就是她倔强的性格”，基于此，作者着力刻画了王昭君的“倔强”，就是为了肯定和赞美这种性格。郭沫若在昭君远嫁中赋予了女性人物在情感独立上新的方向和落脚点，也赋予了女性新的价值观，就是对独立个性的追求。

《聂嫈》是在郭沫若目睹了“五卅”惨案后写成的，“没有‘五卅’惨剧的时候，我的《聂嫈》的悲剧不会产生”。《聂嫈》描写的是聂政刺死韩哀侯和韩相侠累毁容挖眼、剖腹自杀，他的姐姐聂嫈为传播弟弟的英名，不怕危险，毅然前往韩城认尸，后壮烈死去的一段故事。剧中着力刻画了敢于抗暴诛恶的聂氏姐弟的形象。在《史记》关于聂政刺侠累的故事中，聂嫈是结了婚的。而在郭沫若的笔下，他不仅未婚，而且与聂政还是一对双胞胎，这就增加了戏剧性。

聂嫈的叛逆精神，相对于卓文君、王昭君而言，又往前迈进了一大步，作者对聂嫈姐弟慷慨英勇行为的讴歌，也寄托着对“五卅”惨案中死去的英雄们的无限崇敬和深切哀悼。

郭沫若《三个叛逆的女性》借历史事件引子，通过想象营造出舞台艺术形象，张扬了20世纪20年代中国妇女和广大劳动人民追求思想解放的自由精神，是五四时期反封建斗争中振聋发聩的声响，也是点燃妇女革命的光明火炬。

第四章 为人生派的文学

新文学开创之初，在现实主义创作道路上，由于鲁迅的影响和指导，新文学工作者们纷纷扛起思想启蒙的旗帜，他们有的结社，加入新潮社、文学研究会，创作了“为人生”的问题小说；有的加盟语丝社、未名社、莽原社，立足于对家乡的回忆，创作了充满着血和泪的“乡土小说”。新潮社作家汪敬熙、杨振声、俞平伯、罗家伦等的创作虽然“技术是幼稚的”，但他们的作品在“改造社会”“表现和批评人生”的宗旨与启蒙文学是一致的，是“问题小说”孕育的雏形。文学研究会在痛斥“黑幕派”、鸳鸯蝴蝶派把文学当作消遣、当作游戏的同时，坚持“文学应该反映社会的现象，表现并且讨论一些有关人生一般问题”的主张。随着五四革命运动的退潮，帝国主义的干涉和军阀政客的暴政给社会蒙上了一层阴影，新文化统一战线里的小资产阶级知识分子认不清革命的形势，觉得理想破灭、前途渺茫，陷入了苦闷和彷徨之中，有的人在不甘寂寞中认真探索社会、思考人生，通过小说提出了“个性解放问题”“家庭问题”“妇女问题”“恋爱问题”“教育问题”“宗教问题”“劳工问题”“出路问题”等。他们有的“只问病因，不开药方”，有的把“爱”与“美”作为医治人生和社会的良药。在严酷的阶级对立面前，这些都是不切实际的主观幻想。周作人在《中国小说里的男女问题》一文里说：“问题小说，是近代平民文学的出产物。这种著作，照名目所表示，就是论及人生诸问题的小说。”“问题小说”早期代表性作家有冰心、叶圣陶、王统照、许地山、庐隐等。随着作家们对社会问题认识的深化，作品中的现实主义因素也在不断加强。由于军阀混战，村庄被毁、农田荒芜，农民四处逃难，一些青年人就涌向了都市。在反帝反封建思想影响下，他们中的一部分人就拿起笔，对曾经生活过的乡村生活进行回忆纪实，表现了农民生活的凄惨和痛苦，抨击了愚昧野蛮的礼教和风俗，揭露了封建社会统治下农村的衰败景象。20 世纪 20 年代乡土文学代表性作家有许钦文、许杰、王鲁彦、彭家煌、台静农、蹇先艾、废名、徐玉诺、黎锦明等。

第一节 冰心的创作

冰心是文学研究会中较早开始创作活动的作家之一，中国现代小说家、诗人、散文家、翻译家、社会活动家。

冰心（1900—1999），原名谢婉莹，父亲谢葆璋为清末民初的海军军官，家境殷实。出生于福建长乐，后迁居到上海、烟台等地，1913 年随迁北京，1914 年秋天考入由美国基督教公理会创办的北京贝满女子中学。从她后来的回忆来看，学校有着相当浓厚的自由风气，除正常学习之外，她们每星期三举办“文学会”，参加学校的戏剧演出和夏令营等活动，还参加抗议袁世凯卖国行为的游行示威等。1918 年，冰心升入由公理会创办的协和女子大学预科。冰心在协和女子大学一开始读的是理预科，理想是当一名优秀的女医生，但因为生了肺病，不能学医，再加上理科课业繁重，两年后她转入了文科。1920 年，协和女子大学并入新成立的燕京大学，改称燕大女校。据子冈的《冰心女士访问记》记载，上学期间，冰心接受了基督教的洗礼。冰心后来接受采访时谈到了她对宗教信仰的态度："我是不注重宗教仪式的，只以为人的行事不违背教条就好了。"由于冰心在燕京大学的优异表现，毕业时她得到了毕业生最高荣誉"金钥匙奖"，还得到奖学金去美国大名鼎鼎的威尔斯利女校深造。1923 年 8 月，冰心启程前往美国。1926 年夏，完成学业回国，先后任教于燕京大学、清华大学女子文理学院。1938 年 9 月至 1946 年冬，先后迁居昆明、重庆，从事抗战救亡活动。1949—1951 年，在日本东京大学新中国文学系讲授中国新文学史。1970—1971 年，冰心被下放到湖北咸宁的五七干校接受劳动改造。进入新时期，冰心迎来了第二次创作高潮。尽管年岁已高，但她仍坚持创作，在此期间发表的短篇小说《空巢》，获全国优秀短篇小说奖；散文方面，除《三寄小读者》外，连续创作了四组系列文章，即《想到就写》《我的自传》《关于男人》《伏枥杂记》。冰心是中国民主促进会成员，曾任中国民主促进会第六届、第七届中央委员会副主席，先后任《人民文学》编委、中国作家协会理事、中国文联副主席等职，第八届、第九届、第十届中央委员会名誉主席。

五四运动爆发时，冰心是协和女子大学一年级学生。当时，她在学生自治会任文书，又是北京女学界联合会宣传股中的一员，青年爱国运动的满腔热情尤为高涨。为了扩大宣传效果，她开始在北京《晨报》发表文章。1918 年 8 月起，发表了署名为"谢婉莹"的时评《21 日听审的感想》，鼓吹爱国学生运动；发表了署名为"冰心"的第一篇小说《两个家庭》。此后，作者以"冰心"的笔名发表了许多小说、诗歌、散文，广受读者好评。冰心在《我的文学生活》里说，之所以选择"冰心"作笔名，"一来因为冰心两字，笔书简单好写，而且是莹字的含义。二来是我太胆小，怕人家笑话批评，冰心这两个字，是新的，人家看到的时候，不会想到这两个字和谢婉莹有什么关系"。

冰心以写小说成名，而在小诗、散文创作和译文方面的成就也很突出。她先后出版了小说集《超人》《往事》（与散文合集）《去国》《姑姑》《冬儿姑娘》，诗集《繁星》《春水》，散文集《闲情》（与诗歌合集）《寄小读者》《南归》《关于女人》《山中杂记》《还乡杂记》《再寄小读者》《归来以后》《我们把春天吵醒了》《小桔灯》《樱花赞》《拾穗小札》《三寄小读者》等，译作有诗集《飞鸟集》《吉檀迦利》（印度作家泰戈尔）、《泰戈尔剧作集》（印度作家泰戈尔）、散文诗集《先知》（黎巴嫩诗人纪·哈·纪伯伦）、《印度民间故事》《印度童话集》（印度作家穆·拉·安纳德）等。

海滨城市的山青海阔、良好的私塾教育和家庭民主气氛、基督教道德体系的潜移默化、泰戈尔哲学思想的广泛传播，对冰心早期创作影响很大。冰心的名言是"有了爱就有了一切"。鼓吹"爱的哲学"是冰心早期创作的一贯主题，母爱的深沉、童心的纯洁、自然的壮美构成了她所追求的逃避现实的避风港和企图调和社会矛盾的润滑剂。所以，茅盾在评论冰心的作品时说："冰心女士把社会现象看得非常单纯，她以为人事纷纭无非是两根线交织而成；这两根线便是'爱'和'憎'。她以为'爱'或'憎'二者之间必有一者是人生的指针。她这思想，完全是'唯心论'的立场。可是产生了她这样单纯的社会观的，却不是'心'，而是'境'。因为她在家庭生活小范围里看到了'爱'，而在社会生活这大范围里却看见了'憎'。于是就发生了她的社会现象的'二元论'。"

冰心于 1920 年出版小说集《超人》、1933 年出版小说集《去国》，其中的小说从题材上大致分为三大类。

第一类是反映进步青年与顽固社会、封建家庭的矛盾，作者只注重表现和揭示问题，却对解决问题感到束手无策。《两个家庭》通过对比的手法，记写留学回国的陈华民结婚后顶不住环境的压力而抑郁致死，总结出了造成两个家庭差异的直接原因，是家庭主妇的文化教养不同，在当时普遍重男轻女的社会背景下，超前提出了女子受教育和改造旧家庭的重要问题。《去国》写青年留学生英士想用自己的力量和才智报效祖国，却不为当时的政府所接纳，被迫离开祖国再度赴美，从而反映了军阀统治下政治的黑暗与腐败。《斯人独憔悴》写了颖铭、颖石兄弟积极参与爱国学生运动，遭到顽固封建的父亲阻挠，先是把他们软禁，最后干脆剥夺了他们继续求学的机会，阻断了他们接触社会的希望。他们深感报国无门，只有蒙头大睡或凄惶地低吟“冠盖满京华，斯人独憔悴……”《秋风秋雨愁煞人》中的云英本是个聪明活泼、多才好学的女生，接受了五四时期新思潮的影响，有投身社会造福人类的理想，但她见识浅薄的父母，却执意地把她许配给了她的表兄作妻室。最终她还是顺从了封建家长的安排，过着心如死灰的生活，心情痛苦地给同窗好友写信，凄惨地告诉她：“我心中充满了悲痛，也不多说什么话。”《庄鸿的姊姊》中，庄鸿的姐姐以前本在一所高等小学里和比她小两岁的弟弟庄鸿一起读书，庄鸿的姐姐品学兼优，自己也自命不凡，希望长大后能替社会谋幸福、替祖国争光荣。但因父母双亡，家里的经济不好，祖母说，女的不能做官，就让庄鸿的姐姐停学了。但没过多久，她就因忧郁而死了。冰心的这些问题小说，紧跟“五四”思想解放的步伐，已经涉及倍受青年们关注的婚姻、家庭、事业、自由、幸福、妇女解放、报国无门等话题，在当时曾吸引了一部分青年，勾起他们对封建势力的不满。但是，这些小说里的主人公都十分软弱，空有满腔的爱国热情和人生理想，在邪恶的旧势力面前总是不战而败。在一定程度上，这反映了作者思想的局限性，她虽然对封建势力不满，提出了一些现实性的问题，没有给主人公们做出反抗的正确引导。

第二类是对劳动人民生活惨状的描写，对军阀混战罪恶的无情揭露，表现对旧社会制度的抗议。《最后的安息》写 12 岁的少女惠姑到乡下的别墅度假，认识了 14 岁的农村姑娘翠儿。一个是有文化又活泼大方善良的城市少女，一个是可怜老实贫穷的农村童养媳，但出于同龄孩子的感情，两人有了思想交流：惠姑帮她做事，告诉她城里的事，还教她识字；翠儿的心中渐渐从黑暗趋向光明，她觉得世上不是只有悲苦恐怖。可终归，惠姑劝翠儿寻求自由的话被她婆婆听见了，翠儿遭到了毒打，终致死亡。《三儿》写一个穷苦人家的孩子三儿。有一天，他捡垃圾时无意中闯进了兵丁打靶的地方，不幸中弹了。母亲闻讯赶到，痛哭流涕地质问那个军官，而军官却冷笑着说，“这牌上不是明明写着不让闲人上前么？你们孩子自己闯了祸，怎么叫我们偿命？谁叫他不认得字!” 母亲无力抗争，抱着奄奄一息的三儿回家了。《一个兵丁》从侧面写军阀混战。一个偶然的机会，小玲认识了一个兵丁，小玲很喜欢兵丁的枪，兵丁看到她想起了自己八岁的儿子胜儿，不久他们便成了极好的朋友。渐渐地小玲不喜欢枪了，也不去看那个兵丁了，但兵丁一如既往地喜欢小玲。最后，小玲收到兵丁送给她的木枪，但这队兵已经开拔了。《鱼儿》通过与失去手臂的兵丁对话，反映了战争的残酷。《一篇小说的结局》通过如女士的小说故事，表现了兵丁厌恶战争的情绪，她多次发出哀叹：“我们要爱国，为什么就要战争就要杀人呢？”

第三类是随着五四运动的深入发展，作者面对种种社会问题，企图以负责任的态度慰藉自己寂寞和苦闷的心灵，用抽象的人道主义博爱、“爱的哲学”作为解决问题的灵丹妙药，从而消除人间的苦难和阶级矛盾。《一个不重要的军人》中，冰心创造了饱含耶稣牺牲精神和博爱精神的军人福和。福和不论在家里还是在军营里，都受到兄嫂和军官的冷遇和暴力，但是这并不能让福和失去人性中的爱，他依然满怀爱心心甘情愿地去帮助那些有困难的人。为白吃果摊上东西和白坐车子的士兵付款，他阻拦士兵殴打卖花女而被误伤后默默死去。冰心赋予了福和像耶稣一样的救赎精神和形象，压伤的芦苇他不折断，将残的灯火他不吹灭，他为救赎他人而牺牲了自我。《一个军官的日记》中，冰心塑造了一个因战争致残的士兵，在后方医院里对主战者的原谅与饶恕，正如耶稣为把他钉在十字架的士兵祈祷一样。《国旗》以 1919 年的“青岛事件”为背景，幻想用无国界的爱求得祖国的“安宁”。《超人》中的何彬是一个“冷心肠的青年”，特冷漠无情、憎恨一切，基本上不与别人往来，家里没有绿植，信奉“爱和怜悯都是恶”的人生哲学。但一个偶然的机会，受小孩子禄儿送花的启示，何彬不禁发出赞叹：“世界上的母亲和母亲都是好朋友，世界上的儿子和儿子也都是好朋友，都是互相牵连，不是互相遗弃的。” 《烦闷》写一个青年学生孤独、奋斗的苦闷，可当他回家看见弟弟幸福地安眠在母亲温柔的爱的怀抱时，“他一天的愁烦，都驱出心头，却涌作爱感之泪，聚在眼底”，希望“人生只要他一辈子如此”。《悟》是冰心的“爱的哲学”最集中的表露。星如自认达到“彻悟”的境界，他召唤道：“携起手来吧，青年有为的朋友！愿与你一边流迸着血泪，一边肩起爱的旗帜，领着这‘当面输心背面笑，翻手作云覆手雨’的人类，在这荆棘遍地的人生道上，走回到开天辟地的第一步上来！”

1954 年，冰心在《冰心小说散文选集》“自序”中说道：“我开始写作是在五四运动时期……当时的中国社会，是无比黑暗的。因此我写的头几篇小说，描写了也暴露了当时社会的黑暗方面，但是我只暴露黑暗，并没有找到光明，原因是我没有去找光明的勇气！结果我就退缩逃避到狭窄的家庭圈子里，去描写歌颂那些在阶级社会里不可能实行的‘人类之爱’。同时我的对象我的兴趣，主要是放在少数小资产阶级知识分子方面，我没有‘到工农群众中去，到火热的斗争中去，到唯一的最广大最丰富的源泉中去’。脱离群众，生活空虚，因此我写出来的东西，就越来越贫乏，越空洞，越勉强，终至于写不下去！”

1931 年 8 月，冰心创作了短篇小说《分》，以一个刚出生十天的孩子的视角，对比两个出生家庭不同的两个孩子的感受，展现社会背景和环境对一个人的影响，以及由此引发的社会思考。作品还告诉读者，母亲也有欲爱自己的儿子而不得的时候，因为屠夫的妻子将为生活所迫去当奶妈，初生的婴儿只好用米汤来喂养。这对于冰心曾经一再宣扬的人人都能享受相等的母爱的观点，分明是一种不自觉的否定。屠夫的儿子也表示长大之后，“不但宰猪，也宰那些猪一般尽吃不做的人！”这种叛逆的思想也说明作家在紧跟着时代的步伐，正如茅盾在《冰心论》里的评述：“世界风云，国内的动乱，可曾吹动冰心女士的思想，我们还不很了了。但是在她的小说《分》里，我们仿佛看到了一些‘消息’了。”这一时期，冰心已不是单纯信仰纯洁无瑕的“爱的哲学”了，而是对现实生活有了更客观的认识。写作于 1933 年 11 月的短篇小说《冬儿姑娘》也可以表现出冰心的这一变化。

《繁星》《春水》是受印度诗人泰戈尔的《飞鸟集》影响而创作的很有特点的两本诗集，出版于 1923 年。这些诗歌依然以鼓吹“爱的哲学”为主题，语言清丽典雅，富含哲理，构思精巧，只言片语就捕捉了刹那间飞驰而过的闪光思绪，备受读者青睐。如“童年啊!/是梦中的真，/是真中的梦，/是回忆时含泪的微笑”（《繁星》二）；“人类啊！/相爱罢，/我们都是长行的旅客，/向着同一的归宿”（《繁星》十二）“成功的花/人们只惊慕她现时的明艳!/然而当初她的芽儿/浸透了奋斗的泪泉/洒遍了牺牲的血雨”（《繁星》五五）；“母亲啊!/天上的风雨来了/鸟儿躲到他的巢里/心中的风雨来了/我只躲到你的怀里”（《繁星》一五九）；“青年人!/你不能像风般飞扬/便应当像山般静止/浮云似的/无力的生/只做了诗人的资料呵!"(《春水》三)"墙角的花!/你孤芳自赏时/天地便小了"(《春水》三三);"春从微绿的小草里/和青年说/"我的光照临着你了/从枯冷的环境中/创造你有生命的人格罢!"(《春水》五三)"经验的花/结了智慧的/智慧的/却包着烦恼的核!"(《春水》一四六)

冰心最喜爱的文学形式还是散文。茅盾在《冰心论》中写道:"我觉得她的散文的价值比小说高。"她本人在《冰心全集》"自序"里曾经说过:"我知道我的笔力,宜散文而不在诗。"她在人民文学出版社1983年出版的《冰心散文选·自序》中也说:"我这几年来,写的散文比小说和诗都多,主要是因为我认为散文是一种最方便最自由的文学形式,'灵感'或'任务'都可以拿起笔来写。"她的第一篇散文《笑》曾被称为新文学运动中"最初的美文",到后来的《往事》《山中杂记》《寄小读者》《我们把春天吵醒了》《小桔灯》《樱花赞》等,都以亲切的感情、委婉的笔法、精巧的构思、优美的语言,成为当时青年男女"欢乐的恩物"(沈从文语)。

读冰心的作品,总体感觉是作者以行云流水似的文字说出心中要说的话,倾诉自己的真情,情感真诚温柔,情绪雅致婉约,语言活泼而意味深长,始终给人以如诗似画的美感,阿英曾把冰心的作品风格概括为"冰心体"。

第二节　叶圣陶的创作

叶圣陶(1894—1988),原名叶绍钧,字秉臣,辛亥革命后改字"圣陶"。他是江苏苏州人,文学研究会里特色显著的代表性作家之一,现代作家、教育家、文学出版家和社会活动家,有"优秀的语言艺术家"之称。

1912年,叶圣陶中学毕业,因家庭贫寒无力升学,在苏州言子庙小学当了教师。此后,又先后任教于上海商务印书馆的尚公学校、吴县县立第五高等小学,执教约10年。1914年开始用文言文写作小说,曾在《礼拜六》周刊、《小说丛报》《小说海》曾杂志上发表,如《玻璃窗内之画像》《穷愁》《贫女泪》等,真实反映了民国初年的民生疾苦和世态人情,揭露和谴责了旧中国的黑暗现实,表现了作者早期的民主主义思想。

受"五四"新思想洗礼,在1918年《妇女杂志》第4卷上,叶圣陶发表了他的第一个白话短篇小说《春宴琐谭》,提倡女子自立。此后陆续发表大量的问题小说、教育题材小说、社会斗争题材小说。1919年3月,叶圣陶参加新潮社。1921年与茅盾等发起成立文学研究会,曾任商务印书馆、开明书店编辑,主编过《文学周报》《小说月报》《中学生》等多种重要刊物。中华人民共和国成立后,致力于文化教育的领导工作,任人民教育出版社社长、教育部副部长、中央文史馆馆长、全国政协副主席等。

从1919年2月,叶圣陶发表白话短篇小说《这也是一个人》(即《一生》),到1928年,共有70多篇短篇小说收集在《隔膜》(1922年)、《火灾》(1923年)、《线下》(1925年)、《城中》(1926年)、《未厌集》(1928年)五个短篇小说集里。1928年出版长篇小说《倪焕之》。20世纪30年代,叶圣陶主要从事文化编辑和抗战宣传工作,创作的小说数量不多,如《一篇宣言》《多收了三五斗》,1936年作者43岁时结集为《四三集》,收入1928—1936年创作的20篇短篇小说。叶圣陶的小说创作,实践了文学研究会"为人生"的文学主张。他的小说,以描写小市民和知识分子的灰色生活著称,具有朴实、冷峻、自然的风格,注重客观、细致地描写生活本身，作者的情感都隐含在具体的描写之中。所以，茅盾曾说："冷静地谛视人生，客观地、写实地描写着灰色的卑琐的人生的，是叶圣陶。"

叶圣陶的早期小说都是"问题小说"。这些小说中以描写小市民和知识分子灰色生活的约占三分之二。作者以其对中国社会现象的深刻观察和真切了解，表现了对下层社会中被侮辱与被损害的人们的真挚同情，提出了严重存在并亟需解决的农村破产问题，如《苦菜》《晓行》；儿童教育问题，如《阿菊》《一课》《小铜匠》；妇女解放问题，如《一生》《春游》《阿凤》；慨叹人生问题，如《隔膜》《疑》；战争灾祸问题，如《金耳环》《外国旗》。在《春游》《阿凤》《伊和他》里，也体现了作者"爱"与"美"的理想。在批判社会现象时，作者还尖锐地讽刺了旧中国小市民的庸俗、苟安、自私、冷漠、虚伪、奸诈、守旧等劣根性。由于叶圣陶早年从事过学校教育，1914 年曾被排挤出校，对当时教育界的情况和精神状态有具体感受，因此，他写的最多也是最成功的仍然是知识分子灰色生活题材，以冷峻的笔触揭露教育界的黑暗、腐败，批判讽刺小资产阶级知识分子的弱点，代表性作品有《饭》《校长》《潘先生在难中》。主人公地位卑微，靠教书糊口，为了生计甘受屈辱，养成了逆来顺受、苟且偷生的习性。《饭》里的吴先生每月只有 6 元薪金，由于他不是师范毕业生，被县学务委员会扣薪金一半，县学务委员为应付省视学，要他借十几个学生来掩盖农村教育的不景气，恰遇他因生计到菜市场不在岗，便以他不尽职为由论处，又扣薪金 2 元。《校长》写高等小学校长叔雅本有教育改良的理想，但教员们好聚赌，叔雅多次劝说无果，且许多教员"上课以前总不肯早来一刻，而上课时又总是一种心不在焉的神气"，叔雅面对没有生气的教育现实感到学校前途悲观。《潘先生在难中》是叶圣陶短篇小说的代表作之一，通过军阀混战时期小学校长潘先生一家逃难的故事，淋漓尽致地刻画了小资产阶级知识分子眼光短浅、卑怯自私、随遇而安的"灰色"形象。小说没有停留在只揭示潘先生对某一事件或者刹那间的心理活动的展示，而是紧扣"四条生命、一个皮包"组成的"长蛇阵"的游动，将其放置于复杂多变的环境里进行多方位立体化透视，酣畅淋漓地揭示了潘先生极为复杂的心灵世界。潘先生思想深处的"奴性"很浓，面对军阀战争，他的思想境界低下，是非观念混乱，政治意识淡薄。作为小学校长，因为要躲避战乱，个人利益和家庭利益重于一切，完全置学校管理而不顾，急忙带上妻儿家人挤上火车逃往上海。在上海租界，潘先生的孩子看见行头怪异的印度巡捕，有些害怕，可潘先生却给孩子解释："……我们因为本地没有他，所以要逃到这里来；他背着枪保护我们……"完全把民族耻辱忘在了脑后。自私而精明是潘先生立于不败之地的法宝，他始终把家庭利益放在首位，教育局让各学校限期复学，他回来后就急忙去教育局打听虚实，并去外国人办的红十字会领取足够的会旗、徽章，其实潘先生早已经给自家每个人做了精细的打算，以祈护身符真的能够灵验保平安。胆怯而乐观是潘先生明哲保身的处世哲学，他往往不自觉地干了一些违心的事情，很具有讽刺意味地暴露了主人公可鄙可笑的灵魂。如战事停息后，人们推举他书写欢迎杜统帅凯旋的牌坊条幅，当他写到"德隆恩溥"时，潘先生的眼前闪现出开炮、焚烧房屋、奸淫妇女和彩色的男女、腐烂的死尸等残酷记忆，而他的字也在人们的赞叹声中写得"越来越好"了。

"五卅"运动把反帝爱国运动引向了深入。随着社会革命斗争的推进，叶圣陶的创作思想里社会矛盾和阶级斗争的成分也逐渐增强。小说中小资产阶级知识分子不再像潘先生那样逆来顺受、苟且偷安，而是由软弱、动摇向觉醒、集体斗争转化。《一包东西》写一个小学校长受人之托，携带一包东西回校，他怀疑这包东西是革命宣传品，又怀疑侦探在后面跟踪他。

一进校门，他就让校役出去看风，表现了小资产阶级知识分子复杂而多变的性格。《城中》描写进步青年丁雨生回乡与几个朋友创办旨在改造社会的宏毅中学，城里的顽固守旧势力却极力阻挠，甚至动用警力镇压，但他们刚正不阿、不肯屈服，仍然坚持斗争。《抗争》写小学教员郭先生痛恨教育当局贪污舞弊、军阀挪用教育经费充当军饷，组织师生罢课，很快，郭先生被学校免职。但他并没有就此低头妥协，仍然准备加入工人罢工的集体斗争之中。特别是1927 年写的短篇小说《夜》，以“四一二”反革命政变、白色恐怖为背景，一个老妇人得知女儿女婿从容就业的消息，经历了恐惧、悲伤、忿恨之后，理解了女儿们的革命壮举，变得坚毅勇敢，决心再尽一回母亲的责任，将烈士后代抚养成人。1928 年问世的《倪焕之》是叶圣陶唯一的一部长篇小说，是作者生活和艺术经验有较多积累、思想认识进一步提高的结晶，被茅盾看作当时长篇小说的“扛鼎之作”。《倪焕之》通过主人公倪焕之坎坷的一生，真实地反映了从辛亥革命、“五四”“五卅”，到 1927 年大革命失败时期一部分小资产阶级知识分子的精神面貌和曲折艰难的生活历程，否定了脱离群众的改良主义，批判了未能摆脱个人主义的小资产阶级知识分子的软弱和动摇，揭示了知识分子应该到群众斗争中去锻炼成长才是正确的道路。倪焕之是一位热情而富于幻想的青年，他从小就立志“要干事情总要干那于多数人有益处的”。辛亥革命前，他偷偷看着宣传民主主义思想的秘密书报，听着曾经留学日本的校长演讲“政治的腐败”和“自强的要素”。然而，辛亥革命除了剪掉辫子还能带来什么样的变革？中学毕业后，他不得已做了小学教员，他看一切都不顺眼，校长、教员、学生、学校环境、教学方法，都使他感到厌烦，觉得“好像美丽的处女违心地嫁给轻薄儿一般”，就独自去喝闷酒、偷偷哭泣，曾有跳塘自杀的念头……这就是小资产阶级知识分子的真实写照，想象不切合实际，感情极其脆弱，一旦遇到挫折便容易泄气、动摇，甚至幻灭、沉沦。几年后，因救国的志向相合，应一所高等小学校长蒋冰如之邀，倪焕之也读了一些西方教育的理论，受同事们的影响和启发，他想用教育来改造社会、拯救民族。于是，他一味沉浸在“理想救国”之中，企图通过环境改造培养新的人才，却遭到根深蒂固的封建势力、地方恶霸蒋老虎、迷信愚昧的村民等各方面的合围反扑，倪焕之又遭遇了新的思想幻灭。在努力改造教育的同时，倪焕之在生活上追求志同道合的婚姻，憧憬着一种建立在共同事业基础上的互助互爱的婚姻关系。倪焕之一开始把新的家庭想象得十分美满，但婚后的生活带给她的却是失望。妻子金佩璋婚前是个富有理想、渴望解放的女性，婚后她不再教书，对学校教育和国家大事失去了兴趣，变成了一个非常琐碎和俗气的家庭妇女，倪焕之的“理想家庭”也成了泡影，他只能无可奈何地品尝“有了一个妻子，但失去了一个恋人、一个同志”的苦果。倪焕之在遭受事业、家庭双重幻灭陷入孤寂失落的当儿，五四运动大潮波及他所在的乡镇。他发现原来那些仅仅局限于学校教育改革对于拯救中华民族根本无济于事，认识到“不但教学生，而且教社会”。在革命者王乐山的启发下，倪焕之于“五卅”前夕到了上海，积极投身到反帝爱国运动中，感受到了无产阶级革命意志和力量的伟大。经过艰难曲折刚刚找到通向光明突破口的倪焕之，还没有来得及实现与工农群众真正的结合，“四一二”反革命政变发生了，他的引路人王乐山壮烈牺牲，革命青年纷纷遇害。这一残酷的事实又使他迷茫、愁闷、失望、幻灭、悲愤，于是他再次纵酒痛哭，最后死去。倪焕之在弥留之际深深自责自己“成功是我们不配受领的奖品”，希望“将来自有与我们全然两样的人”。 倪焕之在历史的大幅度转折关头，既没有向现成秩序屈服、低头，也没有在不断的失望、挫败中走上坚实的革命道路，随着时代的潮流，他的思想和行动有一些曲折、缓慢的进步。作品真实地记录了以倪焕之为代表的小资产阶级知识分子在革命过程中的软弱性、动摇性并逐渐自我克服的心灵轨迹。

叶圣陶的散文，大多收入 1936 年出版的《未厌居习作》。他的散文风格与他的小说大致相似，大多写得纯朴流畅。如写于 1925 年的《五月卅一日急雨中》以满腔的愤怒，控诉了帝国主义的血腥屠杀，又以炽热的感情歌颂了前赴后继的爱国群众。1941 年写的《如果我当教师》从“我如果当小学老师”“我如果当中学老师”“我如果当大学老师”三个方面对如何当老师进行了议论，形象地对“为人生”的教育本质观做了阐述，明确了“学校教育应当使受教育者一辈子受用”的教育理念。

1921 年冬，叶圣陶尝试童话创作，第一篇童话作品是《小白船》。此后出版的童话集有《稻草人》《古代英雄的石像》。鲁迅说，叶圣陶的“《稻草人》是给中国的童话开了一条自己创作的路的”。

第三节　乡土小说的兴起

随着五四运动影响的不断扩大，当“问题小说”无力回应社会发展的现实时，受鲁迅现代农村题材小说《风波》《故乡》《阿 Q 正传》等的启发，一些寓居在北京、上海的年轻作家以在家乡的感受和对故乡的回忆为题材创作文学作品。从已经发表的作品分类看，小说体裁居多，因而，当文学史提及“乡土文学”时，一般都指的是“乡土小说”。鲁迅在 1935 年 3 月的《中国新文学大系·小说二集》“导言”中说：“蹇先艾叙述过贵州，裴文中关心着榆关，凡在北京用笔写出他的胸臆来的人们，无论他自称为用主观或客观，其实往往是乡土文学，从北京这方面说，则是侨寓文学的作者……徐钦文自名他的第一本短篇小说集为《故乡》，也就是在不知不觉中，自找为乡土文学的作者……”在这里，鲁迅首次提出“乡土文学”的概念。

1921 年 8 月，茅盾在《评四五六月的创作》中对当时创作中的题材狭窄、艺术表现观念化现象批评之后，不无激动地说：“过去的三个月中的创作，我最佩服是的鲁迅的《故乡》。”他主张大家应该像鲁迅那样真实地描写农村，并建议作家“到民间去”，“到民间去经验了，先造出中国的自然主义来。否则，现在的‘新文学’创作就要回到‘旧路’”。实际上，这是在将“问题小说”向“乡土小说”做提示引导。周作人在 1923 年发表了《地方与文艺》《旧梦》等，提倡“乡土艺术”“民俗学”，希望文学“要跳到地面上来，把土气息泥滋味透过了他的脉搏，表现在文字上”，充分张扬“风土的力”，将文学的“国民性、地方性与个性”统一起来。

20 世纪 20 年代兴起的乡土文学是从关注个性解放到关注社会解放自觉转变的结果。作家们没有结社，也没有发表统一的文学宣言。从目前的资料看，从 1922 年开始，潘训的《乡心》、王思玷的《偏枯》就显露出乡土文学的特色。从 1923 年起，文学研究会、语丝社、未名社、莽原社等的许钦文、许杰、鲁彦（王鲁彦）、蹇先艾、台静农、彭家煌、徐玉诺、黎锦明、废名（冯文炳）、王任叔等陆续发表作品，篇篇都带着浓郁的乡土气息和鲜明的地方色彩，从内容上一改“问题小说”的幼稚与单薄，极大地丰富了 20 年代的文学园地。到 30 年代，叶紫、吴组缃、沈从文、萧红、沙汀、艾芜等作品里的地域标记愈加清晰，并散发着独特的艺术魅力。在 40 年代，解放区作家中的赵树理、孙犁、周立波在毛泽东《在延安文艺座谈会上的讲话》精神的指引下，坚持走为工农兵服务的文艺路线，所创作的小说带有强烈的时代感和很浓的泥土味，许多文学青年纷纷师从前辈，分别形成了“山药蛋派”“荷花淀派”“ 茶子花派”等文学流派。

乡土文学紧随问题小说而产生，虽然也是践行“为人生”的目的，但其影响却不及问题小说。问题小说出现在“五四”高潮时期，人们对一些社会问题热切关注；而乡土文学则出现在“五四”低潮时期，军阀混战加剧，农村破产随之加速，残酷的现实使青年作家们幡然醒悟，向社会倾诉带有血和泪的乡风民俗故事。

乡土文学的主要内容：第一，描写了农村的衰败和农民的苦痛。茅盾在《中国新文学大系·小说一集》“导言”中说潘训的《乡心》“喊出了农村衰败的第一声悲叹”。潘训的《晚上》写一个叫高令的勤俭的青年佃农的破产与堕落。蹇先艾的《盐巴客》写出了故乡卖苦力的盐巴客的艰辛和危险。盐巴客比挑夫、轿夫还要苦还要累，累死累活一天才挣几角钱，可见旧社会多少劳动者走投无路。许钦文的《石宕》写穷苦石匠被岩石塌方活埋的悲剧。彭家煌的《陈四爹的牛》、王任叔的《疲惫者》让人再次看到阿Q式的农村流浪汉物质生活的贫穷和精神生活的麻木。第二，更多地关注农村妇女不幸的命运。徐钦文的《疯妇》写媳妇受不了婆婆虐待，最终被逼发疯而死。彭家煌的《喜期》中，善良的静姑不能与意中人结合，被迫嫁给一个跛子，可新婚之夜，丈夫被打死，自己被奸污后自尽。台静农《红灯》里寡母汪家嫂子的儿子含冤而死，因没有钱糊纸衣，只能从破墙上撕一块红墙纸，糊了盏小红灯以超度亡灵。台静农的《新坟》中，四太太儿子被大兵打死，女儿被大兵强奸致死，自己因此发疯。徐玉诺的《一只破鞋》中，“我”的“海叔叔”和一百多名男女老幼死于兵匪交战，“海叔叔”留给他妻子的只有一只补过的破鞋。第三，表现封建宗法制度下农村中的愚昧现象、野蛮风俗。蹇先艾的《水葬》展示了贵州山乡惩罚小偷时的冷酷习俗。王鲁彦的《菊英的出嫁》写了浙东滨海水乡间愚昧、原始的“冥婚”。《一个危险人物》批判了乡亲们愚昧冷漠的劣根性。台静农的《烛焰》反映了安徽农村冲喜的迷信。彭家煌的《活鬼》写湖南乡间小孩子娶大媳妇的习俗对人性的压抑所导致的悲剧。台静农的《蚯蚓们》讲述了安徽农民荒年卖妻的故事。许杰的《赌徒吉顺》和柔石的《为奴隶的母亲》表现浙东野蛮的“典妻”风俗。第四，农民运动的高涨，也出现了农民觉醒后的反抗。高世华的《沉自己的船》写船工们为阻止军阀部队过河而宁愿自行击沉航船。彭家煌的《今昔》写湖南东北部1916—1926年的沧桑巨变中，农民在不同历史时期相同的被压迫、被鱼肉的命运，也反映了农民始终不绝的反抗精神。黎锦明的中篇小说《尘影》描写1927年以蒋介石为首的国民党背叛革命前后南方一个小县城的局势，这个小县城在大革命中成立了“县执行委员会”和“农工纠察队”，斗了地主豪绅。但在蒋介石叛变革命时，当地土豪和各色反动人物，与国民党军官相勾结，对革命力量实施袭击，屠杀了许多革命者和工农群众。

20世纪20年代的乡土文学写乡村生活的苦难和愚昧，承袭了鲁迅改造“国民性”的严肃主题，虽然思想性、艺术性没有超越鲁迅，但在走向农村革命题材作品方面起到了铺垫、推进作用。鲁迅在《中国新文学大系·小说二集》“导言”中对蹇先艾、许钦文、王鲁彦、黎锦明等人进行了赞许，并收录了他们的作品。许钦文是鲁迅的学生和挚友，许钦文1922年发表第一篇短篇小说《晕》，此后经常在《晨报》副刊发表小说和杂文，受到鲁迅的扶植与指导。鲁迅曾为黎锦明的中篇小说《尘影》题词。鲁迅说台静农的《地之子》为“优秀之作”。鲁迅对柔石的作品和人品很欣赏，亲撰《柔石小传》《中国无产者革命文学和前驱的血》《写于黑夜里》，以缅怀柔石。茅盾说许杰的“《惨雾》是那个时候一篇杰出的作品”。茅盾说徐玉诺“一方面是热情的，带着原始的粗犷；另一方面确是月亮女神型的梦想者”。茅盾称彭家煌的《怂恿》“是那时期最好的农民小说之一”。

乡土文学都带有浓郁的乡土气息和鲜明的地方色彩。许钦文、王鲁彦写浙东，台静农写安徽，彭家煌写湖南，蹇先艾写贵州，等等。台静农的《烛焰》写冲喜，彭家煌的《怂恿》写械斗，彭家煌的《活鬼》写借种，蹇先艾的《水葬》写乡刑，王鲁彦的《菊英的出嫁》写冥婚，王鲁彦的《许是不至于罢》写婚嫁习俗，王鲁彦的《黄金》写了世态薄凉，许杰的《赌徒吉顺》、柔石的《为奴隶的母亲》写浙东地区“典妻”风俗。其中的描写为研究地方民俗提供了宝贵的资料。

乡土文学作品在继承传统叙事、白描手法的同时，还成功运用了心理分析、象征主义等艺术手法。柔石的《为奴隶的母亲》通篇采用了白描的表现手法刻画人物性格，使人物具有鲜明的性格，让读者爱憎分明。台静农的《拜堂》《红灯》里的心理描写恰如其分地表现了人物内心的隐秘世界。王鲁彦的《黄金》、许钦文的《疯妇》里的象征意味很浓。

乡土文学中的主人公都是平凡的小人物，如贫苦的农民、流浪的雇工、无聊的茶客、酒鬼、寡妇等，他们都是最底层的小人物，食不果腹，居无定所，为生存而苦苦挣扎着；他们愚昧落后，冷漠麻木，斤斤计较，勾心斗角；他们一生不曾做过惊天动地的大事，而是为生计发愁，为鸡毛蒜皮的小事拌嘴打架，为自己的小小的悲欢离合或哭或悲。

20 世纪 30 年代，乡土文学作品里充满了人民觉醒后的斗争力量，许多“左翼”新秀都因发表乡土文学而成名。王鲁彦的《野火》(后改名《愤怒的乡村》) 描写了农民在封建势力压迫下的悲惨遭遇，以及被逼无奈地自发反抗斗争，表现群众斗争“野火烧不尽”的庞大气势。叶紫的《丰收》《火》《山村一夜》写大革命失败后湖南某地农民觉醒后的反抗斗争，深刻地揭示出造成农民贫困的根本原因不是自然界的“天灾”，而是剥削者的“人祸”。吴组缃的小说着力展示皖南社会动荡、农村破败、宗法崩溃背景下农民寻找活路的反抗故事;《一千八百担》写大旱之后宋氏家族为处理“一千八百担义庄租谷”的一次聚会，因各怀鬼胎、勾心斗角，在闹得不可开交时，守耕堂竹堂少爷发动农民冲进谷仓抢走了全部租谷，真实反映宋氏家族阶级分化的加剧;《天下太平》类似茅盾的《林家铺子》，深入展现了农村经济破产后下层人民的悲苦生活，王小福在走投无路时只有铤而走险爬上庙顶偷取象征“天下太平”的古瓶;《樊家铺》通过线子与其母亲矛盾的悲剧，展示了城乡经济的萧条和封建伦理的崩溃，就连尼姑也说“人心大变”，真实反映了 20 世纪 30 年代农村的悲惨现实。萧红的成名作《生死场》于 1935 年在鲁迅的支持下发表，小说以“九一八”前后东北农村为背景，表现了农民在封建压迫下的悲惨命运和在民族矛盾中的觉醒与抗争，鲁迅称《生死场》中所描写的“北方人民对于生的坚强、对于死的挣扎却往往已经力透纸背”。沙汀的《在祠堂里》《兽道》《代理县长》《在其香居茶馆里》等小说以四川乡镇为背景，从不同侧面揭露国统区的社会问题，具有冷峻的讽刺艺术特质，他曾被鲁迅誉为最优秀的“左翼”作家之一。艾芜的《南行记》《三峡中》取材于滇缅边疆，着意刻画生活在社会底层过着畸形生活的小人物形象，揭示他们顽强的求生意志和反抗情绪。罗淑的《生人妻》讲述了四川农民荒年卖妻的故事，生动再现了封建礼教下妇女的悲惨命运，巴金称赞她是“社会革命的斗士，中国的一个优秀女儿”。

当然，乡土文学里也充满着部分青年作者们对孩童时期无虑生涯的美好记忆，寄托着对故乡的一片深情并表现出淡淡的乡愁乡绪。更有作者在作品里对农村生活抒发了诗情画意般的田园牧歌情调，寄予了作者返归自然的精神皈依，如废名《竹林的故事》、沈从文的《边城》。

第四节 朱自清的散文

现代散文发展最早的应该是议论性散文，它随着《新青年》"随感录"专栏的创办而兴盛，鲁迅、李大钊、陈独秀、瞿秋白的散文各具特色。随着文学研究会、创造社、语丝社、新月社等社团的成立，现代叙事性散文和抒情性散文也应运而生，散文园地百花争艳，作者们的散文风格各具特色：冰心的散文清丽优美、细腻委婉，朱自的清散文含蓄率真、情景交融，俞平伯的散文玄妙感伤、迷离朦胧，许地山的散文联想丰富、探索哲理，叶圣陶的散文朴实隽永、严谨缜密，丰子恺的散文雍容恬静、亲切率真，周作人的散文追求含蓄、质朴平淡，林语堂的散文冲淡闲适、诙谐幽默，郁达夫的散文坦诚真挚、奔放潇洒，郭沫若的散文才情纵横、气势浩荡，陈西滢的散文闲话时事、貌似公允，徐志摩的散文意境优美、绮丽飘逸……1928年，朱自清在《背影》"序"里，对现代散文发展的情况有精彩的概括："就散文论散文，这三四年的发展，确是绚烂极了：有种种的样式、种种的流派，表现着、批评着、解释着人生的各面，迁流蔓衍，日新月异；有中国名士风、有外国绅士风，有隐士、有叛徒，在思想上是如此。或描写、或讽刺、或委曲、或缜密、或劲健、或绮丽、或洗练、或流动、或含蓄，在表现上是如此。"鲁迅于1933年10月在《小品文的危机》中曾这样说："五四时期散文、小品的成功，几乎在小说、戏曲和诗歌之上。"

一、朱自清简介

朱自清是现代杰出的散文家、诗人、学者、民主战士。

朱自清（1898—1948），出生于江苏东海县一个小官僚的封建家庭，原名自华，号秋实，字佩玹。六岁时随家从东海移居扬州，成长于扬州，故自称"扬州人"。1916年于江苏省立第八中学（即后来的扬州中学）毕业，旋即考入北京大学预科，后转入哲学系。1919年开始写作新诗。1920年朱自清从北大毕业，到江浙一带做了五年的中学国文教员。1925年清华学校设大学部，经俞平伯推荐，朱自清任清华大学教授，开始从事文学研究，创作方面则转为以散文为主。1931年8月，朱自清留学英国，进修语言学和英国文学，漫游欧洲五国。1932年7月，回国后任清华大学任中国文学系主任，与闻一多同事。1937年抗战爆发，他随清华大学迁入昆明，在西南联合大学中国文学系主任，并当选为中华全国文艺界抗敌协会理事。1946年7月，朱自清的好友李公朴、闻一多先后遇害，他依然赴成都出席各界举行的李、闻惨案追悼大会。1946年10月，他从四川回到北平，担任"整理闻一多先生遗著委员会"召集人。朱自清虽身患重病，仍带头在《抗议美国扶日政策并拒绝领取美援面粉宣言》上签名，并嘱告家人不买配售面粉，始终保持一个正直的爱国知识分子的气节和情操。1948年8月12日，朱自清因长期的胃病折磨不幸去世。毛泽东在《别了，司徒雷登》一文中称赞他大义凛然的骨气，"朱自清一身重病，宁可饿死，不领美国的'救济粮'……我们应当写闻一多颂、写朱自清颂，他们表现了我们民族的英雄气概"。

朱自清进入文坛是从写新诗起步的，1919年2月他的处女作诗集《睡吧，小小的人》出版。1922年1月，与刘延陵、叶圣陶发起成立新文学史上第一个诗歌团体"中国新诗社"，创办第一个诗歌杂志《诗》月刊，在中国新诗的演变与发展过程中功不可没。1922年6月商务印书馆出版了文学研究会8位诗人的合集《雪朝》第一集，内收朱自清的诗作19首。1923年朱自清发表了近300行的抒情长诗《毁灭》，追述了自己"六月间在杭州"游湖时的情景，表明自己对生活的严肃思考和“一步步踏在土泥上，打上深深的脚印”，反思抛弃了过去时日的空泛和虚妄。这种进取不懈的人生态度，在当时有较大影响。1924 年 12 月，朱自清的诗和散文集《踪迹》出版。1935 年编辑《中国新文学大系·诗集》，并撰写《导言》。

二、朱自清的散文成就

朱自清最有成就的创作在散文方面，主要散文集有:《踪迹》(1924 年 12 月由上海亚东图书馆出版，诗文合集，收入《月朦胧鸟朦胧》《绿》《白水漈》《生命的价格——七毛钱》四篇散文);《背影》(第一本散文集，1928 年 10 月由开明书店出版);《欧游杂记》《伦敦杂记》(1934 年 9 月由开明书店出版);《你我》(1936 年 3 月由商务印书馆出版)。朱自清的散文风格独特，散文作品《背影》《荷塘月色》《春》《匆匆》等一直被认为是白话美文的典范，一直被选为大中学校的语文教材，为培养文学青年和繁荣散文创作提供了宝贵的艺术经验。

“五四”时期，因社会批评的需要，“随感录”杂文、小品应运而生，这便是现代议论性散文。同时，反映现代思想的叙事、抒情的文艺性小品文也相继诞生，1921 年 1 月《小说月报》上发表了冰心的散文《笑》，产生了很大影响。1921 年 6 月 8 日，周作人在《晨报》上发表《美文》，文章说：“外国文学里有一种所谓论文，其中大约可以分作两类。一批评的，是学术性的。二记述的，是艺术性的，又称作美文，这里边又可以分出叙事与抒情，但也很多两者夹杂的。”在这里，周作人将“美文”明确界定为叙事与抒情两个特质。目前，我们对散文的分类，基本上也是按照议论散文、叙事散文、抒情散文这三个方面来区分的。

作者出生于一个小官僚家庭，在他成长的时候，军阀连年混战，家势开始衰败，家庭生活的重压扑面而来。1922 年 11 月 7 日，朱自清给俞平伯的信里说：“弟虽潦倒——但现在态度却颇积极，丢去玄言，专崇实际，这便是我所企图的生活。”由此可见，在江浙教书期间，尽管社会、家庭的影响很大，但他对人生还是充满了希望。1925 年，朱自清到清华大学执教，这期间，发生“三一八”惨案、“四一二”反革命政变后，北平的统治比“罐头还严”，“言论自由”成了虚晃，作家真正认识到了北洋政府的黑暗和蒋介石的血腥，曾经的忧患意识、理想和希望都瞬间“轰毁”，经常陷入沉思，心境极度苦闷，又不甘心叙写身边琐事。沿着这条线索，我们可以在朱自清的散文里发现作者的“个性表现”。

从表达方式上看，朱自清的散文主要分为叙事散文、抒情散文。

在叙事散文这一类，有直接反映作者对社会现实批判态度的，如《执政府大屠杀记》《白种人——上帝的骄子》《生命的价格——七毛钱》《哀韦杰三君》《阿河》等，大胆揭露北洋军阀屠杀爱国民众的反动暴行，强烈表达了反帝反封建的进步思想;《背影》《给亡妇》《择偶记》《南京》《潭柘寺戒坛寺》《儿女》等写亲身琐事、儿女情长，真挚表达了对人伦情怀的留恋和关注;《欧游杂记》《伦敦杂记》是作者在 20 世纪 30 年代游历欧洲后，“凭自己的经验和记忆”写成的，“书中各篇以记述景物为主，极少说到自己的地方”，详细地记叙了威尼斯、佛罗伦萨、罗马、巴黎、柏林、伦敦等名城的文化古迹、自然风光、民族风情和民间风俗。由于这一时期朱自清的创作不再感应时代的风云，于是他从容地在技巧上再三谋划，在语言上字斟句酌，使得散文艺术臻于完善的境地，确实是现代游记中的典范性作品。正如叶圣陶在《朱佩弦先生》所说：“现代大学生如果开现代本国文学的课程，或者有人编现代本国文学史，论到文体的完美，文字的全写口语，朱先生该是首先被提及的。”

在抒情散文这一类，作者用语言的丹青点染出的山水工笔画，讲求“逼真与如画”，其比喻之丰美、想象之超拔令人赞叹，不失时机地借景抒情，将诗情与画意有机结合。难怪郁达夫要在《中国新文学大系·散文二集》“导言”里说：“朱自清虽则是一个诗人，可是他的散文，仍能够满贮着那一种诗意，文学研究会的散文作家中，除冰心女士外，文字之美，要算他了。”《春》以诗的笔调描绘了充满蓬勃生机的南方春天特有的景色，大自然呈现一派生机和活力，在春境中的人辛勤劳作，抒发了作者对光明未来的向往之情。《绿》在对温州梅雨潭景物的细致刻画之中，融进了对祖国山水的一片“至情”， 抒写出“作者心灵的歌声”，从而使全文充满着诗情画意。《白水漈》是《温州的踪迹》中的一则，作者抓住白水漈瀑布不同于其他瀑布的“薄”和“细”的特点进行描述，将缥缈的水影描绘得逼真重现，令人神往。《桨声灯影里的秦淮河》抓住“灯影”从各个角度进行了细针密缕的描绘和渲染，逼真地再现了当时秦淮河美妙绝伦的夜景，自然流露了作者内心惆怅忧郁的情感细流。《荷塘月色》通过委婉的笔法描写了清华园荷塘月色美丽的景象，含蓄地抒发了作者不满现实、渴望自由，想超脱现实而又不能的复杂的思想感情。《松堂游记》采取时空交错的构思、多方对比手法，富有情趣和诗意地记叙了畅游清华大学西山牧场的感受，这牧场也并不是什么名山胜境，但在作者笔下却清新而爽朗，写出了意想不到的美。游记中的《威尼斯》《佛罗伦司》《莱茵河》《巴黎》等，也都是写景的美文。

三、朱自清散文的艺术特色

朱自清的散文具有鲜明的艺术特色。第一，含蓄率真的感情表现。作者作为传统的小资产阶级知识分子，具有强烈的爱国思想和自尊意识，为人为文讲求“率真”。如《执政府大屠杀记》哀痛被无辜杀害的爱国学生和民众；《生命的价格——七毛钱》忧思五岁小女孩将一生失去“生命的自由”；《桨声灯影里的秦淮河》哀伤沦落风尘的歌妓；《阿河》哀惜一位被社会遗弃而被卖来卖去的青年女子。《背影》《儿女》《给亡妇》《哀韦杰三君》《我所见到的叶圣陶》等多表现父子、夫妻、师生、朋友间的感情，作者从作为儿子、丈夫、父亲、老师、朋友所应有的伦理、道德及仁爱之心出发，检点自己在人伦关系中的生活细节，对自己的粗疏、随便、懈怠，表示深深的自责和无尽的悔恨，宛然托出一颗诚挚、广博的爱心。即使政治形势导致作者心内苦闷，作者仍然在《荷塘月色》里抒发了一种刚正不屈的“超脱”品格。抗日战争爆发后，作者在西南联大潜心教书、钻研学术，但“反压迫反饥饿”的呼声还是将他拉回了现实，以至于他成为一名真正的“民主斗士”。在他的《新诗杂话》里（《诗与哲理》《抗战与诗》《爱国诗》《诗与幽默》《语文影及其他》《人话》《论废话》《论青年》《论轰炸》）都可以找到作者“率真”的感情流露。第二，借景抒情的情感寄托。借景抒情、情景交融，融入作者对理想和希望的执着追求。作者对温州梅雨潭的绿，对清华园的荷塘、月色，对秦淮河的波光、弦歌、画舫等，都倾注热情进行了分层、细密的描绘，使一幅幅工笔画淡然而出，寄托着作者美好的情思。如《荷塘月色》中对荷塘的月色、荷叶和荷香的极力描写，呈现在读者眼前的是荷叶田田、荷花朵朵、清香缕缕，“月光如流水一般，静静地泻在这一片叶子和花上。薄薄的青雾浮起在荷塘里。叶子和花仿佛在牛乳中洗过一样；又像笼着轻纱的梦。虽然是满月，天上却有一层淡淡的云，所以不能朗照；但我以为这恰是到了好处——酣眠固不可少，小睡也别有风味的。月光是隔了树照过来的，高处丛生的灌木，落下参差的斑驳的黑影；弯弯的杨柳的稀疏的倩影，却又像是画在荷叶上。塘中的月色并不均匀；但光与影有着和谐的旋律，如梵婀玲上奏着的名曲”。为了显示月色之美，作者运用了想象、比喻、拟人、象征、衬托、通感、白描等修辞手法，对荷塘上的月色淋漓尽致地进行描写渲染，这确是如诗如画的意境，这种氛围融入了作者的主观情致，是人的感情化了的自然美。第三，严谨精巧的艺术构思。朱自清的散文讲究谋篇布局，笔致从容平淡，思路收放自如，形散而神不散，有纲举目张的功效。如《荷塘月色》一开头就抛出“这几天心里颇不宁静”这个文眼，点明整篇文章的感情基调，促使读者迫不及待地寻求“不宁静”的原因，之后作者在通向荷塘的路上拐了三个弯，先是“忽然想起日日走过的荷塘，在这满月的光下，总该另有一番样子吧”，其次由“想”而“沿着荷塘”寻去，再次是寻到了却又不急于展示荷塘之美，而是故意宕开一笔，把自己独处荷塘月下悠然自得的情绪抒发一番；在完全揭开荷塘月色的面纱以后，作者又忽然从空间转向时间维度，溯历史河流而上，把读者带进六朝采莲的热闹、风流季节，开创了一个新的艺术境界。《背影》起首就直截了当切题：“在与父亲不相见”情况下，“最不能忘记的是他的背影”。这里，作者没有描述父亲的正面肖像，而是将其背影作为正面构图予以定格，接着宕开笔墨，轻描淡写了父亲交差、祖母丧葬、变卖典质等。这些人生中的大事，作者没有重笔实写，只是用虚笔点出，有力地映衬了父亲在人生这块画布上的艰难心酸；在车站送行时，作者以父亲的背影为描写焦点，用精细的工笔，描绘了父亲两次从铁道上通过时的艰难神态，这是情节的高潮，也是动态刻画“背影”的出神入化之笔。父亲翻越铁道买橘子，行动是非常艰难的，可心里却很轻松，这充分展示了中华民族的传统美德，宁肯自己受罪，也不想让子孙遇坎坷。作者没有就此大发议论而是戛然收笔，回应起首，做了文尾点题。作者回忆道，父亲“少年出外谋生，独立支持，做了许多大事，哪知老境如此颓唐！”到这里，作者由当初父亲对自己无微不至的关怀，非但不领情，而且“暗笑他的迂”，到现在感念他一生“东奔西走”，深深地缅怀他的功绩，并忏悔自己的罪过和不孝。可见，作者的感情水到渠成，来了一个大转弯、大升级。由此可知，“背影”不是一般的亲爱，它反映的是人间纯洁无私的父子之情。难怪作者常在“晶莹的泪光中”，看见父亲令人难以忘记的“背影”。第四，清新朴素的文采魅力。郁达夫曾评述说，文学研究会的散文作家里，文字之美，除冰心女士外，要算朱自清了。的确，朱自清不愧是教师出身，无论他的诗歌还是散文，语言朴素自然，由于惯用修辞，读起来显得生动亲切，很有新意。如《春》的感染力全凭作者对语言的驾驭得心应手。作者善于提炼通俗易懂、生动形象的口语，比如写草“园子里，田野里，瞧去，一大片一大片满是的”，写花“你不让我，我不让你”地“赶趟儿”，这些短句浅语都是从口语中来的；精心锤炼词语，比如写蜜蜂嗡嗡地“闹”、写花香在湿润的空气中“酝酿”、写鸟儿“卖弄”歌喉、写细雨在微风中“斜织”等，含义丰富，描摹准确；还善于运用奇妙的比喻，增强语言的情味，如写春风拂面，说“像母亲的手抚摸着你”，如把春天比作“刚落地的娃娃”“小姑娘”“健壮的青年”等，这些比喻新颖贴切、简洁清丽，也蕴藉深厚。《荷塘月色》描写荷叶时，“田田的叶子”“像婷婷的舞女的裙”“层层的叶子中间，零星地点缀些白花，有袅娜地开着的，有羞涩地打着朵儿的；正如一粒粒的明珠，又如碧天里的星星，又如刚出浴的美人”。将静态的荷叶、荷花，拟人化了，写活了，显得生动传神。《背影》全篇采用白描记叙事实，不作任何修饰、渲染，尽是平平实实的叙述，在极平凡的日常絮语中含蕴至爱深情。文章通篇写父亲关心爱护儿子，儿子感激思念父亲，但像“关心”“爱护”“感激”这一类表示强烈抒情的抽象现成的字眼，作者却一个也没有用，更没有什么华丽的辞藻。如送行那一段：“父亲因为事忙，本已说定不送我，叫旅馆里一个熟识的茶房陪我同去，他再三嘱咐茶房，甚是仔细。”这里的“说定”，如果用“说过”似乎也通，但逊色多了。“说定”不送，后来终于还是送了，实际上是说而不定，很好地表现了父亲当时的矛盾心理。“熟识”一词，说明父亲嘱托的这个茶房该是靠谱的；“再三嘱咐”，表明嘱咐茶房遍数之多，不厌其烦，反复交代，唯恐茶房有半点疏漏；“甚是仔细”，表明嘱咐内容之详，把送行中应该注意的细枝末节都提到了。这些用语，强调说明父亲已经为儿子上火车作了极其精细、周密的考虑和安排，字眼虽然十分平常，但用得恰到好处，使父亲爱子之心跃然纸上。

朱自清在抗日战争爆发后的西南联大任教时，由于个人思想问题，很少再发表带有明显倾向性的文学作品。他于 1923 年 2 月发表的《哪里走》，很明确地对其做了注解：“……只有参加革命和反革命，才能解决这惶惶然。不能或不愿参加这种实际行动时，便只有暂时逃避的一法。……我既不能参加革命与反革命，总得找一个依据，才可姑作安心地过日子了。我是想找一件事，钻了进去，消磨这一生。我终于在国学里找出了一个题目，开始像小儿的学步。这正是往‘死路’上走；但我乐意这么走，也就没有法子。”进入 20 世纪 40 年代，朱自清的思想开始趋于左倾，这与他逐渐接触民主运动、受像闻一多等人的影响密不可分。1947 年 4 月 21 日写了《论不满现状》，形象地总结了像他一样的知识分子由彷徨走向斗争的历程，朱自清本人也终于从一个清高而正直的台阶上走进了革命民主斗士的行列。这期间，朱自清的著作带有浓郁的学术性。《新诗杂话》（1944 年由上海作家书屋刊行）是朱自清先生专门讨论新诗的著作，论及诗之动向、爱国诗、诗素种种、歌谣同译诗、诗声律等诸多方面，范围相当宽泛。《诗言志辨》（1947 年 8 月由开明书店出版）从理据角度阐明了“诗言志”的中国诗学传统。《标准与尺度》（1948 年由文光书店出版）收的文章很杂，评论、杂记、书序都有，大部分可以算是杂文，其中谈文学与语言的占多数。《论雅俗共赏》（1948 年由观察杂志社出版）作者以明白晓畅的口语揭示出艺术和文学的某些基本规律。《语文影及其他》（生前亲手编定的一个集子，未及印行，直到 1985 年 10 月才由中国文联出版公司出版），分为“语文影”和“人生的一角”两辑，其中《语文影之辑》是讨论语文的意义的，《人生的一角之辑》是讨论生活片段的。

第五章　主观抒情派的文学

五四文学革命，不仅在思想内容上对旧文学造成了强烈的冲击，而且在文学的形态上不断地进行探索和创新。在 20 年代，文学研究会和创造社形成了当时最有影响力的两大作家群。前者以“为人生”的旗帜而创作，产生了问题小说、写实小说、乡土小说等特色明显的创作潮流。而后者在标榜“为艺术”的旗号下，却迸发出极具现代意识的时代精神，在小说创作中，也突出地体现出了作者的主体意识和主观色彩，表现为自叙小说和寄托小说等形态。除了创造社的作家作为主观抒情派小说的主体外，文学研究会的冰心、庐隐，浅草社和沉钟社的一些小说家以及语丝社的废名等，也都表现出主观抒情派文学的倾向。

第一节　自叙小说和寄托小说

“五四”个性解放、追求自由的精神，使得新文学中浪漫主义的主观抒情文学兴盛，即便是以“为人生”为主的文学研究会中的冰心、庐隐等也以此为主。而集中体现出这一文学现象的，当属创造社。1921 年 6 月在日本成立的创造社，其成员大多有着共同的留学日本的经历，他们接受了西方浪漫主义和唯美主义的影响，强调文学要忠实于自己“内心的要求”，以一种强烈的反抗精神和创造精神，把“五四”个性解放、打破旧世界的潮流推向高潮。以郭沫若的《女神》为代表的诗作以其强烈的主观色彩和对理想世界的热烈追求，凸现了狂飙突进的时代精神。在小说创作上，同样表现出强烈的主观抒情特征，对 20 世纪 20 年代的小说创作，产生了巨大的影响。

创造社的主要成员，在小说创作上，都较一致地突出体现了主观抒情派文学的主要特征：侧重塑造，具有强烈的主观色彩，表现自我的“抒情主人公”形象，强调“文学是自我的表现”（郁达夫《文艺私见》）。作品具有浓重的主观抒情色彩和普遍的伤感情调，淡化情节和客观描述，具有散文化和诗化小说的特征。在小说领域，主观抒情派文学又表现为自叙小说和寄托小说两种主要形式。

自叙小说的产生受当时日本文坛的“私小说”的影响。“私小说”主张再现作家自己的生活和心境。“私小说”的“私”，即自我，“自我小说”也可以称为“自叙小说”。当时日本的“私小说”风靡一时，创造社的主要成员在日本留学，受此影响很大。自叙小说是以作家自己的身边日常事为题材，表现人物的生活经历。其特征，一是着重于自我表现，作品中人物的经历、背景都有作者的身影。二是注重心理描写，大量展现人物的内心世界。三是抒发作者的主观情感，偏重主观想象，具有浓郁的哀怨、伤感情绪。自叙小说的代表有创造社的郁达夫、郭沫若、倪贻德、张资平、叶灵风、陶晶孙以及文学研究会的庐隐、冰心等。郁达夫是其中最具代表性的作家。

郁达夫（1896—1945），原名郁文，字达夫，浙江富阳人。1913 年赴日本留学。1921 年在东京和同在日本留学的郭沫若、成仿吾等人发起成立创造社。1922 年回国，先后在北京大学、武昌师范大学、广州中山大学等任教并从事文学活动。抗日战争爆发后，积极从事抗日救亡文艺活动。1938 年前往新加坡担任《星洲日报》主笔，参加宣传抗日工作。1942 年担任新加坡文艺界抗日联合会主席。1945 年 9 月，被日军杀害于印尼苏门答腊。郁达夫是中国现代浪漫主义主观抒情小说的开拓者。在现代文学中产生了极大的影响。代表作品有《沉沦》《春风沉醉的夜晚》《迟桂花》《茑萝行》等。出版于 1921 年的小说集《沉沦》，是中国现代文学史上第一部短篇小说集。

在创作上，郁达夫主张"文学作品，都是作家的自叙传"。他把个人的生活经历和自我情怀，毫不掩饰地融入其作品中。他的小说，大多使用第一人称"我"，叙写自我的经历和情感，即便是第三人称"他"，也往往是作者自己的化身。短篇小说《沉沦》是郁达夫早期的代表作，作品中的主人公"他"，是一个留学日本的中国青年，身处异域，因是"弱国子民"，饱受歧视，"他"向往自由和爱情，盼望祖国强盛，却又无力反抗和改变现实，因而伤感颓废。"他"不甘沉沦，却又不可自拔地沉沦下去。"他"一方面在心里痛骂那些沉溺酒色、俗事的人，自己却又同样不能抵制性的诱惑。在这种痛苦的压抑下，"他"企图从妓院和酒馆里找到精神的慰藉和解脱，继而又自责和绝望，最终在"祖国啊，你快富起来！强起来吧！"的呼声中投海自尽。

《沉沦》中主人公的个人经历和境遇与作者有着极大的相似。作品中的"他"充满了性的苦闷和青春的感伤。作为在中国传统文化熏陶下的中国青年，在海外留学又接受西方文化的冲击，既有青春的性冲动，又有传统道德的性压抑，由此产生性的苦闷；而作为一个弱国的学子，处处受到歧视和嘲弄，又产生了生的苦闷。这种性的苦闷和生的苦闷是和社会的苦闷、国家的苦闷紧密联系的，也是当时中国青年特别是身处海外的留学青年们的普遍的"时代病"。在人物描写中，更多的采用人物的内心独白和自我倾诉，大胆地自我暴露，具有鲜明的主观抒情色彩。

郁达夫回国后所处的是一个腐败黑暗的社会，他的境遇和知识分子的生存困境在其小说中多有体现。小说《茫茫夜》中的主人公于质夫，也是从日本留学归来的知识青年，回国后在一所学校任教。学校陈腐污浊的氛围，社会官僚军阀勾结横行的现实，使他追求自由的精神世界开始沉沦，他悲愤而苦闷。一方面，他不愿与世俗为伍，觉得自己应救人救己；另一方面，他又无力自拔，终而陷入酒和女人的麻醉中。《茑萝行》中的"我"同样是一个留学归国的知识青年，在一所学校任教。不愿屈于学校陈腐的环境，但失业的困顿、经济上的拮据、人格的羞辱，使他无力反抗，还把这气撒在遵传统的父母之命而娶的妻子身上，屡屡如此却又常常懊悔痛苦。《春风沉醉的晚上》写穷困潦倒的知识分子"我"与邻居女工陈二妹的交往，展现了工人阶层的善良、正直以及反抗压迫的精神，也反映了他们同处困境而相互支持、鼓励的向上精神，作品的基调较前期有了更多的积极明朗的色彩。

郭沫若的小说"漂流三部曲"（《歧路》《炼狱》《十字架》），也是以自己漂泊求学和从事文学活动的经历为背景，表现知识青年的生活遭遇和情感世界。作品中的主人公爱牟，留学日本，归来弃医从文，却生活困顿，事事艰难。小说中人物的经历、情感，正是作者自己的真实写照，折射出那个时代青年知识分子的精神追求和社会重压下的痛苦与挣扎。

创造社的倪贻德是一位画家，他的小说集《玄武湖之秋》中的作品，大多写穷苦潦倒、多愁善感的青年画家的遭遇和情感。他向往爱情，却为世俗不容；失学失业，四处漂泊，充满梦想幻灭的悲哀和青春的苦闷。作品具有浓郁的抒情色彩，体现了表现自我、抒写主观情感的自叙小说的特征。

自叙小说并非自传，尽管明显地印有作家自身经历遭遇和情感的痕迹，在很大程度上是作者的自画像，但主要还是作家借这种形式，“赤裸裸地把我的心境写出来”，以求“世人能够勒戒我的内心的苦闷就对了”①。

“寄托小说”也是早期创造社成员多用的小说形式。“寄托小说”这一说法（名称）最早由创造社的郑伯奇提出。郑指出，这种小说的特征是“寄托古人或异域的事情来抒发自己的情感”②。在论及郭沫若的时候，郑伯奇将郭的小说总体分为两大类别：一类是描写并取材于作者身边私生活的身边小说（亦有“自叙小说”和“心境小说”之说），另一类即“寄托小说”。写古代或异域的事，作者的目的不在于展现历史的真实，主要意图在于借题发挥，表达自我。主要作家作品有郭沫若的《牧羊哀话》《马克思进文庙》《Lobenicht 的塔》《司马迁发愤》，郁达夫的《采石矶》《碧浪湖的秋夜》等。

《牧羊哀话》借写朝鲜国青年尹子英的悲惨遭遇，歌颂民族志士的崇高气节和献身精神，充满了爱国主义激情和反对帝国主义的战斗精神。作者借这个异域他乡的故事，寄托了自己期望祖国强大的爱国情怀和展望美好的人生理想。

郁达夫的《采石矶》写清代诗人黄仲则的怀才不遇和困顿潦倒。他无缘功名，为当世名家大儒所不容。性格孤僻却渴望知己，希望有人能理解自己的作品。作者写古人，实则写出自己时下的各种困境，抒发自己悲愤的情怀，达到“借古讽今”的创作目的。

第二节　郁达夫的散文

郁达夫不仅以小说蜚声文坛，其在散文创作上也极具成就。郁达夫的散文，尤其是游记散文，更是独树一帜，对现代散文创作影响极大。郁达夫“散文的艺术成就，实不在他的小说之下”（许子东《郁达夫新论》）。

郁达夫散文创作主要集中于 1928 年至抗战爆发前这段时间。其作品主要集中在 1934 年出版的《屐痕处处》及 1936 年出版的《达夫游记》两本散文集中，另外还有大量的小品、议论、杂文等。1928 年，郁达夫因和创造社分手，又遭国民党政府通缉，于是回到浙江老家和杭州隐居，寄情于山水之间，写下了大量的散文，其中大多是山水游记。

郁达夫曾在《新文学大系·散文二集》“导言”中指出：“现代的散文最大的特征，是每一个作家的每一篇散文里所表现的个性，比以前任何散文都来得强。古人说，小说都带些自叙传的色彩的，因为从小说的作风里人物可以见到作者自己的写照；但现代的散文，却更带有自叙传的色彩了。……这一种自叙传的色彩是什么呢？就是文学里最可宝贵的个性的表现。”他的散文创作最显著的特征就是，在记游山水风景、风土民俗，抒情表意的同时，具有和其小说一致的浓郁的自叙传性质和主观抒情特征。

“自我”“个性”是郁达夫强调的“散文的心”，即散文的灵魂所在。“我认为一篇散文的最主要的内容，第一要寻这散文的心。”③其散文创作始终是遵循这一原则写作的，他在文章中不加掩饰地向世人展示或美好、真诚，或抑郁、忧闷甚至阴暗的一面，既写自己的经历行踪，也写自己的所见所闻、所思所想。像《我的梦，我的青春》《远一程，再远一程》《孤独

① 郁达夫：《郁达夫全集》，浙江大学出版社 2007 年版。
② 《中国新文学大系·小说三集》，上海文艺出版社 1981 年版。
③ 《新文学大系·散文二集》，上海文艺出版社 1981 年版，导言。

者》等，均真实地叙写了自己困顿难堪的生活状态及忧愤不满的情绪和思想，真实地把一个渴望民主自由、富有才华的知识分子在黑暗动乱社会中艰难生存的状态和苦闷压抑的心境展现出来。

郁达夫的散文主要有几类：一类是早期的自我抒情散文，一类是后期的山水游记，还有一类是随笔议论、杂文等。早期的抒情散文大多是纵情抒写，表现了作者在黑暗动乱的社会中困顿的生活和理想。抱负不得施展而苦闷、悲愤、忧郁、厌世，具有浓郁的伤感颓废色彩，与其早期的小说基调一致，把作者的思想情绪充分地表现了出来。这类散文如《海上通信》《一封信》《归航》《还乡记》《给沫若》等。这些散文直写自己漂泊困顿的生活遭遇，抨击社会现实的黑暗和官场的腐败，宣泄内心的苦闷悲愤。残阳的日影，灰色的城墙，枯曲的疏树，荒芜的空地荒田，伴随的是拮据困顿、漂泊不定的生活。被排挤于政治和权力之外的知识分子，只能自怨自艾，通过文字来倾述内心的愤懑与不平。因此，郁达夫的早期抒情散文具有浓郁的伤感和忧郁的情调，一般不追求结构的严谨，往往是信笔所至，随意倾吐，情由境生，情景交融，展现出一种忧郁伤感而富有感染力的韵味。

郁达夫最为人称道的极富美学价值的散文，当属他的山水游记。尤其是在 1931 年后，当时社会笼罩在国民党的白色恐怖之下，加之和后期创造社因意见不合而分手，郁达夫回到家乡富阳和杭州，过起“隐士”的生活。这期间，游山玩水，寻古访幽，忘情其间，写下了大量的游记散文。

郁达夫的山水游记，侧重于描绘自然山水风光，善于抓住自然景物的特征，用富于神韵的文笔勾画出自然风光的独特之美。在寄情山水的同时，处处不能忘怀社会，曲折地表达了他对黑暗现实的不满与反抗，体现出他一贯的爱国情愫。

郁达夫在《山水与自然景物的欣赏》一文中表达了自己对自然山水的审美态度：“欣赏自然，欣赏山水就是人与万物调和，人与宇宙合一的一种协和作用。自然景物以及山水，对于人生，对于艺术，都有绝大的威力，确是一件千真万确的事情。”因此，他的散文，不仅善于以行云流水般的清新文笔抓住山光水色的特征进行描绘，而且还注重对自然景物的神韵和文化的描绘，追求一种意境美，带给读者无限的遐想和美的感受，极富艺术感染力。在《仙霞纪险》中，作者抓住仙霞岭“险”的特征来入笔：远看“实在是雄奇伟大得很”“五步一转弯，三步一上岭”；近看“更觉得是不见天日”“一面是流泉涡漩的深坑万丈，一面又是鸟飞不到的绝壁千寻”，简练而极富表现力的文字勾画出了仙霞岭非凡奇险的特点。在《钓台的春昼》中，作者没有过多地描写钓台的外貌，而是渲染了钓台的幽寂：“双桨的摇响，到此似乎也不敢放肆了，钓的一声过后，要好半天才来一个幽幽的回响，静，静，静，身边水上，山下岩头，只沉浸着太古的静，死灰的静，山峡里连飞鸟的影子也看不见半只。”“这四山的幽静，这江水的青蓝，简直同在画片上色彩一样。”这静谧的氛围，使读者能身临其境，感受到自然景物的神韵。《西溪的晴雨》则是在晴雨的变化中捕捉西溪与众不同的美景，那渺渺茫茫、清清绿绿的一路景色，好处就在于“微雨朦胧江南草长的春或秋的半中间”。郁达夫善于发掘自然景物的不同“美点”：“大抵山水佳处，总是自然景物的美点发挥的最完美，最深刻的地方。”（郁达夫《山水及自然景物的欣赏》）《故都的秋》写北平的秋，“却特别来得清，来得静，来得悲凉”；写碧空、驯鸽、牵牛花，写“秋蝉衰弱的残声”和“息列索落”的秋雨，突出了北国之秋的悲凉美。

郁达夫的散文继承了中国古典文学山水游记“人文化”和“文人化”的传统。文笔优美，情景交融，富有文化底蕴。他带着现代人的眼光，带着受过中西文化洗礼的观察者的眼光来描绘和阐释他看到的一切，这就形成了郁达夫散文最为显著的标志。

第三节 庐隐及其小说《海滨故人》

在早期文学研究会众多作家中，女作家庐隐是颇为突出的一位。茅盾在《论庐隐》中说："但'五四'时期的女作家能够注目革命性的社会题材的，不能不推庐隐是第一人。"庐隐（1898—1934），原名黄淑仪，又名黄英，福建闽侯人。1920年始以庐隐为笔名发表作品，1921年加入文学研究会。著有小说集《海滨故人》《灵海潮汐》《曼丽》，中篇小说《归雁》《女人的心》《地上的乐园》，长篇小说《象牙戒指》《火焰》及散文、杂文等。与同期的冰心、林徽因并称为"福州三大才女"。

早期的庐隐，受文学研究会"为人生"的文学主张影响，作品以反映"社会问题"的"问题小说"为主。如《一个著作家》写青年女性沁芬为反对包办婚姻而殉情，以此来表现五四时期广大青年关注的婚姻爱情自由的社会问题。《两个小学生》写北京的两个小学生参加请愿，结果请愿队伍遭到镇压的社会现实。《灵魂可以卖吗》通过十五岁的纱厂女工荷姑的自述，以质问的语气抗议："灵魂的可贵，实在是无价之宝，这有限的工资便可以买去！"

作为经历了五四运动的觉醒女性，既经历过旧时代的磨难和新思潮的洗礼，又面临着"五四"退潮后现实社会的无奈和迷惘。后期的庐隐着重表现一代青年女性追求自由理想和爱情而又终归无奈的现实。她们接受了"五四"自由解放精神的召唤，对社会、未来、爱情充满了积极的向往，但她们毕竟处在新旧交替的时代，她们热情大胆，却有着"似强而实脆弱的心"，在理想追求与实现的冲突背离中，在情感上产生了彷徨苦闷、忧郁悲哀。庐隐发现了存在于女性自身的这种觉醒与选择的困惑迷惘，她的许多小说都反映了这些青年知识女性共同面临的时代困惑。《或人的悲哀》中的亚侠，是一个探索人生究竟的青年知识女性，现实的黑暗使她最后得出的结论是人生"悲的多，乐的少"。《前尘》《丽石的日记》《胜利以后》《何处是归程》等小说中众多的知识女性，从追求爱情婚姻自由到后来对婚姻的失望，渴望新生活到落入平庸烦琐的日常，庐隐通过这些女性形象，关注的是青年女性们的情感出路，探究的是人生是什么的问题。"'人生是什么'的焦灼而苦闷的呼问在她的作品中成了主调。"①

发表于1922年的中篇小说《海滨故人》是庐隐的代表作。在这部小说中，作者写了五个经历了"五四"潮起潮落的青年女性从追求到幻灭的心灵历程，表达出对变革时期知识女性情感出路的关注。作品中的主人公露莎和她的同学玲玉、莲裳、云青、宗莹，是在高等师范学校读书的新女性、新青年，"都是很有抱负的人，和那醉生梦死的不同"。她们在"五四"自由民主精神的感召下，产生了反封建礼教、追求女性解放和爱情婚姻自由的强烈愿望。她们天真活泼，假期一起住在海边，畅谈理想，热烈憧憬美好未来。她们以"探索人生"为己任，但"人生到底是什么"，她们也不清楚。她们积极向往未来，希望"做一个社会的人"。然而，她们在接触恋爱、婚姻，踏入社会时，"不解事的露莎等五人不幸接二连三都卷入愁海了"，陷入了苦闷、忧怨中。露莎追求的异性知己梓青，却是个有妇之夫，他们的爱情自然遭到世俗的非议。云青的理想是做"一个完美的教育家"，为了家庭割舍了自己的爱情，最后走

①《中国新文学大系·1927—1937》，上海文艺出版社1987年版，序。

上了归隐之路。宗莹敢于反抗，毅然拒绝父母的婚介，有了自己决定的婚姻，但又成了一个为日常琐事而忙的家庭主妇。莲裳和玲玉也都被生活磨去了棱角，随遇而安，不再追求奋斗。露莎虽仍然坚持最初的追求，但她看不到最终的方向，只知道包围着她的现实生活太黑暗了，她应该去寻找一种“人生应得的生活”，最后留下一纸绝笔和爱的人一起，不知所终。

庐隐通过对这一群年轻的知识女性的描述，极力渲染了五四时期新思潮影响下的青年女性寻求人生意义和自我价值的心理，流露出强烈的女性意识和现代意识，是“五四”落潮期知识青年困惑于人生意义的写照。

在写作风格上，庐隐的《海滨故人》更接近于“自叙传”式的主观抒情小说。作品中主人公露莎的身世经历、情感心路，无不带有明显的作者自身的印记。《海滨故人》的开篇就介绍了露莎的身世：因出生时祖母去世，迷信的母亲把她视为不祥之人而厌恶，她被送到乡下奶妈家喂养。六岁时随做官的父母去外地。后来在外地读书期间，接到母亲病危电报，赶回家时母亲已经去世。这几乎是庐隐自己的身世。作品中露莎爱上了有妇之夫梓青，受到世俗的诽议。而生活中庐隐也有因爱上有妇之夫郭梦良并与之成婚的经历。同时，她把自己对人生的探索、理想的追求，通过作品中的人物去表现。所以说，“《海滨故人》是庐隐前半生的自传，露莎就是庐隐自己”（刘大杰《黄庐隐》）。在作品中，大量运用书信、日记等形式，直接表现人物的内心世界。字里行间透露着作者自我的心境，充满着哀怨伤感的基调，具有浓郁的主观抒情色彩。

第六章　现代诗歌的尝试与探索

五四新文化运动是以诗歌作为新文学创作的突破口的。在封建旧文学中，诗无疑占据了正统的主导地位。对诗歌的革命性改变，关系着文学革命的成败。这种改变和冲击从晚清就开始了尝试和探索。晚清的黄遵宪、梁启超、夏曾佑等在理论和实践上都作了尝试。而后胡适等人的白话诗的诗歌主张和创作，打开了中国新诗探索的大门。1921 年 8 月，郭沫若的新诗集《女神》的出现，以其强烈的主观抒情色彩和自由奔放的诗歌形式石破天惊的为新诗开辟了探索之路。20 年代的诗坛，就是在内容和形式上不断探索前行的浪潮中推进和发展的。以徐志摩、闻一多为代表的“新月派”倡导新格律诗，对诗歌形式、艺术上进行了探索，李金发等人的象征诗派在诗歌的现代主义技巧方面进行了尝试,蒋光慈等则在诗歌的内容上 掀起了革命的红色浪潮。

第一节　现代自由体诗歌的尝试

现代自由体诗歌是指新文化运动以来，不受旧体诗格律束缚，以白话语言写作的新诗。在传统文学中，诗歌长期占据着统治地位。在新文化运动之前，晚清的改良派黄遵宪、梁启超、夏曾佑等已经开始了诗歌的变革和探索。黄遵宪的诗注重社会现实，提出“我手写我口”。而梁启超更是明确提出“诗界革命”的主张，强化诗歌思想内容的变革。但“诗界革命”并未在诗歌的语言形式和情感内容上有革命性的变化，只是在旧体诗的形式中装进一些“新思想”“新名词”“新意境”，为其政治改良服务，始终没有走出传统诗歌的范围。

正因为诗歌在文学中的重要地位，文学革命的先驱者们决定先以诗歌作为新文学创作的突破口。1917 年，胡适的《文学改良刍议》中主张废骈废律，反对用典对仗，要白话入诗。作为实践，他随后即在《新青年》第二卷第六号上发表了 8 首白话诗，可以说是中国新文学新诗的初始之作。胡适的新诗理论和创作立即得到了刘半农、沈尹默、周作人、康白情、俞平伯等人的支持和响应，1918 年 5 月,《新青年》发表了胡适、刘半农、沈尹默的 9 首白话诗，产生了极大影响，宣告了白话诗运动的兴起，也打开了中国自由体新诗尝试的大门。这些早期的白话诗在形式和内容上的革命，是与文学革命和五四时代精神相呼应的。反映社会现实，宣扬时代精神和个性解放，反对旧道德、旧思想。

胡适是新文化运动的先驱者，也是白话新诗的发起者和实践者。他在发表《文学改良刍议》和一些白话诗之后，又在 1919 年 10 月发表了《谈新诗》这篇长文，完整地阐述了他的诗歌主张。他指出:“新文学的文体是自由的，是不拘格律的。”他提出，“诗体的大解放”“不但打破五言七言的诗体，并且推翻词调曲谱的种种束缚，不拘格律，不拘平仄，不拘长短；有什么题目，做什么诗；诗该怎样做，就怎样做”。即打破一切形式束缚，思想内容决定诗歌。胡适的新诗理论，为自由体新诗创建了基本理论主张，对“五四”白话诗的兴起，产生了极大影响。朱自清在《中国新文学大系・诗集》“导言”里，称胡适的《谈新诗》是当时“诗的创造和批评的金科玉律”。胡适不仅有完整的理论，在创作上也身先士卒，早在 1916 年他便开始白话诗的尝试。1920 年 3 月，他把发表的白话诗出版为诗集《尝试集》，这是我国现代文学史上第一部新诗集。《尝试集》里的白话诗，以自然明白的语言，不讲格律平仄的自然音节，表达了诗人反封建、争自由、求民主的“五四精神”，同时也表达了诗人人道主义精神和劳动者神圣的思想以及追求自由爱情、个性解放的时代愿望。

胡适的白话诗毕竟是旧诗文化的变革者，所以《尝试集》也自然摆脱不了旧体诗词的痕迹，这也显示出新诗艰难的探索过程。他自己也在《尝试集》“自序”里说这“实在不过是一些刷洗过的旧诗”。既然是尝试，胡适依然给人们带来了新的东西，比如以自然音节打破旧诗词的格律音节，采用白话押韵，用韵自由，多用白描、比喻、象征等，力求诗歌浅显通俗。《尝试集》在新诗的发展道路上，起到了鸣锣开道的作用。

和胡适同时的刘半农、沈尹默、康白情、俞平伯等人，都是“从旧式诗词、曲里脱胎出来”的早期白话诗的倡导者和创作者。刘半农、沈尹默、周作人更倾向于把民歌民谣作为白话诗学习的源头。他们于 1920 年在北京大学成立了“歌谣研究会”，向全国征集歌谣，同时开始歌谣体白话诗的尝试。刘半农的《教我如何不想她》，语言通俗，音韵和谐，很受广大青年喜欢，刘半农的早期白话诗对新诗的形式还作了多种探索。

白话诗在一众倡导者和实践者们的努力下，在和旧文学的交锋中得到了人们的认可。但白话诗毕竟是新诗道路上的探路石，历史局限是明显的，强调了白话入诗，却忽略了“诗”的美学价值，流于平直的散文化。因此，新诗的探索步伐不会停止。“五四”之后，一批新的青年诗人迅速登上文坛，加快了新诗的探索之旅。1921 年 1 月，中国新诗社在杭州成立，这是中国现代文学史上第一个新诗歌团体，主要组织者有朱自清、俞平伯、刘延陵等；创办《诗》月刊，从第四期开始，该月刊转为文学研究会的刊物之一。

1921 年 8 月，创造社的郭沫若出版了震惊文坛的新诗集《女神》。《女神》以其狂飙突进的时代精神、强烈的主观抒情色彩和自由奔放的诗歌形式为中国自由体新诗添加了里程碑式的一页。闻一多在《女神之时代精神》一文中说：“若讲新诗，郭沫若的诗才配称新诗呢，不独艺术上他的作品与旧诗词相去最远，最要紧的是他的精神完全是时代的精神——二十世纪底时代精神。”与其狂飙突进的时代精神一致的，是郭沫若在诗的形式上的自由表达，受美国自由体诗人惠特曼的影响，他在“形式方面我主张绝端的自由，绝端的自主”（郭沫若《论诗三札》），把新文化运动以来的诗体解放推向一个新的高度，使诗歌的抒情特质和诗的自由表达得到充分的发挥，使新诗真正成为“想象的表现”。

1922 年 3 月，在杭州西湖畔，几位志趣相投的青年——汪静之、应修人、潘漠华、冯雪峰，成立了“湖畔诗社”，并出版了新诗合集《湖畔》。之后，汪静之又出版了诗集《蕙的风》。次年，应修人、冯雪峰、潘漠华又出版了新诗合集《春的歌》，给诗坛带来青春和清新之风。“湖畔诗人”在结社出诗时，都是 20 岁左右的青年，刚刚经历了“五四”自由解放思想的洗礼。他们的诗，歌颂爱情、歌颂自然，充满青春清新的气息。在诗歌的形式上，他们也更自由与自然。“湖畔诗人”的诗，多为不押韵的自由诗，字数、句数、节数，皆不固定，因情而定，设取自由，追求诗的自然音节美，比起早期的白话诗，可以说实现了“诗体大解放”。

与“湖畔派”诗人活跃的同时，以冰心、宗白华为代表的小诗流派也引起了人们的关注和兴趣。1923 年，冰心出版了诗集《繁星》《春水》，宗白华出版了诗集《流云》，形成小诗流派。小诗是一种即兴式的短诗，形式短小，三五行成诗。和郭沫若受西方诗歌影响不同，小诗流派受东方外来诗歌的影响明显，形式上主要受日本俳句与印度诗人泰戈尔《飞鸟集》

的影响，着重表现诗人瞬间的感兴，寄寓一种人生哲理或美的情思，写母爱亲情，童心稚趣，歌颂自然美好。小诗流派对丰富新诗的艺术表现力，追求新诗形式的创新与精致化，为开拓自由体诗歌的表现领域作出了贡献。

在自由体新诗的发展与探索中，白话诗只是一个投石问路的试探，但之后的新诗则呈现出散文化的极端，忽视了对诗自身美学价值的追求。这种情况，在 20 世纪 20 年代中期新月派诗人们出现后有了不同。新月派诗人们提出新格律诗的主张，使新诗的创作，走向重视诗的艺术形式的道路。

第二节　新月诗派及其新格律诗

在新诗发展的道路上，以徐志摩、闻一多等人为主的新月诗派，以系统的诗歌理论和大量的创作实践，对新诗的发展在理论和创作方面产生了极大的影响。

1923 年，一些曾留学英美的归国文人如徐志摩、胡适、陈西滢等，在“聚餐会”的基础上，发展了一个文学社团：新月社。社名是徐志摩依据印度诗人泰戈尔的《新月集》而起的。成立之初的新月社本来是个文化社交团体，所以在诗歌创作方面并无大的动作。1925 年 5 月，闻一多从美国留学归来加入新月社，很快聚集起一批青年诗人，如被称为“清华四子”的朱湘、饶孟侃、孙大雨、杨世恩以及朱大楠、刘梦苇等，他们对诗歌的创作与发展充满了极大的热忱。同年 10 月，徐志摩接手主编《晨报副刊》，次年《晨报副刊 · 诗镌》创刊。《诗镌》便成为新月诗派的早期重要阵地。这样，在 20 世纪 20 年代影响甚大的新月诗派就形成了。

前期新月社的活动中心主要在北京，以《晨报副刊》为阵地，主要诗人有徐志摩、闻一多、饶孟侃、朱湘、孙大雨、杨世恩等人。1928 年 3 月，徐志摩、闻一多、梁实秋、饶孟侃等在上海创办了《新月》月刊，活动的中心逐渐转到了上海，并在 1930 年创办了《诗刊》作为主要阵地，标志着后期新月派的形成。后期新月派是前期新月派的延续与发展，活跃的成员除前期的徐志摩、饶孟侃、林徽因等，又加入了陈梦家、卞之琳、方玮德、邵洵美等，他们大多是徐志摩的学生或晚辈，所以，后期新月派基本是以徐志摩为主要旗帜的。1931 年 9 月，新月派后期的重要人物陈梦家编选出版了《新月诗选》，收入了新月派前后期的 18 位主要诗人的代表作，较为完整地展示了新月派诗人的风貌。陈梦家为《新月诗选》撰写了长篇序言，这篇“序言”一般被看作后期新月派的诗歌理论宣言，对前期新月派的诗歌理论作了调整。1931 年年底，徐志摩因空难去世后，新月派的活动逐渐衰落，直至最终宣告结束。

新月派的人员构成复杂，思想倾向也不尽相同，前期的新月派比较关注社会现实，作品也较多反映现实，呈现出一些积极的方面，如闻一多；而后期则坚持诗歌是超功利的、自我表现的、贵族化的，沦落为“普遍的颓废与幻灭”，如后期的徐志摩。

对于中国新诗的发展，新月派诗人反对早期白话诗“作诗如作文”的“非诗化”倾向，也反对郭沫若《女神》过于“欧化”的自由散漫诗风，他们开始高度重视诗歌的形式美，提出了“新格律诗”的主张。《晨报副刊 · 诗镌》创刊号发表了徐志摩的《诗刊 · 弁言》，直接提出了新月派的诗歌主张：“要把创格的新诗当做一件认真的事情做。”闻一多把“创格的新诗”具体化为“新格律诗”。1926 年 4 月和 5 月，饶孟侃和闻一多分别在《晨报副刊 · 诗镌》上发表了《新诗的音节》和《诗的格律》的文章，对新格律诗作了多角度、多层次的阐述。闻一多更是提出了诗人应“戴着脚镣跳舞”的主张。“恐怕越有魄力的作家，越是要戴着脚镣跳舞才跳得痛快，跳得好。只有不会跳舞的才怪脚镣碍事，只有不会作诗的才感觉得格律的束缚。”（闻一多《诗的格律》）进而提出诗的“三美”理论，即“诗的实力不独包括音乐的美（音节）、绘画的美（辞藻），并且还有建筑的美（节的匀称和句的均齐）”。这著名的“三美”诗说，可以看作新月派新格律诗的核心理论。对于新格律诗和新文化运动反对的旧格律诗有何区别，闻一多指出：“律诗的构成是别人替我们定的，新诗的格式可以由我们自己的意匠来随时构造。”强调节奏是诗的灵魂，“决不能没有节奏的诗”。后期新月派的代表陈梦家进一步完善了新格律诗的理论，提出把“本质的醇正，技巧的周密和格律的严谨”作为新诗的标准，主张“我们不怕格律，格律是圈，它使诗更显明，更美”，但“诗的格律，尽可以放得很宽泛”。

新月派对新格律诗的倡导，是对早期白话诗“非诗化”“散文化”的一种反拨和对以郭沫若《女神》为代表的过于“欧化”的自由散漫诗风的修正，纠正了在新诗探索道路上一些不正确的认识和创作上一定程度的混乱局面，从而引起人们对新诗艺术的重视，使新诗趋于精炼和严谨。新月派的诗人不仅以理论，也以自身丰富的创作巩固了新诗的地位，为新诗的发展起到了重要的推动作用。

闻一多是新格律诗最重要的理论倡导者和创作实践者。闻一多（1899—1946）原名家骅，湖北浠水人。现代著名诗人，学者和民主战士。1912 年考入清华留美预备学校（清华大学前身），在清华度过了十年，期间深受“五四”新思潮的影响。1922 年赴美留学学习美术。但他的兴趣更多的还在诗歌方面。1925 年回国后，加入新月诗派的活动，他身边迅速聚集起一批青年诗人，这些人成为新格律诗的主要力量。1928 年后，闻一多先后在武汉大学、清华大学、西南联大等大学任教，潜心研究中国古典文学，成为一名学者。1946 年 7 月 15 日，因在西南联大举行的李公朴追悼会上作了《最后一次演讲》而被国民党特务暗杀。其一生经历了诗人、学者到民主战士的发展过程。

早在留美期间，闻一多就表现出对诗歌的热爱。1923 年 9 月，他出版了诗集《红烛》，其中大部分诗歌写于留美时期。诗人身处异国，备受民族歧视，因此，诗中表现更多的是对祖国的思念和对中华历史文化的赞美歌颂。如著名的《太阳吟》，抒写了作者眷恋祖国的无限深情：“太阳啊—神速的金乌—太阳！/让我骑着你每日绕地球一周/也便能天天望见一次家乡！”在《忆菊》里，诗人以菊花象征“庄严灿烂的祖国”“我要赞美我祖国的花，/我要赞美我如花的祖国”。《红烛》诗集大气磅礴，想象丰富，感情真挚浓烈，具有强烈的艺术感染力。1925 年回国后，闻一多积极参加新月诗派的活动，与徐志摩、朱湘等人创办了《诗镌》，大力倡导新格律诗。1928 年 1 月，他出版了诗集《死水》。在这部诗集中，诗人的爱国热情更加浓烈。在艺术风格上，相较于《红烛》，则更趋稳健、含蓄和冷静，将浓烈炽热的主观感情凝聚在诗美的形象中，集中体现了其新格律诗的“三美”主张。《死水》集中的代表作《死水》一诗，诗人以一沟污浊腐臭的死水，象征半殖民地半封建的黑暗中国的现实：“这是一沟绝望的死水”。然后以美写丑，造成强烈的审美反差，形象具体地揭露了旧中国腐朽黑暗的社会现状，表达了诗人对黑暗现实的强烈憎恶和愤怒，以及迫切期望改变现实的愿望。诗人情感浓烈，在诗中却表现得异常冷峻和深沉，使诗歌具有强烈的嘲讽意味。《死水》是闻一多的代表作，讲究修辞和韵律，用词富丽华美，节、句整饬，节奏鲜明，集中体现了其诗歌“三美”原则，也是他自认为“第一次在音节上最满意的实践”，为新诗的发展做了卓有成效的探索。

徐志摩是新月诗派的旗帜和标志人物。徐志摩（1897—1931）原名章垿，后改名志摩，浙江海宁人。出身富商之家，自幼聪颖好学。1917 年就读北京大学，并拜梁启超为师。1918

年 8 月赴美国学习金融，两年后转入英国剑桥大学攻读政治经济学。在留英期间，受到西方资产阶级民主政治和欧美浪漫主义、唯美主义的影响，开始了诗歌创作。1922 年回国后，徐志摩在北京开始了他颇具影响的文学活动，与胡适等人创办了新月社。1925 年在北京大学任教，同时积极进行文学活动。1926 年 4 月，主编《晨报副刊• 诗镌》，以此和闻一多、饶孟侃等人倡导并创作新格律诗，标志着新月诗派的形成。1927 年，徐志摩移居上海，与闻一多、胡适、梁实秋等人创办了新月书店。1928 年又创办了《新月》月刊，成为后期新月诗派的重要阵地。1930 年应胡适之邀，再度任北大教授。1931 年 11 月因飞机失事不幸遇难。

徐志摩在美、英留学期间，接受西方民主思想的影响，热烈地追求“爱”“自由”与“美”。胡适说：“志摩的人生观是一种单纯信仰，这里面有三个大字：一个是爱，一个是自由，一个是美。”[①]追求“人”与“自然”的“和谐”，是一个理想主义者，其思想倾向较为复杂。不过，在其思想中，“爱祖国、反封建、讲‘人道’”，被认为是“三条积极的主线”[②]。

在文学创作上，徐志摩受欧美浪漫主义和唯美主义影响极大。徐志摩共出版了四部诗集：《志摩的诗》《翡冷翠的一夜》《猛虎集》和《云游》。这些诗作既体现了他对诗歌艺术的追求，又展示了他较为复杂的思想倾向。早期《志摩的诗》（1925 年）表现了作者积极进取的人生态度和反封建的人道主义思想，既有表现爱情、抒情写景的，也有反映现实、表达理想愿望的。如《先生！先生》揭露了社会贫富的对立，表现出对下层贫苦人民的同情。《为要寻找一颗明星》的抒情主人公在黑夜里骑着拐腿的瞎马，在茫茫荒野里寻找明星，体现了诗人对现实的关注和对理想的追求。在《翡冷翠的一夜》（1927 年）里，也有一些诗表现了作者对社会的关注，揭露社会的黑暗，表现对劳动者的同情，但更多的是表现出理想受阻，追求幻灭的哀伤和迷惘，由较多的对现实的关注转向更多的抒写个人情怀。后期的《猛虎集》和《云游》,则是经过资产阶级民主政治理想的破灭和对工农革命的恐惧与抵触的思想波折之后的作品，抒写了自我“微妙的灵魂的秘密”，表现出幻灭和悲观情绪，如《我不知道风是在哪一个方向吹》等。

爱情诗是徐志摩创作中最能体现他诗歌艺术特征和风格的。徐志摩的爱情诗有的热烈激切，有的温馨清丽，有的哀婉忧伤，抒写了诗人对爱情的向往追求，也表现了诗人对理想社会的追求，希望以爱去美化社会，提升人性的真善美境界。《雪花的快乐》诗中的一朵朵雪花，为了爱而快乐地融化，坚定、快乐、执着，表达了作者对纯洁美好的爱情和理想的追求。

《再别康桥》和《沙扬娜拉》这类抒写离情别绪的诗作，更能体现他艺术上的精妙。“最是那一低头的温柔，/像一朵水莲花不胜凉风的娇羞，/道一声珍重，道一声珍重，/那一声珍重里有蜜甜的忧愁——沙扬娜拉！”《沙扬娜拉》温婉细腻、微妙朦胧的离情别绪在短短的几句诗中被淋漓尽致地表现了出来。《再别康桥》把诗人对康桥的倾慕、眷恋，融入那些富有感染力的形象之中，诗句清丽优美，韵律和谐，情景交融，很好地体现了新月诗派的“三美”主张。

徐志摩是新月诗派贯穿前后期的领袖人物。他明确提出要作“创格的新诗”，主张诗应该“彻底音乐化”，注重诗的音节韵律，是新格律诗的倡导者和实践者。徐志摩的诗字句清新优美，韵律和谐，想象丰富，意境优美，空灵飘逸，形式整饬华美，对中国新诗的发展起了一定的积极影响和推动作用。

---

① 胡适：《中国现代作家选集》，人民文学出版社 1993 年版。

②《徐志摩诗集》，人民文学出版社 1983 年版，序。

第三节　李金发与象征诗派

从五四新文化运动开始，新诗就没有停止过它探索发展的步伐，到 20 世纪 20 年代中期，中国诗坛呈现出了流派纷呈的局面。与新月诗派的新格律诗大致同时兴起的，还有以李金发为代表的象征诗派。这一诗派对后来的以戴望舒为代表的现代派诗歌和抗战后期形成的九叶诗派产生了较大影响，所以也被称作早期象征诗派。

五四运动退潮后的 20 年代中期，中国处于军阀混战的黑暗社会现实中，一些知识青年产生了追求与幻灭、彷徨与苦闷、伤感和颓废的思想情绪。这种思想情绪与西方象征主义诗歌的感伤、忧郁、颓废的色彩相投，这是早期象征诗派产生的社会基础。象征诗派没有统一的社团组织，也没有共同的刊物做阵地，而是以艺术审美观点的近似而形成的一个诗歌流派。

在新月诗派对早期中国新诗从传统的诗歌角度进行修正探索的同时，李金发等人则从向西方学习的途径来探索新诗的道路，把法国象征主义诗歌理论引入诗歌创作中，形成了在 20 世纪 20 年代具有影响力的象征诗派。这一诗派主要代表除李金发外，还有创造社的王独清、穆木天、冯乃超以及姚蓬子、石民等。

1926 年 1 月，创造社成员穆木天在《创造月刊》上发表《谭诗——寄沫若的一封信》，明确提出“诗的世界是潜意识的世界”，诗是“内生活真实的象征”“诗是要暗示的，诗最忌说明的”“诗越不明白越好”，强调诗的“象征”“暗示”与“朦胧”的特质。同为早期象征派诗人的王独清也与穆木天相呼应，发表了《再谭诗》等文章，强调诗“作者须要为感觉而作，读者须要为感觉而读”，注重诗人内心感觉世界的表现。在艺术上，反对自然、明白、流畅，强调朦胧、新奇、象征、隐喻，既反对白话诗的明白晓畅，又与新月诗派的绚丽齐整、词句优美不同，象征诗派的诗朦胧晦涩，怪异难懂。穆木天与王独清从理论上对象征诗歌作了阐述，而在创作上引起广泛关注的则是从法国归来的李金发。

李金发（1900—1976）原名遇安，广东梅县人。1919 年赴法国学习雕塑，在此期间对正流行于欧洲文坛的象征主义诗歌极感兴趣。李金发身处异国他乡，孤独寂寞，加之性格孤僻抑郁，愤世嫉俗和颓废伤感，这种性格情感在象征主义诗歌中找到了共鸣，所以一接触就非常欣赏。他深受象征主义的代表诗人波德莱尔和魏尔伦等的影响，开始诗歌创作。1925 年回国后，先后出版了诗集《微雨》（1925）、《食客与凶年》（1926）、《为幸福而歌》（1927）等。李金发在短短时间里出版的几部诗集，为当时的诗坛带来了面目一新的怪异诗风。

李金发的诗歌宣称“我的诗是个人灵魂的记录”，是“个人陶醉后引吭的高歌，我不能希望人人能了解”[①]。因此，他的诗歌运用大量象征性的意象来表现自我潜在的主观意识或感觉。其代表诗篇《弃妇》《有感》《死》《希望与怜悯》《里昂车中》《哀的琴》等，诗中充斥大量的死尸、枯骨、鲜血、荒野、夕阳、灰烬、残月、丘墓等主观性极强的意象，以表达诗人忧郁、痛苦、悲观、矛盾的情绪。“如残叶溅血在我们脚上，/生命便是死神唇边的笑”（《有感》），把生命和死神联系起来，象征生命的消亡犹如落叶的飘零。“微雨溅湿帘幕，/正是溅湿我的心。/不相干的风，/踱过窗儿作响，/把我的琴声，/也震得不成音了！”（《哀的琴》）用琴声的悲哀来表达因现实的期待落空而产生的忧虑和悲叹。《弃妇》是李金发第一部诗集《微雨》的首篇，诗中的“弃妇”，是一个凝聚了诗人主观感受的隐喻意义的象征体。《弃妇》诗

① 李金发：《是个人灵感的记录表》，《文艺大路》，1935，2（1）。

从直观层面上看，描述了弃妇孤苦无依的身世和无法排遣的寂寞与恐惧，诗中充斥着鲜血、枯骨、黑夜、蚊虫、荒野、狂风、灰烬、游鸦等这些冷灰色调的意象，把自我的主观情感注入这些联系并不紧密的事物中，借助这些情感象征物，营造一种悲凉、恐怖、哀戚的氛围，来写弃妇内心的痛楚与生命的哀号。从诗的深层来看，它表达的是诗人现实的孤寂与撕裂感，可以说是诗人自我形象的外化。《弃妇》写于李金发留学法国之时，诗人当时身处异域他乡，极度的孤寂贫困与备受歧视欺侮的弱国子民的处境，使诗人把自我的孤寂无依、忧郁悲凉，通过弃妇这一形象表达了出来。

李金发的诗歌内容较为单一狭窄，大多表现其对现实社会和人生命运的矛盾、痛苦与哀叹，基调灰暗而悲观。李金发的诗也有一部分是爱情诗，歌颂女性和爱情。诗集《为幸福而歌》的“弁言”中，他自己说“这集多半是情诗”。不过和大多情诗的浪漫美好不同，李金发的爱情诗仍未脱离他失意痛苦的心境，多为爱情的期待、陶醉与痛苦，笼罩着悲观颓废的色彩。

李金发的诗歌深受法国象征主义诗歌影响，追求主观朦胧晦涩的瞬间感受的表现，充满悲观颓废和神秘色彩，大量运用象征、通感、隐喻等手法，营造伤感颓废的氛围。在语言上，全然不顾传统诗歌的韵律节奏，常常夹杂外文和大量文言虚字，因而晦涩难懂，与白话自由诗的明白晓畅截然不同。其独特的诗歌理论与审美价值，为 20 世纪 20 年代中期的诗坛带来了新奇的气象，也引起了人们对新诗发展道路的探索。李金发的诗歌拉近了中国诗歌和西方现代主义诗歌的距离，为中国现代主义诗歌的发展开创了一条新的道路。在其之后出现的现代派诗歌和更晚一些的九叶诗派也都深受其影响。

象征诗派的重要作者还有穆木天、王独清、冯乃超等人。穆木天（1900—1971），曾留学日本，是创造社成员。1926 年 1 月在《创造月刊》发表的《谭诗——寄沫若的一封信》被认为是早期象征派诗歌最具自觉诗学意义的重要文章。其诗集《旅心》也多体现象征诗派的特征。为了增加诗的朦胧性与暗示性，废除诗的标点，多用叠字叠句，强化诗的律动，产生了一定的影响。王独清（1898—1940），曾留学日本和法国，是创造社成员，曾主编《创造月刊》。其早期受浪漫主义诗风影响，后来转向象征派。1926 年 3 月发表文章《再谭诗》，与穆木天相呼应，阐述象征诗派的理论主张。他的诗集《威尼斯》《圣母像前》等在技巧上受象征派影响，在内容上则有浓厚的浪漫主义色彩，蕴藏着象征派诗人普遍的颓废哀伤气氛。

第四节　蒋光慈与普罗诗派

五四运动加快了马克思主义在中国的传播。随着中国共产党的成立，文化领域必然成为无产阶级革命运动的一块阵地。早期的共产党人邓中夏、沈泽民、瞿秋白等都提出了文学与革命的关系问题。恽代英在《文学与革命》中提出文学家要做的第一件事是要投身于革命事业，积极探索革命文学的创作问题，明确提出不同阶级需要不同的文学。1927 年大革命失败后，中国革命进入了由共产党领导的无产阶级革命时期。在文学战线上，也出现了声势浩大的“左翼”文化运动，出现了由文学革命向革命文学的转换。“普罗文学”的倡导，就是在这一形势下产生的。

“普罗”即 proletariat 的音译简称，意为“无产阶级的”。因此，当时的倡导者们就把无产阶级文学简称为“普罗文学”。

在诗歌领域，普罗诗歌是普罗文学在创作实践上的先行者。早在1923年，共产党人邓中夏就发表了《新诗人的棒喝》《贡献于新诗人面前》等文章，提出诗人要“多描写实际生活”，新诗要自觉充当无产阶级领导的民主革命的“工具”，倡导诗人“从事于革命的实际活动”。1924年，已是共产党员的蒋光慈、沈泽民等人，以上海《民国日报》副刊《觉悟》为阵地，成立了具有革命倾向的进步文学社团春雷社（后来该社大部分成员加入太阳社，该社遂自行解散）。在《春雷文学》专号上，蒋光慈发表了代“发刊宣言”《我是一个无产者》一诗，明确“我是一个无产者”“我要联合全世界命运悲哀的人们，/从那命运幸福的人们之宝库里，/夺来我们所应有的一切！”这种把《共产党宣言》里“全世界无产者联合起来”的号召诗化的做法，可以看作普罗诗歌的先声。1925年，蒋光慈的诗集《新梦》出版，这是诗界第一部为无产阶级和共产主义放歌的诗集，可以看作普罗诗歌的诞生。1927年年底，蒋光慈、钱杏邨、孟超、洪灵菲等人成立了太阳社，其主要成员多是共产党员。大革命后的创造社既有亲身参与了大革命的郭沫若、成仿吾等人，又有刚刚从日本回来的冯乃超、彭康、李初梨等进步青年，从而使创造社转变为受共产党影响的文学社团。太阳社和后期创造社的成员成为普罗诗歌最重要的倡导者和创作者。1928年5月，洪灵菲、林伯修、戴平万等成立了我们社，出刊《我们》月刊。1930年，由爱好诗歌的青年工人和学生组成了普罗诗社，专门从事普罗诗歌的宣传和创作。此外，还有汽笛社、前哨社等。普罗诗歌社团的蓬勃发展，在新诗界掀起了一股鼓动无产阶级反抗情绪的红色诗潮。

普罗诗歌最显著的特点，就是题材有政治化倾向，表现无产阶级的政治斗争和欲求。和早期象征诗派倾向于诗人内心感觉世界不同，它强调直接从外部世界即时代的革命斗争中获得诗情，所以，他们的诗歌对发生的重大政治事件都保持高度关注。如愤怒控诉“五卅惨案”的蒋光慈的《血花的爆裂》、殷夫的《血字》《伟大的纪念日》、冯乃超的《流血的纪念日》等。反映“四一二”反革命政变的黑暗现实的有白石的《兄弟！这里不许优容》、罗澜的《暴风雨之夜》，这些诗歌揭示了当时“刽子手遍地”的白色恐怖的现实。洪灵菲的《在货车上》、冯宪章的《粗暴的幽静》描绘了广州起义的壮烈景象。这些重大政治事件在他们的诗里都得到了反映。

普罗诗派的诗大多是政治抒情诗，充满了浓厚的浪漫主义色彩。诗中讴歌了无产阶级美好的未来，给劳苦大众指引革命出路，充满激情，具有极强的宣传性、鼓动性。但其强调诗的阶级性、群体性而忽视了诗的个性特征，在很大程度上使诗成为斗争的工具，忽视了诗的艺术审美价值，有些诗近乎标语口号式的宣传，直露并且概念化，艺术上的光彩不足。

蒋光慈是普罗诗歌的倡导者和代表人物。蒋光慈（1901—1931），原名蒋如恒，又名蒋光慈，安徽霍邱人。五四时期积极投入爱国学生运动。1921年赴苏联莫斯科共产主义劳动大学学习，次年加入中国共产党。在苏联期间开始文学创作。1924年回国至上海大学任教，并与沈泽民等组织成立春雷社。1928年与孟超、钱杏邨等人发起成立太阳社，主编《太阳月刊》《时代文艺》《拓荒者》等杂志。1930年加入“左联”，1931年病逝。著有诗集《新梦》《哀中国》，小说《少年飘泊者》《丽莎的哀怨》《短裤党》等。1925年，从苏联回国的蒋光慈出版了他的诗集《新梦》，标志着“普罗诗派”的诞生。钱杏邨称这部诗是“中国最先的一部革命的诗集”。《新梦》中的诗歌大多创作于他在苏联留学时期，因此，歌颂十月革命和社会主义新生活、歌颂列宁和工农、表达对政治理想的追求和向往是这部新诗的主要内容，充满了激昂的革命热情。《莫斯科吟》是其中著名的一首，描绘了十月革命后莫斯科的壮观美丽，表达了诗人对十月革命的热情赞颂："十月革命，/又如通天火柱一般，/后面燃烧着过去的残物，/前面照耀着将来的新途径，/哎，十月革命，/我将我的心贡献给你，/人类因你出世而重生。"十月革命，是无产阶级开创的新历史，而这一历史的开创者是革命领袖列宁，所以，诗人听到列宁逝世的消息后，怀着极度悲痛的心情写下了《哭列宁》一诗。诗以悲壮的旋律，缅怀了列宁的丰功伟绩，歌颂列宁"葬在每一个爱光明人的心里"，并表达了坚定的革命信念和革命决心："死的是列宁的肉体，/活的还是列宁的主义。"《新梦》显示了作者对革命的热情歌颂，对祖国和人民的强烈挚爱，感情热烈，气势奔放，形成一种富有时代精神的感染力量，受到当时向往革命的进步青年的极大欢迎。《哀中国》是蒋光慈的第二部诗集，1927 年出版，是诗人回国之后创作的。诗人回到祖国，目睹的是军阀混战，满目疮痍，祖国和人民蒙受着灾难。诗人以沉痛的笔触来写"满眼都是悲景"的中国现实，从而唤起人们的革命热情，这也是这部诗集的感情基调。《哀中国》一诗写出了当时中国在帝国主义列强的践踏和军阀横行下的现实悲景："满国中外邦的旗帜乱飞扬，/满国中外人的气焰好猖狂！""满国中到处起烽烟，/满国中景象好凄惨！"对此诗人难掩悲愤之情："我为中华民族三叹息。""我是中国人，/我为中国命运放悲歌。"深信祖国定有"重兴之一日"。全诗在沉痛的悲叹中，激越着战斗精神。《在黑夜里》《北京》《我要到上海去》《血花的爆裂》《血祭》等诗，都表达了诗人对黑暗中国的强烈憎恨和对祖国人民的深沉挚爱。《哀中国》在诗风上，较之《新梦》，更多了革命现实主义的因素，愤怒的批判力量增强了，更贴近社会现实。

蒋光慈倡导并以丰富的创作实践来发展普罗诗歌。他的诗直接来自作者的革命理想和斗争生活，情感热烈奔放，真诚而直露，对以后的中国政治抒情诗的发展产生了较为深远的影响。

第七章　现代戏剧的倡导与诞生

20 世纪初，在中国近代资产阶级民主革命的推动下，产生了文明戏。文明戏侧重写实的对话，用动作代替传统戏曲的唱念做工，采用幕表制的演出方式、定型化的角色分配制、多“言论老生”式的演说，风靡一时，受到当时群众的喜爱。但是与成熟的话剧相比，文明戏无论是在内容上、体裁上还是表现形式上，都存在不小的差距。在五四新文化运动时期，倡导者们对中国传统戏曲展开了强烈的批判，还大量翻译、介绍了外国的戏剧理论和优秀的戏剧作品，由此，我国最早的话剧文学便产生了。因为当时易卜生在倡导者心中的地位极高，所以社会上产生了一大批社会问题剧和写实主义戏剧。由汪优游发起，沈雁冰、欧阳予倩、郑振铎等 13 人组成的民众戏剧社于 1921 年春在上海成立。该戏剧社大力提倡写实的社会问题剧，由此形成了现实主义戏剧的理论观点。与此同时，在社会问题剧的模式之外，田汉、丁西林、郭沫若的话剧创作也别具一格。他们在戏剧创作过程中的共同特点是：由文学走向戏剧。田汉倡导南国戏剧运动，而郭沫若则专注于历史题材的创作，主张将有戏剧性的历史人物融入现代思想的框架之中，加以艺术再创作。另外一位剧作家丁西林，则致力于创作带有英国幽默风格的雅致的喜剧作品。正是由于众多剧作家的共同努力，现代戏剧才出现了蓬勃发展的局面。

第一节　现代戏剧的兴起

20 世纪初，受西方戏剧的影响，产生于 19 世纪末的现代戏剧逐渐形成一种新兴艺术。它不同于民族传统戏曲，时称文明戏或新剧。众所周知，我国的传统戏曲是以唱、念、做、打为基础，并配合歌舞的一种舞台艺术；而现代戏剧则以最接近日常生活的对话和形体动作为舞台表现的主要手段，因此写实性是其最主要的表现手段。现代戏剧之所以能够在“五四”文学革命时期深受革新者的喜欢，就是因为其具有写实性的特征。与其他表演艺术相比，戏剧虽然强调写实性，但是它仍具备综合性艺术的特征。同时，可以根据现实需要，将文学成分、音乐成分、造型艺术成分、舞蹈成分结合到一起，塑造相对完整的舞台形象。

中国现代戏剧的诞生，一方面源于改良旧剧，另一方面则是通过学习西方戏剧。早在辛亥革命之前，“文明新戏”这种中国话剧的早期形态就已经出现了。经过“五四”戏剧观争论后，逐渐确立了“建设西洋式新兴戏剧”的目标，通过众多戏剧家们不断地艰难探索，在 20 世纪 20 年代，话剧在中国逐渐站稳脚跟，并且已具雏形。

中国新兴戏剧萌芽于戊戌变法（1898 年）至辛亥革命（1911 年）年间。在中国资产阶级民主主义革命的影响下，伴随着传统戏曲的改良和文明戏的崛起，中国戏剧迈出了从古典形态向现代形态转变的第一步。当时日本盛行新派剧，在其影响下，日本留学生当中的一部分文艺爱好者于 1906 年年底，在日本东京成立了春柳社。这是一个以戏剧为上的综合性艺术团体。春柳社的发起人为曾孝谷和李叔同，随后，欧阳予倩、陆镜若也相继加入，并成为春柳社的主要领导者。春柳社成立后不久，就组织了法国小仲马的《茶花女》第三幕的演出。接着在1907年6月初，经过扩充后的春柳社又在东京本乡座戏院演出了《黑奴吁天录》，这是曾孝谷根据林纾、魏易的同名翻译小说改编的话剧。这成为第一出由中国人创作演出的话剧，也是文明戏正式开端的标志。

随后，文明戏这种新生的话剧形式以其“写实性”的特点，有力地配合了中国当时的现实斗争。在文明戏发展到高潮时，众多的剧团应运而生，其中，最重要和最有影响的是由任天知发起，聚集了汪仲贤、欧阳予倩、陈大悲等一大批优秀的戏剧人才的“进化团”，这是我国第一个职业性的戏剧团体。1914年以后，随着辛亥革命的失败，文明新戏这种文艺形式也从鼎盛走向衰落。后期，由郑正秋组织成立的新民社成为后期文明戏发生转变的直接推手。

发表于1919年3月《新青年》第六卷第三期的《终身大事》，和南开学校新剧团的《新村正》一起，成为中国现代文学史上最早的话剧剧本。这两个剧本的主要特点是，它们已经完全脱离了话剧的早期形式文明戏，成为真正意义上的话剧剧本。

1921年3月，在上海成立了第一个“爱美的”戏剧团体。1921年5月，《戏剧》杂志出刊，这不仅是“爱美的”戏剧团体的代表性杂志，也是第一个专门性的戏剧杂志。该戏剧团体的发起人是汪仲贤，除此之外还有沈雁冰、郑振铎、欧阳予倩、陈大悲、徐半梅、熊佛西等，共13人。沈雁冰参照法国罗曼·罗兰倡导的“民众戏院”，为团体取名“民众戏剧社”。而真正重视舞台实践而成为“爱美的”戏剧运动柱石的是前后奋斗12年、举行过16次公演的“上海戏剧协社”。洪深于1923年加入上海戏剧协社，他一手建立起来了严格的“排演制”和“导演制”，同时他还坚持废除了“男扮女装”这一旧戏和文明新戏的非现实主义、非现代化的演出方式，1924年4月，上海戏剧协社举行成立以后的第6次公演，上演洪深执导的戏剧《少奶奶的扇子》，这是我国第一场严格地按照欧美演出话剧的方式来演出的戏剧，演出获得了巨大的成功。可以说，从1920年《华伦夫人之职业》的演出失败，到1924年《少奶奶的扇子》的演出成功，新兴话剧经过长期艰难的探索，终于在中国舞台上立足了。

1922年11月，人民艺术戏剧专门学校在北京建校，这所学校由浦伯英出资，联合陈大悲一起创办。学校成立之初，聘请了诸如鲁迅等一些社会名流担任校董，一方面强化了学校师资，另一方面也扩大了学校的影响力和知名度。该学校的学生除上课外，还必须开展舞台实践。同时，这也是我国第一所尝试运用西方戏剧艺术教育方式来培养中国话剧专门人才的学校。

除了上述戏剧社团和戏剧学校之外，20世纪20年代影响最大的戏剧团体还有南国社。1927年，田汉主持私立上海艺术大学文科，在他升任该校校长之后，决定将南国电影剧社改组重建，并将其活动范围扩及文学、电影、美术、戏剧、音乐等各个方面，并正式将剧社更名为南国社。

“思想解放运动”与“戏剧思潮”的开放，形成了五四文学革命时期和20年代戏剧创作在艺术上的丰富性和多样性。借鉴西方戏剧的各种新观念和新创作手法到本土之后，剧作人对其既有模仿也有形式和内容上的突破与创新。同时，独幕剧、多幕剧、历史剧、现实剧、悲剧、喜剧、诗剧、散文剧、活报剧等话剧的各种题材、体裁以及戏剧样式，都有不同程度的发展。

现实主义成为20世纪20年代戏剧文学的主要表现手法。与此同时，戏剧文学还相继借鉴了易卜生、王尔德、斯特林堡、梅特奥尼尔、梅特林克等剧作家的唯美主义、表现主义和象征主义创作手法，逐步形成了多元化的戏剧创作格局。但是，由于这个时期的戏剧处于初创期，因此，许多戏剧作品还较为稚嫩、粗糙。但是，即便如此，这一时期仍然出现了诸如田汉、洪深、丁西林等优秀的、极具影响力的戏剧家。田汉的《咖啡店之一夜》《湖上的悲剧》《获虎之夜》《名优之死》、洪深的《赵阎王》、丁西林《一只马蜂》等作品，都是这一时期最具影响力、最具美誉度的话剧作品。

第二节 田汉的独幕悲剧《获虎之夜》

田汉（1898—1968），本名田寿昌，乳名和儿，笔名有田汉、陈瑜、伯鸿、汉儿倚声、首甲、绍伯、漱人、陈哲生、明高、嘉陵、张坤等。湖南省长沙县人，中国现代著名的戏曲作家、剧作家、小说家、电影编剧、诗人、词作家，同时还是杰出的文艺活动家和文艺批评家，我国现代戏剧三大奠基人之一（另两个人是欧阳予倩和洪深）。《义勇军进行曲》的歌词就出自田汉作词的歌曲《万里长城》。在日本留学时，田汉曾自己署名为“中国未来的易卜生”。1968年，田汉在“文化大革命”中遭到迫害，死于狱中。

田汉在20年代最具影响力的两部剧作分别是《名优之死》和《获虎之夜》。《获虎之夜》作为一出独幕剧，最早发表于《南国》杂志上。剧本讲述了辛亥革命后的一年冬天，发生在长沙东乡仙姑岭边的一个乡山猎户魏福生家中的故事。魏福生是一名长期居中在山中，靠打猎为生的猎户，他的女儿莲姑和小时候曾寄居在自己家中的表兄黄大傻相爱。不幸的是，黄大傻的父母先后亡故，家里又被火烧了，变卖家产也不够还债，更不用说读书了。面对这样的局面，黄大傻仍不愿意离开家外出学手艺。由于他仍旧忘不了莲姑，也不愿意离开莲姑居住的地方，于是，他宁愿安身在庙里的戏台下，靠讨饭维持日常生计。与此同时，莲姑的父亲魏福生很早就对黄大傻不满意，也坚决反对女儿与黄大傻恋爱。为了斩断孽缘，他亲自为莲姑找到了“门当户对”的地主陈家。黄大傻得知莲姑要出嫁，伤心异常，由于思念莲姑，就每日深夜到魏家附近的山上遥望莲姑房间的灯光，以此来安慰自己的内心。但不幸的是，一天夜里，他被魏家埋伏在山岭上打虎的抬枪打中，受了重伤。莲姑看到被抬进陈家的黄大傻之后，悲痛万分，当即要求看护黄大傻一夜，但遭到父亲魏福生的反对。莲姑与父亲的矛盾进一步激化，并遭到父亲的毒打。黄大傻眼见自己与莲姑的爱情无望，于是用猎刀自杀而死。

剧本成功地塑造了黄大傻、莲姑这两个男女主人公形象。他们向往幸福自由，为了自己的幸福不惜据理力争，为自己争取合理的权利。莲姑是作品的女主角，同时也是作者着力塑造的人物形象。她拥有中国传统女性的美好品质：善良美丽、坚强不屈、大胆勇敢，为了追求自己的婚姻自主和获得个性解放不惜拼死反抗。她不愿意嫁给“门当户对”的陈家三少爷，因为她已经深深爱上了自己的表哥黄大傻，即便黄大傻经历变故，变得一贫如洗，她仍然深爱着他。她见到黄大傻身负重伤后，不顾父亲的百般阻挠，执意要看护好自己的心上人。当父亲反对的时候，她义正词严地告诉父亲她早已与表哥私订终身的事实。不仅如此，还打算与自己的表哥一起逃跑。当她的父亲愤怒地告诉她“我把你许给陈家了，你就是陈家的人了”的时候，她勇敢地告诉父亲：“我把自己许给了黄大哥，我就是黄家的人了。”在莲姑的身上，我们看到了她蔑视父权、蔑视封建传统思想、勇于追求婚姻自由的进步女性意识。流浪汉黄大傻作为作品的男主人公，作者也突出了他对爱情的执着追求。但是由于贫富差距过大、封建势力的百般阻挠，他们的爱情还是以悲剧收场。作者通过黄大傻以自杀结束自己生命的方式，表达了其对封建传统势力的大胆反抗，以及对纯真爱情忠贞的赞扬。作品通过塑造莲姑和黄大傻这两个人物形象，通过详细刻画两个人的爱情悲剧，强烈谴责了以财富、等级、地位等因素来决定婚姻的封建专制思想，强烈控诉了迫害摧残男女青年真挚爱情的封建制度，歌颂了勇于向封建思想挑战的青年一代。

《获虎之夜》作为作者早期话剧的重要成就，向读者淋漓尽致地展现了作者自己对纯真美好感情的强烈追求。该剧本创作于 1921 年，此时五四运动的高潮虽然过去，但是整个社会在五四运动掀起的反帝反封建的革命浪潮的冲击下，已经开始逐渐显露出衰败的迹象，民主主义的进步思想和传统的封建观念的对立已经渗透到全国各个地方，这给渴望追求民主自由的进步青年强烈的震撼和鼓舞。因此，剧本所展现的悲剧和在宗法制社会压迫下痛苦地死去或绝望地悲泣的男女青年的爱情悲剧相比较，又具有新的意蕴，因为它已经融入了“五四”时代的浪潮之中， 具有鲜明而又强烈的现实意义。

极具感伤的抒情性是田汉在早期戏剧创作过程中的重要现象，这种所谓的感伤情调，主要是通过作者在叙事过程中“孤独的感伤”和“迷茫的感伤”体现出来的。在田汉早期戏剧创作中，作者经常将自己对人生的体验融入作品之中，以产生共鸣的效果。《获虎之夜》的男主人公黄大傻，在经历了人生的变故之后，骤然变成了一个没有爹娘、没有兄弟、没有亲戚和朋友的孤儿。白天，这种孤独感还体现得不明显，但到了晚上，当他自己一个人睡在庙前的戏台底下的时候，那种凄凉、感伤和孤独真叫人可怜。

同时，田汉在早期的戏剧创作过程中，还善于营造浓厚的抒情氛围，与感伤风格相互映衬，更加突出感伤风格。《获虎之夜》中黄大傻与莲姑的悲剧爱情就是在黑夜中上演的。黑夜这种特定的环境，更增强了男女主人公爱情的悲剧氛围。

第三节　丁西林的独幕戏剧《压迫》

丁西林（1893—1974），原名丁燮林，字巽甫，江苏泰兴人。现代剧作家、物理学家、社会活动家，早年曾留学英国伯明翰大学，并获理科硕士学位。作为一名杰出的物理学家，丁西林涉足戏剧，使得他的戏剧作品迥异于其他戏剧作品，呈现出重理性、善论辩的思维特点。1923 年开始从事业余戏剧创作活动，处女作是独幕剧《一只马蜂》。先后创作的剧作有独幕剧《压迫》《三块钱国币》《瞎了一只眼》、多幕剧《等太太回来的时候》等。

《压迫》于 1926 年 1 月在《现代评论》增刊上发表。《压迫》最初发表时，在剧本前面附有一封写给已逝友人叔和的信，叔和困为是单身汉而租不到房子，病死于北京的陋室，这被看作丁西林创作这部作品的初衷和目的。他在信中提及：“这篇短剧是贡献给你的，这剧里主人的一种可爱的特性”“你是一个很有 humor 的人，一定不会怪我写一篇喜剧来纪念一个已死的朋友。我的生性是不悲观的，然而你可以相信，我写完了这篇剧本，思念到你，我感觉到的只是无限的凄凉与悲哀”。这部剧讲述了这么一个故事：一位想要租房的单身男客因为没有家眷而被房东太太拒绝，碰巧一位单身女客前来，于是两人假扮夫妻，通过巧妙机智的对话让房东太太误以为是吵架的夫妻，成功租到寓所。

丁西林是中国话剧史上为数不多的喜剧家之一，他的剧作具有某种超前性，具有明显的特点。第一，丁西林善于从平凡的日常生活中提炼出富有喜剧性的冲突。

《压迫》可以说是中国最早成功尝试现代派话剧的典范，在中国话剧史上亦是一个独特的存在。从平淡的生活中撷取题材是《压迫》的主要特点，作者选取房客在租房过程中与房东发生的摩擦与争执这个无论是在当时还是在现在看起来都十分常见的情景。从人情世态中挖掘喜剧因素，通过揭示生活的情趣来制造悬念，安排戏剧冲突，把看起来平平无奇的一系列生活事件，安排得波澜起伏，妙趣横生，充分体现了作者强大的语言功底和处理素材的能力。

作品开场就为我们引出了房东太太与男房客之间尖锐的矛盾冲突，并且迅速将这种矛盾冲突推到高峰，使其一度陷入僵局。然后，作者安排女房客上场，旨在打破这个僵局，推动情节的发展，也让作品的喜剧性有了新的发展。最后，作者笔锋一转，出其不意地为读者呈现出一个意想不到的结局。剧中，作者着重刻画了男房客与女房客从陌生相遇到彼此同意假扮恩爱夫妻的过程，事件跨度大、时间短。但是作者紧紧抓住两个人物的性格特点、情绪发展以及思想逻辑，展开了细致、精确、婉转的描写，让这段戏既自然、符合情理，又机智、充满生趣，同时也促使全剧的故事情节在一正一反之间不断向前发展，让整个剧作情节跌宕起伏、高潮迭起，让整部剧充满张力，吸引读者，引人入胜。尤其是剧作最后，男房客问女房客：“啊！你姓什么？”女房客回答：“我……啊……我……”给观众以丰富的联想，令人回味无穷。

第二，丁西林对西方机智喜剧的借鉴，使戏剧充满了幽默、快乐的游戏精神。

《压迫》是一出独幕喜剧。“含蓄的而非刺激的，完全是英国幽默风的手法”是该剧的创作风格，“机智”是贯穿于人物语言和矛盾冲突始终的。剧中男女房客与房东太太的矛盾是构成戏剧冲突的两个方面。但是作者在处理这一戏剧冲突过程中，并非把矛盾双方置于激烈的不可调和的冲突中，而是通过对男女房客的巧妙设计，将看似不能调和、非要巡警来处理的矛盾轻松化解。

第三，“二元三人”模式是丁西林独幕剧独有的艺术特色。

“二元三人”模式是丁西林独幕剧独有的艺术特色。所谓“二元三人”模式，是指在构成整个戏剧冲突的两极中，冲突双方所涉及的人数少则三人，多则不过五六人。在丁西林早期独幕剧中，“二元三人”模式被广泛使用。在《压迫》剧作中，出场的人物只有男房客、女房客、房东太太、老妈和巡警 5 个人。除此之外，剧作中还有一个从头到尾压根儿就没有出过场的房东太太的女儿。在这 6 个人物中，真正构成激烈的戏剧冲突的只有男房客和房东太太两个人。从剧情发展的前半部分来看，男女主人公自说自话、互不相让，双方僵持不下，感觉要解决这一切矛盾冲突，只能依靠巡警。但就在这个时候，女房客冒雨前来，让巡警变成了一个功能性的过场角色。随之，化解戏剧冲突的重要使命便落到了女房客的身上。她本来处在整个戏剧冲突之外，但由于男房客的机智，女房客瞬间被卷入了这场矛盾冲突之中。这样就构成了“二元三人”模式的戏剧冲突。

剧作出场人物不多，情节也较为简单，但布局精巧，情节起伏变化多端，看似平淡却经常出其不意。剧作中戏剧矛盾的形成与婚姻问题有关，房东太太母女俩在租房问题上的矛盾让剧情的发展在正反之间贯穿着一种向前的动势。“戏剧嘲弄”手法的运用，也增强了作品的喜剧效果。同时，剧本技巧娴熟，语言俏皮幽默，读来妙趣横生。

第四节　洪深的“社会问题剧”《赵阎王》

洪深（1894—1955），字浅哉，号伯骏。江苏常州市人，清朝文学家洪亮吉第六世孙。剧作家、导演艺术家和文艺理论家，被称为中国电影、话剧的开拓者，抗战文艺先锋战士。洪深集编剧、导演、表演于一身，是我国影剧界罕见的全才。洪深在戏剧理论方面，造诣很深，成绩卓著，是现代文学史上屈指可数的戏剧理论家。他强调戏剧为人民，表现时代精神，提倡现实主义创作原则，并能从中国社会生活和民族心理习惯出发，从戏剧创作实践出发，不断发展和充实自己的理论论述，总结出许多有益的经验。他一生创作电影剧本 38 部，创作与翻译话剧剧本 55 部，导演电影 9 部，导演话剧 55 部，著有影剧理论专著《洪深戏剧理论文集》《电影戏剧表演术》等 12 部。

20 世纪 20 年代的“社会问题剧”，顾名思义，即这些剧作家及其作品都着眼于提出社会问题，这方面胡适又一次开了风气之先。他创作的《终身大事》，模仿易卜生的《娜拉》，当时引起了其他人的广泛效仿。随后出现了一大批社会问题剧，如陈大悲的《幽兰女士》，该剧“以小喻大”，从一个小家庭反映社会大问题。在剧本中涉及反对封建婚姻、官僚家庭的丑恶、“新”派的堕落、劳工的苦楚等一系列问题。欧阳予倩的《泼妇》，题目就呈现出“反讽”的艺术特点，“泼妇”是封建势力攻击新时期女性的用语，被作者反过来运用。“社会问题剧”以民众戏剧社作家的创作为主，因此艺术性在剧作的表现手法上并不娴熟，但因其具有强大的社会性，反映当时社会的真实现状，因此在观众中能够引起强烈的反响，达到了文学启蒙民众思想的作用。

洪深的《赵阎王》于 1922 年冬写成，次年 2 月在上海上演，作者亲自饰演男主角——赵大。该剧是借鉴美国剧作家奥尼尔的《琼斯皇》的表现主义手法创作而成的作品，作者曾经阐述过自己撰写《赵阎王》这一剧本的缘由：1922 年春，他在北上的途中听人说起各派军阀混战中互相杀戮和活埋战俘的惨状，于是心有触动，随即便以帝国主义侵略和军阀混战为背景，以军阀士兵的生活为题材，通过农民出身的士兵赵大由善良变恶毒，直到被追杀的悲惨命运，表达了作者对社会对生活的深入思考与认识。

全剧共九幕，第一幕戏剧冲突集中，人物对话简洁，也极富个性色彩。这一幕主要讲述了在某军阀营长的卧房内，主人公赵大（绰号“赵阎王”）意外发现营长克扣全营军饷这一事实，但因为情势所逼，赵大开枪射伤了营长之后随即卷款潜逃，逃入树林。从剧作的第二幕开始，《琼斯皇帝》的表现主义手法开始被作者运用到剧作中。作者通过展现赵大在森林中里看到的种种幻象，将赵大心中的矛盾、恐惧等内心情绪外化给观众，从而使人物形象更加生动具体，情节事件的内涵更加丰富。剧作第二幕中，因为在黑夜中奔跑，主人公赵大在树林中迷失了方向，但是身后的追兵却紧追不舍，内心的巨大恐惧让赵大产生了幻觉，在神情恍惚中开始回到自己的过去。第三幕中，作者将场景拉回了 1922 年的直奉战争长辛店战场，主人公赵大为了抢占八十元铜钱而将战友生生活埋。第四幕中，主人公赵大与另一名战友赌博，将自己全身的盘缠输光输净之后，反而诬告自己的战友是叛徒，战友因为他的诬告而被处决。第五幕中，1910 年，辛亥革命的前夜，赵大和一众士兵在老百姓家中肆意烧杀抢夺，被受害者的老母亲灵魂附体。第六幕中，时间拉回 1907 年，赵大在晚清衙门接受审问，审判官威逼利诱一老妇人和一老者诬告赵大为杀人凶手，因此赵大蒙受不白之冤。第七幕中，来到 1900 年，某一西洋传教士抢占赵家的田地用来兴建教堂，传教士不断羞辱赵大，逼死他的母亲和心上人，于是赵大奋起反击。第八幕中，主人公赵大加入了“扶清灭洋”的义和团，随着众人在铜鼓声中开坛作法，请神仙来降魔除怪。我们从这八幕戏剧中可以看到，作者从第二幕开始，直到第八幕结束，主要通过刻画赵大内心与各个人物的隐性对话来展开情节，以赵大的心理独白为主，以其他人物与赵大的隐性斗争为辅。

赵大是《赵阎王》中的主要人物。首先他是一个善良、老实、本分的人。他本是一个老实本分种地的农民，因为洋鬼子霸占了他的田地，杀害了他的母亲和心上人被迫去当兵。在营长手下当兵的时候，他忠心效主，面对小马和老李对他的蛊惑，他都能够坚持忠义之道，这也体现了他的纯朴思想。

同时，赵大也是一个自私、凶残、狡猾、懦弱、愚昧的人。他助纣为虐，为了八十元铜钱，将战友活埋，自私的品性体现得淋漓尽致。他为了报复王狗子，竟然诬告王狗子为革命党，让王狗子惨遭杀害，这反应出他性格中狡猾的一面。他在辛亥革命前夜烧杀抢掠、残害百姓，这又体现了他性格中残忍的一面。他在看清了营长的丑恶嘴脸后却仍然坚持愚忠，他所有的反抗都是被动的，而不是主动的，这些都体现了他的懦弱和愚昧。赵大变成“赵阎王”，但还没有充分丧失自己的本性，也就是说他的善良本性并没有随着他变成“赵阎王”而完全泯灭。他也曾经有过忏悔，也有过祈祷，曾发誓要做个好人。 他拿到巨额赃款之后，也想过回家买一块地，以种田为生，也曾想过救济乡众。可以看到，赵大从头到尾都在两种本性之间挣扎着。对两种性格矛盾挣扎过程的刻画，丰富了人物性格，让剧作人物更真实、鲜明、生动。

“反讽”手法的运用贯穿《赵阎王》全剧始终，从语言修辞、人物形象甚至主题思想都能领略到“反讽”的妙用。洪深在《赵阎王》中运用了多种类型的反讽语言。有正语反说，如赵大抱怨没发军饷：“有钱……谁家王八孙子的钱多着呢!”还有夸大陈述：“这还是走着一鼻子的好运，每天没有断了口粮，等着吧!”假作疑问，其实答案已经在文中，采用提问的方式使原本明了的事情显出疑惑，增强否定效果，如老李劝赵大逃跑：“大哥，您默守着干什么？难道您还有什么指望么？还是能当官？还是能发财？……他跟咱们的旅长，多年朋友，多大的情分，怎么后来王狗子命，还送在旅长手里呢？”运用了一系列反讽语言。

大量运用独白、幻觉等表现主义手法也是该剧作的一大特色。作品中，赵阎王偷了军饷，打伤营长，一口气逃到大树林，睡在地上。松鼠窸窸窣窣的怪声把他吓醒，他开始紧张起来。赵阎王虽然在军阀部队混过多年，杀人放火，作恶多端， 但他并非十恶不赦，终究良心未泯，“做好人心太坏，做坏人心太好”。今番又偷盗、杀人，心里早已十分害怕。这样，他的幻觉中，一会儿出现了来抓他的营长，一会儿来了分钱的小马。他惊恐之极，狂奔乱撞，胡乱开枪。他心里越紧张，就越着急，结果在黑漆漆的森林里迷了路。他的幻觉既暴露了他的作恶极多，也表达了他的迷乱和忏悔。他活埋二哥，强奸王三姐，逼死王姐儿，抢劫民财，出卖王狗子，都是通过他的幻觉像电影般一幕幕放出来的。

作为中国戏剧文学史上第一部表现主义作品，《赵阎王》以其独特的审美价值，为中国表现主义戏剧铺下了第一块基石。

第二编 现代文学的繁荣期

（1927—1937）

第八章 20 世纪 30 年代文学思潮与运动

1928 年以后，随着国内国际政治形势的发展变化，中国革命的中心已经转移到土地革命上来，在共产党的领导下建立苏维埃政权已经形成星火燎原之势，中国的封建阶级、资产阶级、小资产阶级、城市贫民、工人、农民在思想、心理、情感上都发生了巨大变化。国民党为了争夺中国革命的领导权，先后对革命苏区和革命文艺阵营展开“军事围剿”和“文化围剿”，反映这一社会现实的中国现代文学也充分发挥了其教育、宣传、批判、战斗的作用。特别是“左联”成立后，在地下共产党的坚强领导下，以鲁迅为旗帜的“左翼”文艺战线先后展开了对“民族主义文艺运动”、新月派的斗争，与“第三种人”“自由人”“论语派”进行了自由主义论辩，促进了文艺界抗日民族统一战线的初步形成，为抗战文艺的蓬勃发展奠定了基础。在马克思主义文艺理论的指引下，“左联”培养、影响了一大批风格各异的左翼新秀。经过五四文学革命淬炼的鲁迅、茅盾、巴金、老舍、曹禺，他们的作品深刻地表现了特定时期中国的现实。

小说方面：坚持现实主义文学创作的有鲁迅、茅盾、巴金、老舍、吴组湘、叶圣陶、王统照、王鲁彦等；革命文学作家有蒋光慈、柔石、胡也频、李伟森、洪灵菲等；左翼新秀有张天翼、沙汀、艾芜、丁玲、叶紫等；东北作家群作家有萧军、萧红、舒群、端木蕻良等；京派作家有沈从文、萧乾、林徽因等；新感觉派作家有穆时英、刘呐鸥、施蛰存等。中长篇数量激增，历史题材、“三部曲”作品大量出现，标志着 20 世纪 30 年代小说的繁荣。

诗歌方面：20 世纪 30 年代的诗歌从思想内容上看，主要有三个类别，即以殷夫、蒲风、田间为代表的革命诗歌；以艾青、田间、臧克家为代表的现实主义诗歌；以戴望舒、卞之琳为代表的“现代派”诗歌。此外，各苏区为配合中国革命的发展产生了大量的红色歌谣。

散文方面：鲁迅的杂文发挥着“匕首”“投枪”的作用，表现了时代的最强音；瞿秋白的散文是“躁动的时代刻在作家心灵上的鲜明印痕”。小品文、抒情散文、游记、报告文学竞相发展，出现了茅盾、老舍、巴金、郁达夫、林语堂、周作人、梁实秋、何其芳、李广田、丽尼、陆蠡、沈从文、丰子恺等人不同风格的散文作品。报告文学也随着战争的硝烟兴起，茅盾主编的《中国的一日》、邹韬奋的《萍踪寄语》、范长江的《中国的西北角》、夏衍的《包身工》、宋之的的《一九三六年春在太原》、柔石的《一个伟大的印象》比较有代表性。

戏剧方面：曹禺的《雷雨》《日出》标志着现代话剧艺术走向了成熟。随着“普罗戏剧”“国防戏剧”的推进，田汉、洪深、夏衍、李健吾都截取生活横断面创作了主题深刻的戏剧作品。

第一节　无产阶级革命文学的倡导与论争

中国现代文学进入第二个阶段，“无产阶级文学”成了主要潮流，“革命文学”“左翼文艺运动”是其主要内容。这个阶段以 1928 年无产阶级革命文学的倡导为开端，以 1930 年中国左翼作家联盟的成立为标志，到 1936 年春天中国左翼作家联盟的自动解散、文艺界抗日民族统一战线初步形成结束。

一、革命文学的倡导

1921 年中国共产党成立后，革命文学就已露出端倪。自 1923 年起，早期共产党人邓中夏、恽代英、瞿秋白、蒋光慈、李秋实、肖楚女等，就提出建设革命文学的主张，开始倡导文艺为革命服务，初步宣传一些马克思主义的文艺观点。到 1928 年 1 月，“无产阶级革命文学”被创造社、太阳社正式倡导，标志着中国现代文学从文学革命跨入了革命文学阶段。

首先，这是社会变革的必然趋势。1927 年，蒋介石、汪精卫相继发动了“四一二”“七一五”反革命政变，他们与日本帝国主义相勾结，采取“清党”政策，疯狂屠杀共产党员、国民党左派和革命群众，国内陷入白色恐怖之中。大资产阶级背叛了革命，民族资产阶级、一部分小资产阶级也纷纷脱离革命，加上以陈独秀为代表的右倾机会主义错误领导，第一次国内革命战争惨遭失败。此后，中国革命就在中国共产党的单独领导下，先后经过南昌起义、秋收起义、广州起义、井冈山斗争等，粉碎了蒋介石国民党多次反革命军事“围剿”，终于找到了一条农村包围城市、武装夺取政权的正确道路，开辟了农村革命根据地，建立了工农兵苏维埃政府，革命力量逐步壮大。革命形势的发展变化，必然会表现在文学主张和文学创作之中。如毛泽东在《新民主主义论》中说：“这一时期，是一方面反革命的‘围剿’，又一方面革命深入的时期。这时有两种反革命的‘围剿’：军事‘围剿’和文化‘围剿’。也有两种革命深入：农村革命深入和文化革命深入。”

其次，这是革命思想发展的必然结果。1923—1926 年，早期共产党人在介绍马克思主义进行的同时，先后发表有关革命文学的文章，如邓中夏的《贡献于新诗人之前》、恽代英的《文艺与革命》、瞿秋白的《赤俄新文艺时代的第一燕》、蒋光慈的《十月革命与俄罗斯文学》、肖楚女的《艺术与生活》、郭沫若《我们的文学运动》等。他们所提出的文艺文学观与时代潮流、革命思想高度结合，体现了革命作家们先进的思想引领性。1924 年 6 月，郭沫若翻译了日本学者河上肇的《社会组织与社会革命》，以列宁学说和苏俄道路为参照，批判了河上肇的观点，宣布自己接受了马克思列宁主义。随即他在 1926 年 5 月出版的《创造月刊》上发表《革命与文学》，提出“我们对于浪漫主义的文艺也要取一种彻底反抗的态度”。接着，在《创造月刊》《洪水》上连续发表《文学革命之回顾》《桌子的跳舞》等，宣传革命文学的主张。也正因为如此，1926 年以后，创造社就不再是原先“为艺术”的流派，而逐渐成了倡导革命文学的社团了。1927 年 4 月 8 日，鲁迅在广州黄埔军校做了《革命时代的文学》讲演，辩证地论述了文学与革命的关系。

最后，作家云集上海，形成了一支革命文学的力量。大革命失败后，剧烈的阶级斗争和新的革命形势对文学艺术提出了新的要求，一部分参加过第一次国内革命战争、重新回到文学岗位上的作家如郭沫若、成仿吾等，与从日本回国参加文学活动的青年作家如冯乃超、李初梨、彭康、朱镜我等，在上海重组创造社，出版《创造月刊》《洪水》等刊物。由于蒋介石的“清党”运动和白色恐怖形势，一些作家逃入上海租界，如钱杏邨、洪灵菲、阳翰笙、沈雁冰、鲁迅等，他们受当时苏联、日本、西欧各国无产阶级文学运动的影响，不约而同地高举起中国无产阶级革命文学大旗，将 20 世纪 30 年代的革命文学推向了一个新阶段。

1928 年 1 月，创造社创办《文化批判》，在发刊词里转录了列宁《怎么办？》中“没有革命的理论，便没有革命的行动”的名句，表明办刊态度。接着，郭沫若（化名“麦克昂”）在《创造月刊》上发表《英雄树》，明确要求建立无产阶级革命文学。同月，蒋光慈、钱杏邨、孟超等组成太阳社，出版《太阳月刊》，积极倡导无产阶级革命文学。此后，这两个文学社团围绕文艺与经济基础的关系、文学是有阶级性的、文学的革命功能、无产阶级革命文学建设等主题发表了许多文章，如成仿吾的《从文学革命到革命文学》、蒋光慈的《关于革命文学》、李初梨的《怎样地建设革命文学？》、钱杏邨的《死去了的阿 Q 时代》等，阐明了无产阶级革命文学的战斗作用，也提出了革命作家应该接近工农群众的生活。创造社、太阳社面对残酷的白色恐怖现实，在一部分作家悲观失望的时候，以中国共产党的大无畏精神高举马克思主义旗帜，勇敢倡导革命文学，翻译介绍西方“普罗文学”理论，并努力投身创作实践，不仅活跃了文坛气氛，而且有力地促进了革命文学的发展。由于革命文学倡导者们自身的弱点和错误，以及对马克思主义缺乏正确理解，他们所发表的一些文章，引发了一场关于革命文学的论争。

二、革命文学的论争

创造社、太阳社倡导的无产阶级革命文学，是力图摆脱资产阶级思想影响、自觉地把自己的文学活动和无产阶级领导的革命斗争结合起来的新文学。它适应于无产阶级单独领导中国革命的新形势，在文学界第一次响亮地提出了这个新的口号，取得了不可磨灭的历史功绩。这是“五四”以来新文学运动的重大发展。这个口号提出以后，很快便得到了文学界的广泛响应和支持，在先后出版的《流沙》《战线》《戈壁》《洪荒》《我们月刊》《畸形》《摩洛》《澎湃》等杂志上，都曾展开热烈的宣传和讨论，从而形成了盛大的声势。正如鲁迅在《二心集·上海文艺之一瞥》中所说，无产阶级革命文学“之所以旺盛起来”“因为实在具有社会的基础”。

但是，无产阶级革命文学的倡导者们大多处在由小资产阶级向无产阶级转化的过程中，他们一时还不能较好地掌握马克思主义理论，思想上有片面性、绝对性，还具有以革命的化身自居等弱点，对当时中国社会性质、革命任务等问题认识不清楚，因而不仅在当时革命形势的分析上出现错误，而且在他们的文学主张中也夹杂了不正确的观点。例如，一些文章夸大文艺的作用，宣扬文学可以“组织生活”“创造生活”以及作家可以“超越时代”之类具有唯心倾向的说法；在强调“文学是宣传”时，忽视文艺的特征，忽视生活对创作的重要性，认为文学只是“反映阶级的实践的意欲”；认为作家世界观的改变就是从书本上接受辩证唯物主义的概念，以致把它看得过于容易，仿佛一夜之间就可完成这种转变。这些错误和弱点，给无产阶级革命文学运动带来了“左”倾幼稚病，也使倡导期的作品不仅在艺术上出现了严重的标语口号倾向，而且在内容上带有明显的非无产阶级思想色彩。

创造社、太阳社在倡导无产阶级文学运动时，冯乃超的《艺术与社会生活》首先把批判矛头指向了鲁迅。他们模糊了民主主义和社会主义两种革命的界限，将资产阶级甚至小资产阶级都一概当作革命对象，声称“拜金主义派的群小是我们当前的敌人”“一般的文学家大多数是反革命派”，提出要“打倒那些小资产阶级的学士和老爷们的文学”的口号，把“五四”新文学当成资产阶级文学而予以否定，认为对鲁迅、茅盾、叶圣陶、郁达夫、张资平等五个作家都有进行批判的必要。他们不但把鲁迅当作“时代的落伍者”、资产阶级“最良的代言人”，而且说鲁迅是“封建余孽”“对于社会主义是二重的反革命”。1927 年 10 月，鲁迅从广州到上海，原本想与创造社联合，但遭到创造社新成员的拒绝。鲁迅后来在《二心集·上海文艺之一瞥》里，分析了创造社发生错误的根源：“他们对于中国社会，未曾加以细密的分析，便将在苏维埃政权之下才能运用的方法，来机械地运用了。”

创造社、太阳社对鲁迅等人发动的批判，引起了新文学阵营内部历时近两年的论争。鲁迅对革命文学或无产阶级文学给予充分肯定，对创造社、太阳社的一些错误观点从理论上给予了中肯的批评。他在《“醉眼”中的朦胧》里说：“世界上时时有革命，自然会有革命文学。世界上的民众很有些觉醒了，……那自然也会有民众文学——说得彻底一点，则第四阶级文学。”在《文艺与革命》中，他明确阐释了文艺与宣传的关系：“一切文艺，是宣传，……那么，用于革命，作为工具的一种，自然也可以的。”对于作家世界观改造，鲁迅认为：“我以为根本问题是作者可是一个‘革命人’，倘是的，则无论写的是什么事件、用的是什么材料，即都是‘革命文学’。从喷泉里出来的都是水，从血管里出来的都是血。” 鲁迅认为，创造社片面夸大“文艺的旋乾转坤的力量”，忽视了文艺的特征，这是“踏了‘文学是宣传’的梯子而爬进唯心的城堡里去了”。他强调：“一切文艺固是宣传，而一切宣传却并非全是文艺，这正如一切花皆有色（我将白也算作色），而凡颜色未必都是花一样。革命之所以于口号、标语、布告、电报、教科书……之外，要用文艺者，就因为它是文艺。”鲁迅认为，倡导革命文学“当先求内容的充实和技巧的上达，不必忙于挂招牌”，批评了要革命作家超时代的说法：“超时代其实就是逃避，倘自己没有正视现实的勇气，又要挂革命的招牌，便自觉地或不自觉地必然地要走入那一条路的。身在现世，怎么离去？这是和说自己用手提着耳朵，就可以离开地球一样地欺人。”鲁迅认为，要纠正无产阶级革命文学倡导过程中的偏差，需要科学的文艺理论做指导。在《扁》里，他以两个近视眼对扁文揣猜而发生争论的故事，比喻当时无产阶级革命文学论争的条件尚不成熟，“我只希望有切实的人，肯译几部世界上已有定评的关于唯物史观的书……那么，论证起来，可以省说许多话”。随即，鲁迅亲自动手翻译马列主义文艺理论著作，“明白了先前的文学史家们说了一大堆，还是纠缠不清的疑问”（见《三闲集》“序言”）。1931 年 7 月，他在《上海文艺之一瞥》中明确表示：“那时的革命文学运动，据我的意见，是未经好好的计划，很有些错误之处的。”鲁迅的这些见解，对无产阶级革命文学的倡导理论起到了补充、纠正的作用，对无产阶级革命文学的正确发展有重要的指导意义。

大革命失败后，茅盾一度悲观、颓废，创作的《蚀》三部曲流露出明显的消极情绪。创造社、太阳社批评茅盾“描写小资产阶级的根性”。茅盾当即发表《从牯岭到东京》《读〈倪焕之〉》两篇文章，认为革命文学的“主张是无可非议的”，但对倡导者们“说教似的宣传新思想”的标语化、口号化作品提出尖锐批评，提出要“写自己熟悉”的生活，要重视在创作中表现小资产阶级的生活和痛苦。

对于无产阶级革命文学倡导过程中发生的论争，鲁迅在《对于左翼作家联盟的意见》里说，这属于“新文学者和新文学者的斗争”，暴露了初学马克思主义而世界观尚未得到很好改造的革命作家思想上的许多弱点。从1928年夏天起，鲁迅致力于马克思主义文艺论著的翻译介绍工作，创造社、太阳社作家也先后译介了一批科学文艺论著，1929年也被称为社会科学的“翻译年”。经过学习，大家的理论水平有了提高，潘汉年发表的《普罗文学运动与自我批判》表示倡导者们对自己的错误有了认识。到1929年上半年，创造社、太阳社成员们也改变了否定一切的偏向，改变了对鲁迅的态度，革命文学阵营内部的论争基本结束。

第二节　“左联”的成立及其历史意义

一、“左联”的成立

1929年春，创造社被国民党当局查封。不久，太阳社也宣布解散。随后，中共中央指派沈端先（即夏衍）、冯雪峰与鲁迅联系，拟与创造社、太阳社协商，酝酿成立统一的左翼作家组织。1930年2月，鲁迅邀请创造社和太阳社的部分代表召开讨论会，以“清算过去和确立目前文学运动的任务”为议题，对倡导革命文学过程中出现的“小集团主义乃至个人主义”“不注意真正的敌人”“批判不正确，即未能应用科学的文艺批判的方法及态度”等缺点做了检讨，明确了今后文学发展的方向，并成立左翼作家联盟的筹备委员会。

1930年3月2日，中国左翼作家联盟（以下简称“左联”）在上海虹口多伦路成立，鲁迅等四十余人出席成立大会，阳翰笙代表党组织发表总结性讲话。会上选举鲁迅、沈端先、冯乃超、钱杏邨、田汉、郑伯奇、洪灵菲七人为执行委员。会上通过了“左联”的理论纲领、行动纲领、工作方针，决定建立“马克思主义理论研究会”“国际文化研究会”“文艺大众化研究会”等机构，创办机关刊物《世界文化》。

理论纲领确定“左联”的宗旨是“站在无产阶级的解放斗争的战线上”“援助而且从事无产阶级艺术的产生”；行动纲领确定“我们文学运动的目的在求新兴无产阶级的解放”“反对一切对我们运动的压迫”；工作方针是“吸收外国新文学的经验”“帮助新作家之文学的训练”、提拔工农作家，“确定马克思主义的艺术理论和批评理论”“出版机关杂志及小丛书”“从事产生新兴阶级文学作品”。

“左联”成立之后，在北平和日本东京设立了分部，在广州、天津、武汉、南京等地设立了小组，陆续出版《世界文化》《拓荒者》等刊物，大批革命作家团结到“左联”周围，组成了一支浩浩荡荡的文艺大军，掀起了高潮迭起的无产阶级革命文学运动。

二、鲁迅在“左联”成立大会上的讲话

鲁迅在“左联”成立会上作了《对于左翼作家联盟的意见》的讲话。鲁迅的讲话主要内容有两个部分。

第一部分论述“左翼作家是很容易成为右翼作家的”。当时加入“左联”的40多人中，鲁迅感到“左联开始时基础就不大好”，有许多人是鲁迅批评过的创造社和太阳社成员，绝大多数成员都是“读书人”“没有工农出身的作家”，有的所谓的革命作家其实是“破落户的飘零子弟”。他们受“左”倾路线的影响，“对于中国社会，未曾加以细密的分析”，不切实际地把外国的东西盲目、机械地搬运到中国来运用，空喊革命，故作激烈；他们忽视作家世界观的改造，自诩唯有他们获得了无产阶级意识，是真正的无产阶级。面对这些以小资产阶级革

命知识分子为主体的文艺队伍，怎样才能将他们引导到正确方向上来？鲁迅根据几年来的斗争经验，在讲话一开头就直截了当地提出“在现在，‘左翼’作家是很容易成为‘右翼’作家的”这样一个严肃的问题。接着，他从三个方面进行了深刻的阐释：第一，批评某些左翼作家理论脱离实际的倾向。鲁迅指出，左翼作家如果不和实际斗争接触，只是抱着罗曼谛克的幻想，“无论怎样的激烈，‘左’，都是容易办到的；然而一碰到实际，便即刻要撞碎”；他指出这样的“‘左翼’作家是很容易成为‘右翼’作家的”。鲁迅以“沙龙的社会主义”为例告诫左翼作家，避开火热的现实斗争，“关在玻璃窗内做文章”，同样是“毫不足靠”的。第二，批评某些左翼作家以幻想代替革命的错误观点。鲁迅说，革命是痛苦的、现实的事，它“需要各种卑贱的麻烦的工作”，有“血”，也有“污秽”。革命需要破坏，也需要建设。而建设新世界的工作，更艰巨而复杂，它绝不如有些作家想象的“有趣”“完美”“浪漫”。鲁迅通过俄国的叶赛宁、中国的南社文人蜕变的实例，严正告诫左翼作家：“如果我们不明白革命实际情况，也容易和他们一样的。”第三，批评某些左翼作家颠倒自己与人民群众关系的错误倾向。鲁迅针对有些左翼作家严重脱离群众，却又标榜自己“把握住了无产阶级意识”，要“指导”工农大众的唯心主义英雄史观，尖锐批评了“以为诗人或文学家高于一切人”的错误观念。如果认为革命成功了，作家、艺术家就可以居功自傲，以为劳动者会“特别优待”，请“坐特等车”，请“吃特等饭”，完全是想入非非。这样的人，一旦与实际接触，就要碰壁。

第二部分对“左联”如何进行战斗提出了可行意见。第一，“对于旧社会和旧势力的斗争，必须坚决，持久不断，而且注重实力”；第二，“战线应该扩大”；第三，“应当造出大群的新的战士”；第四，“联合战线是以有共同的目的为必要条件”“如果目的都在工农大众，那当然战线也就统一了”。

鲁迅的《对于左翼作家联盟的意见》是马克思主义文艺理论与中国文艺运动实践相结合的重要收获，既是对“左联”理论纲领的重要补充，也是对一些不恰当的提法的纠正，是当时建设无产阶级文学的重要文献，在 20 世纪 30 年代左翼文艺运动中发挥了重大的指导性作用。瞿秋白在《鲁迅杂感选集》“序言”中说，鲁迅的这些认识，是“从痛苦的经验和深刻的观察之中，带着宝贵的革命传统到新的阵营里来的”。

三、“左联”的历史意义

“左联”从 1930 年成立到 1936 年初自行解散，始终以鲁迅为旗手，高举无产阶级文学旗帜，继承并发扬了五四文学运动的革命传统，勇敢地挫败了国民党反动派的文化“围剿”，为反帝反封建的新民主主义革命建立了不朽的历史功绩，具有深远的历史意义。

第一，高举无产阶级革命文学旗帜，揭露国民党企图扼杀革命文艺的反动罪行。“左联”继承和发展了“五四”以来平民文学的传统，在思想上、组织上主动接受中国共产党的领导，公开从事无产阶级革命文学运动。“左联”成立之后，“社联”“剧联”“影联”“美联”“记联”等左翼文化团体陆续诞生，形成了声势浩大的文化新军队伍。随着中国革命斗争的深入发展，国民党在实施五次反革命军事“围剿”的同时，对左翼文艺运动也发动了猖狂的进攻，使“左联”“受到世界上古今少有的压迫和摧残”。国民党利用手中的专政工具，查封书刊、封闭书店、捣毁文化机构、发布恐吓信，甚至捕杀革命作家，柔石、胡也频、殷夫、李伟森、冯铿、应修人、洪灵菲、潘漠华等作家相继被杀害，非法逮捕作家丁玲、潘梓年、田汉等，鲁迅、茅盾的名字曾列在国民党特务的暗杀黑名单上……但“左联”作家毅然坚持共产党的领导，在腥风血雨里与国民党展开英勇斗争。当“左联五烈士”被秘密杀害后，鲁迅写了《中国无产阶级革命文学和前驱的血》，揭露国民党的法西斯暴行。“左联”及时发表了《中国左翼作家联盟为国民党屠杀大批革命作家宣言》《为国民党屠杀同志致各国革命文学文化团体及一切进步的著作家思想家书》，在国内国际文化界赢得了革命作家的广泛支持。

第二，积极开展文艺思想战线上的斗争，广泛传播马克思主义文艺理论。在国民党对左翼文艺运动发动了猖狂进攻的同时，民族主义文艺运动、新月派、“自由人”“第三种人”及“论语派”等先后附和，乘机污蔑、恶意诽谤左翼文艺运动。由国民党特务组成的所谓民族主义文艺运动，打着“民族主义”的幌子，以民族意识代替阶级意识，模糊人民的阶级斗争观念，宣扬封建的“忠孝仁爱”和法西斯专制主张。新月派也跳出来攻击左翼文艺，标榜“独立的”文学态度，反对文学的各种“错误倾向”，大肆攻击“功利派”“主义派”，将矛头直接指向正在兴起的左翼文艺运动。“论语派”抱着民主个人主义的观点，对国民党的高压政策有所不满但又惧怕，对中国共产党领导的革命运动持怀疑疏远的态度，在文艺上散布“以自我为中心，以闲事为格调”的观点，其许多作品淡化了“五四”以来小品散文的战斗性质，沦为了茶余饭后消闲取乐的玩物。鲁迅、瞿秋白、冯雪峰、周扬等在捍卫文学的阶级性同时，用马克思主义文艺理论坚持了文学必须为政治服务的观点。“左联”时期，在“翻译年”里，鲁迅、陈望道、冯雪峰、郭沫若先后翻译、出版的20世纪30年代三套文艺理论丛书，即《文艺理论小丛书》《科学的艺术论丛书》《文艺理论丛书》，系统翻译了马克思主义经典作家的主要理论著作。这对确立中国文坛马克思主义文艺思潮的主导地位起到了关键作用，在对一切非无产阶级革命文学论争中，显示了马克思主义文艺思想的巨大威力。

第三，开展文艺大众化讨论，探索文艺与群众的关系问题。文艺大众化是由中国现代文学的无产阶级方向所决定的，并且在新文学诞生之初就显示了这种趋势。新文学初创阶段提出的“国民文学”“社会文学”“平民文学”等口号就包含了文艺大众化的萌芽，但早期新文学的实际对象还主要局限在小资产阶级和资产阶级知识分子，文艺大众化问题成为亟待解决的课题。“左联”成立之后，在列宁“艺术是属于人民的”思想启发下，曾进行过三次文艺大众化讨论。第一次在1930年春天，提出“大众化——到工农群众中去!”讨论侧重于文艺的形式，认为实现大众化的关键在于通俗化；第二次在1931年11月至1932年6月，讨论的重点放在文艺通俗化及旧形式的利用方面,认为大众化的任务就是使群众的意识“无产阶级化”，发出要作家“到工厂、到农场、到战场、到被压迫群众当中去”的号召；第三次在1934年春夏之交，封建复古派王懋祖、徐梦因提出“文言复兴”论调，鼓吹中小学生普遍学习文言和读经，讨论转入白话文与大众的关系、汉字拉丁化等话题，大众语成为大家关注的重点。在三次大众化问题的讨论中，鲁迅先后发表《文艺的大众化》《拿来主义》《门外文谈》《中国语文的新生》等文章，提出许多精辟见解。文艺大众化运动加强了新文学创作与群众的联系，读者的范围从知识分子、青年学生扩大到一部分职员、店员和市民阶层，抗日战争爆发前后大量短小精悍、通俗易懂的文学作品纷纷涌现。

第四，创办文学刊物，培植青年作家。尽管国民党对左翼文艺运动实施法西斯专政，想一举消灭“左联”，但是，面对残酷的镇压，左翼作家队伍反而壮大了，文艺刊物反而增加了，作品的数量和质量也获得了大丰收。“左联”的文学活动从上海发展到北平、天津、武汉、南京、广州及日本东京、南洋一带，各地都开辟了革命文学的阵地。他们先后创办《萌芽月刊》《巴尔底山》《十字街头》《前哨》《文学》等刊物，大批革命作家团结到“左联”周围。这时期，鲁迅的杂文和《故事新编》是新思想和艺术完美统一的杰作；茅盾的《子夜》、巴金的《家》、老舍的《骆驼祥子》、曹禺《雷雨》《日出》都是当时的力作；蒋光慈、丁玲、张天翼、叶紫、闻一多、朱自清、叶绍均、王统照、聂绀弩、徐懋庸、田汉、夏衍、洪深、丁玲、艾青、蒲风等一批左翼新秀、文坛新人的创作引人注目。在培植文学新人方面，鲁迅洒下了大量辛勤的汗水，“左联”的许多刊物都曾得到他的亲切关怀和大力支持，他为柔石、萧军、萧红、沙汀、艾芜、殷夫等新人看稿、改稿，指导写作理论，并为他们的作品作序、推荐给书店出版。他们的作品给 20 世纪 30 年代的文坛带来勃勃生机，作品里出现了许多新的具有重大社会意义的题材和主题。革命者在白色恐怖下的英勇斗争、工人群众对资本家剥削的猛烈反抗成为许多作品描写的内容。农村生活和斗争的题材也进入他们的创作视野，不少作品以真实生动的艺术画面反映了农村贫困破产的景象，显示了广大农民的觉醒和斗争。

当然，“左联”时期的无产阶级革命文学运动，也存在一些重要的缺点和错误。在政治工作中，无论是“左联”决议还是实际斗争中常表现出“左”倾路线，出现一些不正确的观点，如不注意利用公开的合法的斗争方式，却要在敌人力量强大的中心城市搞“飞行集会”“节日游行”“总同盟罢工”，甚至鼓吹“武装暴动”，以致容易暴露自己，造成革命力量的损失。在文艺创作上，受苏联“拉普”的“唯物辩证法的创作方法”等理论影响，创作中表现出较浓厚的小资产阶级意识，明显存在公式化、概念化、标语化的教条主义倾向，缺少中国作风、中国气派。在组织工作上，把“左联”看成政党一样有严密纪律的组织，没有尽可能多地团结争取进步作家共同战斗，表现了一定程度的宗派主义、关门主义毛病。尽管文化革命的伟大旗手鲁迅曾在实际工作中提出过许多正确、深刻、中肯而切实的意见，有时却不能被“左联”一些成员较好地理解和接受。总的说来，“左联”作家继承了五四文学革命的战斗传统，又受到当时革命形势发展的影响和无产阶级革命文学运动的推动，思想和创作都在不断摸索中提高。他们的作品，就其反映现实的广度和深度、就其所具有的社会意义而言，它的革命方向始终是正确的。

第三节　文艺思想的论争

北伐战争胜利在望之际，国民党先后在上海和武汉发动反革命政变，并大举实施五次反革命军事“围剿”，同时对左翼文艺运动也发动了猖狂的进攻，企图以血腥手段摧垮无产阶级文学运动，消灭共产主义思想，提出“三民主义文艺”口号，鼓吹“民族主义文艺运动”，一些资产阶级作家、披着马克思主义外衣的学者们也纷纷提出自由主义观点。对此，左翼文艺阵营与其展开了无情的批驳和斗争。

一、对“民族主义文艺运动”的斗争

1929 年 6 月，国民党召开“全国宣传会议”，提出“三民主义的文艺政策”，公然宣布“打倒无产阶级革命文学和无产阶级文学”。1930 年 1 月，由特务头子陈立夫、陈果夫策划，纠集了一批由政客、特务、警察、流氓、文贩等组成的杂牌军，发起了所谓的“民族主义文艺运动”。1930 年 6 月，国民党“六一社”在上海出版《前锋周刊》，发表《民族主义文艺运动宣言》，开头就胡说八道：“中国的文艺界近年来深深陷入于畸形的病态的发展进程中……当

前的现象，正是中国文艺的危机”，无产阶级革命文学运动将使新文艺“陷入必然的倾圮”，否认阶级社会中民族内部存在的阶级矛盾和阶级斗争，鼓吹民族意识取代阶级意识，宣扬封建的“忠孝仁爱”和法西斯专制主张，强调“文艺的最高意义就是民族主义”，将矛头指向“普罗文学”。掀起这个运动的骨干成员有国民党上海市社会局局长潘公展、上海淞沪警备司令部侦缉队长兼军法处长范争波、国民党上海特别市党部监察委员朱应鹏、国民党中央军校教导团军官黄震遐、国民党《中央日报》副刊主编王平陵、上海卿云图书公司创办人傅彦长等。他们认为无产阶级文艺运动使文坛陷入了“畸形的病态的发展进程”，提出取消“多型的文艺意识”，也就是要取消文艺民主，使文艺统一于国民党的“中心意识”，即“忠孝仁爱、仁义和平”。

曾任上海《大晚报》记者黄震遐的《陇海线上》《黄人之血》、有军旅经历的万国安的《国门之战》可谓是“民族主义”代表作。中篇小说《陇海线上》以蒋阎冯军阀战争为题材，描写国民党军队对人民的屠杀。诗剧《黄人之血》写的是“元朝蒙古人西征”的故事，宋朝兵败却不愿意归顺蒙古人，引起内部自相残杀。长篇小说《国门之战》以中东路事件为题材，写国民党与苏联的血腥搏斗。这些作品，极力渲染战争的恐怖，充满了疯狂的征服与杀戮，散发着浓郁的法西斯主义气息，是典型的“屠夫文学”。

“民族主义文艺运动”的反动性在其出笼不久，就被左翼阵营的革命作家们识破。左翼革命作家以《文学导报》《前哨》等为阵地，先后撰文予以迎头痛击。鲁迅指出，国民党也搞文艺运动，是因为他们感到“‘以马上得天下，不能以马上治之’，所以要剿灭革命文学，还得用文学的武器”；在《“民族主义文学”的任务和命运》中认为，他们的作品是帝国主义“最要紧的奴才，有用的鹰犬”。瞿秋白在《屠夫文学》里痛斥他们的文学是“鼓吹杀人的文学”“你们这班东西是绅商地主高利贷资产阶级的杀人号筒”。茅盾在《“民族主义文艺”的现形》中一针见血地说，所谓“民族主义文艺运动”是“国民党对于普罗文艺运动的白色恐怖以外的欺骗麻醉的方案”；他进一步指出：“他们的宗派和刊物在青年学生群众中间没有一丝一毫的信仰”，将来必定“是滔天的赤浪扫除了这些文以上的白色妖魔”。此外，鲁迅的《黑暗中国文艺界的现状》《中国文坛上的鬼魔》、瞿秋白的《狗样的英雄》《青年的九月》、茅盾的《〈黄人之血〉及其他》等从不同角度揭露了“民族主义文艺运动”的反动性。很快，《前哨月刊》出刊仅七期就停办了，原来气势汹汹的组合班子也偃旗息鼓了，国民党苦心经营的“文化围剿”也以失败而告终。

二、与新月派的斗争

新月派虽然与新月社有联系，但更多的是现代评论派的延续。尽管还继续高举着资产阶级自由主义的旗帜，但其表现已经不再含蓄，敌视无产阶级文学的态度更为明显。

新月派以 1928 年 3 月在上海创刊《新月》而得名，成员有胡适、梁实秋、陈西莹、徐志摩、罗隆基等。新月派的文艺理论家梁实秋追随新人文主义者白璧德，主张文艺是超阶级的，一是反对以功利的眼光看待文学，二是认为文学应该表达亘古不变的人性。梁实秋在《文学与革命》《文学是有阶级性的吗？》等文章中认为，资本家与工人阶级的人性并没有两样，“文学就是表现这最基本的人性的艺术”，并断言“好的文学永远只是少数人的专利品”“普罗列塔利亚的思想在文学上没有实施的余地”；他还说“文学乃是基于固定的普遍的人性”“文学是没有阶级性的”，主张“天才创造文学”，从而否定了无产阶级文学存在的合理性。梁实秋的理论本身就是矛盾的，既然文学表现的是普遍的、超阶级的人性，那么就应该是全人类共通的，为什么只能是一个贵族阶级的专利品呢？这种矛盾暴露了白璧德的新人文主义和资产阶级的贵族主义本质，表明了梁实秋并未真正接受卢梭式的民主主义和资产阶级时期的平等博爱等人道主义原则，实际上他公开维护的却是中国资产阶级右翼思想，具有一定的保守性和贵族化色彩。

针对这些论调，鲁迅运用马克思主义思想武器先后写了《新月社批评家的任务》《“硬译”与“文学的阶级性”》《习惯与改革》等文，着重驳斥梁实秋所谓阶级性原是无产阶级文艺理论硬加在文学之上的人性论观点。他说：“文学不借人，也无以表示‘性’，一用人，而且还在阶级社会里，即断不能免掉所属的阶级性，无需加以‘束缚’，实乃出于必然。自然，‘喜怒哀乐，人之情也’，然而穷人决无开交易所折本的懊恼，煤油大王哪会知道北京捡煤渣老婆子身受的酸辛；饥区的灾民，大约总不去种兰花，像阔人的老太爷一样；贾府上的焦大，也不爱林妹妹的。”举例通俗，却深刻地揭示了阶级社会的基本规律，而且处处同梁实秋所谓资本家和劳动者都有爱的要求等论点针锋相对，粉碎其掩盖阶级对立以维护资产阶级利益的企图。其实，梁实秋讲人性的普遍性和共通性是针对当时已在文坛起主导作用的阶级论而言的，鲁迅本人其实也并不赞同把文学阶级功利性绝对化为文学唯一特征的“左”的倾向。在批判梁实秋的同时他就指出过，阶级社会里的文学必然带有阶级性，但是并非只有阶级性，从一开始就坚持了与“左”右两种倾向作斗争的立场，避免了两种认识的偏颇。而从论争的实质来看，双方争论的焦点并不在于文学有没有的阶级性、人性，而在于梁实秋等人是以人性的普遍存在论来反对阶级论，从而否认了无产阶级文学成立的理论基础。

左翼成员彭康写了《什么是“健康”与“尊严”？》、冯乃超写了《冷静的头脑》《阶级社会的艺术》，对新月派进行驳斥。梁实秋却做辩解：“《拓荒者》说我是资本家的走狗，……我还不知道我的主人是谁”，含沙射影地说革命作家都是共产党。于是，鲁迅写了《“丧家的”资本家的乏走狗》，尖锐地指出：“不知道谁是它的主子，正是它遇见所有阔人都驯良的原因，也就是属于所有的资本家的证据。即使无人豢养，饿的精瘦，变成野狗了，但还是遇见所有的阔人都驯良，遇见所有的穷人都狂吠的”；至于将论敌指为拥护苏联或“××党，暗示捕房可以捉拿，不过想借此助一臂之力，以济其‘文艺批评’之穷罢了。”正因为如此，鲁迅说梁实秋是“丧家的资本家的‘乏’走狗”“职业比刽子手还更下贱”。经过多次批判，新月派宣扬的资产阶级的阶级性原形毕露，完全失去了理论上的立足点。

三、与自由主义者的文艺论辩

如果说与新月派论争的中心是文学有没有阶级性，那么与自由主义者论辩的中心则是文学与政治的关系问题。自由主义者的代表人物中，有的曾经是“左联”成员，披着马克思主义的外衣，向革命作家要求“文艺自由”；有的面对残酷的现实，却把文艺当作茶余饭后消遣的小品。

（一）与“自由人”“第三种人”的论辩

这场论辩的挑起人是自称“自由人”的胡秋原和自称“第三种人”的苏汶（杜衡）。1931 年 12 月，胡秋原在《文化评论》上发表《阿狗文艺论》，宣称文学与艺术，至死也是自由的、民主的，反对把艺术堕落为一种政治的留声机。他承认文艺的阶级性，猛烈攻击民族主义文学 “是法西斯蒂的文学，是特权者文化上的‘前锋’，是最丑陋的警犬”，但又认为文艺家“表现阶级之理想与意识”“常是无意识的”。1932 年 4 月，他又发表《勿侵略文艺》，从“自由论”出发，允许各类文学存在，“不主张只准某一种文学把持文坛”，反对无产阶级革命文学，攻击马克思主义文艺理论。接着，胡秋原又发表《钱杏邨理论之清算》《自由人的文化运动》，以马克思主义理论家自居，批评钱杏邨“其实是一个最庸俗的观念论者”“抹杀艺术上之条件及其技能，事实上达到艺术之否定”。其时，左翼成员洛扬（即冯雪峰）发表《“阿狗文艺”论者的丑脸谱》予以反击：“胡秋原在这里不是为了正确的马克思主义的批评而批判了钱杏邨，却是为了反普罗革命文学而攻击了钱杏邨；他不是攻击钱杏邨个人，而是进攻整个普罗革命文学运动。”作者提议：“在现在，反对普罗革命文学，已经比民族主义文学者站在更“前锋”了，对于他及其一派，现在非加紧暴露和斗争不可。”

正在论辩激烈之时，苏汶以调停人的姿态，代表“作者之群”的“第三种人”为胡秋原辩护。1932 年 7 月，他发表《关于〈文新〉与胡秋原的文艺论辩》，批评胡秋原“是一个书呆子马克思主义者”，因为“左翼文坛的一切主张都无非是行动，并且一切行动都是活的”“妨碍行动这一点就是反马克思主义的”。在受到“左联”反击之后，他又发表《第三种人的出路》《论文学上的干涉主义》等予以争辩。他强调，在无产阶级与资产阶级文学之间应该允许有“第三种人”及其文学的存在。

胡秋原和苏汶强调小资产阶级作家的进步性，重视文学的真实性和审美特征，在文学批评上反对门户之见，要求不仅具有政治眼光，更要懂得艺术规律，这对左联早期忽视艺术特点和关门主义、宗派主义倾向具有一定的反驳作用。但他们指责“左联”“左而不作”“只看目前需要，不要真理，不要文学”，带有攻击意味。

鲁迅等左翼阵营对胡秋原和苏汶采取慎重稳妥的“同路人”态度，既批评又团结。鲁迅在《论“第三种人”》《又论“第三种人”》中肯地说：“左翼作家并不是从天上掉下来的神兵，或外国杀进来的仇敌，他不但要那同走几步的‘同路人’，还要招致那站在路旁看看的看客也一同前进。”既没有把“第三种人”划入敌人的营垒，也没有对文艺与政治的关系做简单化解释。他特别提出“辱骂和恐吓绝不是战斗”。他又指出：“同路人，这混杂的一群中，有的能和革命前进、共鸣；有的也能趁机将革命中伤、软化、曲解。左翼理论家是有着加以分析任务的。”历史证明了鲁迅是正确的。这部分人，有的和革命一起前进了，比如戴望舒；而有的却与人民为敌，如胡秋原、苏汶投靠了蒋介石。其中，鲁迅在《论第三种人》中有一段著名的矛盾心理分析，指出了第三种人是做不成的，即“生在有阶级的社会里而要做超阶级的作家，生在战斗的年代而要离开战斗而独立，生在现在而要作给予将来的作品，这样的人，实在也是一个新造的幻影，在现实世界上是没有的。要做这样的人，恰如用自己的手拔头发，要离开地球一样……是不可能的。”

“文艺自由论辩”是“左联”时期历时最久、规模最大、水平最高的一次文艺论战，鲁迅、易嘉（即瞿秋白）、周起应（即周扬）、丹仁（即冯雪峰）、歌特（即张闻天）等都参与论辩活动。通过这次论辩，左翼阵营系统整理了自己的理论，纠正了一些错误和偏颇，肯定了进步的小资产阶级文学的作用，提高了马克思主义的理论水平。

论辩后期，各方都有和解的表示，胡秋原一再声称自己对左翼文艺没有恶意；苏汶也肯定左翼文艺批评对新文坛的“指导地位”。冯雪峰在《关于“第三种文学”的倾向与理论》里也认为，第三种文学“绝非反革命的文学”“不需要和普罗革命对立起来”。1933 年，苏汶选编《文艺自由论辩集编》，即是对文艺自由论辩的回顾与总结。

（二）与论语派的论辩

1932 年 9 月，林语堂主编的《论语》半月刊在上海创刊，他在《编辑后记》中这样解释刊名：“我们同人，时常聚首谈论……这是我们‘论’字的来源。至于‘语’字，就是谈话的意思，便是指我们的谈天。”这份半月刊以“幽默闲适”和“性灵嬉笑”见长，提倡幽默，“不谈政治”，自命“言志派”，借“笑”暴露黑暗现实，有讽世之意。同时，林语堂还主编《人间世》（1934 年 4 月创刊）、《宇宙风》（1935 年 9 月创刊）两份宗旨相近的半月刊。他经常自己撰写文章，阐发幽默的内涵，将它视为一种心境、一种人生态度、一种美学风格。20 世纪 30 年代，以这三个刊物为中心，就形成了自由主义的文学派别——论语派。随着社会形势的发展，林语堂强调“宇宙之大，苍蝇之微，皆可取材”，进一步提倡“以自我为中心，以闲适为格调”的小品文；极力推崇明代作家“独抒灵性，不拘格套”的文学主张，自命为“性灵派”与“语录体”的继承者；认为作文的目的在于玩笑消遣，与国家兴亡无关。他们的创作以散文小品居多，题材广泛，知识性与趣味性并重，风格上轻松闲适、平淡超脱、清新自然、含蓄幽默，讲求意象，重视艺术技巧。

论语派以林语堂为核心，主要成员有周作人、邵洵美、郁达夫、俞平伯、冯文炳、简又文、全增嘏、潘光旦、李青崖、邵洵美、章克标、陶亢德等，鲁迅在《论语》初期也应邀投稿支持。1933 年 9 月，《论语》创刊一周年时，鲁迅应邀撰写了《〈论语〉一年》，肯定了《论语》积极的方面，指出所发表的《萧伯纳游华专号》等是好作品，同时对它的闲适格调和逃避现实的倾向提出了严肃批评。

在论语派散文里，林语堂的“幽默大师”、周作人的“小品之王”影响广泛而深远。林语堂的《论西装》反对盲目模仿乱穿西装，但由于成功地运用了幽默手法，所以作品很富有喜剧意味：

> 倘是一人不是俗人，又能用点天赋的聪明，兼又不染季常癖，总没有肯穿西装的。我想，在一般青年，穿西装是可以原谅的，尤其是在追逐异性之时期，因为穿西装虽有种种不便，却能处处受女子之青睐，风俗所趋，佳人所好，才子也未能免俗。至于已成婚而子女成群的人，尚穿西装，那必定是他仍旧屈服于异性的徽记了。人非昏愦，又非惧内，决不肯整日价挂那条狗领而自豪。在要人中，惧内者好穿西装，这是很鲜明彰著的事实。

20 世纪 30 年代，国民党在文艺战线实施文化“围剿”，肆意践踏异己文化。左翼革命文学将斗争的矛头指向专制政体，从政治革命实践的层面回应中华民族迫在眉睫的“启蒙”“救亡”两大基本主题，表现出强烈的时代责任感和参与社会革命的自觉性。而论语派作家不同于五四新文化的先锋，面对民族的屈辱与灾难，林语堂曾一度投入到五四新文学的阵营，和他的同仁们拒绝极端暴力革命，推崇渐进改良，他们想做的只是想冲破一点中国的生活和思想界昏浊停滞的空气，主张提倡自由思想，独立判断，和美地生活，并以“全盘西化”作为实现这一目标的文化策略。在这种思想的支配下，尽管林语堂反帝反封建的政治热情没有完全消退，但对中国共产党的革命运动持怀疑疏远的态度，同时对国民党也有所不满和惧怕，正如他所表白的：“东家是个普罗，西家是个法西，酒家则看不上这些玩意儿，一定要说什么主义，咱只会说想做个人罢。”企图寻找一条独立于社会现实斗争之外的，“介于革命和反革命之间”的中间道路。正如阿英所分析的，这是中国自由资产阶级知识分子在社会急剧变化、政治严峻的现实中所作出的无奈选择。在文学上，则采取逃避现实的态度，鼓吹所谓幽默性灵。在论语派的刊物上，占据主要位置的是大量评茶说鬼、谈天说地、吃喝穿戴等小品文，淡化了政治锋芒和忧患意识，消退了斗争精神和战斗意志。从左翼文艺的角度来看，论语派的主张和表现，自然是对社会责任的推卸。鲁迅没有把论语派当作敌人对待，他在《小品文的危机》中只是提出了委婉的批评。

白色恐怖的年代，林语堂与鲁迅都避居上海以写作为生。鲁迅先后发表《小品文的危机》《帮闲法发隐》《帮忙文学与帮闲文学》《从讽刺到幽默》《航空救国》《今文八弊》等文章，敢于直面惨淡的人生，把文学当作“匕首”和“投枪”，刺向敌人。林语堂则借助幽默，表现性灵闲适，曲折地表示自己的不满：“愈是空泛的、笼统的社会讽刺及人生讽刺，其情调自然愈深远，而愈近于幽默本色。”然而鲁迅却不这么看，鲁迅认为在反动派的屠刀下，没有幽默可言。在血与火的斗争中，鲁迅自己无畏地宣称：“只要我活着，就要拿起笔，去回敬他们的手枪。”鲁迅还说，在当时“风沙扑面、狼虎成群的时候”，所谓幽默，其实是“将屠夫的凶残，使大家化为一笑，收场大吉”一类的东西。

鲁迅的意见获得左翼作家的赞同，觉得应该将“五四”时期的“随感录”“杂感”一类的文章作为新的小品文推广下去。1934 年 9 月，陈望道主编的《太白》创刊，成为《论语》的对立刊物和左翼作家自己的散文小品文园地，促进小品文向健康的方向发展。1935 年“一二・九”运动爆发后，中国共产党的抗日民族统一战线政策得到广泛宣传，林语堂的政治态度有了变化，在《论语》《宇宙风》上发表一些反映抗战的文章和漫画。1936 年 8 月，林语堂赴美讲学，但他还是呼应了文艺界抗日民族统一战线。

四、“两个口号”的论争

1935 年，“华北事变”进一步暴露出日本帝国主义灭亡中国的野心，中华民族到了生死存亡的危急关头。8 月 1 日，中国共产党发表《八一宣言》，号召停止内战，一致抗日。10 月，中国工农红军突破国民党封锁，胜利到达陕北。中国共产党的号召、红军长征的胜利，推动了抗日民族统一战线的迅速发展。11 月，远在莫斯科的王明认为“普罗文学”的口号会造成关门主义，要求“左联”解散。1936 年初，为了服从民族统一战略政策，“左联”自行解散。

1935 年 12 月 27 日，毛泽东发表《论发对日本帝国主义的策略》，深刻指出：“一九三一年九月十八日的事变，开始了变中国为日本殖民地的阶段。只是日本侵略的范围暂时还限于东北四省……今天不同了，日本帝国主义者已经显示他们要向中国本部前进了，他们要占领全中国。现在是日本帝国主义要把整个中国从几个帝国主义国家都有份的半殖民地状态改变为日本独占的殖民地状态。”通过“华北事变”，日本帝国主义侵入中国内陆，形势愈来愈严峻，中华民族到了生死存亡的边缘。

在这种新形势下，社会各阶层都在纷纷成立抗日救亡组织。文艺界的抗日民族统一战线组织也重新开始酝酿。文艺界人士先后提出团结抗日的口号，如“民族自卫文学”“救国文学”“国防文学”“民族的革命文学运动”等。当时，上海文艺界的地下党和到达陕北不久的党中央失去了联络，但从巴黎出版的《救国时报》上看到中共驻共产国际代表王明的《论殖民地和半殖民地的革命运动与共产党的策略》，以及共产党的《八一宣言》，按照王明的指令，萧三写的莫斯科来信意见，“取消左联”“另外发起组织一个扩大的文学团体”。1935 年年底，周立波、周扬等提议以“国防文学”作为当前文学运动的中心口号，并在《关于国防文学》《现阶段的文学》中阐明“国防文学”是“要号召一切站在民族战线上的作家，不问他们所属的阶层、他们的思想和流派，都来创造抗敌救国的艺术作品，把文学上反帝反封建的运动集中到抗敌反汉奸的总流”，并强调了文学上的联合抗日和“国防”主题的重要性。接着，在文学艺术界相继提出了“国防戏剧”“国防诗歌”“国防音乐”的口号。周扬希望联合“左联”以外的作家，成立新的组织，组成更广泛的战线。经过四个月的筹备，1936 年 6 月 7 日，中国文艺家协会成立大会在上海福州路一家西餐社举行，会议推举茅盾、叶圣陶、郑振铎、徐懋庸、王统照等九人为理事，并发表宣言，创办刊物《文学界》。萧军的《八月的乡村》、萧红的《生死场》、夏衍的《赛金花》《上海屋檐下》、阳翰笙的《李秀成之死》、田汉的《卢沟桥》被视作“国防文学”的杰作。

1936 年 4 月 25 日，冯雪峰从延安到上海，向鲁迅传达了党中央的瓦窑堡会议精神。鲁迅竭诚拥护毛泽东提出的关于建立抗日民族统一战线的政策。但是，鲁迅对解散“左联”保留意见，因此没有参加中国文艺家协会的成立大会。在“国防文学”倡导的过程中，也暴露了一些“左”的或者右的倾向。从右的角度看，徐懋庸给鲁迅的信里反映，“国防文学”“只以特殊的资格去要求领导权，以至于吓跑别的阶层的战友”；从“左”的方面来看，周扬的“宗派主义”思想严重，不能容忍反对意见或迟疑的态度，认为此后文艺界只有两派，不是国防文艺，就是汉奸文艺。鲁迅对这种“宗派主义”极为反感，在《答徐懋庸并关于抗日统一战线问题》中表示：“欲以‘国防文学’一个口号去统一作家，也先预备了‘汉奸文学’这名词作为日后批评别人之用，这实在是出色的宗派主义的理论。”就连中国文艺家协会成员郭沫若也明确说：“我觉得国防文学应该是多样的统一，而不是一色的涂抹。”

在《答徐懋庸并关于抗日统一战线问题》中，鲁迅认为：“为了推动一向囿于普罗革命文学的左翼作家们跑到抗日的民族革命战争的前线上去”“为了补救‘国防文学’这名词本身的在文学思想的意义上的不明了性，以及纠正一些注进‘国防文学’这名词里去的不正确的意见”，鲁迅、茅盾、冯雪峰等共同商量，提出了“民族革命战争的大众文学”的口号。本来，“民族革命战争的大众文学”“国防文学”两个口号可以互相补充，并行不悖，双方认识上的一些差异也完全可以通过讨论逐步统一起来，推动文艺界抗日救亡的工作，但是，胡风却率先以个人名义在《人民大众向文学要求什么？》一文中提出这个口号，他既没有正确解释这个口号的内容和说明这个口号产生的具体经过，又避而不谈它与已经风行于文坛的“国防文学”的关系，字里行间还把两个口号对立起来，还有用“民族革命战争的大众文学”代替“国防文学”的意思。

“两个口号”论争期间，鲁迅先后发表了《答托洛斯基派的信》《论现在我们的文学运动》《答徐懋庸并关于抗日统一战线问题》等文章，对文艺界的抗日救亡运动提出了精辟的意见。鲁迅全面地解释了“民族革命战争的大众文学”与“国防文学”的关系，指出“国防文学”

是“目前文学运动的具体口号之一”，这个口号“颇通俗，已经有很多人听惯，它能扩大我们政治的和文学的影响，加之它可以解释为作家在国防旗帜下联合，为广义的爱国主义的文学的缘故”，因此，“它即使曾被不正确地解释，它本身含义上的缺陷，它仍应当存在，因为存在对于抗日运动有利益”。至于“‘民族革命战争的大众文学’这名词，在本身上，比‘国防文学’这名词，意义更明确，更深刻，更有内容”；它“主要是对前进的一向称左翼的作家们提倡的，希望这些作家们努力向前进”“也可以对一般或各派作家提倡的，希望的，希望他们也来努力向前进”。鲁迅郑重地指出，“国防文学”口号应当与“民族革命战争的大众文学”口号“并存”，他“是并没有把它们看成两家的”。

鲁迅关于两个口号的正确解释，得到了原先持不同观点者的认同。茅盾认为，鲁迅关于两个口号“之非对立的而为相辅的”这种解释，廓清了人们由于“二口号之纠纷所惹起的疑惑”。茅盾在《关于引起纠纷的两个口号》进一步明确：“‘民族革命战争的大众文学’应是现在左翼作家创作的口号！‘国防文学’是全国一切作家关系间的标志！”

20 世纪 30 年代的这场争论是革命作家内部的论争，但当时却形成了几乎对垒的形势，出现了“两个阵容，一条战线”的不正常状况。两个口号的论争发生在国内阶级关系和党的政策处在重大转折的关头。革命文学阵营内部在某些问题上发生意见分歧是不奇怪的。通过论争，既批判了“左”倾宗派主义，也反对了右的苗头，深入宣传了党的抗日民族统一战线政策，讨论了文学运动中的一些重大问题，逐步统一了思想认识，促进了抗日救亡形势下文艺创作的发展。

1936 年 10 月，鲁迅、巴金、包天笑、林语堂、周瘦鹃、茅盾、郭沫若、叶圣陶、郑振铎、谢冰心、丰子恺等文艺界各方面代表人物共 21 人，联合签名发表《文艺界同人为团结御侮与言论自由宣言》：“主张全国文学界同仁应不分新旧派别，为抗日救国而联合。……在文学上，我们不强求其相同，但在抗日救国上，我们应团结一致以求行动之更有力。”这表明“两个口号”论争基本结束和文艺界抗日统一战线的初步形成，为抗战文艺的蓬勃发展奠定了基础。

第九章　现代小说的繁荣

20 世纪 30 年代的文学创作空前繁荣，其中的小说创作最为活跃，无论在数量上还是质量上，无论是现实主义题材小说还是历史题材小说，无论是传统手法的小说还是借鉴西方技巧的小说，都比 20 年代有了长足的发展。鲁迅、茅盾、巴金、老舍的小说创作代表了 30 年代的最高成就，沈从文、蒋光慈、叶绍钧、丁玲、张天翼、沙汀、艾芜、柔石、萧红、李劼人、施蛰存、穆时英等人的创作也独有风采。小说中反帝反封建的意识更浓，一大批小资产阶级知识分子经历了追求、动摇、幻灭的痛苦磨难之后，已将个人命运与中国革命相融合。小说中塑造的新的人物形象身上的时代印痕也更加明显，如先进的知识分子自觉投身于革命运动并引导中国革命发展方向、农民中苦大仇深的父子们开始觉醒并走上反抗的道路、工人阶级已经成长为中国革命的中间力量、地主阶级迫于革命斗争的深入开展而陷入发抖或逃窜、民族资本家巧妙地在国民政府和买办资本家之间周旋、追求个性解放的新女性大胆喊出灵与肉要相统一的爱情观。

第一节　左翼新秀的创作

左翼新秀的创作成就是多方面的，在小说创作方面代表性的有蒋光慈、丁玲、张天翼、沙汀、艾芜、柔石、叶紫、萧军、萧红等。蒋光慈的小说突出表现了政治敏感性和社会觉醒意识，但理性大于感性形象，有明显的“罗曼蒂克”倾向。丁玲的小说多以女性追求新生活的迷茫与苦闷为题材，擅长心理刻画。张天翼、沙汀的小说以讽喻见长。艾芜、柔石、叶紫、萧军、萧红以血与泪的现实描写，揭示了现实社会的深刻矛盾。

一、蒋光慈的革命小说

蒋光慈（1901—1931），原名蒋如恒，曾用名侠生、侠僧、光赤等，安徽霍邱人。其父亲蒋从甫经营米行，家道小康，后改做日杂买卖并设馆课读。五四时期参加学生运动，开始向《皖江日报》《新青年》等进步刊物投稿，宣传爱国反帝思想。1920 年赴上海，经陈独秀、陈望道介绍，加入上海社会主义青年团。1921 年 5 月，由共产党派往苏联莫斯科劳动大学，与刘少奇等同行。1922 年转为中国共产党党员。1924 年夏回国，在上海大学社会系任教，同时他与沈泽民等成立“春雷文学社”，努力钻研马克思主义理论，为学生编写讲义，还致力于文学创作。“四一二”反革命政变后，蒋光慈转移到武汉，为了给无产阶级革命文学多争得一块阵地，1928 年 1 月，与钱杏邨等发起成立“太阳社”，积极倡导革命文学。1930 年 3 月，蒋光慈当选为“左联”候补常委。不久，因对当时党内李立三路线的“左”倾冒险主义不满，主动要求退党。1931 年 8 月 31 日病逝于上海同仁医院。著名作家郁达夫沉痛地指出：“他的早死，终究是中国文坛上的一个损失。”1957 年 2 月，安徽省民政部门追认他为革命烈士。

在普罗文学创作方面，蒋光慈最早实践，成就也最大。蒋光慈不懈宣传革命的进步思想，把自己的一生都交给了革命文学事业。他的创作生涯不足十年，但留下的翻译作品和创作作品却很丰富。他以诗歌起步进入文坛，先后发表的诗集有《新梦》《哀中国》，但最后成就最大、影响深远的却是小说。

《少年漂泊者》（中篇）、《鸭绿江上》（短篇小说集）、《短裤党》（中篇），署名均为“蒋光慈”，这是他早期充满浪漫激情的心声，可以说是创造社浪漫抒情流派向“左”发展的延续和飞跃，有人称它们是描写了革命青年的“三部曲”。书信体形式的《少年漂泊者》站在革命立场上，回答了当时一般青年人存在的道路问题。小说中农村佃户出身的青年汪中，因父母被地主逼死，在流浪中渴望个人复仇，最后终于与工农斗争相结合，牺牲在革命战场上。通过汪中曲折而辛酸的历程，展现了“五四”到“五卅”这一时期的社会现实，揭示出只有投身革命才是唯一正确的道路。但作品中写汪中失去双亲后疯狂报复的幻觉、与刘玉梅的恋爱故事等，使小说流露出浓郁的浪漫主义气息。短篇集《鸭绿江上》，共收小说八篇。作者在“自序”里说，这些作品是“为光明而奋斗的鼓号”，其中《鸭绿江上》成就最高。《鸭绿江上》通过朝鲜革命党人李孟汉叙述他爱人金云姑被日本警察以煽动罢工罪逮捕入狱而屈死的悲惨故事，表现了强烈的反帝爱国思想。李孟汉在莫斯科围炉夜谈中沉痛叹息道：“祖国的沦亡，同胞的受苦，爱人的屈死，这岂不是世界上最悲哀的事情么？”鸭绿江畔两小无猜、多情男女朝夕幽会、父母家室迫害致死、爱人被囚还斩草除根、漂泊异乡悲哀之痛等引起留苏的革命党人极大的共鸣。《短裤党》以上海工人第三次武装起义并取得胜利为题材，歌颂了中国工人阶级艰苦斗争的革命意志和无私无畏的高尚品质。小说较早地描写了一批共产党员和工人阶级的形象，杨直夫、史兆炎、李金贵、邢翠英等英雄人物刻画得较为成功。《短裤党》标志着作者的创作思想有了重大突破，由揭露控诉旧社会到直接表现摧毁旧社会的斗争，由情感上的愤懑憎恶、忧愁感伤到热情澎湃、乐观进取。作者在《短裤党·写在本书的前面》表示，写作时被“热情所鼓动着，几乎忘记了自己是在做小说”，希望《短裤党》成为“中国革命史上的一个证据”。由于作者只花了半个月工夫就出书，免不了存在粗糙之肌，如个别人物身上表现了无政府主义的恐怖活动、个人英雄主义色彩、肯定暗杀复仇的行动、人物形象欠丰满、结构不够谨严等。但钱杏邨却为其辩护，在《关于〈评短裤党〉》里说：“像《短裤党》的这种结构，事实上并没有什么奇怪”，苏联“拉普”作家里别津斯基的《一周间》“尤其和《短裤党》近似”。

革命文学初期，表现革命、爱情、理想等主要元素的小说还有洪灵菲的长篇《流亡》、中篇《大海》、短篇《归家》，阳翰笙的长篇《地泉》、中篇《女囚》、短篇集《十姑家的悲愁》，钱杏邨的短篇集《革命的故事》《义冢》《欢乐的舞蹈》，戴平方的短篇集《出路》《都市之夜》等，所写的多是一些由于“私人的痛苦”而导致抗争的故事。这些故事侧重于从个人的伦理性的立场上，表述进行革命的理由和所付出的代价，侧重于对“革命”进行合法性论证。1932年，瞿秋白等人以华汉的《地泉》为“病例”，指出早期革命文学存在庸俗化肤浅化的“革命罗曼蒂克”倾向，但也肯定了它们对20世纪30年代左翼文学的警示意义。

大革命失败后，蒋光慈辗转沪汉，较多地看到了现实生活中退化或没落的方面，作品里弥漫着消极因素，带有明显的“革命+恋爱”的印痕，如《野祭》《菊芬》《最后的微笑》《丽莎的哀怨》。尤其是长篇小说《丽莎的哀怨》，作者对俄国十月革命后逃往上海的白俄贵妇怀有伤感、哀怨、怜惜。小说发表后，立即遭到以“创造社”为主的一批革命文学家的严厉批判。1930年1月出版的长篇小说《冲出云围的月亮》，小说反映大革命失败后不同类型的青年知识分子的分化，由于作者缺少生活基础，未能很好地回答革命青年思想转变的问题。

蒋光慈受毛泽东《湖南农民运动考察报告》的启迪，很快构思出表现农村反封建斗争的框架。1930 年 11 月，长篇小说《咆哮了的土地》完稿（再版时改为《田野的风》）。作品反映了 1927 年大革命前后湖南农村中尖锐的阶级斗争。作品中所展现的壮阔激烈的农民运动，已经是共产党领导下的“农会”组织的广大农民群众的自觉行动。农民自卫队与地主武装展开了激烈的斗争，最后冲出重围，向“金刚山”奔去。“金刚山”暗指“井冈山”。小说中的两个主要人物是张进德和李杰，表现了不同阶级出身的革命者在严峻的农村革命风暴中的性格特征。张进德从工人运动的岗位转到农村，耿直勇敢、冷静机智，讲究革命策略，善于联系群众、启发群众，在他所率领的农民自卫队受到“民团”的包围封锁、亲密战友李杰又不幸牺牲的危难之时，他沉着镇静地分析了形势，最后决定率领自卫队突破重围“向金刚山入伙去”，宣传了革命思想，给大家以“新的希望”。作品通过对张进德的形象描写，体现了无产阶级对农民运动的领导作用，这类形象在以前的小说中还不曾出现过。李杰是一位出身于地主阶级家庭而投入革命斗争的知识分子。他曾参加黄埔军官学校，卷入革命洪流中。不久，他看到了“所谓‘革命军’的，未必真能革命”，但他并不灰心，回到家乡来继续做实际工作，毅然与家庭决裂，经受农村火热斗争的考验。作品虽然较多地强调了知识分子在农民觉醒过程中的作用，但也接触到剥削阶级出身的青年参加群众斗争的自我改造问题。李杰在同地主家庭展开斗争前所经历的激烈的内心矛盾，写得相当深刻，具有感染力量。这是作者最成熟的一部力作，作品中的小资产阶级思想情调已大为减少。这种改变，随着革命形势的发展，作者开始摆脱“左”倾冒险主义的影响，对革命的认识也有了提高。

以蒋光慈为代表的革命小说作家，在中国现代文学发展史上独具特色，也取得了一些成绩。从思想内容上看，他们以真挚而强烈的革命激情，反映时代风云和现实革命斗争，将重大的历史事件和重要的历史人物引入小说创作，开拓了革命文学创作题材领域；在艺术方法上，他们借鉴了前期创造社浪漫抒情的方式，且更多地增加了现实主义成分，注重人物成长的过程表现，善于塑造革命者群像。由于革命小说作家在特殊年代的形势下，只是一味强调“文学是宣传”，对艺术与思想、艺术与政治的关系理解简单化，所以造成作品里的公式化、概念化情况严重，如“革命的罗曼蒂克倾向”“革命+恋爱”情节。随着革命斗争的不断深入、作家们文艺理论水平的不断提高，这些问题逐渐得到了克服。

二、丁玲的女性小说

丁玲（1904—1986），原名蒋伟，字冰之，又名蒋炜、蒋玮、丁冰之，笔名彬芷、从喧等，出生于湖南省临澧县一个没落的官僚之家。她的父辈是些败家之徒，生活腐朽。伯父上山当了和尚；叔父做了土匪；父亲蒋保黔生性洒脱，曾留学日本，因为不得志，加上抽大烟，35 岁时撒手人寰。母亲余曼贞出身于书香门第，从小便跟着哥哥在家塾读书，丈夫病逝之后生活也就成了问题，于是就卖掉家产，带着孩子外出，边求学边教书，靠自己柔弱的肩膀扛起了生活的重担。之后，她致力于妇女解放运动，提倡男女平等。幼小的丁玲，从小就受到母亲这种新思想的熏陶。“五四”以后，丁玲到长沙读书期间，接触了新思想新文学，对郭沫若的诗集《女神》、“林译小说”爱不释手，对文学产生了浓厚的兴趣。1922 年，丁玲为逃避与表兄的包办婚姻，与女友王剑虹到上海，在陈独秀创办的平民女子学校就读，不久经瞿秋白介绍，丁玲在上海大学中国文学系旁听。1924 年春，王剑虹病逝，丁玲又独闯北京，在一个私立的美术学校学习，偶尔也去北京大学旁听文学课，遇见了胡也频，也认识了同为湘西老乡的沈从文。1927 年秋，她第一次用“丁玲”的笔名在《小说月报》上发表了短篇小说处女作《梦珂》，接着又发表日记体短篇小说《莎菲女士的日记》。这两篇小说的发表，好似在死寂的文坛上抛下一颗炸弹一样，大家都不免为她的天才所震惊了。

1928 年春，丁玲与胡也频从北京到上海，开始了生活和创作的新阶段。在短短两年间，丁玲先后出版《在黑暗中》《自杀日记》《一个女人》三部小说集。这些作品主要描写的是小资产阶级女性苦闷彷徨、挣扎追求，其中有教员、学生、作家、乡村小姑娘、热恋的少女，以及任人践踏的娼妓。这些角色里，一多半是在黑暗中寻找光明、在苦难中寻求出路，但又不知道出路在哪里的女性，透过“五四”以后到“五卅”前夜凝重的时代，表现出她们热烈的个性解放精神和对于未来的热切憧憬。

1930 年 3 月，丁玲参加“左联”，主编“左联”杂志《北斗》月刊。丈夫胡也频被害之后，她将刚满三个月的孩子送回湖南老家让母亲看养，自己加入了中国共产党，全身心地投入与国民党法西斯文艺政策的斗争。她创作的长篇小说《韦护》、短篇小说《1930 年春上海》，从描写知识女性的苦闷和痛苦的狭隘天地里挣脱出来，开始正面描写社会革命斗争，表现共产党人的革命活动。其中虽然仍带有早期革命文学“革命+恋爱”的倾向，但最后革命者都放弃了恋爱。她在《我的创作生活》中说，《韦护》“陷入恋爱与革命的冲突的光赤式的阱里去了”。很快，她在题材上又从描写知识分子革命者转到描写工农，结束了反映“莎菲”生活的时期。中篇小说《水》以 1931 年 9 月全国 16 个省的大水灾为背景，描写了中国农民的苦难和他们的觉醒、团结和反抗。作者以自己的现实主义艺术描写超越和突破了既有的创作模式，对于丁玲来说，这种创作上的转变，无疑宣告了她的创作将和时代一同前进的可喜信息，宣告了丁玲对于创作危机的超越。1932 年 5 月，丁玲计划中的长篇小说《母亲》开始在《大陆新闻》上连载。该小说以母亲余曼贞为原型，写她们那一代人如何挣扎着从封建思想和封建势力的重围中闯出来，艰难地追求光明和未来的历程。可惜连载不足 20 天，日报就被迫停刊了，目前出版的只是原计划的三分之二。当时，张永年在《鲁迅访问记》里，记载了鲁迅的看法：“丁玲是我们最优秀的作家，近来她很努力，茅盾都要写不过她的。”可是，1933 年 5 月 14 日，丁玲被国民党特务绑架，宋庆龄、鲁迅、罗曼·罗兰等国内外著名人士曾发起抗议和营救活动。1936 年 9 月，丁玲经党组织营救而秘密辗转陕北，成为到达中央苏区的第一位知名作家，受到毛泽东、周恩来等的欢迎。毛泽东作词《临江仙》赠予丁玲，词中赞丁玲为“昨日文小姐，今日武将军”。

丁玲的创作历程包含三个阶段，即“左联”时期、解放区时期和新时期。这一节，我们只讲丁玲在“左联”时期的创作情况，重点了解《莎菲女士的日记》的情况。

《梦珂》中的主人公梦珂出生在破落的封建家庭，她背井离乡到了大城市，是为了读书和追求进步，她想借此重振家声，走出没落的传统家庭，走向光明和现代的未来。梦珂寄住在姑母家，油画教师澹明与留法归来的表哥晓淞开始追求她，但二人似乎只是蠢动的肉欲与轻浮的挑逗，而梦珂是那样的天真而幼稚，她信以为真，于是她投入的真情和真心被男性拿来赏玩，坠入被玩弄赏看的境地。梦珂的情感被出卖了，她成了都市纨绔子弟的猎物。而后梦珂经历了“尊严的出卖和色相的出卖”，电影界将她当作一件商品那样评头论足，而不是将她视作“人”的存在。最终，她只能在纯肉感的社会中隐忍着。做人难，做女人很难，做有独立个性的女人更难，这就引起了在社会上无法实现自我价值而有失落感者的共鸣。梦珂的悲剧，是一个个性主义者独行于半封建半殖民地社会的心灵悲剧。

《莎菲女士的日记》由主人公一个冬天的 34 则日记组成，前 17 则主要写莎菲对苇弟的矛盾心理，另 17 则主要描写莎菲在看透了凌吉士的卑劣之后，仍然迷恋于他的心情。读完小说，就觉得梦珂是莎菲的前世，而莎菲看到了肉体——欲望的存在，她了解隐藏在男性那些有如爱情的温柔、殷勤和追求背后的色情动机，也了解这种色情动机是都市生活里的男性行为准则，并产生了对男性的深刻怀疑，开始主动大胆地审视男性之美。莎菲对于爱情的理想具有更高的精神上的要求，其爱情的内涵要丰富得多。首先，莎菲要求两性间心灵上的相通。她说："我总愿意有那么一个人能了解得我清清楚楚的，如若不懂得我，我要那些爱、那些体贴做什么？"莎菲强调爱情的精神价值。她不像《伤逝》里的子君，虽然也没有找到反抗黑暗的正确道路，但没有妥协、没有沉沦，而是依然在不倦地追求着。其次，莎菲始终处于追求理想而不得的矛盾痛苦之中。作家没有回避作为爱情基础的生理上的需要，人的生理需要是人性中最基本的要素，莎菲和苇弟周旋调侃，却从不愿说"爱"而掩饰真情；苇弟性格温柔、真挚、多情，但是软弱，缺乏男子气概，像是莎菲的玩物一般。她享受着苇弟的依恋和仰慕，而又不愿承诺什么；苇弟来看望病中的莎菲时，她为苇弟的适时关怀感到舒适和满足，但这并不是"爱"。凌吉士的风度吸引着莎菲，他颀长的身躯、白嫩的面庞、薄薄的小嘴唇、柔软的头发，都足以闪耀人的眼睛。他是传奇中理想的情人，但这个人徒具美的躯壳而灵魂极为丑恶，生活的目标只有金钱和女人。莎菲的苦闷和矛盾，在于性爱和灵魂的分离，"为什么他不可以再多地懂得我些呢？我总愿意有那么一个人能了解得我清清楚楚的，如若不懂得我，我要那些爱、那些体贴做什么？"莎菲在接受凌吉士的吻后明白了自身欲望的虚假，她玩弄男性却并未得到真正的爱情，于是对男权世界发起了反抗，选择自我离去，"悄悄地等待着死亡的来临"。作家大胆袒露了主人公的性爱痛苦，在当时可以说是惊世骇俗。从表面上看，莎菲的性格桀骜、孤僻、乖张甚至变态，其实，这都是针对周围的黑暗环境而产生的一种反抗，是她追求理想而不得的矛盾和痛苦的发泄。正因为如此，茅盾在《女作家丁玲》里说："莎菲女士是心灵上负着时代苦闷创伤的青年女性的叛逆的叫绝者。"最后，莎菲对有着卑劣灵魂的凌吉士的鄙弃和对苇弟的拒绝，被有的批评者武断认为是玩弄男性，只讲女权等，这有悖于作家表现爱情理想的原意。沈从文曾经指出："女作家笔底的爱，在冰心女士同绿漪女士（即苏雪林）的时代，是母亲的爱、夫妇的爱；在沅君的时代，是母亲的爱与情人的爱相冲突的时代；到了丁玲女士的时代，则纯粹是'爱'了。"丁玲笔下这纯粹的"爱"，就是两性间灵与肉完美结合，与个体间保持自己个性、人格独立的有机统一。

《莎菲女士的日记》塑造一个大胆追求个性解放的小资产阶级新型女性形象，具有独特的社会意义。其一，莎菲形象是现代女性意识觉醒的宣言书。莎菲是一个追求个性自由和爱情至上的女青年，她因为失落在个人追求的涡流中，对生活感到悲观，以致她的思想显得懦弱空虚、自暴自弃，但又是一个心地善良、富有理性的知识女性。她渴望纯洁的爱情，而现实是"这个社会里不会任她去求得她所要的来满足她的欲望"。于是，她就在这理想与现实的极端矛盾中做着痛苦的挣扎、叛逆的绝叫。其二，莎菲形象严肃地提出了现代青年的道路问题。这个形象的塑造再一次证实了小资产阶级知识分子的个性解放，如果不与现实生活相联系，最终结果必然会是失败。小说中的凌吉士属于极端的资产阶级个人主义者，苇弟则是小资产阶级恋爱至上主义者。莎菲作为离家出走的现代青年，不投身于火热的革命斗争，而苦苦地在他们之间寻找理想和爱情，注定只是一场虚无的游戏。

《莎菲女士的日记》对人物心灵的大胆剖露产生了惊世骇俗的效果，被看作"女性的《沉沦》”，曾引起“文学与道德的论争”。丁玲把“自叙传”手法带入革命小说创作之中，将冷静的心理分析与热切的时代呼唤相结合，形成了独特的艺术风格。

三、张天翼的小说

张天翼（1906—1985），字汉弟，号一之，学名张元定，笔名张天净、铁池翰等。出生于南京一个小知识分子家庭，后全家定居杭州。幼年爱好文学，受风行的鸳鸯蝴蝶派影响很大，中学时代曾在《礼拜六》杂志上发表小说《新诗》。1924 年从杭州宋文中学毕业后，先后考入上海、北京的大学，广泛阅读文艺作品并从事写作，接触到宣传马克思主义方面的书籍。1927 年夏，为体验下层社会生活而毅然退学，在上海、南京等地当过小职员、家庭教师、会计、记者、文书等，备尝生活之苦。短篇小说《三天半的梦》经鲁迅关怀，1929 年发表于《奔流》，自认是第一篇新小说，通过书信体反映了“五四”以后新老两代人的隔阂与矛盾，表达了年轻一代人要求摆脱家庭羁绊的愿望和对个性自由解放的追求。当时，张天翼在上海相遇沙汀和艾芜，他们阅读盛行的“革命罗曼蒂克”作品，产生了既想真实地表现自己所熟悉的人和事以反映时代，又不愿意虚构一个突变式的英雄的想法。他们带着问题写信求救于鲁迅。很快，鲁迅回复了他们。鲁迅告诉他们：“如果是战斗的无产者，只要所写的是可以成为艺术的东西，那就无论他所描写的是什么事情，所使用的是什么材料，对于现代以及将来一定是有贡献意义的”，同时提出“选材要严，开掘要深”的要求（鲁迅《关于小说题材的通信》）。鲁迅的指导对后起的左翼作家注意从生活出发进行创作，对克服初期左翼创作中的缺点起到了重要作用。1931 年 9 月，张天翼参加中国左翼作家联盟，从事革命文艺创作和其他革命活动，不断克服鲁迅所指出的“油滑”的倾向，以精练的语言、冷隽的笔调来表现一种深刻的讽刺——“含泪的微笑”。抗战爆发后，张天翼在做编辑的同时还当教员。20 世纪 30 年代，他先后出版的有短篇小说集《从空虚到充实》《小彼得》《蜜蜂》《反攻》《移行》《团圆》《万仞约》《春风》《同乡们》《速写三篇》等，长篇小说《鬼土日记》《洋泾滨奇侠》《在城市里》，中篇小说集《清明前后》《一年》《奇怪的地方》，童话《大林和小林》《秃秃大王》。正因为这样，他和沈从文被并称为 20 世纪 30 年代的两位多产作家。张天翼通过多种题材揭示社会矛盾，他很少正面表现地主与农民、资本家与工人之间的阶级冲突，大多数是通过对丑陋的事物的揭露间接地反映出来。作品中绝大多数人物属于被否定、鞭挞的对象，具有强烈的讽刺和幽默意味，给 20 世纪 30 年代的文坛吹进了清新的风。鲁迅在与埃德加·斯诺的谈话中称张天翼为新文学运动以来“最好的作家”和“最优秀的左翼作家”之一。

张天翼的小说从实际生活出发，人物形象鲜活生动，表达的思想情感真实自然。总体来看，他的小说内容主要表现为三个方面。其一，描写不同阶层的灰色人生。《从空虚到充实》中李荆野革命意志蜕化，《皮带》中攀附权贵的邓炳生等甘做统治阶级的附庸，《移行》里的桑华厌倦了革命而去南洋做了阔太太，《宿命论与算命先生》里的舒可济为了向上爬不惜出卖朋友，《猪肠子的悲哀》写了一个曾经参加过共产党而后却贪图安逸和金钱的变质作家，他们都经不起时代浪潮的激荡。《稀松的爱情故事》中青年男女的全部恋爱生活就是吃喝玩乐，《温柔制造者》里的老板挑动了一个少女的芳心却又不真心爱她，《报复》中的黄先生用要挟手段玩弄卜小姐，均表现了两性关系的百无聊赖和内心丑恶。《包氏父子》里的老包、小包虽然都是下层小人物，都向往过上好日子，但他们的道德观念、奴性心态都充满了庸俗的市侩气息，国民劣根性暴露无遗。《华威先生》里的华威先生是一个混迹于抗日文化阵营的市侩官僚，具有极强的典型性。其二，揭露地主阶级凶恶、丑恶的本性。《反攻》《万仞约》写地主豪绅之间的仗势欺人与明争暗斗，《三太爷与桂生》写地主豪绅随意捏造事实污蔑有革命行动的年轻人并以族规活埋，《笑》《脊背与奶子》写乡绅公然侮辱并霸占良家妇女，《砥柱》写黄老先生带着女儿去相亲却在船上被隔壁舱内的下流语言所困扰。其三，反映了下层人民的阶级仇恨和反抗情绪。《小彼得》通过工人阶级对一只叭儿狗的态度曲折表达了强烈的阶级仇恨，《仇恨》写一群逃难农民与三个国民党伤兵的狭路相逢，《二十一个》讲的是国民党士兵经过激烈肉搏之后剩余的 21 人不愿意再忍受长官的欺压而哗变的故事，《洋泾浜奇侠》写一心着迷于古代侠客英雄的史兆昌在“八一三”沪松战役后念咒舞剑却被日军炸弹所伤的故事。

一般认为，批判性、讽刺性在《包氏父子》《华威先生》中表现得最为突出。

1934 年 4 月，张天翼发表了著名的短篇小说《包氏父子》，辛辣地讽刺了小市民“向上爬”的庸俗人生哲学。老包是刘公馆的门房，凭着 30 年的勤勤恳恳也算混成了主人眼里的“高级奴才”。他一心一意往上爬，抱着望子成龙的观念，希望儿子包国维学而优则仕，一心想把儿子送进洋学堂，“因为洋学堂出来就是洋老爷，要做大官”，将来自己做大老爷可以摆脱贫寒低贱的社会地位。为此，他不惜血本，送儿子去学费昂贵的学校念书。为了满足儿子，他甚至去偷主人家的头发油。然而包国维对读书毫无兴趣，两次留级，一心想挤进花花公子的行列，成天跟着少爷同学玩乐，追女人，当打手，沾染了满身流氓阿飞习气，三天两头惹出祸来，弄得老包到处求情讲好话。最后，小包在一次少爷们的恋爱纠纷中充当打手被学校开除，还要老包赔偿损失。当债主临门、希望完全破灭的时候，老包简直气疯了。老包的身上深深浸透了腐朽的人生观和小市民的习气，他一心一意希望儿子学成做官，对儿子一味放纵，直到小包被开除，他还没有觉悟过来，还认为这是“自己的运气不好”。老包身上所反映的向上爬的市侩心理和软弱卑怯的奴才习性，在半殖民地半封建的旧中国是一种典型的心态。小包则深受旧的教育制度和腐朽人生观的腐蚀，在少爷郭纯面前，活脱脱一副小奴才相，这正是旧中国半殖民地化都市土壤中滋生的奴性。《包氏父子》探究出悲剧结局的社会根源，批判了愚昧麻木的国民劣根性。小说中把社会讽刺、道德讽刺和人性讽刺以一种活泼的形式完美地结合了起来。

1938 年 4 月，张天翼陆续发表《华威先生》《谭九先生的工作》《新生》，不久收录为《速写三篇》出版。其中《华威先生》是抗战初期最有影响的小说，曾引起文艺界“暴露与讽刺”的论争。华威先生是国民党内抗战官僚的典型代表，他披着“抗日”的外衣，竭力把自己打扮成一个积极抗日的爱国者，实际上他虚伪庸俗、装腔作势、包而不办、嚣张蛮横，专门从事破坏抗日的勾当。他的突出特点是所谓的“忙”，忙开会、忙汇报、忙宴请、忙钻营，这几个“忙”归结到一起，就是忙于抓权，试图尽可能地控制各种各样的抗日团体和他们的抗日活动。他到处叫嚷“要认定一个领导中心”，说什么“要是上面没有一个领导中心，往往要弄得不可收拾”。他每会必到、每会必发言、每发言必须强调“中心”论，一旦一个会没有通知他参加就会暴跳如雷，实质上就是鼓吹以国民党反动派为“领导中心”，号召大家都服从国民党的领导。这就充分暴露了他的反动本质，说明他是一个不折不扣的国民党党棍。作者对这形象的塑造，可以看作对抗战初期“国共合作”中隐患的思考，深刻揭示了民族矛盾掩盖下的阶级矛盾，提出了统一战线内部争夺领导权的严重问题，并从另一个侧面热情地歌颂了革命群众的抗日要求和力量。这篇小说充分显示了作者的漫画式讽刺才能，具体表现在以下几方面。第一，善于运用漫画式的夸张手法以突出人物的本质特征。小说里华威先生永远挟着他的公文包，戴着手杖、戒指，装模作样地拿着雪茄，活化出了一个矫揉造作、虚伪世俗的形象；华威的每一个动作都与他的性格相联系，他每次到会场门口下车时，总是把踏铃弄得很响，以引起人们的注意和重视；和别人谈话，他习惯于匆匆忙忙打断别人的话头或者转换话题，以显示他的时间不够用。第二，在强烈的对比中，让人物自我暴露。华威先生参加文艺界抗敌总会的一个会议，在台下“带着很机密很严肃的脸色”，同小胡子谈论昨晚上醉酒的事情，这种荒唐无聊的话题内容，就同华威先生谈话时的庄重神态形成对比；接着，他又上台讲话，严肃地去作所谓“抗战指导”，这又与他刚在台下议论醉酒的低级庸俗的表现形成对比；他表面上的“忙”，恨不得取消晚上睡觉的制度，还希望一天不止 24 小时，却希望对难民救济会、通俗文艺研究会、文艺界抗敌总会、战时保婴会、日本问题座谈会等横加干涉，这与他实际上什么抗战工作也不做形成了鲜明对比。第三，通过性格化的言行，让人物自行表演。小说一开头，华威与他亲戚谈论对他的称呼时，语言颇有亲切、谦逊的味道，表面上尽显绅士高雅，而他一旦对下属发怒，对两个青年学生没有告诉他参加日本问题座谈会的时候，则气愤至极、粗话连篇，显露了以势压人的冷酷嘴脸；华威先生在各种会议上四处抱怨“总是时间不够”“硬叫我参加意见”“硬叫我去汉口一趟”等。然而，当战时保婴会、日本问题座谈会没有通知他参加时，他就勃然大怒，还要“清查背景”，追查“不良分子”。华威先生在各种会议上高喊“一个领导中心”时，语言枯燥无味、干巴无力，一点儿正经事不做。但他与小胡子闲扯被灌醉时，语言、神态却惟妙惟肖。

1942 年秋，张天翼由于劳累过度患有严重肺病，创作基本上就停止了。中华人民共和国成立后病情好转，先后任中央文学研究所副所长、《人民文学》编委、《儿童文学》编委，同时从事儿童文学创作，如儿童小说《罗文应的故事》、儿童剧本《大灰狼》、童话《不动脑筋的故事》《宝葫芦的秘密》《金鸭帝国》等，寓教育于生动活泼的故事讲述之中，推动了中国儿童文学的发展。

四、艾芜的小说

艾芜（1904—1992），原名汤道耕，四川新都人。生于农民家庭，父亲是乡村小学教师。艾芜小学没有毕业即以优异成绩考入免费的成都第一师范学校，因受“五四”新思潮的影响，追求自由民主，崇尚“劳工神圣”，反对旧式婚姻，于 1925 年夏离家到云南，开始了近六年的漂泊流浪生涯。先在昆明红十字会做了一年半的杂役，之后又去缅甸，在滇缅边境和东南亚等地当过杂役、马店伙计、寺庙伙夫、报馆校对、小学教师等，这些奇异独特的生活经历成了他后来短篇小说集《南行记》的创作素材。1930 年冬，因同情缅甸塔拉瓦底县的农民暴动被英国殖民地政府逮捕，后被遣送回国。在上海巧遇成都一师同窗沙汀，并就小说题材问题写信请教鲁迅。鲁迅的回信对两位现代文学史上杰出作家的成长起着导航引路的重要作用。

1932 年春，艾芜加入“左联”，正式从事文学创作。12 月，短篇小说《人生哲学的一课》在《文学月刊》上发表，随后收录在短篇小说集《南行记》之中。《人生哲学的一课》是作者根据自己的生活经历创作的自传体小说，以第一人称叙述了作者从内地流浪至昆明，尽管“辛苦的奔波，惨痛的劳碌和伤心的失望”几乎使他客死他乡，然而他对生活的信念始终不曾动摇，“就是这社会不容我立足的时候，我也要钢铁一般顽强地生存!”因此，他把 1925 年的秋天称为“残酷的异乡秋天”。20 世纪 30 年代，艾芜陆续出版的短篇小说集有《山中牧歌》《南国之夜》《南行记》《夜景》《芭蕉谷》《海岛上》《逃荒》《萌芽》等，其中《南行记》最有代表性，带有浪漫抒情的色彩，是作家理想与现实、心灵与社会的矛盾的产物。通过这些小说我们可以发现，艾芜对中国现代小说创作的贡献是很明显的。第一，开拓了现代小说创作的题材领域。多以西南边境的荒山野峡、村落马店为背景，充满了浓郁的边疆风味和异域情调；绚丽而险恶的自然风光、陌生而神奇的边民习俗，使小说蒙上了神秘的传奇色彩。第二，对生活在社会底层“弱小者”的精神世界的发掘。在艾芜的小说里，赶车人、流浪汉、滑竿夫、烟贩子、山贼等被黑暗社会剥夺了正当谋生手段，他们过着畸形的生活。作者在描写这些生活在社会底层“弱小者”生活恶习和精神创伤的同时，也发掘了他们丰富美好的心灵世界，赞美了他们善良质朴、豪爽刚强的“纯金”品质、顽强的求生意识和无奈的反抗性格，呈现出不屈的生活力量。

《山峡中》是《南行记》里最为脍炙人口的一篇，是中国现代的“流浪汉小说”，也被公认为是艾芜早期的代表作。作品描写在云南西部险山恶水之间，有一群被生活所迫铤而走险的流浪者，他们靠偷盗、抢劫、走私为生，他们的人生哲学是“懦弱的人是不配活的”。他们并不是天生的强盗，而是被那个罪恶的社会逼上“强盗”之路的，像魏大爷、小黑牛本来都是老实本分的农民，但被剥夺了做农民的权利，他们被抛出了正常人的生活轨道，失去了家，失去了亲人，也失去作为人的最低的生活条件，他们只好像野兽一样栖息于山野破庙，像野兽一样为生存而搏斗，也变得像野兽一样粗野、冷酷和残忍，“在刀上过日子”。他们被抛出人的世界，以野兽的原始生活方式与黑暗社会抗争。作者既痛心地写了他们身上的兽性，也不无同情地揭示了他们内心深处隐藏着的美好人性。他们痛恨富人，以恶抗恶，但没有失去善良本性，对处于同样无路可走境地的人也会伸出援助之手。

《山峡中》中的野猫子是艾芜早期创作中塑造得最为成功的一个艺术典型。这是一个吃“狼奶”长大的少女，从小就和父亲——魏大爷及其一伙生活在一起，接受了他们的那套人生哲学，也学会了干他们那行生意必备的本领，养成了任性、泼辣、倔强的性格。但她毕竟是一位美丽、聪明的少女，在那群被压抑、扭曲的人中间，她身上的人性光辉无异于黑暗中“白色鲜朗”的灯光。因她的出现，“黑暗、沉闷和忧郁，都悄悄地躲去”。人们也开始欢笑起来，就连始终阴着脸令人生畏的魏大爷，也“粗暴地哗笑起来”，使人们感到了轻松。她像一切女孩一样，有着对美好生活的幻想和追求。一个木头娃娃，寄托着她纯真的童心和女性的柔情，她爱唱一首歌：“江水啊，慢慢流，流到东边大海头。那儿呀，没有忧！那儿呀，没有愁！”显示了她对没有剥削、没有压迫，“没有忧，没有愁”的生活的向往。但她毕竟是“野猫子”，她和她父亲一伙一样，对抛弃他们的世界充满了憎恨，也充满了恶意。她偷盗、打劫，在行窃时把目标引向小黑牛，致使小黑牛被毒打；她也参加了把小黑牛抛入江水的活动，表现了她残忍的一面。然而，这都是她不得已而为之的。在行窃中，她和“我”扮演一对农家小夫妻，她表演得狡猾而泼辣，但又透着机灵和可爱。作品既写了她身上人性的美，也写了她性格中的“野”；既写了她的“可爱”，又写了她的“可怕”。她是作品中性格最为丰满、复杂的形象。

小黑牛原来是一个老实的农民。由于地主张太爷夺走了他的土地、耕牛，霸占了他的妻子，他走投无路，才铤而走险从“那个世界”加入“这个世界”。但他的怀乡病经常引起魏大爷的不满和其他同伙的嘲笑。小黑牛是怀着对人生的留恋而悲惨死去的，他的悲剧是对黑暗社会制度的有力控诉。

《山峡中》在艺术上的特色很鲜明。第一，富于浪漫主义色彩。小说描写了滇缅边境充满野性气息的生活，人物、故事都具有传奇性。小说一开始就描绘了充满神秘气息的奇特境地：江上横着铁链做成的索桥，巨蟒似的，显出顽强古怪的样子……凶恶的江水，奔腾着，咆哮着，激起吓人的巨响；两岸蛮野的山峰……这一切，阴郁、寒冷、怕人。就在这险山恶水的环境中，出现了一群奇特的人。作者没有交代他们的来历，但他们都是被逼才来到这个非人境地的，他们在刀刃上过着日子，身世都是不幸的。环境、气氛和人物的奇特构成了作品鲜明的浪漫主义特征。第二，在情节发展中揭示人物性格。小说中神祠晚餐、集市偷布、黑牛投江、山野比刀、机智脱险等情节，完成了对野猫子形象的塑造；通过“木头人”细节，表现她人性的闪光点；通过她唱“没有忧、没有愁”那首歌，体现她对未来的憧憬和理想。夜白飞为小黑牛治伤、小黑牛死后大家的沉默、给“我”留下三块银元后悄然离去等细节，透露出“山贼们”的善良还没有泯灭。第三，带有强烈的主观抒情。小说采用第一人称就是便于抒发情感。“我”深深地融进小说，和里面的人物一起推动事故发展。“我”的发问和追求，也是山贼们心灵的呼唤，如“天底下的人，谁可怜过我们？”“我们原是在刀上过日子哪！”“难道穷苦人的生活本身，便原是悲痛而残酷的么？也许地球上还有另外的光明留给我们的吧？”第四，环境的险恶和人生的艰难互为映衬。小说中的魏大爷、小黑牛、夜白飞、小骡子、鬼冬哥等，都是被“那个世界”排挤出来的，他们到处流浪，主要靠偷窃维持生计；而现实生存的“这个世界”却不是桃花源，他们每天要面对的是阴森凄郁的峡壁、破败而荒凉的神祠、野蛮的山峰、汹涌的奔流、怒吼的江风、咆哮的江涛等。小说中的人物在这样两个险恶的“世界”中生存，控诉了黑暗的社会制度。

抗日战争期间，艾芜的小说改变了浪漫主义格调，转向严谨的现实主义，先后创作了短篇小说集《秋收》《荒地》、中篇小说《一个女人的悲剧》《乡愁》、长篇小说《丰饶的原野》《故乡》《山野》。作品主要以普通农民、城市苦力、小知识分子的生活为题材，表现了他们的爱国热情、悲惨遭遇、反抗和追求。其中的短篇小说《石青嫂子》、长篇小说《山野》了得到当时文艺界的好评。

中华人民共和国成立后，艾芜先后去鞍山、大庆、大小凉山、云南边疆等地体验生活，陆续创作了长篇小说《百炼成钢》、短篇小说集《南行记续篇》《夜归》等。

五、柔石的小说

柔石（1902—1931），原名赵平福，浙江宁海人，出生于小商人之家，“左联”五烈士之一。1918 年秋，柔石考入浙江省立第一师范学校，参加了学校的进步文学组织“晨光社”，开始对文学艺术产生兴趣。师范毕业后，他先做家庭教师，半年后在慈溪普迪小学任教，课余创作短篇小说《无聊的谈话》，收入在他的第一部小说集《疯人》中。1925 年春，到北京大学旁听，兼听鲁迅所授之“中国小说史”和“文艺理论”课程。1926 年，柔石为职业奔波于上海、杭州、宁波之间，“三一八”惨案发生后甚为激愤。这期间，他发表了短篇小说集《疯人》、长篇小说《旧时代之死》、中篇小说《三姊妹》。这些作品大都以恋爱婚姻为题材，表现小资产阶级知识分子对社会的反抗和由此所带来的苦闷情绪。《疯人》描写一个贫穷漂泊的青年与望族小姐的恋爱被拆散之后，小姐被家庭逼死，小伙子闻讯发狂发疯，大肆高扬“除了爱情，世上还有什么存在的东西呢？”《旧时代之死》写出身贫寒的朱胜瑀追求个性解放，反抗包办婚姻，不幸神智迷乱以至于疯狂变态而服毒自尽，猛烈抨击旧制度旧礼教。《三姊妹》

以章先生对中学时代结识的“三位天使”姐妹依次追求而不得表现出良心忏悔，反映了追逐势力之徒缺乏道德责任的猎艳心理。

1928 年 5 月，浙东亭旁起义失败，柔石因掩护县委书记杨毅卿等脱险而受牵累，举家到上海。在上海，经王方仁介绍结识鲁迅，鲁迅得知他还居无定所时，介绍他租下景云里 23 号，与鲁迅一起创立朝花社，介绍东欧、北欧文学，输入外国版画，出版《朝华》期刊，协助编辑《语丝》，参与发起成立中国自由运动大同盟，负责编辑“左联”机关刊物《萌芽》，以“左联”代表身份出席全国苏维埃区域代表大会。随着交往的增多，鲁迅对柔石的作品和人品更加欣赏。1931 年 1 月 17 日下午，因叛徒告密，在东方饭店参加会议的 35 人全部被捕。柔石在狱中坚贞不屈，2 月 7 日夜与殷夫等被国民党秘密枪杀。鲁迅对他们的牺牲感到无比悲愤，在得悉这一噩耗的当时，他写了《中国无产阶级革命文学和前驱的血》，指出他们以鲜血为中国无产阶级革命文学“写了第一篇文章”；事隔多年以后，又写下《为了忘却的记念》《柔石小传》《白莽作〈孩儿塔〉序》等文，缅怀“左联”烈士，肯定他们的文学成就。柔石到上海后，因受鲁迅的关怀和培养，思想发生急剧变化，表示“此后应该转换作品的内容和形式”，其创作中的现实主义成分加强了。这期间，他创作了中篇小说《二月》、短篇小说《遗嘱》《希望》《为奴隶的母亲》。1930 年 5 月，“左联”派柔石作为代表出席了在上海秘密召开的全国苏维埃区域代表大会。会后，他写了通讯《一个伟大的印象》，他还创作了长诗《血在沸》、独幕剧《盗船中》《革命家之妻》。这些作品标志着作者生活道路和思想道路上的重要飞跃。

《二月》是作者较重要的作品，鲁迅为其作“小引”。作品通过描写肖涧秋的生活经历和遭遇，再现了旧中国的小资产阶级知识分子在动荡不安的时代里的苦闷、彷徨与探索。主人公肖涧秋是一个“极想有为，怀着热爱，而有所顾惜，过于矜持”的青年，“五四”退潮后，他离开学校飘泊六年，几乎跑遍了大半个中国，对都市生活已生厌倦，怀着脱俗的心情到了江南一个名叫芙蓉镇的小地方，希望过上清静的生活。然而，芙蓉镇并非“世外桃源”。肖涧秋很快就被卷入了其矛盾斗争的漩涡当中，他对自己在大革命中牺牲的老同学的遗孀文嫂一家分外同情，预想用个人的努力来救助文嫂一家，以改变孤苦善良者的不幸处境，结果，却招来阴险恶毒的谣言。同时，他与“芙蓉镇的孔雀”陶岚的自由恋爱，也引起了封建卫道士和纨绔阔少钱正兴的讥笑和恐吓。最终，孤儿的夭亡、文嫂的自尽，宣告了他人道主义的彻底破灭。同时，他又没有勇气接受陶岚热烈无邪的爱情，并迎战顽固势力的攻击，于是不得不逃离芙蓉镇，去了“女佛山”——上海。肖涧秋的形象折射出彷徨于大革命洪流之外的小资产阶级知识分子在黑暗的社会现实中的苦闷彷徨身影和悲剧命运，对脱离现实的人道主义与个人奋斗进行了否定。

《为奴隶的母亲》是柔石最优秀的短篇小说。题材深入社会下层劳动人民生活中，表现的形式和手法也更为朴实，可以看出作者在《二月》中流露的伤感情调没有了，更多的是荷载着人民苦难的崇高感情。《为奴隶的母亲》讲述了浙江东部某地一个穷苦妇女阿秀被皮贩子丈夫出典给三十里以外、有着两百多亩田产的李姓秀才地主的故事。整整三年，她离开自己的孩子，作为别人生孩子的工具，屈辱地生活在地主家里。初到李家，李太太什么粗活都不让她做，秀才老爷对她也是十分疼爱。一切都称心如意，不久阿秀就怀了孕，生下儿子秋宝。李家有后了，老爷太太喜不自禁，阿秀的“使命”似乎也完成了。从此，太太开始冷遇阿秀，不仅强行抱走了儿子秋宝，还让她干起了粗活累活。秋宝一周岁生日的时候，春宝病得很重，阿祥前来“送礼”，向阿秀要钱给儿子治病。这些都被太太看到，二人争执间打碎了老爷送给阿秀的祖传玉镯。老爷知道阿秀还是忘不掉原来的丈夫和孩子，打算让她离开，可是三年合约未满，便让她做起了李家的佣人……这个家，人难留；那个家，情难舍。三年前，满怀屈辱与不舍而去的女人；三年后，又痛苦而彷徨地回来。亲生的两个孩子天各一方，一个是穷人家的孩子，一个是大户人家的少爷。作品着力刻画了一个被压迫、被摧残、被蹂躏的贫苦妇女——春宝娘的形象。春宝娘是两个孩子的母亲，却被剥夺了拥有亲子之爱的权利；她是有丈夫的女人，却不能做合法的妻子，享有做母亲的权利；她是商品，是工具，是一种特殊的奴隶。作者借“为奴隶的母亲”，向吃人的旧社会提出血泪控诉。在艺术上，作者采用白描手法，不夸饰、不渲染，通过人物言行把春宝娘的麻木软弱、皮贩子的暴躁乖戾、秀才地主的自私伪善、地主婆的凶狠刁钻等写得活灵活现；以十分严峻冷静的笔触解剖现实，将深挚的情感蕴含在朴素、真切的生活描写中；没有大声疾呼和喋喋不休的议论，让读者从清晰的生活画卷里去探索和思考重大的人生问题，表现了深刻的现实主义精神。这篇小说在 1930 年《萌芽月刊》第一卷第三期发表时，《编辑后记》即提示，它“作为农村社会研究资料，有着极大的社会意义”。随后，埃德加·斯诺把它编入《活的中国——现代中国短篇小说选》，向国际推出。据萧三回忆，法国文豪罗曼·罗兰从《国际文学》法文版读到这篇作品后，曾致信编辑部，说“这篇故事使我深深地感动”。

六、萧红与“东北作家群”

东北作家群是指“九一八”事变后一批从东北沦陷区流亡到内地的青年作者所形成的创作群体，这批青年作家有的加入“左联”，他们把自己的民族精神和左翼文学联结在一起，描写地方风物和社会风云，显示出东北人民的生活力量和抗争信念。他们的作品大都充满了关东粗犷的气息，表露了人们所承载的亡国之苦和顽强的反抗精神。其代表作家有萧军、萧红、端木蕻良、舒群等，代表作有萧红的《呼兰河传》《生死场》、萧军的《八月的乡村》。

萧红（1911—1942），是一位才情出众的女作家。学名张秀环、张乃莹，笔名萧红、悄吟，出生于黑龙江呼兰县一个封建地主家庭，9 岁丧母，受尽继母虐待。1927 年秋，考入哈尔滨市东省特别区区立第一女子中学，喜欢文学和绘画。1930 年为逃婚到北平，在女师大附中学习。1932 年秋经萧军援助逃出困境，由此走上文学之路，很快，与萧军自费出版合著短篇小说集《跋涉》。因《跋涉》中大部分作品揭露了日伪统治下社会的黑暗，引起特务机关的怀疑。为躲避迫害，在中共地下党组织的帮助下，萧红、萧军经青岛转抵上海，并得到鲁迅的指导与鼓励，被称赞中国左翼文学一下子多了两个实力作家。1935 年 12 月，中篇小说《生死场》被列入“奴隶丛书”计划，由上海容光书局出版，鲁迅为之作序，胡风为其写后记。这部作品在文坛上引起巨大的轰动和强烈的反响，成了萧红的成名之作，萧红也被称为“30 年代的文学洛神”。抗日战争爆发后，萧军、萧红先后辗转于武汉、临汾、西安、重庆、香港等地，积极投身全民抗战。因日军占领香港郁结于心，加之庸医误诊，萧红身体衰弱，于 1942 年 1 月 22 日逝世。萧红在颠沛之中，创作的作品主要有长篇小说《呼兰河传》《马伯乐》、短篇小说《小城三月》、剧本《突击》《民族魂鲁迅》、散文集《回忆鲁迅先生》《商市街》等。在题材选择上，萧红只写自己熟悉的风物，绝不会轻易赶热潮加入革命、政治题材行列，所以她的小说只关注人性；在表现方式上，萧红打破了传统小说单一叙事的模式，创造了一种介于小说、散文和诗之间的边缘文体，并以其独特的超常规语言、自传式叙事方法、非情节化的结构及诗化风格形成了别具一格的“萧红体”小说文体风格。

《生死场》共17章，以“九一八”事变为历史背景，讲述东北沦陷前后，哈尔滨近郊的一个村庄发生的恩怨故事，以及村民抗日的血泪历程。这部作品真实地反映了旧中国农民的悲惨境遇，以血淋淋的事实揭露了日伪统治下民众生活的黑暗与无助，同时也表现了东北人民的觉醒和抗争，讴歌他们“誓死不当亡国奴”的民族气节。前10章描写了20世纪20年代哈尔滨附近农村现状，主要以三个家庭为描写重点，跛了脚还要辛苦劳作的二里半一家、丧夫再醮却依然顽强生活的王婆一家、追求幸福却只收到悲哀的金枝一家，他们的劳动与痛苦，从来都是无回报的，一年四季都过着极度贫困、麻木愚昧的被压迫被剥削的生活，“和动物一起忙着生、忙着死”，天灾人祸把他们一步一步推向死亡边缘。农民们终于在赵三和李青山的带动下，组织了“镰刀会”反抗地租加价。后7章描写“九一八”日寇侵占东北全境，东北农民在苦难和屈辱里觉醒，“为生而死”，以各种方式反抗日本军国主义的暴行，并将眼光转向对国家命运的关注。在这个巨大转变中，赵三是个突出代表，他老泪纵横地向大家宣告：“我不当亡国奴，生是中国人，死是中国鬼!”金枝在丈夫死后，为逃避日寇奸淫而跑到城里，却受到流氓的调戏，她只有把仇恨记在心底，宁愿去当尼姑也不轻生。就连胆子最小的贫农二里半，面对日寇的烧杀掠夺，最后也拖着跛腿参加了义勇军，投身到民族革命战争的洪流。《生死场》被鲁迅称为“当代女作家所写最有力的小说之一”。鲁迅在《生死场》的“序言”中说：“这自然还不过是略图，叙事和写景胜于人物描写，然而北方人民的对于生的坚强，对于死的挣扎，却往往已经力透纸背；女性作者的细致的观察和越轨的笔致，又增加了不少明丽和新鲜。”作品所显示的萧红的“小说学”的确是“越轨”的，然而，对于萧红的艺术实践来说，这是一种有意识的“出格”行为。《生死场》把小说与散文的构架契合起来，情节被淡化了，不讲求故事的连贯性，形成了“形散而神不散”的特色。王婆、赵三、金枝和二里半，似乎是作品中的主角，又似乎都不是。可以说，作品的艺术主体或主角就是它所表现的中国北方的乡野。这里有着北国的土地和生灵，有着在生命线上挣扎着的人群，他们组成了“生死场”上的全景图。作者并不美化他们，更多地展现了他们的愚昧和不觉悟，显示出他们所承受的“报应”和“惩罚”。在民族危急关头，酝酿已久的仇与恨终于汇聚成一股强大的抵抗洪流。

《呼兰河传》是一部回忆性、自传性的小说，作者仍以她惯用的散文化手法，以童年回忆为引线，通过七个章节描绘了20世纪20年代东北小城呼兰令人难忘的风土人情，真实而生动地再现了老百姓卑琐哀苦的物质生活、愚昧落后的乡风民俗、司空见惯的生老病死、带着希望顽强挣扎的生活状态。作品用大泥坑子这一带有象征意味的事物，写出了荒僻小城里人们精神的麻木；从跳大神治病、放河灯送冤魂、搭野台子演戏谢神等“盛举”，写出了人们轻视做人的权利而敬奉鬼神的混沌可笑；通过小团圆媳妇被活活折磨致死过程中周围人们的麻木不仁，甚至带有几分观赏的愉快，以及王大姑娘自作主张与冯歪嘴子结合后，周围人们对这个“出格”人物的敌视和嘲弄的描写，极其有力地揭露了千古相传的封建伦理道德观念和习俗对于人们灵魂的惊人锈蚀。《呼兰河传》实际上也是沉默的国民灵魂的别传，显示出了巨大的文化含量和高远的思想意义。

第二节　茅盾的社会剖析小说

茅盾是新文化运动的先驱者、中国革命现实主义文学的奠基人，他与鲁迅、郭沫若一起奠定了中国现代文学的发展基础，促使新文学向着无产阶级领导的人民大众的反帝反封建的民族化道路发展。茅盾是“五四”以来中国现代著名作家、文学评论家、文化活动家以及社会活动家，他以其丰厚的创作显示了左翼文学的实绩。

茅盾的一生跨越了旧民主主义革命、新民主主义革命、社会主义革命和建设三个历史阶段。

一、茅盾的简历和创作介绍

茅盾（1896—1981），原名沈德鸿，字雁冰，笔名茅盾、郎损等，浙江桐乡人。父亲沈永锡是清末秀才，擅长中医；母亲陈爱珠也通晓文理，思想开明。茅盾少年时代阅读了大量古籍和文史著作。1910—1913 年先后在湖州、嘉兴、杭州读中学，崇尚知识、向往民主自由。1913 年夏考入北京大学预科第一类，1916 年 8 月毕业。毕业后由亲戚介绍到上海商务印书馆担任翻译，从此进入文学道路。

（一）早期的文学活动

在商务印书馆工作的同时，茅盾开始在《学生杂志》等刊物上发表文章，并编写出版了《中国寓言初稿》《大槐国》《驴大哥》《娃公主》等童话寓言。五四运动前后，他翻译和介绍大量的外国文学作品，发表第一篇文学论文《新旧文学评议之评议》，接着又发表《中国文学不发达的原因》《自然主义与中国现代小说》《社会背景与创作》等，这些作品对新文学运动起了积极的推动作用。文学研究会成立之后，他接受主编《文学月报》，对鸳鸯蝴蝶派盘踞十年之久的封建旧文学营垒进行了全面改革，设立“小说新潮”栏目，积极提倡现实主义，提倡“为人生”的文学主张。他盛赞高尔基是“第一个把无产阶级所受的痛苦真切地表现出来，第一个把无产阶级所负担的巨大的使命明白地指出来给全世界人看”的无产阶级艺术家。他对被罗曼·罗兰誉为“民众艺术”的左拉、爱弥尔的作品表示有异议，因为它“究其极不过是有无产阶级知识界的一种乌托邦思想而已”。他提出文学工作者的使命就是“为无产阶级文化尽宣扬之力”，在“如实地表现现实人生而外，更指示人生向美善的将来”。

1921 年 7 月，中国共产党成立之后，茅盾是最早的党员之一，他担任了直属中央的联络员，积极投身于革命活动。1926 年 1 月，到广州参加国共合作的“国民党第二次全国代表大会”，会后留在广州担任国民党中央宣传部秘书，从此离开商务印书馆。1926 年底，赴大革命的中心城市武汉，做中央军事学校武汉分校政治教员，后任《汉口国民日报》总主笔，从事革命宣传工作。这期间的革命生活，为茅盾即将开始的文学创作积累了大量的素材。

（二）由《蚀》到《虹》的变化

1927 年“四一二”反革命政变之后，茅盾回到上海，开始了文学创作。1927 年 9 月，《蚀》三部曲第一部《幻灭》发表时，作者第一次使用了“茅盾”这个笔名。这既是作者的处女作，也是成名作，包含三个连续的中篇《幻灭》《动摇》《追求》。其中，主人公表现出的小资产阶级知识分子苦闷彷徨、悲观消极情绪，使“革命+恋爱”的创作模式得以进一步强化，引起左翼文人在报章杂志上对他进行批判。《蚀》开启了“幻灭”主题的先河。为了摆脱国民党的通缉，也把“精神苏醒一下”，力图克服悲观情绪，1928 年 7 月至 1930 年 4 月，避居日本期间，他在参加革命文学论争的同时，先后发表了中篇小说《蚀》的其他两部：长篇小说《虹》、短篇小说集《野蔷薇》。1929 年 4 月发表的《虹》，原计划是“欲为中国近十年之壮剧，留一印痕”，但只写了计划的三分之一，从已完成的部分来看，小说反映了“五四”到“五卅”，青年从觉醒到反抗，最后终于到火热的斗争中参加革命的历程。可以看出，作者的思想较之写《蚀》时已经有了明显进步，主人公梅女士不再沉浸在彷徨之中，“准备把身体交给第三个恋人——主义”，并在五卅运动中汇入群众游行的行列。

（三）“左联”时期的文学活动

1930 年 4 月，茅盾从日本秘密回国，并参加“左联”，担任“左联”的行政秘书，与鲁迅联系甚密。从 1930 年秋天起，茅盾的眼疾、胃病、神经衰弱同时发作，医生嘱咐他少用眼多休息。茅盾利用养病的机会，陆续写了中篇小说《路》《三人行》和取材于历史故事的《豹子头林冲》《大泽乡》《石碣》等短篇小说。这些作品虽然表现了他力图站在无产阶级革命立场上，刻画新的人物形象的趋势，但因缺乏生活体验，概念化倾向严重，人物形象不够真实生动。他后来也认识到：“徒有革命的立场而缺乏斗争的生活，不能有成功的作品。”

由《蚀》到《虹》的变化，再到《路》《三人行》的概念化倾向，茅盾做了深刻的反思与总结，理性地汲取教训。经过长时间的酝酿构思，他自觉运用马克思主义理论分析中国的现状，着手实现“大规模地描写中国社会现象的计划”。他养病期间，经常到表叔卢学博的公馆去。在卢公馆，茅盾见到了许多同乡故旧。这些卢公馆的常客，有银行家，有开工厂的，有政客，有商人，也有正在交易所投机的，还有军界中人。这些人使他对“时代节奏”有了新的领悟。1932—1933 年，茅盾在与国民党“民族主义文艺”等非无产阶级文学思想斗争的同时，先后完成了短篇小说《林家铺子》《农村三部曲》（《春蚕》《秋收》《残冬》的合称）和长篇小说《子夜》等作品，反映了在帝国主义侵略下经济面临崩溃、社会动荡不安的中国现实，塑造了一系列典型的人物形象。这些小说互为补充，在科学思想指导下，将社会生活做总体性的浓缩再现，构成了城乡大变动的巨幅社会生活画卷；注重从经济角度分析社会现象背后的原因，深刻地剖析了 20 世纪 30 年代的社会现象和阶级矛盾，显示了无产阶级革命文学的实绩，其小说被称为“社会剖析小说”。

（四）参加抗日救亡和反对内战活动

抗日战争爆发后，茅盾积极加入民族救亡行列。1938 年 1 月之后，他担任中华全国文艺界抗敌协会理事，主编《文艺阵地》，并受党的委托，辗转于长沙、武汉、桂林、新疆、兰州、重庆等地，在国民党统治地区通过各种途径广泛团结进步的文化界人士，积极开展抗日救亡工作。他创作了长篇小说《第一阶段的故事》，描写抗战爆发后，上海“上层”任务和青年知识分子不同的思想情绪和行为动态。1940 年 5 月，他到延安鲁迅艺术学院讲学，写了优秀散文《风景谈》《白杨礼赞》，抒发了对美好生活的感受和怀念。“皖南事变”后，他到香港，发表了长篇日记体小说《腐蚀》，以一个失足的女特务的亲身经历，揭露国民党特务机构残害人民的罪行。1941 年 12 月，日本占领香港后他先去桂林，后居住在重庆，直到抗战胜利。这期间，他在繁忙的社会活动之余，写了长篇小说《霜叶红似二月花》、剧本《清明前后》等。

抗战胜利后，茅盾不顾环境的险恶和国民党的政治迫害，坚持民主、反对独裁，坚持和平、反对内战，继续从事进步文艺活动。1946 年 6 月，他和上海文化界人士一起呼吁和平。7 月，李公朴、闻一多被害后，茅盾等致电国际人权保障会，要求严惩凶手；10 月，与沈钧儒等发表《我们要求政府切实保障言论自由》；12 月，应苏联对外友协之邀赴苏联参观访问。1948 年 8 月，从香港到北京。这期间，他发表了《苏联见闻录》《杂谈苏联》，创作了长篇小说《锻炼》。1949 年 7 月，在第一次全国文代会上，被选为中国文联副主席和中国作家协会主席。

（五）社会主义革命和建设时期的社会活动

中华人民共和国成立后，茅盾出任首任文化部部长，主编《人民文学》杂志，当选为中国作家协会主席、中国文联副主席、世界和平理事会理事，第一至第五届全国人大代表和全国政协常务委员，第四、五届全国政协副主席等职。在繁忙的工作之余，茅盾还是坚持写了《鼓吹集》《鼓吹续集》《夜读偶记》等文艺史料、文艺评论文章。“文化大革命”中，茅盾始终与党和革命人民站在一起。粉碎“四人帮”以后，茅盾拿出被中断 12 年的写作热情，抱病查阅大量史料，写了《回忆录》。1981 年 3 月 27 日，茅盾在北京辞世。胡耀邦在悼词中沉痛地宣布：“中国文坛殒落了一颗巨星！”

1981 年 4 月，根据茅盾先生遗愿，其家人将其 25 万元稿费捐献出来，设立了茅盾文学奖，当时决定由巴金担任评委会主任。此奖项的设立旨在推出和褒奖长篇小说作家和作品。当时规定每三年评选一次，首届评选在 1982 年确定。“茅盾文学奖”是中国第一个以个人名字命名的文学奖，是中国长篇小说的最高奖项之一。

茅盾在文学上的成就是多方面的，他不仅是我国“五四”以来著名的小说家、散文家，也是著名的编辑、文艺评论家和翻译家。“从 1916 年开始从事文学活动以来，在漫长的 60 多年中，他始终不懈地以满腔热情歌颂人民、歌颂革命，鞭挞旧中国黑暗势力”，创作了六部长篇小说、六部中篇小说、五十多篇短篇小说、十多部散文集、一个剧本、十五本散文杂文集、二十多种理论批评和学术论著，翻译外国文艺作品二十多部，选注我国古典文学作品四部。邵伯周在《〈子夜〉——中国现代文学史上的不朽丰碑》里评价说：“这些作品刻画了中国民主革命的艰苦历程，绘制了规模宏大的历史画卷，为我国文学宝库创造了珍贵的财富，提高了现实主义文学创作的水平，在文学史上留下了不可磨灭的功绩。”

二、长篇小说《子夜》

“子夜”原指深夜 11 点至凌晨 1 点，正是黎明前最黑暗的时刻。作者用《子夜》做书名，形象地概括了当时的社会特征。

《子夜》是一部深刻反映 20 世纪 30 年代初期社会生活的长篇巨著，写于 1931 年 10 月至 1932 年 12 月，1933 年 1 月由开明书店出版。这正是无产阶级领导的左翼文学深入发展的历史阶段，用事实对“第三种人”所谓的“左而不作”论调给予了有力的回答。他继承了鲁迅所奠定的现实主义传统，把长篇小说创作推向了一个新的发展里程。它的问世，标志着茅盾的创作已经走向了成熟。《子夜》出版后，国民党政府不久即将它列为禁书，而革命文学界和广大读者则给以很高的评价。正如冯雪峰所说，《子夜》“一方面是普罗革命文学里的一部重要著作，另一方面就是‘五四’后的前进的、社会的、现实主义的文学传统之产物与发展”。瞿秋白则肯定道：“这是中国第一部写实主义的成功的长篇小说”“1933 年在将来的文学史上，没有疑问的要记录《子夜》的出版”。

（一）《子夜》的主题

《子夜》通过对 20 世纪 30 年代初期中国社会阶级关系真实、生动的描写，深刻地反映了当时复杂的阶级矛盾和阶级斗争，揭示了中国社会发展的历史趋势。30 年代初，中国社会充满了矛盾：帝国主义对中国民族工业的觊觎和挟制、国民党在中原地区大规模发动内战、欧洲经济恐慌对中国的波及、中国民族资本家之间的尔虞我诈、资产阶级加剧对工人的剥削引起工人的罢工反抗、农民在共产党的领导下已经武装起来形成星火燎原之势……正如毛泽东在《星星之火，可以燎原》里所说：“如果我们认识了以上的这些矛盾，就知道中国是处在怎样一种惶惶不可终日的局面之下，处在怎样一种混乱状态之下，就知道反帝反军阀发地主的革命高潮，是怎样不可避免，而且是很快要到来。”

更重要的是，中国社会性质问题的大论战也在进行。1928 年 6 月，中国共产党第六次全国代表大会在莫斯科秘密召开，中国革命受到共产国际的指导，苏联领导人对中国革命有不同见解：斯大林、布哈林等认为，中国的封建残余势力仍占据优势，应当进行民主革命，以反封建和反帝国主义结合为主；托洛茨基、拉狄克等则主张，中国已经是资本主义主导，革命目标还应包括推翻资本主义，实现社会主义。这两种观点在中国社会各界中引起了强烈反响。关于中国社会性质问题的观点可以归纳为三种：陈独秀、任曙等赞同托洛茨基的意见，认为中国资产阶级民主革命任务已经基本完成，经过 1925—1927 年的大革命，封建势力已“受了最后打击”“变成残余势力之残余”，进而认为中国社会已经是资本主义占优势，因此中国社会是资本主义社会性质。李立三、张闻天等中共领导和一些马克思主义社会科学工作者、左翼学者，都认为封建半封建经济在中国占支配地位，中国社会依然是半殖民地半封建的性质，由共产党领导打倒一切反动派是当前的革命任务。而一些自称不属于任何派别的学者，如胡秋原、王礼锡、孙倬章等，认为中国的民族资产阶级可以在既反对共产党又反对管理买办资产阶级的夹缝中取得生存和发展，从而建立欧美式资产阶级政权，实际上，这是一种典型的变形的资产阶级自由主义论调。

茅盾站在马克思主义的立场上，认真汲取从《路》到《三人行》的概念化教训，根据之前对交易所情况的了解，对 20 世纪 30 年代初期各种社会现象、中国的前途命运做了理性分析，从而激发了创作的兴趣。茅盾最初的设想，是写一部白色的都市和赤色的农村交响曲，先动笔的都市三部曲包含《棉纱》《证券》《标金》，但后来他进一步了解了中国民族工业在外来打击下的衰败景象，决定改写一部长篇小说，书名最初确定为《夕阳》（或《燎原》、或《野火》），后决定改为《子夜》。《子夜》以 30 年代初期半殖民地半封建的中国社会现实为背景，描写了雄心勃勃的民族资本家吴荪甫在帝国主义代理人、买办金融资本家赵伯韬的打压下，从奋斗、挣扎到破产的历史悲剧，用小说艺术地描绘现实生活，否定和驳斥托派谬论，回击资产阶级自由主义论调，形象地说明中国民族资产阶级的前途是非常黯淡的，中国并没有走上资本主义发展道路，中国在帝国主义的压迫下是更加殖民地化了，中国的革命只能由中国共产党领导。

（二）人物形象

据初步统计，《子夜》中，刻画的人物形象有 80 多个。

1. 吴荪甫：30 年代中国民族资本家的典型

吴荪甫是现代文学史上最成功的民族资产阶级的典型形象。作者从思想性格、社会关系等多层次、多侧面地进行了塑造。

吴荪甫的主要性格特征是精明强干，有实力，也有雄心，具有法兰西资产阶级工业王国的“骑士”风范，是一位刚毅果敢和冒险胆略的铁腕企业家，胸怀发展中国民族工业的宏图。他在家乡兴办企业，建立新型工业的“双桥王国”；在上海开班裕华丝厂；略施小计就挤垮朱吟秋的丝厂和陈君宜的绸厂；与孙吉仁、王和甫创办益中信托公司，吞并八个日用品厂，他不愿意将这些小厂盘给外国人，他扩大企业是“想使那些新从日本移植到上海来的同部门的小厂受到一个致命伤”，梦想有一天在他控制下的益中公司“高大的烟囱如林，在吐黑烟，轮船在乘风破浪，汽车在驶过原野”，他许多工厂里的产品销行全国，深入穷乡僻壤。但是他生不逢时，在帝国主义蹂躏、践踏下的半殖民地半封建的中国，他发展民族工业的雄心必然遭到买办资产阶级的敌视、扼杀，受到社会动荡因素的制约。面对巨大障碍，他没有退缩和犹豫，而是以旺盛的精力在买办资产阶级、工人阶级、农民运动这三条火线上展开斗争。在与帝国主义豢养的买办资本家、“国际财神爷”赵伯韬的较量与搏斗中，吴荪甫不甘俯首称臣，他把自己的事业与整个民族工业的命运联系在一起。吴荪甫对抗帝国主义、要求独立发展民族资本主义的思想与行动，不但反映了他本身的阶级愿望，在当时历史条件下，也是符合中国大多数人民的基本利益的。应该说，这也体现了他强烈的民族意识和民族感情。

吴荪甫是一个性格复杂的艺术形象。除了爱国的一面，在吴荪甫身上还表现出了凶狠残酷、贪婪自私、投机取巧、动摇妥协的一面。他对帝国主义、封建主义、官僚买办资产阶级不满，发动金融投机，决心与买办资本家赵伯韬较量一番，然而，为了牟取暴利，他又与赵伯韬暗地勾结，钻进疯狂的公债投机活动里；尽管他留学欧美，但与封建势力有着血缘关系，双桥镇农民运动兴起之后，他首先想到的是把老太爷接到上海“避一避风头”；对于那些没有实力、经营不善的中小企业，当他为实现宏伟愿望而感觉有必要时，他就毫不犹豫地将他们挤垮，吞并到自己名下；当双桥镇农民暴动和风起云涌的革命形势不断高涨的时候，他对腐败无能的国民党当局、红军革命则异常敌视，甚至谩骂；当他听说自己要去避暑的地方有共产党在那里活动时，竟咬牙切齿地说：“我正想去看看那红军是怎样的三头六臂的了不起！光景也不过是匪！一向是大家不注意，纵容了出来的！”当裕华丝厂工人罢工导致他的利益受损的时候，他就站在工农群众对立面，没有丝毫怜悯和善心，依靠军警坚决镇压；他虽然不想走“买办化”的道路，但在内外夹攻、走投无路的情况下，不得不把自己的产业“出顶”给买办代理人，由动摇走向了妥协。特别是他在对工农运动、红军革命的态度上，资产阶级的反动性暴露无遗。由此可以看出，中国民族资产阶级的两重性在吴荪甫身上表现得十分鲜明。

在私生活方面，吴荪甫又表现出冷酷无情、色厉内荏、软弱空虚的一面。吴荪甫尽力做到对家人“威严仁爱”，对朋友“真诚和平”，但他所做的一切都浸透着冷酷无情的金钱关系；

吴荪甫对家庭生活十分冷漠，俨然是一位“暴君”，与妻子林佩瑶貌合神离；夜游黄浦江排遣苦闷时，纵情戏谑交际花刘玉英；事业失败时，暴躁不安，显露出道貌岸然的本性，兽性发作而奸污女仆。

《子夜》深刻地揭示了造成吴荪甫悲剧的原因，主要不是他个人举措失误，而是当时中国各种社会矛盾相互作用的结果。吴荪甫的悲剧不仅仅是他个人性格的悲剧，还是时代的悲剧。小说通过对吴荪甫悲剧命运的具体描写，再一次说明，中国民族工业最主要的敌人是帝国主义及其买办势力，民族资产阶级在半殖民地半封建社会里是没有出路的，中国也不可能走向资本主义道路。

2. *赵伯韬：买办资产阶级的代表*

如果说吴荪甫的性格是在动态的发展过程中得以体现的话，那么，赵伯韬的性格则是在不同的情境中表现出来的。作者对赵伯韬的着墨虽然不多，但刻画得却相当成功，突出表现了他的强悍、蛮横、狂傲、粗鄙的性格特点和赤裸裸的兽性。赵伯韬是由美帝国主义豢养的买办金融资本家的典型。他凭借帝国主义雄厚的金融资本，在上海兴风作浪、为所欲为。他不仅在暗处操纵整个上海的公债投机市场，而且四处插手，钳制和扼杀中国脆弱的民族工业。论本事和智慧，他都比不上吴荪甫，但他凌驾于吴荪甫和一切企业家之上，目空一切，为所欲为。他对吴荪甫进行大规模的经济封锁，一直逼到吴荪甫垮台、益中信托公司倒闭，他可以花钱叫某个军阀打胜仗，也可以花钱买通西北军佯退 30 里。这要根据他在公债上是做“多头”还是做“空头”来决定。投机者们都畏惧他，憎恨他，把他当作神秘莫测的“魔王”。

这个人物从外表形象到内心世界，都是可憎可厌的。赵伯韬在生活上荒淫无耻，整天进舞厅、逛堂子、看跑狗、上夜总会、弄枪盘赌……不仅扒尽各项公债，也扒尽各式各样的女人。他对李玉亭说：“人家说我姓赵的爱玩，不错，我喜欢这调门儿。”他指着年轻寡妇刘玉英说：“你知道我不大爱过门的女人，但这是例外，她不是人，她是会迷人的妖精！”作者对于赵伯韬的举止和手段，虽然多是暗示，但这个人物的形貌乃至卑污的灵魂，都跃然纸上。

（三）艺术特色

1. *以科学思想理性分析现实问题，深刻剖析社会发展动向*

20 世纪 30 年代，以茅盾为代表的左翼作家以马克思主义思想为指导，站在时代前列，运用辩证唯物主义观点分析社会现实，选取时代性强的重大生活题材，用艺术的手段剖析社会，理性地回答时代所关注的重要问题。这种小说被称为社会剖析小说，也叫社会分析小说。他们集成了 20 年代问题小说、乡土文学等早期现实主义文学反映社会现实、艺术手法高超的长处，摒弃了其选择题材不够重大、描写身边琐事以及缺乏明确社会思想的弱点，汲取了早期无产阶级文学有鲜明阶级观点和明确的社会理想的优点，唾弃其“革命+恋爱”的结构等。《子夜》故事发生在 1930 年 5—7 月，当时，帝国主义为转嫁 1929 年世界经济危机，对中国加紧了经济侵略，新军阀连年混战，中国民族工业加速破产，农村经济急剧崩溃，城市经济萧条，人民更加贫困。同时，在中国共产党的领导下，工农红军和革命根据地迅速扩大，城乡工农群众的革命斗争风起云涌。《子夜》就是在这样广阔的时代背景下，以 30 年代初半殖民地半封建的上海为缩影，以民族工业资本家吴荪甫的悲剧为情节主线，围绕民族资产阶级的出路问题，描写了错综复杂的阶级矛盾和斗争，有力地驳斥了“托派”和资产阶级学者鼓吹的中国民族资产阶级可以走上独立发展的资本主义道路的谬论。

2. 塑造了众多的人物形象，多侧面地展现了社会生活

《子夜》里，除成功塑造吴荪甫、赵伯韬形象之外，还成功地刻画了80多位特征鲜明的人物形象。如地主群像里，有封建僵尸吴老太爷、双桥镇上的土皇帝曾沧海、唯利是图的笑面虎冯云卿；商界群像里，有贪利多疑的金融巨头杜竹斋、政治掮客唐云山、信托公司理事长尚仲礼、敢于冒险的孙吉人、一筹莫展的朱吟秋、绸厂老陈君宜、寡廉鲜耻的周仲伟；工人群像里，有胆小狡猾的费晓生、窝囊优柔的莫干丞、机警阴毒的走狗屠维岳、罢工工人领袖蔡真、女工代表朱桂英、工贼姚金凤；还有国民党军界代表雷鸣、资产阶级的帮闲文人李玉亭、颓废诗人范博文、民族虚无主义青年杜新箨、追求时代生活的新女性张素素、恋爱至上的林佩珊、逢场作戏的交际花徐曼丽、美人计的牺牲品冯眉卿等。在这个大都市里，人们到处可看到投机、榨取、赌博、行贿、造谣、欺骗、诱惑、暗算、陷害、耍流氓……小说描写了“十里洋场”商业界、经济界、工厂、农村、军队生活，并塑造了民族资本家、买办资本家、经济投机家、厂长、地主、农民、工人、文人、军人等形象，注重在时代、社会、家庭以及复杂的人际关系中塑造人物，给读者打开多侧面了解社会生活的窗口。

3. 精心安排情节故事，艺术结构宏伟缜密

《子夜》的艺术结构是经过作家精心布局组织的，小说所描写的生活面十分宽广，把艺术的触角伸向各个社会领域，而要展现的矛盾冲突又是错综复杂的，场景变化也很繁复。这一切要在短短的三个月时间内集中反映出来，确属不易。作家以吴荪甫作为一切矛盾的中心，紧紧围绕吴荪甫经营民族工业从奋斗到艰难挣扎和最后破产的全过程来安排情节，这中间又以吴荪甫和赵伯韬之间的斗争为主线，使小说的结构既宏伟又缜密。

《子夜》的前三章是小说的序幕和开端，它勾勒出上海这样一个典型环境，引出了公债斗法、农民暴动、工人罢工三条线索，既暗示了中国革命的深入发展、工农运动的星火燎原，又透露了民族工业凄凉的境况。第14～16章是小说的主体部分，采用网状式结构，以吴荪甫、赵伯韬的矛盾为主线，交叉展开吴荪甫与工农矛盾斗争的两条副线，揭示各种矛盾的内在联系和相互影响，既表现了时代动荡的现实，又使小说主题和主要人物的性格得以充分展现。第17～19章是小说的尾声，主要写吴荪甫苦心经营的“工业王国”濒临全面破产的结局，为了增强中国民族工业黯淡前景的阴影感，作家根据情节发展的需要，运用了前后照应的手法，以过去的“兴”照应眼下的“衰”，以过去的踌躇满志照应现在的没落颓丧。这样的结构艺术，把所反映的复杂广阔的生活和活动于其中的人物像蜘蛛网一样严密交织在一起，形成了有条不紊、完整统一的布局。

4. 善于心理描写，注重揭示内心隐秘

作者遵循吴荪甫的阶级地位和性格的发展逻辑，从宏观上描绘他从踌躇满志到强颜作欢，甚至颓废丧气的心理变化过程。在吴荪甫准备解雇屠维岳到反而委以重任的一段描写里，作者并未多费笔墨，只是抓住他在屠维岳不同寻常的镇静面前而表现出惊异，顺利地完成了这一复杂心理转变。在写吴荪甫被赵伯韬逼得走投无路的情况下的内心活动时，先是写公馆的沉寂中透出阴沉的气氛，接着写他的暴怒，让侍者取白兰地酒自饮，以行动写其内心的烦躁，

再转入对半个多月来苦斗的回忆，最后以幻觉曲折反映他的内心活动。写冯云卿在动员女儿去施展“美人计”之前，有一大段复杂、矛盾的心理描写，阅读之后，我们彻底认识了一个逃亡地主在“冒险家的乐园”即大上海濒于破产时那种苦闷、悲伤、堕落、卑污的灵魂。小说将“下意识”和幻觉结合在一起，加上象征色彩的渲染，更能窥视到人物的内心隐秘。第一章写吴老太爷刚到上海坐上汽车，快节奏的生活、穿着暴露的时髦女郎、各种色彩的面孔等交替出现，吓得吴老太爷心理错乱、浑身发抖，直呼“邪魔呀!”再如，吴荪甫洗脸时在脸盆里都看得到赵伯韬的脸，作者通过对他这种幻觉的描写，反映了他对赵伯韬的恐惧心理。

《子夜》的主要缺陷是对于工农群众革命斗争，特别是对工人罢工斗争的描写出现了概念化。作者用很大的篇幅描写工作罢工斗争，一方面是想展示作为民族资本家的吴荪甫和工人阶级的矛盾，另一方面也是想通过这种描写批判当时“左”倾冒险主义的错误领导。但是因为正面形象过于单薄无力，不能显示出革命者英勇斗争的精神，所以作者的创作意图未能圆满地实现。

作者后来谈及这方面的原因说：“这一部小说写的是三个方面：买办金融资本家、反动的工业资本家，革命运用者及工人群众。三者之中，前两者是直接观察了其人其事的，后一者则仅凭‘第二手’的材料——即身与其事乃至第三者的口述。”由于同样的原因，小说对农民革命运动的描写也很肤浅，作者原计划“写一部农村与都市的‘交响曲’”，后来缩小计划，不再写农村，因而使原来写农村的第四章显得有些游离。作者自己深知这些章节“破坏了全书的有机结构”，却又“不忍割舍”，最终保存下来。

三、短篇小说《林家铺子》

《林家铺子》在茅盾的创作道路上占有重要地位，它与《子夜》一样，是对旧中国社会现实的真实写照，属于“社会剖析小说”系列中的一部分。

作者在《〈春蚕〉〈林家铺子〉及农村题材的作品》里说，当时，他亲眼看到了帝国主义的经济侵略给中国人民带来的灾难；看到了日本帝国主义的军事侵略，使成千上万的人流离失所，无家可归的凄惨景象；还看到了国民党反动派、地主豪绅，在中华民族生死存亡的紧急关头，坚持政治压迫和经济剥削，加速了中国人民特别是广大农民的破产。他还说：“《林家铺子》完成于六月十八日。但小说的构思则比较早，还在研究《子夜》的素材如何取舍，就注意到：小商人不论如何会做生意，但在国民党这大鱼吃小鱼、小鱼吃虾米的社会里，只有破产这一条路。”《林家铺子》反映的是 1932 年“一·二八”事变前后江南城镇和农村的动乱生活面貌，揭示了 20 世纪 30 年代中国社会的主要矛盾，深刻反映了当时的社会历史现实。

林老板是个精明能干、善于经营，但又胆小谨慎、自私懦弱的小商人，在他身上表现出两面性：一方面是千方百计地从顾客那里榨取利润，另一方面他自己又受到帝国主义和国民党反动派的压迫。他苦心经营从父亲手里继承下的这个小小的铺子，镇上的店铺相继倒闭，他竭力维持。他模仿上海大商店的办法，“大廉价照价九折”以招徕顾客；他贿赂国民党党部以准许他卖东洋货；他满脸堆笑、送茶递烟，不时地还叫 17 岁的女儿做临时招待，忙得汗透棉袍。可是农村破产，生意萧条，他就投机取巧，应一元钱货亏折五分“大放盘”，一见买卖还不错，马上决定“要把货码提高，要把次等货标上头等货的价格”。“一·二八”事变之后，镇上来了许多难民，人心惶惶，而林老板却趁机大卖“一元货”。为了赚钱，他竟不顾民族利益，说爱国学生烧东洋货是“无法无天”；他把铺子里的东洋货全部换上“国货”商标出售；

当他被逼得无力支持时，就把厄运转嫁到贫穷无助的朱三、阿太、张寡妇等人，扣住他们的利息和本金。这一切都是由他的损人利己的阶级本质决定的。

生活在半殖民地半封建社会的小商人林老板，自己也深受种种迫害。为了苟且图存，他处处逆来顺受，表现得十分懦弱。国民党党部敲诈了四百元巨款，他忍受了；国民党调兵驻在镇上向商会借饷，摊派他二十元，他答应了；国民党卜局长要霸占他的独生女为妾，他怕“讹头生事”，也不敢拒绝。他认为自己是个“规规矩矩的生意人，又没犯法”，人家总不能把他怎样。可是现实生活无情地向他逼近，“东洋兵开仗，上海罢市，银行钱庄都封闭”，恒源钱庄派人到他铺子里“手操”，上海东升号的收账客人就在他铺子里“坐收”。资本比他雄厚的同行裕昌祥造谣，说林老板卖一批贱货后要逃跑，为此，国民党党部逮捕了他。裕昌祥就乘机来挖去他的全部“一元货”。寿生把铺子里的所有现金凑起来，救出林老板，但货已被挖空，债主逼得还紧，店铺开不了了。在寿生和林大娘的再三催促下，林老板只得出逃，店铺只有倒闭。

林老板的悲剧，反映了当时处于动乱年代的民族工商业者的共同命运。从某种意义上说，林老板与《子夜》中的吴荪甫是两个互为补充的形象。如果说吴荪甫是当时破产或者正在破产的民族资本家的典型，那么林老板则是当时破产或者正在破产的千百万民族小工商业者的典型。

《林家铺子》以小市镇的小商人作为描写对象，选择 1932 年年关前后为故事展开的时间，对表现主题、刻画人物十分有利。小市镇，一头连着上海等大城市，一头连着广大的农村；小商人货源不是来自帝国主义，就是来自中国民族资本家，而货物的推销市场则是广大的农村，这样就把殖民化的都市与殖民化的农村自然地联系起来。1932 年年关，正是“一·二八”上海战事前后，是民族矛盾和阶级矛盾空前尖锐激烈的时间。在这样的时间、这样的地点、这样的背景下，林家铺子的倒闭，就更具有深刻的典型意义了。

第三节　巴金的家族系列小说

巴金是“五四”以来杰出的文化战士，中国现代文学史上优秀的现实主义作家，卓越的语言艺术家。

巴金从 1928 年登上中国文坛，半个多世纪以来，一直热情、勤奋地进行创作。他的作品丰富了我国新文学的宝库，为我国新文学运动做出了不可磨灭的贡献。1936 年，鲁迅在《答徐懋庸并关于抗日统一战线问题》里称赞：“巴金是一个有热情的、有进步思想的作家，在屈指可数的好作家之列的作家。”1983 年，法国总统密特朗来我国访问，亲自在上海展览馆宴会厅授予巴金法兰西共和国荣誉勋章，认为他“是当代世界伟大的作家之一”，他的“自由、开放与宏博的思想已使他成为本世纪伟大的见证人之一”。

巴金的一生跨越了旧民主主义革命、新民主主义革命、社会主义革命和建设、社会主义建设新时期四个历史阶段。据统计，巴金在 1929—1949 年，共创作中长篇小说 18 部、短篇小说集 12 本、散文随笔 16 部，用 16 种语言翻译了世界著名的文艺理论和文学作品。

一、巴金的简历和创作介绍

巴金（1904—2005），原名李尧棠，字芾甘，出生于四川成都一个官僚地主家庭。父亲李道河于辛亥革命以前曾任四川广元知县。据巴金回忆，他幼年时期，家里“有将近二十个的长辈，有三十个以上的兄弟姊妹，有四五十个男女仆人”。巴金在幼小的时候，母亲就教育他要爱护、帮助那些在困苦中需要扶持的人。

（一）从探索人生走向文学道路

随着父母的相继去世，幼小的巴金从心理上觉得失去了家庭温暖。祖父像暴君一样在家里实行专制统治，造成许许多多悲剧。他在《家庭的环境》里说：“我在污秽寒冷的马房里听那些老轿夫在烟灯旁叙述他们痛苦的经历，或者在门房里暗淡的灯光下听到仆人们发出绝望的叹息的时候，我眼里含着泪珠，心里起了火一般的反抗的思想。我宣誓要做一个站在他们这一边，帮助他们的人。”巴金 15 岁那年，五四运动爆发，他通过阅读《新青年》《每周评论》，感受了新思潮的冲击，秘密加入青年团体“均社”，自称“安那其主义者”。1923 年随三兄去上海，之后又去南京、北京求学。这期间，他翻译了俄国无政府主义者克鲁泡特金的《面包与自由》等著作，受到无政府主义思想影响。1959 年，他在《我的幼年》回顾当时的思想时说：“无政府主义使我满意的地方是它重视个人自由，而又没有一种正式的、严密的组织。一个人可以随时打出无政府主义的招牌，他并不承担任何义务……这些都适合我那种小资产阶级的思想感情。”巴金把无政府主义作为他向旧社会、旧制度进行斗争的武器。1927 年 1 月去法国，本意是要学习经济学，探讨无政府主义原理，但异邦求学，未能使巴金获得心理的宁静，满腔热血反而使他觉得破旧的书本在难堪地蚕食自己年轻的生命。于是，他广泛接触了西方各种社会思潮，涉猎了法国大革命时期资产阶级思想家、革命家的著作。他曾说：“我想念我的祖国，……我的心就像被刀割着一样，那股不能扑灭的火又在我的心里燃烧起来。在这种时候，我像常常听见从祖国传来的战斗的呐喊。”他很快完成了第一部长篇小说《灭亡》的写作，使用笔名“巴金”。他在《再谈探索》里写道：“我拿起笔写小说，只是为了探索，只是在找寻一条救人、救世也救自己的道路。”“我就是从探索人生出发走上文学道路的。”“《灭亡》不是一本革命的书，但它是一本诚实的作品。它没有给人指出革命的道路，但是它真实地暴露了一个想革命而又没有找到正确道路的小资产阶级知识分子的灵魂。”巴金借着这些虚构的人物“发泄自己的感情”“倾吐自己的爱憎”。“灭亡”有双重意义：一方面，它控诉、攻击和诅咒一切不合理的社会制度，贯穿全书的响亮呼声是“凡是曾经把自己的幸福建筑在别人的痛苦上面的人都应该灭亡”；另一方面，歌颂革命者为理想英勇牺牲的献身精神，作者期待着革命早日到来，他在小说扉页上引用了俄国诗人雷列耶夫的诗句：“对于最先起来反抗压迫的人/灭亡一定会降临到他身上。”《灭亡》的出现，使巴金犹如一颗新星在中国文坛升起。

（二）对光明的追求和对旧制度的控诉两大主题创作

1929 年底，巴金由法国回到上海，由于《灭亡》的成功，以及在左翼文艺运动的影响下，他的创作一发不可收拾，进入创作的高潮时期。到 1937 年抗战爆发之前，他接连写出许多作品。这些作品，大体可以分为两种类型：对光明的追求、对旧制度的控诉。

对光明的追求这一类中，如《灭亡》的姊妹篇《新生》《死去的太阳》（有人将这三个小说称为“革命三部曲”，因原计划的《黎明》未完成，就以《死去的太阳》充当了），还有《爱情三部曲》等。《灭亡》写杜大新为反抗封建礼教和军阀专制而进行的种种社会革命活动，最后他去暗杀戒严司令，事发被害，作者称他是“病态的革命家”，是把杜大心作为一个悲剧英雄来处理的，作品感人至深的并不是宣扬了什么主义，而是那种绝望而又抗争的献身精神。巴金在《谈〈新生〉及其他》中说：“人死了，理想还在，会有新的人站出来举起理想的大旗前进。那么《灭亡》之后接着出现的就是《新生》。”作品中的李冷，虽然不是一个真正的革命者，但比起《灭亡》中的杜大新，毕竟摆脱了个人主义，投身到工人运动中去了，他最后被秘密枪决时表示：“我们为着人民谋幸福，必须付出这个牺牲”“我并不是孤独的，就在这囚室里，我还觉得我的心是和我所爱的那些人，和那广大的人群共鸣的；我心是和他们心共同跳动的”。作者在末尾借用《约翰福音》里的话形象地说明了李冷虽然牺牲了，但是集体的生命将得到延续，集体的力量将得到加强。《死去的太阳》以五卅惨案为背景，主人公吴养清目睹了南京路上的大屠杀，他热血沸腾，义愤填膺，恋人的死、革命同伴王学礼的牺牲，使他在实际斗争中走向成熟，他觉得革命同伴并不曾死去，他不过是一个死去的太阳，“依然会和第二天的黎明同升起来，以它底新生的光辉普照人间”。《爱情三部曲》由《雾》《雨》《电》三个中篇小说组成，各自独立却又有连贯性。巴金在《爱情三部曲》“总序”里说，《爱情三部曲》是他最喜欢的作品，书中浸透了他的血和泪，透露了他自己的灵魂一隅。可以说，《爱情三部曲》是“革命三部曲”的继续和发展，它写了革命、写了恋爱，也写了小资产阶级知识分子的思想和生活、苦闷和彷徨，但是无论在思想内容还是在艺术成就上，都有显著的进步。在《雾》里，作者着重描写一个优柔寡断、在思想上与封建伦理有着千丝万缕联系的知识分子周如水，他整天沉溺于爱情，爱上了新女性张若兰，想到家里还有妻子，又不敢自由恋爱；他认为应该离开都市到乡村去教导农民，但又怕“被人捉将官里，说他们是共产党”，软弱、怯懦、犹豫的性格造成了他一生无所作为。巴金说：“写到最后，我就完全被憎恨压倒了，那样的性格我不能不憎恨。”在《雨》里，作者塑造了一个“热情的、有点儿粗暴、浮躁”，在思想上不能把爱情和革命放在一个恰当位置上的知识分子吴仁民，两个女性都爱上了他，后来又都离开他，作品真实地写出他没有正确的革命思想，更没有投入革命洪流的决心，只是力求真实再现一个还没有找到正确道路的小资产阶级知识分子的苦闷灵魂。在《电》中，作者全力塑造新女性李佩珠的形象，她的坚定的革命意志和优秀的品质，已经是“近乎健全的性格”了，每当危急关头，她总是挺身而出。作者用力歌颂她，把她作为革命青年的榜样，但是正确的革命道路在哪里，作品没有回答。总的来看，这一类作品，一方面体现了作者对“一切旧的传统观念、一切阻止社会进化和人性发展的不合理的制度，一切摧残爱的势力”的攻击；另一方面歌颂了青年知识分子的觉醒和反抗，体现了作者对光明的追求。由于当时作者的思想和生活的局限，对党领导下的革命还不太了解、不太熟悉，因而在作品中不同程度地赞扬了小资产阶级的狂热性和极端民主自由的思想，情调过于低沉、忧郁。它们明显受到当时“革命+恋爱”倾向的影响，但是与同类作品相比较，巴金注重展示革命青年的追求和它们复杂的心灵变化，比一般“革命+恋爱”的公式化作品显然要深刻。

对旧制度的控诉这一类中，有《激流三部曲》《砂丁》《雪》《海底梦》等，其基调是“我控诉”，作者以愤慨的感情诅咒一切不合理的制度，诅咒一切黑暗势力。《激流三部曲》由《家》《春》《秋》构成，是巴金的代表作，特别是其中的《家》，近 90 年来，一直受到青年学生的喜爱。巴金在《〈激流〉总序》里说：“我的周围是无边的黑暗，但是我并不孤独，并不绝望。我无论在什么地方总看见那一股生活的激流在动荡，在创造他自己的道路。”这股激流，是青年一代在五四运动影响下反抗旧制度、旧思想的潮流。《激流三部曲》描写了青年一代的爱和恨、欢乐和痛苦，反映了他们的挣扎、反抗和斗争，揭露了封建家族的罪恶，指出封建制度必然崩溃的命运，它曾激励了中国不同时代的青年读者，鼓舞他们热爱新生活、珍惜新时代。《家》《春》《秋》题材几乎相同，但各有侧重、各有特点。《家》描绘了“五四”后期一个“四世同堂”的封建大家庭正在走向崩溃的过程。巴金在《〈家〉十版代序》里说：“要为过去那无数的无名的牺牲者‘喊冤’！”要“宣布一个不合理的制度的死刑”“向一个垂死的制度叫出我的‘我控诉’”。作品描写了五四运动的浪潮唤醒了以觉慧、觉民为代表的年轻人对封建大家庭的反抗，他们看透了高氏家族诗礼传家、书香门第遮盖下的腐朽龌龊、荒淫无耻，封建宗法制度吞噬了梅、瑞珏、鸣凤等年轻的生命，他们强烈要求个性解放和婚姻自由。《春》进一步描写了封建家庭中老一代和年轻一代的矛盾，描写了淑英抗婚、蕙表妹因病致死等事件，揭示了老一代腐朽堕落的情景，更突出了年轻一代的觉醒和反抗。所以，作者在“尾声”里说“春天是我们的”，急切期待青年们分别进行反封建的斗争。《秋》描绘了高氏家族的崩溃，着重描写了周枚与高淑贞的悲剧以及觉英、觉群的堕落。在高家，年轻一代中，有的奋起反抗、有的被残害致死；老一代的克明已经无法维持家长的尊严，也无力阻止克安、克定的堕落，最后被活活气死，觉新也不得不进行反抗了。通过对两代人的描写，小说形象地揭示了封建家庭不可挽回的彻底崩溃的命运。《砂丁》《雪》是对工人悲惨生活进行描写的中篇小说。《砂丁》是巴金听了好友黄子方有关“死城”的故事而急就的中篇小说，“砂丁”是矿山里没有人身自由、可以任意打杀的奴隶，据说进锡矿当砂丁的人，没有一个人能活着出来。小说塑造了一对青年恋人的悲惨经历，年轻的矿工王升义为了给未婚妻银姐赎身，以一元钱的代价将自己卖到井下当了“砂丁”。在一次事故中，王升义和许多工友被埋，而银姐却还在一个公馆里照常帮工，天天祷告神明保佑她的升义哥早早发财回来。而在锡矿里，公司没有因为这个事故的发生而受到什么损失，他们又招来了新的砂丁，反映了对工人生命的无视。《雪》原名《萌芽》，是作者根据在浙江长兴煤矿的生活体验写成的小说，表现矿工们的非人生活和他们的暴动。《海底梦》是采用书信体形式写成的中篇童话式小说，描写的是一个岛国里奴隶们的苦难以及他们的反抗和斗争，特别是他们被外国侵略者屠杀并起来抗争的故事。小说用中国人的思维方式，再现了人类共有的苦难和悲哀，人物、故事尽管都贴上了洋标签，但稍了解巴金的读者，都可以感受到他憧憬的安那其主义理想，表达了作者崇尚的平等、自由、无剥削、无压迫的乌托邦的梦。

在 20 世纪 30 年代，巴金还创作了题材丰富多样的短篇小说，其结集有《复仇》《光明》《电椅》《抹布》《将军》《沉默》《神・鬼・人》《沦落》《发的故事》《长生塔》等，其内容涉及工农知识分子和革命者等各阶层人民的苦难生活与抗争、外国人现实生活和法国大革命时期故事等；出版的散文集有《海行》《旅途随笔》《巴金自传》《点滴》《生之忏悔》《忆》《短简》《控诉》《梦与醉》《旅途通讯》《感想》《黑土》《无题》《龙・虎・狗》《废园外》《旅途杂记》《怀念》《静夜的悲剧》等，它们或记叙心灵火花，或评述人与事，或描绘风物山川。

（三）由关注抗战到对生活的深沉思考

在民族生死存亡的危急关头，巴金积极响应党的抗日民族统一战线的号召，以满腔爱国热情投入抗日救亡运动。1936 年 8 月，在鲁迅发起的“中国文艺工作者宣言”上签名；10

月，参加并发起《文艺界同人为团结御侮与言论自由宣言》签名；1938 年 3 月，当选为“中华全国文艺界抗敌协会”理事。

抗日战争期间，巴金辗转于上海、广州、桂林、成都、重庆等地，在颠沛流离中，他始终没有放弃手中的笔。这时期，他的创作在题材上分为两大类：一类是继续顺着《家》的路子写旧家庭没落的，除了《春》和《秋》外，还有《憩园》；另一类是反映抗战时期现实生活的，主要有“抗战三部曲”（含《火》《冯文淑》《田惠世》)、《第四病室》和《寒夜》（人们也把《憩园》《第四病室》《寒夜》三部长篇合称为“人间三部曲”，或者“生活三部曲”)，其中的《憩园》《寒夜》倍受读者好评。

“抗战三部曲”是以《火》为总名的三个长篇小说。作者后来在散文《火》中记述：“我从没有看见过这样的大火，火烧毁了一切：生命、心血、财富和希望……我望着漫天的红光，我觉得有一把刀割着我的心，我想起一位西方哲人的名言：‘这样几分钟会激起十年的憎恨，一生的复仇。’”这段话，可以看作理解小说《火》的总钥匙。第一部写“八一三”事变到上海沦陷期间中学生冯文淑、青年革命者刘波等的救亡活动。第二部《冯文淑》描写侵略者把战火烧向中国内陆的时候，冯文淑、周欣等随战地服务团将抗日救亡的火种传播到农村。第三部《田惠世》，旷日持久的抗战和对国民党腐败的厌恶让冯文淑觉得“她被包围在火中”。在宣传革命的过程中，她与老基督徒建立了友谊。田惠世出生于基督教牧师家庭，他信奉基督教，并非为了自己登天堂，而是为救同胞出苦海。他心爱的儿子被敌机炸死后，他伤心至极，但依然坚持校对《北辰》杂志的样稿，他在苦闷中茫然自问：“难道这便是主的回答么？”既然“爱”拯救不了世界，作者又安排朱素贞用美人计接近汉奸头子丁默村，欲对其暗杀，最后失败被害。“抗战三部曲”探讨知识分子与社会、家庭、革命、民众之间的关系，真实刻画了知识分子参与抗战的复杂心态。但第三部以暗杀方式所表现的强烈的民族主义爱国情绪，无疑是作者早期无政府主义思想信仰的体现。由于作者生活体验不足，人物描写显得枯燥，加入过多的议论挤占了读者想象空间，所以，巴金在《〈火〉第三部后记》里说：“我承认这本小书不是成功的作品。”

《憩园》写于 1944 年 5 月，作者原打算把它写成《激流三部曲》的续篇《冬》，以表现大家庭崩溃后那些纨绔子弟们的结局。后来，在动笔时，作者改变了主题。小说以花园易主作为谋篇布局主线，写了宅院前后两个家庭生活的腐朽和崩溃，反映了封建制度必然走上灭亡之路。憩园的旧主人杨梦痴本是一个“靠祖宗吃饭”的纨绔子弟，狂嫖滥赌，把妻子的陪嫁骗取后在妓院狂欢，最后被妻子逐出家门流落街头，后因偷窃入狱，染霍乱死亡。憩园新主人姚国栋对杨梦痴这类“出名的败家子”嗤之以鼻，但却对儿子一味纵容，最后也走向纨绔子弟之路。姚国栋继承了父亲的田产，过着休闲的日子，终日无所事事，任由儿子赌钱摆阔、逃学看戏，最后儿子溺水而亡。小说对杨梦痴、姚国栋两家“传财不传德”的重财轻义家风和“福荫后代”“长宜子孙”等封建思想进行了有力的批判。在现实批判的同时，作者又夹带着对人性弱点的理解与同情，这使得《憩园》人物形象也比较复杂。《憩园》标志着巴金以往那种“青春型”的热情倾泻的创作风格，开始朝比较深蕴细腻的方向转变。《寒夜》更是达到圆熟的艺术境界。

《第四病室》以 1944 年春天作者在贵阳中医院住院期间的所见所闻为题材，借病人陆怀民之口，以第一人称方式，真实地记录了大后方“一个阴暗的角落”。巴金在《谈〈第四病室〉》时说：“既然有人从一滴水中看出一个世界，为什么不能在一个病室里看到当时半壁江山的中国社会呢？”这个只有24张病床的外科病房，弥漫着阴森、臊臭、痛苦、势利，充斥着生的呻吟和死的悲哀，只有杨木华大夫对病人体贴热情，但她无能为力，只能眼睁睁地看着病人一个接一个地死去，这里就是国民党统治的大后方的缩影。

《寒夜》写成于1946年底。这是最能代表巴金后期创作风格与水平的一部长篇力作。和以往他的那些小说不同的是，《寒夜》的构思原型不是作家自己的生活经历，他是在新婚后不久仍沉浸于甜蜜的幸福之时，纯粹靠想象构思了这个家庭破裂的辛酸故事的。小说故事发生在抗日战争时期的“陪都”重庆，时间是抗战胜利前的一年间。《寒夜》主要写知识分子汪文宣一家在抗日战争时期的苦难遭遇，揭露了病态社会的黑暗腐败，为那些在黑暗中挣扎的小人物发出了痛苦的呼声。

巴金自20世纪20年代末以来，翻译了大量外国文学作品，开拓了读者视野，推动了中国新文学的健康发展，如[波兰]廖·抗夫《薇娜》、[意大利]亚米契斯《过客之花》、[日]秋田雨雀《骷髅的跳舞》、[英国]奥斯卡·王尔德《快乐王子》、[德国]斯托姆《迟开的蔷薇》、[俄国]克鲁泡特金《我的自传》、[俄国]高尔基《草原故事》、[俄国]屠格涅夫《门槛》《父与子》《处女地》、[俄国]普希金《叛逆者之歌》等。

（四）投入火热的社会主义革命和建设之中

1949年10月1日，中华人民共和国成立，当“开国大典”的隆隆礼炮响彻天宇，巴金的心沸腾了，感到“一个伟大的时代”的来临，思想情绪和创作风格都发生了变化。他在《最大的幸福》里说：“从此我便用我这写惯苦难的笔来写人们的欢乐，这也是我的新生活的开始。我不是一个旁观者了。我自己也参加了我所描写、所反映的生活；我自己也分享我所歌唱的人们的幸福。”这种乐观的情绪结成了他“十七年”散文的创作基调。他经常深入农村、工厂体验生活，并两次赴战火纷飞的抗美援朝前线，多次出国访问，创作了《生活在英雄们中间》《英雄的故事》《保卫和平》《华沙城的节日》《大欢乐的日子》《倾吐不尽的感情》《怀念集》等短篇小说集和散文集，表现了爱祖国、赞英雄、颂友谊、怀古人的主题。其中的《大欢乐的日子》《我们会见了彭德怀司令员》《忆鲁迅先生》等都是名篇。1961年，巴金根据抗美援朝的生活体验，写了中篇小说《团圆》，之后被改编成电影《英雄儿女》。

1986年，巴金的《随想录》分五集出版，有160篇，46万字。其中的《怀念萧三》是代表作。巴金在浸透血泪的文字里，细致详尽地描绘了在风雨如磐的黑夜，一个美好、善良女性的毁灭。

新时期，巴金获得了世界的认可，先后被授予的荣誉有：1982年获得意大利“但丁国际奖”，1983年获得法国“荣誉军团勋章”，1984年取得香港中文大学荣誉文学博士学位，1985年获得美国文学艺术研究院外国名誉院士称号，1990年获得苏联“人民友谊勋章”、日本福冈“亚洲文化奖特别奖”；1993年获得亚洲华文作家文艺基金会“资深作家敬慰奖”，1998年获得上海文学艺术奖杰出贡献奖，2003年11月国务院授予巴金“人民作家”荣誉称号。

二、《家》：封建旧时代的挽歌

巴金的《家》从1931年4月在上海《时报》上连载，原题《激流》。1933年5月，北京开明书店出版单行本时，改名《家》。以后，作者顺着《家》的情节线索继续写作，1938年出版《春》，1940 年出版《秋》，这三部小说合成“激流三部曲”。新文学开始以来，以揭露旧家庭旧礼教为题材的创作很多，但以长篇系列小说形式，对封建家庭崩溃过程做系统深入描写的，“激流三部曲”还是第一次，可以说这是封建旧时代的挽歌，其中以《家》最为成功。

（一）《家》的主题

巴金说，他写《家》的目的，就是要“宣告一个不合理的制度的死刑”。他说：“我憎恨的不是个人，而是制度”“我要向一个垂死的制度叫出我的 Jaccuse（我控诉）”“我要写这种家庭怎样必然地走上崩溃的路，走到它自己亲手掘成的墓穴。我要写包含在那里面的倾轧、斗争和悲剧。我要写一些可爱的年轻生命怎样在那里面受苦、挣扎而终于不免死亡。我最后还要写一个叛徒，一个幼稚然而大胆的叛徒。我要把希望寄托在他的身上，要他给我们带来一点新鲜空气”。

《家》的故事发生在 1920 年冬到 1921 年秋之间的四川成都，通过讲述高家这一封建大家庭的内部矛盾及其走向崩溃的历史，揭露了封建专制制度的罪恶，撕开了在温情关系掩盖下的大家庭的勾心斗角，暴露了所谓“诗礼传家”的封建大家庭的荒淫无耻，也讴歌了“生活的激流”涌动和一代青年的觉醒与反抗，从而宣告了这个封建大家庭必然崩溃的命运。

《家》的深刻主题是通过高氏家族解体的内部原因和外部原因相结合表现出来的。

自身矛盾和制度腐朽是高氏家族解体的内部原因。高氏家族是一个四世同堂的大家庭，实际上，在维系高氏家族的利益方面，可以说是一代不如一代。

第一代是以高老太爷、陈姨太为代表的封建遗老，高老太爷是封建家长制和封建礼教的代表。高老太爷是清朝的臣僚，经过多年积累，才拥有了“四世同堂”的幸福感。首先，作品表现了他专横、冷酷的性格特征。他位于家庭等级的顶端，是高公馆这个黑暗王国的君主，他的话就是法律，谁也不敢违抗。他可以利用礼教随意给人定罪，也可以不受道德的约束胡作非为。他逼觉新和瑞珏结婚，制造了觉新和瑞珏、梅三个人的爱情悲剧。他对家中男女仆人视同牲畜，硬是要把只有 17 岁的鸣凤送给 60 多岁的冯乐山做小老婆。鸣凤死后，他并没有任何改变，他又把婉儿塞进轿子抬到冯家受煎熬。第二，作品表现了他道貌岸然、寡廉鲜耻的品性。高老太爷表面上知书达礼，满口的“仁义道德”，训示“教孝戒淫”，要维护高家“门风”，而自己却淫乱无耻。他那帮“卫道”的朋友们也都是些玩花旦的老手，而且一个个都是年逾花甲还热衷于讨姨太太，父子俩合起来侮辱一个小丫头。他也跟着学样子，没有少玩“戏子”和小旦，色眯眯地欣赏陈姨太扭扭捏捏、搔首弄姿的丑态。对克安、克定缺乏管教，致使其吃喝嫖赌、挥霍奢侈。第三，作品还表现了他的腐朽、反动的思想。为了维护封建制度和封建礼教，他坚决反对孙子们进学堂和参加一切社会活动。在高老太爷的生命中，维护大家庭的秩序、兴盛，是他意志的全部。觉新梦想着到外地或者国外去求学，高老太爷却逼着他放弃学业，与瑞珏成婚；送觉民进洋学堂，是为了让诗礼之家“扬名显宗”；他排斥一切新的东西，把进步学生的正义活动称为“胡闹”“捣乱”，蛮横地限制觉慧的自由，禁止他参加学生活动。当然，高老太爷在临终之时也有忏悔，“人之将死，其言也善”，饶恕了觉民的婚姻，教诲儿孙们扬名显亲，既流露出封建长辈慈祥的一面，也表现了他面对强大新生力量却无能为力的失落感。陈姨太是高家罪恶的帮凶，陈姨太爱搬弄是非，爱插手和她毫无关系的事情。比如，在高老太爷面前说觉慧如何如何不好，挑拨离间祖孙俩的关系。她思想保守迷信，高老太爷生病了，她不是想着如何找大夫救人，而是唆使巫师玩“捉鬼”把戏；瑞珏快要生产时，她却找克明说“血光之灾”冲撞亡灵，让瑞珏搬出高家大院，直接导致悲剧发生。

第二代是以克明、克安、克定为代表的“克”字辈，这三兄弟是高老太爷的继承人，但具有不同的性格。克明曾留学日本，是成都有名的律师，他作风比较正派，头脑也比较够用，他的钱不是买田置地，而是买卖股票。他较多的涉足社会各阶层，多多少少看到了社会发展的趋势，看到了封建家庭的衰落形势；他的性情狭隘、胆小谨慎，虽然他是高家表面上的二号人物，可是他对克安、克定的挥霍无度敢怒不敢言，一家人也从来没有真正顺从过他，就连他兄弟的几房姨太太都从来没有将他当过家里的顶梁柱。克安、克定是地主阶级“坐吃山空的败家子”典型，在高老太爷的荫庇下，吃喝嫖赌、盗卖家产、抽大烟、捧戏子，挥金如土、庸俗无聊，特别是克定娶妓女做姨太太，把高老太爷的那种淫秽的行径赤裸裸地继承、效法了下来。高老太爷刚刚去世，这些人就为财权族权争闹不休，演出了一幕幕的丑剧。这一代人把“诗书礼仪”早就忘在脑后，连口头上的仁义道德都没有了，不能自食其力，只剩下男盗女娼、坐吃山空了。

第三代是以觉新、觉民、觉慧、觉群、觉世为代表的“觉”字辈，因社会潮流的变化，他们的思想分化情况比较明显。在高氏家族的第三代人中，觉新从小接受了封建的正统观念，是一个封建阶级的奴仆，因而被克明选为接班人。但他又渴望新生活，因此说，他是个具有双重性格的人物，既是封建阶级选定的接班人，又是封建制度的受害者，是一个新旧参半的人物。觉新是一个承受着太重的旧文化因袭负担的人，在封建意识压迫和自我思想矛盾的痛苦中，无力自拔，无力找回自我。觉民、觉慧在高氏家族最具反叛精神，敢于公开违抗高老太爷的旨意，坚决反对包办婚姻，蔑视和挑战封建礼教，积极走出家门参加进步的社会活动，成为高氏家族和旧时代清醒而勇敢的破坏者、叛逆者。他们的出现，敲响了封建家族走向崩溃的丧钟，他们越是青春焕发，就越显得高氏家族奄奄一息。觉群、觉世虽然还在继承着高老太爷、克安、克定等人身上的封建传统，但他们从小醉生梦死，除了调戏丫鬟、享受腐化之外，没有任何能耐。

第四代的海臣、云儿还比较小，他们所处的时代正是“五四”变革时期。可惜，随着小说故事情节的发展，他们都先后夭折。

从以上四代人的情况来看，顽固地站在封建立场上的，生活腐化、思想腐朽，必将被社会无情淘汰；没有任何生活本领却满腹坏水、醉生梦死、坐吃山空的，必将受到生活的残酷惩罚；头脑清醒一点儿的，就买卖股票，看到了社会发展的趋势、看到了封建家庭的衰落形势，却无力回天；一些优秀进步分子，在新思想指引下不愿做封建阶级的孝子贤孙，毅然决然地背叛了旧家庭。这样一个显赫一时的高氏家族，已经到了山穷水尽之地，破败和崩溃之势已成必然。

时代潮流的冲击是高氏家族解体的社会原因。在社会环境中，高氏家族处于辛亥革命之后，地主阶级中的一部分在政治上失去势力，军阀里的低级马弁竟然带着土娼进驻高家外花园。帝国主义的入侵，封建军阀的混战，加之天灾不断，佃户纷纷逃离家乡，地主的租税也难以收到，封建经济迅速瓦解。特别是 1915 年掀起的以反帝反封建为主要内容的新文化运动，将批判的矛头直接指向封建旧礼教、旧伦理，年轻一代开始觉醒与反抗，这对顽固的高氏家族封建堡垒产生了极大的冲击。

（二）人物形象

《家》塑造了不同类型的许多艺术形象，其中给读者留下的印象最深的是觉慧、觉新，和被封建制度、封建礼教吞噬的鸣凤、梅芬、瑞珏。

1. 三位女性：封建礼教的受害者

鸣凤、梅芬、瑞珏，这三位女性经历不同、地位不同、性格不同，但都是高氏家族里封建制度的牺牲品。巴金怀着极大的同情，通过这些青年的血泪，向封建制度、封建礼教发出了悲愤的控诉。

鸣凤是一个聪明、美丽、纯洁、善良，但“身居下贱”的丫头。她是阶级压迫的受难者，身为奴隶，没有一点人身自由，更没有爱和被爱的权利。她和觉慧真挚相爱，高老太爷只是用一句“吩咐”，强迫她作为“礼品”送给老地主冯乐山做姨太太。然而，她却公然违抗高老太爷的意志，以投湖自尽结束宝贵的生命，表达了对封建制度的悲愤抗议。在受害者的形象里，鸣凤是最有胆量、反抗力量最强的一位。

钱梅芬是一位富贵之家的小姐，是觉新的表妹，两人从小青梅竹马，感情一直很好，在新思想影响下，他们自由恋爱了。可是，双方家长因打麻将的不愉快而硬生生拆散了他们。梅芬远嫁给宜宾一个有钱人家冲喜，不到一年，丈夫就死了，夫家说她是“扫把星”，待她很不好，她终日以泪洗面。她的母亲实在看不下去，后来把她接回成都老家。虽然她跟觉新都还爱着彼此，但是终究不能在一起。由于心情不好，很悲观，就一直生病，咳嗽不止，她自己也不想去治，似乎对她来说，爱情就是她生命的全部。后来她咳嗽咳出血来，慢慢地抑郁而死。

瑞珏是觉新的妻子，她善良温顺、体贴丈夫、爱护孩子，按理说，她应该很幸福，但最后却成了封建家庭迷信的牺牲品。在封建卫道者眼里，高老太爷的尸体比活着的瑞珏和她未来孩子的生命还重要，陈姨太一番故弄玄虚，硬是导演了一场“血光之灾”，使瑞珏付出了生命的代价。

2. 觉慧：彻底而大胆的“叛徒”

如果说觉慧是引导青年“应当这样走”的形象，觉新就是“不该那么做”的典型。从《家》的构思来看，作者是有意将觉慧与觉新两种不同的思想性格和人生道路做鲜明对照，以便完满地表达《家》的思想主题。他们身上体现着现代知识分子不同的人生追求。

觉慧是在“五四”新思想影响下冲出封建制度牢笼的新一代，是从封建社会地主阶级内部第一个站起来反抗封建家庭的“幼稚而大胆的叛徒”，表现了“五四”新思潮的威力和新一代民主青年的成长。他是《家》的主角，是最能打动青年的心的形象。

觉慧是青年一代觉醒和反抗的代表。他的主要性格是叛逆，“大胆”和“幼稚”是他叛逆性格的不同表现。觉慧的“大胆”叛逆表现在对于光明、自由与幸福的热烈追求，对于封建制度和封建礼教的彻底否定。在“五四”新思潮的影响下，他积极参加社会上反封建斗争，讨论社会问题、参加学潮、编辑刊物、创办报社、撰写讨伐封建主义的檄文；同情下人，不坐轿子、给乞丐施舍、怜悯被花炮烧灼得遍体鳞伤的民间艺人；在家庭里支持二哥觉民逃婚，“我要叫他（高老太爷）知道我们是‘人’，我们并不是任人宰割的猪羊”；反对陈姨太请巫师“捉鬼”，痛骂迷信丑行；他蔑视封建等级观念而大胆与丫头鸣凤相爱，鼓动梅表姐勇敢奋斗，

"征服环境，就可以把幸福给自己争回来"；他批判觉新的不抵抗主义，鼓动琴参与男女同校的外专学习；目睹了鸣凤、梅表姐、瑞珏嫂子被残害，认为社会是虐杀弱者的凶手，喊出了"我要做一个叛徒"的呼声；最后义无反顾地从封建大家庭出走，与封建的高氏家族彻底决裂。觉慧的"幼稚"表现在他没有完全摆脱封建家庭在思想上的影响，还不太成熟，往往将复杂的问题看得过于简单，不能做出科学的分析，他也很矛盾，在与鸣凤的恋爱上，他们在文化、教养等方面是有差距的，他对鸣凤说："我想起你，总觉得很惭愧，我一天过得舒舒服服，你却在我家里受罪。"经过激烈的内心冲突，他曾经轻率地决定"放弃"自己爱过的鸣凤，以致痴心爱他的鸣凤为他殉情投湖；他对高老太爷本质上缺乏应有的认识，当高老太爷临终忏悔时，寄希望于他的孙子觉慧、觉明等人，希望他们能够维持和继承他的家业，觉慧有过"现在的确是太迟了。我们将永远怀着隔膜，怀着祖孙两代的隔膜而分别了"的想法。其实即使高老太爷即使不死，他们祖孙两代人的隔膜也是无法消除的。

觉慧的形象表现了具有民主主义思想的年轻一代强烈的反封建要求与决心，为还被禁锢在封建专制家庭里的青年指出了一条光明的道路，展现了旧家庭与其所代表的封建制度、封建礼教的必然灭亡。

3. 觉新：封建制度的受害者

觉新是贯穿"激流三部曲"始终的一个人物，也是《家》中性格最为丰富、复杂的形象。在中国现代文学史上，觉新这一形象并不多见。

小说中的觉新是一个既善良诚实又懦弱温顺的人，既受到封建礼教的熏陶又受到"五四"新思想的冲击，既向往美好的新生活又对旧制度旧礼教保持忍让顺从，既做了封建制度的帮凶又成为封建制度的受害者。他的思想性格里充满了矛盾，因而有的学者称觉新具有"双重人格"。

觉新是封建家庭的牺牲者，是一位悲剧性的人物。觉新在学校里是一个成绩优秀的学生，本打算中学毕业后到大学里继续研究自己喜爱的化学，还想再到德国去留学，可父辈打破了他的梦幻，送他到西蜀实业公司当了职员；他和梅表妹青梅竹马，情投意合，他曾想以后选梅做自己的妻子，但是双方家长意气用事，掐灭了他们爱情的火焰；父亲给他定下了李家的婚事，让他放弃学业而成家，尽管他非常痛心，可"他不说一句反抗的话，而且没有反抗的思想"；对于梅的死，尽管他痛苦、愧疚，但是他并没有因此觉悟，他仍信守他顺从做人的态度；瑞钰临产时，正赶高老太爷去世，陈姨太以所谓的"血光之灾"的迷信逼瑞钰到城外去分娩，以致瑞钰因难产而死，觉新却"宁可哭在心里，气在心里，苦在心里，在人前绝不反抗"。觉新的可悲在于封建家庭毁灭了他的人生幸福，但他还得懦弱、顺从地维护这个家。

觉新恪守封建礼教，忠心奉行"作揖主义"，采取不抵抗原则。觉新是高家的长房长孙，在他所受的教育中根本就没有"反抗"这个词，作为新旧交替时代封建家庭的末代长子，作为高氏家族看好的接班人，他努力克制自己，即使吃了亏或者受到伤害，也自己默默忍让、承受。觉新在中学里"成绩优良"，毕业时又是名列第一，"日后会有很大的成就"，但父亲让他进了西蜀实业公司，成为一个平庸的事务主义者；他爱过表妹钱梅芬，但"父母之命"的婚姻制度夺去了他的爱情，他的父亲以抓阄的方式给他选了个妻子，使他失去了意中人，便倒在床上"用铺盖蒙着头哭"； 他既同情支持弟弟们的反封建斗争，但又无法放手高家的事业；父母去世后，他就挑起了家庭的重担，被卷入大家庭内部明争暗斗的漩涡中心，为了求得安宁，他奉行“无抵抗主义”和“作揖主义”， 他不甘心于封建礼教的宰割，又无力摆脱封建礼教的束缚，往往以牺牲自己而讨长辈的欢心、顺从爷爷的旨意。然而，他的忍让和承受并未给自己带来好运，他不仅失去了自己的意志和前途，也失去了爱她的表妹和善良的妻子，他被一步步推向悲剧的深渊。

觉新身上虽然有着很浓重的封建观念，但他又受到过五四新文化运动的影响。因此，他对善恶是非还是有分辨的。他曾和弟弟们贪婪地阅读进步刊物，感触到时代的新的气息，点燃通向自由的火种；他对梅表妹的相恋刻骨铭心；他同情受压制的青年，如暗中帮助觉民逃婚、帮助觉慧离家出走等。新思想虽然触动了他的心灵，但封建旧观念却如同沉重的枷锁压得他无法喘气，使他在精神上常常处于极度痛苦之中。所以说，觉新是封建的高氏家族最后一位守墓人。

通过觉新这个悲剧形象，我们清楚地看到了封建制度的残酷性，作品揭露了封建礼教吃人的本质，指出了“作揖主义”和“不抵抗主义”的消极危害。觉新最后的初步觉醒，也预示着封建专制家庭不可避免的崩溃命运。

（三）艺术特色

小说《家》很能代表巴金前期创作的风格。《家》把人物形象放在矛盾冲突中进行刻画，通过细腻的心理描写、鲜明的烘托对比等多种手法，塑造了一系列栩栩如生的艺术形象。在情节结构上，以觉慧和鸣凤、觉新与梅芬和瑞珏两条重要的爱情线索作为情节发展的主线，全面系统地展开了高氏家族的衰亡过程。多种艺术手法的使用，创造了忧伤的抒情气氛，使小说带有浓郁的诗意。

1. 严谨的情节结构

《家》的主要矛盾是以高老太爷为代表的封建专制势力同以觉慧为代表的青年一代的矛盾冲突。觉慧的活动是贯穿全书的一条主要线索，围绕这条线索，作家展开了大家庭内部的多方面生活的描写，按时间发展的顺序来安排故事情节，在依次描写鸣凤之死、觉民逃婚、陈姨太捉“鬼”以及高老太爷之死导致瑞珏之死、觉慧出走等重要情节时，穿插描绘了兵变、寿筵、丧事等事件，从而在紧凑凝练的结构中容纳了波澜起伏、引人入胜的故事情节。首尾完整，线索分明，展示了高公馆的衰亡过程。全书人物众多，事件繁复，但作品能始终围绕主要线索展开描写，有条不紊，结构严谨，跌宕有致。

2. 细腻的心理描写

小说善于通过心理描写刻画人物的性格。作者常常调动各种艺术手段，来展示人物的心理世界。比如通过人物的内心独白或者日记、梦境或者大段直抒胸臆的语言，使人物隐秘的心理活动直接呈现在读者眼前。如鸣凤投湖前的内心倾诉，走到觉慧窗前想把心事告诉心爱的人，又犹豫不定；鸣凤死后，觉慧在鸣凤投水自尽后做了一个长长的梦，表达他对鸣凤的怀念；梅芬与瑞珏的心理倾诉、觉慧的日记等，都细腻地刻画了人物的内心世界。

3. 浓郁的抒情色彩

真诚与热情是巴金的艺术风格。在《家》里，作者把全部的感情倾注在所描写的人物身上，他的感情抒发常常是倾泻式的，不论是叙述故事情节，刻画人物性格，还是剖析人物的心灵世界，都带有浓郁的感情色彩，对读者具有较强的感染力。他对封建制度的控诉是从自己痛苦的经历中产生的，他曾经“有过觉慧在梅的灵前所起的感情”，因此就有作品中人们为梅送殡的动人篇章。作者是这样描绘觉慧此刻的感情的：“一些哭声，一些话语，一些眼泪，就把这可爱的青年的生命埋葬了。梅表姐，我恨不能够把你从棺材里拉出来，让你睁开眼睛看个明白：你是怎样被人杀死的？”只有这血渍透纸的真情实感，才有极丰富的感染力。

4. 散文诗式的语言

巴金的写作语言不上雕饰，也不讲究含蓄，真挚、流畅、自然，富有感情色彩。《家》里有许多地方，描绘了一个又一个情景交融的诗意画面。如第十章写觉新白天在商场和梅芬相遇，互不能讲话，内心十分痛苦。晚上，觉慧和觉民听见大哥在吹箫，作者写道：“不知道什么地方送来一丝一丝的哭泣，声音很低，似乎被什么东西压住了，却弥漫在空气里，到处都是，甚至渗透了整个月夜。这不是人的声音，也不是虫鸟的哀鸣，它们比较那些都更轻得多，清得多。有时候几声比较高亢一点，似乎是直接从心灵深处发出来的婉转的哀诉，接着又慢慢地低下去，差不多低到没有了，就好像一阵微风吹过一样，但是人确实觉得有什么东西在空中震荡，把空气也搅动了，使得空气里也充满了悲哀。”这段文字，把吹箫人的哀伤和整个月夜交融起来，融情入境，创造出深邃的意境。

三、《寒夜》：动乱年代的哀歌

《寒夜》与《激流三部曲》《憩园》并列，是巴金一生最喜欢的三部作品。《寒夜》以一个普通家庭在社会磨难中的不幸遭遇，唱出了动乱年代的哀歌。

汪文宣和妻子曾树生都是上海某大学教育系毕业生，他们曾经受过西方现代新思潮的熏陶与启迪，在个性解放的信念下结合，又共同追求过“教育救国”的理想。他俩曾编织过许多美丽的梦想，希望能用自己的知识和力量为国家、为人民做一点儿有益的事情。但冷酷的现实使他们的理想破灭了，日本帝国主义的侵略和国民党的反动统治，给广大人民，也给他们一家带来的只有灾难。

抗战爆发后，汪文宣一家到了大后方重庆，过着穷困的日子。艰苦的生活磨掉了他们的理想。汪文宣做了一家半官半商图书文具公司的校对员，领着微薄的薪金，整天校对“似通非通的文字”。他谨慎小心，忍受着一切冷眼和嘲讽，不幸患上肺结核。他虽有知识，安分守己，勤勤恳恳，从不伤害别人，但仍战战兢兢、怯懦软弱，随时担心被开除，整日在惊慌中度日。他常想：“没有抢过人、偷过人、害过人，为什么我不该活呢？”“我做过了什么错事呢？我一个安分守己的老好人，为什么我该受这惩罚！”病危时，他曾嗓音嘶哑地呼叫：“我要活，我要活！”他把一切希望都寄托在抗战的胜利上，但就在抗战胜利的那一天，他在贫病交迫中断了气。巴金在《谈〈寒夜〉》里痛苦地说：“我写到汪文宣断气时，我心里非常难过，我真想大叫几声，吐尽我满腹的怨愤。”汪文宣的命运是一份血泪的控诉书，是对国民党统治下不公平社会制度的无情控诉。

曾树生是一个热情活泼、追慕幸福与自由的新派女性。她为了一家的生机和儿子的学费甘愿到私立大川银行当“花瓶”。她满怀着爱怜照顾有病的丈夫。但家庭的寒酸破败、婆婆的冷眼恶语、丈夫的懦弱多病，又使她不甘在这种阴冷枯寂的环境中蚕食青春，“我要救自己……

我要自由……我应该得着幸福”，于是她以摩登的打扮，虚荣地周旋于灯红酒绿的咖啡店、跳舞厅、豪华酒店之间，她的行为引起婆婆的讥讽和谩骂：“你不过是我儿子的姘头。我是拿花桥接来的。”曾树生也不甘示弱，她十分轻蔑地做了回击：“我老实告诉你，现在是民国三十三年，不是光绪宣统的时代了，我就不曾有过缠足的福气。”婆媳之间的矛盾达到不可调和的对立状态。在爱情和金钱的抉择中，她跟着陈经理逃难到兰州了。几个月后，当她回来探家时，丈夫已经去世，婆婆和儿子也不知流落到何方。面对茫茫寒夜，她徘徊于歧路。她最后去了哪里？作者没有明说，但是，我们可以预想，曾树生最终逃脱不了黑暗社会的吞噬。

汪文宣的母亲也是一个很有特色的人物。她深爱自己的儿子，为儿子的处境鸣不平；但她思想守旧，受封建传统观念的束缚，对自由恋爱的儿媳百般挑剔。她希望恢复过去舒适的生活和婆媳的地位，常常借故在儿媳身上发泄怨气，儿媳又不是逆来顺受的旧时代女人，整日争吵，婆媳关系紧张到“有我就没有她，有她就没有我”的状态。家庭的矛盾，加剧他们深陷困境的艰难。

在《寒夜》里，汪文宣、曾树生以及汪母，尽管都有其自身的思想性格弱点，但又都是处于社会底层的平凡小人物。这个家庭的不和以致酿成的悲剧，最根本的原因是黑暗的社会制度。小说最后，抗战胜利后，国民党接收大员纷纷去抢收，重庆大街上许多旧居已经换成新主，广大百姓却有家不得归，曾树生只听得“胜利了两个多月，什么事都没有变好，有的反而变坏。”“我们没有发过国难财，却倒了胜利的霉。”这一句，使汪文宣临终前的发问有了初步回音。巴金在《关于〈寒夜〉》里说：“它不是悲观的书，它是一本希望的作品”，“旧的灭亡，新的诞生；黑暗过去，黎明到来”。

《寒夜》继承了《家》的现实主义传统，作者在反映人生时，充满了主观激情，带有浓烈酣畅的抒情意味，真诚地向读者倾吐了快乐和自由、悲哀和痛苦。巴金曾说，他的作品“大半是写感情，讲故事……我只是用自己的感情去打动读者的心。”在《寒夜》里，那种强烈的主观色彩减弱了，作者尽量克制主观议论和引导，而以深沉、冷静的思考，通过人物的内心世界，借助于内心独白、人物对话、侧面描写、环境渲染等手法，在普通人的母与子、夫妻、婆媳、同事关系的描写中，在小说的字里行间表达了主人公的沉闷、悲哀情绪，有力控诉了国民党反动统治的黑暗与腐败。

第四节　老舍的市民小说

老舍是中国现代文坛上著名的现实主义作家、杰出的语言大师、人民艺术家。

一、生平与创作概况

老舍（1899—1966），北京人，满族，原名舒庆春，字舍予。1899 年 2 月 3 日，老舍出生，因为生于阴历立春，父母为他取名“庆春”，大概含有庆贺春来、前景美好之意。他父亲舒永寿是一名清朝皇城正红旗的护城兵，于 1900 年 8 月八国联军攻打北京城的战争中殉国，此后，全家六口人就靠母亲替人洗衣裳做活计维持生活。老舍在《我怎么写〈老张的哲学〉》里说：“我自幼是个穷人，在性格上又深受我母亲的影响——她是个楞挨饿也不肯求人、同时对别人又很义气的女人。穷，使我好骂世；刚强，使我容易以个人的感情与主张去判断别人；义气，使我对别人有点同情心。”可见，家庭环境对他后来的创作产生了深刻影响。1908 年，得益于乐善好施的刘寿绵资助，老舍进了私塾读书。1912 年考入京师第三中学，数月后因经济困难退学。1913 年夏考取公费的北京师范学校。由于勤奋好学、成绩优异，1918 年夏毕业时，被派任到北京市方家胡同小学当校长。两年之后，晋升为京师教育局北郊劝学员，但是由于很难和教育界及地方上的旧势力共事，很快便主动辞去了这份待遇优厚的职务，重新回到学校教书。其间，适逢五四运动爆发，他对生活和社会有了自己的认识。他在《“五四”给了我什么》里说：“反封建使我体会到人的尊严，人不该做礼教的奴隶；反帝国主义使我感到中国人的尊严，中国人不该再做洋奴。”他站在劳苦大众的立场上，开始对生活在城市底层的社会现状进行思考和探索。1922 年夏天，老舍受宝广林牧师的影响，结识了宗教作家许地山和在燕京大学任教的英国伦敦会传教士易文思，并在北京缸瓦市教堂接受洗礼，正式成为一名基督教徒，9 月老舍到天津的南开学校任教。1923 年 1 月在《南开季刊》发表了第一篇短篇小说《小铃儿》，作者以独特的视角，对军阀混战时期民众表现出来的劣根性进行了严厉的批判，讽刺了国民的无知以及眼界的闭塞。1923 年开春时，老舍离开天津返回北京，在顾孟余主持的教育会做文书，不久到北京一中任教，闲暇之余由易文思推荐，到燕京大学旁听英文，同时结识了英籍教授艾温士。

1924 年夏，经艾温士教授推荐，老舍赴英国伦敦大学东方学院任华语教员。五年期间，他教书之余，阅读了大量欧美文学作品，抱着“写着玩玩”的念头，尝试着写了长篇小说《老张的哲学》，在许地山的鼓励下，很快就在上海的《小说月报》上连载了，并第一次使用笔名“老舍”。《老张的哲学》写以老张为主角的北京腐败官场的百态，以及底层市民的悲哀。老张的哲学是“钱本位而三位一体”，他经商、当兵、办学堂都是为了赚钱。他要手腕拆散两对青年的爱情，自己却飞黄腾达，最后当上了某省教育厅长。可以说，老张是集假“道学先生”、市井无赖和新生资产阶级于一身的社会怪胎。接着，《赵子曰》《二马》先后问世，它们被称为老舍的“英旅三部曲”，表现了作者反帝反封建的民主主义立场。1929 年夏天，回国时途经新加坡，在华侨中学任教半年，构思创作了童话体长篇小说《小坡的生日》，讲述了生长在新加坡的华侨儿童小坡，和一群来自亚洲不同国家的移民子弟，在现实中相互关爱、在梦境里共同抗敌的有趣故事，表达了对被压迫民族的同情和“联合世界上弱小民族共同奋斗”的意愿。

1930 年春，老舍回到上海，不久就返回北平，由于大革命失败，京城的白色恐怖令人郁闷，满族同胞和各族百姓的生活依然凄惨。同年夏天，老舍到济南齐鲁大学任文学教授，一年后，他围绕济南“五卅”惨案，写了长篇小说《大明湖》，书稿寄到上海《小说月报》编辑部，却因“一・二八”战事被焚毁。1932 年，老舍面对江河日下的国事，愤然写出了长篇寓言体小说《猫城记》，以猫城影射国民党统治下的黑暗中国，力图从文化的角度暴露国民性的弱点，但也反映出作者政治嗅觉的幼稚和迟钝。1934 年秋，到青岛任山东大学教授。1935 年与王统照创办杂文刊物《避暑话录》。1936 年夏，辞去教学工作专心进行创作。“卢沟桥事变”后，老舍被迫中断写作。1932—1937 年，是老舍创作精力最充沛、发表作品最多的时期，长篇小说有《离婚》《牛天赐传》《文博士》《骆驼祥子》、中篇小说《我这一辈子》、短篇小说集《赶集》《樱海集》《蛤藻集》和《老舍幽默诗文集》，短篇小说中的《月牙儿》《黑白李》《上任》《断魂枪》《柳家大院》等属于优秀作品。1936 年 9 月在《宇宙风》上连载的《骆驼祥子》是作者“职业写作的第一炮”，也就成了他的小说代表作之一。这些作品，多数取材于城市下层市民的不幸生活，涉及的人物形象有大学教授、教员、学生、革命者、官僚、巡警、溃兵、车夫、商人、匠人、艺人、拳师、职员、洋奴、悍妇、暗娼、游民等，多侧面展示他们生活情状，反映他们追求幸福过程中的挣扎与心酸，揭露了不合理的社会制度对他们的压榨和摧残。

抗战爆发后，老舍怀着爱国激情，于 1937 年 11 月 18 日抵达武汉，与何容、老向等，共同从事宣传抗战的通俗文艺创作。1938 年 3 月 27 日，中华全国文艺界抗敌协会成立大会召开，老舍被推为常务理事和总务部主任，主持文协工作直至抗战胜利。1939 年 7 月 28 日至 12 月 8 日，老舍参加的北路慰劳团从重庆出发，途经成都、绵阳、剑阁、广元、汉中、宝鸡、西安、潼关、洛阳、南阳、榆林、延安、平凉、兰州等地，路途 18500 里，慰劳团沿途劳军慰民，察访战时国情，在延安受到毛泽东接见，老舍将部分行程见闻写入了诗歌《剑北篇》。1940 年夏天，老舍迁居重庆郊区陈家桥，期间与郃力子、郭沫若、茅盾、胡风、冯友兰、沈从文等结下了深厚的革命友谊。这个时期，老舍为了有效配合抗日宣传，努力实践“文章下乡、文章入伍”的号召，大胆尝试各种文艺形式进行创作，他在《三年写作自述》里说：“战争的风暴把我们拿枪的，正如同拿刀的，一齐吹送到战场上去，我也希望把我不像诗的诗，不像戏剧的戏剧，如拿着两个鸡蛋而与献粮万石者同去输将，献给抗战……这样，于小说杂文之外，我还练习了鼓词、旧剧、民歌、话剧、新诗。”这些通俗的文艺作品多收在《三四一》集，还有长诗《剑北篇》《成渝路上》、话剧《惨雾》《面子问题》《张献忠》《归去来兮》《国家至上》（与宋之的合写）等九种、中篇小说《火葬》、长篇小说《四世同堂》的前两部《惶惑》《偷生》、短篇小说集《火车集》《贫血集》《东海巴山集》等。本来，老舍以写小说见长，但在全民抗战的时候，他带头创作群众喜闻乐见的作品以鼓舞士气，起到了很好的效果。1944 年 4 月，重庆各界为他庆贺 45 岁生日暨创作活动 20 周年，郭沫若在赠给老舍的祝诗中写道：“二十年文章入冠，我们献给你一顶月桂之冠。”老舍倍受激励，他在会上泣不成声地致了答词：“二十年，历尽艰苦，很不容易，但是拉洋车做小工也不容易。我定要用笔写下去，写下去。”

1946 年 3 月，应美国国务院之邀，老舍和曹禺赴美讲学。此间，老舍在美国各地的讲演中对中国的现代文学等进行了介绍，并对美国的文学、社会现状进行了考察，创作完成了长篇小说《四世同堂》的第三部《饥荒》和长篇小说《鼓书艺人》。《四世同堂》以祁家祖孙四代为中心线索，反映抗战时期沦陷区人民的苦难经历，热情歌颂北京人民坚贞不屈的民族气节和坚决抗日的斗争精神。《鼓书艺人》通过抗日战争时期方宝庆一家流落到重庆的苦难经历，讲述了旧中国老式艺人追求新生活的故事。作品的意义在于告诉人们：人类在不得不面对的战争中，只有坚持人性善的一面，才能拯救自己。这两部作品与他在抗战之前的作品相比较，政治意义和思想意义都有显著进步。1949 年 12 月 9 日，老舍坐船抵达大沽口，回到刚刚成立的中华人民共和国。

中华人民共和国成立后，老舍担任了全国文联副主席、作协副主席、北京市文联主席，同时从事其他各种政府的、社会的兼职工作，热情高涨地投入新中国的社会主义革命和建设。1951 年 12 月，北京市人民政府授予老舍“人民艺术家”的荣誉称号。在创作方面，老舍把主要精力转移到话剧上，先后写成的剧本有《方珍珠》《龙须沟》《春华秋实》《西望长安》《女店员》《茶馆》《全家福》《神拳》等 23 个，还有长篇小说《无名高地有了名》，杂文集《过新年》《福星集》《小花朵集》《出口成章》等。在 20 世纪 50 年代的作家中，老舍算是多产作家。

1961—1962 年间，创作自传体长篇小说《正红旗下》（只写了 11 章），共和国的新型民族政策鼓舞了老舍，他将通过对清代末年北京城内满族旗人生活场景的描摹，表达对清末满族社会变迁的深层思索，表达满族旗人对民族新生和发展的殷切期待之情。但当时中国文坛的极左形势，迫使作家的笔在特定时刻却戛然搁浅。20 世纪 60 年代，老舍构思了有关旧北京“八大胡同”间风尘女子们的悲惨遭遇和王公贵族、遗老遗少们无聊生涯的长篇小说题材，但都没有落笔。

二、“市民世界”的文学

老舍在现代文学史上的独特价值在于从文化批判与民族性问题入手，把笔触投向社会底层， 探及人的灵魂深处，在平平常常的生活描绘中表现出对现实人生的批判和揭露。老舍生活在贫困家庭，如果不是刘寿绵的自助，他连小学都读不上。他在穷人圈子里长大，对北京的市民社会非常熟悉，深知他们的喜怒哀乐。他在《想北平》里曾说：“我生在北平，那里的人、事、风景、味道和卖酸梅汤、杏儿茶的吆喝的声音我全熟悉。一闭眼我的北平就是完整的，像一张彩色鲜明的图画浮立在我的心中。我敢放胆地描写它。它是清溪，我每一探手，就摸上条活泼泼的鱼儿来。”老舍回国的时候，“左联”刚成立不久，他没有加入，他曾在《〈老舍选集〉自序》里说：“对当时的普罗主义作品的长短，我心里还是有个数儿，我以为它们的方针是对的，而内容与技巧都未尽如人意。”老舍初期创作，对“五四”反帝反封建精神的张扬力度极其有限，没有像鲁迅、郭沫若那样有明确改造国民性、摧毁旧世界的文学理想，也没有融入“革命文学”“京派文学”“海派文学”之中，只是抱着“写着玩玩”的念头。老舍后来在《谈读书》里说：“在我年轻的时候， 我极喜欢英国大小说家狄更斯的作品， 爱不释手。我初习写作，也有些效仿他。”批判现实主义的代表性作家狄更斯等人擅长通过被社会压扁了的小人物遭遇，以对社会矛盾予以多侧面揭示。老舍从 1924 年秋离开北京到国外生活，1930 年春天才回国。这期间，他远离了国内的政治风云、革命激情的冲击，因而，他的小说题材仍停留在民国初年的生活体验和深刻回忆层面，只关心对城市平民人生意义的探求和不合理的社会现象的批判，很少涉及政治批判。面对依然突出的社会矛盾和尖锐激烈的阶级斗争，任何一个爱国正直的知识分子都会感到愤慨或苦闷，他回国后也是如此。不久，“九一八”“一・二八”事变先后爆发，民族危机空前严峻，老舍以感时忧国的情怀，愤然创作寓言体小说《猫城记》，借火星国猫人混乱生活和丑恶行径的描写，影射千疮百孔的旧中国社会迟早要灭亡，也流露了作者对民族前途的担忧，但对国事充满了悲观情绪、对政治斗争理解有偏差。即使在他的代表作《骆驼祥子》中，对“阮明为钱出卖思想”的描写仍然是有认识局限的。抗战爆发，老舍亲身感受到切肤之痛，他抛下家室独自奔赴武汉参加抗日洪流。经过长期的颠沛流离和实际的革命实践，老舍的革命民主主义思想增添了更丰富的内涵。在《四世同堂》中，北平城高悬着“太阳旗”，“亡国奴”们含悲忍痛地过活，善良无辜的市民没有一家能够幸免于大大小小的灾难，死亡成了人们的“近邻”，老舍牢记民族被征服的惨痛历史，反思被征服状态下的国民心理弱势，其中对民族革命斗争的认识和对钱默吟、高弟、瑞全等形象的描写一扫读者对之前固有的认知。老舍自己也说，他将《四世同堂》看作“从事抗战文艺的一个较大的纪念品”。

总的来看，在 20 世纪二三十年代，老舍作品中的北平城市贫民形象众多，特色鲜明，构成了独有的“市民世界”。老舍笔下的市民形象主要有老派市民、新派市民、理想市民、城市贫民四个类别，他们的性格、生活、命运，阐释了不同的文化内涵，从不同层面体现了社会的现状和民族的命运。

第一类是老派市民，代表人物有《二马》里的老马，《离婚》中的张大哥，《牛天赐传》里的牛老者，《四世同堂》里的祁老太爷、祁天佑、祁瑞宣，《老张的哲学》中的赵姑母等。这些“老中国的女儿”保持着古旧的生活情调、传统的道德观念、封建的宗法人伦关系，与世无争、知足常乐，唯求做个安分守己的模范市民，在他们身上集中体现出善良、温顺而又保守、怯懦的市民性格。而《骆驼祥子》中的刘四、孙侦探则代表老派市民中的“恶”势力。《二马》叙述的是北京市民马则仁（老马）因为在伦敦做生意的哥哥去世，带着儿子马威（小马）前往继承产业，从而陷入异国他乡的感情危机和经营困惑。其中的老马虽然进过洋学堂，却始终迷恋传统的做官，瞧不起做买卖，思想因循守旧、抱残守缺，做什么事都怀着得过且过的心态，他的人生哲学是“好歹活着吧”。《离婚》中的张大哥生活在“北平宝地”，在财政所当科员，整天忙的是串科室，他的生活信条是“宁拆七座庙，不破一门婚”，一生所要完成的神圣使命是做媒人和反对离婚。“离婚”在张大哥的文化哲学范畴中，其含义已不是一对夫妇的离异，而意味着一切既定秩序的打破，因此他一生的圣事就是保持既定秩序，撮合婚姻，调解婚姻争端，消解婚姻危机。张大哥这一套以婚嫁观念为基点的人生哲学，体现了传统文化封闭、知足认命、墨守成规的一面。老舍成功地塑造了张大哥这个“地狱中最安分的笑脸鬼”的形象，在他身上集中了北平市民社会的庸俗无聊，暴露和批判了因循守旧的国民劣根性和乏味的生存哲学，对这种小市民性格和促使性格形成的社会生活环境等也作了全面系统的挖掘。《牛天赐传》写一个家庭希望破灭的故事。牛老者是个有若干店铺和房产的商人、牛老太太是出身官宦之家的妇人，他们膝下无子，有一天卖花生的老胡将一个弃婴送给牛老夫妇，牛老夫妇将其取名“天赐”，他们一心想把牛天赐培养成为一个“官样”的儿子，以完成自己未竟的心愿。牛老太太的“拘束”不仅没有让牛天赐变成一个乖巧懂事的好孩子，反而激发了他对于规矩的反抗，于是，一个既没有“官样”，也不会“经商”的20岁男孩儿，在父母相继死后受王老师资助继续求学。《四世同堂》中的祁老太爷身上集中了北京市民文化的“精髓”。他谨奉 “知足得和”的古训，他生命的全部就是守住一生血汗换来的这个四世同堂的家庭。日本人进了北平城，祁老太爷关心的是“存着全家够吃三个月的粮食和咸菜”，“关上大门，再用装满石头的大缸顶上”。无论战事如何紧张，祁老太爷的生日不得不过：“别管天下怎么乱，咱们北平人不能忘了礼节”。他对日本人对中国侵略理解为“日本人爱占小便宜，看上了卢沟桥的铜狮子”。他的态度是“只要日本人不妨碍自己的生活，他就想不起憎恨他们”。他非常同情邻居钱默吟受日军欺凌的遭遇，但又怕连累自己而不敢去探望一下这个老朋友。但随着残酷的战争现实击碎了他安度晚年的幻梦，他心中逐渐萌生了仇恨和反抗的种子。他怒斥侵略者的罪恶和卖国者的丑行，老一辈北平市民觉醒的过程，在祁老太爷身上得到了完全的反映。老舍通过祁老太爷等人表现出的保守、惶惑、苟且偷生等性格弱点，提出了进行民族文化反思的严肃课题。

第二类是新派市民，他们虽生长于中国传统的世俗社会里，但有很强的自主意识，勇于改变。然而他们对东西方文化只懂皮毛，利己主义至上，只是一味逐新，倚仗父辈钱财，追求洋式的生活情调，以致丧失了人格。如蓝小山、丁约翰之类的“西崽”，小赵、欧阳天风、祁瑞丰、冠招弟等胡同纨绔子弟，作者用了几近刻薄的手法给他们描画了一幅幅可笑的漫画式肖像。从《老张的哲学》里的蓝小山形象来看，他“留着日本式的小胡子”“长长的头发直披到项部”，做人方面虽然没有老张那么老道，但他欺哄青年、伪造新闻、坑蒙钱财、玩弄女性等等，浑身散发着买办资产阶级的恶少习气。蓝小山坏到什么程度？小说写道，除了自己祖母以外，“是女人就可以下手”“玩耍腻了一个，再去谄媚别个”“小山所有的是二十世纪的西洋文明”。《四世同堂》里的丁约翰是英国驻北平领事馆富善先生（英国人）的仆人，属于典型的小市民形象。他一方面崇洋媚外，瞧不起穷人，整天把“老英国府”挂在嘴边；另一方面，他又胆小怯懦，自私自利。丁约翰长期在英国领事馆工作，接触了西方的文明，又信洋教，即使大字不识几个，还能说几句英文。他对世界环境全然不知，只知道英国的强大，对英国充满了敬仰与信任。可在日本人查封了英国领事馆，他又当了小羊圈胡同的里长后，他自私胆小的性格暴露无遗，向日本人告发了白巡长。《老张的哲学》中的欧阳天风是个风度翩翩的流氓恶少，有着比蓝小山更为典型的资产阶级卑劣灵魂。他淫荡成性、始乱终弃、贩卖人口、落井下石，他居心叵测地怂恿同学罢课，殴打校长和教师，自己却偷偷溜走。他的做人法则“钱就是名，名就是钱！卖国贼的名声不好哇，心里舒服呢，有钱！中国不要他，他去外国，中国女子不嫁他，他娶红毛老婆！名、钱、做官，便是伟人‘三位一体’的宗教！”《离婚》里的小赵是个神通广大、相信纯情，但却拐卖妇女、骗人钱财、恶贯满盈的社会混混，他捉弄陷害老李，又不择手段坑了天真、秀真、张大哥一家，将老李逼上绝境，最终他被懦弱又忠诚的仆人丁二爷暗杀了。《四世同堂》里的冠晓荷、大赤包主动崇洋，投靠日寇，认贼作父，出卖同胞。小说里的祁瑞丰本来是一家中学的庶务主任，通过妻子胖菊子的活动，当上了教育局的科长。后来又失了业，最后被蓝东阳陷害致死。瑞丰长得干头干脑的，他的头发永远从当中分缝，缝大到生发油与生发蜡要往下流的程度。他是洋派与新派的结合体，也是一个市井无赖，生活在四世同堂的大家庭里，却又沾染了许多西方的坏毛病，集中西糟粕于一身。他贪图享受，自私自利，没有责任感，每天只想着热闹和美食；他没有骨气，没有羞耻心，没有人格和尊严；他懦弱、虚荣、浅薄、要面子、摆阔气；他是非不分，欺软怕硬，趋炎附势，猥琐不堪，甘愿与大赤包、冠晓荷、蓝东阳之流同流合污，完完全全的汉奸嘴脸。这是被作家嘲讽的“洋青年”，他一味追求“洋式”的生活，最终丢了小命。

第三类是正派市民形象，是老舍理想中的“国民楷模”。作家在对老派市民和新派市民都失望的同时，虽然一直致力于国民劣根性的批判，但他并没有忘记对理想人格的塑造。在赵四、李景纯、李子荣、丁二爷、钱默吟、祁瑞宣等身上，显示了“真正中国文化的真实的力量”。《赵子曰》中的李景纯是侠客兼实干家，他有知识、有理想、有爱国热情，也有为国捐躯的精神。最后他以死来反抗军阀的行为，终于唤醒了赵子曰等浑浑噩噩的青年学生。《二马》中李子荣曾留学美国，因国内混战，他就到了英国半工半读，后来被聘为马家古玩店的雇员。他忠诚于主人，正直大度、不卑不亢，与马威志同道合，一心想把古玩店做大做强。他是一个被英国现代科学知识、民主理想和务实精神武装起来的现代青年，他具备现代青年所应具有的优秀品质：独立、务实、求真、敬业、爱国、有理想，脚踏实地的行动。即使没有任何经济来源，也不抱怨、不放弃，而是决定要在英国脚踏实地地干一番事业，准备写出中国劳工近况的论文，他就是用这种实干精神来为自己民族“争气”的。《四世同堂》里的祁瑞宣极富有理想又不失现实性，日军侵入北平，面对国家、民族和文化的危机，瑞宣追求自由解放，但缺乏勇气；憎恨侵略者，却未曾积极斗争；他同情落难者，但又无可奈何……在痛苦和焦虑中，他依然心系国家和民族，他宁肯失业去卖落花生，也坚决不为日本人做事。《四世同堂》中的钱默吟原是一位旧知识分子，他身穿大褂，写作旧诗，避世隐居，与世无争，虽身居都市，但不关心国家大事，对谁都“维持着相当的距离”。然而他却很重气节，宁肯受穷，也不丧失气节。“七七事变”发生后，残酷的战争打破了他平静的生活，儿子、妻子的惨死使他由隐士变成了战士。他“放弃了大褂与旧诗”，出生入死地从事抗战活动，决心战斗到流尽最后一滴血。诗人钱默吟的精神蜕变充分体现了老舍对传统文化的期待与信心。

第四类是城市贫民形象，这类人物是老舍最为熟悉的，他们辛酸悲凉的处境真实地反映了中国文化由传统向现代、由乡村向城市转型过程中的一切痛苦与裂变，更进一步地显示了老舍对现代性的清醒认识与合理反思，其代表人物主要有《月牙儿》中的母女，《骆驼祥子》车夫老马和祥子、二强子、小福子，《我这一辈子》中的老巡警，《四世同堂》里的车夫小崔、剃头匠孙七等。《月牙儿》通过“我”的悲惨命运，表现了城市底层妇女沉沦的过程。一个不到 20 岁的纯洁姑娘，由于生活所迫，挣扎到最后不得不走向像母亲一样出卖肉体的路子。尽管“我”不甘堕落，但一切生活的努力都是徒然，被抓进“感化院”时，“我”抗拒地朝一个大官的脸上吐沫，因此被投入监狱。在监狱里，“我”彻底明白了，整个世界就是一座大监狱。《骆驼祥子》里的老马是生活在城市社会底层的人力车夫，不敢对生活抱有太大希望，只能任命运摆布，最后却连得病的小孙子也救不了。他在茶馆中对祥子说过：“干苦活儿的打算独自一个人混好，比登天还难。一个人能有什么蹦儿？看见过蚂蚱吧？独自一个儿也蹦得怪远的，可是教个小孩子逮住，用线儿拴上，连飞也飞不起来。赶到成了群打成阵，哼，一阵就把整顷的庄稼吃净，谁也没法儿治它们!”老马的人生经验，其实已经道破了祥子个人奋斗的命运。二强子也是生活在城市底层的人力车夫，他非常自私又自暴自弃。他为了生存和生活，把只有 19 岁的女儿小福子以 200 元卖给一个军官，只知道吃喝享受发脾气，还酒后失手打死妻子。小福子回家后，大家吃饭成了问题，小福子决定卖身，二强子居然还跟小福子要钱去喝酒。二强子一辈子没有什么本事，只有靠拉洋车维持生活，而他又没有祥子的要强，身体也不够硬朗，只有借酒消愁，成了家庭和社会的蛀虫。《我这一辈子》 里的“我”幼年是读过书的人，曾一度梦想着能去衙门里当差，日后升个一官半职。可 15 岁时，就被家里逼着学裱糊匠，这门手艺也是不愁吃不愁喝的。20 岁的时候出了师，娶了个俊俏媳妇。可好景不长，妻子生下一儿一女之后，却和师哥黑子搞起了婚外情，并且悄无声息地跑了。妻子的叛逃，使“我”名誉扫地，没法再在“圈子”里抬头。而在城里头，除了拉洋车就是当巡警。经历“兵变”之后，大清国改成了中华民国。儿子长大了，也当了巡警，娶了巡警的女儿；女儿长大了，也嫁了个巡警。再往后，“我”年岁大了，就被警局一脚踢了。老巡警忙活了一辈子，到最后也只能等着饿死。小说通过一个巡警自述当牛做马、辛苦忍辱，而仍难免家破人亡的坎坷经历，以“臭脚巡”的形象展现了社会阴暗、凄惨的景象，揭露了社会的罪恶与不平。《四世同堂》里的车夫小崔是小羊圈胡同乃至北平城最普通、最不起眼的一个小市民了。小崔也对日本人有恨，但他和大部分北平人一样，只是心里抱怨，而没有任何积极主动地对侵略者反抗。因没有抓住暗杀日本特使的人，小崔就被指成是抗日分子，成了一个死得比谁都冤的替罪羊。小崔被稀里糊涂地砍了头，那一刻，或许他才意识到，早反抗就好了，早反抗即使死了，也会死得更体面、更为壮烈一些。这样死，死得确实太冤屈。剃头匠孙七性格直爽正直、爱憎分明，店面不挂白旗。日军借口他得了霍乱，把他拉到城外活埋，但他至死仍不失自身的气节。

三、《骆驼祥子》

1936 年夏，老舍辞去山东大学教授，专门从事创作。《骆驼祥子》是他“职业写作的第一炮”，同年9月开始在《宇宙风》上连载，1937年入夏写完，因抗战爆发，连载中断。1941年11月由文化生活出版社在四川出版单行本，从1945年起，先后有英、法、德、意、日、俄等20多种文字的译本。

《骆驼祥子》是老舍20世纪30年代创作的优秀作品，它通过对祥子三起三落的悲剧故事的描写，概括了旧中国城市人力车夫共同的悲惨命运，揭示了旧社会把人变成“鬼”的罪恶，暗示劳动人民只有团结起来推翻旧制度，才会有美好的未来生活。

故事发生在20世纪20年代，18岁的祥子在农村破产后，带着乡间小伙子的茁壮与诚实逃难到京城，凡是卖力气就能吃饭的事儿他几乎全做过了，最后当了一名洋车夫。他的生活理想是拼命挣钱，自己买一辆新车，做一名自食其力的独立劳动者。“这是他的志愿、希望，甚至是宗教”。小说围绕他的“理想”叙述了他三起三落的生活经历：凭着他健壮的身体和勤劳节俭，他租车拉了三年，凑足了100块钱，第一次买了一辆新车，但不到半年，在西直门外被混战的军阀溃兵抢走了；无奈之下，祥子从溃散的战场捡了三匹流落的骆驼，进城后换了35块大洋，准备继续拉车攒钱，通过风里雨里咬牙、茶里饭里节省，眼看买第二辆车的钱快要攒够了，结果却被反动政府的孙侦探敲诈走了，无助的祥子只有认了；在走投无路时，祥子再次到仁和车厂租车，不料被虎妞诱骗，老实巴结的祥子迫于传统习惯只好娶了虎妞，虽然虎妞用私房钱给祥子买了新车，但当虎妞难产死亡，祥子不得不将车卖掉而安葬虎妞。祥子通过不断的努力、挣扎，他的“理想”总是在即将实现的刹那间就稍纵即逝，而要强的祥子也从屡次失败里再次振作……

小说中的祥子是旧中国受压迫被剥削的城市个体劳动者，是个尚不觉醒的人力车夫的典型。他勤劳朴实、要强坚韧，有执着的生活理想。他希望买一辆属于自己的车，做自由独立的劳动者，“他觉得用力气拉车去挣口饭吃，是天底下最有骨气的事”。为了实现买车理想，他不顾日晒雨淋、不怕同伙讥骂，拼命拉车、省吃俭用，但一切都归于破灭。祥子第一次丢车，精神上受到沉重打击，但他是不轻易向生活低头的人，受打击后又执着奋斗，表现出骆驼一样的坚韧力量。他具有劳动人民的美德，忠厚正派。每次回到车场，他也不闲着，汗一落下去，就找事做，擦车、打气、晒雨布、抹油……用不着谁支使，他自己愿意干，干得高高兴兴，仿佛是一种极好的娱乐；给曹先生拉包车，不小心车翻人伤，主动承担责任而引咎辞职；被敲诈掠夺后，他依然“穷死，不偷”。他同情穷苦车夫，给老马祖孙买肉包子充饥。他忍受一切，但当自尊心受到伤害时，他就反抗，杨家指使他干拉车以外的洗衣擦鞋等活儿时，他不堪忍受盘剥和侮辱，愤然辞工；他面对孙侦探的手枪，曾攥起拳头准备反抗，最后只能发出哀叹，“我招谁惹谁了!”他敢跟巡警吵嘴打架，成了巡警眼中头等的“刺头”，敢于拒载自私贪婪的刘四。祥子身上的这些好品质，连作者也感叹道：“他仿佛就是在地狱里也能做个好鬼死的。”尽管祥子为实现美好理想在做着各种努力和奋斗，然而在当时的社会背景下，他的所有付出只会以失败而告终。二强子、老马的凄惨命运也正在等待着像祥子一样的更多的城市平民：“一个拉车的吞的是粗粮，冒出来的是血；他要卖最大的力气，得最低的报酬；要立在人间的最低处，等着一切人一切法一切困苦的击打。”这是老马对祥子说的，祥子好像听懂了，又好像没有完全听懂。虽然与虎妞有夫妻之名，但他丝毫没有感受到家庭的温暖，更不贪图刘四的60辆车。他与小福子同病相怜，平生少有心心相惜的愉快。而小福子自杀，使祥子失去了精神支柱，彻底摧毁了他对生活的最后一线希望。从此，他的思想性格发生了根本变化，他由一个勤劳、朴实、善良、要强的青年人变成了一个懒惰、自私、无耻的市井无赖，由一个充满生活理想的身强力壮的劳动者蜕变成绝望、麻木、堕落的行尸走肉，真是“社会病态里的产儿，个人主义的末路鬼”。

祥子的悲剧既有社会制度方面的客观原因，也有他个人奋斗的主观因素。从客观上看，不合理的社会制度是祥子实现理想的重重障碍。祥子第一辆车是被军阀溃兵抢走的，20 世纪 20 年代军阀混战，致使大兵们趁机抢劫，造成人民生命财产损失的事例不胜枚举。祥子第二次准备买车的钱被孙侦探敲诈走了，孙侦探强取豪夺，因为他是国民党党部派出的侦缉队员，背后有国民党当局做庇护，“把你放了像放个屁，把你杀了像抹个臭虫!”祥子无权无势，只能任人宰割，他还受到刘四、杨太太、陈二奶奶的剥削与愚弄，虎妞从精神上折磨他，他还被夏四太太勾引而患上淋病。正是这些兵匪特务、把头残渣组成了庞大的包围网，夺走了祥子的车、抢走了祥子的积蓄、愚弄了祥子的感情、损毁了祥子的理想、吞噬了祥子的美好品德，甚至摧残了祥子唯一的资本——身体，使祥子从一个要强的人蜕化成一头走兽。从主观上讲，祥子走了一条单枪匹马的个人奋斗的道路。祥子从农村到城市，没有亲戚朋友，也很少与人交流交往，有着狭隘的小生产者的短浅目光，只想到自己挣钱，老是以为自己有强壮的体魄和善于吃苦的劲头就能够实现美好的理想。认识不到社会黑暗势力的凶险，麻木愚昧而浑然不觉，与进步的革命力量擦肩而过，不善于反思穷困和失败的原因，对实现理想总是存着虚拟的幻想和侥幸的心理。这些弱点，在黑暗的社会势力面前是非常致命的。所以，作者通过二强子、老马的生活现状，暗示个人奋斗的路子是走不通的，就像蚂蚱吃庄稼，要“成群成阵”，生活在剥削阶级社会里，所有穷苦的人们只有团结起来，共同抗击不合理的制度，大家才会有真正的出路。

祥子婚姻的不幸，也加深了人物形象的悲剧色彩。小说中的虎妞是人和车厂老板刘四的独生女，是被父亲剥夺了青春的 30 多岁的老姑娘，她长得虎头虎脑，和别人对话还时不时“露出两个越老越结实的虎牙”，性格粗野暴躁、泼辣随便。由于刘四的私心，把她当一名特殊的帮工使唤，不让她出嫁，加之长相丑陋，待人厉害，没人敢娶，耽误了青春，因而她对父亲极为不满，有着性的苦闷和强烈追求幸福的愿望。她找上祥子，遭到刘四强烈反对，还将她撵出家门。从这个方面看，虎妞是她出身的那个阶级和家庭的受害者和牺牲品。虎妞敢于挣脱父亲多年的束缚，执着地追求自主婚姻，为了与祥子结婚，她在父亲寿宴上大胆翻脸，搬到穷人居住的大杂院里，暂时做穷车夫的老婆。虎妞后来不幸难产而死。从这个方面看，虎妞又是值得肯定和同情的。但是，虎妞虽然与她父亲闹翻，但并没有改变她剥削阶级的本性。她从小在刘四身边长大，对剥削成性的父亲耳濡目染，在灵魂深处都打上了剥削阶级的烙印，思想里充满了剥削阶级的恶习。她好逸恶劳，鄙视祥子，经常恶意骂祥子是“臭拉车的!”虎妞与祥子结合，诱骗手段老练，实属一厢情愿，并无互爱基础。在当时的条件下，“爱与不爱，穷人得在金钱上决定，‘情种’只生在大富之家”。如果说祥子能记起虎妞的好处，那就是虎妞拿私房钱让他实现了第三次买车的愿望。祥子刚进城的愿望是“买上车，省下钱，然后一清二白地娶个老婆。”可万万没有想到会糊里糊涂地与虎妞结了婚。他对虎妞最深的印象是“丑、老、厉害、不要脸”，这比溃兵抢车还要“可恨可厌”。从这个角度来说，虎妞给祥子的精神上带来的精神痛苦是巨大的，这更加深了祥子形象的悲剧色彩。

小说真正的意义在于告诉人们，只有抛弃个人奋斗，大家联合起来进行革命，像祥子一样的穷人的命运才会得到彻底改变。而小说最后，主人公毁灭了，人们依旧重复地过着穷苦的日子。老舍在《〈老舍选集〉序言》里回忆说：“《祥子》刚发表，就有工人质问我：‘祥子若是那样的话，我们还有什么希望呢？’我无言以对。”为了给作品增加“亮色”，人们纷纷在小说结尾上动了念头。1945 年美国翻译家埃文·金（Evan King）在翻译《骆驼祥子》（*Rickshaw Boy*）时，写失落的祥子接受了曹先生邀请，自己到曹先生家拉包月，让小福子在曹先生家做帮佣。这种结局，依然是“暂时坐稳了奴隶”的故事循环，大大减弱了原著的“控诉”性。1957 年，北京人民艺术剧院导演梅阡将《骆驼祥子》改编为话剧剧本，加上了车夫小顺子参加革命的内容，这与祥子所走的道路完全相反，给劳动人民的光明生活指明了奋斗方向。

《骆驼祥子》在艺术上的成就也是很突出的。

第一，在故事布局上，以祥子买车卖车“三起三落”为主要线索，串联了不同阶层的不同生活画面。“三起三落”的故事跌宕起伏、扣人心弦，最终把一个要强、向上、充满坚韧生气的祥子折磨成一头走兽。随着祥子生活的展开，我们见识了他所生活的世界构成：这里有军阀混战给人民带来的苦痛、有刘四自私霸道的盘剥下甘愿出卖苦力的车夫、有跟踪进步力量而随意敲诈百姓的特务孙侦探，也有正直的知识分子曹先生、有不愿受刘四剥削而又想继续剥削人力车夫的虎妞、有暗示车夫命运而给祥子说出心窝子言语的老马，还有不思变革的市民、穷困的大杂院、龌龊的白房子、冷漠的人情等。小说采取中国传统的故事笔法，将叙述、议论、抒情相结合，使小说结构脉络清晰、情节发展连贯有序、社会生活描绘准确。

第二，在人物形象塑造上，注重多侧面描写。祥子生活的社会环境是凄惨的、畸形的，军阀猖獗、特务横行、弱肉强食，剥削者自私狠毒、受剥削者习以为常，单凭个人奋斗的祥子注定是会失败的。老舍认为，创作的最主要任务是塑造好人物形象，由于他与小说中的人物类型有过密切接触，对下层平民的生活、心理，以至于外貌、谈吐、衣着及行业特点都很了解，揣摩得透彻，因而描绘起来如数家珍。写到祥子的外貌，如“二十来的年岁，他已经很大很高，虽然肢体还没有被年月铸成一定的格局，可是已经像个成人了……头不很大，圆眼，肉鼻子，两条眉很短很粗，头上永远剃得发亮。腮上没有多余的肉，脖子可是几乎与头一边儿粗；脸上永远红扑扑的，特别亮的是颧骨与右耳之间一块不小的疤……”粗略一看，祥子就是个透露着健康活力的青年人。虎妞长着一双虎眼，嘴里有俩虎牙，男人见了都怕她：“她的脸红起来，黑红，加上半残的粉，与青亮的灯光，好像一块煮老了的猪肝，颜色复杂而难看。鼻子纵起有纹缕，眉棱棱着，样貌丑，像个黑塔。”老马给人的印象是：“五十多岁，穿着件短不够短，长不够长，莲蓬篓儿似的棉袄，襟上肘上已都露了棉花。脸似乎有许多日子没洗过，看不出肉色，只有两个耳朵冻得通红，红得像要落下来的果子。惨白的头发在一顶破小帽下杂乱地髭髭着。”在描写景物时，烈日和暴雨、金鳌玉栋桥月夜两处的描写与主人公的性格、命运紧密结合。心理描写也很有特色，如第二章祥子拉上新车的美好向往和被溃兵抢劫后逃跑的心理描写、第十一章祥子被孙侦探敲诈后痛楚心理的描写。又如，与虎妞结婚后，虎妞想让祥子成为一个小小剥削者，祥子立刻感到失去了自己，成了“老婆的玩物”，他觉得屈辱：“恨不得双手掐住她的脖子，掐！掐！掐！一直到她翻了白眼！把一切都掐死，而后自己抹了脖子。他们不是人，得死；他自己不是人，也死；大家不用想活着！”再如，虎妞难产而死，祥子不得已卖掉人力车安葬虎妞，从此，祥子人财两空，一蹶不振。小说写道：“祥子的泪要落下来。他不会和别人谈心，因为他的话都是血做的，窝在心的深处。”这里，作者用大段的心理描写，代祥子诉说了血泪凝成的痛苦心声。

第三，在语言运用上，表现出自然朴实又幽默风趣的特色。

作为语言大师，老舍吸收了狄更斯、契诃夫、莫泊桑等小说语言的幽默优雅，不夹杂文言词汇，不追求欧化时髦，而是对纯熟的北京口语进行加工提炼，形成精确流畅、俗白浅易的语言风格。所以，他的小说，无论是叙述语言，还是人物语言，都显示出“亲切、恰当、活泼的味儿”。老舍在《我怎样写〈骆驼祥子〉》里说：“《祥子》可以朗诵，它的语言是活的。”小说第一章在介绍“祥子”时，把北京城洋车夫的特点、分派，以及祥子攒钱买车、过“双寿”的心态叙述得井井有条，加上使用了“车口儿”“车份儿”“拉晚儿”“嚼谷”“胶皮团”“杀进腰”“一边儿”“饭局”“主儿”等北京地方词，使作品开卷就散发着浓郁的地方气息。第八章高妈劝祥子钱生钱，两个人的对话，既有北京地方口语，又有平民歇后语，全都带儿化韵。小说里人物语言个性化也很明显。如“祥子！你让狼叼了去，还是上非洲挖金矿去了?”简短两句，虎妞泼辣性情就给读者留下了印象。“不喝就滚出去，好心好意，不领情是怎么着?你个傻骆驼！辣不死你!”“你喝！要不我揪着耳朵灌你!”这些话虽然粗鲁，但很符合虎妞对祥子的特殊感情，骂俏在嘴上，情爱在心里。另外，小说善用比喻，俏皮幽默。如写景：“白塔却高耸到云间，傻白傻白的，把一切都带得冷清萧索”“御河的水已冻好，静静的，灰亮的，坦平的，坚固的，托着那紫禁城墙”。如写人，形容刘四本性：“他自幼便是个敢放屁崩坑的人”；比喻祥子的忙碌：“他从早到晚，由东到西，由南到北，像被人家抽着转的陀螺”；讥讽杨氏夫妻欺软怕硬的本性：“以杨先生的海式咒骂的毒辣，以杨太太的天津口的雄壮，以二太太的苏州调的流利，他们素来是所向无敌的；及至遇到张妈的蛮悍，他们开始感到一种礼尚往来，英雄遇到了好汉的意味，所以颇能赏识她，把她收作了亲军”。这种比喻形象风趣，读了之后给人印象深刻。

第五节　京派与海派

一、京派与海派之争

京派与海派之争是中国现代文学史上一个有重大影响的事件，史称“京海之争”，挑起这一事件的是沈从文。

沈从文在《论中国创作小说》中述评新文学发展情况时说：“从民国 16 年，中国新文学由北平转到上海以后，一个不可避免的变迁，是在出版业中，为新出版物起了一种商业的竞卖。一切趣味的俯就，使中国新的文学，与为时稍前低级趣味的海派文学，有了许多混淆的机会。”“……张资平的作品，得到的‘大众’，比鲁迅作品还多”“年轻读者从张资平作品中，是容易得到一种官能抽象的满足”，指斥“海派文学”转入低级趣味，“创作的精神，是逐渐堕落了的”。可见，张资平是造成这种堕落的带头人。1933 年 10 月 18 日，沈从文又在天津《大公报·文艺副刊》发表了《文学者的态度》，批评“海派”作家存在着“玩票白相精神”的商业化现象，并嘲讽他们“在上海赋闲”，由于“赋闲则每礼拜必有三五次座谈会之类”。对此，在上海的苏汶于 1933 年 12 月 1 日在上海《现代》上发表《文人在上海》一文加以反驳，苏汶反对以地域划分作家，指出上海也有认真写作的作家，反对 “用‘海派文人’这个名词把所有居留在上海的文人一笔抹杀”。接着，沈从文相继又发表了《论“海派”　》《关于海派》《论穆时英》《郁达夫张资平及其影响》《新文人与新文学》，对“海派”作家大加鞑伐。在《论“海派”》中，沈从文认为，当时“海派”的创作情形正是“那种被所有的严肃的作家，不论左翼或温和的，都一致反对的那种对社会不负责任的文学；小报的诽谤造谣，国民党津贴的那种不痛不痒的文章，鸳鸯蝴蝶派文学（低级黄色小说如此流行，以致大多数左翼作家都感到需要抨击它），那种华而不实、赶时髦的色情文学，以及毫无目的的‘白相文学’”；今日的海派就是“名士才情”与“商业竞卖”的结合，是“投机取巧”“见风使舵”的，这种“无聊人”、这种“下流作风”，让民族失去了健康，误导群众、歪曲文学意义；“对于这种人、这种风气，我们不能姑息纵容”，号召北方文学者不要再犯懒了，希望“不拘南方北方”，只要“对文学有所信仰的友人”都有这个责任意识，扫除这种不良风气。在《关于海派》一文中，沈从文进一步指出，这样的“海派”是由“‘装模作样的名士才情’与‘不正当的商业竞卖’两种势力相结合”构成的商业化的文学，这种商业化的文学是南方与北方皆有的，凡是具备这种特征的人物与习气，都可归纳在“海派”这一名词下。

寓居上海的“海派”作家们毫不示弱，纷纷撰文予以回击。曹聚仁发表《京派与海派》《续谈“海派”》等系列文章反击京派，他认为京派作家没有资格批评海派，因为在冒充风雅、投机取巧、脱离现实、追求享乐、金钱至上诸方面二者并无区别。杨晦在《京派与海派》里认为京派是注定要没落的，因为它所代表的是士大夫文化，海派虽然与工商业都市的发展同步，挟带着污浊和罪恶，却从这污浊中成长壮大，它代表着时代的进步，它有着光明的前途。师陀、姚雪垠、施蛰存也陆续发表文章进行反驳。

同时，也有一部分作家从局外人的视角参与了评论。左翼作家胡风写了《京派看不到的世界》，批评京派讲究“风雅”“优美”，却不能实实在在反映辽阔北方普通人的生活；徐懋庸发表《“商业竞卖”与“名士才情”》称，“文坛上倘真有‘海派’与‘京派’之别，那么我以为‘商业竞卖’是前者的特征，‘名士才情’却是后者的特征”。

这场论战，连鲁迅也介入其中，他很冷静地看待“京海之争”。1934 年 2 月 3 日，鲁迅以栾廷石为名在《申报・自由谈》发表《“京派”与“海派”》。他分析道：“北京是明清的帝都，上海乃各国之租界，帝都多官，租界多商，所以文人之在京者近官，没海者近商，近官者在使官得名，近商者在使商获利，而自己也赖以糊口。要而言之，不过‘京派’是官的帮闲，‘海派’则是商的帮闲而已。但从官得食者其情状隐，对外尚能傲然，从商得食者其情状显，到处难于掩饰，于是忘其所以者，遂据以有清浊之分。而官之鄙商，固亦中国旧习，就更使‘海派’在‘京派’的眼中跌落了。”这段关于京派、海派的著名阐述，是最超然公正的，在社会上产生了深刻的影响。

“卢沟桥事变”后，随着时局的动荡，文人们的迁徙情况变化较大。文学意义上的“京派”“海派”也成了历史。

二、京派与海派的文学特征

沈从文笔下的“京派”“海派”是以地域之分而称谓的。按照北京大学吴晓东的观点，这场论争实际上反映了 20 世纪 30 年代的文学格局，是乡土与都市两种文化背景的对峙在文学中的体现。

1928 年 6 月，国民党北伐攻克北京（随即改为“北平”），战争使原来平静的生活发生了巨大变化，北京城里的居民有外出的，也有迁入的。加之“五四”高潮已经过去，文坛气氛显得沉闷，原来生活在北京一带的文化人士陆续迁移到上海、广州等地，文学的中心也发生了变化。1933 年，沈从文在发表《文学者的态度》时，把活动在京津等北方一带的作家称为

“京派”，把活动在上海等南方一带的作家称为“海派”。

（一）京派的文学特征

“京派”作家指的是20世纪20年代末到30年代居留或求学于以北京为中心的北方城市，坚守自由主义立场的作家群体，强调文学是作者感受的强烈表现，有意识地让文学与政治保持一定距离，将人生理想寄予自然美、人性美之中，以与现实丑恶相对抗。

“京派”的基本成员都是文学研究会、新月派中没有南下的“文化精英”。其盟主是周作人，精神领袖为胡适。周作人不再呼唤“平民文学”，而主张文学应静穆、超远、闲适。朱光潜在《说“曲终人不见，江上数峰青”》中称平和静穆为艺术的最高境界：“陶潜浑身静穆，所以陶潜伟大。”强调人生的艺术化，他的趣味则被京派文人普遍地继承。京派作家群中各有特长、人才济济。在诗歌和散文方面的代表作家有周作人、俞平伯、何其芳、李广田、卞之琳等，在小说方面的代表作家有废名、沈从文、凌淑华、林徽因、萧乾等，在文艺理论方面的代表人物有梁实秋、朱光潜、李健吾、李长之等。京派作家的成就主要集中在小说方面，其中的废名被称为是京派小说最早的作家，沈从文被公认为“京派第一人”。

“京派”作家群虽然没有结社，但“学院派”的沙龙活动频繁，如新月俱乐部、林徽因家的沙龙聚会、“今来雨轩”茶请会、“读诗会”等。刊物是他们主要的文学阵地，如《大公报·文艺副刊》《骆驼草》《文学月刊》《水星》《文学杂志》等。

京派作家都是很自由的，各自的写作路线和风格不尽相同，但创作精神和审美追求有相对的一致性，那就是艺术独立意识的增强和政治意识的淡化。按照严家炎《中国现代小说流派史》的分析，京派小说的共性主要表现在：第一，立足描写乡村，着力赞颂原始的人性美和人情美。的确，沈从文笔下的人物，无论是农民、士兵、猎人、水手、土娼、工匠、青年男女，都是淳朴、真挚、热情、善良、守信用、重情感的，显示了一种原始的人性美和人情美。京派小说里有许多反映儿童生活的题材，歌颂了童真美，如废名的《竹林的故事》、凌淑华的《小哥儿俩》《搬家》、山聪文的《福生》《三三》、萧乾的《俘虏》等。第二，使用多种艺术手法，强化小说的抒情意境，散发着浪漫主义气息。京派小说以抒情写意最为见长，他们的代表作里抒情成分相当突出，有的简直就是小说体的诗。20世纪30年代，沈从文有“文体作家”之称。沈从文曾说废名“用抒情诗的笔调写创作”，而自己的作品“浸透了一种乡土抒情诗的气氛”。第三，从审美追求来看，总体风格是平和隽永的。这是与京派作家选择题材、艺术表现相关联的。注重描写田园风光，着意渲染牧歌情调。在沈从文、凌淑华、萧乾、汪曾祺的小说里，温馨的牧歌情愫随处可见。第四，无论是小说的叙述语言，还是人物的对话语言，都具有简约、古朴、活泼、明净的特色。京派作家都程度不同地接受过欧美文学语言的影响。废名、凌淑华、萧乾曾直接诵读过不少英语作品，沈从文、汪曾祺也通过翻译作品，大量接触外国文学。在创作实践过程中，他们都尝试以欧化语言、现代派语言写小说，但是，他们的代表作都在吸收欧美文学语言长处的同时，出色地运用了民族的白话语言，显示了较高的中国文学素养。

（二）海派的文学特征

沈从文所谓的“海派”，指的是从广义上讲的寄居在上海等南方城市的作家群。代表人物有两类：一类以张资平、叶灵凤、曾虚白等为代表，他们都以都市青年男女的种种爱情纠葛为题材，继承了鸳鸯蝴蝶派专写才子佳人的传统，又注入上海滩腐朽堕落的生活气息。另一类以刘呐鸥、穆时英、施蛰存等为代表，他们被称为新感觉派，他们的小说彻底打破了封建宗法秩序，以开放的都市为背景，着重表现在金钱腐蚀下的畸形人性和堕落生活。海派没有成立过正式的组织，也未发表过宣言，人们之所以将其视作一派，是因为他们在思想倾向、艺术趣味和创作方法上有某些共同的特点。

创造社从成立之日起，其主要成员郭沫若、郁达夫的早期小说主要采用自叙、寄托手法，主人公大胆追求个性解放和爱情自由，表达了强烈的"性的苦闷"，展示了赤裸裸的性心理。张资平是创造社多产作家之一，小说以多角恋爱为题材，表现都市青年男女的种种爱情纠葛。他擅长表现性苦闷、性病态、性虐待、性猜疑，对人物进行深入的性心理解剖。在冲破封建禁欲、倡导爱情自由的同时，都市的灯红酒绿和西洋情调，从视听上冲击着青年男女，使他们容易得到一种官能抽象的满足，因而张资平也深受读者的热捧，被人称为"小说商"，他也公开声明要致力于小说的商业化。在当时的上海滩，贵妇人在闲聊时以手捧张资平的恋爱小说为时髦。但张资平的小说与正在兴起的左翼文学、现代派小说、东北作家群、新月派，特别与京派小说的表现格格不入，与正在发展的社会主流相去甚远，鲁迅就辛辣地嘲讽张资平小说学的全部精华，是一个"△"，沈从文也毫不留情地把张资平当作海派代表予以鞭笞。

实际上，人们所理解的海派，在狭义上指的就是新感觉派小说，有人简称其为现代派小说，也有人称其为洋场小说。

日本自明治维新开始，就接受了全盘"西化"，欧洲的未来主义、表现主义、达达主义等文学思潮也就潮涌而进。1924 年 10 月，横光利一、川端康成、中河与一、片冈铁兵等创办《文艺时代》杂志，他们不愿意单纯地描写外部现实，注重直觉和主观感受，力图把主观的感觉印象投进客体里去，以创造所谓由智力构成的"新现实"，日本文艺评论家千叶龟雄给这一结社起了个名字，叫"新感觉派"。

中国的新感觉派小说是受日本的影响而发展起来的。1928 年 9 月，刘呐鸥在上海创办半月刊《无轨列车》，刊发内容倾向进步、艺术形式创新的诗文和评论，也介绍西方的现代派文艺理论和文学作品。1928 年底，《无轨列车》被国民党查封。1929 年 9 月，施蛰存、徐霞村、刘呐鸥等创办《新文艺》，翻译介绍日本横光利一等人的短篇小说集《色情文化》《新郎的感想》，发表用感觉主义和意识流方法表现都市生活的现代小说，如刘呐鸥的《都市风景线》、施蛰存的《上元灯》《鸠摩罗什》《将军底头》、穆时英的《咱们的世界》等。由于《新文艺》也从政治上支持"左联"，让普罗文学在"文坛上抬头起来"，刊物于 1931 年初夏又被国民党封闭。"一・二八"淞沪会战之后，上海所有的刊物都停刊了。1932 年 5 月 1 日，穆时英、刘呐鸥、施蛰存、苏汶等创办的《现代》杂志，成了上海唯一的文学刊物。施蛰存在《创刊宣言》里声称："本志是文学杂志，凡文学的领域，即本志的领域。……本志并不预备造成任何一种文学上的思潮、主义或流派……故本杂志希望能得到中国全体作家的协助，给全体的文学嗜好者一个适合的贡献。"极力想以"第三种人"的面目出现，而在第一卷第六期《编辑座谈》中，施蛰存说："我要《现代》成为中国现代作品的大集合，这是我们的私愿。"该刊物出版到 1935 年 5 月第六卷第四期停办，共出版 34 期。综观《现代》的发稿，当时活跃在文坛的作家、诗人几乎都在上面发表过作品，如鲁迅、郭沫若、茅盾、冯雪峰、钱杏邨、叶紫、周扬、夏衍、丁玲、何其芳、张天翼、艾青、彭家煌、楼适夷、巴金、老舍、叶圣陶、郁达夫、李健吾、欧阳予倩、白薇、沈从文、靳以、王统照、鲁彦、郑伯奇、陈白尘、沙汀、丰子恺、废名、林徽因、邵洵美、朱湘、穆时英、刘呐鸥、施蛰存、苏汶、李长之、苏雪林、周作人、张资平、叶灵凤、李金发、胡秋原等，表明《现代》具有一视同仁、聚合作家的“兼容并包”风度。从文学理论来看，既有《马克思、恩格斯和文学上的现实主义》，也有《白碧德及其人文主义》，还有介绍象征派、意象派、芝加哥城市诗派和超现实主义诗派等理论；从作家色彩来看，既有鲁迅、周扬、茅盾、张天翼等左翼作家，也有梁实秋、苏汶等被左翼视为论敌的自由主义者；从创作方法来看，既有严格意义上的现实主义、浪漫主义，也有典型的现代主义，如新感觉主义、象征主义、意识流等；从作品来看，既有政治倾向鲜明的，如鲁迅的杂文《为了忘却的纪念》、胡秋原的杂文《中日亲善颂》、茅盾的小说《春蚕》、郁达夫的小说《迟桂花》、艾青的诗歌《芦笛》、洪深的剧本《香稻米》、欧阳予倩的剧本《同住的三家人》，也有思想复杂甚至有偏激的，如左翼作家与“第三种人”论争的文章、林希隽的《杂文和杂文家》否定杂文价值而对作者进行人身攻击的，也有思想倾向淡薄的新感觉小说、心理分析小说、现代派诗歌，如施蛰存的小说《李师师》《梅雨之夕》《善女人行品》、穆时英的小说《南北极》《公墓》《白金的女体塑像》《圣处女的感情》、施蛰存的诗歌《赠诗人路易士》《嫌厌》、李金发的诗歌《夜雨孤坐听乐》、戴望舒《望舒草》里的部分诗作等，还有译介的西方现代派理论及其作品，翻译乔伊斯的《尤利西斯》、普鲁斯特的《追忆逝水年华》，还有美国“文坛新秀”海明威、福克纳等人的文学作品。

《现代》杂志从出刊到停刊，尽管只有三年时间，但对中国文学的贡献是很突出的，主要表现在三个方面。第一，在貌似“中立”的前提下，在左翼文艺运动遭到扼杀的严峻形势下，《现代》集中地发表进步倾向明显的革命作家作品，有力支持了左翼文艺运动。1933 年 5 月 14 日，左翼作家丁玲在上海被捕，国民党这一压制进步文艺的做法立即遭到进步人士的反对，现代书局就不失时机出版丁玲的小说《夜会》，以示对高压政策的抗议。施蛰存也在《现代》杂志上刊发消息：“丁玲女士失踪了，她留给我们的婉约的作风，奔放于纸上的热烈的情感真是抓住每个青年的心而使之奋起的。”鲁迅听到丁玲遇害的消息后，即作《悼丁君》，诗曰：“如磐夜气压重楼，剪柳春风导九秋。瑶瑟凝尘清怨绝，可怜无女耀高丘。”鲁迅同时“建议马上出版丁玲未完成的长篇小说《母亲》，要在各大报刊登广告，大肆宣传”1933 年 7 月 1 日，《现代》第三卷第三期刊出“话题中之丁玲女士”一组四张照片，寄托文坛的急切关注。自由主义者虽然叫嚣要远离政治，但作为有良知的知识分子，面对日趋恶化的时局，总不能袖手旁观，“第三种人”胡秋原在《现代》第三卷第二期发表杂文《中日亲善论》，以迭出的反语、逼人的锋芒，抨击国民党名为“攘外须先安内”，实则为“攘内安外”的国策。第二，造就了“现代派诗歌”，使施蛰存、李金发、戴望舒、何其芳等的“纯诗”赢得了更多的读者。在《现代》上发表的“现代诗”既不像自由体诗那样挥洒自如、晓畅易懂，也不似新格律诗那样音韵婉转、形体整饬，而是意象晦涩、组接错杂，因而有读者指斥这些“不是诗!”对此，主编施蛰存说：“《现代》中的诗是诗，而且纯然是现代的诗。它们是现代人在现代生活中所感受到的现代的情绪用现代的词藻排列成的现代的诗形……《现代》中的诗大多是没有韵的，句子也很不整齐，但它们都有相当完美的肌理。”的确，“现代诗”多义性强，空间结构大，耐人咀嚼。孙作云于 1935 年 5 月在《论“现代派”诗》中，首次给这些诗作冠名为“现代派”。“现代派诗歌”对 20 世纪 40 年代九叶诗派的形成具有开启作用。第三，成就了“现代派小说”，让更多的读者认识了穆时英、刘呐鸥、施蛰存等笔下现代都市的畸形与病态。小说题材多取材于半殖民地半封建大都市的病态生活，并通过描写在灯红酒绿环境中人与人关系的世相世态，揭示出资产阶级金钱腐蚀下男女的堕落与荒淫、寂寞与空虚。在艺术上独有创新，如注重主观感受的瞬间捕捉、借鉴电影蒙太奇技巧和意识流手法等。

在新感觉派小说的笔下，中国的都市出现了一批形形色色的人物形象，从洋场阔少、摩登少妇、掮客富豪，到将军水少、僧人妖婆、小公务员等。刘呐鸥侧重描写混迹于娱乐等场所的资产阶级男女堕落而荒淫的生活，他的小说集《都市风景线》不仅是我国最早出版的新感觉派小说集，也是最早出现的反映都市生活的小说集，其中的代表就是《都市风景线》。作者描绘了都市的赛马场、夜总会、舞场、影院、汽车、茶馆、酒店、富家别墅、海滨浴场等色彩斑斓的场景，也刻画了少爷、小姐、舞女、交际花、姘头、资本家、小职员等各式各样的人物，他们对都市有热狂迷乱的感性欲望，在金钱、肉欲的驱使下，无所谓纯真的爱情。穆时英着重揭露都市人“在快乐的面具下”内心所隐藏的孤独、寂寞、痛苦，如代表作之一的《上海的狐步舞》通过一个个互不相关的画面，描绘了灯红酒绿的大都会夜晚的种种社会病象：夜晚僻静的街上发生了一起凶杀案，三个穿黑绸衫的人枪杀了一个提着饭篮的人；火车疾驶而过，接着出现的场景是一个大富豪刘有德回到家，年轻的妻子先向他要钱，儿子又来向他要钱，用于夜生活的享受；工地上一位建筑工人被木柱压死、一个失恋青年在江边呆立……这几幅画面剪辑在一起，就构成了“建筑在地狱上的天堂”的鸟瞰图。《夜总会里的五个人》主要写了五个失意者——破产的金子大王胡均益、失去青春的交际花黄黛茜、失业的市政府秘书缪宗旦、失恋的大学生郑萍，以及怀疑主义者季洁，他们纷纷“从生活里跌落下来”，沦为“被生活压扁”的失意者。在一个星期六的晚上，看似毫无交集的五个人在繁华大都市的“皇后夜总会”戏剧般地齐聚。他们身份不同、性格迥异，但内心充斥着同样的悲愤、仇恨和无法排遣的孤独。他们不被理解，也不渴望被谁理解，只是戴着快乐的面具，疯狂地在夜总会里寻求刺激。小说企图通过人物感官上的狂欢，在醉生梦死中暂时地驱赶焦灼与孤独——即使这完全是饮鸩止渴。施蛰存善于用弗洛伊德学说从深层次描写人物心理，尤其是性心理，通过梦幻、意识流手法揭示生活在底层的普通人在大都市快节奏冲击下内心的苦闷和忧伤，如代表作之一的《梅雨之夕》几乎没有故事情节，仅仅记叙了下班回家的“我”在途中邂逅一位少女之后的一段心灵历程。下班时，“我”在梅雨里打伞徒步回家，在四川路街头偶遇没有带伞的美丽少女，“我”主动用伞送她一程，走着走着，觉得她酷似苏州时的女友，又觉得她很像名画《夜雨宫诣美人图》中的日本女郎，最后发现这个少女的嘴唇太厚，绝非初恋女伴；街边店铺里有个女子用忧郁的眼神看着“我”，她好似“我”的妻子，在焦灼地等“我”回家；别了少女，“我”在电车上下意识地打开伞，回家敲门时，听见里面的声音好像是刚才那个少女。雨中伴行，绝对不是出于助人为乐，完全起于性爱。又如《春阳》写在一个风和日丽的春天，寡妇婵阿姨到上海银行存钱的心理活动。婵阿姨为了得到夫家三千亩地的产业，抱着牌位成了亲；13 年后，在存钱途中的餐馆里，她看见同龄妇女伴夫携子的天伦之乐，非常羡慕，渴望得到男性的爱抚，但一想起“族人的诽笑和讽刺”，从镜子里看到萎黄的面容，就掐灭了爱情的火苗；在旅馆里，看见一位文雅的中年男子，就想象人家会邀请她并肩挽手去看电影；在银行，她见到职员年轻潇洒，似乎有点儿爱意，不料那职员称她为“太太”，而不称“小姐”，她的心一下子凉了。这篇小说表现了婵阿姨既优越自尊又自怜悲苦、深受封建礼教束缚又渴望获得性满足的矛盾人生。

新感觉派小说在艺术创新方面，主要表现为三个方面的特色。

第一，注重主观感受的瞬间捕捉，将物象个性化和生命化，并在一定程度上对小说的结构等形式、技巧做了革新。对客观物象的主观感觉的追求，是接受日本新感觉派“主客合一主义”文学思想的影响，如“月光喃喃细雨”（横光利一《日轮》），“大白天，特别快车载着乘客全速奔驰，沿线的小站像一块块小石头被抹杀了”（横光利一《头与腹》）。中国新感觉派也有类似的描述，如“古铜色的鸦片烟味”“电梯把他吐在四楼”“清晨，睡熟了的建筑物站了起来，抬起脑袋卸了灰色的睡衣”“黄昏，残日还抚摩着西洋梧桐新绿的梢头”（穆时英《上海的狐步舞》）。“她的眸子里还留着乳香”“我听得见自己的心的沉重的太息”“那只手像一只熨斗，轻轻熨着我的结了许多皱纹的灵魂”（穆时英《第二恋》）。这里，作者使用了很多的“通感”手法，读起来显得很新鲜也很贴切。“晴朗的午后。游倦了的白云两大片流着光闪闪的汗珠，停留在对面高层建筑物造成的连山的头上。远远地眺望着这些都市的墙围，而在眼下俯瞰着一片旷大的青草原的一座高架台，这会早已被为赌心热狂了的人们滚成为蚁巢一般了。紧张变为失望的纸片被人撕碎满散在水门汀上。一面欢喜便变了多情的微风，把紧密地依贴着爱人身边的女儿的绿裙翻开了。除了扒手和姨太太，望远镜和春大衣便是今天的两大客人。但是这单说他们的衣袋里还充满着五元钞票的话。尘埃，嘴沫，暗泪和马粪的臭气发散在郁悴的天空里，而跟人们的决意、紧张、失望、落胆、意外、欢喜造成一个饱和状态的氛围气。可是太得意的 Union Jack（英国国旗）却依然在美丽的青空中随风飘漾着朱红的微笑。There, they are off! 八匹特选的名马向前一趋，于是一哩一挂得的今天的最终赛便开始了。”这是刘呐鸥《两个时间的不感症者》里的一段文字，它通过视觉、听觉、味觉、嗅觉、触觉的客体化、对象化，使艺术描写具有更强的可感性，具有某种立体感，这就是新感觉派要追求的效果。

第二，借鉴电影蒙太奇技巧表现和描写场面和气氛。穆时英在《当今电影批评检讨》里说，他所创作的小说，总是力图引进“以摄影机和蒙太奇为主的造型艺术”“并且要用巧妙的形式把它们表现出来”。叶灵凤在《几篇短篇小说》里也说：“我学短篇小说是很注重于技巧结构和题材选择的。”在他们的小说结构中，随处可见电影画面的剪辑组合、情节线索的隐喻象征、感觉意象的虚幻朦胧、诗歌散文的交叉混合等多种形式。就在这些蒙太奇式的结构中，中国传统结构中的那种连贯性、统一性、完整性被彻底抛弃了，时间顺序混淆了、空间位置打乱了、因果关系也退隐了。这样一来，读者仿佛不是在“读”小说，而是在“看”，要认真体会、仔细揣摩。穆时英在《夜总会里的五个人》里所写的都市街景是过去的中国小说中所没有的：“红的街、绿的街、蓝的街、紫的街……强烈的色调化妆着都市啊！霓虹灯跳跃着五色的光潮、变化着的光潮、没有色的光潮……泛滥着光潮的天空，天空中有了酒、有了烟、有了高跟鞋。”他把色彩声光感觉化地结合在一起，显示出一种疯狂的都市之美。接着，采取电影剪辑的方式，以电影蒙太奇技巧将五个人的生活片段进行转换出现，反映 20 世纪 30 年代大上海广阔的社会生活场景，开掘都市生活的现代性和都市人灵魂的喧哗与骚动，特别是把沉溺于都市享乐的摩登男女的情欲世界描绘得有声有色、栩栩如生。黑婴在短篇小说集《帝国的女儿》里，极力尝试运用各种技巧和手法表现与都市的“机器文明”相适应的心理体验和感应形式，极力把电影中的镜头、音乐中的奏鸣曲、绘画中的光影，以及戏剧中的舞蹈、散文诗歌等形式都引进到小说领域。叶灵凤的小说《鸩绿媚》把浪漫的故事、奇特的想象、梦幻的感觉、怪异的情节和多变的手法结合在一起，构建了“立体的综合”结构效果。叶灵凤的《流行性感冒》也是一篇心理蒙太奇式的作品。

第三，运用弗洛伊德的学说和意识流手法，揭示人物复杂的内心活动，挖掘和表现人物的潜意识，刻画人物的双重性格和病态心理。施蛰存以写心理分析小说著称，着意描写人物主观意识的流动和心理感情的变化，追求新奇的感觉，将主观感觉融入对客体的描写中，并用快速的节奏表现病态的都市生活。在现实题材小说《春阳》《梅雨之夕》和历史题材小说《将军底头》《黄心大师》《鸠摩罗什》《石秀》中，对弗洛伊德的学说和意识流手法进行了圆熟运用，人物的心理描写真实自然而细致入微，尤其是潜意识的性心理、性幻觉的展示非常符合西方的现代观念。刘呐鸥的《残留》全篇用心理独白的方式写成，女主人公霞玲一方面极端思念刚死去的丈夫，因悲痛连走路都没有力气；另一方面刚料理完丧事的当天晚上，就希望有别的男人代替丈夫来陪她，她在街头挑逗一个男人还真的如愿了。这样的二重人格、变态心理，让人难以理解。描写双重人格的还有刘呐鸥的《方程式》《游戏》、穆时英的《夜总会里的五个人》。

在新感觉派小说园地里，有些作品虽然成就比不上刘呐鸥、施蛰存、穆时英的，但在表现手法上也有可以学习的方面，如徐霞村的短篇小说集《古国的人们》，林徽音的短篇小说《西泠的黄昏》、中篇小说《花厅夫人》，黑婴的短篇小说集《帝国的女儿》，徐訏的《鬼恋》等。

三、沈从文的小说

沈从文是中国现代著名作家、历史文物研究家、京派小说代表人物。

沈从文（1902－1988），湖南凤凰人。原名沈岳焕，乳名茂林，字崇文，使用过的笔名有休芸芸、甲辰、上官碧、璇若等。据沈从文在《从文自传》里记载，清朝乾隆六十年，他的祖辈就迁居到湖南凤凰厅黄罗寨，逐渐购置了房产和大片田地。祖辈中的沈宏富曾做过云南昭通镇守使和贵州总督，属于曾国藩的部下。父亲沈宗嗣青年从军，曾为天津大沽提督罗荣光的裨将，辛亥革命时曾参与组织反清武装起义，后因刺杀袁世凯密谋事泄而出逃四年，之后辗转在当地军阀部队中任职。母亲黄素英是土家族，出身书香门第，自幼读书识字，知书达礼，见多识广，并懂医方，她对沈从文的教育成长影响很大。

沈从文出生于 1902 年 11 月 28 日，自幼顽皮，因为聪明，读书过目不忘，便觉得上课没有意思，经常逃学，小学毕业后就没有继续上学。1917 年，母亲让他参加土著部队，从此走上行伍生涯。这期间，他跟着所在部队流离了很多年，在沅江流域及湘鄂川黔四省边区游动移防，抄抄写写当上士司书，做过警察所办事员、屠宰收税员、报馆校对，间或还帮忙当厨子，广泛接触了封闭状态下古老的乡风和各色人物，亲眼见过湘兵的威武勇猛，也目睹了军队残酷杀戮大批无辜乡民的惨状。1922 年，他到湘西巡防军首领陈渠珍手下做文书时，认识了一位从长沙来的印刷工人，印刷工人向他介绍了《新潮》《创造周报》等新文化期刊，沈从文大开眼界。受新文化熏陶的沈从文因此想去北京求学，并得到了陈渠珍的同意。1923 年秋，沈从文“弃武从文”到了北京，报考了燕京大学国文班。可他只有高小文凭，面试得了个零分，没办法，他只好去风气自由的北大偷听。为了解决温饱，他给当时在北大任教的郁达夫写了求助信。郁达夫接到信后，顶着鹅毛大雪去“窄而霉小斋”会见了向他求助却素不相识的文学青年，请他到饭馆饱食了一顿，并把他介绍给了《晨报副刊》主编。从此，沈从文经常在《晨报副刊》发表散文诗歌，“北漂”的日子总算有了点基础。

1925 年 3 月，沈从文在《晨报副刊》发表散文《遥夜》，诉说自己在北大的困窘与坚持，引起了北大教授林宰平的注意。通过林教授的引荐，沈从文认识了徐志摩、闻一多等人，不久，徐志摩还把沈从文列为《晨报副刊》的约稿作者。从 1926 年起，沈从文的散文、小说及戏剧作品又被商务印书馆、北新书店、光华书局出版，在 20 年代中期“乡土小说”盛极之时，沈从文的这些乡土回忆性的诗文小说，自然引起了人们的关注，因此沈从文也就成为京沪两地文坛的新星。1927 年，京城学人纷纷南下，沈从文亦于年底迁至上海，并很快在叶圣陶主编的《小说月报》上发表了小说。沈从文到上海后，和胡也频、丁玲创办《红黑》和《人间》月刊，只出了 3 期，就停刊了。1929 年秋，他先后到吴淞中国公学、武汉大学任教。其间经常在《小说月报》《新月》《现代》等刊物上发表作品，这时期的作品结集为《鸭子》《旅店及其他》《蜜柑》等，描写了湘西乡俗民风和鲜明的生活：《萧萧》《牛》《柏子》《阿丽思中国漫游奇境记》显示了他早期小说较成功的乡土抒写和历史文化思考。

1930 年，沈从文到青岛大学执教；1934 年 1 月，担任《大公报副刊》编辑。这期间，他出版了 20 多部作品集，如《石子船》《虎雏》《月下小景》《八骏图》《从文小说习作选》等；中篇小说《边城》于 1934 年 1 月开始在《国闻报》上连载，标志着他的小说成熟，成为表达“理想的人生形式”的代表作。也就是在这期间，他挑起了“京派”与“海派”之争。抗战爆发后，经武汉、长沙，取道湘西去云南，在西南联大任教。期间，写了散文《湘西》、长篇小说《长河》(第 1 卷)。抗战胜利后到北京大学做教授，编辑《大公报》《益世报》《平民日报》文艺副刊。

中华人民共和国成立后，沈从文在中国历史博物馆工作，并在故宫博物院兼职，研究文物和物质文化。到 1962 年，他写出了《中国丝绸图案》《唐宋铜镜》《明锦》《龙凤艺术》《战国漆器》等研究著作，成为我国将文献与文物相结合进行历史研究的开创者之一。1978 年调任中国社会科学院历史研究所研究员。1981 年出版了历时 15 年写成的《中国古代服饰研究》专著。1988 年 5 月 10 日，因心脏病复发，抢救无效因去世。

沈从文的一生是坎坷的一生，也是奉献的一生。沈从文一生创作的结集有 80 多部，是现代作家中成书最多的一个。他以“乡下人”的主体视角审视当时城乡对峙的现状，极力构造他心中的“湘西世界”，批判现代文明在进入中国的过程中所显露出的丑陋。由于其创作风格独特，沈从文在中国文坛被誉为“乡土文学之父”。 他的作品被译成日本、美国、英国、苏联等四十多个国家的文字出版，并被美国、日本、韩国、英国等十多个国家或地区选进大学课本，两度被提名为诺贝尔文学奖评选候选人。

沈从文一生很努力，挤进文化名流的圈子之后，始终坚持自己的创作理想，继承和发扬了五四新文学运动中个性解放和民主主义、人道主义的优良传统，开拓了 20 世纪 20 年代乡土文学的表现领域，以另类的文笔对国民性的改造做着不懈的探索。他采取的是地域的、民族的文化历史态度，由城乡对峙的整体结构而使“湘西世界”美好的人性和现代文明在其进入中国的初始阶段所显露的丑陋堕落形成强烈反差，让读者在动乱年代里以切身的体验分辨美的人性、分享美的愉悦、呼唤美的理想。这也是沈从文在《习作选集代序》反复强调的：“我实在是个乡下人。说乡下人我毫无骄傲，也不在自贬，乡下人照例有根深蒂固永远是乡巴佬的性情，爱憎和哀乐自有它独特的式样，与城市中人截然不同！”20 世纪 30 年代的文学评论家苏雪林在《沈从文论》里说：“他的作品不是毫无理想的。……这理想是什么？我看就是想借文字的力量，把野蛮人的血液注射到老态龙钟颓废腐败的中华民族身体里去使它兴奋起来、年轻起来，好在 20 世纪舞台上与别个民族争生存权利。”

纵观沈从文的小说创作，从题材上主要表现为三大类。第一类是“湘西系列”的“乡下人”小说，这是作者创作数量最多、影响最大、艺术成就最高的一类，寄寓着作者对乡土文明的探索，更寄托着作者对理想人生和美好人性的追求，如《萧萧》《丈夫》《柏子》《雨后》《贵生》《虎雏》《月下小景》《边城》《长河》等。第二类是揭露“衣冠社会”人性堕落的小说，鞭打封建伦理的罪恶和在现代文明熏染下上流社会的变态和虚伪，如《顾问官》《绅士的太太》《八骏图》《大小阮》《有学问的人》等。第三类是以民间传说和神话传奇而演绎虚构的超现实小说，如《阿丽思中国游记》《龙珠》《媚金，豹子和那羊》《神巫之爱》等。

发表于1934年的中篇小说《边城》，被公认为沈从文的代表作。小说叙述了一个纯洁缠绵而又哀伤凄婉的爱情故事，描绘了湘西农村淳朴清明的风俗人情，寄托着作者美好“人生形式”的理想。民国初年，在湘西茶峒碧溪岨小山城，有一条小溪，溪边有座白色小塔，塔下住了一户人家，这户人家的老人管理着渡口。与外孙女翠翠快乐地生活着。翠翠年方十五，情窦初开。在一次端午节赛龙舟盛会上，翠翠与爷爷走散了，却邂逅了当地船总顺顺的二儿子傩送（即“二老”)，两人萌发了一种朦胧的情感，翠翠一直将其作为甜美的记忆珍藏于心中。第三年端午节，翠翠随爷爷又去看赛会，不巧的是，傩送到千浪滩办货了，翠翠和爷爷在顺顺的吊脚楼上避雨遇见顺顺的大儿子天保（即“大老”)，天保对翠翠一见钟情。第四年端阳节时，翠翠和傩送又见面了，之前因听爷爷说过傩送要娶的是王团总的女儿，所以有些使小性子。也就在这一天，顺顺请媒人向翠翠提亲了，当爷爷告诉她提亲的对象是天保时，翠翠忧郁地一言不发。后来，天保和傩送也相互明白了各自的心事，按照当地风俗，兄弟两个决定轮流为翠翠唱山歌，谁的歌声得到应答谁就是胜者。哥哥天保自知在唱歌方面不是弟弟的对手，也深知爱情不能勉强，便压抑情感主动退出，在驾船下辰州途中的兹滩，不幸被竹篙弹入激流淹死了。消息传来，傩送觉得自己对哥哥的死负有责任，也无心谈爱和对歌了，加之父亲要给包办与王团总女儿的婚姻，他怀着自责和抗婚的情绪，在痛苦中驾船要去桃园。爷爷为了翠翠的幸福去找顺顺，顺顺以为天保的死与爷爷有关，产生了误会，态度冷淡。爷爷心生郁闷，在一个雷电交加的晚上，伴随着白塔的坍塌而去世。翠翠心里始终惦记着傩送，她不愿意离开渡口，仍然矢志不渝地等待着心上人的归来。而“这个人也许永远不会来了，也许明天回来!”

《边城》里的人物都体现了沈从文“优美、健康”的人性美。无论是老船夫、翠翠、船总顺顺、天保、傩送，还是杨马兵、金平等乡朋邻居，他们淳朴善良、重义轻利。老船夫五十年来“不论晴雨，必守船头”，古道热肠，乐善好施，绝不多收渡船的额外钱，不得已收了一枚铜子时便给人家送上一小束烟叶；把外孙女翠翠拉扯大了，“得把翠翠交给一个可靠的人”，时刻牵挂着翠翠的婚姻大事，但从不强迫包办；为翠翠的婚事奔走时，即使受到误会，他也不与人争辩。船总顺顺是公众推选出来德高望重的长者，掌管着水码头，他虽有家产，但从不炫富，豪爽和气、慷慨大方、乐于助人，而且教子有方，他让兄弟两个“学贸易，学应酬，学习到一个新的地方去生活”“学的做人的勇气和义气”，教育的结果是他两个儿子“皆结实如老虎，却又和气亲人，不骄惰，不浮华”。天保、傩送俩兄弟虽出生于小康之家，但从小养成吃苦耐劳的品性，在处理婚事上，不为王小姐的碾坊陪嫁所引诱，纯洁的爱情观打破了传统财势门第偏见，都看中穷船夫的外孙女，甘愿做老船夫的接班人；兄弟俩同时爱上翠翠，虽不愿将情人恭让，却也没有因嫉妒而以野蛮的决斗习俗论胜负，而是采用公平而浪漫的唱山歌的方式表达感情，最后，又以成人之美而谦让，自己承受爱情的痛苦。杨马兵年轻时做过马夫，曾牵了马匹到碧溪岨与翠翠的母亲唱歌，翠翠母亲总不理会；可是老船夫死后，他却成了翠翠唯一的靠山。他安慰照顾翠翠，要按爷爷的心愿找一个喜欢的人来接收渡口，要是不满意可以拿着镰刀拼命。

翠翠是《边城》里的主人公，也是作者理想中爱与美的象征。翠翠是大自然的女儿，没有被繁华都市鄙俗污秽熏染的山乡少女，常年与爷爷相依为命，健康美丽、天真善良、聪慧机灵，“从不想到残忍的事，从不发怒，从不动气”，像“一只小兽物”，她善良的心像山中的溪水那样纯净。当她遇见傩送，心中萌发对异性的爱恋，憧憬着朦胧的未来，“她从这份隐秘里，便常常得到又惊又喜的兴奋”。对待爱情矜持娇羞、忠贞专一，尽管她与傩送之间并没有相互倾诉或者承诺过，但她相信自己，把爱情的火苗深藏于内心，盼望着意中人打开幸福之门；明知傩送可能再也回不来了，但她仍然在渡口矢志不渝地等待着……

《边城》也展示了“湘西世界”的风景美、风俗美，有力丰富了人物性格成长的环境空间。小说所描绘的风光旖旎的湘西、傍山依水的小城、象征古老文明的白塔、河街上错落的吊脚楼、深山峡谷的雾霭、清澈见底的河流、浓翠逼人的细竹、朦胧迷人的月色、恬静优美的山村、桃花深处的人家……是一幅朴实而满含生机的图景，犹如一幅生动山水画卷，充满了诗情画意和浪漫的牧歌情调，就是这样一个如桃花源般美好的地方，孕育了一代又一代的湘西人。更令读者心旷神怡的是对湘西民俗的描写，如正月十五夜晚，舞龙、耍狮子、放烟火，使小小的山城沉浸在一片欢乐之中；每到端午节，家家锁门闭户到河边、上吊脚楼观看龙舟竞赛，妇女小孩都穿新衣服，额头上用雄黄蘸酒画“王”字，善于泅水的男人们下河参加抢夺大雄鸭子的游戏；中秋夜，青年男女用对歌的方式在月夜下倾吐爱慕之情。小说里还写了太平时局，秩序井然，丝毫没有现代工业文明的气息，没有战争和盗匪的侵扰；货物充足，买卖之间不讲价，和气生财，互相不想占便宜；民风古朴，生生不息，不计恩怨，善于相助；青楼歌妓守信自约，专侍歌舞，耻于索价等。

第十章　现代诗歌的多样化走向

20 世纪 30 年代尖锐激烈的阶级斗争和风起云涌的抗日救亡活动，为诗歌创作提供了丰富的生活源泉；蓬勃开展的左翼文艺运动，又为诗歌创作指出了较为明确的方向，革命现实主义诗歌获得较大的发展；"新月诗派"解散之后，受西方现代主义影响的现代派诗歌将李金发的象征主义诗歌艺术推上了极致。总体来看，这个时期诗歌成就主要表现在政治抒情诗歌、现实主义诗歌、现代派的诗歌。

第一节　政治抒情诗歌

如果说出版于 1928 年的《前茅》《恢复》是郭沫若政治思想转变的产物，是提倡革命文学的冲锋号，那么到 30 年代初期，在继承蒋光慈、郭沫若革命诗歌的传统道路上，殷夫、田间、蒲风的政治抒情诗歌成为时代的最强音。

一、殷夫的诗歌

殷夫是中国无产阶级的优秀诗人，"左联"五烈士之一。

殷夫（1910—1931），浙江象山人，学名徐祖华、徐白，谱名孝杰，小名徐柏庭，笔名有殷夫、白莽、任夫、殷孚等。殷夫的父亲是乡间比较有名的土医生，母亲是一个精明能干的农家妇女，殷夫出生时家境比较殷实。殷夫在家中排行老小，有三个哥哥、两个姐姐。大哥徐培根（徐孝瑞）、三哥徐文达（徐孝邦）都是国民党军队的高级军官。1920 年秋，殷夫到县立高等小学。1923 年秋，随大哥往上海，改名徐白，考入上海民立中学。

殷夫与革命发生关系较早。1925 年五卅惨案中参加"三罢"斗争。1926 年 7 月转入浦东中学越级插班就读，加入中国共产主义青年团。1927 年"四一二"反革命政变期间在上海被捕，被关押了 3 个月，在狱中作诗《在死神未到之前》，对这次被捕的经过和自己的感受作了详细的记述。1927 年秋，殷夫考入上海同济大学德文补习科学习，转为中国共产党党员后，继续宣传革命思想，1928 年初在校外参加了蒋光慈、钱杏邨等共产党人组成的"太阳社"；秋天，因参加革命活动被反动当局再次被捕，被大嫂托熟人保释出狱后回乡。1929 年 2 月，殷夫重返上海，从事共青团和工运工作；这期间，他将匈牙利诗人裴多斐的诗集译文寄给由鲁迅主编的《奔流》编辑部，并以饱满的激情和高亢的诗笔，写下了《血字》《一九二九年的五月一日》《我们的诗》等革命战歌；5 月，因组织上海丝厂工人罢工第三次遭捕；殷夫出狱时，鲁迅在《白莽作〈孩儿塔〉序》里描述：热天穿着大棉袍，满脸油汗，笑笑地对我说道："这是第三回了。自己出来的。前两回都是哥哥保出，他一保就要干涉我，这回我不去通知他了。"殷夫第三次出狱后在团中央宣传部工作，积极投入青年反帝大同盟，参加"左联"；在"左联"刊物《拓荒者》上发表《写给一个哥哥的回信》，写下《别了哥哥》一诗，表达了自己与反动阵营的公开决裂，为全人类解放而献身革命的坚强决心。1931 年 1 月 17 日，殷夫应约赴东方旅社参加党内秘密会议，因叛徒告密，被英租界巡捕逮捕（第四次被捕）。1931

年 2 月 7 日晚，殷夫、胡也频、冯铿等五位左翼作家，以及林育南等 24 位共产党员，被国民党秘密杀害于上海龙华。

殷夫等左翼作家、共产党员遇害后，中共中央机关报《红旗日报》、“左联” 机关刊物《前哨》《文艺新闻》等报刊先后刊发消息，国际革命文学家联盟等国内外革命团体、革命作家纷纷发表抗议信和纪念文章，回击国民党反动派的暴行。鲁迅先生闻讯后，以极大的悲愤写下了《惯于长夜过春时》一诗。两年后，鲁迅又写了《为了忘却的纪念》，在文中援引了殷夫翻译裴多菲的《自由与爱情》这首诗，表示了深沉的悼念。

据统计，殷夫生前有诗作 99 首、译诗 11 首（取名《自由》），诗集有《孩儿塔》（选入 65 首，殷夫牺牲以后，鲁迅保存了诗集的手稿，并为之撰写了序言，但是一直没有机会出版。中华人民共和国成立以后，于 1958 年 12 月由人民文学出版社出版了这本诗集），中华人民共和国成立后出版的还有《殷夫选集》《殷夫集》。

殷夫自编《孩儿塔》，收入的是 1924—1929 年初之间的作品，内容多为对爱情和故乡的歌唱，也有对现实的不满和对理想的追求，但创作的基点仍然是倾向革命的。正如殷夫自己在《〈孩儿塔〉上剥蚀的题》里所说：“我的生命，和许多这时代中的智识者一样，是一个矛盾和交战的过程，啼、笑、悲、乐、兴奋、幻灭……一串正负的情感，划成我生命的曲线，这曲线在我诗歌中，显得十分明耀。”“这里所收的，都是我阴面的果实。现在时代需要我更向前，更健全，于是，我想把这些病弱的骸骨送进‘孩儿塔’去。因为孩儿塔是我故乡义冢地中专给人抛投死儿的所在。……所以，我的只是埋葬病骨，只有这么，许或会更加勇气。”在《放脚时代的足印》中，诗人一方面热烈地幻想着爱情；一方面也敏感地体悟着社会：“我初见你时，/我战栗着；/初接你吻时，/我战栗着；/如今我们永别了，/也战栗着。”1927 年，殷夫第一次被捕出狱后回到象山期间，诗人在《哦，我爱的》里热烈地赞美心中的爱人：“看，她有如仙嬛，/胸中埋着我的情爱；/呵，我的爱是一朵玫瑰，/ 五月的蓓蕾/开放于自然的胸怀。”而写于 1928 年的《醒》则抒发了作者的另一心境：“微风的吹嘘之中，/小鸟儿的密语之中……我不留恋梦的幽境，/我不畏惧现实的清冷……愿重入黄沙之滩，/飓风吼着威吓音韵”。在《清晨》中，诗人高声作着：“我幻见一朵五月的玫瑰开了，/姑娘，你当时若真说/带着我爱的辽阔的幽音，/我投倒在屈子的怨灵……清晨洒遍大地，/阳光哟，鲜和的朝阳……/突进高歌的旋韵。”诗人把“清晨”比喻为新的生命。《宣词》是诗人决心独自走向革命道路而向爱人告别的内心剖白，诗人预感到自己投奔革命的结局可能是死亡：“明晨是我丧钟狂鸣，青春散陨”“漫漫的长夜将终了，/朝阳的旭辉在东方燃烧”，为了爱人的幸福，也为了自己的革命理想，“我不能爱你，我的姑娘”。这种自觉地由牺牲“自我”投身“群我”的自我表现，与蒋光慈等的“革命+恋爱”创作形式比较，殷夫虽有继承，但更多的是超越。殷夫童年丧父，少小离家，漂泊于动荡的都市，于是在黑暗、阴冷、恐怖的气氛中，他只有以怀念家乡、歌唱爱情抒发心中温暖的记忆和对美好的向往。正如他在《感怀》里所唱：“我不禁回忆故家的园庭/反响着黄雀歌儿声/绿的草丛上飞金的苍蝇/衰色的夕阳下逃跑了我的青春。”《我还在异乡》抒发的是思乡的煎熬：“孤荒！/我还在异乡/海涯下反复空虚的悲响/拥挤着生淡容貌/秋虫传报凄凉……依旧，是天上的帆像/却衰老了罗盖般的孤桑/同样/分飞、漂泊、死亡/ 我也把过去送葬/不忍辨/这已不是我的家乡。”写于狱中的《在死神未到之前》，记叙了诗人第一次被捕入狱的经过及其心理变化，革命信念在诗人心灵上占据主导位置：“在森严的刑场上，我的眼泪决不因恐惧而洒淋”，决心以死去换取革命的成功，读后给人以勇气和力量之感。《致纺织娘》《赠朝鲜女郎》《梦中的龙华》等诗篇，也表现出他坚决的斗争意志。《孩儿塔》呼唤着革命风暴早日来临。1936 年 4 月，鲁迅在《白莽作〈孩儿塔〉序》时，对殷夫的诗歌给予高度评价，他说："这《孩儿塔》的出世并非要和现在一般的诗人争一日之长，是有别一种意义在。这是东方的微光，是林中的响箭，是冬末的萌芽，是进军的第一步，是对于前驱者的爱的大纛，也是对于摧残者的憎的丰碑。一切所谓圆熟简练，静穆幽远之作，都无须来作比方，因为这诗属于别一世界。"

1929 年 2 月，殷夫从家乡重返上海之后，就投入火热的革命斗争之中。这期间的诗作表现的内容主要有：第一，正面歌颂共产党领导下的工人斗争，直接描写革命斗争的过程。《让死的死去吧》写道："让死的死去吧！/他们的血并不白流，/他们含笑地躺在路上，/仿佛还诚恳地向我们点头。/他们的血画成地图，/染红了多少农村，城头。……/走去吧，/斗争中消息不要走漏，/他们尽了责任，/我们还要抖擞。"诗歌正面抒写"死亡"主题，不仅没有弥漫低沉、哀伤的气息，而是有力地表现出革命者前仆后继、英勇奋斗的高贵品质和昂扬精神。《一九二九年的五月一日》描写了浩浩荡荡的正在行进着的工人队伍，沸腾着的人群，震彻着天宇的口号声，以及"在晨曦中翻飞像队鸽群"的"白的红的五彩纸片""我在人群中行走，/在袋子中是我的双手，/一层层一叠叠的纸片，/亲爱地吻我指头"。诗人对自己从事的斗争充满着发自内心的喜悦，他觉得"这五一节是'我们'的早晨，这五一节是'我们'的太阳"，他坚信"今天和将来都是'我们'的日子"，因为在他手里握着的不是简单的传单而是真理。《五一歌》直接宣泄对革命的满腔热情，诗人的思想已经完全成熟，"在今天，我们要准备战斗!/怕什么，铁车坦克炮，/我们伟大的队伍是万里长城！/怕什么，杀头，枪毙，坐牢，/我们青年的热血永难流尽！/……我们过的是非人的生活，/唯有斗争才解得锁链，/把沉重的镣枷打在地上，/把卑鄙的欺骗扯得粉碎，/我们要用血用肉用铁斗争到底！"第二，表明决绝的革命态度，传递温暖的战斗友情。1929 年初，作者第二次被捕出狱后回到老家，虽然"远离上海"，但是在上海所参加过的革命斗争的情形一直不能忘怀："夜缠绕着我的灵魂"，作者抑制不住革命激情，写下了《梦中的龙华》。在诗人的心里，龙华塔是一个象征，它是革命事业的象征，也是革命者的象征："呵，龙华塔，龙华塔，/想你的红砖映着天白，/娆娇的桃枝衬你孤拔，/多少的卑怯者由你顶上自杀。"到最后，作者把握了龙华塔的脉搏，把它看成是社会进步的动力。在"四一二"反革命政变发生两周年这一天，殷夫写了《别了，哥哥》这首诗，副标题是"向一个 class 的告别词"，他完全站在无产阶级立场上，与他哥哥所代表的剥削阶级作了彻底的决裂。他"不要荣誉，不要功建"，要的是"永久的真理"。在这首诗的最后，他以异常坚决的口吻写道："别了，哥哥，别了，/此后各走前途，/再见的机会是在 /当我们和你隶属着的阶级交了战火。"这完全是一篇向反动阶级宣战的檄文。《议决》描写了深夜里一次工人集会的情景，虽然参加会议的人已十分疲劳，但情绪都很饱满，人们开朗地笑着："明日呢，这是另一日了，/我们将要叫了！/我们将要跳了！/但今晚睡得早些也很重要。"诗人以白描的手法写出了革命者工作后的欢乐，看来快到"另一日了"，但他们仍互相叮嘱早一些休息，新的任务又要他们叫着跳着去迎接，充分表现了诗人对战斗的渴望以及同志间的友爱。第三，把自己溶于集体斗争之中，展现无产阶级斗争的英雄群像：《我们》歌颂了无产阶级英雄群像："我们的意志如烟囱般高挺，/我们的团结如皮带般坚韧，/我们转动着地球，/我们抚育着人类的运命！/……我们是谁？/我们是十二万五千的工人农民!"《我们是青年的布尔塞维克》热情讴歌青年群体的战斗精神："我们生在革命的烽火里，/我们生在斗争的律动里，/我们是时代的儿子，/我们是群众的兄弟，/……伟大是我们的队伍，/无穷是我们的兄弟，/共产主义青年团，/新时代的主人翁，/我们是资产阶级的死仇敌，/我们是旧社会中的小暴徒，/我们不怕死，/我们不悲泣，/我们要破坏，/我们要建设，/我们的旗帜鲜明：/斧头镰刀和血迹，/战斗的警钟响彻了天空，/是时候了，全世界无产青年快团结!"写于"五卅"运动四周年的《血字》，以形象的比喻，引起人们对"五卅"运动的历史回顾："五卅"哟！/立起来，在南京路走！/把你血的光芒射到天的尽头，/把你刚强的姿态投映到黄浦江口，/把你的洪钟般的预言震动宇宙！/今日他们的天堂，/他日他们的地狱，/今日我们的血液写成字，/异日他们的泪水可入浴。/……我是一个叛乱的开始，/我也是历史的长子，/我是海燕，/我是时代的尖刺。"诗中的"我"，显然不是诗人个人，而是整个无产阶级巨人。诗人用高昂、自豪的语调歌颂无产阶级的壮大和胜利，表现了高度的革命英雄主义、革命乐观主义精神。

在 20 世纪 30 年代，殷夫的政治抒情诗继承和发展了"普罗诗歌"的传统，面对国民党的白色恐怖不畏惧、不退缩，表露了真实的革命情怀，大胆反抗不合理的社会制度，勇敢追随无产阶级革命步伐，洋溢着革命乐观主义战斗精神。诗歌形式自由奔放，加上比喻、夸张、描写、议论等手法的运用，读起来气势豪迈、格调激越，鼓动性和感染力很强，因而又被誉为"红色鼓动诗"。

二、田间的诗歌

田间（1916—1985），原名童天鉴，安徽无为人。少年时期在农村生活。1933 年考入上海光华大学外文系。1934 年 10 月加入中国左翼作家联盟，参与《每月诗歌》《新诗歌》《文学丛报》的编辑工作。1935 年出版第一本诗集《未明集》，1936 年出版诗集《中国牧歌》和《中国农村的故事》。《中国牧歌》集中地反映了中国东北地区农村的苦难和斗争，表现出对义勇军反侵略精神的呼唤和对东北农民日益深切的关心，诗集的情绪比《未明集》强烈，反映生活也较为充实。《中国农村的故事》共分《饥饿》《扬子江上》《去》三部分，以红军长征为背景，揭露和控诉着农村中的不平。胡风在《田间的诗》中评述田间早期作品时说："差不多占三分之二以上的是歌唱战争下的田野，田野上的战争，他歌唱黑色的大地、蓝色的森林、血腥的空气、战斗的春天的路，也歌唱甜蜜的玉蜀黍、青青的油菜，以及忧郁而无光的河流……"

1937 年春，田间到东京学习日文，接触了匈牙利诗人裴多菲和俄罗斯诗人涅克拉索夫、马雅可夫斯基等人的作品，深受其诗风影响。抗战爆发后，田间回到上海参加抗战斗争，先后赴武汉、延安等地组织开展抗日文化活动。1937 年 12 月，田间发表长诗《给战斗者》，表达各族人民反抗侵略的迎战决心和宁死不屈的高贵品格，是当时公认的优秀政治抒情诗。1938 年夏，田间随丁玲领导的西北战地服务团赴延安，致力于街头诗运动，《假使我们不去打仗》《义勇军》《坚壁》《多一些》《给饲养员》等很具有鼓动性。闻一多说田间创作的诗歌是以"爆炸着生命的热与力"跻身抗战诗坛的，被誉为"擂鼓诗人""时代的鼓手"。在解放战争之前，田间还创作了诗集《呈在大风沙里奔走的岗卫们》和长诗《她也要杀人》《戎冠秀》《赶车传·第一部》。

田间的代表作《给战斗者》是抗战初期鼓动人民保家卫国、奋起斗争的战歌。在"序诗"部分，诗人对日本帝国主义的侵略罪行进行愤怒的揭示；接着，用七段诗句回顾了与土地、与祖国生死与共的关系，盛赞了中华民族同胞面对敌人"不能屈辱地活着，也不能屈辱地死去”的决战人情和战斗精神，号召英雄的人民勇敢地投入抗战洪流。

在民族危亡的关头，中华民族的反抗侵略迎战决心和宁死不屈的高贵品格表现得异常鲜明，包含着对祖国深沉的“爱”，诗歌最后指出“战士的坟场/会比奴隶的国家/要温暖，/要明亮”。田间《写在〈给战斗者〉末页》曾说这首诗是一个“召唤”，“召唤祖国和我自己，伴着民族的号召，一同行进，我的希望，是寄托在人民身上”。诗人善于以精短有力的诗句来表现战斗的激情，大胆地采用了电影蒙太奇的手法，又以连续反复的出现行为来渲染雄壮的声势，融汇了马雅可夫斯基的阶梯式诗的特色，自然地在节奏上形成一种急促感，增强了鼓动性，有力地激起读者感情的共鸣。诗歌形式与风格上的这种特点，与抗战前期的时代精神正相契合，因此产生了广泛的宣传效果。

田间是延安街头诗运动的倡导者。据田间在《延安的街头诗运动》中回忆，《街头诗歌运动宣言》号召：“不要让乡村的一堵墙、路旁的一片岩石，白白地空着。”1938 年 8 月 7 日，延安城内，大街小巷，街头和城墙上，张贴起一首一首的街头诗。大街的中心，悬挂着九幅红布，红布上面也写着“街头诗”。当时延安的诗人们，就地这一天叫作“街头诗运动日”。田间、邵子南是街头诗歌的积极实践者。

田间的街头诗短小精悍，语义简明易懂，宣传效果强烈、教育意义深刻，读起来通俗简洁，便于抒发情感，《假使我们不去打仗》《毛泽东同志》《义勇军》《坚壁》《多一些》《自由，向我们来了》《给饲养员》《我是庄稼汉》等都围绕抗战主题，有力地配合了抗战斗争。如《假使我们不去打仗》以假设的语气深刻地阐明了一个道理，即只有战斗才有机会改变奴隶身份：假使我们不去打仗，/敌人用刺刀杀死了我们，/还要用手指着我们骨头说：/“看，这是奴隶！”又如《坚壁》，日本侵略者疯狂实施“三光”时，一个有血性的中华民族宁死不屈的光辉形象浩然屹立：狗强盗，/你要问我么/“枪、弹药，埋在哪儿？”来，我告诉你：“枪、弹药，/统埋在我的心里！”

“街头诗”激发了延安和根据地群众的抗战激情，鼓舞了人们的抗战斗志。

闻一多在《时代的鼓手——评田间的诗》里准确地分析了田间诗歌的基本特点和艺术风格：“没有‘弦外之音’，没有‘绕梁三日’的余韵，没有半音，没有玩任何‘花头’，只是一句句朴实、干脆、真诚的话（多么有斤两的话！）简短而坚实的句子，就是一声声的‘鼓点’，单调，但是响亮而沉重，打入你耳中、打在你心上，……它摆脱了一切诗艺的传统手法，不排解，也不粉饰、不抚慰，也不麻醉，它不是那捧着你在幻想中上升的迷魂音乐，它只是一片沉着的鼓声，鼓舞你爱、鼓动你恨、鼓励你活着，用最高限度的热与力活着，在这大地上。”

三、蒲风的诗歌

中国诗歌会也被称为“新诗歌派”，是左联领导下的一个群众性诗歌团体，于 1932 年 9 月在上海成立，发起人为任钧（卢森堡）、穆木天、杨骚、蒲风、田间、王亚平等。创办机关刊物《新诗歌》，“以推进新诗歌运动，致力于中国民族解放，保障诗歌权利为宗旨”（《中国诗歌会会章》），在思想内容上表现了强烈的反帝反封建倾向，倡导和实践通俗晓畅的大众化形式。1934 年 12 月，由于白色恐怖日益严重，《新诗歌》被迫停刊。为了配合“国防文学”运动，1936 年，中国诗歌会的成员积极投身到抗日救亡运动的洪流，出版了一套《国防诗歌丛刊》，包括任钧的《战歌》、穆木天的《流亡者之歌》、杨骚的《乡曲》、柳倩的《自己的歌》等。由于中国诗歌会的现实主义精神和大众化的主张在全国产生了较大影响，从 1933 年下半年起，广州、北平、河北、青岛、厦门、湖州等地先后成立了中国诗歌会分会，进一步扩大了新诗歌的影响。中国左翼作家联盟解散后，中国诗歌会随之解散。

蒲风是中国诗歌会中最活跃、成就较大的政治抒情诗人。任钧曾说："假如说中国诗歌会的确曾经对中国的新诗运动发生过多少推动作用的话，则蒲风之功，显然是最大的。"

蒲风（1911—1942），广东梅县人，原名黄日华，曾用名黄浦芳、黄飘霞，常用笔名蒲风。1927 年"四一二"反革命政变后，他写了《鸦声》一诗，反映了大革命失败后光明与黑暗继续搏斗的现实。1930 年赴上海，在中国公学求学并参加中国左翼作家联盟。1932 年 9 月，参与发起成立中国诗歌会，担任常务执行委员，研究新诗歌理论，提倡诗歌大众化主张，继承太阳社诗歌政治抒情的传统，抵制新月派、现代派诗歌回避现实、粉饰歪曲现实的诗风，宣传反帝爱国思想。1934 年，蒲风出版了第一本诗集《茫茫夜》。1935 年东渡日本，在东京参与左联东京分盟的活动，与雷石榆、林林等创办《诗歌生活》，以黄飘霞的笔名出版长诗《六月流火》。1936 年春回国，先后在青岛、福州等地任教。抗战爆发前后，蒲风奔波于汕头、厦门、福州、广州等地，创办诗歌刊物，参与文化界抗敌后援会的筹备和组织工作，这期间，先后出版诗集《生活》《钢铁的歌唱》《摇蓝歌》《抗战三部曲》，以及长诗《可怜虫》。1938 年，蒲风加入中国共产党共产党，并响应中国共产党提出的"为争取千百万群众进入抗日民族统一战线而斗争"的号召，依然投笔从戎。1940 年 10 月，他抵达皖南新四军军部，在战地，他写了大量的墙头诗、传单诗、明信片诗、短诗、歌词等，鼓舞部队战士奋勇抗日，出版的诗集有《在我们的旗帜下》《真理的光泽》《黑陋的角落里》《取火者颂》《街头诗选》《儿童赤卫队》，长诗《林肯，被压迫民族救星》。紧张的部队生活和长期挑灯夜笔战，使这位体质文弱的多产作家患上肺病，于 1942 年 8 月 13 日，病逝于安徽天长。

蒲风的诗歌大部分取材于农村的生活和斗争，着力表现农村的黑暗现实和农民的觉醒反抗。《鸦声》描写孤鸦飞遍了东南西北中，向人们传播了"所遇见的事情"，受苦的民众"都起来自动反抗，统治者们无日不魂飞魄荡"。《农夫阿三》写生活在国民党拉夫、苛捐、匪患境况下"小百姓，只有死"的黑暗年代，眼看到了收割季节却不得不忍痛离开家园而逃亡在外，但到处都是"匪去兵来，敲诈残杀不讲理"，他在流亡中忽然萌生了想法，只要团结众多兄弟就能组成革命军队，要"拿起锄来，翻过天来换过地！"长诗《茫茫夜》很具有代表性，写一个农村青年不愿意继续过屈辱的生活，和几位同乡离开家乡参加了"穷人军"，走上了反抗社会的道路；母亲不理解儿子的行为，在一个风狂、狗吠的黑夜里，"想起她心爱的失踪的儿子"，痛苦地呼唤着、低诉着："为什么，为什么你要远离乡里？"诗人通过巧妙的艺术想象，借着怒吼的狂风，母亲隐隐约约听到了儿子的回答：

为着我们大众我离开了家
为着我们的工作离开你和她
……
为什么我们穷苦了整日整年，
却要饱受饥寒、凌辱、打骂？

为什么他们整年饱吃寻乐，
我们却要永远屈服他？
为什么天灾人祸年年报？
为什么苛捐杂税没停过？
为什么家家使用外国货？
为什么乞丐土匪这么多？
……
母亲，母亲，母亲，
再不能屈服此生！
我们有的是力，有的是热血，
我们有的是万众一心的团结，
我们将用我们的手
建造一切，
建造一切！

通过母子隔空对话的形式，表现了两代人思想的变化和新一代农民的觉醒，表达了反抗者对不公平社会的强烈愤慨。诗歌的结尾写雷鸣电闪、狂风暴雨，象征人民大众掀起的革命风暴，预示着恐怖的黑夜将被黎明所替代。长诗《六月流火》写国民党为了“围剿”红军，在王家庄一带毁苗筑坝，农民们在王挺三带领下团结起来保护庄稼奋起抗争的故事。其中“铁流”一节，在中国新诗史上第一次歌颂红军二万五千里长征。1936 年春，郭沫若在日本阅读这部诗集后，对蒲风说：“至于《六月流火》，虽无主角，但也有革命情调作焦点。其‘咏铁流’一节，可以把全篇振作起来。结尾处轻轻地用对照法作结，是相当成功的。”①

随着民族矛盾日趋尖锐，强烈的抗日救亡斗志和强烈的爱国主义热情很快在蒲风诗歌里得到体现。华北事变后，抗日救亡运动在全国各地蓬勃发展，蒲风从日本回国后，为抗日救国奔走呼喊，写下了著名爱国诗篇《我们迎着狂风暴雨》，诗人用火一般的热情呼唤人民为祖国而战斗：

我不问被杀了多少东北同胞，
我要问热血的中国男儿还有多少。
我要汇合起亿万的铁手来呵，
我们的铁手需要抗敌！
我们的铁手需要战斗！

显然，诗歌的主人公是一位热血沸腾的青年爱国者，他喊出了中华儿女抗日救亡的心声。在《钢铁般的歌唱》《抗战三部曲》《武装田地山河》《优良的射击手》《中国，我要做个炮灰哟》等诗篇中，都表现了诗人保家卫国的战斗决心，表现了诗人强烈的爱国主义热情。蒲风的街头诗直抒胸臆，以通俗的语言宣传抗日精神，如《街头诗·四》表达了在抗战来临后，中华民族的儿女们毫不退缩、毫不畏惧，誓死保卫家园的斗争意志：

① 转引张建智：《蒲风的〈六月流火〉》，《博览群书》，2009（2）。

我们不逃走，不逃走！
我们的家，家在这里。
看，我们都武装起来了，
我们誓死要抵抗日本帝国主义！

《街头诗·十》号召战斗的同胞们要团结起来，共同抗击敌人，即使战斗到最后也要紧握着手，即使战死了也要死在一起，英勇、乐观、悲壮令人肃然起敬：

世界，风风雨雨！
兄弟呀，紧握着战斗的铁手，
我们生死在一起！

茅盾曾把蒲风诗歌的艺术风格概括为“刚健朴质”。蒲风的诗歌具有明显的时代特色，他着力以澎湃的青春激情和爱国主义热情，用朴实通俗的语言，鼓舞、团结、激励中华民族的儿女们从苦难走向觉醒、奋起抵抗侵略。蒲风主张向民间艺术形式和俄国、德国革命诗人学习，还尝试创作街头诗、传单诗、明信片诗等新诗歌形式。1936 年 7 月，蒲风倡导过新诗歌的“斯达哈诺夫运动”，本意是希望诗歌创作的数量与质量并重，但客观上却导致片面追求数量，以致有些作品热情有余而深刻不足，艺术性粗糙，流于空泛和概念化。为了实现诗歌大众化的理想，蒲风对新诗的民族形式作了深入探讨，撰写了《抗战诗歌讲话》《现代中国诗坛》《五四到现在的中国诗坛鸟瞰》等理论文章，对不同流派的新诗做了概括分析，评价了一些有影响的诗人和作品，称颂中国诗歌会的创作方向。

第二节　现实主义诗歌

左联时期，在各派诗歌相互对立、相互斗争又相互影响、相互渗透、相互融合的复杂情况下，涌现了一大批坚持诗歌的现实主义传统，又在诗歌表现艺术的创新上取得了可喜成就的诗人，他们的诗作更能体现出现实主义诗歌的精神实质和强大的生命力，在这些新诗人中，当首推臧克家、艾青。

一、臧克家的诗歌

臧克家是现代著名诗人、中国民主同盟盟员。

臧克家（1905—2004），曾用名臧瑗望，山东潍坊诸城人，出生在一个破落的封建地主家庭。臧克家的父亲是从法政学堂毕业的，身体不好，患有肺病，仅仅活了 34 岁。由于家庭的不幸，臧克家在入私塾之前有机会和贫苦人家的孩子一起玩耍，从而对农民的悲惨、辛酸的生活有了深入骨髓的认识；又因为他家里文化氛围浓郁，他从小就对文艺感兴趣。18 岁那年（即 1923 年夏天），臧克家考入济南省立第一师范学校，特别崇拜郭沫若的新诗，并大量阅读中外名著。1926 年秋考入中央军事政治学校武汉分校，加入讨伐夏斗寅、杨森的战役，后因军阀追捕而逃亡东北。1929 年到青岛大学补习班学习，还在青岛《民国日报》上第一次发表新诗《默静在晚林中》。1930 年暑假报考青岛大学时，因国文成绩优异而被破格录取，此后深受国文系主任闻一多的影响并得到指教，走上了“悲愤满怀苦吟诗”的道路，1932

年在《新月》月刊上发表《难民》《老马》等新诗。1933 年，经王统照指导、闻一多作序，臧克家的第一本诗集《烙印》出版，这奠定了他“青年诗人”的地位。之后，臧克家陆续出版了《罪恶的黑手》(1934 年)、《自己的写照》(1936 年)、《运河》(1936 年) 等诗集，对 20 世纪 30 年代初期山东农村社会动荡、经济破产、农民疾苦等进行现实主义反映。抗战爆发之后，臧克家满怀爱国主义热情，深入河南、河北、湖北、安徽、重庆等地，奔赴抗战前线从事抗日文艺运动，1938—1945 年间，先后出版诗集《从军行》《泥淖集》《淮上吟》《呜咽的云烟》《泥土的歌》《国旗飘在鸦雀尖》《生命的秋天》《民主的海洋》，长诗《向祖国》《感情的野马》《古树的花朵》，长篇报告文学《津浦北线血战记》，散文集《乱莠集》《随枣行》《我的诗生活》等，许多作品是歌颂军民抗战斗争的，有的作品通过描写农村苦难的现实以揭露统治者的无能，赞许农民坚韧的生活态度。抗日战争胜利后，臧克家在重庆等地目睹国统区法西斯统治和社会腐败现象，写了大量政治讽刺诗，先后出版的三本政治讽刺诗集是《宝贝儿》《生命的零度》《冬天》，还出版有小说集《挂红》《拥抱》，散文集《磨不掉的印象》。中华人民共和国成立后，臧克家在从事文学编审、文化活动的同时，还出版了诗集《臧克家诗选》《一颗新星》《春风集》《欢呼集》《凯旋》《忆向阳》《落照红》《臧克家旧体诗稿》，传记长诗《李大钊》，散文集《怀人集》《诗与生活》，论文集《学诗断想》《克家论诗》《毛泽东诗词鉴赏》《臧克家古典诗文欣赏集》等。其中，歌颂根治黄河伟大决计的《毛主席向着黄河笑》、为纪念鲁迅逝世 13 周年而作的短诗《有的人》和怀念闻一多先生的散文《闻一多先生的说和做》，多年以来一直被收录到中小学教材之中。

《烙印》是臧克家的第一部诗集，最能体现他的艺术风格和创作成就。蒲风在《五四到现在的中国诗坛鸟瞰》里说：“臧克家虽然采用新月派的形式，却没有像陈梦家、朱湘等那么注重格律，尤其是在内容方面，他更是出了新月派的轨。”可见，臧克家的诗歌题材已经跳出新月派超越现实、只顾个人低唱吟咏的感情小圈子，艺术上也冲破了“三美”主张的“镣铐”，显得更加朴实严谨。臧克家表示，他从小生活在农村，“我酷爱乡村，也热爱农民”“深深地同情他们，为他们的不幸而悲愤”；青年时代，他投身于革命斗争，在奔波中饱尝生活的艰辛，也丰富了“生活的切身体验”。所以，闻一多在《〈烙印〉序》中，特别强调了这部诗集不寻常的价值。他说：“……克家的诗，没有一首不具有一种极顶真的生活的意义。”《烙印》的出版犹如一股清新的风，立即引起诗坛青睐。茅盾在《一个青年诗人的“烙印”》里评价说：“全部二十二首诗没有一首诗描写女人的‘酥胸玉腿’，甚至没有一首诗歌颂恋爱，甚至也没有所谓‘玄妙的哲理’以及什么‘珠圆玉润’的词藻！《烙印》的二十二首诗只是用了朴素的字句写出了平凡的老百姓的生活。”“我相信在目今青年诗人中，《烙印》的作者也许是最优秀中间的一人了。”此后，臧克家就被人们称为“农民诗人”或者“泥土诗人”。

臧克家诗歌的突出成就主要集中在三十年的创作上。臧克家在《学诗过程中的点滴经验》里回忆说：“……对于出现在我的诗篇里的那些人物，对于乡村生活的景象，我不是偶然遇到过他们，或是过眼烟云般地接受了一些浮躁的印象，然后凭想象把他们创造成诗的。不是的，活在我诗里的那些农民形象，几十年来就活在我的心上；展开在我诗里的那乡村生活图景，几十年来从来没有淡忘过。”正是有这样的基础和认识，朱自清在《新诗杂话·新诗的进步》中认为：“近年来乡村运动的兴起，乡村的生活实相渐渐被人注意，这才有了有血有肉的以农村为题材的诗。臧克家先生可为代表。”

《烙印》里的诗篇在内容上主要分为两类。

第一类是对农民痛苦生活进行纪实，以展示中国北方农村的动荡与萧条，从侧面表达对下层劳动人民不幸生活的同情和愤慨，如《难民》《老哥哥》《村夜》《答客问》《歇午工》《渔翁》《神女》《洋车夫》《贩鱼郎》等。《难民》以记叙的笔法写战乱中的农民被迫背井离乡逃难的悲苦与无助：

日头堕到乌巢里，
黄昏还没溶尽归鸦的翅膀，
陌生的道路无归宿的薄暮，
把这群人度到这座古镇上。

黄昏时刻，日落鸟归，一群难民衣衫褴褛、筋疲力尽地到了一个小镇。生理上的疲倦和饥饿使他们难以抵抗，而“螺丝的炊烟牵动着一串亲热的眼光”，熟悉的场景勾起了故乡的情思，心理上的暂时满足也被“阴森的凄凉”吞没了。“年头不对，不敢留生人在镇上。”故乡容纳不下这群人，他们又被异乡拒绝，只能伴随着“叹息声”和“小孩子的哭声”在黑夜里永无停止地流浪。《老哥哥》从儿童视角入手，通过地主小儿子“我”与长工“老哥哥”的对话，再现了“老哥哥” 用一生的血汗和忠诚朴实的行动服侍东家的事实。“老哥哥”被榨干血汗、年老无用的时候，便被东家无情地撵出了门，而“我”浑然不知，还要“老哥哥”收捡的“破衣裳”堆回“炕角里去”，还缠着他“今天说个更好的故事”，表示 “老哥哥，你这霎对我好，大了我赚钱养你的老!”一个孩子的天真和善良，怎能改变世代农民遭受剥削的社会制度呢？《村夜》写 20 世纪 30 年代初北方农村的不太平，每当夜晚，家家关门闭户：“再捻小了灯，/强撑住万斤的眼皮，/把心和耳朵连起，/机警的听狗的动静。”胆战心惊地熬过一夜又一夜。《答客问》以答代问，先写“我才从乡村里来”，因此“知道那里的一切”，凡游子都希望故乡越变越好，但故乡的变化却越来越糟，由于兵灾、水灾、匪灾，乡村经济破产，农民求生无路。诗作真实地反映了 20 世纪 30 年代初期的社会现实，抒写出压在社会底层的广大农民的深重苦难，表达了诗人对国家前途的忧虑和对劳动人民的深切同情。臧克家的诗歌还接触到社会下层角落里的劳动人民，如补破烂的女人、挖煤工人、洋车夫、鱼贩子、当垆女……他们的生活命运同样是悲苦的、凄凉的。第二类是对农民忍辱负重精神的集中写照，揭示了农民在苦难生活重压下坚毅挣扎的人生态度，也寄予了知识分子的时代苦闷和希望，如《生活》《烙印》《当炉女》《老马》《希望》《天火》《不久有那么一天》等。《生活》一诗被闻一多称为是《烙印》的基础，它集中反映了臧克家这一时期的人生观、生活体味和生活态度：

这可不是混着好玩，这是生活，
一万支暗箭在你的周边，
伺候你一千回小心里一回的不检点。
灾难是天空的星群，
它的光辉拖着你的命运。

尽管生活是险恶的，“但你须咬紧牙关不敢轻忽”，“带一点倔强，”要用尽力气去与现实苦斗，然后才在“苦涩中有你独到的真味”。臧克家认为，在“美好”未到之前，要忍耐下去，不要叫苦。在战乱年代，这种“忍耐”“苦斗”不失为一种给革命蓄积力量的精神品质。《烙印》是写人生痛苦的一种体味，诗人将这种感受比喻为“在我的心上打了个烙印”，这是一个非常形象准确的描述，而这个“烙印”在诗人看来不仅仅是一种痛的感受，还是在“刻刻警醒我这是在生活”；所以，“我不住地抚摩这印烙，忽然红光上灼起了毒火，火花里迸出一串串歌声，件件唱着生命的不幸”。这种不幸只能在诗人的内心唱歌，在黑暗的现实中诗人的痛苦却不能对人诉说，诗人将这种人生的痛苦比作一个谜：“既然是谜就不该把底点破……我嚼着苦汁营生，像一条吃巴豆的虫”，将痛与苦咽下去，这是诗人面对生活时的坚韧态度。“当炉女”在丈夫死后，没有被生活所压倒，而是“她亲手拉风箱，白绒绳拖在散乱的发上”，独自支撑着这个家，这种抵御困苦、忍辱负重的精神是劳动妇女向封建“四权”的无言回击。《老马》虽只有两节八句，却是《烙印》里的名篇，诗人没有详细描写老马衰弱病残的外形，而是着重写它的命运和感受，舍其形而取其神：

总得叫大车装个够，
他横竖不说一句话，
背上的压力往肉里扣，
他把头沉重地垂下！
这刻不知道下刻的命，
他有泪只往心里咽，
眼里飘来一道鞭影，
他抬头望望前面。

全诗构思新颖，以马喻人，“老马”分明是旧中国尚未觉醒的忍辱负重、坚毅顽强、朴实憨厚的农民形象，诗歌传神地展示了20世纪30年代初期中国千百万农民的不幸遭遇和凄惨命运。当然，臧克家在《新诗鉴赏辞典·〈老马〉赏析》曾说：“……其实我写这首诗，并没有存心用它象征农民的命运。我亲眼看到了这样一匹命运悲惨令我深抱同情的老马，不写出来，心里有一种压力。1927年大革命失败后，我反对蒋介石政权，全盘否定，而对于革命的前途，觉得十分渺茫。……因此，我写了老马，另外也写了许多受压迫的农民形象，实际上也就写了我自己。”臧克家的这段话，为我们今天理解《老马》打开了视野，开阔了思路。在《希望》里，诗人歌唱“希望是乌云缝里的一缕太阳”。《天火》向反动派提出警告：“……你要从死灰里逼出火星，到了那时你得去死，宇宙已经不是你的！”在《不久有那么一天》里，诗人预言：“宇宙扪一下脸，来一个奇怪的变！天空耀得一片白光，黑暗吓得没处躲藏。”这绝不是诗人的幻想，因为“黑夜的长翼底下，伏着一个光芒的晨曦”。

臧克家的诗歌讲求意境含蓄，在描写事实、抒发情感时，既没有蒋光慈、殷夫诗歌的直率热烈，也没有闻一多诗歌的压抑沉闷，没有徐志摩诗歌的飘逸空灵，而是以现实主义笔触进行冷静的叙述、客观的描写，将所要抒发的情感蕴含在字里行间。如《难民》里黄昏时分，农家院子里炊烟袅袅、飞鸟归巢，让人联想到天快要黑了，人们该吃晚饭了。但是，一伙流浪的人群，却被古镇上的地主势力赶走了，他们带着疲惫、携着“叹息”和“小孩子的哭声”离开了古镇，走进了茫茫黑夜……《老马》运用比喻、象征和拟人等手法，向人们展示了一幅悲惨的画面：在主人的淫威下，一匹衰老的瘦马，只能默默地忍受，不敢发出丝毫怨言和抗议。在旧中国，聪明的人们都知道，这是“以马喻人”，不仅写了农民的无奈，也表达了知识分子的苦闷。在语言运用方面，臧克家既博采众长，又保持新月派的“苦吟”作风，既向古典诗词学习，又善于使用日常口语，用词严谨、注重推敲，“希望把每一个字放在最恰当的地方，螺丝钉似地把它扭得紧紧的”（见《臧克家诗选·序》）。如《难民》里“堕”“溶”“度”“扎根”“支撑”“牵动”“涨大”“铁力”“推入”“牵回”等词语的使用，再如《老马》里“扣”“垂”“咽”“飘”等词语。这些词语看似平易，实则准确、生动、传神。《老哥哥》里使用了大量日常口语：“你不见日头快给西山接去了”“老哥哥，你这霎对我好”“老哥哥，傍落日头了，牛饿的叫”，里面的“日头”“西山接去”“霎”都是口语或方言，读了之后，觉得生动恰切。

当然，由于臧克家生活与思想的局限，他在20世纪30年代初创作的作品里不免有一些茫然和悲哀的情绪，正如他在《学诗过程中的点滴经验》里所说：“虽然表现了乡村的破产，但没有明确它未来的命运；描写了农民生活的悲惨和他们的挣扎，并通过这种描写对封建黑暗社会进行了控诉。可是，没有写出他们正面的斗争和最后的出路。”因此，在他的一些诗篇中未能深刻揭示农村中的主要矛盾和斗争，有的作品甚至表现了脱离革命斗争实际的倾向。这种表现，很快在 1934 年以后的作品里逐步得到了克服。长诗《罪恶的黑手》尖锐地揭露帝国主义教会虚伪的本质，控诉殖民主义者对中国人民的奴役榨取，“谁料定大海上那霎起风暴？万年的古井也说不定会涌起波涛？等这群罪人饿瞎了眼睛，认不出上帝也认不清‘真理’”。诗人相信这些工人们一旦觉醒，就会“用有力的手撕毁万年的积卷，来一个伟大彻底的反叛!”

二、艾青的诗歌

艾青（1910—1996），浙江金华人，原名蒋正涵，号海澄，曾用笔名莪加、克阿、林壁等，是中国现代著名诗人，有“诗坛泰斗”的美誉。

艾青出生于一个封建的地主家庭。他出生的时候，因母亲难产，被迷信视为“尅父母”的怪胎，不久，就将其送到一个叫“大叶荷”的贫苦农妇家。艾青在这里度过了5年的童年时光。回到亲生父母身边，仍然得不到正常的父母之爱，他自己说是在“冷漠和被歧视空气里长大”的，而“大叶荷”的善良、忠厚、慈爱却给他留下了深刻的记忆，凋敝衰败的农村景象也在他幼小的心灵里埋下了忧郁的元素。1919年9月艾青在私立育德小学读书，逐步受到“科学”“民主”思想的启蒙。1925年9月考入金华省立第七中学，在革命浪潮的推动下，艾青阅读了宣传唯物史观的书籍，确立了向往革命、寻求新生活的信念。他在《我的创作生涯》里说，“我少年时酷爱绘画”，1928年9月考入杭州国立西湖艺术院绘画系，半年后随几个同学转赴法国巴黎专攻美术，勤工俭学之余，学习西方批判现实主义文学作品、印象派新颖的表现手法，“我在巴黎度过了精神上自由、物质上贫困的三年”。在文学方面，他涉猎了法国象征派诗人波德莱尔、兰波、 阿波利奈尔、古尔蒙和俄国诗人马雅可夫斯基、勃洛克、叶遂宁等人的作品，他最喜欢的是比利时诗人凡尔哈伦的诗歌。“九一八”事变之后，中国的民族危机加深，艾青在巴黎参加了世界反帝大同盟，他的第一首诗歌《会合》记录了反帝大同盟一次集会的情景。“一·二八”淞沪会战之日，艾青从巴黎启程回国，5月，在上海参加中国左翼美术家联盟，并组织创办“春地画会”，开展系列革命美术宣传活动。7月20日晚，艾青等13名进步美术青年被法租界巡捕房以“危害国民”罪逮捕，而后遭到国民党政府三年多的监禁，1935年10月被释放出狱。1936年10月，艾青将1932—1935年在牢狱内写作的25 首诗作交由上海群众杂志公司自费出版了他的第一本诗集《大堰河》，表现了对资本主义世界的强烈谴责和对剥削阶级的憎恶。艾青出狱后，辗转于常州、金华、杭州、上海等地，继续从事诗歌创作，进一步表现北方人民的苦难和反叛旧世界的激情，更热烈地呼唤光明。抗战爆发前后，他先后创作了《复活了的土地》《雪落在中国的土地上》等名篇。1937 年 10 月到武汉，他目睹了军民抗日的雄壮场面；在湖南永新一带偏僻的乡村，贫困、荒芜、饥馑的旷野使他心中储满了忧郁和悲哀；联想到北方日本的嚣张进犯，给人民带来了巨大的灾难。这时期，艾青以抗日救亡为喷火口，诗歌创作如火山一般爆发，先后创作了诗集《北方》《他死在第二次》《旷野》《土地》等、长诗《向太阳》《火把》，这是艾青诗歌创作最丰盛的时期。

《大堰河》里的《大堰河——我的保姆》是以“艾青”为笔名发表的成名作， 也是他早期诗歌代表作。该诗写于 1933 年 1 月一个雪天的早晨，诗人因冷而神往，睹雪思人，想起了自己的农村保姆，不由得提笔抒情。茅盾在《初期白话诗运动》里以赞扬的口吻说：“新近我读了青年诗人艾青的《大堰河——我的保姆》，这是一首长诗，用沉郁的笔调细腻地写出了乳娘兼女佣（大堰河）的生活痛苦”。《大堰河——我的保姆》显示了艾青现实主义的诗歌艺术才华。诗歌对保姆至亲至爱的深情，对往事的追怀与对逝者的眷恋，那种对世态炎凉的慨叹和对悲惨社会的诅咒，那种对旧中国农村在三座大山压迫下萧条破败、濒于绝境的黑暗现实的控诉，都融汇于催人泪下的凄婉悲愤的叙述之中。这样的诗风与当时新月派、现代派脱离现实、低吟消极的格调相比较，不觉使人感到眼前一亮，无论是表达的主题思想还是艺术手法，都是对“五四”以来新诗现实主义传统的继承和发展，并在 20 世纪 30 年代初期将自由体诗歌的艺术水平推向了新的高度。

对旧世界的叛逆与诅咒和对光明的渴望与追求，是艾青早期诗作的两个突出主题。前者是“给予这不公道的世界的咒语”，后者则突出了抒情主人公“我”作为旧世界的叛逆者的形象。两条线索在《大堰河——我的保姆》里水乳交融，浑然一体。对旧世界的叛逆与诅咒的主题，在长诗中得到了最强烈、最真切的体现。诗人满怀深情地抒写了贫农妇女大堰河一生凄苦的命运，从一个侧面反映了旧中国农村凋敝残破的景象。大堰河做饭、缝补、养鸡、照料丈夫和孩子，终日劳碌，但对养子的慈爱无私却不曾稍减。“你用你厚大的手掌把我抱在怀里，抚摸我”，每天繁重劳动之后的这种下意识动作，正是母爱的自然流露。诗人以深深的敬爱之情塑造了一个仁慈善良、饱经忧患的普通劳动妇女亲切感人的形象：

在你搭好了灶火之后，
在你拍去了围裙上的炭灰之后，
在你尝到饭已煮熟了之后，
在你把乌黑的酱碗放到乌黑的桌子上之后，
在你补好了儿子们的为山腰的荆棘扯破的衣服之后，
在你把小儿被柴刀砍伤了的手包好之后，
在你把夫儿们的衬衣上的虱子一颗颗地掐死之后，
在你拿起了今天的第一颗鸡蛋之后，
你用你厚大的手掌把我抱在怀里，
抚摸我。

出现在读者眼前的是一个勤劳、宽厚、仁慈、无私和充满着伟大母爱的妇女形象。诗人通过一系列生动的生活画面来展现大堰河慈母般的天性和勤劳淳朴的品德。诗人也满怀同情地描述了大堰河终身无法摆脱贫困的悲惨命运。她因家境贫苦，从小就被迫给人家当童养媳，繁重的体力劳动以及生儿育女之苦，过早地损害了她的健康，使她正当中年就死去了，一副薄棺，几束稻草，一把纸钱灰，成了她可怜的送葬物。然而，更加不幸的是大堰河死后家庭的破落衰败：丈夫也接着死了，家园被典押，一群儿子中有的死，有的仍在贫困和死亡线上挣扎。长诗通过对大堰河生前死后境况的描述，展现了旧中国农民的悲惨命运以及残酷的社会制度。所以，艾青面对铁窗，悲愤地唱出了对“不公道的世界的咒语”，他要为大堰河及中国广大劳苦大众伸张正义、奋力呼喊。

《大堰河——我的保姆》形式自由奔放，节奏通畅强烈，风格凄婉悲壮。诗人以对大堰河的感情波澜的高低起伏以及对旧世界的愤懑控诉，建构起诗的内在节奏美，使读者时时感应到诗人感情波涛的变化，与诗人情绪共鸣。为了凸显诗歌哀婉隽永的情思，诗人运用了比兴手法和反复排比的表现形式，既营造出一种特殊感情的跌宕气势，又拓展了诗歌的艺术境界，同时也给人以回环和谐的诗歌韵律美。

第三节　现代派诗歌

20 世纪 30 年代的象征派、新月派走向式微之后，1932 年 5 月 1 日，穆时英、刘呐鸥、施蛰存等创办的《现代》杂志，成了上海唯一的文学刊物。施蛰存代表刊物撰写了《创刊宣言》，提出“《现代》中的诗是诗，而且纯然是现代的诗。它们是现代人在现代生活中所感受到的现代的情绪用现代的辞藻排列现代的诗形……《现代》中的诗，大多是没有韵的，句子也很不整齐，但它们都有相当完美的‘肌理’，它们是现代的诗形，是诗！”于是，《现代》吸引了梁宗岱、施蛰存、金克木、林庚、李金发、戴望舒、叶公超、徐迟、曹葆华、李健吾、何其芳、卞之琳等文学名流，形成了 20 世纪 30 年代现代派诗歌潮流。抗战爆发后，这个诗派就自行分化了。

当国民党的白色恐怖席卷而来，一部分正直的小资产阶级知识分子不甘心被扼杀和在寂寥中度日，于是他们就以诗歌作为逃避现实的避风港，或者以迂回抵抗的方式，注重表现自我狭小感情世界深处的各种情绪，这种情绪很微妙很抽象， 亦真亦幻难以捉摸，带有明显的模糊性和朦胧美，多义性强、想象空间大，就连戴望舒后来也认为“诗是一种吞吞吐吐的东西……它的动机是在表现自己和隐藏自己的中间”（杜衡《望舒草·序》）。施蛰存认为读诗不要刨根问底，只要产生一种与诗人相近的感觉就算读懂了一首诗。因而，阅读现代派诗歌无法从字句上去做具体解析，只能从整体上进行把握，比如施蛰存的《桥洞》、戴望舒的《我的记忆》、何其芳的《预言》、卞之琳的《断章》等。

现代派诗歌在艺术上重视西方象征主义和中国古典诗歌的意象融合，大胆吸收以耶麦、瓦雷里等为代表的法国后期象征主义，以庞德、罗威尔等为代表的美国意象派，以艾略特为代表的欧美现代主义等潮流的营养，从中国古典诗歌里寻找感情抒发的“契合点”，特别是承袭晚唐诗人李商隐、温庭筠等感伤意象。现代派诗歌的贡献，在于以现代人的感受充实了诗情，使新诗不再限于 20 年代自由体诗歌、格律派诗歌的形式纷争，而致力于“现代的诗形”表达“现代的情绪”。现代派诗歌对 20 世纪 40 年代九叶诗派的形成具有推动作用。

一、戴望舒的诗歌

戴望舒（1905—1950），浙江杭州人，出生于银行职员家庭，字朝安，笔名梦鸥，现代派诗歌代表性作家。1922 年开始新诗创作，深受新月诗派、象征诗派的影响，并先后分别与张天翼、施蛰存等人成立文学社团、创办刊物。1928 年 8 月在《小说月报》上发表《夕阳下》《雨巷》《静夜》等诗作六首，叶圣陶称《雨巷》“替新诗的音节开了一个新纪元”，戴望舒因此被称为“雨巷诗人”。1929 年 4 月，出版了第一本诗集《我的记忆》。1930 年 3 月 2 日，戴望舒由冯雪峰介绍出席了左联成立大会。1932 年 5 月，《现代》杂志创刊，戴望舒为其主要撰稿人，并参与编辑工作。1932 年 11 月—1935 年 4 月，自费在法国的巴黎大学、里昂中法大学学习。其间，他的第二本诗集《望舒草》于 1933 年 8 月由现代书局出版。1936 年 10 月，戴望舒与卞之琳、徐迟等人成立“新诗社”，创办《新诗》月刊，该刊后于 1937 年 7 月停刊。第三本诗集《望舒诗稿》于 1937 年 1 月由上海杂志公司出版。抗战爆发之后，受中华文艺界抗敌协会的委托，戴望舒与许地山一起负责香港分会工作，先后与艾青等人创办《耕耘》《顶点》等刊物，应邀担任《星岛日报》副刊《星座》的主编，编发了大量宣传抗日的文学作品。这期间，戴望舒的诗歌一改以往那种只抒发个人低沉哀怨的情绪，以文笔为武器为宣传抗日战争发出呼号，海内外的进步作家，如郭沫若、茅盾、艾青、郁达夫、徐迟、卞之琳、楼适夷、萧乾、萧军、萧红、沈从文等都成了《星座》的专栏作家或撰稿人。1942 年 3 月下旬，戴望舒被日本宪兵逮捕，但他在狱中表现出了一个爱国知识分子的凛然正气。4 月 17 日戴望舒在土牢中写下《狱中题壁》，这是他所有诗作中最光辉的篇章。经叶灵凤等人多方营救，5 月，戴望舒被保释出狱。不久，他写了《我用残损的手掌》，表现对祖国命运的深切关注。1946 年 3 月，戴望舒携全家返回上海，先后在暨南大学、上海市立师范专科学校任教。第四本诗集《灾难的岁月》于 1948 年 2 月由上海星群出版社出版。1948 年 5 月，因参加教授罢课，遭到国民政府通缉，戴望舒再次携家眷赴香港。1949 年 6 月参加在北平召开的中华文学艺术工作代表大会。1950 年 2 月 28 日，因哮喘加剧，不幸离世。

戴望舒的诗歌擅长将西方现代派诗歌技巧与中国传统诗歌的意象有机结合，继承新月诗派注重理性和内心感受的传统，往往运用象征、意象、通感、暗示、隐喻等手法，使主题若隐若现，朦胧、多义，但不晦涩。可以说，从戴望舒开始，中国的象征主义诗歌结束了之前简单模仿外国诗的初级阶段，逐渐走上独立、成熟的新阶段。《我的记忆》里的《旧锦囊》《雨巷》和《我的记忆》三辑都是小资产阶级知识分子在大革命失败后自怨自艾的哀叹，抒发的是伤感愁烦，甚至是孤独颓废的情绪。《夕阳下》开篇就流露出顾影自怜的孤寂情绪：“晚云在暮天上散锦，/溪水在残日里流金；/我瘦长的影子飘在地上，/像山间古树底寂寞的幽灵。”在诗人看来，现实社会是“黑暗的占领，恐怖在统治人群”（《流浪人的夜歌》）。他叹息青春的流失，咏诵着“心头的春花已不复开，/幽黑的烦忧已到我欢乐之梦中来”（《忧郁》）。有时候，诗人痛苦地感到“欢乐只是一幻梦，/孤独却待我生涯”“人间伴我的是孤苦”（《生涯》），于是他歌吟幽灵、荒场、死叶、断梦、颓垣、残月、怪枭、饿狼等，醉心于悲思、珠泪、啼泣、凄凉、憔悴、哀曲之中。《雨巷》受李商隐的《代赠》“芭蕉不展丁香结，同向春风各自愁”、南唐李璟《浣溪纱》中“青鸟不传云外信，丁香空结雨中愁”的启发，表现了愁怨迷离、理想幻灭的惆怅感：

撑着油纸伞，独自
彷徨在悠长，悠长

又寂寥的雨巷，
我希望逢着
一个丁香一样的
结着愁怨的姑娘。

显然，诗人并不是写“我” 对一位丁香花一般的姑娘的执着追求，而是借一个丁香一样结着怨愁的姑娘以表现内心的复杂情绪。诗歌对姑娘的形象没有做正面描写，只是说她有丁香一样的颜色、丁香一样的芬芳、丁香一样的忧愁，这样的形象很朦胧也很美，诗人在希望着、等待着，刹那间，“一枝丁香”像在梦中从身边飘过了，渐行渐远，“丁香”的颜色、芬芳、眼神都消散了，只留下了“丁香般的惆怅”，一种空茫哀愁的失落感瞬间袭来，这种情绪只能意会而无法准确言传。诗作调动多种艺术手法，采取反复吟叹的诗行，“韵脚”一韵到底，音节舒缓和谐，旋律缠绵清幽，意境柔美忧伤，具有较强的艺术感染力，叶圣陶称《雨巷》“替新诗的音节开了一个新纪元”。

以新诗音乐性而成名的戴望舒很快改变了自己的风格，他在《望舒草·论诗零札》里说：“诗不能借重音乐，他应该去了音乐的成分……韵和整齐的字句会妨碍诗情，使诗成为畸形。”因此，他认为从《我的记忆》以后的诗作，才算是找到了“最合自己脚的鞋子”。尽管《我的记忆》在内容上表现的是一个正直的小资产阶级知识分子的失落感和幻灭感，但在艺术手法上有意识地抛弃音乐成分，追求散文化抒情，摆脱了旧诗词藻和格律的影响，尽显自由、洒脱：

我的记忆是忠实于我的，
忠实甚于我最好的友人。
它生存在燃着的烟卷上，
它生存在绘着百合花的笔杆上，
它生存在破旧的粉盒上，
它生存在颓垣的木莓上，
它生存在喝了一半的酒瓶上，
在撕碎的往日的诗稿上，在压干的花片上，
在凄暗的灯上，在平静的水上，
在一切有灵魂没有灵魂的东西上，
……

诗人不满于国民党的反动统治，但又不甘于沉沦，不放弃追求，等待着希望，闲聊之时就非常烦闷，只有记忆是慰藉生活的密友，也是一种心酸而幸福的心境。

《我的记忆》没有《雨巷》那种回环的韵脚、华美的字眼，完全用纯然的现代口语，排比铺陈，使诗的叙述同读者的情感拉近了距离，增大了抒情的亲切性。所以，有人说，戴望舒的《雨巷》显示了新月派向现代派过渡的趋向，而 1929 年所创作的《我的记忆》则成为现代诗派的起点。收入在诗集《我的记忆》里的《断指》《村姑》是风格清新的两首“纯诗”。《断指》是纪念一位为革命事业而牺牲生命的朋友，诗句朴素自由，言词口语化；深藏于心底纪念友人的情怀，境界圣洁，感人肺腑，催人泪下。《村姑》看似在描写村姑普通一天的生活，实则在以实写虚，借村姑抒写对美好爱情的向往，诗中描绘的一幅农家生活的画面，具有安宁、静谧的色彩，具有浓郁的乡土气息。

抗日战争唤起了戴望舒的爱国主义热情，他的诗歌从思想倾向和艺术风格上发生了巨大转变，他将自己的命运与祖国的命运交汇在一起，走出了低吟感伤的“雨巷”，突破了象征主义的藩篱，用高亢明快的音调歌唱时代的最强音，《元旦祝福》《狱中题壁》《心愿》《等到》《偶成》《我用残损的手掌》等诗篇信心坚定、情绪饱满，显示了戴望舒向现实主义艺术方向的努力。

二、卞之琳的诗歌

卞之琳（1910—2000），江苏南通人，祖籍南京溧水，曾用笔名季陵、薛林，现代“汉园三诗人”之一，文学评论家、翻译家。

卞之琳于1930年开始写诗，曾经受过“新月派”的影响，但他更醉心于法国象征派，并且善于从中国古典诗词中汲取营养，他的诗精巧玲珑，联想丰富， 跳跃性强，尤其注意理智化、典型化、戏剧化和哲理化，善于从日常生活中发现诗的内容并进一步挖掘出常人意料不到的深刻内涵。卞之琳早期著有诗集《三秋草》（1933）、《鱼目集》（1935）、《数行集》（收入《汉园集》1936）。1938 年先后前往延安和太行山区访问，创作的诗集《慰劳信集》在诗风上有所转变，歌唱人民的战斗生活，诗歌形式讲究音节的整饬，追求文字的奇巧。

《汉园集》是 1936 年出版的三位青年诗人的合集，内收何其芳的《燕泥集》、李广田的《行云集》与卞之琳的《数行集》。“汉园三诗人”中最引人注目的是卞之琳。卞之琳早期诗作，内容多写下层社会生活，并探索宇宙与人生哲理。在语言上欧化词汇与文言词汇杂糅。他的诗由于重意象创造而省略联络，因而诗意大多晦涩。作于 1933 年 3 月的《古镇的梦》，据诗人讲，是“回忆江南僻地典型小镇的想象之作”（《雕虫纪历・自序》），而不是纪实之作。诗人从古镇的众生相中捕捉到了瞎子和更夫这两种类型，借以概括凄惨的社会环境与苦难的人生命运，抒发作者极其痛楚的悲剧情感：

古镇上有两种声音
一样的寂寥：
白天是算命锣，
夜里是梆子。
敲不破别人的梦，
做着梦似的
瞎子在街上走，
一步又一步。
他知道哪一块石头低，
哪一块石头高，
哪一家姑娘有多大年纪。
敲沉了别人的梦
做着梦似的
更夫在街上走，

一步又一步。
他知道哪一块石头低，
哪一块石头高，
哪一家门户关得最严密。
“三更了，你听哪，
毛儿的爸爸，
这小子吵得人睡不成觉，
老在梦里哭，
明天替他算算命吧？”
是深夜，
又是清冷的下午：
敲梆的过桥，
敲锣的又过桥，
不断的是桥下流水的声音。

这首诗的表面意思很好理解，关键是要把握“梦”的内涵，其实，“古镇”象征着一种沉闷的生活。日复一日、年复一年，古镇的人们总是把自己美丽的梦想交给自认为有先知先觉的算命先生和简单机械敲梆子的更夫。不管是“敲锣”，还是“敲梆”，都是想给古镇的人们安宁与幸福。可惜的是，这“敲锣”“敲梆”并没有给古镇带来生机，他们“敲不破别人的梦”，古镇的人们仍旧在迷信愚昧中生活着。诗作构思精巧，诗形严谨，联想丰富，跳跃性强，诗意含蓄，从古镇单调重复的生活里发现老百姓精神生活的空寂和苍白。

《断章》创作于 1935 年 10 月，是一首精致的哲理诗，它表现了诗人从刹那的感觉中提升起的哲理与智慧：

你站在桥上看风景，
看风景的人在楼上看你。
明月装饰了你的窗子，
你装饰了别人的梦。

从字面上看，这首诗看一遍好像就懂了。但看完后又觉得不全懂，似乎简单的字眼里藏着很深的道理。《断章》发表后，歧义较多：有人认为诗人是在“装饰”二字上作诗，暗示人生不过是相互装饰，其中蕴含着无可奈何的悲哀情怀；也有人认为《断章》写了一位绝代佳人，是一支优美的恋歌。作者在《关于〈圆宝盒〉》里说，“‘装饰’的意思我不甚着重，正如在《断章》里的那一句‘明月装饰了你的窗子，你装饰了别人的梦’，我的意思是着重在‘相对’上。”诗歌所描绘的自然景物画面与所表达的深邃哲理交相映照。按照作者的原意，诗作力图表现一种人与人、人与物之间，不论自觉与不自觉都可能发生这样或那样的相对关系，因为在广阔无垠的宇宙里，万事万物都是相对的，又都是互为关联的。诗作通过两幅生动、优美的画面的描绘，运用隐喻、暗示手法，追求意象的朦胧，包含深刻的哲理，强化了人生经验与感悟。

第十一章　现代散文的兴盛

郁达夫对中国现代散文有过这样的评价，他指出："现代散文的最大特征，是每一个作家的每一篇散文里所表现出的个性，比以前的任何散文都来得强。" 20 世纪 30 年代的现代散文无论是在题材还是在体裁方面都呈现出了繁荣的景象，可以说中国现代散文的发展变迁是现代中国社会生活面貌的一面镜子，我们可以从众多作家的散文作品中，发现他们在散文创作过程中的行文风格、个性特点。这一时期活跃于文坛的作家有鲁迅、林语堂、郁达夫、沈从文、巴金、萧红、何其芳、丽尼、陆蠡、丰子恺、夏衍、梁实秋等。在上述作家中，鲁迅是公认的我国现代散文的奠基人，他所创作的散文，无论是从思想内容还是艺术成就上说，都可以称得上是中国文学乃至世界文学最璀璨、耀眼的存在。

第一节　鲁迅的 30 年代杂文

杂文作为一种现代报刊文体，与现代传播技术的发展息息相关。在自由思想意识支配下对不自由、不公正、不合理的社会现象，历史事实，人生百态进行辛辣而犀利、形象而生动的评判和论说。如鲁迅所言，杂文是"感应的神经，是攻守的手足""所写的常是一鼻，一嘴，一毛，但合起来，已几乎是或一形象的全体"，折射出"中国大众的灵魂"，合起来是一部现代中国人的"人史"。杂文的创作是在鲁迅手中奠定基础并且发展成熟的，鲁迅的杂文具有某种先锋性和不可重复性。

鲁迅的杂文是中国社会的一面镜子，折射出一个时代、一段历史，是中华民族非常宝贵的精神财富。瞿秋白在《鲁迅杂感选集》"序言"中提到："急遽的剧烈的社会斗争，使作家不能从容地把他的思想和情感熔铸到创作里去，表现在具体的形象和典型里；同时，残酷的强暴的压力，又不容许作家采取通常的形式。作家的幽默才能，就帮助他用艺术的形式来表现他的政治立场，他的深刻的对于社会的观察，他的热烈的对于民众的同情。不但这样，这里反映着'五四'以来中国的思想斗争的历史。"

在鲁迅的创作后期，他倾注了相当多的心血在杂文创作中。以 1927 年为界，鲁迅的杂文可以分为两个时期。一是在 1918 年至 1926 年期间，有《华盖集》《热风》《坟》《华盖集续编》，主要侧重于文化批评和社会批评。二是在 1927 年至 1936 年期间，主要有《而已集》《三闲集》《二心集》《伪自由书》《南腔北调集》《花边文学》《准风月谈》《集外集》《且介亭杂文》等作品问世，主要侧重于政治批评、社会批评和思想文化战线上的理论建设。

鲁迅在 20 世纪 30 年代创作的杂文不仅数量多，质量也高。其中，《而已集》收录了作者 1927 年由厦门到广州再到上海时所写的杂感。鲁迅曾说："泪揩了，血消了。屠伯了逍遥复逍遥。用钢刀的，软刀的。然而我只有'杂感'而已。"《三闲集》是作者 1927 年在上海所写的杂文集子。这本杂文集的命名还有一个有趣的小故事，据说当时创造社的成员评价鲁迅是"闲暇，闲暇，第三个闲暇"，鲁迅听到后，就顺手将这一评价拿来命名自己的这部作品。《二心集》收录了作者 1930 年至 1931 年所写的杂文。当时的国民党反动派对鲁迅的"拿苏联卢布”进行了攻击，还编纂了《文艺贰臣传》来回应鲁迅。为了驳斥国民党反动派的污蔑，鲁迅大方承认自己确有“二心”，对自己的出身阶级也“有一点携贰的心思”，顺便将自己的杂文集也取名为《二心集》。《伪自由书》共收录杂文 43 篇，是作者在 1933 年 1 ~ 5 月给《申报》杂志副刊《自由谈》写的短评合集。《伪自由书》中的名篇佳作有《电的利弊》《观斗》《赌咒》《中国人的生命圈》《大观园的人才》等，作为在特定历史时代的特定产物，作者用杂文这种艺术形式作为斗争武器，展开了政治斗争和思想批判。《花边文学》包含鲁迅在 1934 年所写的杂文 61 篇，包括《女人未必多说谎》《北人与南人》《古人并不纯厚》《读几本书》《玩具》《算账》《看书琐记》《汉字和拉丁化》《考场三丑》《略论梅兰芳及其他（上）》等。“花边文学”本来是别人攻击鲁迅的文章使用的词，鲁迅拿来命名自己的集子并亲自设计封面。鲁迅还在序言中写道：因为“我的常常写些短评”，便有在同一营垒里的青年战友，换掉姓名将这一名称“挂在暗箭上射给我的。那立意非常巧妙：一、因为这类短评，在报上登出来的时候往往围绕一圈花边以示重要，使我的战友看得头疼；二、因为花边也是银元的别名，以见我的这些文章是为了稿费，其实并无足取”。《且介亭杂文》收录了鲁迅 1934 年所作的杂文。鲁迅将“租界”二字各取一半，成“且介”，表示不愿看到自己的国家被帝国主义分割。集子中的文章讽刺了国民党统治下的半殖民地半封建社会的黑暗现实。《集外集》收录了鲁迅 1933 年以前出版的杂文集中未曾编入的诗文，1935 年 5 月由上海群众图书公司出版。

鲁迅的杂文以“犀利”闻名，作者对当时社会的各种非人现象都有深刻的剖析和毫不留情的鞭挞，可谓“用笔如刀”。他的杂文创作是和国家社会进程一起前进的批判性创作，从第一部杂文集《坟》到最后一部杂文集《且介亭杂文末编》，可以称得上是一部不间歇地批判、论战、反击的思想文化斗争的编年史，极具批判性、攻击性和否定性。尤其是鲁迅 30 年代所创作的杂文，其构思和艺术特点，也从前期的激昂慷慨、悲壮转变为稳健幽默、泼辣。从内容上讲，作者开始倾向于对现代性的反思、对阶级等社会问题的剖析等方面，作品的批判性和战斗性明显增强。鲁迅这一时期的杂文创作起到了批判与激励的“媒介”作用，在过去和未来、年长者与青年革命者之间架起了一座桥梁。如《二心集》中的名篇《“友邦惊诧”论》，作者抓住国民党政府的不抵抗策略和所谓的“友邦人士”极度虚伪的本质，展开犀利的批判，字字珠玑，直击要害，丝毫不给对方反驳的机会。在《且介亭杂文》中的《中国人失掉自信力了吗》一文中，“自信力”原本只是《大公报》刊登的社评中的一个字眼，作者紧和“自信力”这三个字，深入剖析了国民党反动派根本没有“自信力”，只有“他信力”，称国民党的求神拜佛行为是麻醉自己的“自欺力”，从“自信力”到“他信力”再到“自欺力”，环环相扣，层层论争，驳斥了中国人已经失掉自信力的悲观言论，鼓舞了民心。

鲁迅的杂文风格独特，自成一体。在他的作品里很少能见到比较抽象的议论性文字，而更多的是通过作者的亲身阅历和生活经验，以及丰富的理论知识来评判人、事、物，在讲道理的过程中又运用生活中的鲜活事例来论证，以此达到见微知著、以小见大的效果，形成了一种活泼、自由的文风。鲁迅曾师从章太炎学过小学，对中国传统语言文字常常有自己独到的见解。他博览群书，掌握了很多词汇，因此在写作中，灵活运用各种成语典故，常常能达到化腐朽为神奇的效果。

鲁迅的杂文是现代杂文的一座丰碑，杂文在他手中兴起并走向成熟，继起的众多杂文流派也深深受到鲁迅的影响。鲁迅始终置身于时代斗争的洪流，坚持现实的抗争，在历史的时空与世界的视野中反思，因而他的杂文不仅是中国社会、政治、法律、宗教、哲学、道德、文学艺术乃至经济、军事……的“百科全书”，反映了中国现代国民的文化心理、行为准则、价值取向，展现了民情、民性、民俗、民魂的“人史”。

第二节　瞿秋白的杂文

瞿秋白（1899—1935），本名双，字秋白，后改瞿爽、瞿霜，江苏常州人。现代杂文大师，也是中国共产党早期主要领导人之一。早在1920年1月，他就在自己参与编辑的《新社会》和《人道》杂志上发表过杂文。他主编的《新青年》《前锋》《向导》，开辟了“小言”“寸铁”等专刊杂文的专栏，他自己也在上面发表了一些杂文。可以说，杂文创作贯穿了瞿秋白的整个文学生涯。

我们现在谈瞿秋白的杂文创作，一般都将其划分成前后两个时期来讨论。其中，前期以1923年为分界点，其又可分为两个阶段。1920年，瞿秋白在《新社会》杂志上发表了《小小的一个问题——妇女解放问题》《劳动底福音》《文化运动新社会》三篇具有社会评论性质的杂文，以及《论普希金的<别尔金小说集>》《<俄罗斯名家短篇小说集>序》两篇带有评论性质的介绍俄罗斯文学的杂文。这些作品集中反映了瞿秋白作为一个民主主义革命者，在新文化运动、妇女解放和“劳工神圣”等问题方面的独到见解，以及他不遗余力地介绍19世纪俄罗斯文学的热情。1923年初，瞿秋白继续他的杂文创作，陆续写出了《新的宇宙》《最低问题》《弟弟的信》《乐志华案是一幅中国的缩影》《那个城》《流漫的狱中日记》《劳农俄国的新文学家》“短评十二则”《赤俄文艺第一燕》《欧文的新礼会》《猪八戒》等具有社会现实意义的杂文。1925年在“五卅”运动高潮期间出版的《热血日报》“小言”栏上，发表了“小言”七则；1926年在《向导》周报上发表“寸铁”三则。

瞿秋白在1931年回到文艺战线上后，继续自己的杂文创作。他在1931年至1933年之间的杂文创作，以1932年下半年为界，又可分为两个阶段。瞿秋白在1931年至1932年上半年的杂文基本上收录在《乱弹》之中。《乱弹(代序)》一文中，作者称自己所写的战斗杂文是与“绅商阶级”相对立的“乱弹”。因此，在《北斗》上分组发表《乱弹》之时，既揭露了帝国主义的侵略，批判了国民党反动派的黑暗统治及其“帮忙”文人，又赞颂了无产阶级的革命文艺，表达了对人民觉醒的期待和对革命高潮到来的呼唤。在1932年下半年至1933年之间，瞿秋白与鲁迅合作创作《王道诗话》等12篇杂文，以鲁迅的名义发表在《申报·自由谈》上，这12篇杂文曾被鲁迅收录在自己的杂文集中。总的来说，这一时期作者的杂文创作迈入了成熟期和高峰期，无论是在思想方向上还是在艺术风格上，都有明显的发展和变化。

瞿秋白的杂文既饱含着革命斗争的无限激情，又具备洞察世界的无比睿智和泼辣锋利的警醒力。当然，作者在创作过程中，也较生动传神地为我们勾勒出了旧中国的社会风貌和某些具有代表性人物的脸谱。在艺术风格方面，作者既能创作出简单直白、一语中的的议论性杂文，也能创作出一首首激情饱满的革命抒情诗，以及隽永含蓄的叙事性杂文。在表现形式上，作者能将诗、词、杂剧、寓言等艺术形式灵活多变地融入自己的杂文创作中。例如，《曲的解放》采用的是杂剧体裁，《王道诗话》则选用了寓言与律诗的形式。瞿秋白的杂文形式多样，有随笔或随感录，有书评或读后感，有经传体散文，有平话式小说，也有三言两语的小评论。瞿秋白在杂文里还运用借喻、双关、夸张、反语、暗示等多种手法，来凸显讽刺效果。此外，作者还擅长使用虚实结合、用实写带动虚写的创作手法。有时从事实的叙述中引发议论，有时借助大自然的境况寄予革命理想。比如，他在《一种云》中就多处使用象征手法。用“从春天到夏天、从秋天到冬天，这样一年年的过去，淫虐的雨，凄厉的风和肃杀的霜雪更番的来去，已经二十年了”来象征风雨飘摇、多灾多难的祖国。

瞿秋白是中国左翼作家中比较重要的一位杂文作家，他的杂文理论和杂文创作对中国现代杂文的建设和发展产生过深远的影响。

第三节 何其芳的散文

何其芳（1912—1977），原名何永芳，重庆万州人，现代诗人、散文家、文学评论家，是新中国文学事业发展的积极参与者和杰出领导者之一。他的散文代表作有《画梦录》《还乡杂记》《星火集》《星火集续编》等。其中《画梦录》写于1933—1935年，与芦焚的《谷》、曹禺的《日出》一起获得《大公报》的文艺奖金。

20世纪三四十年代是何其芳散文创作的丰收期。他的散文创作一般以1938年他到延安为界，分为前后两个时期。《画梦录》《还乡杂记》属于前期创作，主要是抒写个人的内心感悟，追求艺术上纯粹的美；《星火集》《星火集续编》属于后期创作，内容贴近社会现实，艺术上走向朴实自然，但缺少《画梦录》那样的艺术独创性。何其芳在《我与散文》一文中，表达了自己独立的散文创作意识，在文中他指出：“我愿意以微薄的努力来证明每篇散文应该是一种独立的创作，不是一段未完篇的小说，也不是一首短诗的散文。”他试图用自己的实践对散文进行改革，创造出一条新路，使散文从“身边杂事的叙述”和“个人遭遇的告白”中解脱出来，成为独立的、富有创造性的艺术文体。

1937年，《大公报》文艺奖金委员会对何其芳的散文作过这样的评价：“在过去，混杂于幽默小品中间，散文一向给我们的印象多是顺手拈来的即景文章而已。在市场上虽曾走过红运，在文学部门中，却常为人轻视。《画梦录》是一种独立的艺术创作，有它超达深渊的情趣。”这应该是对何其芳“独立的散文创作”做出的最好的评价。

刘西渭评论何其芳说：“在气质上，却更纯粹，更是诗的，更其近于十九世纪初叶。也就是这种诗人的气质，让我们读到他的散文，往往沉入多情的梦想。”何其芳以诗人的气质为自己散文创作中的诗性表达提供了可能。他曾说：“我的工作是在为抒情的散文找出一个新的方向。我企图以很少的文字制造出一种情调。”这里的“情调”，就是诗歌的意味、意境。

何其芳将西方现代派的“移情”手法运用到散文中，创造出诗的意境。他将自己的感受融入周围环境和自然景物之中，赋予它们强烈的主观色彩，而后又借助对这些景物的描写，把自己的内心感情抒发出来，达到诗情画意的统一。如在《雨前》里，作者将自己的内心情感注入到对柳绿、树根、大地等自然景物的描写中，使这些景物拥有人类的情绪，从而达到物我合一的境界。

何其芳还善于营造浪漫唯美的画面，让散文变得诗情画意起来，借此来表达自己丰富的情感。他的很多作品都给人一种“诗中有画，画中有诗”的感觉。如《秋海棠》中的夜色在作者笔下，人们不仅看到了它的动作是“从有蛛网的檐角滑下”，还看到它落在兰叶上的姿态是“微微颤悸”。如此这般，夜被作者写活了，犹如跳跃在纸上的音符，那么美妙。

“独语体”是何其芳散文独有的特色。“独语体”是一种内敛的散文叙事表达方式，其最大的特点是封闭性与自我指涉性，它可以不顾及与倾听者之间的交流，只注重自己孤寂的内心世界，以此方式来表达个体面对世界的生命体验。受到法国象征主义的影响，何其芳的“独语体”散文用繁复优美的意象、诡谲绮丽的想象，创造出一种带有迷幻色彩的心灵感应世界。如《蚁》中“……刚才我在思索着死，我是多么厌倦我所走过的道路；我曾有过多少不安的夜晚，我为什么要到这城市里来；等着我的是什么?……还有什么比死之吸引更强有力吗？但我为什么又想起了这样几句震颤于金色的光辉之前的颂词呢？”作品采用“独语”的调式，表达了内心的孤独与寂寞，以及涌动在内心深处的矛盾冲突。

《画梦录》共收录作者早期创作的 17 篇散文，前 4 篇写于作者思想幻想期，属于“温柔的独语”；其余 13 篇写于苦闷期，属于“悲哀的独语”“狂暴的独语”。这本连“代序”只有 17 篇的散文集一经问世，便轰动文坛。它的出现，标志着现代散文向艺术本体的回归，是对 30 年代散文议论化、叙事化的有力拨正。

《画梦录》集中体现了作者前期散文创作的艺术特色。不仅采用“独语”的形式反映了青年知识分子找不到出路的迷惘、惆怅、孤寂之情，而且为我们编织了一系列至纯至洁、“美丽而忧郁”的爱情故事，如铃铃与雪麟悲哀的死别、寂寞思妇“凄凉”的生离、年轻美丽的姑娘无望的期待，无一不带给读者诗意的想象。我们在阅读过程中，一定要深入了解作者的内心世界，这样才能更好地体会《画梦录》带给我们的艺术震撼感。

1938 年，何其芳与卞之琳等一起奔赴革命圣地延安，在延安写下了革命赞歌《星火集》和《星火集续编》，这两本诗集共收入作者 1938—1946 年所创作的散文和杂文 45 篇，主要表达了作者对解放区的歌颂和国统区的批判，对传统文化的反思以及对自我的忏悔。歌颂与控诉、反思与追问、否定与忏悔成为作者后期散文的主题。在艺术特色方面，表现为叙述方式的写实性和叙事性、语言的质朴与简洁、风格的朴素与自然。

第四节 林语堂的散文

林语堂（1895—1976），福建龙溪（今漳州）人，原名和乐，后改玉堂，又改语堂，中国现代著名作家、学者、翻译家、语言学家，新道家代表人物。曾留学美国，获哈佛大学比较文学硕士学位。后赴德国耶那大学、莱比锡大学，获哲学博士学位。回国后在清华大学、北京大学、厦门大学任教。林语堂于 1940 年和 1950 年先后两度获得诺贝尔文学奖提名。曾创办《论语》《人间世》《宇宙风》等刊物，作品包括小说《京华烟云》《啼笑皆非》。散文和杂文文集《人生的盛宴》《生活的艺术》以及译著《东坡诗文选》《浮生六记》等。林语堂被公认为是“幽默大师”和“20 世纪最有智慧的人物”之一，在中西文化交流史上具有举足轻重的地位。

林语堂从接受学校教育开始，就受到西方文化的熏陶。独特的人生经历和求学背景，使得他的散文既有明清名士派文章的平和冲淡，也有欧美随笔娓娓道来的随意和灵性。在中国人看来，他有着西方的幽默和中西比较的独特视角。而在西方读者眼中，他的幽默之中又有一种含蓄蕴藉的东方之美。

林语堂的散文创作不仅数量众多，风格也多样化，文体类型也十分丰富，每个时期都有佳作问世。林语堂 30 年代创作的散文，大致可分为社会批评类、文化批判类两类。

社会批评类作品大多写于“语丝”时期。针砭军阀，呼吁民主自由，提倡“精神复兴”，热烈赞颂民众力量，是“语丝”时期散文的主要内容。1923年，学成归国的林语堂受到欧美个性主义和自由主义的影响，对反动北洋军阀的暴虐统治极为不满，握笔撰文，“对于时事政治常常信口批评”。他在《回京杂感四则》《“读书救国”谬论一束》等文章中对军阀统治下官僚政治的谴责在当时产生了强烈的社会反响。他在《论性急为中国人所恶》《致玄同先生的信》等文章中强烈要求扫除国人的“惰性慢性”“中庸”“礼让”，改变中国思想界保守趋旧、沉闷阴郁的状态，以造就“欧化的中国人”，即具有西方资产阶级思想文化的中国人。在《丁在君的高调》一文中，驳斥了蔑视群众的贵族姥爷的观点，满腔热情地肯定了在“五卅”运动中显示出来的民众力量。在《悼刘和珍杨德群女士》一文中，以沉郁深情的笔调赞美了英烈无畏的胆略、谦逊的人格和爱国的情愫。

对待各国的文化，林语堂给自己的定位是“两脚踏东西文化，一心评宇宙文章。”作者谙熟中西方文化，因此他经常会对中西方文化进行比较研究，也经常向西方读者介绍中国文化，向中国读者介绍西方文化。如作者于1932年春在牛津大学和平会的一篇演讲稿《中国文化之精神》，就是向外国人传播中国文化。文中，作者诙谐幽默地向英国人讲述了中华民族的优劣，让他们在轻松愉悦的状态下真正了解中国和中国文化。这样的文章还有《论中外的国民性》《谈中西画法之交流》《论东西思想之不同》等。

林语堂的多数散文都追求幽默的情味、闲适的格调。平淡中蕴含理性和幽默，是林语堂散文的最大特点。他的散文中总是略带着一点小情趣、抒发着自己的小感慨，或戏谑或玩笑，让读者忍俊不禁。他曾经专门为“幽默”写了一篇文章，名为《论幽默》，全文洋洋洒洒7000多字，回答了读者关于“幽默”的提问，还与读者展开了关于“幽默”引起的“含蓄思想的笑”的讨论。林语堂深得西方幽默之精髓，提倡“谑而不虐”的幽默观，要求作家拉开与现实的审美距离，以超然的姿态和从容不迫的心境去关照现实，写出现实的滑稽可笑之处。

林语堂和周作人是现代散文闲话风的宗师，都比较推明末公安竟陵派“独抒性灵”的小品。林语堂提倡的性灵，要求文学能怡养人的性情，达到一种无拘无碍、从容潇洒的境界。他认为散文笔调的核心除了要独抒性灵，还要有闲适的格调。林语堂所说的“闲适”主要包含两个方面：

一是在内容方面，追求闲情雅趣。读林语堂的作品，尤其是那些抒发个人生活感受的作品，读者会感觉作者仿佛并不是在正儿八经地撰写文章，而是在与你闲话家常，一切都是那么随意和亲切。比如作品《我的戒烟》中，作者向读者详细诉说了自己为期三周的戒烟全过程以及当时自己内心的波动；在《记春园琐事》一文中，作者又为我们讲述了自己全家上下，从人到家禽、动物的“春愁”；而在《我怎样买牙刷》一文中，作者把自己因信任广告反遭遇骗局的过程向读者和盘托出。

二是在形式上，追求闲谈文体。林语堂所创造的“闲谈体”，侧重于“个人笔调”。“个人笔调”，可以理解为作者一种从容和自适的心态。在写作技巧上，偏向采用自然又亲切的闲谈式语气，“把读者引为知己”，增强文章写作过程中的艺术感染力。在叙述的节奏上，追求语言的自然平和，倾向于直抒胸臆地表达情感。在句法结构方面，作者力求清新、自然、通俗易懂，不追求高深晦涩的语言。

林语堂巧妙地将“闲适”笔调运用到作品中，让读者在阅读过程中感受到一种悠然自在、轻松自如、无拘无束的情致，这就是林语堂毕生都在追求的“闲谈体”。林语堂晚年称自己作品的这种闲适风格“自有其魔力”，“能使读者跟自己接近”。

第五节　夏衍、宋之的的报告文学

报告文学是从纪实散文和新闻报道发展而来的一种新型文学体裁，兴起于 20 世纪 20 年代，在 30 年代发展成熟。“左联”的积极倡导、外国报告文学作品的翻译，以及 30 年代风起云涌的阶级斗争和民族解放斗争，共同推动了报告文学的发展。很多作家在亲身经历了残酷的战争之后，毅然奔赴抗战前线，写出了反映当时战争实际情况的报告文学，这些作品绝大部分都被钱杏邨收录到自己编写的《上海事变与报告文学》中。由于报告文学能够迅速及时地反映时代风貌，揭露生活中的矛盾冲突，讴歌新人新事，因此一度成为广大人民群众喜闻乐见的文学样式。所有文学创造必须基于和尊重生活的真实。报告文学这一文体比起其他文学作品而言，往往具有更鲜明的思想倾向性，作者可以尽情抒发自己的感情和见解。因此，很多作家在创作作品时，往往融叙事、抒情、描写、议论于一体，让自己的作品大放异彩，更加引起读者的阅读兴趣。

随着反帝爱国运动的持续开展，报告文学的作者队伍以及题材范围也随之不断扩大，并形成了一定的规模。此时期涌现出一大批优秀的报告文学作品，有周立波写的《战地日记》和《晋察冀印象记》，刘白羽写的《延安生活》和《游击中间》，沙汀写的《随军散记》以及丁玲写的《陕北风光》等。1936 年可以说是报告文学创作成果最为丰富的一年，许多作品，无论是从质量还是从艺术价值上来看，都非常不错。夏衍和宋之的于 1936 年分别发表了他们的代表作《包身工》和《一九三六年春在太原》。

一、夏衍的《包身工》

夏衍（1900—1995），浙江杭州人，字端先，原名沈乃熙。早年间曾参加过五四文化运动，曾编辑过进步刊物《浙江新潮》。1929 年随同鲁迅筹建中国左翼作家联盟，时任中国左翼作家联盟执行委员。随后，又发起组织中国左翼戏剧家联盟。流传于世的作品有《法西斯细菌》和《心防》，话剧剧本《上海屋檐下》和《秋瑾传》，亲自创作或改编的电影剧本有《春蚕》《狂流》《林家铺子》《祝福》等。《包身工》是他创作的一篇报告文学，一经发表便引发了巨大的轰动。张春宁在自己《中国报告文学史稿》中，将《包身工》在《光明》创刊号上的发表视为“中国报告文学进入成熟阶段的重要标志”，而另一位著名的报告文学研究专家尹均生更是将这部作品与徐迟的《哥德巴赫猜想》一同视为中国报告文学发展史上的两座高峰。

对于为什么要创作《包身工》，夏衍曾说自己在 20 年代后期就已经开始收集有关包身工的素材了，一直到 1936 年才完成，历时长达 10 年之久。作者在纱厂工作的朋友以及从事工人运动的同志为他的文学创作提供了丰富的素材，作者从他们口中了解到“包身工”制度以及包身工惨绝人寰的生活真相。为了便于实地观察并亲身体验包身工的日常生活，作者深入其中，到上海杨树浦的工厂调查了两个月，搜集了许多素材。后将调查所得的材料进行汇总，如实地反映在作品《包身工》中。《包身工》一文真实地再现了上海日本纱厂里，一群完全丧失人身自由的女工们的非人生活。这是半殖民地半封建社会中劳苦大众受压迫受剥削的真实写照，说明了中国劳苦大众除了“斗争不然就死”外，已经没有任何退路可走这样一个残酷的事实。作者深入生活，对包身工制度的产生和历史，以及包身工被剥削压榨的情况等，都作了详细的调查和分析，剖析了包身工制度存在的原因，对吃人的旧社会进行了强有力的控诉。

作者在创作《包身工》时，使用了“纵横交错”的结构方法。将“包身工一天的生活劳动”作为纵线来写，通过包身工的活动轨迹串联起发生在他们身上的一系列横向事件，构思巧妙、收放自如。在人物刻画以及场景描写中，着重刻画了小福子、芦柴棒以及不知姓名的小姑娘三个人物形象，增强了作品的文学性。此外，又侧重选取了许多生活中极具个性特色的琐碎片段和日常小细节，采取电影中使用的特写镜头将其描绘出来，增强了作品的可观性和可感性。

总体来说，《包身工》这部作品通过揭露包身工的悲惨遭遇以及工厂主的罪恶行为，来批判现实、警醒世人。在表达方式上，通过直抒胸臆的方式，作者将自己内心真实深切的感受以及全部的爱憎情感，连同包身工们的血与泪一起喷涌而出，让《包身工》这部作品本身达到了强烈的社会鼓动性和说服力。

二、宋之的的《一九三六年春在太原》

宋之的（1914—1956），我国现代著名的剧作家、散文家，原名宋汝昭，河北丰润人。1930年5月23日，他在《新晨报》副刊上发表了处女作《黎曙》，第一次使用了“宋之的”这个笔名。1932年宋之的加入中国左翼戏剧家联盟，领导了大地剧社和新地剧社等社团，并参加了夏衍组织的左翼影评小组。1935年初应邀前往山西太原，次年初返回上海，随即发表报告文学《一九三六年春在太原》，作品发表后立即在文坛上引起巨大反响，茅盾称其为“报告文学”的典范性著作。后来的报告文学史研究者们认为《一九三六年春在太原》与《包身工》是“影响深广，足以传世”的两篇不可多得的佳作。

作品以新闻剪辑的形式、第一人称的写法，真实地报道了当时太原城内所呈现的五花八门的事态，描述了太原市“流言所播、草木皆兵”，到处一片慌乱的真相。1935年，阎锡山为了遮掩自己反革命的真面目，在太原推行“开明政治”，欢迎全国进步人士前往太原。1936年初，阎锡山却公开右转，毫不遮掩地大肆迫害进步人士，肆无忌惮地进行反共产党、反人民的罪恶活动。作者目睹了阎锡山的罪恶行径，用报告文学这种形式将他的罪行完完全全地记录了下来，将阎锡山统治下太原的真实面貌原原本本地呈现在广大读者面前，揭露了阎锡山反动军阀的凶残面目和虚弱本质。

作者用辛辣的语言、锋利的笔触，把阎锡山统治下的种种社会现象暴露在大众面前，批判了国民党反动派置民族危机于不顾，变本加厉地对人民实行法西斯统治的罪行。以明讽暗喻的手法，把阎锡山在“防共”的幌子下，大肆屠杀民众、残害无辜百姓的丑恶嘴脸暴露出来。如阎锡山竟把居住在太原的人们像商品货物一般进行分类，强制每人佩戴“好人证”，以便军警检查。作者在描写“好人证”时，先是开了一通大大的玩笑，说“好人证”别在胸前，“很像一块招牌”，当同事之间聚在一起，说这“好人卡”“禁止招贴”“另整批发”“大减价三十天”“此处禁止小便”，这种在风趣的插科打诨之中的彼此戏谑，反映了人们的不满和不恭，玩笑中暗含着心酸。

古人云："文以情生，情因物感"。作品是因时因事而作的，作者曾这样评价自己的作品："含有一种强烈的抒情成分。"比如文章开头第一句，作者提笔就写"春被关在城外了"，既委婉含蓄地点名了主题，又是作者心中压抑的强烈情感的爆发。这里的"春"既是时令季节中的春暖，又是政治意义上的春。生活在太原的人民群众，虽然在季节上迎来了春天，但是在阎锡山的统治下，人们感受不到春天的温暖，看到的是"灰色的墙，灰色的土，和穿着灰色以上在街头守望的兵"。作者通过这种理想与现实的冲击，抒发自己的感情，使作品具有浓烈的抒情意味。

这篇文章全文 3000 余字，共分成 8 节。作者用这 8 个章节构成全篇，其中 2、3、4、5、6 节又被作者在结构章法上分成几个小段落，这些大大小小的段落，乍一看似乎毫无章法可言，但实际上段与段之间都存在着一种内在的逻辑关系，散而不乱，共同为读者呈现出光怪陆离的事实真相，增强了文章的真实感。

第十二章　现代戏剧的成熟

中国现代戏剧在 20 世纪 30 年代有了重大的发展。首先是戏剧的职业化发展，出现了大批自主创作的职业剧作家和比较成熟的剧作品。代表作有田汉的《回春之曲》、洪深的《农村三部曲》、曹禺的《雷雨》《日出》《原野》、李健吾的《这不过是春天》、夏衍的《赛金花》《在上海屋檐下》《秋瑾》等。其次是职业化的剧团相继成立，标志着中国话剧从幼稚走向成熟。可以说，职业剧团的“大剧场”演出，一方面造就了一批杰出的导演、演员、剧作家和舞美艺术家，另一方面也培育了一大批属于自己的观众，同时也标志着话剧这种艺术形式经过长期的发展，终于在自己的地方扎根并且茁壮成长了起来，逐渐成为中国现代文学中不可替代的重要组成部分。

第一节 左翼戏剧运动

大革命失败后，话剧运动趋于沉寂。结束这种局面的，是以上海为中心兴起的左翼戏剧运动热潮。在应云卫的领导下，上海戏剧协社开始致力于介绍和排演莎士比亚等人的西洋古典名剧。在罗鸣凤、朱穰丞、袁牧之的领导下，辛酉剧社提出要开展“难剧运动”，其目的在于让演员们潜心钻研演技，《文舅舅》（即契诃夫《万尼亚舅舅》）等戏剧就出自这个社团。除此之外，还有陈白尘等领导的摩登剧社，上演了经典话剧《爱与妒》；洪深领导的复旦剧社，排演了《西哈诺》等外国名剧；田汉领导的南国社以抒发青年知识分子的“苦闷与动摇”为主题，公演了王尔德的《莎乐美》和田汉创作的《南归》《古潭的声音》等剧目。

1929 年 6 月 5 日，上海艺术剧社成立，策划者是当时在上海的中共地下党员沈端先（夏衍）等人，郑伯奇出任社长，冯乃超、陶晶孙、钱杏邨、郑伯奇、叶沉、孟超、刘保罗、许幸之、朱光、王莹、石凌鹤、屈文（司徒慧敏）、陈波儿等都是这个社团的骨干力量。社团明确提出了“无产阶级戏剧”的口号，主要刊物有《沙仑》月刊、《艺术》月刊和《戏剧论文集》，同时还致力于介绍外国左翼剧作家的作品，比如法国罗曼·罗兰的《爱与死的角逐》、德国米尔顿的《炭坑夫》、美国辛克莱的《梁上君子》等具有革命倾向的剧目。该社团于 1930 年 1 月、3 月上演的独幕剧《阿珍》（冯乃超、龚冰庐），是一出富有革命色彩和反映工人与资本家斗争的剧目，在当时社会上引起了不小的轰动。

1930 年 8 月，中国左翼剧团联盟宣告成立。这个联盟以上海艺术剧社为基础，由沈端先等人策划，先后集合了南国、摩登、辛酉等进步的戏剧团体，后又经改组，称为中国左翼戏剧家联盟（简称“剧联”）。改组后的剧联，允许剧作家以个人名义参加，这也是继左联之后又一个左翼文艺组织。左翼剧社有大道剧社、光华剧社、春华剧社、蓝衫剧团等。《中国左翼戏剧家联盟最近活动纲领》是剧联的行动纲领。《纲领》中强调了革命戏剧必须深入工农群众内部，强调了创作的内容要集中反映和暴露地主资产阶级与国民党反动派的罪恶本质，并要求剧作要从各种斗争中为人民大众指出一条政治出路等一系列文艺主张和戏剧创作理论。在

《纲领》的号召下，这一时期先后涌现出了许多以工人、农民为主人公的戏剧作品。这些作品不仅侧重表现工人、农民的革命斗争，还及时、直接地反映了现实生活中的许多重大政治事件，如田汉的《洪水》、尤兢的《江南三唱》、冯乃超的《阿珍》、欧阳予倩的《同住的三家人》等就集中反映了人民的困苦生活。适夷的《活路》《S.O.S》则表现人民抗日反帝斗争的战况。这些剧作体现出来的现实性和及时性，在当时社会产生了巨大的鼓动和宣传作用，也标志着戏剧开始突破了传统观念上只能在都市剧院演出的狭小圈子观念，开始由“室内”走向“室外”的工厂农村。

如果说在国民党统治区进行的“无产阶级戏剧”活动受到当局的限制与压迫，那么在中国共产党领导下的“红色戏剧”运动则是受到了鼓励与保护的，因为“红色戏剧”是为“巩固红军，巩固红色政权”服务的。我们所说的“红色戏剧”，最初是带有军队战士自我娱乐和自我教育性质的，简言之，就是起到了军队中宣传队作用的戏剧。随着后面八一剧团这种专业性质的话剧团体的成立，后又扩建成为工农剧社，并相继在中央苏区的各县、区，各红军部队建立分社、支社，并成立了高尔基戏剧学校，逐渐形成了专业与业余相结合，农村、部队、机关相结合的表演系统。

20 世纪 30 年代左翼戏剧运动的又一新潮，是从 1936 年国防戏剧开始的。1936 年春，为了建立抗日民族统一战线，左联宣告解散。而在这之前的 1935 年冬天，左翼剧联已经自动解散了。为了配合国防文学，开始提出了“国防戏剧”的口号，并用来代替“无产阶级戏剧”的口号。1936 年初，上海剧作者协会成立，《国防戏剧纲领》就是他们的纲领。《纲领》提出，要充分发挥戏剧的宣传鼓动效果，“反帝抗日反汉奸，争取中华民族的解放”的主题是作品主要表现的内容。在艺术形式上，则“提倡‘通俗化’‘大众化’和方言话剧”[①]。在“国防戏剧”发展的高潮，涌现出了许多新作家和新作品，如宋之的、尤兢、陈白尘、章泯、凌鹤、姚时晓等，新剧目有《走私》《汉奸的子孙》《咸鱼主义》《我们的故乡》《东北之家》《洋白糖》等。夏衍在这一时期也创作了《自由魂》《赛金花》《上海屋檐下》等较为出色的多幕剧，其中《赛金花》作为一出历史讽喻剧，被誉为“国防戏剧的力作”。

作为无产阶级文艺运动不可或缺的组成部分，“无产阶级戏剧”“红色戏剧”与“国防戏剧”在政治形势逆转的低气压下，在大量知识分子苦闷彷徨时，共同掀起了话剧运动的热潮，并涌现出了一大批剧作家和戏剧运动的组织者、活动家，如曹禺、田汉、夏衍、洪深、李健吾、熊佛西、宋春舫、袁牧之等。

田汉在这一时期先后创作了宣传社会政治斗争、反映工人现实生活的剧作，如《梅雨》《顾正红之死》《月光曲》《乱钟》《洪水》《暴风雨中的七个女性》等。这些剧本最突出的特点就是现实性，田汉通过剧本直接并且及时地反映现实重大历史事件，这一做法是值得肯定和赞扬的。但田汉剧本所特有的“抒情性”和“传奇性”却消失了。

李健吾是这一时期产生过较大影响且创作倾向、风格迥异于其他人的剧作家。他的戏剧虽然也是从现实生活取材，但是重在描写人物内心的矛盾冲突，倾向于对人性的剖析。同时，作者也比较重视对戏剧艺术的探索，俏皮利落的语言描写，严密紧凑的结构布局，构思奇巧且极具趣味性，这是李健吾剧作独特的艺术风格。三幕剧《这不过是春天》于 1934 年发表，这是李健吾的代表作。剧作主要讲述了冯允平作为北伐军革命者，突然来到了北洋军阀某警

① 周钢鸣：《民族危机与国防戏剧》，《生活知识》，1936（2）。

察厅长夫人的客厅，而这位厅长夫人恰巧是他的旧情人。就在冯允平马上要被逮捕的时候，厅长夫人开始了内心的挣扎。她虽然非常恼怒对方向其隐瞒自己是革命者这一事实，但是又不愿意因此而失去自己的爱情，最终她战胜了自己内心的挣扎，帮助自己的旧情人冯允平脱离危险，化险为夷。从剧作表面来看，这是一出革命题材的戏剧，重点在于逮捕革命者。但是读者仔细阅读文本之后就会发现，作者将戏剧冲突放在了厅长夫人内心的激烈矛盾冲突上。作者通过剧中人物内心的矛盾冲突，引导观众在得到愉悦的同时感受剧本的魅力并进行认真思考。同年发表的多幕剧《梁允达》，是一个以农村生活为题材的剧本，也是作者创作中少有的悲剧。作者的兴趣仍然集中在对主要人物梁允达内心矛盾的探讨，并渲染“处处是陷阱与罪恶”的时代感受，全剧给人一种沉闷甚至神秘的感觉。戏剧冲突的高潮不在梁允达同恶痞刘狗的正面交锋，而是梁允达之子四喜受刘狗挑唆，以杀父之事协逼梁允达，梁允达决定杀死刘狗前从恶不甘、行善不能的激烈的思想斗争，以及自己杀父后的悔疚不安。

欧阳予倩在 1930 年前后，也积极投入进步的戏剧运动。他的剧作主要揭露上层社会的黑暗，描绘下层社会的痛苦，代表作有《屏风后》《车夫之家》《买卖》《同住的三家人》等。

此时期比较重要的戏剧作品还有夏衍的《小市民》，白薇的《打出幽灵塔》《革命神的受难》，王文显的三幕喜剧《委曲求全》《梦里京华》，沉钟社杨晦的五幕历史剧《楚灵王》，袁牧之的《一个女人和一条狗》《寒暑表》，以及熊佛西在河北定县实验的“农民戏剧”等。

第二节　曹禺和他的“生命三部曲”

曹禺（1910—1996），原名万家宝，字小石，祖籍湖北省潜江县。1910 年 9 月 24 日出生于天津一个封建官僚家庭。他的父亲万德尊官场失意，致使整个家庭氛围压抑沉闷。母亲在他出生后不久因患产褥热而离世。母亲的孪生姐妹薛咏南成为曹禺的继母。薛咏南是个戏迷，曹禺从三岁起就经常随其出入各个戏院，有机会欣赏到中国的传统戏曲。1922 年秋，曹禺进入南开中学读书，南开中学当时被人们称为“中国话剧运动摇篮”，作者在这片沃土上积累了大量丰富的舞台实践经验。1929 年，他转入清华大学西洋文学系继续就读，开始广泛接触莎士比亚、易卜生、契诃夫、奥尼尔等西方戏剧大家创作的戏剧，并在戏剧艺术上不断耕耘，为他日后的戏剧创作奠定了坚实的基础。

四幕剧《雷雨》于 1933 年创作完成，前后经过了五年的酝酿，此后作者接连发表了《日出》（1936）、《原野》（1937）、《蜕变》（1940）、《北京人》（1940）、《家》（1942）、《明朗的天》（1954）、《胆剑篇》（1961）和《王昭君》（1978）等一系列戏剧作品。其中，《雷雨》《日出》《原野》被称为曹禺的“生命三部曲”，表现了作者对生命的探索。这些作品的出现，促使中国现代话剧剧场艺术开始确立，并慢慢在中国观众心中扎根，也标志着中国的现代话剧开始走向成熟。

四幕话剧《雷雨》是一部优秀的现实主义家庭悲剧，是曹禺的第一个戏剧作品，也是我国现代戏剧走向成熟的重要标志。剧作将时间集中于一天上午到午夜两点钟这一时间段，只有周家客厅和鲁家住房两个场所，却将周朴园和鲁侍萍两家前后 30 年复杂的矛盾纠葛集中向我们展示。30 年前，封建官僚家庭的大少爷周朴园爱上了仆人梅妈的女儿侍萍，并与其生了两个儿子。为了迎娶一个有钱有门第的小姐，周家人将刚生下孩子三天的侍萍赶出家门。侍萍走投无路之下抱着孩子投河自尽，被人救起，先后嫁了两次人。周萍是周朴园和侍萍的长子，自幼被送到乡下寄养，直到25岁才回到周朴园身边。缺少母爱的周萍，与周朴园第三任妻子蘩漪产生了不伦之恋。懦弱自私的周萍为了摆脱蘩漪，移情恋上了年轻漂亮的侍女四凤。四凤是侍萍与第三任丈夫鲁贵的女儿。侍萍不愿四凤重蹈自己的悲剧，来到周公馆想带走女儿，却和周朴园不期而遇。此时，作为罢工代表的鲁大海也来到周公馆，和周朴园发生冲突，反被周萍当众殴打。周萍来到鲁家纠缠四凤，蘩漪尾随而至，鲁大海赶走了周萍。雷电交加之夜，两家人又聚集于周家客厅。周朴园以沉痛的口吻宣布了真相，并令周萍去认母认弟。此时周萍意识到了四凤是自己的妹妹，大海是自己的亲弟弟。四凤羞愧难当，逃出客厅，触电而死，周冲出来寻找四凤也触电而死。周萍开枪自杀，大海出走，侍萍和蘩漪经受不住打击而疯，周朴园则一个人在悲痛中深深忏悔。

“过去的戏剧”与“现在的戏剧”在全剧相互交织，故事情节的发展则借用前者来推动后者，进而将剧作的几组重要的矛盾冲突交织在一起。剧作中“过去的戏剧”核心是周朴园对鲁侍萍的“始乱终弃”和作为继母的蘩漪与周家长子周萍相恋的故事。而“现在的戏剧”则重点描写了蘩漪、周萍、周冲与鲁侍萍的女儿四凤他们之间的多角恋爱冲突，以及周朴园与鲁大海、与侍萍、与蘩漪的冲突。在这部剧里，血缘的关系与阶级的矛盾相互纠缠，所有的矛头最终都指向了周朴园——封建专制阶级和资产阶级的代表，从而使得这部戏剧具有反封建反资本主义的性质。

周朴园是一个封建家长的典型，他虽然在外国留过学，但他又是一个地道的资本家，深受旧道德的束缚。“仁义道德”之下的冷酷、专制是其个性特征。戏剧通过“喝药”这个典型情节，让人们看到周朴园身上的封建家长作风。他说道：“我的家庭是我认为最圆满、最有秩序的家庭。”不仅对妻子蘩漪，他对家庭中的所有成员都时时刻刻在规训、教导。

蘩漪是作为一个“五四”以后的资产阶级女性身份登场的。她聪慧、美丽、大方，向往自由和爱情；然而她的性格中又含有脆弱而任性、孤独而热情的两面性，她长期承受着精神上的折磨，同时又急切地渴望早日摆脱现在的处境。但是她非常清楚地知道，自己只能屈服于这样的处境。她难以忍受周家庸俗又单调的生活、烦闷阴沉的气氛，对精神束缚感到痛苦不堪，于是她强烈要求挣脱这一切。她是周公馆唯一敢于挑衅周朴园权威的人。周朴园逼蘩漪喝药，是为了向周公馆上上下下的人显示自己的权威，也是在警告、规训蘩漪。尽管如此，倔强的蘩漪仍然三番五次公然反抗。周萍的出现，让蘩漪抓住了一根救命稻草，重新焕发出对生活的希望。但是当周萍企图抛弃她时，蘩漪在爱而不得又无法摆脱这一切的形势下，开始由爱演变成恨，由倔强开始变得疯狂。她有意在所有人面前揭露自己和周萍、周萍和四凤的不伦之恋，这是对周朴园的最后一击。这种“雷雨式的”破坏力量，是涌动于每个人潜意识深处的力量，是能推翻封建制度、创造新世界的原始驱动力。

长子周萍是一个彻头彻尾悲剧性的人物形象，他的灵魂是空虚的、忧郁的、卑怯的甚至是矛盾的，他始终生活在周朴园的精神统治阴影之下。侍萍一生的悲剧都源于周朴园的遗弃，她唯一的希望就是避免过去的悲剧再次发生在女儿四凤身上。可是她最后的希望仍然被毁灭了，她被逼上人生绝路。这是《雷雨》反封建主题的深化。

作为一部经典性戏剧，《雷雨》存在着多义性与多种阐释的可能性。反封建是这部剧的显在主题，而它的潜在主题则是对人类生存困境的探索。

首先是“郁热”。蝉鸣、蛙噪、雷响，剧本中无时无刻不在渲染“郁热”的氛围，这既是对剧作中自然环境的一种真实性的描写，同时也是一种情绪、心理、性格，乃至生命的存在方式的一种暗示。在剧作《雷雨》里面，可以说每一个人出场时都嚷着“闷”。他们都陷入了一种欲望与追求不可得的“情热”中。周朴园和侍萍纠结于过往的情爱难以摆脱，内心充满了痛苦与矛盾；鲁大海身上满蓄着反抗、破坏、野性的蛮力，象征着雷雨冲决一切、毁灭一切的破坏精神；周冲生命中涌动的是一股雷雨式的压抑、束缚的解脱，但是却沉溺在永远不能实现的生命自由、健全发展的绝对理想境界的精神幻梦里；蘩漪、周萍、四凤，则充分表现了人对非理性情欲的渴求，尤其是作者倾心刻画的蘩漪，她是一个最“雷雨的”性格，她的生命交织的是极端的“最残酷的爱和最不忍的恨”的“‘雷雨’式的性格”，与近乎疯狂的“白热、短促”的“‘雷雨’式的”感情力量。[①]“雷雨”式的性格，既包含雷雨来临前的压抑、郁热，也表现了雷雨来临时的破坏力。这一切，都在蘩漪这一艺术形象中表现了出来。在蘩漪和周朴园的关系中，充满了压抑和郁热。周朴园把蘩漪“软禁”在门窗紧闭、密不透风的周公馆，用长年累月寂寞枯燥的生活磨掉她的青春、她的活力。还逼迫其喝药、看大夫，用家长式的专制要求其绝对服从自己。蘩漪对周朴园也不是完全俯首帖耳，她不时地用自己尖酸刻薄的语言嘲弄、回击周朴园。夫妻间充满了雷雨来临前的郁热气氛。而在与周萍的不伦之恋中，蘩漪则表现了一种雷雨式的破坏力。她对周萍的爱是炽热的，也是残酷的。明知这是一段不伦之恋，却仍然无法自拔地陷了进去。周萍越是躲避这段情感，蘩漪越是紧紧抓住周萍不放。她跟踪周萍来到四凤家，锁死四凤的窗户，让两人的恋情曝光在鲁家人面前。蘩漪哀求周萍带她远走高飞被拒绝后，那不可遏制的非理性的情欲让她变得疯狂，她开始用毁灭性的力量报复周围一切的人。她叫出儿子周冲、丈夫周朴园，阻止周萍和四凤离开周公馆，不顾一切地发出了那一声“失去了母性”的大叫：“我没有孩子， 我没有丈夫，我没有家，我什么都没有，我只要你说——我是你的！”这一声大叫，分明是雷雨来临前的一声霹雳，震醒了所有浑浑噩噩的人，给了他们当头棒喝，也驱散了压抑在周公馆上空的所有阴霾，露出了恐惧的真相。蘩漪是中国现代文学史上一个具有特殊意义的新女性，和中国传统女性对于苦难命运的隐忍、顺从不同，蘩漪身上绽放的是西方女权主义者的独立思想和反抗精神，她是中国戏剧史上的“美狄亚”。

其次是“挣扎”与“残酷”的发现。整部剧弥漫着人“挣扎”的无望，这是一种生存困境的显现。蘩漪抓住周萍，想让周萍带她走出令人窒息的周公馆；周萍却紧紧抓住四凤不松手，想通过四凤来洗涤自己的心灵。而周冲也紧紧抓住四凤，想借此追寻生命的自由和不可得的理想；侍萍抓住四凤，想把四凤拽出命运的戏弄；但周朴园却牢牢抓住鲁侍萍这颗棋子，一方面想结束自己与她的这场“旧梦”，另一方面又能够继续维护周公馆既定的秩序与规矩。就这样每个人都抓着另一个人，互相牵绊着，撕扯成一团，都想通过对方将自己拉出这无尽黑暗的深渊。殊不知，最后都会深陷泥潭而无法自拔，由此产生了曹禺式的命题，即对生命“残酷”的发现。这部剧中的每个人都拼命地想逃离属于自己的噩梦，但命中注定的他们最终还是进入了命运的陷阱。侍萍和周朴园为了避免相见离开家乡，却命中注定般再次相见；四凤命中注定般走上母亲侍萍的老路，成为少爷的情人；周萍本想逃离与蘩漪的不伦之恋，却不知进入了更罪恶的境地。戏剧的结尾，四凤、周冲、周萍相继死亡，只留下周朴园、发了疯的蘩漪和侍萍。曹禺在《雷雨·序》中提到：“《雷雨》是一种情感的憧憬，一种无名的恐惧的表征。”这种“无名的恐惧”，就是命运的无常和死亡的残酷。蘩漪出生不久母亲便死亡，

① 曹禺：《雷雨》中国戏剧出版社 1988 年版，序。

最爱自己的长姐英年早逝，父亲的猝然离世等，这些人生经历投射在作品中就是对死亡的表现。当然，曹禺并不仅仅停留在对死亡的恐惧上，他探索的是冥冥之中不可知的力量。

从对《雷雨》的多重解释中，显示了曹禺戏剧创作的一个重要特色：既关注现实，同时又超越现实，追索着隐藏于现实背后深处的人生、人性、人的生命存在的奥秘。

1936 年，曹禺发表了第二部四幕话剧《日出》。较之《雷雨》，这部话剧在思想和艺术上都有新的发展。作者认为《雷雨》太像戏了，于是在《日出》中作者侧重展示日常生活，而非极力追求精心构思的故事情节，并将眼光集中到平凡人身上而非传奇般的人物。在戏剧结构方面，作者也不再通过巧合和极端的戏剧冲突来组织剧情，而是借鉴印象派绘画的散点技法，用片段的方式，用多少人生的零碎来阐明一个观念。《日出》中没有主角，每个人物都是重点表现的对象，这些人物用他们的不同经历，拼凑出了社会的众生百态。在思想内容上，《日出》则表现的是对现代都市社会“损不足以奉有余”的“人之道”的批判，以及对“习惯的桎梏”的思考。

《日出》以陈白露的休息室与翠喜的卧房为舞台场景，分别连结着两个对立的世界：“有余者”和“不足者”，表达了作者对现代都市所奉行的“损不足以奉有余”的“人之道”的批判。“有余者”的世界，在陈白露居住的高级旅馆中展开。作者用近乎漫画的手法，刻画了一群处处忸怩作态，却自认为有钱有势、有社会地位、有本事、有手腕的“可怜的动物”：贪得无厌、工于心计的银行经理潘月亭，不择手段、一心攀升的李石清，搔首弄姿、故作天真的顾八奶奶，满嘴洋文、时显“西崽”相的乔治张……他们自以为主宰着自己的命运，但却被象征着冥冥中不可知的力量——金八所控制，用李石清自己的话说就是“被捉弄了”。作者用这种“被捉弄”的人生境遇，嘲讽了这群“有余者”的愚蠢与卑微。“不足者”的世界，是翠喜生活着的下等妓院。沦落风尘，却有一颗“金子般的心”的翠喜，为了生病的丈夫、年迈的老人、幼小的孩子不得不在这社会最黑暗的底层屈辱地出卖。小东西始终无法逃离金八的魔爪，在残酷虐待中悬梁自尽。这一幕浸透着作者的辛酸血泪和愤怒的抗议，再一次表现了作者对“损不足以奉有余”的都市社会的批判。

陈白露是《日出》的中心人物，也是剧本的灵魂人物。《日出》的主题是陈白露呼喊出来的，她内心的悲剧性冲突搭起了《日出》戏剧冲突的基本骨架。陈白露内心深处始终回旋着“竹筠”和“白露”的激烈冲突。竹筠是少女时代的“我”，一个从书香门第走出来的“天真可喜的女孩子”。白露是现代大都市中出卖自己青春与美丽的高级交际花，围绕在她身边的是那群“被捉弄”的“有余者”。诗人方达生的到来，唤醒了陈白露记忆中的“竹筠”，于是她挺身而出，救下小东西。但小东西无法逃脱的悲剧性命运，却让陈白露看到了自己命定的悲剧。一方面，在她的内心深处始终涌动着“竹筠”的意识，使她不愿再过这种出卖心灵与肉体的生活；另一方面，多年的寄生腐朽生活已经让她没有勇气离开现有的生活模式，是“习惯的桎梏”禁锢了她的双脚，让她“倦怠”于飞翔。这是人的自由生命的自我剥夺，曹禺称这类“习惯的桎梏”为生活的“自来的残忍”（注：曹禺《日出》，《曹禺文集》1 卷），与蘩漪们的“挣扎”、潘月亭们的“被捉弄”同样惊心动魄。剧本结尾，陈白露怀着向往“日出”之心而死，表达了生活在黑暗中的旧社会人民对新社会的憧憬。窗外劳动者浩浩荡荡的“打夯声”，象征了拥有与创造“日出”的力量。“工人的打夯声”与“日出”共同构筑起全剧的主题意象——对社会未来的朦胧希望。

1937 年 4 月，曹禺写出了“生命三部曲”之最——《原野》。这是一个在封建宗法思想影响下农民复仇者的心理悲剧，表现的是“生命的蛮性”与“复仇”的主题。

8 年前，主人公仇虎的父亲被恶霸焦阎王杀害，妹妹被卖到妓院，自己被投入大狱。8 年后，仇虎越狱来到焦家复仇。但此时焦阎王已死，仇虎面对的是瞎了眼的焦母、善良懦弱的焦大星、和尚在襁褓中的小黑子。仇虎不但失去了复仇的对象，就连复仇的合理性也受到了挑战。戏剧的重心由外部的复仇转向由复仇引发的内心矛盾，由外在命运的挣扎转向自身灵魂的挣扎。在“父仇子报”“父债子还”“断子绝孙”的封建传统思想的驱动下，仇虎先是杀死儿时的好友焦大星，再利用焦母之手杀死了焦大星的儿子小黑子，实现了残酷的复仇。但是仇虎并没有从复仇中得到满足和快乐，反而陷入了恐惧的心狱而不能自拔。“复仇”故事由此出现逆转：焦母复仇，用叫魂的方式将仇虎的心灵推进幻觉引起的恐怖中。仇虎的灵魂出现分裂，并出现了精神幻觉。《原野》这部戏剧通过塑造仇虎这位因杀人而心灵分裂的悲剧英雄，重现了他所遭受的种种不公，以及他在种种恐惧与幻觉的纠缠下拼命挣扎、苦斗的精神世界，完成了一次对人性潜在深度的探索。

在《原野》中，“死亡”已经由《雷雨》时的恐惧、《日出》时的无奈，转变成一种释然。死亡对于仇虎来说不是惩罚，而是一种解脱。只有死亡才能拯救仇虎于水深火热中，让他达到心灵的自由。戏剧的题目“原野”本身就是一个意象，即代表了一种“生命的蛮性”，又代表了一种无拘无束的生存状态。戏剧的男女主人公仇虎和花金子就是“原野”的化身，这是两个高度艺术化的形象。在戏剧中，从仇虎的外表塑造到他的性格、情感展现，作者通过这一艺术形象展现的是“旷达、自由、孤寂”的原野意象。剧作最后给仇虎安排的“死亡”结局，是让这个最具有原野性格的人物回归原野，在自然中抚平他在世间遭受的所有不公与伤痕。花金子也是一个具有原野性格的人物形象。家庭对于花金子来说不是港湾而是牢笼，在家的压抑与苦闷中她没有选择顺从而是大胆地反抗。和《雷雨》中的蘩漪一样，作者在塑造花金子这一人物形象时，仍然是以“情欲”为突破口，表现封建伦理道德对人性的压抑以及主人公的反抗精神。

从《雷雨》被捉弄的命运，到《日出》被习惯桎梏的命运，最后到《原野》对命运的反抗，表达了作者对人类生存状态的探寻与思考。同时，这三部戏剧作品中也对时代主题做出了呼应，通过蘩漪、陈白露、花金子三个主要女性角色的塑造表达了对封建伦理道德的批判和对个性解放的追求。

第三节　洪深的《农村三部曲》

20 世纪 30 年代初，洪深以极大的热情投身于左翼文艺运动，并创作出左翼剧作《农村三部曲》。《农村三部曲》包括 1930 年的独幕剧《五奎桥》、1931 年的三幕剧《香稻米》、1932 年的四幕剧《青龙潭》。这部剧作以江南农村为背景，描写了二三十年代农民的苦难遭遇，以及他们从苦难中逐渐觉醒，勇敢地站起来与封建势力、帝国主义势力进行斗争的故事。这部剧作刻画了知识分子重新认识自己与中国农民之间关系问题的心路历程，标志着洪深现实主义艺术成就的进一步发展和提高。

《五奎桥》写大旱之年，农民想用洋龙船（抽水机）抽水灌溉几百亩快要干枯的稻田。但是洋龙船却被当地首富周乡绅家的私桥——五奎桥阻隔在桥西。于是，围绕拆桥与保桥这个问题，在以周乡绅为代表的封建势力和以李全生为代表的农民之间发生了激烈的矛盾与冲突。

这是“五四”以来第一部以农民为主角的中国现代戏剧，也是三部曲中最出色的一部。但由于受到左翼思潮的影响，剧本在创作时机械化地处理题材，出现了概念化的人物，表现出一种“机械的现实主义”的倾向。作者用五奎桥将人物划分为泾渭分明、黑白对立的敌我双方，掩盖了生活本身的复杂性和人物性格的多样性，在一定程度上削弱了作品的思想深度与艺术表现力。在人物塑造上，对人物的理解简单化、抽象化和概念化。李全生被塑造成一个高大完美的农民领导者形象。戏剧中没有写出这个人物丰富的内心世界和复杂的性格特点，他只是一个“时代精神的单纯的传声筒”，振臂一呼，代表封建堡垒的五奎桥就立马土崩瓦解了。周乡绅这个人物也被简单化，作者将所有的恶德丑行都集中在他身上。他荒淫无耻，觊觎十六岁民女；奸诈狡猾，当众撒谎面不改色；两面三刀，勾结官府横行乡里；顽固保守，为一己私利不顾农民死活……这个人物形象虽然增强了作品反封建的思想力度，但这种先入为主的创作方法却违背了戏剧艺术的创作规律，使得人物形象脸谱化、概念化，缺乏艺术的真实性。在大众化讨论初期的左翼剧作中，《五奎桥》存在的不足是很有代表性的。在塑造工人农民形象的时候，左翼戏剧家们大都照搬照抄阶级斗争理论，把工农理想化，使得笔下的工农形象脱离生活实际，忽视了人性的复杂性和多样性，文学因被涂上过重的政治理论色彩而失去了艺术感染力。

《香稻米》是《五奎桥》的续篇，写的是20世纪30年代中国农村“谷贱伤农、丰收成灾”的社会现实。拆桥后的丰收年，自耕农黄二官一家满心喜悦地计划着卖粮还债。然而，随着丰收而来的却是官商勾结，伤兵滋事，粮价下跌。债主逼债，将满囤的稻谷抢去抵债，甚至连留给病妇吃的最后一点香稻米也被抢走。被逼得走投无路的农民们，齐聚商议出路，最后点火烧毁了周家祠堂。《香稻米》依然存在机械化处理题材的倾向，但是相比《五奎桥》我们应看到一些变化。首先是剧中透露出来的乡土眷恋之情。比如黄二官和谢先生在聊天中所表达的适意与忧愁、老太公对重重孙的期盼、黄二官对老伴儿的眷恋等，表达了现代人对乡土生活既诀别又眷恋的复杂情感。这说明洪深的戏剧创作观念和方法正在慢慢地突破左翼戏剧观念的束缚，开始向生活靠拢。其次是剧本的人物塑造方面。作者打破了机械化、概念化的人物形象，写出了人性的复杂性。在描写姜老爷、胡志高、卜公和以及伤兵们这一类人物形象时，既写出了他们对待农民刻毒、凶残的一面，也写出了他们可怜、无奈的一面：“由于他们在旧社会所处的地位，是不可能不剥削农民，不可能不压迫农民的。制度决定了他们品性，制度规定了他们的行为。”[①]《香稻米》既写出了人物的两面性，又表现了生活本身的复杂性。相比较《五奎桥》，在艺术上确实是一大进步。

《青龙潭》延续了前两部戏的内容，还是以农村旱灾作为基本背景。一条由省上下达的国防公路要占用庄家村的部分樱桃园，引起了以樱桃收入为生的农民的激烈反对。为补偿村民们的损失，县长答应为庄家村修建一所学校和送一个抽水机抗旱。樱桃树砍了，公路修通了，抽水机也送进了村，但是旱情却越发严重，小河已枯干，抽水机也无济于事。村民们以一种本能的狂热投入到祭神拜龙王的祈雨行动中，把生存的希望寄托于虚幻的神灵。作为现代化标志的公路，没有带来科学的进步，却迎来了青龙潭的龙王。这说明农民思想深处的封建思想是根深蒂固的，很难在短时间内改变。现代化的设施在愚昧面前，反而成为了封建迷信复辟的工具。而传播现代文明、宣传修路能帮农民改善生活的知识分子林公达，也成为教育的

① 洪深：《洪深文集》第1卷，中国戏剧出版社1957年版，自序。

殉道者。这场本应是农民与修路官方的冲突，演变成了顽固而保守的农民对现代文明的抗拒与憎恶。

与前两部戏相比，《青龙潭》最大的特点就是真实性。作者从简单对立的阶级斗争理论中挣脱出来，不再用政治观念来美化或丑化作品中的人物，在不断变化的环境中写出了人物性格的两面性和人性的复杂性，展现了中国农民在几千年封建政治统治和思想奴役下的精神创伤。

青年农民沙小大的思想转变，表现了封建迷信思想和小农意识的顽固性，暗示了启蒙之后的难题。在林先生的启蒙教育下，他反对迷信求神，不相信青龙潭中有青龙大王，力排众议，主张砍树修路，要迎来抽水机缓解旱情。但沙小大毕竟是一个土生土长的农民，他思想深处的封建神权观念不会因为新思想的输入就立马改变。因此，当大河干涸、抽水机无用、政府允诺的"兴修水利""赈济灾民"成为空头支票时，沙小大就全盘否定了林先生授予他的现代科学知识，传统的愚昧迷信重新成为他精神的信仰和依托，一变而为狂热的求神祈雨分子。沙小大的背叛影射了启蒙话语的无效与受挫。当启蒙话语遭遇现实的冲撞后，被唤醒的民众很容易走向现代化的反面，缺乏现代理性精神的中国农民一旦陷入某种宗教迷狂状态，将会对社会现代化进程造成巨大的破坏。这是阻碍中国农村和农民进入现代化的最大阻力。

知识分子林公达的人生经历，既表达了"五四"启蒙思想遭遇的现实尴尬，又肯定和弘扬了知识分子坚守信仰、拒绝盲从的人格力量。林公达是个有学问有道德的知识分子，多年来投身教育事业，向村民传播现代科学文化知识。在村民抗旱救灾时，他利用自己的医学知识抢救中暑的村民；在村民为是否砍樱桃、修公路而举棋不定的时候，他向村民陈述修公路之益。但是在戏剧最后，这位向村民宣传科学思想的知识分子林公达却成了全村人泄愤的工具。林公达最终以一己之躯成为现代文明教育的殉道者。

洪深在《青龙潭》中逐渐摆脱了左翼戏剧观念的束缚，从自己对生活的深刻体验和独特发现出发，深刻反映了农民的愚昧以及知识分子在农民社会中的尴尬处境，显示出左翼戏剧对中国农民的艺术把握逐渐深入。

在《青龙潭》之后，洪深又创作了《狗眼》（独幕剧，1934 年）、《走私》（独幕剧，1936 年）、《咸鱼主义》（独幕剧，1937 年）、《飞将军》（独幕剧，1937 年）、《包得行》（四川方言剧，1939 年）、《鸡鸣早看天》（三幕喜剧，1945 年）等剧作，发扬了他通过《农村三部曲》的创作所确立的自主的审美意识和独立的社会批判精神，对城市社会中的小市民心态和庸俗心理进行了剖析和批判。《走私》将揭露走私的题材与反帝抗日斗争联系起来，有强烈的现实意义。《咸鱼主义》是批评小市民在国难当头自顾自心理的讽刺喜剧。《包得行》写一个绰号"包得行"的无业游民包占云，在抗战潮流下由落后分子转变为抗日战士的过程。《鸡鸣早看天》中，一群因抗战胜利纷纷归家的人们，由于汽车抛锚暂时聚居在川北公路边小旅店内，通过一天 24 小时之内的变化，作者截取横剖面，以小见大地揭示了抗战胜利后不久社会上阴暗驳杂的丑恶现象与生活的新动向——争自由争民主的青年一代同封建家长发生了冲突，去迎接黎明。剧名寓示人们辨别晴雨明晦，告别黑暗走向光明。这部戏场景集中，人物众多，喜剧效果强烈，是洪深的代表作。除此之外，洪深还富有创造性地导演了《少奶奶的扇子》《米》《丽人行》（田汉作）、《法西斯细菌》（夏衍作），在我国话剧史上留下了宝贵的艺术经验。他还是我国早期电影事业的开拓者之一。1922 年他写出我国第一个比较完整的电影文学剧本

《申屠氏》。他编剧的《歌女红牡丹》是我国第一部有声电影。作为著名的电影导演，他为我国电影事业的早期发展作出了重要贡献。

第四节 夏衍的《上海屋檐下》

夏衍（1900—1995），原名沈乃熙，字端先，生于浙江省余杭县彭埠镇严家弄。1915 年被保送入浙江省立甲种工业学校染色科学习。1919 年五四运动爆发在，和同学共同组织杭州“五八”游行，编辑进步刊物《浙江新潮》。1920 年秋被保送赴日本留学，接触马克思主义。1921 年考入日本福冈九州明治专门学校电机科，1925 年进入九州帝国大学工学部冶金学科。留学期间，对外国文学名著产生了浓厚兴趣，读过托尔斯泰、屠格涅夫、高尔基、契诃夫、狄更斯等人的作品。阅读了《共产党宣言》，对“工业救国”的思想产生了怀疑。1927 年加入中国共产党，在上海从事翻译工作。1929 年与冯乃超、郑伯奇等人组织成立了上海艺术剧社。1930 年筹建左联，被选为执行委员。1932 年参加电影工作，并任党的秘密电影小组组长。1933 年中共上海文委电影组成立，夏衍任组长，开始尝试电影剧本创作。1935 年创作出轰动一时的多幕剧《赛金花》，采用讽喻的手法，揭露当权者媚外求荣的汉奸丑态，批判其不抵抗甚至卖国求荣的政策。稍后不久，他又写了历史剧《秋瑾》(原名《自由魂》)，塑造了秋瑾这个民主主义革命家形象。1937 年夏衍完成了中国左翼戏剧的代表性作品《上海屋檐下》，描写上海市民社会。

《上海屋檐下》截取上海弄堂房子的一个横剖面，以杨彩玉、林志成与匡复，施小宝与小天津，黄家楣与桂芬一家，赵振宇一家，以及失独老人李陵碑为五条线索，书写了上海底层市民的生活境遇。灶披间住的是小学教师赵振宇夫妇，赵的妻子牢骚满腹，怨天尤人，常为一些琐事吵吵闹闹。赵收入低微，生活困难，但他是个乐天派，整日在读报和闲聊中自娱自乐，寻求慰藉。亭子间住的是黄家楣夫妇。黄家楣因为有志气、不马虎、不随便而失业在家，如今患了肺病，陷入贫病交困、疾病缠身的绝境。为了款待从乡下来的老父，尽一点孝心，黄家楣依靠典当来隐瞒和掩饰自己的窘况。黄父无意间发现了儿子的秘密，以回乡为名离开了上海，临走时还把自己最后的血汗钱偷偷留给了孙子。前楼上住的是漂亮时髦的施小宝。她的丈夫是一个海员，常年漂泊在外，或许已经抛弃了她。因生活所迫，被白相人“小天津”及其后台老板所掌控，过着出卖肉体的非人生活。她想逃离，却始终逃不出“小天津”们的魔掌。阁楼上住的是失独老人李陵碑。他唯一的儿子在“一・二八”抗战中阵亡，孤苦伶仃的他因思念儿子而精神失常。客堂间住的是小职员林志成一家。林志成、杨彩玉与匡复三人之间的爱情纠葛是戏剧的主线。林志成因为好友匡复被捕入狱，主动帮助在困窘中的匡复妻女。与匡复的妻子杨彩玉交往一段时间后，他们俩产生感情并同居了，但林志成在精神上却时时受到良心的谴责，有一种沉重的负罪感。经历了 10 年的牢狱之灾，匡复迫切想要在家庭中找到温暖。他寻妻觅女，但是没想到妻子杨彩玉早已和好友林志成组成了新的家庭。匡复在尴尬的两难之中，最终选择离开以成全爱妻和好友的幸福。

夏衍的《上海屋檐下》是中国左翼戏剧的代表性作品， 体现了左翼现实主义戏剧对现实主义探索的实绩。在这部剧作中，夏衍开始摆脱片面强调政治宣传的倾向，把目光瞄准了现代都市的日常生活。他遵循真实性的原则，向我们展现出上海弄堂的真实日常生活空间：这里有挂着的淘箩、蒸架、小孩尿布， 天井里胡乱堆放的破旧家具、小煤炉、饭桌，以及灶披间的自来水龙头、水门汀砌成的水斗等。他不再追求尖锐激烈的矛盾冲突和曲折离奇的情节，转而追求展现生活的本来面目。《上海屋檐下》描写的就是上海弄堂里每天都会发生的人和事：牢骚，争吵，悔恨，痛苦，窘困，隐忧……这些琐屑的生活，展现的是形形色色的社会人生百态。他们是一群生活在都市角落里的平凡的小人物。林志成是一个工厂里的小职员，为了一点微薄的薪水，既要忍受上司的颐指气使，又要昧着良心欺压工人。回到家后，就把满腹的委屈全部撒在妻子杨彩玉身上。赵振宇的薪水十分微薄，贫穷的生活让赵妻常常会因为一点小事而大发脾气。她喜欢探听、传播别人的隐私，也喜欢从对施小宝这类可怜女人的鄙视中，寻找一丝精神的安慰。这里展现的是平凡、庸俗、琐屑而无意义的日常生活。

《上海屋檐下》的结构也很精巧，在上海弄堂里同时写出各不相同的十几个人物和五家人的悲喜剧，呈现出含蓄、谨严、简约的艺术风格。整部戏剧发生的时间是从“上午八点以前”到“这一天的晚饭后”，也就是12小时之内；故事发生的地点是三幕同一场景，剧中人物的活动场所就是他们共同居住的弄堂，全剧错综复杂的情节是由他们各自的悲欢离合构成的；剧本情节呈现多线安排与插曲式结构。林志成、杨彩玉与匡复是戏剧的主线，其他四家人是副线，这五条主副线像蛛网般纵横交织起来，就构成了一种“插曲式”的结构。夏衍的戏剧还注重创造带有明显象征性的氛围。“黄梅雨”就是贯穿这部戏剧的意象。剧本说道：“雨大的时候丁冬得可以听到檐漏的声音……空气很重，这种低气压也就影响了这些住户们的心境。”作者赋予“黄梅天气”以多层的象征意义，既象征了剧中人物无奈而苦闷的情绪，也影射了20世纪30年代整个社会氛围的阴郁沉闷。作者将自然气候和政治气氛用“黄梅雨”这个意象联结起来，融合了人们在自然和政治气氛下的共同感受，形成了一幅浑然一体的艺术图景。

创作于抗战前夕的《上海屋檐下》，通过一群生活在上海弄堂中小人物的喜怒哀乐，揭露了国民党统治下的黑暗现实，暗示出雷雨将至的图景，力图使观众“听到些将要到来的时代的脚步声”。夏衍《上海屋檐下》的杰出成就，与曹禺的《雷雨》《日出》，共同显示出写实主义戏剧的成熟。

第三编 现代文学的发展期

(1937—1949)

第十三章 20世纪40年代文学思潮与运动

受到战争的影响，20世纪40年代的文学自觉担负起民族救亡的使命，战争与救亡成为时代的主题，形成了迥异于二三十年代的另一种文学景观。战时特殊的环境氛围，直接影响了作家写作的题材、内容、风格，40年代的文学作品被深深地打上了战争的文化烙印。此时期，全国主要划分为三个政治区域：国民党统治的国统区、共产党抗日武装力量领导的解放区、日本侵略军占领的沦陷区及上海“孤岛”。这种因政治原因形成的不同地理区域，也影响了40年代文学的不同风貌，由此而形成了国统区文学、解放区文学、沦陷区文学和上海“孤岛”文学。这三个区域的文学既有相同点也有不同点，它们都共同承接着“五四”开创的新文学传统，有着40年代文学所共有的战争文化特性。但是在不同的政治区域，他们又有着各自不同的特点。国统区作为抗日战争的主战场，其文学风貌最为复杂，呈现阶段性的特点，也最能代表40年代文学的主流；解放区的文学明朗、素净，彰显出新政权的新气象；沦陷区和上海“孤岛”文学在强权的夹缝中求生存，出现了雅文学与俗文学融合的趋向。

第一节 抗战前期的文学运动

抗战文学运动与抗日战争几乎是同时起步的。作家们凭借敏锐的历史眼光与强烈的民族责任感积极投身于抗战文艺运动。文学紧跟着时代发生了很大的变化。在抗日战争初期，篇幅较长的各种体裁作品明显减少，代之而起的是能够迅速反映抗日斗争现实、容易产生宣传鼓动效果、为人民大众乐于接受的大量小型抗日作品，如战地通讯、报告文学、街头剧、街头诗、朗诵诗、通俗文学等。作家在战争中的亲身经历使得他们的创作及思想感情也发生了变化。他们开始深入生活、深入群众，探索新的创作道路和内容，拿起笔来投入战斗，宣传抗日主张可以说，抗战的爆发给中国现代文学的发展带来了根本性的变化，充分表明了中国现代文学始终是与时代社会相辅相成、同步共进的。

抗战文学主要具有以下三方面的特点。

一、文艺界抗日民族统一战线——中华全国文艺界抗敌协会的形成

日本发动的侵华战争改变了中国历史前进的方向，中华民族的生死存亡成为现实中最尖锐、最直接、最迫切的问题。救亡被摆在现实生活的首位，对文学的要求也不例外。

1938 年 3 月 27 日，中华全国文艺界抗敌协会，简称“文协”，在武汉汉口成立。“文协”的成立，表明全国规模的文艺界抗日民族统一战线正式形成。周恩来同志在“文协”成立会上发表了重要讲话。发起人包括各方面的代表 97 人，郭沫若、茅盾、老舍、巴金、胡风、田汉、丁玲、夏衍、郑振铎、朱自清、郁达夫、朱光潜、冯乃超、张道藩、姚蓬子、陈西滢、王平陵等 45 人任理事，周恩来、陈立夫、孙科等人任名誉理事。老舍任总务部主任，负责主持“文协”日常工作。提出“文章下乡，文章入伍”的口号，鼓励作家深入战争、体验现实生活，要求文学反映现实、充当时代的号角。因战时特殊的政治环境，这个口号受到广大文艺工作者的拥护，他们走出书斋、投笔从戎，深入现实生活，用他们的笔描绘出时代的风貌。1938 年 5 月 4 日，“文协”的会刊《抗战文艺》创刊，这是贯通抗战时期的唯一刊物，先后出版了 71 期，对于推动抗日文学活动发挥了重要的作用。

“文协”成立的同时，郭沫若主持的军委会政治部第三厅于 1938 年 4 月在武汉创建。在周恩来和“第三厅”中共特别支部的直接领导下，“第三厅”将各地流亡到武汉的文艺工作者和文艺团体组织起来，开展广泛的抗日文艺活动，进行各种街头宣传和文艺演出，组织战地巡回演出，举办各种讲演会等，形成了战争初期生气蓬勃的文艺活动高潮。其中影响最大的是演剧队的组织和活动。1938 年 8 月，“第三厅”将各地来武汉的救亡戏剧团体和文艺工作者，以上海的救亡演剧队为骨干，组成多个抗敌演剧队、抗敌宣传队、孩子剧团、电影放映队等，去全国各地巡回演出，进行抗日的文艺宣传。通过这些形式，聚集在武汉的大批文艺工作者团结起来，纷纷被吸收到抗日民族统一战线中，组成了一支浩浩荡荡的抗日文艺大军。

“文协”的成立，标志着 30 年代无产阶级文学与民主主义、自由主义文学达成一致，组成了现代文学史上第一次也是唯一一次文学界的抗日民族统一战线。

二、“抗日救亡”成为时代的主题

抗战爆发后，现实主义文学思潮成为抗战文学的主流，不少浪漫主义或者现代主义的作家纷纷转向现实主义。例如，戴望舒、卞之琳、何其芳等现代派诗人，都趋向倡导现实主义。对于现实主义应当如何适应抗战现实，文艺理论家们提出了诸多口号。其中，胡风为了克服抗战文学中的客观主义与主观公式主义，十分强调作家的“主观战斗精神”，具有重要的理论和实践意义。创作方面产生了一大批具有深度的现实主义杰作，如巴金的《秋》《寒夜》、老舍的《四世同堂》、路翎的《财主的儿女们》、曹禺的《北京人》等。

浪漫主义文学和现代主义文学在此时期仍然存在，但处于较弱地位。以徐訏、无名氏为代表的后期浪漫派小说，更多地包含了神秘荒诞的色彩。而郭沫若的历史剧就其倾向而言，仍是浪漫主义的。现代主义多作为创作因素存在于现实主义小说与戏剧中。国统区在 20 世纪 40 年代初出现的“九叶诗派”则是一个具有鲜明特色的现代主义诗歌流派，它们在诗歌中表现现实，又吸收了西方现代主义和象征主义的艺术表现手法，体现了反映论和表现论、现实主义和现代主义的较好结合。

文艺要不要为抗战服务以及怎样为抗战服务，这是当时文艺界思想争论的一个焦点问题。在“卢沟桥事变”前后，出现了一些表现抗日的小型通俗作品，评论家称其为“抗战八股”。又用“前线主义”指称作家深入前线、积极从事抗战文学活动。武汉失陷后，梁实秋提出了文艺“与抗战无关”论。他在重庆《中央日报》的副刊上发表《编者的话》，对文艺界抗日统一战线组织“文协”提出异议，立即遭到张天翼、陈白尘、宋之的、罗荪等人的批判，认为“作为时代号角的文学艺术，要为祖国的抗战服务”。经过这次论争，广大文艺工作者深刻地认识到文学必须与时代同行，现阶段出现的公式化倾向只能说明作家应该且必须更深入地参与到抗战生活中去。

三、出现了许多易于宣传和富有鼓动性的艺术表现形式

抗战初期，国民党的文禁有所放松，作家抗日情绪高涨。在全国抗战、同仇敌忾的情势下，文学观念获得了空前的共识。文学要为抗战服务，充当时代的号角，成为所有爱国作家共同遵守的创作原则。爱国主义的主题内容和昂扬乐观的风格特点，成为此时期文学创作的共同点。所有的作品中都弥漫着昂奋的民族心理和时代气息，充满英雄主义的调子。文学体裁小型化、轻型化了：速写化的小说、墙头诗、朗诵诗、传军诗、街头剧、话报剧风行一时；纪实性的报告文学层出不穷，新闻性的通讯在各种报刊上刊行。大众也更热衷于阅读报告文学和通讯报道，而不是文学作品。

随着抗日救亡情绪的高涨，戏剧运动进入大众的视野。大批戏剧工作者纷纷奔向内地、农村和前线，怀着高昂的爱国热情，组织抗敌宣传队、救亡演剧队和孩子剧团，用戏剧的形式宣传抗日、激发民众的积极性。为了适应大众的审美情绪和心理特点，戏剧的形式趋于小型化、轻型化和通俗化，游行剧、街头剧、朗诵剧、画报剧、茶馆剧、灯剧等戏剧形式风靡一时，起到了很好的宣传鼓动作用。代表性作品有：《八百壮士》《台儿庄》《保卫卢沟桥》《咱们要反攻》《打鬼子去》《打回老家去》《省一粒子弹》，以及被称为“好一记鞭子”的三个短剧（《三江好》《最后一计》《放下你的鞭子》）等。

值得注意的是，初期还出现了集体创作的戏剧形式，其中最著名的是《保卫卢沟桥》。这个剧本在“卢沟桥事变”后数日内，即由夏衍、尤兢等 20 余人集体创作并演出，由唐槐秋、洪深等 10 余人组成导演团，近百名戏剧电影界的知名演员参加了此次演出，盛况空前，影响很大。它揭开了抗战戏剧的序幕。全剧气势宏伟，充分表现出中华民族同仇敌忾的抗日精神。剧本着重于气氛的渲染，但对于人物的塑造不够注意。这种戏剧的集体创作形式，适合于及时反映抗日现实的需要，代表作品有：夏衍等的《黄花岗》，萧红、端木蕻良等的《突击》，崔嵬、王震之等的《八百壮士》，罗荪、锡金等的《台儿庄》，周扬、沙可夫等的《血祭上海》等。

武汉失陷前后，由于抗日形势的变化，戏剧创作在题材上有所开拓，不再局限于直接描写战争的壮烈场面，出现了像陈白尘的《魔窟》、宋之的的《微尘》、洪深的《米》、吴天的《孤岛三重奏》等，从不同的角度反映抗日现实的戏剧作品。它们或暴露敌伪魔爪统治下的黑暗，或表现国统区的丑恶的现实生活，同样都包含着作者深切的民族义愤。抗战进入相持阶段后，国统区戏剧活动中心又逐渐地移向大后方的剧场，于是多幕剧的创作大大增加；战争初期一度大量涌现的小型化、通俗化戏剧作品则相对地减少。但是，在国统区的演剧队等流动演出团体，特别是各个抗日民主根据地里，小型化的抗日戏剧仍然广泛流行。

在小型戏剧繁盛的同时，诗歌创作也相当活跃。由于诗歌能够比较直接表达作者的抗日激情，所以在抗战初期出现了大量服务抗战、抒发个人情感的诗歌。其中短诗占据了抗战初期诗歌的主要地位。郭沫若、老舍、艾芜等作家纷纷创作了一些反映抗战的诗歌作品。一些青年诗人，如艾青、田间、臧克家、何其芳等，成为抗日救亡诗歌阵地上的主力军。田间是其中的佼佼者，被闻一多称赞为“时代的鼓手”，著有《给战斗者》《抗战诗抄》等诗集。他善于以精短有力的诗句来表现战斗的激情，鼓点式的节奏和雄壮的气势恰好吻合了抗战前期的时代精神，引起了广大读者的强烈共鸣。

诗歌朗诵运动在战前由中国诗歌会首先提倡，但由于主客观条件的限制，当时主要还限于理论上的探讨，未能付诸实践。抗战爆发后，诗歌朗诵运动受到重视，成为宣传抗日的重要活动。吕骥、锡金、高兰、朱自清等人撰文探讨了诗歌朗诵问题，并开始了创作实践。诗歌朗诵活动最先从武汉开始，起因是在鲁迅先生逝世两周年纪念会上朗诵了柯仲平和高兰的诗。于是在武汉的街头、集会和电台上，出现了大量的诗歌朗诵节目。代表作品有高兰的《我们的祭礼》《我的家在黑龙江》《哭亡女苏菲》等，感情激昂，语言流畅，即使是对于因穷困而病故的子女的哭诉，也包含着作者对战争、对敌人、对人间种种不平的愤怒。武汉之后，重庆也出现了诗歌朗诵运动的高潮，并一度影响到延安、昆明等地。

街头诗运动与朗诵诗运动有所不同。街头诗也称墙头诗、传单诗、岩头诗等，是一种紧密配合现实斗争、具有宣传鼓动作用的诗歌形式。这些诗歌一般采用街头张贴、传单散发等形式流传。在国统区，受到政治环境的影响，街头诗运动无法广泛地开展。而在解放区，这是一种主要的抗日宣传形式。在延安，人们把 1938 年 8 月 7 日称为“街头诗运动日”，因为这一天，延安的大街小巷、墙头和城墙上都会张贴起街头诗。《街头诗歌运动宣言》号召人们“不要让乡村的一堵墙，路旁的一片岩石，白白的空着”，认为街头诗运动“是使诗歌服务抗战，创造大众诗歌的一条大道”。稍后，在一些抗日民主根据地，街头诗运动也逐渐展开。

报告文学在这时也发挥了文艺“轻骑兵”的积极作用。作为一种新兴的文学体裁，它在“左联”时期曾被大力提倡，在抗日救亡运动中逐步兴起，到了抗战爆发后进一步形成蓬勃发展的高潮。由于这种文学形式具有活泼、敏捷和富有战斗性的特点，能够将当前生活中发生的事件，通过形象的手段迅速地反映出来，适合于人民大众的需要，因此，抗战初期各种报纸杂志广泛地登载报告文学作品，成为一时的风尚。先后出版的报告通讯集有张叶舟编选的《文艺通讯》、田丁编选的《在火线上》、以群编选的《战斗的速绘》，从多方面编辑了战争初期比较优秀的报告文学作品。报告文学的写作者，很多是第一次从事创作的青年作者，他们有饱满的热情，有一定的生活实践，但对生活的观察不深刻，不善于运用艺术手段，往往只凭着个人的直观印象和片断经验进行创作。因此，不少报告文学作品近乎新闻纪事，或流于空洞的叫喊，缺乏艺术感染力。这种缺点在一部分老作家的作品里也同样存在，原因则是缺乏深入的生活实践和对作品精细的艺术加工。但它们广泛地反映了战争初期的真实景象，这是不可抹煞的事实。

在通俗文学和戏曲的创作方面，京剧、地方戏、鼓词、快板、相声、数来宝、山歌等，几乎所有的旧形式都被采用，范围十分广泛。一批专门登载通俗文学的报刊出现了，如武汉的《七日报》《大众报》和成都的《星芒报》《通俗文艺五日刊》等，成立了一些提倡通俗文学的社团。通俗的大众读物广为流行。通俗文艺的作者除了专业作家，还包括大批的戏曲工作者和民间艺人。很多作家在抗战初期都致力于通俗文艺的创作，老舍在这方面的努力尤为突出，收在《三四一》一书里的是他这时期主要的通俗文艺作品。他运用民间文艺活泼诙谐的特点，与抗日的内容相结合，做了比较成功的尝试。他还利用数来宝、河南坠子等形式创作通俗文艺。20 世纪 30 年代就开始创作大众小说的欧阳山，这时期又结合抗日的内容，以新的大众小说的形式写了《战果》。张天翼、艾芜、沙汀集体创作的《卢沟桥演义》，是运用章回体写成的通俗小说。同样用章回体写成的，还有谷斯范的《新水浒》。田汉运用地方戏剧形式，写了皮簧戏《新雁门关》，用历史题材借古喻今。夏蔡的《改良拾黄金》，用京剧“化子拾金”形式，宣传抗日内容。该剧舞台上始终只有一个演员，但由于角色本身幽默机智的形象、丰富生动的语言，在当时受到热烈的欢迎。赵景深、包天笑也努力于进步的通俗文艺创作。赵景深的《平型关》歌颂了八路军在平型关的胜利。抗战初期的各个民主根据地也比较重视通俗文艺创作。从延安奔赴前线的西北战地服务团，广泛地利用旧形式，进行抗日的文艺宣传，受到群众的热烈欢迎。他们关于旧形式要批判地继承的经验总结，与他们的创作实践大致是吻合的。在晋察冀根据地，河南坠子、大鼓书、小故事、双簧一类的作品也很风行。抗战初期大量出现的通俗文艺，对于宣传抗日、教育民众，曾经发挥了一定的作用，但当它们进一步与群众接触时，自身的缺点和不足也更为明显地暴露出来。由于对旧形式的利用缺乏明确的认识，往往无批判地接受，或仅仅当作一种宣传抗日的应急手段，并非从文艺大众化的根本方向上来进行创作实践，加上对旧形式本身的生疏，不少通俗文艺作品中出现了生搬硬套、概念化和公式化甚至无聊庸俗的现象。但是，它作为新的历史条件下文艺大众化的又一次范围空前的创作实践，对于推动现代文学史上长期面临的文艺大众化问题的解决，无疑提供了有益的经验教训。

总之，在救亡压倒一切的时代主题面前，文学再次承担起“文以载道”的重任，用文学的形式表达了对时代的呼应，发挥了抗日救亡的积极作用。

第二节　国统区的文学运动

20 世纪 40 年代的文学主要分为国统区文学、解放区文学、沦陷区和上海“孤岛”文学三大板块。国统区的文学运动是指在国民党统治的区域内，从 1938 年武汉失守到抗战胜利之前的这一阶段的文学。国统区的文学主要有三个特点：一是暴露性、批判性的作品，尤其是讽刺性作品占主导；二是追求民族化和大众化艺术形式；三是 30 年代出现的一些文学大家此时期文学作品的风格日趋成熟稳健、深沉激愤。

1941 年皖南事变后，抗战初期激昂奋扬的社会氛围转为沉郁苦闷。人们开始认识到抗战的艰巨性和长期性，以及社会现实中的腐败落后现象。在作品中不再盲目地鼓吹一种抗日的情绪，而是表达对民族前途和命运的思考。这是一种民族精神的觉醒。

此时期的文学作品首先是对爱国主义主题的拓展与挖掘。一方面，作家开始面对现实，揭露阻碍抗战、民族前进的黑暗势力，深入剖析民族的痼疾；或者转向历史，总结历史的经验教训，从中寻找民族的脊梁，发掘民族的美德。郭沫若的《屈原》、曹禺的《北京人》《家》、老舍的《四世同堂》、萧红的《呼兰河传》等作品，都是反思民族历史、探讨民族性格优劣的优秀之作。另一方面，作家面向自己，在作品中描写知识分子的道路历程，表现知识分子的思想心理，出现了创作知识分子题材作品的又一个高潮，代表作有沙汀的《困兽记》、路翎的《财主的儿女们》、李广田的《引力》、夏衍的《春寒》，戏剧有陈白尘的《岁寒图》、夏衍的《法西斯细菌》、宋之的的《雾重庆》、袁俊的《万世师表》，长诗有艾青的《火把》等。在这些作品中，作家们不约而同地开始对民族命运进行探讨，从历史的角度去俯瞰现实和民族，找到阻碍民族前进的惰性力量，用讽刺的手法、喜剧的形式对其进行嘲讽。这样，揭露现实的作品就往往有交织着冷峻苦涩的喜剧感，沙汀的作品就是一个典型代表。回顾历史，从对这古老而伟大的民族传统的历史沉思中获取或感伤、凄婉（如萧红的《呼兰河传》、曹禺的《家》），或崇高（如郭沫若的历史剧）的诗情，同时也自觉不自觉地将所谓“传统美德”（其中可能又掺杂着封建性因素）诗意化，在民族情绪的高扬中现代文学所具有的反封建的思想锋芒反而有所削弱。探索知识分子道路的作品，以路翎的《财主家的儿女们》为代表，更注重对人物内心进行开掘，表现时代巨变中知识分子艰难的心路历程，从而对因袭在知识分子身上顽固的封建保守思想进行批判与反思。这一时期的文学创作，呈现出特定时代所具有的沉郁、凝重而博大的风采。最能显现这种风格特征的就是长篇小说、多幕剧、长篇叙事诗与抒情诗。这是一个民族在生存与死亡中挣扎的时代，也是英雄辈出的时代，作家们不约而同地用史诗性体裁去捕捉时代的面貌，展现复杂的社会变迁。如老舍的《四世同堂》、吴组缃的《山洪》、巴金的《火》、靳以的《前夕》、路翎的《财主的儿女们》、茅盾的《霜叶红似二月花》《锻炼》等作品，都表现出史诗的内容与风格。

1944 年国民党政权在湘桂战役上的失败，导致国统区民主运动的高潮。与这次全国性的民主运动相呼应，文学的主题和题材也发生了转向：对黑暗现实、腐朽政治的诅咒和否定，以及新时代来临之前知识分子的内省与总结。时代的烙印在各类作品中显现，嘲谑与痛苦、紧张与愤激、焦躁与不安、希望与期待的情绪相互交织，出现了繁复的声响。在历史的最后阶段，呈现最多的就是带有讽刺性的喜剧作品，如钱钟书的《围城》、张恨水的《八十一梦》、袁水拍的《马凡陀山歌》、臧克家的《宝贝儿》、丁西林的《三块钱国币》、宋之的的《群猴》、陈白尘的《乱世男女》《升官图》等。

除了历史、时代的因素，其他区域文学的走向也影响着国统区的文学风貌。如延安文学在民族形式与大众化方向上取得的成就,也推动着国统区小说和诗歌创作走向民族化和大众化。

从抗战中期开始，为探索文学进一步发展的道路，作家们还加强了与世界文学的联系。从上一阶段的上海“孤岛”时期开始,《时代》杂志、《苏联文艺》与时代出版中心输入了苏联当代反法西斯文学的作品，国统区还出现了译介西方及俄国古典作品、现代作品的热潮，罗曼·罗兰、巴尔扎克、司汤达、托尔斯泰、陀思妥耶夫斯基的代表作，以及莎士比亚戏剧集这些代表西方文学历史最高成就的作品经一批有造诣的翻译家介绍到中国来；现代派诗人里尔克、艾略特、奥登都被陆续介绍到中国来。古典现代的西方文学作品分别对“七月派”和“九叶派”产生了影响，显示出中国文学继续向世界化、现代化方向发展。

第三节　解放区的文学运动

抗战爆发后，许多左翼作家及文艺青年来到延安和西北、华北等地区的抗日民主根据地，为配合抗日宣传，不仅创作了数量丰富的作品，还建立起鲁迅艺术文学院、边区文协、文抗等文艺界统一战线组织和各种文艺团体，出版了《大众文艺》《文艺突击》《谷雨》等大量刊物。

1942年5月2日，中共中央以毛泽东和中共中央宣传部长凯丰的名义，在延安召开了一次文艺工作者座谈会。毛泽东在座谈会上先后两次的发言，这就是著名的《在延安文艺座谈会上的讲话》(以下简称《讲话》)。《讲话》对于解放区文艺的发展方向有决定性的意义。以《讲话》的发表为标志，可将解放区文学创作分为两个阶段。

1942年以前，报告文学、速写、小说、诗歌等获得了较大的成就。报告文学和速写比战前跃进了一步。诗歌中出现了塑造工农兵形象的作品，如柯仲平的《平汉路工人破坏大队》《边区自卫军》。抗战初期小说创作数量较少，题材单一，主要以短篇居多。随着国统区作家的不断加入，出现了一些比较有边区特色的小说，如丁玲的《我在霞村的时候》《在医院中》。1942年以后，在《讲话》的影响下，解放区文艺发生了重大变化。作家通过深入边区群众生活、体验群众感情，创作出一批具有民族风格的小说、诗歌等文学作品。

在"深入工农兵群众、深入群众实际斗争"的号召下，革命的现实主义创作方法几乎成为所有小说家的创作选择。解放区出现了一批格调高昂、清新朴素的优秀作品，比较有影响的小说有丁玲的《太阳照在桑干河上》，周立波的《暴风骤雨》，孙犁的《荷花淀》，赵树理的《小二黑结婚》，柯蓝的《洋铁桶的故事》，孔厥、袁静的《新儿女英雄传》，马烽、西戎的《吕梁英雄传》，欧阳山的《高干大》，柳青的《种谷记》，草明的《原动力》，刘白羽的《无敌三勇士》《政治委员》，邵子南的《地雷阵》，康濯的《我的两家房东》《春种秋收》，马加的《江山村十日》《开不败的花朵》等。这些作品虽然都是反映解放区各方面生活的，但在对生活开掘的层次和艺术创新的侧面上，各有倚重。如《吕梁英雄传》《新儿女英雄传》《地覆天翻记》《洋铁桶的故事》都在结构上和写法上借鉴传统章回小说，但创新程度有明显的多寡之别；再如《高干大》《种谷记》《我的两家房东》等都表现了解放区人民精神面貌的各方面变化，但艺术切入的角度各不相同。1942年以后的小说创作，从前线战斗到寻常生活，从将军到百姓，从社会变革到人的精神蝉蜕等方面对解放区的各个生活侧面都给予了表现。

解放区的戏剧创作主要体现为地方戏曲的新编剧目和新型歌剧的创作，以及旧剧改编等方面。其创作的高潮是延安秧歌剧活动的展开。1943年2月春节期间，由一百多人组成的鲁艺秧歌队，在延安城乡广泛演出，深受欢迎。一时间，延安及各解放区迅速掀起了秧歌剧演出的热潮。仅延安地区从1943年春节1944年上半年，就创作和演出了三百多个新秧歌剧，观众多达8万人次。这些新秧歌剧以"军政民团结，对敌斗争；组织劳动力，改造二流子，增加生产；破除迷信，提倡卫生"等鲜明的革命内容来置换旧秧歌中的封建迷信、低级趣味，并在形式上进行了创新：取消了旧秧歌的重要角色"丑角"，努力塑造一批工农兵形象；在采用地方小调、民间歌谣、民间秧歌、旧剧腔调、唢呐乐器的基础上，增加了道情调子、改创新调、方音土语、管弦乐器和打击乐器，并且吸纳话剧、歌剧的表现手法，使其具有鲜活的乡土气息、喜剧色彩与娱乐功能。绝大多数的新秧歌剧，充满着对新生活的歌颂与对旧社会的控诉，代表性作品有《牛永贵挂彩》《夫妻识字》《兄妹开荒》《小放牛》等，营造出"一种新的生活气氛""一种愉快、活泼、健康、新生的气氛"，[①]受到广大群众的欢迎。

1945年4月，由贺敬之、丁毅执笔的民族新歌剧《白毛女》在新秧歌剧运动的热潮中诞生了。这部歌剧的素材源于河北西北部流传的白毛仙姑的民间传说，延安鲁艺的师生们对这个既包含着顽强求生的传奇色彩，又体现了破除迷信的进步思想，还蕴藏着反剥削压迫和阶

① 张庚：《解放区的戏剧》，《中华全国文学工作者代表大会纪念文集》，新华出版社2000年版。

级仇恨的政治意义的生活素材进行了深入的挖掘，根据自己参加农村斗争的生活感受，提炼出“旧社会把人逼成鬼，新社会把鬼变成人”的革命化主题。这出戏成功地将阶级斗争、翻身解放的政治主题融汇于善恶报应、爱情大团圆、性格脸谱化的民间艺术形式中，在西洋歌剧的齐唱、重唱、合唱、伴唱等表演形式中，回荡着经过改造的河北梆子、河北花鼓、山西秧歌、山西梆子等地方戏曲曲调和北方民歌、小调的旋律。此后还出现了一批具有强烈时代精神和地道民间情调的新歌剧：《王秀鸾》（傅铎）、《刘胡兰》（魏风、刘莲池、朱丹执笔）、《赤叶河》（阮章竞）、《不要杀他》（刘佳执笔）等。

话剧运动也获得了的发展。1943 年上演独幕剧《把眼光放远点》（胡丹沸执笔）、《粮食》（洛丁、张凡、朱星南），三幕话剧《抓壮丁》（丁洪、陈戈、戴碧湘、吴雷、吴雪执笔）；1944 年上演的四幕话剧《同志，你走错了路》（姚仲明、陈波儿）和以后出现的四幕剧《李国瑞》（杜烽），独幕剧《反“翻把”斗争》（李之华），五幕剧《九股山的英雄》（林扬、严寄洲、刘莲池）、《炮弹是怎样造成的》（陈其通），四幕剧《战斗里成长》（胡可执笔）、《红旗歌》（鲁煤执笔）等。其以贴近现实生活、乡土气息浓郁、为战争政治服务、以工农兵为主、形式多样灵活、插入民歌小调、富于喜剧色彩、因地因时制宜等特点，使解放区话剧从剧场走向广场，受到广大群众的欢迎。

解放区早期诗歌艺术的代表作品有柯仲平的《边区自卫军》《平汉路工人破坏大队》等。《讲话》发表以后，许多诗人开始积极探索诗歌的民族化，他们借鉴陕北民歌“信天游”以及其他民歌的艺术形式，创作出一批群众喜闻乐见的诗歌作品。李季的《王贵与李香香》、阮章竞的《漳河水》、李冰的《赵巧儿》、艾青的《吴满有》等是这方面的优秀之作。

解放区散文创作的成就主要集中在报告文学、速写和文艺通讯方面，刘白羽、孙犁和周而复等许多诗人、小说家在这一时期写下了不少反映抗日根据地和解放军军民生活的散文作品，较著名的解放区散文作家有华山、吴伯箫等人。

总之，解放区作为相对独立的文学创作基地，贯彻着自主的文艺政策，呈现出独具特色的创作风貌。在《讲话》的指引下，解放区的作家在文学民族化、大众化的道路上取得了可喜的成绩。无论是吸取了民间说书艺术特点的短篇小说《李有才板话》，还是直接借用陕北民歌《信天游》形式的叙事长诗《王贵与李香香》，或者在群众秧歌运动基础上发展起来的新歌剧《白毛女》，都具有浓厚的民族风格和鲜明的地方色彩。

但是，解放区文学在实践工农兵方向的过程中，也存在忽视文艺自身的审美独立性、机械理解艺术的政治功能等偏差。就文学思潮而言，解放区文学运动主要强调现实主义和浪漫主义，没有能够更多地汲取象征主义、现代主义等其他文学思潮的有益营养，因而在一定程度上缺乏丰富多样的色彩和更加广泛的开放性。

第四节　沦陷区的文学运动

“孤岛文学”主要指的是 1937 年 11 月上海沦陷后，滞留在上海租界的作家，坚持文学创作并用各种艺术形式配合抗日救亡活动。戏剧是 “孤岛文学”运动中最活跃的艺术形式，据统计，各种专业和业余的剧团在此时期最多时达到 120 多个。除了抗日剧，这些剧团也上演了一些比较有艺术水准的历史剧和翻译剧。代表作有：尤兢的《大明英烈传》《夜上海》《长夜行》、阿英（钱杏邨）的历史剧《明末遗恨》（又名《碧血花》）、李健吾的《草莽》以及他改编的一些外国剧作《王德明》(改自《麦克白》)、《爱与死之搏斗》(罗曼·罗兰原著)等，都代表了“孤岛文学”时期戏剧创作艺术的水准。此时期的杂文创作也在风行一时，有《鲁迅风》《杂文丛刊》等杂志，巴人(王任叔)与阿英曾就“鲁迅风”杂文发生论争。当时还出版了《鲁迅全集》《大时代文艺丛书》，以及瞿秋白、方志敏的著作，斯诺的《西行漫记》(原名《红星照耀中国》)等。

1941年12月太平洋战争的爆发，将上海“孤岛”文学纳入沦陷区文学的轨道。上海“孤岛”文学与东北沦陷区文学、华北沦陷区文学，被统称为“沦陷区文学”。日伪在沦陷区一方面进行文化高压政策，查封书刊，禁绝有“逆反倾向”的作品，同时强迫和诱使作家为他们服务，帮助其鼓吹所谓的“大东亚共荣圈”。在“言”与“不言”的矛盾处境中，沦陷区作家坚守文学阵地和“五四”新文学传统，创作出一批反映沦陷区人民生存困境和不屈不挠民族生存意志的作品，如《河流的底层》(秋萤)、《绿色的谷》(山丁)、《雪岭之祭》(疑迟)、《森林的寂寞》(袁犀)等。还有一批作家重在表现个体在战争中的体验，描写普通人的平凡生活和特殊价值。这种“反英雄、反浪漫”的倾向与前述英雄主义、浪漫主义的文学传统在对立中互相补充，共同促进了沦陷区文学的发展。

沦陷区文学的另一个现象是雅文学与俗文学在对立中的接近趋向。日伪的高压政治使得沦陷区作家被迫失去了自由说话的权利，而市场的需求则成为沦陷区文学发展的直接动因。

在“作家内在精神追求”与“文学市场需求”之间，沦陷区作家艰难地寻找着契合点。1941—1942年东北沦陷区对通俗小说创作的讨论、1942年北平《国民杂志》关于“小说的内容和形式”问题的笔谈，以及同年上海《万象》推出的“通俗文学讨论特辑”，都表达了对通俗文学的重新认识，“俗文学”开始被重新定义，雅俗文学从绝对对立走向互相融合。“俗文学”的被理解，造就了沦陷区通俗小说的繁荣，出现了还珠楼主、王度庐、郑证因等武侠小说大家与秦瘦鸥、刘云若、予且等新言情小说代表作家。“雅文学”的成就有《围城》《结婚》《马兰》《果园城记》等作品。当然，能自由出入于“雅”与“俗”之间的作家，标志着沦陷区文学“雅俗共赏”时代最高美学追求的作家是张爱玲。

张爱玲(1920—1995)，中国现代文学史上著名的女作家，留有《张爱玲全集》16册。祖籍河北省唐山市丰润区，原名张煐。1920年出生于上海一个没落贵族家庭，其祖母李菊耦是李鸿章的长女，祖父张佩纶是清末名臣。父亲张廷重属于遗少型的人物，母亲黄逸梵则是时髦的新式女性，价值观的差异导致两人最终分道扬镳。父母的离异对张爱玲的一生影响极大，也刺激了她早熟的文学才情。尽管张爱玲从少女时代就已经开始写作，但她真正登上文坛是1943年她的《沉香屑·第一炉香》和《沉香屑·第二炉香》在周瘦鹃主编的《紫罗兰》创刊号上发表。作品一发表，就立即引起了上海文坛的注意和称赞。自此之后，张爱玲笔耕不辍，创作出《倾城之恋》《金锁记》《琉璃瓦》《红玫瑰与白玫瑰》等多篇小说，一时之间“洛阳纸贵”，张爱玲一跃成为上海最受追捧的作家，创造了文坛上的一个传奇。1944年8月小说集《传奇》出版，收录了1943年—1944年张爱玲创作的小说10篇。1945年散文集《流言》出版，收录散文30篇。1952年离开内地来到香港，创作了两部长篇小说《秧歌》和《赤地之恋》。1955年移居美国，主要致力于学术研究与翻译，创作了一些诸如《雷峰塔》《小团圆》等带有自传性质的小说。

张爱玲的特殊意义在于她的小说真正实现了传统与现代、通俗与先锋的完美融合。在张爱玲的小说中，既继承了《红楼梦》等中国古典小说的长处，又熟稔地使用了西方小说的写作技巧。在内容上则写出了尘世普通男女在新旧变革中的挣扎与焦虑，展现了中国社会在现代化历程中新与旧的纠缠。她的小说集《传奇》表现的就是在传统与现代、东方与西方之间博弈的“现代”中国。成名作《倾城之恋》的女主人公是出生于上海传统旧式大家庭的白流苏，男主人公范柳原是来自海外的侨民。男女主人公之间的相互吸引，是传统与现代的纠缠。带有西方眼光的范柳原追求白流苏，是为了满足自己对传统的猎奇。而白流苏不惜与传统家庭决裂，追随范柳原来到香港，则是为了实现一个传统女性对现代性的追求。当然，两人的爱情发展并不是一帆风顺的，传统与现代必然会发生博弈和冲突。正当男女主公陷入爱情的困境时，一场突如其来的战争结束了两人的博弈，让他们回归到平凡的生活。在这部小说中，张爱玲借用白流苏和范柳原的恋爱纠葛向我们展现了传统中国人在现代化的道路上的曲折历程，表达了她对社会变革的独特思考。张爱玲小说“苍凉”的风格底色，是时代所赋予的。在传统与现代的激烈变革中，无数个普通人只能在夹缝中求生存，而他们谋得的最终还是一片荒凉的虚无。正如《倾城之恋》小说中的白流苏，虽然一场意外的战争成就了她和范柳原的婚姻，但她却发现生活的真相是“他们把彼此看得透明透亮，仅仅是一刹那的彻底的谅解，然而这一刹那够他们在一起和谐地活个十年八年”，生活终究不过是“一个苍凉的手势”。

代表张爱玲最高创作水平的《金锁记》，被夏志清誉为“中国从古以来最伟大的中篇小说”。小说讲述了麻油店的曹七巧，被贪财好利的哥哥卖给姜公馆无法起身的残疾人姜二少爷做太太。受尽姜家上上下下的排挤和冷眼，在对姜季泽的畸形爱恋落空之后，曹七巧彻底变成了一个疯狂报复的女人。她将自己前半生情欲的压抑和苦闷发泄到一双儿女身上。她教唆儿子长白吸大烟，探听、讥笑儿媳的闺房秘密，逼死儿媳，毁掉儿子的婚姻。她又乖戾地破坏了女儿长安的好姻缘，故意在女儿最佳的求婚者童世舫面前透露女儿有鸦片烟瘾，断送了长安最后的希望。在张爱玲的小说中，白流苏、葛薇龙等女性都是些是不彻底的人，是软弱的凡人，也是生活的妥协者。但是曹七巧却不同，她是倔强的、不妥协的，她的一生都在反抗。她身上爆发出来的破坏力，和《雷雨》中蘩漪的破坏力是相同的，其驱动力都是情欲。这是作者用艺术的形式表现了女性个性的解放及对封建社会的反抗，而她们反抗的利器就是女性的“情欲”。当然，与《雷雨》《家》等重在表现封建家族压迫人性的作品不同，《金锁记》将写作重点放在对女性心理细致入微的描写上，展现了在传统与现代夹缝中痛苦挣扎的曹七巧，在情欲的主宰下如何一步步走向毁灭的过程。我们知道，中国传统小说重在情节故事的表达，而现代西方小说更擅长表现人物的心理。所以，张爱玲写作中心的转移，在心理开掘方面达到的深度，也代表了中国小说“现代化”的成熟。

总之，张爱玲在小说中展现了传统与现代缠绕下的人与社会，给予了我们另一个视角去透视 20 世纪 40 时代的社会风云。在小说技巧上，她既继承了传统古典小说在构造故事、设置人物等方面的表现技巧，又吸收了西方现代派小说的叙述技巧，实现了传统与现代、通俗与先锋、中与西的完美融合，对后来的港台文学造成了不可忽视的影响。

第五节　《在延安文艺座谈会上的讲话》

1942 年 2 月，毛泽东和中共中央在全党发动了整风运动，目的在于清算党内以王明为首的教条主义和宗派主义错误路线，用解放区的意识形态来统一整合解放区文化，由此而产生了毛泽东文艺思想，确立了为工农兵服务的文艺方向。在整风运动中，暴露出延安文艺界很多问题。来自全国各地的延安文艺界人士尽管也创作了不少歌颂根据地的优秀作品，但是很多作家缺乏对工农兵群众的深入了解，作品创作脱离现实、脱离群众。此外，延安文艺界还存在教条主义、宗派主义、自由主义和个人主义思想，以及一些争论、分歧、对立和不团结现象。为统一文艺界的思想认识，解决文艺界存在的问题及其争端，中共中央决定在延安杨家岭召开文艺座谈会。1942 年 5 月 2 日、16 日和 23 日，共举行了三次座谈会。朱德、陈云、任弼时、王稼祥、博古等中央各部门负责人，以及延安文艺工作者共 100 多人出席了座谈会。毛泽东分别于 5 月 2 日、5 月 23 日做了“引言”和“结论”性的讲话，并于座谈会后对党的文艺思想和文艺政策作了进一步阐发。毛泽东的讲话在当时被周昆玉等人做了速记，1942 年 5 月七七出版社印行了这个记录稿，这是《在延安文艺座谈会上的讲话》的第一个版本，俗称为“七七社本”。1943 年 10 月 19 日，为纪念鲁迅逝世 7 周年，《解放日报》发表了《在延安文艺座谈会上的讲话》，详细刊载了毛泽东在座谈会上的两次讲话内容。10 月 20 日，中共中央总学习委员会发出通知，要求“各地党组织收到这一文章后，尽量印成小册子发送到广大的学生群众和文化界知识界的党内外人士中去”。同月，延安解放社正式出版了《在延安文艺座谈会上的讲话》单行本，这个版本被称为“解放社本”或“1943 年本”。1953 年 2 月至 4 月，经毛泽东亲自修改，《在延安文艺座谈会上的讲话》收入《毛泽东选集》第 3 卷，由人民出版社出版发行。

毛泽东《在延安文艺座谈会上的讲话》（以下简称《讲话》）确定了党对文艺工作的基本方针，指明了文艺为群众及如何为群众的根本问题。《讲话》中明确指出：“无产阶级的文学艺术是无产阶级整个革命事业的一部分，理所当然地必须置于党的领导之下。”①“真正人民大众的东西，现在一定是无产阶级领导的……新文化中的新文学新艺术，自然也是这样。”②毛泽东在《讲话》中深刻阐明了文艺工作和党的整个工作的关系问题，认为无产阶级文艺必须置于无产阶级政党的领导之下。毛泽东继承了马克思主义经典作家的文学理论，认为革命文艺的中心问题是“一个为群众和一个如何为群众的问题”③。毛泽东强调文艺的根本问题和原则问题是“为什么人的问题”④，如果“这个根本问题不解决，其他许多问题也就不易解决”⑤。继而指出革命文艺的根本方向是“为人民大众的，首先是为工农兵的”。⑥关于“如何为群众的问题”，《讲话》从三个方面进行了论述：一是要深入生活，与工农兵相结合。毛泽东认为小资产阶级存在的问题除了要学习马克思列宁主义，还必须到群众中去，与工农兵相结合，并接受长期的锻炼，才能得到纠正。中国的文艺家只有深入到群众中去，保持与群众的密切联系，才能创作出人民需要的文学艺术作品。二是要运用群众喜闻乐见的民族形式。毛泽东在《讲话》中批评了部分文艺家脱离群众，指出文艺家要“认真学习群众的语言”“文艺工作者的思想感情和与工农兵大众的思想情感打成一片”⑦，创作的作品要让广大工农群众能够听得懂、看得懂，要将文艺形式与工农兵群众的实际情况相结合。三是走普及与提高相结合的道路。《讲话》还分析了“在普及基础上的提高”和“在提高基础上的普及”的辩证

---

① 毛泽东：《毛泽东选集》（第一卷），人民出版社 1964 年版．第 822 页。
② 毛泽东：《毛泽东选集》（第一卷），人民出版社 1964 年版．第 812 页。
③ 毛泽东：《毛泽东选集》（第一卷），人民出版社 1964 年版，第 810 页。
④ 毛泽东：《毛泽东选集》（第一卷），人民出版社 1964 年版，第 814 页。
⑤ 毛泽东：《毛泽东选集》（第一卷），人民出版社 1964 年版，第 815 页。
⑥ 毛泽东：《毛泽东选集》（第一卷），人民出版社 1964 年版，第 821 页。
⑦ 毛泽东：《毛泽东选集》（第一卷），人民出版社 1964 年版，第 808 页。

关系，认为“只有从工农兵出发，我们对于普及与提高才能有正确的了解，也才能找到普及和提高的正确关系”[①]。只有以工农兵为表现对象，采用民族的形式，普及才能实现，提高才有依托。从“为什么人”到“如何为”，从文艺与人民群众结合到文艺家与人民群众结合，《讲话》明确提出文艺应为人民大众，尤其是为工农兵服务的中心议题。此外，在对待古今中外优秀文学艺术遗产的问题上，《讲话》提出要批判地吸收与继承一切有益的成果。《讲话》还强调文艺批评的标准要坚持“政治标准放在第一位”与“艺术标准放在第二位”的原则[②]这实际上是要求文艺要服务于政治，文艺与政治相结合。所以，“文艺服从于政治”也就是指文艺要服从于人民需要、服从于历史真实，这里的“政治”是人民的政治，是人民利益的集中体现。

《讲话》是马克思主义文艺理论“中国化”的重要成果，不仅仅是毛泽东同志个人的成果，也是中国共产党领导中国革命文艺运动的历史经验总结。《讲话》要解决的一个中心问题是无产阶级政党如何领导文艺工作，如何创作出适合本阶级要求的新型文艺。《讲话》发表后，一直是党制定文艺政策的根本方针，它所指明的方向和道路始终是我国文艺事业发展必须遵循的正确方向和道路，对解放区文艺乃至 1949 年之后的当代文学产生了深远的影响。

第六节　文艺思想的论争

20 世纪 40 年代文学论争受时代环境的影响，呈现出纷繁复杂的特点。总的来说，比较重要的文学论争主要有以下一些。

1939 年至 1941 年展开的国统区文艺界关于“民族形式”问题的论争。在延安，从 1939 年开展了民族形式问题的学习和讨论。在国统区，抗战初期就已发生过“旧瓶装新酒”是否适应的讨论。1940 年的讨论产生了两种对立的观点，民间形式是不是“民族形式的中心源泉”这个问题是论争的焦点。向林冰在《论“民族形式”的中心源泉》等文中，一再强调应该用民间形式来创造新民族形式，甚至偏狭地认为新文学是“以欧化东洋化的移植性形式代替中国作风中国气派的畸形发展形式”。葛一虹代表反对方，在《民族形式的中心源泉在所谓“民间形式”吗？》等文中完全否定新文学可从民间形式中借鉴经验的可能性，对“五四”新文学全盘肯定。这次讨论在郭沫若的《“民族形式”商兑》和胡风的《论民族形式》中进行了深入探讨。郭沫若提出了比较中肯的建议：中国新文艺“从民间形式取其通俗性，从士大夫形式取其艺术性，而益之以外来因素，又成为旧有形式与外来形式的综合统一”。

1945 年前后，文艺界又围绕《清明前后》和《芳草天涯》展开了关于“唯政治倾向”和“非政治倾向”的讨论。1945 年 11 月，茅盾的《清明前后》与夏衍的《芳草天涯》在重庆上演，受到大众的热烈欢迎，《新华日报》为此组织了讨论。《清明前后》的主题与选材都有强烈的现实政治意义，但剧情沉闷、对话冗长，艺术上明显不足；《芳草天涯》正相反，艺术上颇有特色，和现实政治有一定距离。讨论中王戎等人先后著文否定《清明前后》，将大后方文学创作中的公式化的原因归结为“唯政治倾向”。这种看法不免片面，但对公式化的批评有利于文学创作的发展。为贯彻并拥护毛泽东在《讲话》中的精神，何其芳写了《关于现实主义》、

① 毛泽东：《毛泽东选集》（第一卷），人民出版社 1964 年版，第 816 页。
② 毛泽东：《毛泽东选集》（第一卷），人民出版社 1964 年版，第 826 页。

邵荃麟写了《略论文艺的政治倾向》，批评了“非政治倾向”，批评《芳草天涯》，力图以政治性与艺术性统一作为作品成功的标准。这是一场在国统区展开的对《在延安文艺座谈会上的讲话》精神领会的讨论。冯雪峰发表《题外的话》，反对将“政治性”和“艺术性”割裂开来，认为“不能从艺术的体现之外去求社会的政治价值”。何其芳根据《讲话》的精神对他进行了驳难。

1945 至 1949 年，展开了对现实主义与主观论的长期论争。40 年代关于现实主义的争论，是文艺与政治的进一步结合，带有鲜明的时代功利色彩。随着《讲话》精神的深入，文艺界很多人明确提出要把反映工农兵生活、描写及暴露大后方的黑暗作为文艺的任务。茅盾在《五十年代是人民的世纪》中认为，在“民主是今天全中国老百姓的一致要求”的形势下，指出“文艺运动和民主运动是不可分的，民主运动有赖于文艺运动，文艺运动亦有赖于民主”“现实主义文艺思想是将结合着当前广泛而深入的民主斗争而获得巨大发展”。冯雪峰更是旗帜鲜明地认为文艺应与现实的政治斗争联系在一起，结成新的思想和文化领域的统一展现。作为一个试图建构独立体系的现实主义理论家，胡风从一开始就标立出自己对于文艺的一套看法。他认为现实主义是作家主观战斗精神对客观现实的突入、搏击，强调在作品中揭露精神奴役的创伤。对于胡风等人提出的“主观现实主义”，国统区进步文艺界对之进行了严肃批判，指出胡风、 舒芜等人的观点是一种“对于马克思主义与毛泽东文艺思想的曲解”（邵荃麟《论主观问题》），认为“主观现实主义”在哲学上有唯心倾向，忽略了社会主义物质生活关系和阶级斗争的理论。

当然，我们要看到，胡风等人所倡导的“主观现实主义”，强调了自左翼文学产生以来逐渐被淡化的作家主体意识，突出了对文艺自主精神的恪守。他们对“主观主义和客观主义”的批判，对教条主义的扬弃，对主体精神的高扬和注重对民众精神的分析等，显示了新文学对现实主义理论的新探索。在对胡风等人的批判中，一种鲜明的政治功利性和革命现实主义文艺思想正在形成，文艺与政治的关系也日益密切。

此外，20 世纪 40 年代比较重要的文艺论争还有张天翼的《华威先生》引发的“抗战文学要不要暴露”的讨论，东北地区对萧军思想以及香港对自由主义思想的批判等。

第七节　第一次文代会

1949 年 7 月，中华全国文学艺术工作者代表大会（简称第一次文代会），在北平举行。这次代表大会的成功召开，标志着中国新文学以此为起点，进入了当代文学阶段。它是新民主主义革命时期文学历史的终结，也是社会主义时期文学历史的开端。

1949 年 2 月，华北解放区的文艺工作者、国统区的文艺工作者和北平的文艺工作者一起，在北平完成了中国新文艺大军的首次大会师。3 月 22 日，“华北文协”和华北文化工作委员会举行茶会，郭沫若提议召开全国文艺工作者代表大会，成立新的全国文艺界组织。对于郭沫若的倡议，与会者纷纷表示支持与赞同。

1949 年 6 月 30 日召开预备会议，7 月 2 日正式开幕，7 月 19 日胜利闭幕。此次参会的各民族代表有 824 人，分别组成华北、华中、西北、东北、平津（一、二团）、南方（一、二团）等代表团参见，实现了不同地域作家和艺术家的胜利“会师”：“从老解放区来的与新解放区来的两部分文艺军队的会师，也是新文艺部队的代表与赞成改造的旧文艺的代表的会师，又是在农村中的、在城市中的、在部队中的这三部分文艺军队的会师。”（周恩来《在中华全国文学艺术工作者代表大会上的政治报告》）毛泽东亲临大会并发表讲话，朱德代表中共中央致贺词，周恩来向大会做了政治报告。大会总主席郭沫若作了《为建设新中国的人民文艺而奋斗》的报告，副总主席茅盾、周扬分别作了《在反动派压迫下斗争和发展的革命文艺》（国统区）和《新的人民的文艺》（解放区）的报告。此次大会对“五四”以来文艺工作的成绩与经验进行了总结，把毛泽东《在延安文艺座谈会上的讲话》确立为新中国文艺事业的总方针，明确提出文艺要为人民服务，尤其是为工农兵服务的总方向。对 40 年代解放区和国统区的文学运动和创作进行了总结与检讨，将延安文学确定为当代文学的方向，并制定了规范性的纲要和具体的细则来规范当代文学。在这次会议上，解放区文学，尤其是延安文学的创作经验被作为典范来继承与学习。总之，第一次文代会是在以制度的力量规范当代文学的思想与艺术。

第一次文代会之后，很快就成立了全国性的文艺界组织——中华全国文学艺术界联合会，1953 年改名为中国文学艺术界联合会。这是国家和执政党对作家、艺术家进行控制和组织领导的专门机构。全国文联下属的各协会，也都在此次会议之后陆续成立。其中最重要的协会组织是中华全国文学工作者协会，1953 年 9 月改名为中国作家协会。第一次文代会后不久，《文艺报》和《人民文学》先后创刊，这是全国文联和中国作协对文学界进行思想领导的重要机关刊物。

这次文代会对文学、艺术方面的专业类问题讨论得并不多。但按照与会作家们当时的理解，新中国文学在题材类型、语言形式、创作方法、审美风格等方面，应该是宽广多样，能够充分保证作家发挥个人才能，获得自由创造的广阔空间。无论是写实主义、浪漫主义、象征主义、现代主义，无论是雄浑壮阔、清丽柔美，热情奔放、凝重内敛，轻松讽刺、冷静幽默，各种题材、不同写法、不同风格的文学，都会获得自己的天地。然而，后来的实践证明，情况并不如他们预想的那样顺利，道路是起伏不定而极其曲折的。文学艺术的真正春天，要到改革开放的新时期才能到来。尽管如此，这次在新中国诞生前夕举行的文代会，仍有重要的积极意义。

第十四章　现代小说的丰收

受长期战乱的影响，20 世纪 40 年代的文学容易给人造成一种表面凋敝的假象，而实际上 40 年代中国现代小说在承续 30 年代的基础上是继续发展的，只是因为战争的原因被暂时打断。但随着小说家队伍的重新结集、新人的加入，现代小说很快走向成熟。其重要标志就是出现了中国现代中长篇小说的丰收。

首先，本时期发表、出版的中长篇小说数量超过了前两个十年。其次，形成了一支颇为可观的创作队伍。30 年代已经成名的作家在本时期都有重要作品问世。关注底层市民阶层的老舍创作了《四世同堂》，将笔触深入国民性探讨和传统文化反思上。巴金写出了反映抗战时期小知识分子悲剧性命运的《寒夜》。沈从文则创作了《边城》的姊妹篇《长河》等。30 年代初登文坛的作家在本时期或达到成熟境地，或转变风格，发表了价值独特的作品。具有女权主义创作风格的作家丁玲转变风格，紧贴时代的风潮，创作了反映土改运动的《太阳照在桑干河上》，和周立波的《暴风骤雨》同被称为“土改小说”的代表作。沙汀此时期创作的“三记”(《淘金记》《困兽记》《还乡记》) 和《在其香居茶馆里》。标志着沙汀讽刺艺术的成熟。新走上小说创作之路的作家则以他们的中长篇小说创作奠定了自己在文坛的地位。路翎以他的《财主的儿女们》《饥饿的郭素娥》《蜗牛在荆棘上》等作品忠实地实践了胡风的文艺理论，成就了他在“七月派小说”中的中心地位。赵树理创作的《小二黑结婚》《李有才板话》《李家庄的变迁》等小说代表了解放区文学的最高成就。孙犁在《芦花荡》《荷花淀》《丈夫》等小说的创作过程中形成了自己独特的创作风格和特色。钱锺书创作的《围城》，奠定了他在中国现代文学中的大家地位。最后，本时期中长篇小说创作除量上的大增之外，还显示了作家对于社会、人生、艺术多样化的深入探索。李广田的《引力》、齐同的《新生代》、夏衍的《春寒》、王西彦的《古屋》、郁茹的《遥远的爱》、骆宾基的《北望园的春天》等，也是当时的有影响之作。

第一节　路翎与“七月派小说”

1937 年 9 月 11 日，胡风主编的《七月》在上海创刊。胡风以《七月》以及《七月》后继者《希望》等杂志为阵地，将具有相似文学态度和追求的作家、诗人、文学爱好者集结起来，形成了中国现代文学史上最重要、活动周期最长的一个文学流派。七月派的作家主要有胡风、路翎、丘东平、阿垅、萧军、萧红、骆宾基、彭柏山、贾植芳、方管、舒芜、何剑薰、曹白等。“七月派”作家从 1937 年 9 月 11 日《七月》杂志创刊到 1949 年 10 月 1 日中华人民共和国成立，创作了数量丰富的作品，有诗歌、散文、杂文、剧作、小说、短评、报告文学、理论和美术作品，其中成就最高、影响最大的是他们的小说和报告文学。

胡风是七月派的核心与灵魂。他不仅是一位作家，还是一位重要的理论家，出版有《为了明天》《密云期风习小记》《文艺笔谈》《文学与生活》《论现实主义的路》等理论著作。“精神奴役的创伤”和“主观战斗精神”是胡风著名的两个文艺观点。胡风认为人民“随时随地都潜伏着或扩展着几千年的精神奴役的创伤”，它是“人民群众创造历史的解放欲求与封建主义的安命精神之间的冲突”，是人民身上根深蒂固的奴才性格。他倡导作家要直面现实人生，揭示“精神奴役的创伤”，因为它凝聚了“人民的负担、觉醒、潜力、愿望和夺取生路”。[①]“主观战斗精神”要求作家用强烈的主观战斗精神去肉搏现实。作家主体精神要突入客观对象生命深处，体验到客观对象的本质，在和客观对象相生相克的搏斗中，将客观对象和作家的主观精神融合在一起，深入挖掘现实生活。

在胡风主观战斗精神的要求下，七月派小说注重作家主体精神“突入”现实生活，把文学活动当作一场人生的搏斗，深入挖掘人物复杂的内心世界，表现活的一代人的心理状态，批判人民群众的精神奴役的创伤。七月派小说的整体风格沉郁、浓重、激越，充满了慷慨悲壮的悲剧美。在中国现代文学史上，七月派小说是一个文艺理论思想体系较完备、理论对创作有直接影响力的文学流派。路翎是七月派小说创作成就最高的一位作家，有学者曾称他是“未完成的天才”。

路翎，原名徐嗣兴，笔名冰菱、余林、烽嵩、流峰、嘉木、未明等。1923 年出生于南京一个小商人家庭，1927 年入小学，1935 年入中学。1937 年随家迁到湖北省汉川县，并开始在赵清阁主编的《弹花》杂志上发表文章，后又随家人入川，就读于合川县的四川国立中学。1938 年，写了一首长诗《妈妈的苦难》，向《七月》杂志投稿，作品虽然没有被采用，但得到了主编胡风的鼓励。1939 年小说处女作《在游击战线上》在《大公报》上成功发表。1940 年 5 月，短篇小说《“要塞”退出以后》被《七月》杂志采用，并结缘胡风。此后，路翎在颠沛流离、动荡不安的生活中，坚持在《七月》《希望》《呼吸》等杂志上发表作品。1955 年 6 月，因受到“胡风案”牵连，在秦城监狱被长期关押，患上精神分裂症。1980 年“平反”后，任中国戏剧出版社编审，中国作家协会第二、四届理事。1994 年在北京逝世。

路翎被誉为“天才”作家，是七月派小说最突出的代表人物，他的作品集中体现了这一流派的特点。其代表作品有长篇小说《财主的儿女们》《燃烧的荒地》《战争，为了和平》，中篇小说《饥饿的郭素娥》《罗大斗的一生》《王炳全的道路》《蜗牛在荆棘上》，短篇小说《初雪》《燃烧的荒地》《战士的心》《洼地上的“战役”》等。

中篇小说《饥饿的郭素娥》写于 1942 年，主人公郭素娥是一个强悍而美丽的农家姑娘，因为贫穷和饥饿，流落到矿山，被鸦片烟鬼刘寿春收留并占有，成为了一个肉体和精神双重饥饿的女人。为了摆脱生存的困境，她将所有的希望都寄托在流浪汉工人张振山身上。暗恋郭素娥的魏海清告发了郭素娥和张振山，刘寿春伙同保长和流氓以家族的名义对郭素娥施以酷刑，将她折磨致死。小说塑造的郭素娥，是一个具有原始强力的人物形象。她用自己的生命撼动了传统的观念秩序，“搅动了一个世界”，激起了广大民众的反抗意识。这样的女性形象，在中国现代文学史上是独树一帜的。

路翎影响力最大的作品是《财主的儿女们》。这部长篇小说分为两部。上部从 1932 年日寇进攻上海的“一·二八”事件写到 1937 年抗日战争全面爆发的“七七”事变，以开阔的视野全面展现了大财主蒋捷三一家在重大历史转折时期发生的分崩离析的变化。蒋家的儿女们早已先后从这个大家庭中分离出去，却在蒋捷三弥留之际回来争夺巨额的财产，致使整个大家庭彻底崩溃。下部则从“七七”事变写到 1941 年苏德战争爆发，集中表现了蒋家小儿子蒋

① 胡风：《胡风全集》第 3 卷，湖北人民出版社 1999 年版。

纯祖在风云激荡的时代里所经历的曲折生活道路，同时穿插描写了蒋家其他儿女们平庸的生活。整部作品以苏州首富蒋家为切入点，全面展现了30年代初期到40年代初期中国社会动荡不安的历史画面。小说通过描写蒋家儿女们不同取向的人生选择，表现了中国知识分子在这一时期的思想状况和生活道路选择，真实地写出了中国新一代资产阶级的生成过程及其分化沉浮，既表现了中国新一代资产阶级大家庭内部的勾心斗角，也反映了家族命运与时代社会变动的相互关系，进而揭示出实现反帝反封建民主革命任务的艰巨性和复杂性。这是一部史诗般的作品，正如胡风1945年在为该书所作的序中所说："时间将会证明，《财主的儿女们》的出版是中国新文学史上的一个重大事件""整个现代中国历史"都"颤动在这部史诗所创造的世界里"。在这部新文学运动以来规模最为宏大的，可以冠之以史诗名号的长篇小说里，路翎追求的是以青年知识分子为辐射中心点的现代中国历史的动态。然而，路翎所追求的不仅仅是历史事件的记录，更是历史动荡中知识分子搏击现实世界后显露出来的精神奴役创伤。

路翎是胡风主观战斗精神最忠实的践行者，他以自己的生活体验和艺术感受来创作小说，使得其小说创作呈现出鲜明的特点。

与中国传统的审美思维和表达方式不同，路翎的作品受到西方文学的影响，不太注重完整性故事情节的表达，而是重视人物精神世界的展现，探究不同人物身上遗留下来的精神奴役创伤。

路翎的小说中，充满了精神奴役创伤下灵魂的挣扎与搏斗。《王炳全的道路》叙述了农民王炳全因被姑父逼迫代替其子去当壮丁，不得已抛弃妻女，流浪五年后想要回家与妻女团聚，却发现仇人姑父重病在床，孩子死了，妻子也改嫁他人，在经历了一番激烈的心灵搏斗之后，他黯然离乡出走。作品对主人公王炳全心理的深度挖掘，充分展现了主人公在"回家"的希望落空后经历的痛苦而艰难的心灵搏斗，揭示了中国农民身上积压了几千年的精神奴役创伤。《罗大斗的一生》中的罗大斗是一个阿Q式的人物，他卑怯而骄横，谄媚而自大。罗大斗由富户子弟堕落而成游民。当做主子的愿望不可得时，他最大的理想是做一个任意欺凌弱者的"光棍"，因为"光棍"可以任意欺凌弱小的民众。而在被其他"光棍"欺辱后，他又产生渴望被鞭打的自虐情结。这个奴性十足的人物形象充分展现了精神奴役的创伤。《财主的儿女们》以蒋家儿女们的追求、奋斗和选择为切入点，展现了知识分子身上的精神奴役创伤：要么困死在传统中，要么找寻不到出路。

面对中国人心灵深处的精神奴役创伤，路翎企图用原始强力来解决中国人的精神危机。在《饥饿的郭素娥》中，郭素娥年轻、热情，有着强健的体魄，却是一个从肉体到精神都陷入极度"饥饿"的女子，委身鸦片烟鬼刘寿春，过着半饥半饱、似人非鬼的日子。绝望的处境迫使她迸发出令人惊叹的原始强力。她要逃离矿区，改变命运，于是她疯狂地用自己的肉体和温情来攫住机器工人张振山，希望张振山能带她离开矿区。然而她却被刘寿春和几个恶棍带走，对她进行转卖、奸淫、折磨。在残酷的家族刑法面前，郭素娥宁肯被火铲烙死也不屈服。当现实不允许她改变境遇时，她周身爆发出来的原始强力是她对社会的最后一搏。张振山强悍有力、浑身散发着野性气息，他在战争中经历过火灾和刑场，杀死过跟踪他的伙伴的便衣打手，藐视和憎恶这个污浊的社会。当他得知情人郭素娥被折磨致死后，他放火烧了刘寿山肮脏的小屋，出走矿山。张振山是一个精神的流浪汉，他不满现实却又苦闷无助，只能借助于流浪和蒙昧的原始强力去表达自己对现存秩序的反抗。在路翎小说中，郭素娥、张振山式的人物构成了一个类型。这类人物大多强悍有力，周身逼射出原始的强力，他们用源自生命本体的力量冲击、震醒因为饱受“精神奴役的创伤”而麻木、萎靡的国民精神，剥除几千年封建文化积压在民众身上的奴性，呼唤一种雄强的人性。

长篇《财主的儿女们》是路翎的代表作。小说通过蒋家儿女们尤其是蒋家第二代蒋蔚祖、蒋少祖、蒋纯祖三人精神追求的毁灭过程，表现了抗战前后中国知识分子的共同悲剧道路。蒋蔚祖是促成封建阶级崩塌的子孙。他迷恋时而温柔如天使、时而凶悍如魔鬼的妻子金素痕，放任金素痕胡作非为、争夺蒋家家产，气死了父亲蒋捷三。在父亲与妻子不可调和的矛盾冲突中，软弱无能的蒋蔚祖选择将爱情作为他精神的寄托，但放荡而狠毒的金素痕只是把他当作争夺财产、拿捏蒋捷三的筹码，金素痕的背叛最终给了他致命的一击。蒋蔚祖的自杀既是理想碰壁现实后的失落，也是对现实社会的绝望反抗。蒋少祖是蒋氏家族的第一个叛逆者。因不满父亲蒋捷三对自己生活的干预，他和觉慧一样离家出走，十六岁就来到上海求学、办报纸，宣传自己的信仰。遭遇现实的灰暗后，他再次出走，远赴日本留学。随着中国民族危机的逼近，他回到国内开始了爱国主义的社会活动以及对中国道路问题的学术探索。然而，当西方的知识并不能解决纷繁复杂的中国现实问题后，蒋少祖重新退回到传统中，成为旧传统的固守者。胡风说：“那个蒋少祖的身上，作者勇敢地提出了自己的控诉：知识分子的反叛，如果不走向与人民深刻结合的路，就不免要被中庸主义所战败而走向复古主义的泥坑里去了。这是对于近几十年的这种性格的各种类型的一种沉痛的凭吊。”[①]蒋少祖从反叛传统到重新皈依传统的人生经历典型地代表了“五四”时期众多知识分子的共同人生道路。

蒋纯祖是蒋氏家族继起的第二个叛逆者，是作者倾其心力塑造的一个最为复杂的知识分子形象。作者花费了大量的笔墨向我们展现了蒋纯祖从封建大家庭中叛逃出来的蜕变与成长。目睹了家族的衰落和种种丑恶，蒋纯祖绝望地从家族中叛逃出来，隔绝了同一切亲人的联系，独自北上，开始了自己的流浪与体验。上海陷落后，蒋纯祖随同溃败的军队和难民逃回南京，接着又从南京流亡到武汉、重庆。沿途他经历无数艰险，既看到了民众的苦难和贫穷，也亲见了同胞间的互相残害和仇杀。在武汉他加入了一个抗日救亡的文艺界团体，希望在抗战演剧队里施展自己的才华，却遭遇了家长式领导和教条主义思想的打击、迫害、孤立、围攻，失望之余只能退出纪律严明的战斗组织，继续流浪。在重庆经历失恋的痛苦后，他来到四川乡下石桥场做一所小学的校长和教师，与传统的乡村势力和民众的愚昧展开了激烈的斗争。但是乡村传统力量的强大和固执超出了蒋纯祖的预期，当看到自己教育出来的学生重新回归传统的怀抱，年轻时怀揣着“五四”精神的同事在传统和习惯的桎梏下沉沦时，他最终走向了精神和肉体的死亡。蒋纯祖的生命体验既是现实的、社会性的，又是纯个人式的、心理的。这个人物仿佛穿行在人世间古往今来能遭遇到的崇高和卑下、抗争和败退、正义和邪恶、理性和疯狂、生存和死亡之中，感受了一切，领悟了一切，最后被作者在大时代中送上了死路。他的死亡，用路翎的话说，是为了证明“一个蒋纯祖倒毙启示了锻炼了无数的蒋纯祖”。蒋纯祖这个人物形象既可以看作在伟大的抗日民族解放斗争中仍未能与民族、大众结合，没有找到光明出路的犹疑的知识分子的典型，又可以看作一个“盲目的疯狂性的个人主义知识分子”。[②]他的失败是极端个人主义与历史必然性的不相容，是一个与社会格格不入的“零余者”形象。

---

① 路翎：《财主的儿女们》，安徽文艺出版社1995年版，序。

② 杨义：《中国现代小说史》（下），人民出版社2010年版。

路翎的作品主观性色调强烈，擅长表现人的精神世界尤其是无意识世界。他的小说对人物灵魂的挖掘既深刻又繁复，塑造出来的人物形象也是丰满而复杂的。他笔下的人物常常是善恶的统一体。《饥饿的郭素娥》中，郭素娥既美丽又放荡，魏海清既是告密者又是复仇者。《蜗牛在荆棘上》的黄述泰， 既具有传统中国农民质朴、善良的优点，又有向弱者复仇的残酷。他刻画出来的人物形象具有现代派的特色，是社会烙印与人性、兽性的混合。他认为人的本性往往是被遮盖的，作家只有深入人物的内心深处，激起他们的灵魂搏斗，才能展现人的本质。他的小说比鲁迅的小说更具有一种陀思妥耶夫斯基的气质。

作为“七月派”小说的扛鼎者，路翎用他的激情向我们展现了“七月派”小说的特殊魅力。他和“七月派”小说家们一起在 20 世纪 40 年代承续着鲁迅开创的“五四”启蒙主义文学传统并有所发展，在作品中鞭挞精神奴役的创伤，用“原始强力”呼唤中华民族雄强人性的复归。

第二节　沙汀的《在其香居茶馆里》

沙汀是 20 世纪 30 年代初期投入左翼文学运动的小说作家。在抗日反侵略斗争中以及 40 年代反对国民党压迫的斗争中，他的小说创作有了重大的进展，获得了丰硕的成果。

沙汀（1904—1992），原名杨朝熙、杨子青，四川安县人。受“五四”新思潮的影响，沙汀在中学时期就开始爱好新文艺，大革命失败后在四川积极参加革命活动。30 年代初尝试创作作品时，和艾芜曾一起得到过鲁迅的指导。1935 年开始，他把创作的内容转向自己熟悉的四川农村和小城镇的生活，重视人物性格的刻画，深入开掘生活的本质，克服了早期创作中“凭一时的印象以及若干报纸通信拼制成”[①]和“单用一些情节、一个故事来表现一种观念、一种题旨”[②]的缺点。

沙汀不仅是一位杰出的讽刺小说家，也是一位富有鲜明民族特色的作家。沙汀的作品具有沉郁厚重的讽刺美学品格。在描写中国农村现实方面，沙汀的作品带有鲜明的四川地方色彩。他的作品有很浓厚的生活气息和乡土气息，取材基本都是他所熟悉的生活领域，通过对四川农村世态人情和风俗习惯的描写，反映出时代的变幻。

沙汀抗战前的作品多数都收录在《航线》（又名《法律外的航线》）《土饼》《苦难》三个短篇小说集中，以四川农村和小城镇为背景，描写了中国农村的黑暗与腐败，呈现了旧中国农村的动荡不安。

抗战爆发后，沙汀从上海回到了四川，他表现中国农村黑暗生活的创作有了长足的发展，其杰出的成就使他得以跻身抗战后最杰出的讽刺小说家之列。短篇小说《防空——在“勘察加”的一角》写于 1938 年，是中国现代文学中最早暴露国民党政府假抗战的作品之一。作品通过防空主任被一枚没有爆炸的旧炸弹吓得魂不附体的丑剧，辛辣地讽刺了国民党官员投机钻营、昏聩无能的可耻嘴脸。

1938 年至 1939 年，沙汀还在敌后生活过一段时间。从四川到延安，并随军去过晋西北和华北抗日民主根据地。传记性报告文学《随军散记》（又名《记贺龙》，1940 年）和散文集

---

① 沙汀：《兽道》，中国文联出版公司 2000 年版，题记。

② 沙汀：《这三年来我的创作活动》，《抗战文艺》，1941，7（1）。

《敌后琐记》就是此行的收获。

抗战胜利前后和解放战争时期，沙汀有短篇小说集《呼嚎》《医生》，以对四川农村的谙熟程度和高度的政治热情，敲起了蒋家王朝全面覆灭的丧钟。他几乎揭露国民党濒临灭亡前干下的每一件丑行：打内战的不得人心、征兵、征粮、通货膨胀、二五减租骗局、选伪国大、镇压学生运动等。

《淘金记》写于 1941 年初，卞之琳称赞其为“抗战以来所出版的最好的一部长篇小说”。小说以开采北斗镇筲箕背金矿为线索，展现了四川农村恶霸、粮绅与地主之间为发国难财而引发的矛盾冲突，清晰地勾画出一个如地狱般阴森森的黑暗世界，暴露的矛头直接指向国民党反动政府的种种积弊。作者用个性化的语言传神地描绘出三股社会力量的代表人物：工于心计又阴险的没落绅士白酱丹，满身泼皮劲的封建帮会头子林幺长子，精干又悭吝的地主婆何寡妇。这些人物都写得十分生动鲜明，从而掩盖了作者叙述沉闷的缺点。同时，在这部小说中，沙汀的讽刺风格已经转为一种内在的不露声色的客观描写和浓缩式的描写。《困兽记》写于 1943 年与 1944 年间，主要写的是在抗战初期的激情消退之后，四川某小城镇中一群知识分子纷纷陷入苦闷抑郁的生活。因为政治的高压，他们的演剧活动流产了。在烦闷中，孟瑜、田畴、吴楣三人纠缠在家庭与爱情中无法自拔，他们除了受到精神的伤害外，一无所获。整个作品透露出令人窒息的灰暗色调。小说从客观环境的压迫和知识分子主观思想状态两个方面，深刻揭示了造成这种悲剧的社会原因，真实地反映出国统区知识分子共同的抑郁、愤怒、苦闷和追求。这部小说暴露并批判了知识分子身上的弱点，显现了抗战时期知识分子题材作品的新趋向。写于 1946 年的《还乡记》，以战时四川农村的社会现实生活为背景，通过青年农民冯大生从国民党军队逃回后的遭遇与斗争，深刻地反映了在民族矛盾急剧上升的情形下阶级矛盾的尖锐性。冯大生被卖了壮丁，逃回故乡后发现妻子已被霸占。他试图个人复仇，经过多次碰壁，终于丢掉幻想，从切身体验中认清了反动政权的真面目。小说以冯大生的再次出逃故乡结局，显示了冯大生思想的发展和成熟。小说反映了国民党反动政权的罪恶本质和在抗战后期处于动荡中的农村的复杂关系，展现了冯大生由个人反抗走向集体斗争的思想历程。《淘金记》《困兽记》《还乡记》一起被誉为沙汀代表性的长篇“三记”。

《在其香居茶馆里》创作于 1940 年，是沙汀最具代表性的短篇小说。小说通过川北回龙镇上两个头面人物的勾心斗角，揭开国统区兵役的黑幕。联保主任方治国因新任县长扬言要认真整顿兵役，出于自保，将土豪邢幺吵吵已经缓役四次的二儿子密告到县上，致使其被抓了壮丁。而邢幺吵吵则是镇上有钱有势的头面人物，一见儿子被抓，当众在茶馆里与方治国大吵大闹，愈演愈烈，以致当场出彩，打得鼻青眼肿。正在两人闹得不可开交、无法结局的时候，却传来了县里邢大老爷与新任县长交易成功的消息：邢幺吵吵的二儿子因点名报错了数，被县太爷以“没有资格打国仗”为由“开革”出来了。原来新任县长的“整顿兵役”，也仍然不过是一个骗局。作品深刻揭露了国民党兵役制度的腐败本质。

在艺术结构上，这篇小说是以明暗两条线交织而成的。明线是以旁观者的角度真实地描写了联保主任方治国和土豪邢幺吵吵因兵役问题而引起的一场闹剧。暗线是虚写邢大老爷与新任县长的交易，虚实、明暗相互生发，形成绝妙的讽刺性结构。小说开头简洁明快，开篇短短几十个字就把方治国与邢幺吵吵的争吵阵势摆了出来，同时描画出两个主要人物的性格特征。小说写道：“坐在其香居茶馆里的联保主任方治国，当他看见正从东头走来，嘴里照例叫嚷不休的邢幺吵吵的时候，简直立刻冷了半截，觉得身子快要坐不稳了。”小说结尾以一个

《钦差大臣》式的哑场结束，于高潮中戛然而止，不留半点拖沓，呈现出一种开放自由的结尾模式。比如：正当方治国与邢幺吵吵打得不可开交的时候，打探消息的蒋米贩子突然带来一个消息——邢幺吵吵的二儿子已经被新县长“开革”出来了。这个突如其来的消息让所有在场的人目瞪口呆，继而使争斗的双方瞬间陷入尴尬难堪的境地，讽刺的意味跃然纸上。作者善于从矛盾冲突最尖锐处入手，在双方激烈的交锋中通过人物自己的言行，将方治国欺软怕硬、邢幺吵吵蛮横无理的性格刻画得淋漓尽致。小说中人物的语言精确地使用了生动的四川农村口语，写得浓烈火爆、川味十足。土豪邢幺吵吵常常打着哈哈在茶馆里自白道：“老子这张嘴么，就这样，说是要说的，吃也是要吃的，说够了。回去两杯甜酒一喝倒下去就睡……”这是一个粗野蛮横，横行无忌、说话不忌生冷的土豪。当得知自己的二儿子因方治国告密被捉进了县城，他就故意在茶馆放开嗓门对方治国叫嚣道：“搞到我名下来了，好得很！老子今天要看他是什么东西做出来的！人吗？狗吗？”联保主任方治国是一个贪得无厌、奸滑卑怯，又善于迎风转舵的“软硬人”。“碰见老虎，他是绵羊，如果对方是只绵羊，他又变成了老虎。”自从当上了联保主任，他就尝到了回扣的甜头，“两眼墨黑，见钱就拿”，这是他贪婪的一面；“这街上的事，一向是糊得圆的我总是糊的”，这是他奸滑的一面；在邢幺吵吵咄咄逼人的叫骂中，他用自我解嘲遮掩自己被动的尴尬，这又是他性格卑怯的一面。

沙汀的语言含蓄劲道，常在对假恶丑的冷峻描写中透出辛辣的讽刺力量。《在其香居茶馆里》中，当气势汹汹的邢幺吵吵一把揪住方治国的领口，两人准备开打时，作者突然笔锋一转，开始慢条斯理地描写茶客劝解、堂倌收碗、监爷求救、视学溜边、牦牛肉收拣药丸。作者有意漠视这场剑拔弩张的打斗，表达了其对作品人物高度的轻蔑。“但当丸药收拾停当时，他的上司已经吃了亏了。联保主任不断地淌着鼻血，左眼睛已经青肿起来。”邢幺吵吵则“气喘吁吁地唾着牙血”。作者有意识省略了两人的打斗过程，把自己对人物的态度隐藏在不动声色地叙述中。沙汀自己也说：“我在创作上长期倾向于现实主义。喜欢写得含蓄一些，自己从不轻易在作品中流露感情，发抒己见。”①

沙汀以革命现实主义特色和含蓄深沉的艺术个性，给中国现代讽刺文学带来贡献。在他的作品中，作者往往深藏在人物、事件背后，一切褒贬都寓于冷静、客观的叙述中。他擅长从日常生活中选取有典型意义的细节，浓墨重彩地加以描绘，写出具有讽刺喜剧色彩的人物和故事。语言口语化，川味十足，具有浓郁的地域性特征。他继承了中国古典讽刺小说的传统，深受“五四”乡土文学的影响，又借鉴了果戈理、契诃夫等以苏俄文学为主的外国文学经验，在现代讽刺小说的民族化方面，取得了卓越的成绩。

第三节　钱锺书的《围城》

钱锺书（1910—1998），原名仰先，字哲良，后改名锺书，字默存，号槐聚，曾用笔名中书君，出身于江苏无锡一个书香门第家庭。汉学家钱博基的儿子，有过目不忘的记忆力，精通多国语言，学贯中西。1933 年毕业于清华大学外文系，1935 年考入英国牛津大学，获副博士（B.Litt.）学位。后赴法国巴黎大学进修。回国后，曾任西南联大外文系教授、国立蓝天师范学院英语系主任、上海暨南大学外语系教授、中央图书馆编纂等职。中华人民共和国成

① 沙汀：《沙汀文集》，四川文艺出版社 2017 年版。

立后回到清华大学任外语系教授。1953 年因清华大学改为工科，转入中国科学院文学研究所做研究员。文学创作方面，1941 年出版散文集《写在人生边上》，1946 年出版短篇小说集《人·兽·鬼》，1947 年出版长篇小说《围城》。此外，还有诗学著作《谈艺录》(1948 年 6 月上海开明书店印行)。1949 年后有学术著作《管锥编》《七缀集》《宋诗选注》等。

钱锺书的短篇小说创作最初体现了他独到的艺术追求和思想深度。短篇小说集《人·兽·鬼》收录了《上帝的梦》《猫》《灵感》《纪念》四篇小说。《上帝的梦》是一篇寓意深刻的小说，作者通过上帝的梦表达了自己对灰色人生的感叹和无奈。《灵感》通过对地域场面滑稽荒诞的想象来讽刺现实中荒谬的人和事。《猫》和《纪念》是以现实中的家庭生活为题材的作品，妙趣横生而不失深透的思考力度。作者在对抗战时期上层知识分子的调侃、奚落与讽刺中，体现出作者善于揭露人性弱点的独特创作倾向，这一特点在他的代表作《围城》中得到进一步的延伸与丰富。从写作风格来看，《上帝的梦》和《灵感》保留了钱钟书随笔的风格，体现出由散文向小说转型的痕迹；而《猫》和《纪念》在叙事艺术上更进一步，为以后《围城》的成功打下了良好的基础。

《围城》写于 1944 年到 1946 年之间，是钱锺书唯一的一部长篇小说，也是他文学创作的最高成就。作者在《序》中说："这本书整整写了两年。两年里忧世伤生，屡想中止。由于杨绛女士不断的督促，替我挡了许多事，省出时间来，得以锱铢积累地写完。"小说最初曾在郑振铎和李健吾主编的《文艺复兴》上刊载，中华人民共和国成立前连续重版三次，后又被译为俄、日、英、法、德、捷克、荷兰等十多种语言在国外发行，是中国现代文学史上最优秀的作品之一。《围城》以留洋回国的青年方鸿渐为中心，描绘了一部分留学生和大学教授在生活、工作、婚姻、恋爱等问题上的矛盾纠葛，表现了抗战初期上层知识分子的生活图景和心理世界，辛辣地讽刺了部分知识分子的萎缩灵魂和灰色人生，是一部风格独特的讽刺小说。

《围城》是一部有多层意蕴的小说。从表层来看，这是一部"新儒林外史"。方鸿渐是一个围困于中西文化矛盾而找不到出路的弱质知识分子形象。在事业上，方鸿渐不断地出走，始终无法找到自己的归属。在爱情面前他也是不断地退缩，最后陷入孙柔嘉设计的婚姻围城里。方鸿渐的悲剧根源在于既无法融入传统中国的旧式生活，又在对传统的嘲讽中一步步丧失追求个体独立、自由的现代性。其他的人物如孙柔嘉的柔顺与心机，苏文纨的矜持与矫情，学术骗子李梅亭的庸俗、贪财，假洋博士韩学愈伪造学历、招摇撞骗，伪君子高松年老奸巨猾、道貌岸然，势利小人顾尔谦攀龙附凤、浅薄猥琐……都写得可见其人。方鸿渐等从上海起点到三闾大学的一路遭遇，如金华欧亚大旅社的牛奶咖啡与跳蚤、李梅亭大铁箱里的卡片与西药、鹰潭的客栈与下等妓女，写出了文化断裂中的社会乱象，引人深思。三闾大学内部的尔虞我诈、勾心斗角，是对中国大学官场化的讽刺。《围城》表现了抗战环境下中国一部分知识分子在中西文化矛盾冲突中找不到"自我"的苦闷彷徨、空虚无助。

从文化反省层面来讲，《围城》不仅仅是批判、揭露"新儒林"的弱点，还企图通过描写新型知识分子在中西文化矛盾冲突中的精神危机，反省、审视中国传统文化。这是一部流浪汉的喜剧旅程。留洋归来的青年方鸿渐回到国内，总是无法找到人生的归宿，一再踏上漂泊的旅程。作者借方鸿渐的人生旅程，描绘了社会的方方面面、形形色色，写尽了处于历史转型期的中国在文化、价值方面的断裂、错位、颠倒与冲突。无论是中国的传统文化，还是"五四"启蒙精神，都要求知识分子"先天下之忧而忧，后天下之乐而乐"。但是在《围城》中，以方鸿渐为代表的知识分子留洋既不是为了救亡图存，也不是为了追求真理，而是借留洋镀金为个人谋求更高的社会地位和身份。这既是对留洋知识分子的讽刺，也写出了中国社会在文化断裂之后找不到价值归属而盲目地对外国文化顶礼膜拜的怪现象。在归国的轮船上，鲍小姐和苏文纨同时向方鸿渐抛掷“橄榄枝”。追逐物质享受和欲望满足的鲍小姐是在西方商业文化熏陶下产生的“经济人”。在国外拿到“博士”学位的苏文纨空有其名而无真才实学，她的博士头衔是用来实现一群绅士拜倒在一位淑女石榴裙下的工具。这是一个典型的在中国传统畸形文化中成长起来的“大家闺秀”。“邮船”是文化的载体，方鸿渐在两位女性之间的左摇右摆，表现的是受到封建传统文明与西方现代文明夹击的中国知识分子的精神病态。在婚姻中，方鸿渐也受到了中西文化冲突的夹击。父亲方遯翁的头脑里保留着根深蒂固的传统文化思想，并试图用他的保守去约束方鸿渐的婚姻。而孙柔嘉的姑母则是一个留过洋、受到西方现代思想影响的女性，她也无时无刻不在干预、影响着孙柔嘉的婚姻。在这场中西文化之间的拉锯战中，最终牺牲掉了方鸿渐和孙柔嘉的婚姻。方鸿渐和孙柔嘉房子里那面慢七分钟的“怪钟”，影射了西方文化进入中国家庭的不合拍，是中西文化冲突下产生的“怪胎”。除此之外，方鸿渐花钱买来的“洋文凭”回国后受到的热捧，以及他在家乡的演讲，批判的是中国化了的西方文明和国人“崇洋媚外”的病态心理；喜欢在中国话里夹无谓的英文字的张先生，嘲讽的是部分国人对洋文化的拙劣模仿；苏文纨的剽窃行为和曹元朗那些半土不洋的作品，则把作家本身当作社会文化堕落的一部分，讽刺当代中国文学界与艺术界学术水平的低下。

从哲理思考层面，小说展示了传统对于现代中国自我围困的主题。围困的主题首先在社会制度与机构方面展开。方鸿渐流浪汉式的人生经历也是他追寻理想的过程，他的每一次出走都是理想的失落。留洋青年方鸿渐归国后，最大的生存困境就是与现实的格格不入。无论是点金银行，还是三闾大学，或者报馆，方鸿渐都是一个被主流社会排斥的“边缘人”“多余人”。方鸿渐归国后面对的主流社会，从表面上看是现代化的，但骨子里却是传统的。因此，方鸿渐越深入一个地方，就越感到精神上的苦闷。他不停地“进城”“出城”，代表的是一个拥有西方视野、现代思想的知识分子对传统的拒绝。方鸿渐在传统面前处处碰壁，不仅是众多知识分子的共同遭遇，也是“五四”启蒙思想碰壁现实后的结果，表达了作者对于中国前途道路的深深忧虑。围困的主题还在方鸿渐与孙柔嘉的婚姻家庭关系中展开。孙柔嘉精明、柔韧，工于心计，在羞涩缄默的外表下有着“专横的意志和多疑善妒的敏感”，是“中国文化的典型产品”①。作为受到“五四”新思想影响的女性，她的身上没有知识女性的文化品格，而是封建文化影响下的小女人的算计。她千方百计地用计谋俘获方鸿渐，并将其一步步引入婚姻的围城。在婚姻中，她将自己所有的精力都用于同婆家人的勾心斗角，以及对丈夫从精神到物质的控制。她俨然一个精神的暴君，让方鸿渐透不过气来。方鸿渐的出走，是对存在于婚姻关系中的强大传统力量的突围。

《围城》深层的意蕴，表达的是人存在的荒谬感，以及现代人精神孤独的生命体验。从归国的邮轮开始，方鸿渐便开启了他人生的旅程。从上海到三闾大学，再从三闾大学到桂林、

---

① 夏志清：《中国现代小说史》，复旦大学出版社2005年版。

香港、上海。方鸿渐到达的每一站都是一座“围城”，他的人生经历就是不断地进入“围城”，又不断地冲出“围城”。每一次的努力都以失败而告终，这是一种西绪福斯式的努力，隐喻了现代社会人类普遍存在的生存困境。高度发达的物质文明并不能带给人类精神的满足，人与人之间陷入了精神的围困中。除了方鸿渐的人生经历，小说还打破了传统小说给人类爱情、婚姻缔造的神圣神话。“关关雎鸠，在河之洲，窈窕淑女，君子好逑”的浪漫爱情和“君当作磐石，妾当作蒲苇，蒲苇纫如丝，磐石无转移”的婚姻誓言，在《围城》里通通被颠覆了。从鲍小姐赤裸裸的肉欲引诱，到苏文纨在不断比较中的现实选择，再到孙柔嘉的精心算计，小说通过方鸿渐的情感经历向我们展现的是现代社会男女间的算计、隔膜与互不理解。无论男女，都进入了自我编织的尘网，孤独感成为所有人的情感体验。小说除了用书题点明以外，还使用了各种意象：如“结婚仿佛金漆的鸟笼，笼子外面的鸟想住进去，笼内的鸟想飞出来，所以结而离，离而结，没有了局”。结婚如同“被围困的城堡，城外的人想冲进去，城里的人想逃出来。”方鸿渐也说道：“他们讲的什么围城，我近来对人生万事都有这个感想。”总之，小说借方鸿渐的人生经历演绎了人生处处是围城这个主题，表达了作者对人生困境、人类命运的形而上思考。

在鲁迅、老舍、张天翼、沙汀之后，钱锺书是中国现代文学史上又一位优秀的讽刺大家。《围城》在艺术上是细腻、婉转的。作品中幽默风趣的讽刺手法，妙语连珠又新意迭出的比喻，以及作者渊博的知识，形成了小说独特的风格。首先，《围城》在艺术上突出显示了作家特有的幽默机智，作品以渊博的学识和生化的妙笔体现出钱钟书卓越高超的讽刺才能，精巧贴切的比喻、连珠绽放的妙语在小说中随处可见。如方鸿渐对留洋文凭的感慨：“这一张文凭，仿佛有亚当、夏娃下身那片树叶的功用，可以遮羞包丑：小小一片纸能把一个人的空疏、寡陋、愚笨都掩盖起来。自己没有文凭，好像精神上赤条条的，没有包裹。”作者通过妙喻的设置诙谐地揭示了文凭的作用只是一块遮羞布，与知识学问是否渊博并无直接关联，通过本体和喻体之间的联系嘲弄了知识分子阶层普遍存在的虚妄欺诈之风，使比喻具有强烈的讽刺效果。其中还有大量比喻是带有整体象征意味的，如“围城”本身丰富的意义，又如方家那只祖传的老钟，在全文结尾处再次出场：“从容自在地打起来，仿佛积蓄了半天的时间，当夜深人静，搬出来一一细数：‘当当当当当当’响了六下。……这个时间落伍的计时机无意中包含对人生的讽刺和感伤，深于一切语言、一切啼笑。”另外，小说中的泥娃娃、破门框等都饱含寓意，所以说《围城》一路都是风景，俯仰皆收。其次，在写某事物时多方隐喻，使得其形象更见鲜明。钱钟书是一位渊博的学者，每写一人一事，都能信手拈来与之相类似的中外典故、理论知识和生活印象，塑造出性格迥异、形象鲜明的人物形象。如鲍小姐在邮船上这样评价苏文纨：“鲍小姐打她一下道：‘你！苏东坡的妹妹，才女！’——‘苏小妹’是同船男学生为苏小姐起的外号。‘东坡’两个字给鲍小姐南洋口音念得好像法国话里的“坟墓”（tombeau）。”短短几十个字，就体现出写作者渊博的学识。这样的例子，在《围城》中随处可见。最后，《围城》还以细腻深刻、淋漓尽致的心理描写见称，作者对人物的成功塑造很大程度上得力于这种高超的心理描写，他善于捕捉人物隐藏、精微的心理变化，并且使用曲笔含蓄委婉地将其恰到好处地传达给读者。对人物心理活动的充分揭示，不但强化了人物性格，推动了小说情节的发展，而且使整部作品的基调更含蓄、更深沉，给读者留下更广阔的思考空间。

作为学贯中西、有“文化昆仑”“一代鸿儒”之称的钱锺书，他创作的《围城》因其丰富的主题意蕴，吸引了一代又一代人，也赋予这本小说独特的艺术魅力，使得其成为中国小说史上难得的珍品。

第四节 老舍的《四世同堂》

《四世同堂》是老舍“从事抗战文艺的一个较大的纪念品”（老舍《八方风雨》）。创作历时五年（1944—1948），全书一百章，85 余万字。小说分《惶惑》《偷生》《饥荒》三部，选取北平西城一条普通的小羊圈胡同作为古城的缩影，以祁天佑一家四代人为中心，展开了广阔的历史画面和错综复杂的故事情节。与一般同类题材作品不同，《四世同堂》没有正面描写日本侵略者杀人放火、奸淫掳掠的劣迹，暴露控诉他们的罪行，而将笔墨用于描写小羊圈胡同老百姓在抗战八年期间，他们所经历的痛苦生活和精神屈辱，批判了老北京人的封闭自守、苟且敷衍和惶惑偷生，并以此为契机重新审视作为历史古都北平的市民文化。

从《骆驼祥子》到《四世同堂》，老舍的目光始终聚焦在老北京的市民社会。他在小说中对许多关于北平风土人情和街头巷尾的生活场景描绘得鲜明生动、富有光彩。《四世同堂》以祁家四代人为中心，构筑起一个广大的市民世界。这里有车夫、有教师、有下层官吏、有洋人、有和尚，还有传教士。人物职业涉及五行八作、三教九流，几乎包罗了整个现代市民阶层。这些同处于社会底层人的命运和生活，共同构筑了一部沦陷区人民的生活史和斗争史。

祁老人是四世同堂祁家的长者，是家族文化的典型代表，是家族制度的维护者和整个家庭的最高权威。作为一个负荷了几千年传统文化的人物形象，他隐忍、苟安、盲目自大的思想是中国底层民众共有的特点。当日本侵略者进入北平时，他自以为闭上家门，用一坛酱菜就可以保住自家的安宁。国家和民族的安危，他是不会关心的，他在乎的是庙市上有没有兔儿爷。他还持有封建门第观念的偏见，瞧不起大杂院的普通人家。遇到邻居有困难，以回避解决问题。虽然祁老人为了保全小家极力地忍辱负重、苟且偷生，但随着战火的蔓延，日本人的蛮行打碎了所有中国人的美梦时，他也逐渐认识到“小家”与“大家”的气脉相连，萌生出反抗侵略者的意识。从祁老太爷一个人的身上，我们可以看到全部中国人的进步，他一个人的转变，代表了广大受苦受难、受尽屈辱的中国人反抗的开始。对于和祁老人同类型的中国人，作者持一种理性的批判态度，既“哀其不幸，怒其不争”，又怀着爱怜之情。

祁瑞宣是四世同堂祁家的长房长孙，也是老舍着墨最多的人物。他是传统中国“长子情结”的代表，他的命运影射了小羊圈胡同大众乃至全中国青年在抗战时期的共同命运。他是老舍进行文化思考的人物载体。他是祁家的第三代，和《家》中的觉新一样，认可并向往“五四”新思想，但又在传统中被围困，新旧两方面的力使得他的内心和行动充满了矛盾与冲突。他想要报效国家，共赴国难，却又被“忠孝节义”思想紧紧束缚，最后只能在忠孝不能两全的境遇中彷徨苦闷。家庭观念与民族意识间的矛盾，在祁瑞宣身上得到了集中体现。当然，小说最后，受到爱国救亡激流冲击的祁瑞宣最终还是从犹疑、矛盾中挣扎了出来，走向了抗日救亡之路。老舍借助这一形象，细腻地剖析了在传统与现代夹缝中挣扎的知识分子的性格、思想和复杂的心理状态。祁瑞宣不仅是祁氏家族的未来和希望，也寄寓了作者对知识青年的理想与期盼。

如果说祁老人和祁瑞宣是老舍在小说中塑造的既批判又寄予期盼的一类形象，而钱默吟则是老舍塑造的一个极其理想化的人物，寄寓了作者革新中国文化、重塑民族性格的希望。钱默吟是典型的隐士型的传统文人，他像“一本古书似的宽大，雅静，尊严”，他“闭门饮酒栽花”“以苟安懒散为和平”，追慕陶渊明“采菊东篱下，悠然见南山”的人生境界。但是，当日本把战火烧到自己家门口时，他立马抛却了闲云野鹤的生活，把文天祥、岳飞作为人生榜样，反抗日本侵略者的暴行。他将故乡北平比为一棵树，将自己比作一朵闲花，而在国破家亡的重要时刻，他却表现出对民族国家强烈的热爱和深沉的情感，同时也体现出誓与家国共存亡的战斗意志：“北平若不幸丢了，我想我就不必再活下去了！”在闲云野鹤的生活表象下，钱默吟怀揣着对国家、社会、文化真切的关怀，展现的是坚强的斗士精神。

与祁瑞宣和钱默吟形象相对应的，老舍也鲜活地刻画出牛教授和陈野求这两个人物，并且通过对这两个形象批判了当时所谓的“不抵抗”思想，表现出了一种对于战争现实的深刻认识。牛教授也是个地道的学者，是个接受现代文化教育、沉溺于科学世界中的科学家。同样作为知识阶层，牛教授选择了和钱先生、祁瑞宣不同的人生道路。虽然从表层的生活方式来看，牛教授也和钱先生一样地整日埋头书堆、心无杂念，但他更多地沉浸在精神的世界中，而缺少对于国家命运民族前途的深切关怀。在国难当头、民族危亡的严峻时刻，牛教授却幻想不与日本人产生瓜葛而安心地生活，然而生在乱世却想独善其身只能是天方夜谭。在他答应出任教育局长并幼稚地幻想依靠日本人的保护，专心搞科学研究时，他已经出卖了自己的灵魂，走上了做汉奸的不归路。甚至在附逆之后，他还没有意识到自己背叛的是整个国家和民族。陈野求有着同祁瑞宣相似的矛盾挣扎。他也曾怀有抗日御敌的英雄抱负，但他却从未真正迈出抗日的步伐。因为他没有勇气像祁瑞宣一样以放弃职位来表明自己的态度。他无法抵抗物质的诱惑，在不断退让的底线中最终走上不归路。老舍对这个形象的刻画是非常成功的，他把人物内心中那种不得已的无奈和清醒的痛苦描写得非常生动逼真。

《四世同堂》具有深刻的思想内涵和现实意蕴，体现出作家在面对深重的民族灾难时对于传统文化的剖析、对于民族性格潜在力量的挖掘和民族振兴之路的执着探寻。《四世同堂》的创作背景是抗战相持阶段，国家与民族此时正面临生死存亡的严峻关头，“救亡图存”成为时代的主旋律。在老舍的剖析镜下，小羊圈胡同里的人们逐渐剥离种种华丽的外壳，暴露出性格的弱点和不足。老舍把造成国人性格懦弱、敷衍、苟且偷安的思想根源指向以家族文化为基础的传统中国文化，并对传统文化中的国民劣根性进行了批判与反思。

《四世同堂》里“家”的意象承载着传统文化中的等级观念、宗法思想、伦理道德、风俗习惯等诸多内容。在这种文化熏染下的北平老百姓多是安于本分、保守老成、一团和气的。祁老人津津乐道地向他人夸耀自己“四世同堂”的完满家庭和天伦之乐。即便是民族危亡的严峻时刻，他也要竭力维护家族结构内部的伦理纲常。国难当头，祁老人从不忧愁国家的安危，却只忧愁自己“只怕庆不了八十大寿”。这种只知有家而不知有天下的侥幸心理在残酷的现实面前最终必然崩塌，战争无情地粉碎了他“四世同堂”的美梦。当儿子无法忍受日本人的侮辱而含恨自杀，小孙女因为日本人的侵略活活饿死时，隐忍苟安的祁老人最终也发出了愤怒的呐喊。国破家亡的民族危机终于以最残忍的方式告诫人们，抗争是救亡图存的唯一出路，只有全民族同心协力、共同抵抗侵略者，才能“为世界保存一个和平的、古雅的、人道的文化”。老舍笔下形形色色的小人物们最终艰难而又曲折地实现了人生的蜕变。

祁瑞宣的角色是极具代表性的。老舍通过这一形象的成功塑造对整个现代知识阶层在面对国耻家难时的人生抉择进行了深刻的思考。祁瑞宣这一类知识分子对战争的形势有清醒的认识，他们大多有着高洁的个人气节和强烈的爱国意志。然而，同时也存在着顾虑重重、纤细脆弱、优柔寡断的性格弱点。站在民族存亡的历史界点上，他们不认同“祁老太爷”这类老市民文化浸染出来的因循守旧的惰性和惯性,同时也不像祁瑞全那样义无反顾地走向战场、御敌抗辱。老舍深刻地挖掘出这类知识分子心灵深处的矛盾和挣扎。然而老舍并没有停留于此，而是以更加深沉的人文关怀让祁瑞宣以及和祁瑞宣有着同样境遇的知识分子在历史和现实的磨砺中成长。钱先生的遭遇、小崔的惨死、父亲的被迫自杀等一系列残酷而真实的打击，国仇家恨的现实磨难使祁瑞宣最终摆脱了思想的羁绊，最终走向觉醒：他帮助瑞全逃出北平参加抗日，辞去学校中伪职的工作，最后决然加入抗战的队伍。这个人物形象是丰满而富有层次的。老舍对知识分子在历史抉择中所体现出的文化品质的审视应该说是非常深刻且富有启迪意义的。

老舍创作《四世同堂》的主旨是希望通过对民族生死存亡关头国民性格的剖析和传统文化的审视，挖掘出“真正中国文化的真实的力量”。而承载这种力量的是钱默吟这个人物形象。老舍认为祁瑞宣未能立刻走入抗日的队伍中是源于其性格深处的弱点，而非囿于家庭负担的牵绊。这一点是通过钱默吟这个参照人物对比出来的。钱默吟为自己的儿子牺牲而骄傲，出狱后他毅然托孤别家，不顾 60 岁高龄走上了反抗之路。他“所表现的不只是一点点报私仇的决心，而是替一部文化史作正面的证据。钱先生是地道的中国人，而地道的中国人带着他的诗歌、礼仪、图画、道德是会为一个信念而杀身成仁的”。钱默吟身上爆发出来的力量，是杀身成仁的民族骨气与坚忍不拔、勇于自我牺牲的民族精神，这就是“真正中国文化的真实的力量”，是支撑民族脊背的脊梁。

《四世同堂》是老舍现实主义艺术进一步成熟的重要作品。这部作品以史诗的恢宏展现了抗战时期故都北平的市民群像，老北京底层民众在老舍的笔下，呈现出千姿百态、个性鲜明的特点，组成了熠熠生辉的人物画廊，展现出一幅风味浓郁的北平生活画卷。此外，老舍还善于运用地道的北京口语叙事抒情，笔调幽默风趣，意蕴含蓄深刻，人物的对话逼真传神，在展现宏大的社会历史内容的同时，表现出极高的艺术造诣。

第五节　孙犁的抒情性小说

孙犁（1913—2002），原名孙树勋，生于河北省平安县东辽城村。他在保定育德中学读书期间就开始在校刊上发表习作，受父亲的影响，期望毕业后能够到城里当一个可以悠闲读书、可以经常看戏的邮政职员一类的差事。1933 年，孙犁高中毕业后在北平市政机关和小学校工作过一段时间。1936 年，来到安新县同口镇小学教书。安新地处冀中，白洋淀就在同口镇旁，在这里孙犁了解到白洋淀地区的民情风俗，体察了淀中人民生活的实情实景。1937 年抗战爆发后，孙犁立即参加了冀中的抗日工作，他办地方杂志、报纸，参加通讯社工作和群众文化活动，既是战斗员又是宣传员。1938 年到延安学习，1939 年正式发表文学作品。1945 年在《解放日报》发表了短篇小说《荷花淀》，一时声名鹊起，由战士“改吃小灶”（干部待遇），并成为鲁艺教员。1949 年后，孙犁一直在《天津日报》任编辑，五六十年代继续创作小说，写出长篇小说《风云初记》。“文化大革命”结束以后，孙犁的创作风格大变，再也不写优美的抒情小说，而写了大量的随笔散文和杂文，作品深沉、醇厚、隽永，耐人寻味。

孙犁的作品种类很多，有小说（包括长中篇），有散文，有文艺评论，也有诗歌，但孙犁取得成就最大的，最能代表他创作风格与特色的是他的小说创作。

孙犁的小说善于表现人情美，追求散文化的格调和诗化的意境，风格清新淡雅，带有浪漫主义的艺术气质。这种创作风格影响了当代文坛特别是京津冀地区的作家如从维熙、刘绍棠、房树民、韩映山、冉淮丹、铁凝等。这些学习、模仿他的作家群，在文学史上被称为“荷花淀派”或“白洋淀派”（尽管孙犁本人并不承认这个流派）。评论家冯健男将这一流派的特色归纳为：一、以写农村生活见长；二、以挖掘和表现生活中的“美”见长；三、以现实主义的描写和浪漫主义的气息见长；四、以生动的故事和画面表现渗透政治内容和革命激情的日常生活见长。孙犁无疑是这一流派最为突出的代表，他的作品就是这些特色的明证。

对于现实生活，孙犁不是一味地采取纯自然主义的手法进行描述，而是注意选取生活中美好的、真诚的、善良的、乐观的、积极的方面进行反映。比如，他写的战争题材的小说，往往不是着眼于日寇的残酷、野蛮，战争的惨烈和血腥，而是注意发掘在战争中的冀中人民乐观向上、不畏强暴的精神。当写到战斗的猛烈时，他往往不用过多的笔墨进行渲染，而是把笔岔开，写战争中的人民的热情和乐观、善良和美好。比如，以描写抗日战争为主的长篇小说《风云初记》，并没有太多的战争场面，而更多的是冀中人民的勤劳、积极、憨厚乐观以及坚强。甚至在大敌当前，孙犁也不去描写战争的恐怖气氛，而是描写生活中美好、光明的一面。《风云初记》第四十节的开头是这样的：“春天，把新鲜的色彩和强烈的情感，加到花草树木的身上和女孩子们的身上。春儿跑了一阵，看看还是追赶不上队伍，就慢慢地走起来。小道两旁，不断有水车叮当响动。有一个改畦的女孩子，比春儿稍微小一点，站在那里，扶着铁铲柄儿打盹。水漫到小道上来了，那匹狡猾的小驴儿也偷偷停下，侧着耳朵，单等小主人的吆喝。”假如没有春儿追赶队伍那一句，孙犁笔下的场景就是一幅田园诗卷。即使在描写战争的时候，孙犁也往往是一笔带过，不会给人留下太深的印象。比如在写到我们的队伍和敌人发生激战的时候，孙犁的描写也充满了抒情的格调：“敌人火力很强，现在芒种他们只能匍匐前进。他们一边射击，一边注意着眼前的每一棵小树，每一丛野草，每一个坑壕。他们觉得，所有祖国大地上生长着的一切，就连那西沉的太阳，河里的泥水，也都和他们的生命，和他们的作战的任务，结合在一起了。”“他们紧紧趴在地上，心跳得很厉害，感觉身子下面的大地也在震动。家乡的土地！是你在万分危机、生死存亡的时候，默默地鼓动着你的儿女！当你受到侵辱的时候，你有权利召唤你那最勇敢的儿子前进！”“他们跃身抢到河边。然后，一齐把手榴弹投向敌人，占据了石桥，切断了敌人。但是芒种受了伤。”

这是孙犁笔下的最为激烈的战争场面。虽然也有枪林弹雨，也有冒死拼杀，但孙犁笔墨的重点并不是放在战争上，而是战争召唤下的人性的美好和坚强。

孙犁最擅长描写的是女性。读孙犁的小说可以发现，作者刻画、赞美的人物都是妇女，像《光荣》里的秀梅、《老胡的事》中的小梅、《走出以后》中的王振中、《钟》里的尼姑慧秀、《麦收》中的二梅、《“藏”》中的浅花、《纪念》中的小鸭、《荷花淀》与《嘱咐》中的水生妻子、《蒿儿梁》里的妇救会主任、《丈夫》中的媳妇、《芦花荡》中的两个女孩子、《采蒲台》里的小红母女……这些女性具有中国劳动妇女勤劳、善良的美德，却又各具神采。在恶劣的战争环境下，她们的存在犹如一湾清水，清澈美丽、沁人心脾。为了民族的解放他们挑起生活的重担，撑起了半边天。她们积极乐观、坚忍顽强的精神，是民族精神的体现。孙犁从这些坚贞美丽、纯真可爱的女性身上挖掘出时代的精神，塑造出一个独特的人物体系。女性尤其是农村女性，在旧社会的生活地位是极其卑微低下的，这一点我们可以在柔石的《为奴隶的母亲》中窥见一二。但是在明朗素净的解放区，我们看到了不一样的女性形象，她们充满了生活的活力和朝气，有着积极向上和敢于反抗的精神。孙犁正是通过这类女性形象的书写，让我们看到了新中国的新生力量和时代的光辉。《荷花淀》中的水生妻子从想念丈夫到配合丈夫作战。在《嘱咐》中八年未见丈夫，得知丈夫是请假绕道回来看望她时，为了民族大义水生妻子第二天亲自划船送丈夫，并嘱咐丈夫将胜利的消息快点带回。《丈夫》中的媳妇不再埋怨丈夫不回家，认识到只有赶走日本鬼子才能换回千万个家庭的团聚。《光荣》中的秀梅在原生媳妇小五离开后，主动挑起照顾原生家人的重担，用十年如一日的默默付出支持在外抗战的战士。《芦苇》中小姑娘宁肯自己被暴露，也要掩护被敌人搜寻的解放军战士。《红棉袄》中的小姑娘将自己唯一的棉袄送给受伤的战士抵御风寒。在孙犁的笔下，没有战争的硝烟滚滚，只有一个个平凡而伟大的女性。作者不仅写出了这些女性思想的成长与进步，也描绘出了她们崇高的精神和金子般的心灵美。中国现代文学史上有很多描写女性的作品，比如鲁迅《祝福》中的祥林嫂、叶圣陶《一生》中无名无姓的“伊”、沈从文《边城》中的翠翠和《长河》中的夭夭、艾芜《南行记》中打花鼓的母女和“野猫子”等女性形象。这些作品要么描写旧社会女性的愚昧和苦难生活，要么表现原始人性的灵魂美，要么反映时代潮流之外下层社会女性受伤的灵魂美。而孙犁着力表现的女性灵魂美，比上述作品多了一份健康、明朗的色彩，是解放区土壤中生长起来的新生力量，这就是孙犁在现代文学史上的独特意义。

表现女性的灵魂美，是孙犁作品独特的美学追求。孙犁认为，革命的最终目的不是血雨腥风的战争，而是创造和谐的生活和美好的人性。他再三强调，农村女性“在抗日战争年代，所表现的识大体、乐观主义以及献身精神，使我衷心敬佩到五体投地的程度”[①]，他们表现了“美的极致”。“美的极致”是孙犁执着一生的艺术追求，所以在他的作品中看不到假恶丑，只有真善美。同样是描写抗日战争，和其他作家描写战争的残酷不同，孙犁将大篇幅的笔墨用于描写战争中的民族正气。他也不像彭家煌、王鲁彦等乡土文学的作家，在鲁迅“改造国民性”思想的启迪下，表现农民的苦难生活和精神愚昧，孙犁更看重战争环境下农民，尤其是农村女性思想的觉醒与进步、心灵的纯净与美好。这就是孙犁小说独特的主题思想和艺术追求：表现农民内在的灵魂美、人情美，借此歌颂新时代的到来与新人的诞生。

孙犁的短篇小说，是典型的抒情小说，他不注重故事和情节，大都给人“琐记”“速记”的感觉。他以一颗纯真的爱心，敏锐地捕捉着平凡生活中的善与美。这一类随笔式小说，往往就是某一场景、人物的某个行动，但使这些零碎的印象成为作品的，就是一种美好单纯的情愫。《女人们》中的《红棉袄》，记述一个普普通通的事件：“我”与害疟疾的小战士顾林借宿在一个农户家里。顾林衣裳淡薄，疟疾发作寒冷得厉害，没有什么可以御寒，姑娘便将她身上的红棉袄脱下给顾林盖上。姑娘这一个举动，引起了作者的感动与联想：

> “……我来不及惊异，我只是把那满留着姑娘的体温的棉袄替顾林盖上，我只觉得身边这女人的动作，是幼年自己病倒了时，服侍自己的妈妈和姐姐有过的。”

叙述者（作者）对姑娘这一小小的举动的诗意的感觉与联想，正是将平淡的叙述升华为艺术的点睛之笔。《女人们》中的三个“故事”，实际上都是速写。《吴召儿》中，女孩吴召儿带领一队战士前往神仙山。她是向导，在前面带路，战士们在后跟随。山路嶙峋，不断攀登，

---

① 孙犁：《关于〈荷花淀〉的写作》，见《晚华集》，百花文艺出版社 2012 年版。

不曾发生一点可引人关注的事。促使作者记述这个不成故事的事件的，也是使记叙流动诗意的，是作者纯真的眼睛中“发现”的美：

……她爬得很快，走一截就坐在石头上望着我们笑，像是在这乱石山中，突然开出一朵红花，浮起一片彩云来。

孙犁的短篇小说流于“琐记”，但几乎都是因为这诗的意象而“点铁成金”，并因此形成自己的风格。他仿佛总是在用探寻的眼睛四处打量，生活现象中那些与“真诚”“善良”等美好品性相关的稍纵即逝的事物，都会被他敏锐地捕捉到。《邢兰》记叙的是一个身材矮小、营养不良且并不具备特殊才能的农民。他的生活相当艰辛，家徒四壁，孩子 3 岁还未穿过裤子，但是他却经常将仅有的一点粮食、柴禾拿去接济别人，凡是别人不愿干的工作他都默默地承担。这种忠诚善良的品性使作者感动。更让作者由衷赞赏并使这个人物具有诗意之美的，是邢兰珍藏着一只花一块七角钱买来的口琴——“他爬上一棵高大的榆树修理枝丫，停下来，竟从怀里掏出一只耀眼的口琴吹奏了”。作者从这个平凡的农民身上发现了美，那是由善良、爱而造成的美。

孙犁小说的语言，尽管是清浅的白话，但绝不是赵树理式的民间口语化的白话，而是趋于简洁、雅致的文人白话，继承的是“五四”文学开创的书面口语。孙犁小说不注重故事与情节，却十分注重情调与意境，这是对“五四”文学，尤其是鲁迅所开创的现代小说抒情化审美倾向的继承。

孙犁的小说，无论是在人物的描写上还是语言的使用上，都体现出一种单纯明丽的作风。孙犁小说的单纯，根源于他富于浪漫精神的理想主义追求。

孩子睡着了，睡的是那么安静，那呼吸就像泉水在春天的阳光里冒起小水泡，愉快地升起，又幸福地降落。

——《嘱咐》

孙犁的小说，这种优美的文字处处可见，使读者时时感受到作家那颗纯洁、充满爱的心灵。孙犁的小说，情节和人物可能都不出色，然而作家单纯的情志所化育出的优美情调与意境，则常常是超绝的。

第六节　赵树理的《小二黑结婚》

赵树理（1906—1970），原名赵树礼，1906 年生于山西沁水县尉迟村一个开明的小康之家，祖上曾有两代中过科名，祖父学过手艺，开过私塾，家里有十几亩田产。赵的父亲也是一个能人，不仅农活、铁木工活样样能干，而且是个“杂家”——懂医卜星象，是农村里常见而又难得的“智多星”。赵树理后来小说中的人物，常常有他父亲的影子，如《小二黑结婚》里的二诸葛、《李有才板话》中的李有才等。除此之外，他父亲还是一个民间艺人，是农民自乐班（相当于俱乐部）“八音会”里拉弦的好手。赵树理从小随父亲到八音会参加娱乐活动，耳濡目染，学会了不少技艺，也被熏陶出土色土香的民间艺术的审美趣味。他八岁就学会了上党梆子（当地地方戏），15 岁会大鼓板，“他能一个人打动鼓、钹、锣、弦四样乐器，而且舌头打梆子，口带胡琴还不误场”。[1]在战争年代，没有乐器，“一双筷子、一本书是他的鼓板，胡琴、锣、鼓全由他一张嘴来担任。有时唱得高兴起来，便手舞足蹈，在屋子里走起‘过场’来，老羊皮大衣，被当作蟒袍一样舞摆着……”[2]至于说书、弹词等，更是赵树理最熟悉的文学。赵树理是一个天才的民间艺术家，而他后来接触的“五四”新文化，则促使他超越民间，建立批判性立场。

1925 年，赵树理到长治入山西省立第四师范学校。在这里，他受到新文化的影响。同时，他也体会到“五四”新文学及其推崇的西方文学，对中国广大读者受众，尤其是保守、封闭的农村受众来说，这是非常隔膜、难以接受的。他从现实中感受到，以通俗文学的形式表现现代思想，大抵是适应读者实际情况的切实可行之路。1927 年到 1928 年，由于参加学潮，赵树理被迫离开学校，到处漂泊。1930 年到 1937 年，赵树理一直处于漂泊、流浪的状态。这期间，他没有固定工作，做过文书、代过课、当过伙计，假扮过郎中、说书艺人、占卜者，在流浪中还被土匪捉去入过伙。绝望中，他甚至自杀过。丰富的生活经验，对一个小说家的成长来说，是很有好处的。1931 年，赵树理开始发表作品，并有意识地尝试以通俗文学的形式写长篇小说。1935 年的长篇小说《盘龙峪》，采用说书人的叙述语言，与他后来的小说很相似，但因为没有资金出版，这部小说只写了十万字左右就搁笔了。1937 年抗战爆发，赵树理投身抗日救亡工作。1940 年至 1941 年，他在华北解放区编辑《黄河日报》等数家报纸副刊，写了大量小说、戏剧、笑话、快板、歌谣等。抗战“文章下乡”的形势，为赵树理实践他的文艺兴趣提供了很好的平台。1943 年毛泽东《在延安文艺座谈会上的讲话》公开刊行，赵树理此时正好写出了《小二黑结婚》《李有才板话》等作品，于是被周扬誉为“边区文艺工作者实践毛泽东文艺思想的具体方向”[3]。1949 年进北京，担任中国曲艺家协会主席等职，主编《说说唱唱》等刊物。1970 年去世，有《赵树理全集》5 卷。

由于特殊的生活经历，赵树理是现代文学史上最了解农民，并站在农民立场写作的作家。他的小说多以华北农村农民生活为题材，真实地记录了不同历史时期农村社会的变迁和农民的生活，塑造出鲜活生动、各具特色的农村人物形象。中篇小说《小二黑结婚》是赵树理的成名作，也是他的代表作。此外，他还写有反映农村复杂、尖锐的阶级矛盾，批判主观主义、官僚主义的中篇小说《李有才板话》；以太行山区一个村庄为缩影，展现了从革命失败到抗战胜利近二十年间北方农村发生的巨大变化，描写在时代巨变和动荡时局中农民不幸遭遇的中篇小说《李家庄的变迁》；描写下河村土改运动的中篇小说《邪不压正》；描写被旧社会高利贷逼入社会下层的《福贵》；表现农村女性民主意识觉醒的《传家宝》等。这些紧贴现实、表现社会变革的现实主义小说，在解放区和国统区产生了深远而广泛的影响。周扬在《论赵树理的创作》中这样评价赵树理：“一个在创作、思想、生活各方面都有准备的作者，一位在成名之前已经相当成熟了的作家，一位具有新颖独创的大众风格的人民艺术家。”周扬的评价隐含了对特定历史条件下文艺发展的一种展望,于是赵树理被解释为一种新型文学方向的代表，是最能体现毛泽东讲话精神的文艺典范。由于赵树理的创作与解放区倡导的文艺大众化不谋而合，所以他的作品被确立为“赵树理方向”，成为解放区作家共同学习的模范。在随后的五六十年代，赵树理仍然是中心作家学习、模仿的“方向”和“旗帜”。

---

① 王春：《赵树理怎样成为作家的》，见黄修己：《赵树理研究资料》，知识产权出版社 2010 年版。

② 王春：《赵树理怎样成为作家的》，见黄修己：《赵树理研究资料》，知识产权出版社 2010 年版。

③ 周扬：《论赵树理的创作》，见《周扬文集》第 1 卷，人民文学出版社 1984 年版。

1943 年 4 月，赵树理在解放区农村工作时参与了左权县一桩命案的调研。民兵小队长岳冬至与一位名叫智英祥的女子自由恋爱，被出身富农的村干部打死，其他村干部也都共同参与了对岳冬至的迫害。赵树理在调研中了解到：“岳冬至和智英祥的恋爱本来是合法的。但是社会上连他俩的家庭在内没有一个人同情。……事后村里人虽然也说不该打死他，却赞成教训他。”[①]1941 年根据地政府就已经颁布了《婚姻暂行条例》和《妨害婚姻治罪法》两项法规，但是在封建观念根深蒂固的农村人们依然固守着“父母之命，媒妁之言”的传统。岳冬至和智英祥两人之所以孤立无援,就在于他们的行动触碰了固守在农村人头脑中的封建传统观念。在强大的旧习俗面前，他们的自由恋爱得不到大众的支持与认可，反而遭遇的是农村个别坏分子的迫害和村里人的集体漠视。所以，造成岳冬至和智英祥爱情悲剧的根源在于传统力量对新生力量的阻碍和破坏。当然，在此次事件的调研中，作为农村干部的赵树理也敏锐地觉察到了农村出现的新问题：贫苦农民并没有真正掌握农村村级政权，地主、富农正在以新的面孔偷偷混进人民政权中。出于上述两方面的考虑，赵树理以岳冬至和智英祥的不幸悲剧为素材，创作出了他的成名作《小二黑结婚》，希望能对农村的封建伦理进行重构、改造，解除乡村新兴恶势力对贫苦农民的毒化、迫害。

小说对素材进行了改造,把岳冬至和智英祥的爱情悲剧变为小二黑和小芹的大团圆结局。《小二黑结婚》并不是一篇单纯意义的爱情小说，赵树理在创作过程中有意识地融入了农村新旧权力的交锋与更迭，农民权力意识的觉醒，以及封建包办婚姻伦理的解体等政治文化因素，将小说的主题与农村改革的实际结合起来，还原生活的本真面目。小二黑和小芹追求自由恋爱的最终胜利，在中国现代文学史上也具有特殊的意义。鲁迅的《伤逝》、庐隐的《海滨故人》、丁玲的《莎菲女士的日记》、巴金的《家》、沈从文的《边城》、张爱玲的《金锁记》……在这些作品中，男女青年争取个性解放、追求婚恋自由的道路无一不以失败而告终。到了赵树理这里，男女青年追求婚恋自由的故事有了新的元素和内涵。在《小二黑结婚》中出现的男女青年，是在根据地民主政权中生长出来的新人。和旧政权下的“闰土”“祥林嫂”不同，他们不再是需要唤醒的思想麻木的中国旧式农民，而是具有独立自主意识的新型农民形象。只有在新社会、新政权的土壤里，才会生长出像小二黑和小芹这样的人物形象。同时，作品还将小二黑和小芹的婚恋自由与阶级斗争的主题暗连了起来，使得这部小说当之无愧地成为红色经典之作。小二黑和小芹在争取婚恋自由的道路上，首先面对的是代表封建思想的父母的反对，其次是代表农村恶势力的金旺兄弟的阻挠。他们反抗“父母之命、媒妁之言”的胜利，是新思想战胜封建思想的结果。而对金旺兄弟的反抗，则是代表农民阶级的新政权对代表恶势力的旧政权的最终胜利。《小二黑结婚》在主题思想上的特殊意义，使得这部小说不仅超越了同时代同类型的小说，在中国现当代文学史上也是具有开创性意义的。他塑造的农民形象，他构造的小说模式，成为了解放区革命文学的“方向”。

《小二黑结婚》在人物塑造、艺术结构和文学语言等方面奠定了赵树理日后创作的基调和风格，是真正符合人民群众审美情趣的艺术形式。

首先，小说成功地刻画出一批生动、鲜明的人物形象。小二黑和小芹是作者着力塑造的农村新人形象。在新的历史条件下，他们敢爱敢恨，敢于和代表传统伦理秩序的父母说“不”，在边区政府的支持下他们获得了婚恋的自由。作者将他们的爱情自由与民主政权联系在一起，

---

① 董均伦：《赵树理怎样处理〈小二黑结婚〉的材料》，《文艺报》，1950（10）。

使他们的爱情斗争带有更多社会变革的色彩。他们争取婚姻自由所获得的全面胜利，表达的是对封建制度和封建意识的根本否定，是对新的社会形态、对共产党和人民政府的歌颂。这不仅不同于封建文学中单纯的爱情故事，也不同于“五四”文学中以个性解放为目的的爱情故事。

在新的时代环境里成长起来的小二黑和小芹，是一种新生力量的代表。他们头脑中的新思想使得他们与父辈们的旧思想发生了碰撞。二诸葛是一个“抬脚动手都要论一论阴阳八卦，看一看黄道黑道”的阴阳先生。小二黑虽然从小就熟知阴阳五行、六壬八卦，但他却从不相信“他爹的鬼八卦”。三仙姑是一个“每月初一十五都要顶着红布摇摇摆摆装扮天神”的神婆。但她的女儿小芹却从小行事正派，完全不同于她的母亲三仙姑。不仅如此，在新思想的影响下，他们还坚决反对封建包办婚姻，敢于同恶霸势力作斗争。二诸葛将逃难来的一个八九岁小姑娘替小二黑收作童养媳，小二黑坚决不认账，说道：“你愿意养你就养着，反正我不要！”三仙姑自作主张将小芹许配给一个退职军官做续弦，小芹将聘礼扔在地下，对三仙姑说：“我不管！谁收了人家的东西谁跟人家去！”在小二黑和小芹身上，已经看不到传统伦理对男女青年的束缚，他们的言行举止完全是新时代新公民的做派。他们积极主动地把握自己的命运，敢于对一切不合理的现象说“不”。当金旺等坏分子要斗争他们的时候，小二黑反驳道：“无故捆人犯法不犯？”小芹则勇敢地走进村公所质问道：“村长！捉贼要赃，捉奸要双，当了妇救会主席就不说理了？”在小二黑和小芹的头脑中已经萌发了维权意识和平等意识，所以他们才敢于反抗金旺等人的迫害，敢于质疑村公所。赵树理通过小二黑和小芹两个农村新人思想的变化，展现的是根据地民主政权对农民思想的成功改造，体现的是时代的巨变。

二诸葛、三仙姑是深受封建思想毒害还未觉醒、背负着沉重历史传统的老一代农民的典型。胆小怕事的二诸葛满脑子的阴阳八卦，是一个被封建迷信观念扭曲了的人物。他反对小二黑和小芹婚事的原因是“火克金”。小二黑被金旺等人捆走后，他跑回家依靠占卜来预测儿子的吉凶。甚至下田种庄稼二诸葛都是用占卜来决定。和小二黑不同，他从来不主动去争取自己的权力、改变自己的命运，在长期精神和肉体的压迫中，他已经习惯了听天由命、逆来顺受。小说的第十部分叫“恩典恩典”，这一节基本都是区长和二诸葛的对话。区长每说一句话，二诸葛的回答都是“请区长恩典恩典”。“恩典”一词，刻画出了在几千年封建思想压迫下的中国农民的精神面貌。“恩典”是他们面对强权的生存哲学，在他们的人生字典里没有“反抗”，只有“顺从”。这是一个背负着“精神奴役创伤”的旧式农民形象。三仙姑是一个被封建旧思想扭曲的畸形人物形象，也是小说中思想最复杂的人物形象。三十年前，她以“下神扶鸾”为业，在她跟前聚集了一群青年。三十年后，她又利用自己年轻漂亮的女儿小芹再次团结了一伙青年围着她转。她不同意小芹和小二黑的婚事，是因为小二黑做了自己的女婿后，就不能跟这位年轻俊俏的后生说句笑话了。三仙姑这个人物形象，在某些方面和张爱玲笔下的曹七巧是有很多相似之处的。两个人都是因为不满足于现有的婚姻而变得心理扭曲。而这种畸形的心理也在唆使他们有意无意地去破坏儿女的婚姻幸福。三仙姑和曹七巧都是畸形文化下的产物，他们代表的都是已经过去了的旧时代。不同的是，在张爱玲的笔下，曹七巧最终埋葬在旧时代的黑暗中。而赵树理笔下的三仙姑却在新时代中迎来了新生。除了畸形变态的性格之外，三仙姑还是一个承载着浓厚的封建迷信思想的载体。和普通的农村妇女不同，三仙姑“每逢初一十五都要顶着红布摇摇摆摆装扮天神”，村里的人也会经常找她“求财问病”。三仙姑的存在，代表了旧中国农村愚昧病态的一面。在边区人民政府的教育下，三仙姑主动

“把三十年来装神弄鬼的那张香案也悄悄撤去”，让我们看到了新政权在移风易俗方面的成果，以及新时代中国农村的新变化。

其次，在艺术表现和技巧上，赵树理的小说既具有乡土气息，也拥有独特的民族风格。第一，在小说艺术结构上，赵树理根据农民群众的欣赏习惯和阅读期待不停地修改作品，直到农民大众能听懂为止。小说吸收借鉴了传统评书、章回体小说的结构特点，克服了旧章回小说刻板僵硬的缺点，讲究情节连贯、首尾呼应和故事的完整性，创造出一种评书体的现代小说形式。如果说鲁迅等精英知识分子实现了中国小说的现代化，那么赵树理则是推动了中国小说的民族化进程，纠正了“五四”以来中国文学过分“欧化”的倾向。20 世纪中国文学正是在现代化与民族化的矛盾张力中前进发展的。为了照顾文化层次不高的农民群众去阅读和欣赏，赵树理写小说的时候汲取并改造民间“讲故事”的叙事模式。比如在《小二黑结婚》中，开头不叙述故事，先介绍主要人物：从二诸葛和三仙姑开篇，再逐一介绍小芹、金旺兄弟和小二黑。介绍完人物之后，才开始讲述故事的发展、高潮、结果。这种结构模式是一种非常典型的民间说书艺人讲述故事的方式，非常符合中国底层民众的欣赏习惯。在具体的情节上，小说以小二黑与小芹的恋爱为主线，一环扣一环，借鉴了古典章回小说连环式的结构模式。小说第一节“神仙的忌讳”，介绍完二诸葛“不宜栽种”的小故事后，立马引出了三仙姑“米烂了”的故事。接着第二节就是“三仙姑的来历”，将三仙姑的过往进行了交待。最后一段用设问句引出了小说的第一个主人公“小芹”。第三节“小芹”，在介绍小芹的时候又牵连出金旺，于是第四节就是“金旺兄弟”。故事的连续性制造了一个个悬念，能够吸引读者不断阅读下去。除此之外，这部小说在大故事的框架下还有很多小故事，这种大故事套小故事的形式，增强了作品的可读性。总之，这些艺术结构上的特点，都是赵树理在小说民族化方面的尝试与探索，显现了其小说鲜明的民族特色。第二，在小说语言方面，赵树理以经过提炼、纯化了的北方农民口语为主，融入必要的现代语汇和说书的语调，创造出一种简洁有力、质朴通俗、幽默有趣的语言风格。这种独特的、具有民族风格的小说语言，形成了赵树理小说独特的艺术风格。比如有个后生调侃二诸葛：“老汉！今天宜栽种不宜？”这是一句典型的带有地方特色的口语。赵树理写三仙姑的相貌：“虽然已经四十五岁，却偏爱当个老来俏，小鞋上仍要绣花，裤腿上仍要镶边，顶门上的头发脱光了，用黑手帕盖起来，只可惜宫粉涂不平脸上的皱纹，看起来好像驴粪蛋上下上了霜。”整段话读起来幽默风趣，活灵活现地刻画出三仙姑的滑稽形象。“老来俏”“驴粪蛋上下上了霜”，都是极具口语化且非常形象的语言。不仅如此，这段话细细品味起来，节奏感也很强，带有民间说书艺人的话语特色。除此之外，赵树理还特别擅长用通俗化的语言塑造人物形象。二诸葛三句话不离本行，种地时他要掐指一算：“今日不宜栽种”；给小二黑找媳妇也是掐指一算：“千里姻缘使线牵”；小二黑被金旺等人抓走，他连连摇头说：“我今年是罗睺星照运，要谨防戴孝的冲了运气，因此哪里也不敢去，谁知躲也躲不过?”短短几句话，就把一个迷信阴阳八卦的农民形象刻画出来了。第三，浓郁的晋东南乡土民俗色彩，使赵树理的小说拥有民俗学的价值。小说描绘的农家百艺、风俗物态，是中国农民情感、信仰、智慧等民间文化的体现。小说中二诸葛和三仙姑这些旧式人物本身就是民间文化的载体，他们身上展现的是俗趣逗人的民间文化。而三仙姑设的香案和二诸葛给小二黑收养的童养媳，体现的则是一种民风民俗。

总之，在 20 世纪 40 年代的解放区文学中，赵树理是一个独特的存在，他的文学不仅仅是一种“方向”，影响并左右着解放区乃至中国五六十年代的中心文学。同时还应认识到赵树理在小说民族化方面所做的努力及其特殊价值。

第七节　丁玲和周立波的土改小说

在解放区大规模地开展“土地改革”的斗争中，赵树理、丁玲、周立波、孙犁等解放区作家敏锐地捕捉到这一时代的巨变，创作了一系列的土改小说。在这些土改小说中，丁玲的《太阳照在桑干河上》和周立波的《暴风骤雨》，足以代表这一时期解放区土改题材长篇小说的优缺点。

一、丁玲与《太阳照在桑干河上》

在新文学阵营中，丁玲是一位创作历史较长并且紧跟时代潮流的重要作家。

1936 年底到了延安以后，丁玲开始了她创作生涯中一个全新的时期。她创作了一批印象记、通讯、速写和报告文学，后来结集为《陕北风光》出版，短篇小说则收进了《我在霞村的时候》一书，作为胡风主编的“七月文丛”之一于 1944 年 3 月出版。

作为一位坚持审视生活的独立立场的作家，解放区新的环境、新的人物令丁玲欢欣鼓舞，但现实中的许多问题也使她焦灼沉思。短篇《夜》便是一篇“沉思”之作。小说忧虑地看到了边区的农民虽然在政治上翻了身，但他们刚刚从黑暗社会中走出来，必然面临着包括社会、个人的诸多现实问题。主人公何华明的形象说明：离开了经济上和文化上的翻身，农民单纯政治上的翻身是不彻底的，这是《夜》的中心主旨。丁玲是一个很有思想和主见的作家，她在小说《夜》中的深刻思考，在 40 年代的解放区小说以至整个文学创作中是极其少见的，值得大家深思。

《在医院中》和《我在霞村的时候》这两个短篇也是丁玲此时期比较好的作品。《在医院中》通过产科医生陆萍的眼光，揭示了边区医院存在的管理不科学、技术落后、医护人员懒散等实际问题。《我在霞村的时候》则以一支蘸满同情的笔，热情赞扬了一个苦难而又坚强的女性。这是一篇优秀的小说，它并没有像传统小说那样以同情的态度来刻画人物，进而向日本侵略者提出血泪的控诉。而是以一种全新的伦理态度关照人生，表现了一个惨遭摧残的女性坚强不屈、追求光明的坚韧毅力。小说的主题已经超出了对个别生活内容的客观描写或是民族仇恨下的战争控诉，而是对超越时空的人类真善美的呼唤。当一部小说所体现的女性独立意识先于当时当地的社会意识时，它的不被理解和认同是可以想象到的。

1948 年 9 月，《太阳照在桑干河上》首次出版，这是中国现代文学史上最早反映土地改革运动的长篇小说，也是丁玲小说创作道路上一个新的里程碑。小说以中农顾涌拉着胶皮大车回到暖水屯展开视角，真实地描写了农村土地改革运动的复杂性。地主钱文贵为了寻求政治保护，把女儿嫁给村委会的治安员张正典，把儿子钱义送进八路军队伍，自己则摇身一变成为抗属。此外，他还想利用侄女黑妮与农会主任程仁的感情拉拢程仁。钱文贵等地主阶级的投机取巧，村民们害怕变天的犹疑，村干部的私心杂念，使得暖水屯的土地改革举步维艰，一度让土改工作陷入僵局。为解决暖水屯的土改问题，县宣传部长章品来到暖水屯，召开党员大会统一村干部的思想，关押钱文贵，扫清土改工作最大的障碍，推动了暖水屯的土地改革运动。

研究界普遍认为这部小说是反映时代风云、把握重大题材的优秀作品。首先，作者出色地掌握了新的历史时代的本质内涵，深刻地反映了土地改革时期农村阶级关系和矛盾的复杂性。规模宏大、人物众多，各种性质的矛盾冲突、丰富多样的斗争形势交织在一起，各阶级、阶层之间的关系错综复杂，这些都是小说创作的难点。但丁玲将富有诗意的笔触深入农村社会的各个方面和细小角落，独具匠心地安排典型环境和典型情节（以农民与地主的斗争为主线，以挖出并斗倒钱文贵这一典型事件为主要情节），线索明晰、有条不紊地展现了处于伟大历史变革中的宏大广阔的农村社会生活画面。

其次，全书共 58 节，近 40 个人物，宏大的生活画面下亦不乏细腻的人物刻画，塑造了一系列真实生动、血肉丰满的艺术形象是这部作品的一大成就。丁玲从陕北时期就努力探索表现新人物内心生活的方法，在《太阳照在桑干河上》中遵循现实主义的艺术原则，从实际生活出发，在一定的历史条件和斗争环境中关照和分析人物，既表现农民要求翻身、敢于革命的本质，又揭露千百年来封建生产关系在他们身上产生的负面影响。在歌颂斗争的同时也会批判人物性格的弱点，用人物分析的方法来刻画出人物形象的完整性和深刻性，通过把环境介绍和人物描写、故事叙述和心理分析结合起来，细致地剖析人物复杂的心理活动过程，深入内在世界使形象丰满立体，描写农民逐渐走向觉醒的过程，表现新时代新农村的本质内涵。丁玲严格秉承在文学作品中反映“农村的变化，农民的变化”的创作意图，在相当程度上摆脱了一度盛行的理想化色彩，体现了作者对“当时当事”的清醒认识和严肃的批判意识。作品中的农民形象主要人物张裕民、程仁、侯忠全等都写得眉目清晰、丰满亲切；知识分子出身的文采脱离实际的教条主义、主观主义作风和自以为是、装腔作势的态度描绘得淋漓尽致；对于黑妮这个人物，学术界始终争论较多。作者对这个人物投入了较多的情感色彩，反映了丁玲对现实生活的独特体验，以及个人对土改中阶级关系的复杂性理解。黑妮在名义上是钱文贵的侄女，但她在地主家的地位实际上更像一个被剥削被压迫的丫鬟。她拥有自己独立的精神世界，小说中流露出作者对人的个体生存超阶级的关注，以及作家自身对社会问题的独立思考。在叙述语言上，作者积极响应《讲话》中确立的“文学为工农兵服务”的创作宗旨，努力提炼人民群众富有生命力的新鲜活泼的民间口语，融合以文雅凝练的书面语，在增强艺术感染力的同时显示了作家非凡的理性精神。

二、周立波与《暴风骤雨》

作为解放区农村的一场伟大变革，土地改革是 40 年代解放区一些中、长篇小说共同选取的题材。这类作品中，除了丁玲的《太阳照在桑干河上》之外，要以周立波的《暴风骤雨》的艺术成就最为突出，后者获得 1951 年斯大林文学奖三等奖。

周立波（1908—1978），原名周绍仪，字凤翔，又名周奉悟。湖南益阳人。1941 年开始创作短篇小说，先后发表了反映陕北农村生活的《牛》和以牢狱生活为素材的《麻雀》《第一夜》等五篇小说。1948 年 4 月他发表了《暴风骤雨》的第一部，随后于 1949 年 5 月发表了《暴风骤雨》的第二部，这本根据作者亲身体验写成的长篇小说引起了社会的巨大反响。

周立波的长篇小说《暴风骤雨》通过详尽描写松花江畔的小山村元茂屯土改斗争的全过程，反映了中国农村前所未有的巨大变革。小说分为两部，第一部以 1946 年中央“五四指示”下达后到 1947 年《中国土地法大纲》颁布前这段时间为时代背景，描写了元茂屯在工作队的领导下开展的土地运动。工作队通过发动群众，唤醒贫苦农民的阶级觉悟和斗争勇气，军民齐心协力一起斗垮恶霸地主韩老六，打退土匪进攻，取得了土改斗争的初步胜利；第二部的时间背景是 1947 年 10 月《中国土地法大纲》颁布后，工作队再次进入元茂屯，并取得了土改斗争的全面胜利。小说从工作队发动群众斗争恶霸地主开始，写分土地、挖浮财、起枪支、打土匪，到农民为保卫胜利果实踊跃参军结束，详细地描写了元茂屯土改斗争的全过程。

这部小说的人物和故事情节比较单纯，紧密围绕元茂屯土改斗争进程的主线展开情节，结构单纯严谨、线索清晰明朗，着重描写两个阶级之间根本立场的对立，而自觉地忽略各个阶级内部复杂矛盾的描写。小说最突出的地方是作者着力刻画了一系列性格鲜亮的农村新人的形象典型，赋予他们较多的理想主义的色彩，宣扬大公无私的高贵品质和无限忠于人民革命事业的传统美德，这种人物形象的塑造比较典型地代表了一种塑造完美英雄的审美理论。第一部的中心人物是赵玉林。第二部的主人公是郭全海，作者通过分马、参军等几个典型事例烘托出他精明能干、机灵正派、大公无私的高贵品质和无限忠于人民革命事业的传统美德。整个小说情节连贯，基本按照土改斗争发展进程的时间顺序来结构作品，表现土改斗争的历史面貌，洋溢着饱满的革命激情。作家广泛地吸取了当地农民的方言口语，使作品透着浓郁的时代色彩和东北农村的地方特色。

作为解放区土改小说的代表作，《太阳照在桑干河上》和《暴风骤雨》各有优点与不足。《太阳照在桑干河上》的最大特点在于对农村阶级关系的正确表现和对生活复杂性的真实反映。首先，作家自觉掌握与运用阶级分析的观点表现农村阶级关系，使得其在广度、深度及准确度上都超过了“五四”以来表现农村阶级斗争的同类作品。其次，作家坚持从实际生活出发，力图在小说中真实地反映农村阶级关系的复杂性，因而小说在对人性的分析、批判和表达上，又超过了反映土地改革的同类作品。

小说写的是华北一个叫作暖水屯的村子。这里的阶级关系没有经过作者的理性分析与“净化”，保留有生活本身所特有的感性形态：各个阶级之间犬牙交错、互相渗透，形成了错综复杂而微妙的社会关系。钱文贵是暖水屯村的中等恶霸地主，本应该是土改斗争重点打击的对象，但因为“抗属”的身份而受到优待。他善于见风使舵，让二儿子钱义参加八路军，为寻求政治保护还将女儿嫁给村里的治安员张正典。为逃避土改中的批斗，他还利用侄女黑妮与农会主任程仁的恋爱关系，企图软化、控制程仁。这种“你中有我，我中有你”的农村阶级关系，使得土改斗争一度陷入僵局。支部书记张裕民拿捏不住微妙复杂的农村阶级关系，在土改中表现地犹豫不决、举棋不定。农会主任程仁因为黑妮的关系而流露出犹豫观望的消极态度。其他村干部也都存在不同程度的顾虑和犹疑。不仅不同阶级之间的关系复杂微妙，同一阶级、同一营垒内部也都存在着各种差异、矛盾和斗争。比如，同是地主，钱文贵、李子俊、侯殿魁和江世荣在土改大风暴面前采取了不同的态度和策略，并且相互算计；同是贫农，既有刘满这样站在斗争第一线的积极分子，也有白天分地、晚上退地的农民侯忠全。村干部之间对于土改的认识和态度，对于政策的掌握程度也都存在明显的差异。

《暴风骤雨》也表现了土改斗争的复杂性与艰巨性。与丁玲不同的是，周立波更突出地表现阶级斗争，把土改艰巨复杂的原因归结为地主阶级的嚣张气焰和阴谋诡计。小说塑造了韩老六与杜善人这两个恶霸地主形象。他们相互勾结、横行乡里、鱼肉百姓。当萧祥率领工作队进驻元茂屯时，他们感到恐慌，立即秘密串联，转移浮财，安插耳目，造谣惑众，甚至向萧祥打冷枪。这就为小说情节的进行布置了一个绝妙的场景。地主阶级如此阴险狠毒，土改的工作进展便非常艰难。工作队先后组织了三次斗争韩老六的大会，都未能收到预期的效果。最后，以牺牲赵玉林的生命为代价，村里组织了武装自卫队，才终于斗倒了韩老六，处决了这一恶霸。与《太阳照在桑干河上》相比,《暴风骤雨》描写的农村阶级对立更尖锐、更激烈，阶级矛盾更鲜明，土改斗争也更轰轰烈烈。但《暴风骤雨》遮蔽了农村复杂的阶级关系，将其处理为农民与地主的二元对立关系，有意识地让阶级关系简单化、明朗化。各阶级之间没有犬牙交错、互相渗透的复杂而微妙的关系，只有地主与农民营垒分明的尖锐对立，在一定程度上削弱了作品的思想力度和深度。

在人物形象的塑造上，这两部小说也是各有特色的。丁玲擅长心理刻画，从而在小说中塑造出一批形象鲜明、个性突出的人物形象。比如作品中出现了一系列色彩分明的女性形象，有能干精明的妇联主任董桂花、泼辣烈性的周月英和“莎菲式”的黑妮，这三个女性是跟着土改热潮第一批走出家庭的“娜拉”们，她们的出现表达了丁玲超越阶级界线的人道主义情怀和敏锐深沉的女性文学思想。《暴风骤雨》中的地主是脸谱化的，他们对待土改工作的态度也是如出一辙。但《太阳照在桑干河上》中的地主因为迥异的性格，在土改大风暴面前采取了不同态度、策略：狡诈的钱文贵使尽手段妄想浑水摸鱼，胆小的李子俊因为畏惧而逃跑，见风使舵的侯殿奎对待群众先施淫威后讨饶。在描写农村新人时，作者有意识地避免塑造高大全的英雄人物，着重写出了农民如何在斗争的过程中，逐渐摆脱了小生产者的思想弱点和局限性，成长为坚定的无产阶级革命者。如暖水屯的党支部书记张裕民，他曾短期染有流氓习气，但在土改工作中他逐渐把自己铸练成一个有着可贵品质的战士。作者还擅长把人物的心理放置在运动的状态去刻画，在土地改革的历史大变动中去考察、表现人物心理状态的变化，如农会主任程仁对黑妮的爱恋与疏远、担心因斗争钱文贵而牵连黑妮的复杂心情，如何甩掉思想包袱走在土改工作前列的心理，以及如何打破“精神奴役”的枷锁走向精神觉醒的变化。总之，丁玲对农民思想、心理刻画的历史真实性，使得她的描写具有较高的历史价值，成为中国现代农民心理发展史上重要的一页。《暴风骤雨》塑造了一批具有理想色彩的农村“新人”形象。赵玉林是小说中第一个觉醒并坚定地走向革命道路的农民英雄形象。他深受日本帝国主义和恶霸地主韩老六的双重压迫，困窘的生活使他得了一个“赵光腚”的绰号。他曾经蹲过监狱，受过苦刑，同地主阶级的仇恨最大，所以一旦反抗意识被工作组激发，他便立马站在了斗争的最前列。在与恶霸地主的斗争中，他毅然加入了共产党，勇往直前、无私无畏，直至献出自己宝贵的生命。赵玉林牺牲后，郭全海成为元茂屯土改斗争中的第二个中心人物。郭全海勇敢有智谋，从土改骨干到农会主席，他凭着自己的勇气和智慧始终能经受住各种斗争的严峻考验。无论是捉拿恶霸地主韩老六，还是后来进行的砍挖运动，抑或参军参战，郭全海都表现出了一个共产党身先士卒、克己奉公的优秀品质。在赵玉林和郭全海这类人物形象身上，没有像《太阳照在桑干河上》中的张裕民、程仁那样的犹豫和思想上的斗争，他们的成长是顺理成章的，是没有丝毫迟疑的。丁玲笔下艰难的“翻心”历程在周立波这里简化了，当农民在经济上翻了身时，“精神翻身”的过程似乎也随之完成。除此之外，还塑造了一批具有小农生产者局限性的中国式农民，如明哲保身、善良胆小的老孙头，保守自私、两面光的刘德光，安于现状、缺乏大局意识的花永喜等。作者成功地刻画出小农生产者的保守与闭塞、狭隘与自私，以及封建制度保留下来的奴性和精神病态。当然，和丁玲一样，在小说最后，周立波让这群有着小农意识的农民在一场暴风骤雨中彻底得到精神的洗礼，他们成了新时代的主人。

周立波曾任延安鲁艺教员，熟悉西方文学，他对西方文学名著的阐释在当时的鲁艺有很好的口碑。西方文学的熏陶，使他在把握长篇小说叙事结构、塑造典型形象方面显得游刃有余，比丁玲更加从容。《暴风骤雨》中有很多精彩的场面描写，将土改与参军两部分内容联系起来的“分马”，是其中尤为精彩的一段。作者描写了130多户农民分配胜利果实，叙述有条不紊，极有层次，人物性格在叙述中得以充分展开。作者先通过分马的办法及动员前的情况，勾勒了一个场面的轮廓。分马正式开始时，作者有侧重点地描写了赵大嫂、老初、老孙头等各种不同类型的人物，以赵大嫂为核心，通过这些人物的互相对比，展现了在“分马”问题上的三种不同态度。在“选马”问题上，作者又紧紧抓住老孙头作为重点描写对象，表现他内心的矛盾与冲突，描绘出他的性格特点。老孙头的“摔跤”，成为分马中的一个小插曲，为小说增添了不少生活情趣。“分马”本来是很难写的场面，可是被作者写得有声有色。周立波不仅擅长描写宏大的群众场面，也善于描绘家庭的日常生活场景。小说描写赵玉林的家庭生活，丈夫正直，妻子识大体，家庭生活温馨和谐；而白玉山的家庭，则是丈夫“迷糊”，妻子泼辣，这样的家庭，也自有它的乐趣。这些描写都非常传神，让读者不觉会心一笑。因此，在周立波的笔下，生活之树始终枝繁叶茂，全篇都洋溢着生活的气息。相比之下，尽管丁玲擅长心理描绘，但在构筑情节、处理纷繁场景以及表现生活场景的丰富性与生动性上，《暴风骤雨》更见其长。

这两部小说的语言也各有特点。《太阳照在桑干河上》的语言细腻，虽然有时显得沉闷，但也有优美的篇章值得肯定。《暴风骤雨》的语言简净、明快，富有地方特色，充满了农民式的幽默感，但也存在使用冷僻的方言口语的缺点。

总的来说，两部小说各有特色。它们的成就代表了解放区土改文学的最高成就；而它们的不足，也反映出这一时期土改文学的稚拙。两个作家站在不同的立场，展现了土改的不同风貌。丁玲在文学探索精神基础上，对农村的新世界投入深深一瞥；而周立波则是试图站在民间的立场，运用政策思想“仿制”一个接近农民的叙述文体。从某种意义上讲，两部小说的得失成败是互补的，没有优劣之分。

第十五章　现代诗歌的创新

中国新诗经过几代诗人 20 多年的艰苦探索，到了 40 年代进入了成熟的季节。40 年代中国特殊的历史环境，决定了此时期现实主义成为诗歌主潮。而浪漫主义和现代主义，也都显示出向现实主义靠拢的倾向。

现实主义在 40 年代比以往几个时期都要丰富、多彩和广阔。活跃于 30 年代诗坛的具有现实主义精神的诗人在 40 年代继续取得突出的成就，如艾青、臧克家、田间、蒲风、王亚平、柳倩、任钧、力扬、鲁藜等。在 30 年代已能综合现实主义和现代主义的艾青，这时期更以《雪落在中国的土地上》《向太阳》《北方》《吹号者》《火把》等名篇及 8 部诗集，显示出他一生创作的顶峰时期和 40 年代诗坛的最高成就。除此之外，根据地出现了阮章竞的《漳河水》、李冰的《赵巧儿》、李季的《王贵与李香香》等优秀作品。30 年代诗坛的主流是思考人生的抒情之作，在本时期却显见稀少。袁水拍的政治讽刺诗《马凡陀山歌》，像匕首一样戳入了国民党统治区荒淫腐败的政权肌体，可认为是中国新诗的新品种。浪漫主义在 40 年代主要表现为对战斗激情的抒发，可称为战斗浪漫主义。高举战斗浪漫主义大旗的是七月诗派，代表作有田间的《给战斗者》、冀汸的《旷野》、胡风的《为祖国而歌》、邹荻帆的《风雪篇》、亦门的《纤夫》、彭燕郊的《春天——大地的诱惑》、鲁藜的《青春曲》等。现代主义诗潮在本时期有新的变化，从 30 年代的主情转为主知。对这一诗潮作忠实体现的是西南联大诗群。他们奉重知性的诗人艾略特、叶芝、里尔克等为自己的楷模，热衷于写现代派风格的诗，冯至的《十四行集》最具有代表性。

值得一提的是，在 40 年代诗坛，现实主义、浪漫主义与现代主义三股诗潮突现了整合，以现实主义精神歌唱时代、社会与生命，达到 40 年代新诗创作制高点的诗派是九叶诗派，诗人是艾青。

第一节　艾青 40 年代的诗歌

艾青 40 年代的诗歌，以 1937 年 7 月 6 日在沪杭路上写的《复活的土地》拉开序幕。炮火为新诗催生出了一个成熟期，艾青迅速转换角色，从时代的“流浪汉”转变为时代的“吹号者”，开始在诗歌中歌唱独立、自由与解放，将民族的命运与自己的诗歌紧密结合起来。在 30 年代已能综合现实主义和现代主义的艾青，这时期更以《雪落在中国的土地上》《向太阳》《吹号者》《火把》等名篇及 8 部诗集，显示出他一生创作的顶峰时期和 40 年代诗坛的最高成就。1940 年，评论家冯雪峰这样评价艾青的历史地位：“艾青的根是深深地植在土地上”的，是“在根本上就正和中国现代大众的精神结合着的、本质上的诗人”“中国新诗的创造可以说正由他们在开辟着道路”。[①]七月诗派的诗人们将艾青看作他们诗歌道路上的旗帜，一再申明“他们大多数人是在艾青的影响下成长起来的”[②]。九叶诗派的代表诗人穆旦显然也受到过艾

① 冯雪峰：《论两个诗人及诗的精神和形式》，见《雪峰文集》第 2 卷，人民文学出版社 1983 年版。

② 绿原：《白色花·序》，见《白色花》，人民文学出版社 1981 年版。

青的影响。

艾青在诗歌中执着地追求“苦难的美”。抗日战争爆发后，诗人四方流徙，转赴延安的特殊经历，使他广泛地接触了苦难现实。他极富深情的灵魂被满目疮痍的现实、贫穷苦难的人民震撼，于是他以悲愤忧郁之情，创作出许多以北方农村生活为题材的诗篇。诗集《北方》中《雪落在中国的土地上》《北方》《乞丐》《复活的土地》等，真切深沉地表现了这块土地的苦难和复活，以及土地上那些普普通通的农民、士兵的生活和斗争。他感叹中国的苦难，于是他写出了土地和农民受蹂躏的痛苦：“雪落在中国的土地上，/寒冷在封锁着中国呀”“饥馑的大地，/朝向阴暗的天，/伸出乞援的颤抖着的两臂”(《雪落在中国的土地上》)，“在北方，/乞丐用固执的眼光凝视着你，/看你吃任何食物，/和你用指甲剔牙齿的样子”(《乞丐》)，这些诗句里的每一个字都震撼着读者的灵魂。诗人还写出了土地和农民的复活：“我们曾经死了的大地，在明朗的天空下，已复活了！”“在他温热的胸膛里，/重新漩流着的，/将是战斗的血液”(《复活的土地》)。诗人通过这些诗篇，真切深沉地表现了土地的苦难和复活。

艾青诗歌的主导意象是“土地”和“太阳”。这两个意象凝聚了诗人对生活独特的感受，表现了他的诗歌与时代精神的紧密联系。

“土地”的意象，凝聚着艾青对祖国和人民最深沉的爱，对人民疾苦和民族危难最深沉的忧愤。他对土地的爱是一种出自生命本能的爱，真诚自然、淳朴厚重。艾青在《雪落在中国的土地上》《他死在第二次》《我爱这土地》《我们的田地》《手推车》《旷野》《北方》《黎明》《浪》《笑》等众多诗篇中集中描写了“土地”意象。在艾青的诗歌中，土地和民族命运是联系在一起的，通过描写土地的苦难表达对民族命运的忧思。《雪落在中国的土地上》描写的是现实的苦难，表达的是知识分子忧国忧民的情怀和爱国主义的精神。诗歌以“雪落在中国的土地上/寒冷在封锁着中国呀……”开篇，展现在读者面前的是凋敝、破败的北方农村，表达的是诗人面对民族苦难、国家危亡而产生的痛苦、忧愤之情，从而奠定了全诗的主旋律。这里的“土地”既是苦难的承受者，也是作者借以表达情感的中介。《我们的田地》中“就是它，以黑色的乳液/哺育了我们的生命……”“我们靠着它，/换得了一家的饱暖，/度过了严寒的冬天；/……我们怎能不爱，这丰饶而美丽的田地呢?”表达了农民对土地的依恋和热爱。《旷野》中“平凡，单调，简陋/与卑微的田野”“一切都这样地/静止，寒冷，而显得寂寞……”透过寂寞、寒冷、破败的土地意象，表达出对民族命运的迷惘、忧郁之情。《我爱这土地》是艾青将对土地的感情抒写地最为动人的诗篇。“假如我是一只鸟，/我也应该用嘶哑的喉咙歌唱”。“鸟”是“漂泊者”的象征。开篇借助“鸟”这个意象，表达了流离失所、四处流浪的中国人对祖国土地的深深眷恋之情。“这被暴风雨所打击着的土地”，是对贫穷落后、多灾多难的中国历史的悲叹。“这永远汹涌着我们的悲愤的河流，/这无止息地吹刮着的激怒的风”，是郁积在所有中国人心中的“悲愤”的呼喊。“——然后我死了/连羽毛也腐烂在土地里面”，表达了诗人时刻准备为民族大义牺牲自我的奉献精神，以及对祖国、对土地坚贞不屈、至死不渝的深沉情感。“为什么我的眼里常含泪水？/因为我对这土地爱得深沉……”诗歌的最后两句，写出了诗人心灵深处的“土地”情结，也是诗人爱国主义情感的升华。

艾青灵魂中的另一面是对理想、光明的执着追求，于是他创造了“太阳”这个意象，这是他的诗歌中出现频率最高的意象。代表诗篇有《太阳》《向太阳》《给太阳》《太阳岛》《太阳的话》《光的赞歌》《阳光在远处》《煤的对话》《吹号者》《黎明的通知》《黎明》《火把》等。诗人在诗歌中表达了对太阳的真诚赞美：“它以难遮掩的光芒/使生命呼吸/使高树繁枝向它舞蹈/使河流带着狂歌奔向它去”(《太阳》),“是的/太阳比一切都美丽/比处女/比含露的花朵/比白雪/比蓝的海水/太阳是金红色的圆体”(《向太阳》)。表达了对太阳和光明的渴求:“而当我看见了你/披着火焰的外衣,/从天边来到阴暗的窗口时啊——/我像久已为饥渴哭泣得疲乏了的婴孩,/看见母亲为他解开裹住乳房的衣襟/泪眼迸出微笑,/心儿感激着,/我将带着呼唤/带着歌唱/投奔到你温煦的怀里。”在黑暗中无数次地期盼并呼唤光明的到来:“从远古的墓茔/从黑暗的年代/从人类死亡之流的那边/震惊沉睡的山脉/若火轮飞旋于沙丘之上/太阳向我滚来……”这些诗句不仅表达了诗人对光明和理想的追求,也表达了诗人生命本体深处对太阳的崇拜之情。艾青对太阳的礼赞与热爱,是他生命本体的一部分,他用自己的生命构筑起一个理想的世界。在这个世界里,所有与光明相关的事物都被他纳入进来,进行了热情地礼赞。如他对“火把”的赞美:“美丽的火把/耀眼的火把/热情的火把/金色的火把/炽烈的火把”(《火把》)这首诗描写的是火把游行的场面,诗人用光、色、声等物象构筑起一个闪耀着光明和激情的意象空间。诗歌中富有象征意义的光的河流、火的队伍奔腾着昂奋的激情,显示出恢宏的气魄,将艾青抗战以来创作中礼赞光明的主题升华到一个新的高度。其他的诗作,如《煤的对话》《吹号者》《黎明的通知》等也都荟萃着宇宙间众多有关光明的物象,从不同侧面显示出诗人对人类最高境界的渴望与追求。

忧郁,是艾青诗歌的主旋律。诗人在诗歌中用黑、灰、蓝、白等冷色调渲染一种忧郁的情绪。比如《献给乡村的诗》里,诗人使用“乌黑”“枯黄”“灰黄”“焦红”等颜色表现乡村的贫穷落后,同时灰暗的色调也渲染出一种沉重的情绪基调。《手推车》中使用了“阴暗的天穹”“灰黄土层”这样的词汇,黯淡阴冷的灰色意象渲染出乡村的破败与荒凉,表达了作者深深的忧虑。《北方》中用“暗淡的灰黄”“土色的忧郁”“灰暗的天幕”“黑色的翅膀”“大漠的黄昏”等灰暗阴郁的词汇写出了北方的悲哀与贫穷,表达了作者痛彻心扉的忧愤之情。在《大堰河——我的保姆》中,诗人用“紫色的灵魂”表达了一种忧郁、凝重和寒凉。这些浸透了诗人灵魂的忧郁,一直徘徊、游荡在他的诗作中,我们将其称为“艾青式”的忧郁。

艾青是被一个叫做大叶荷的贫苦农妇抚养大的。长大后当他得知乳母“把自己的女孩溺死,专来哺育我。我觉得自己的生命,是从另外一个孩子那里抢夺来的,一直总是十分愧疚和痛苦。这也使我很早就感染了农民的忧郁,成了个人道主义者”[①]。也就是说,艾青因为特殊的生活境遇,他的性格深处一直存在着一种“农民式的忧郁”。艾青于1928年来到法国巴黎学习绘画,怀揣着一颗孤寂的异国游子之心,穿梭于淫荡、疯狂、怪异、陌生的资本主义文明,在徘徊、流浪中,他与表现个人失落感、追慕传统的西方现代象征派、印象派诗歌产生了强烈的共鸣。个人特殊的境遇、气质与西方现代思潮迅速结合,形成了流浪汉的“漂泊的情愫”[②]。总之,“农民的忧郁”“流浪汉的心态”是艾青情感世界的主要特征。他的忧郁不是波德莱尔式的空虚和对现代资本主义社会的绝望,“他的忧郁里包含着悲哀、包含着愤怒,也包含着希望;他的忧郁是充满了生活实感的严肃痛苦,是一颗坚强有力的心灵的震动,是和战斗的愤怒掺和在一起的更深沉的情绪力的升华”[③]。他的忧郁悲怆的诗情总是能将读者引入一种庄严、崇高的境界,包含着一股振奋人心、催人奋发的巨大力量,这在《吹号者》和《他死在第二次》等诗中表现得尤为强烈。因此,艾青诗的忧郁之情和崇高之美,既是对

① 骆寒超:《艾青论》,浙江人民出版社1982年版。
② 胡风:《吹芦笛的诗人》,见《胡风评论集》(上),人民文学出版社1984年版。
③ 范伯群、朱栋霖:《1898—1949中外文学比较史》下卷,江苏教育出版社2007年版。

民族悲剧性境遇的反映，又是它的升华和超越。可以说，艾青在中西文化传统中所吸取并接受的种种影响而形成的“忧郁”是经过“凝聚”“升华”“整合”之后而产生的艺术魅力，他使艾青的作品给人以独特的震人心魄的审美感受。

散文美的自由体形式，是艾青诗歌创作的艺术追求。他不喜欢当时充斥于诗坛的那股矫揉造作、华而不实的风气，主张用日常鲜活生动的现代口语写诗，表现自己所生活的时代。他强调诗歌的散文美，认为“散文是先天的比韵文美”，它最接近口语，“新鲜而单纯”“它使我们感到无比的亲切”。他不喜欢“韵文的人工气”，针对新格律诗“韵文的雕琢”诗风，他明确提出，诗应该有如散文的“不需要涂脂抹粉的本色，充满了生活气息的健康”的“不修饰的美”。[①]然而，他所主张的散文美不是诗的散文化。一方面，他的诗作不讲究外在形式的整齐押韵；另一方面，他又十分注重整首诗内在的旋律和节奏，主张用“活的韵律”取代律诗韵律过死的限制，即用情感的起伏变化和情绪的抑扬来表现内在的韵律美。因此，他的诗歌在形式上表现出情感的奔放与约束之间的协调、在变化中寻求抒情的和谐与统一的特点。如《煤的对话》全诗八节，用对话体形式展开，单节发问，每节一行，双节回答，每节两行，单行每行音节不完全相同，双节又注意了音节的匀称，全诗不押韵，在情绪延伸与变化中展开，至诗的最后形成情绪高峰。节奏开头缓慢：“你住在哪里？/我住在万年的深山里/我住在万年的岩石里”，结尾节奏短促有力：“你已死在过深的怨愤里了么？/死？不，不，我还活着——/请给我以火，给我以火！”诗歌将久久埋藏的一触即发、要燃烧要爆发的情绪，用情绪节奏的变化有力地表现出来。

继郭沫若、闻一多、戴望舒等人之后，艾青成为中国现代诗歌发展史上推动一代诗风的重要诗人。在内容上，艾青开创的“土地”和“太阳”意象，扩充了现代诗歌的表现内容；在风格上，“艾青式的忧郁”成为40年代文学中最能代表时代精神的主旋律；在形式上，他提倡的诗歌的散文美，是自由体诗歌发展的又一次创新，影响了后来的很多新诗创作。

第二节　九叶派诗人群

战争进入相持阶段后，一大批优秀的新诗人和诗歌理论家不约而同地汇合在大后方的最高学府西南联大，他们一起进入了人生与艺术道路上难得、少遇的“沉潜”状态。在这里，校园诗人冯至写出了《十四行诗》。这是一部生命沉思者的歌，也是中国新诗史上“最集中、最充分地表现生命主题的一部诗集”。诗集中对生命、存在的哲学思考，使得中国现代诗歌第一次具有“形而上的品格”。除冯至外，这里还有早期白话诗的代表诗人兼诗歌理论家朱自清、新月派的领袖闻一多、英国现代派文学理论家与诗人威廉·燕卜逊等。在他们的周围聚集了一批热情、敏感而又才华横溢的年轻人：陈敬容、杜运燮、杭约赫、袁可嘉、穆旦、郑敏等等，他们中的许多人后来成了“九叶诗派”的代表作家。

“九叶诗派”，又名“现代诗派”或“中国新诗派”，《诗创造》和《中国新诗》等刊物是他们的文学阵地，陈敬容、杭约赫、杜运燮、袁可嘉、穆旦、郑敏、辛笛、唐湜、唐祈等是其主要成员。这是一个较松散的诗群，没有共同的诗歌纲领，但仍可以从他们（袁可嘉、陈敬容、唐湜）的论作中，看出主要的倾向。

---

① 艾青：《诗的散文美》，见《艾青全集》（第3卷），花山文艺出版社1991年版.

“综合”是九叶诗派诗歌观念中的一个基本观念。在《新诗现代化——新传统的寻求》一文中，袁可嘉关于现代诗歌的阐述被很多评论者认为是“九叶诗派”的诗学宣言：“纯粹出自内心的心理要求，最后必是现实、象征、玄学的综合的传统。”

九叶诗派对“现实”的理解拥有一套他们自己的理论主张。他们“绝对强调人与社会、人与人、个体生命中诸种因子的相对相成、有机综合”，并把“对当前人生的紧密把握”作为综合传统的第一要义。因此，与30年代现代派诗歌逃避现实、表现对大时代的普遍幻灭感不同，40年代的九叶诗派认为诗要面对现实、扎根现实。但是，和30年代中国诗歌将“现实”绝对化与狭窄化不同，九叶诗派认为“现实”既包括政治生活，也包括日常生活在内；既可以指代外部现实，也可以指代人的内心世界；既是时代社会的，又是个人的。[①]他们既反对逃避现实的唯艺术论，也反对扼杀艺术的唯功利论，而企图在现实和艺术之间求得综合与平衡。在内容上，有一类既具有强烈现实感，又富于形而上沉思的诗歌，它们直接面对现实、表现现实。这些诗歌从辛笛的诗作“中国人民的代言者”，“要以全生命来叫出人民的控诉”（《布谷》）到杭约赫的描写国统区人民苦难斗争的政治抒情长诗《复活的土地》，从杜运燮的揭露国统区通货膨胀的《追物价的人》到唐湜的反饥饿、反内战的《骚动的城》，均体现出九叶诗派强烈的历史感、时代感和现实感。同时，九叶诗人也追求冷静隽永的诗风，以饱含朴素而深邃的哲理赋予诗歌理性的光芒，给人以启迪。还有一类诗歌是指向深邃的内部自我，探索人类的精神世界，它们表达另一种“现实”。郑敏的许多诗歌都具有形而上的哲学思维。她总是从当下世界的纷争和扰攘中退出去，用哲学的眼光去打量这个世界。所以，在她的诗歌中，我们发现“生命原来是一条滚滚的河流”（《寂寞》），而“历史也不过是/脚下一条流去的小河”（《金黄色的稻束》）。她还常在诗歌中内省人类的灵魂，探索人类的精神世界。如在《最后的晚祷》中，她发现“我们的灵魂里却汇合着神性/与魔鬼”“人们被枪声惊醒，发现世界在重复着它的愚蠢/那幅记载着爱与罪恶的画又在这绿草上复活”。其他如辛笛的《识字以来》、穆旦的《活下来》、唐祈的《三弦琴》等，都是通过对人的精神世界的展示来完成对人类命运的种种探索。九叶派诗人通过在自我与世界之间的思索，找到了现实与艺术之间的平衡。

作为营造意象和传达情绪的手段，九叶派诗人用象征扩充了诗的内涵，使得诗歌呈现出多义性和模糊性的特点。这里的象征不仅是种修辞手段，它还包括暗示、含蓄。

30年代现代派诗人常常把象征与抒情融为一体，以实现诗的意境化。“撑着油纸伞，独自/彷徨在悠长、悠长/又寂寥的雨巷/我希望逢着/一个丁香一样地/结着愁怨的姑娘”。在戴望舒的《雨巷》中，“丁香”既是理想的象征，又代替作者抒发一种忧愁而寂寥的情感。象征与抒情相互融合，共同构造了诗歌的意境。九叶派诗人则把象征和哲学联系起来，在象征中融汇哲理性的思考，追求意象与思想的凝合。杜运燮的诗歌《盲人》中，通过“盲人”这个象征形象，展开了对人生、对存在的形而上思考。诗歌《井》中，作者抓住“井”这个象征物，描写了甘于寂寞、默默承受的生命形象。通过“井”自足而丰富的内心世界，表达了对宇宙、对人生的哲理性思考。郑敏的《金黄的稻束》通过“金黄的稻束”这一象征物，表达了对母亲形象的歌颂，以及对时间流逝的感慨。唐祈的长诗《时间与旗》用时间象征历史与现实、现在与未来，用“旗”象征人民的反抗与胜利。

---

① 陈敬容：《和唐祈谈诗》，《诗创造》，1947（6）。

“玄学”是“现实、象征、玄学”三者中的核心。九叶诗派抛弃了“诗的本质是抒情”的诗学观，认为“玄学”才是诗学的基本要素，旗帜鲜明地追求思想的感性显现。九叶诗派的玄学思考，首先表现在对“受难感”的体验和观照。山河破碎、狼烟四起，面对多灾多难的中国历史和贫穷凄苦的中国人民，九叶派诗人将他们对客观世界的感受凝结为一种“智慧的痛苦”和“苦难的承担”表现在诗歌中。穆旦是九叶诗派中最擅长表现“受难”者形象的诗人。穆旦是一个“懂得受难，却不知至善之乐”的人。他与生俱来的“受难的品质”，使他的诗歌多了一份历史的厚重感。穆旦在《出发》中写道：“告诉我们和平又必需杀戮，/而那可厌的我们先得去欢喜。/知道了‘人’不够，我们再学习/蹂躏它的方法，排成机械的阵式，/智力体力蠕动着像一群野兽。”诗人描写了战争环境下人性的扭曲和异化，用荒诞的诗歌形式向这个非理性的世界提出了抗议。他在《赞美》一诗中写道：“多少朝代在他的身边升起又降落了，/而把希望和失望压在他身上，/而他永远无言地跟在犁后旋转，/翻起同样的泥土，溶解过他祖先的，/是同样的受难的形象凝固在路旁。/在大路上多少次愉快的歌声流过去了，/多少次跟来的是临到他的忧患；/在大路上人们演说、叫嚣、欢快，/然而他没有，他只放下了古代的锄头，/再一次相信名词，溶进了大众的爱，/坚定地，他看着自己溶进死亡里，/而这样的路是无限的悠长的，/而他是不能够流泪的，/他没有流泪，因为一个民族已经起来……”这首诗中的农夫形象既是苦难的承受者，在历史的重压下他选择默默承受；又是智慧的思考者，在抗日的烽火中他逐渐觉醒，并在死亡里看到了一个民族的崛起。以穆旦为代表的九叶派诗人，通过他们的诗歌向读者传达出民族的苦难。九叶诗派的玄学思考，还表现在对个体生命的体验和内心世界的探索方面。奥地利德语诗人里尔克对九叶派诗人有很大的影响。里尔克是一个“向内转”的诗人，他擅长在诗作中挖掘丰富的内心世界，用坚韧的心灵抵抗世界的苦难。因此，他的诗作很容易获得九叶派诗人的共鸣。郑敏和陈敬容两位女诗人都深受里尔克的影响，努力在诗作中挖掘生命的内在价值。陈敬容的诗歌充满了生命意识，如《划分》：“我常常停步于/偶然行过的一片风/我往往迷失于/偶然飘来的一声钟/无云的蓝空/也引起我的怅望/我啜饮同样的碧意/从一株草或是一棵松”，表现的就是一种心灵的静穆之美。郑敏对生命有高度的敏感，她经常在诗歌中表达强烈的生命意识。如《寂寞》写的是生命的寂寞，《成熟的寂寞》是对生命更高层次的体验，《锚》写出了生命的沉重感，《两座雕塑》写出了生命之力等。

在艺术表现上，九叶诗派的诗歌既有丰富的感觉表象，又表现出鲜明的知性特征。袁可嘉在《新诗戏剧化》中主张，写诗应“尽量避免直截了当的正面陈述，而以相当的外界事物寄托作者的意志与情感。戏剧效果的第一个大原则即是表现上的客观性与间接性”（袁可嘉：《新诗戏剧化》）。这一主张，正反映了九叶诗派“思想知觉化”的创作特点。在创作中他们往往通过客观化的方式表现个人的深切感受，注意捕捉和描绘具体可感的诗歌意象，并依靠象征来暗示诗人抽象的思想和情绪。如陈敬容的《鸽》：“暗红色的旧瓦上/几只鸽子想飞/又停下了/摺叠起灰翅膀伫望”，对鸽子的描写实际反映了对人生前行途中的徘徊观望。再如郑敏的《渴望：一只雄狮》，通过心灵幻想——一只张着大嘴、发出震耳欲聋的吼声的金毛雄狮，来表现被压抑的原始生命力。

九叶诗派的语言清晰准确，而诗意朦胧含蓄。他们的诗歌富有深刻的哲理内涵，从而增加了语言的韧性和弹性。像辛笛的“列车扎在中国的肋骨上/一节接着一节社会问题”（《风景》），杭约赫的“人与人之间稀薄的友情/是张绷紧的笛膜：吹出美妙的/小曲，有时只剩下一支嘶哑的竹管”（《复活的土地》），诗人们有意识地省略了意象与意象之间的关联，以一种跳跃式的思维表达了现代人的情绪和对事物的感受与体验。这是一种现代化的语言，在表达方式上完全迥异于传统诗歌。同时，诗人不直接在诗歌中抒发感情，而把思想情感寄寓在具体的意象中，读者必须通过象征来理解诗作、揣测思想，这就使得对诗歌的解读产生了多义性和模糊性，使诗意变得朦胧含蓄起来。

作为现代派诗歌在 40 年代的发展形态，九叶诗派是中国现代新诗成熟的标志，为中国新诗从理论指导到艺术创作提供了范本。当然，他们也有不足的地方，一些诗句有过分欧化的倾向，有些诗过分照顾了形式的需要，而忽视了思想内涵，这也是很值得深思的。

第三节　李季的《王贵与李香香》

李季（1922—1980），现代著名诗人。原名李振鹏，河南唐河县祁仪镇人，出身于一个贫苦农民家庭。少年参加革命，1938 年到延安，在抗日军政大学学习，毕业后在八路军部队工作。1942 年冬回到延安。在陕北三边担任小学教员在基层工作时，他曾深入群众生活，熟悉当地方言，并采用鼓词、评书等形式进行文学创作，作品有《卜掌村演义》《老阴阳怒打虫郎爷》，长诗《王贵与李香香》《杨高传》，诗集《玉门诗抄》等。

《王贵与李香香》最早在《三边报》发表，后刊载于延安的《解放日报》，是一个三部曲的叙事长诗，由三个部分构成，每一个部分又分为若干章，每一章都有自己的小标题。第一部着重写王贵的家庭出身与王贵被逼暗中参加革命的过程，以及与李香香的“青梅竹马”。崔二爷逼租打死王贵的爹，掳走小王贵做了羊工。死羊湾阶级的尖锐对立，构成故事的矛盾开端。第二部是故事的展开，王贵因暗中参加革命而遭到了崔二爷的拷打。李香香机智勇敢报信，游击队打到了死羊湾，王贵获救。第三部是故事的高潮与结束。由于游击队撤退，白军又回到了死羊湾，崔二爷逼李香香与自己成婚，李香香宁死不从。正在无法了结之时，游击队再次回到了死羊湾，王贵与李香香终于喜结良缘，过上了全新的生活。诗人将王贵参加革命和二人的爱情生活两条线索结合起来，故事情节曲折多变，高潮起伏，形成了一种自然而又严密的艺术结构，以此为基础有力地表现了“不闹革命穷人翻不了身，不参加革命我们结不了婚”的时代性主题。

诗歌成功过地塑造了王贵与李香香这两个根据地青年男女形象。王贵与李香香是陕北根据地受到革命思想影响觉醒了的、具有斗争精神的新一代农民形象。王贵出生在一个佃农家庭，受到恶霸地主崔二爷血淋淋的剥削与压迫，正如诗中所写：“一眼望不尽的老黄沙，/哪块地不属财主家？”如果遇上灾荒年，更是饿殍遍野、民不聊生：“掏完了苦菜上树梢，/遍地不见绿苗苗。/百草吃尽吃树干，/捣碎树干磨面面。/二三月饿死人装棺材，/五六月饿死没人埋。”就是在这样一种颗粒无收的情况下，王贵的父亲因交不起租子，被崔二爷活活打死。即使如此，崔二爷还不罢休，要父债子还，把王贵拉到他家做长工：“打死老子拉走娃娃，/一家人落了个光塌塌！”王贵与地主阶级的仇恨是巨大的。

因为相同的命运，王贵与李香香产生了爱情，但他们的爱情遭到崔二爷的阻挠。由于“香香人才长得好”，崔二爷不怀好意，千方百计想把香香弄到手。革命的烈火终于烧到“三边”，在共产党的领导下，土地革命在“三边”地区如火如荼地开展，王贵参加了农民赤卫军。在革命队伍里，王贵提高了思想认识，有了自觉的革命要求：“身子劳碌精神好，/闹革命的心劲高又高。”崔二爷发现王贵参加了革命，就把他吊起来打，然而王贵坚贞不屈，痛骂崔二爷：“老狗你不要耍威风，/大风要吹灭你这盏破油灯！”“我一个死了不要紧，/千万个穷汉后面跟！”正在危急关头，香香冒着生命危险给游击队送信，把王贵解救出来。李香香坚贞不屈，对爱情生死不渝，对王贵爱得深切，爱得真挚。在诗歌的最后，游击队打回了死羊湾，死羊湾得到解放，建立了革命政权，穷人终于翻身，有情人终成眷属。《王贵与李香香》情节曲折，层层铺垫，逐步深入，把男女主人公放到激烈的矛盾冲突中去表现他们的美好品质和革命精神，使时代性主题得到了生动的表现。

《王贵与李香香》在艺术上的成就，一方面在于这首诗将叙事和抒情相结合，抒情不空洞，叙事不板滞。叙事诗当然要叙事，但这首诗抒情成分相当浓厚，抒情主人公在适当的时候也恰当地表现出了自己的感情倾向。王贵小时候的可怜、崔二爷的狠毒、李香香的苦难、王贵爹爹的悲惨，读起来都让人气愤。叙事简洁、抒情浓厚，叙事也是抒情，抒情也是叙事，因此我们说这首诗是情与事的统一体。另一方面在于诗人创造性地运用了陕北民间歌谣“信天游”的形式，使这首诗具有一定的地域特征和民族特色。这首诗对传统的“信天游”进行了创新与改变。首先，民间传唱的“信天游”在形式上多是简单的短篇，在内容上一般表达的是男女间的爱情，是一种很短小的抒情诗。李季不满足于这种状况，对传统“信天游”的形式与内容进行了创作与改编，写出了长达八百多行的叙事长诗《王贵与李香香》。这首长诗运用叙述、抒情、描绘、对唱、独白等多种艺术手法叙述了一对男女青年历经磨难的爱情故事，塑造出王贵、李香香、崔二爷、李老汉等鲜明生动的人物形象，还描写出了宏大的革命斗争场面，这些都是过去的“信天游”不曾有过的。其次，“信天游”本是一种抒情的民歌体，每两句为一节，表达一个比较完整的意思，多用以对唱、联唱；现在，诗人仍以两句为一节，但并不构成独立意义单位，而是以数十节合为一章，加以标题，构成一个相对完整的情节，然后，以“章”连缀成“部”，三“部”合为一诗，叙述了一个长篇故事。这样，就完成了民间抒情诗向现代叙事诗的转化。“信天游”中浓郁的抒情色彩之所以能保留下来，主要得力于对传统“比兴”手法的借用。比，以此物比彼物。兴，是托物言志。如“山丹丹开花红姣姣，/香香人才长得好”，前一句是“比”，启发读者对香香姣好形象的联想；同时又是“兴”，形成一种美好的氛围，创造了一种诗的意境，为赞美女主人公做了铺垫。“比兴”的运用显然增强了长诗的艺术表现力，但数千行诗全用“比兴”，又造成了艺术上的单一与板滞。“信天游”的形式，每节中的两行是押韵的，音节也大体一致，节与节之间又允许换韵。这样，既具有鲜明的节奏感，运用又相对自由宽松。

《王贵与李香香》之所以获得巨大成功，成为延安文艺歌谣体新诗创作的代表作，一方面是因为它成功地将阶级矛盾和斗争的新观念嫁接到传统的民歌体中，完成了文学与人民的紧密结合；另一方面是因为在形式上成功地实现了对传统民歌体“信天游”的改造，丰富了现代新诗的形式。

第四节　袁水拍的政治讽刺诗

袁水拍（1916—1982），江苏吴县人，本名袁光楣，又名马凡陀。袁光楣在家是长子，取“光楣”做名寓有重振门庭的意思。[①]北宋诗人梅尧臣有一句诗：“朱旗画轲一百尺，五有长

① 袁光斗：《寿哥的信》，《苏州杂志》，1994（5）。

江水拍天。”在他开笔写抒情诗的时候，“水拍”这个笔名便取自这首诗。到40年代，他开始大量写讽刺诗时，他又取“马凡陀”做笔名。在苏州话中，马凡陀的谐音是“麻烦多”，意指国民党统治区问题多的意思。可以这样说，袁光楣一生是用两副笔墨写诗：写抒情诗时，他是“袁水拍”；写讽刺诗时，他却是“马凡陀”。

袁水拍是一个银行的小职员，他的文学作品是他利用业余闲暇时间创作出来的。他的人生经历和西方现代主义大师卡夫卡非常类似。主要诗集有：《马凡陀的山歌》《马凡陀山歌续集》《冬天、冬天》《沸腾的岁月》《向日葵》《人民》。中华人民共和国成立后出版的诗集、文集及译著有：《哈罗尔德旅行及其他》《华沙·北京·维也纳》《聂鲁达诗文集》《现代美国诗选》《政治讽刺诗》《土耳其诗选》《巴黎的陷落》《歌颂与诅咒》《诗四十首》《解放山歌》《煤烟和鸣》《文艺札记》《春莺颂》《诗论集》等。

袁水拍在抗战前和抗战初期主要创作自由体的抒情诗，偏重抒情。有《人民》《冬天、冬天》《向日葵》等诗集。抗战后期主要创作山歌体的政治讽刺诗，内容以揭露和讽刺国民党统治区的黑暗现实为主。代表作是《马凡陀的山歌》和《马凡陀的山歌续集》。

《马凡陀的山歌》是一百多首山歌的汇集，也是诗人政治讽刺诗的代表作。它的内容十分丰富，涉及抗战、内战、政治、经济、物价、裁员等，一般选取日常生活题材，如《发票贴在印花上》《这个世界倒了颠》《抓住这匹野马》《主人要辞职》《一只猫》《万税》等，这些作品显示出强烈的现实针对性、社会时代性。如《一只猫》辛辣地嘲讽了当局对外奴颜婢膝，对内穷凶极恶的嘴脸："军阀时代：水龙、刀，/还政于民：枪连炮。/镇压学生毒辣狠，/看见洋人一只猫：/喵呜喵呜，要要要！”以强烈的对比和漫画手法，给国民党画了一幅逼真的像。再如他嘲讽政府要员贪污腐败的《幕开幕落》：

某年某月某日，
当这里开会的时候，
不少机关的“幕”
给不少“代言人”拉开了：
出场的，计有赵钱孙李，
什么长，什么官，什么经理，
还有粮食先生，茶叶小姐，
脸上斑斑点点的布匹……
锣鼓敲响。
红脸的脸，
骂曹捉放，
喝彩鼓掌。

在《发票贴在印花上》这首诗中，诗人将当时社会上出现的种种可笑现象集中描写出来，看起来是揭示那个时代比较普遍的社会事实，实际上是对那个时候的当政者的讽刺与嘲弄，其尖锐的矛头直接指向国民党政权。诗人发现了像“发票”“蔻丹”“水兵”“吉普”“黄浦”“房子”“工厂”“鸟巢”等种种本末倒置的现象，集中展现了其中的矛盾性，让人觉得不可思议。因此，我们说此诗是对当时社会丑恶现象的大暴露。诗中只排列种种事实，让其自行展示，不议论，不诅咒，只让事实说话，人们一看就知道。全诗通过对种种令人滑稽的社会现象进行观照，而暗示出一种深刻的、具有时代性与社会性的主题。通过“民主涂在嘴巴上，/自由附在条件上，/议案协定归了档，/文章写在水面上”这样的诗句，集中揭示了国民党政权假民主与真独裁的本质；通过“脑袋碰在枪弹上，/和平挑在刀尖上，/中国命运在哪里？/挂在高高鼻子上”这样的诗句，揭露国民党不要和平、挑起战争的真正面目；通过“百姓滚在钉板上，/汉奸坐牢带铜床，/曲线软性是救国，/地上地下往来忙”这样的诗句，写尽了当时真正的汉奸没有受到惩处、百姓们却挣扎在死亡线上的种种社会丑态。诗歌不可能像小说那样完整地描写社会生活的全景，只能选取种种典型的画面进行暗示性的表达，以实现以点带面、以一当十地揭露社会生活本质，揭示人生哲理的目的。

此诗可以说是新闻与艺术的完美结合。诗人当时在报社做新闻工作，对社会生活的方方面面，往往都能及时地了解，因而非常熟悉，于是就从报纸发表的新闻作品中摘取一些社会现象，加以独到的审视，给诗作带来一种时新性。此诗当作新闻作品来读，其基本品格是生活的真实。语言的民谣品质也是引人入胜的一种因素。诗人所采用的民间口语，如“贴在”“拓在”“造在”“大毛坑”“啃个光”等，让普通读者能够一读就懂，并产生一种会心的微笑。每一句都押韵“ang”，与人们习用的山歌小调之韵式、格调一致，读起来顺口，听起来上耳，特殊的美感由此而生。

《马凡陀的山歌》的艺术特色体现在三个方面：第一，没有停留在对社会生活表面现象的描绘上，而是引导读者透过现象找到问题的根源，激发人们对国民党反动统治的不满情绪。如《这个世界倒了颠》：“这个世界倒了颠，/万元大钞不值钱，/呼吁和平要流血，/保障人权坐牢监。这个世界倒了颠，‘自由分子’抹下脸，/言论自由封报馆，/民主宪法变戒严。”这支山歌揭露了国民党反动政府推行独裁统治的实质，从而号召国统区人民拨开迷雾，看清他们的反动嘴脸，坚决地为争取民主和平而斗争。第二，《马凡陀山歌》政治性比较强，但不是标语口号的堆砌，而是用漫画式的手法渲染具有典型意义的事实，用诗歌形象来反映现实。如《人咬狗》：“忽听门外人咬狗，/拿起门来手。/拎起狗来打砖头，/反被砖头咬一口”“忽见脑袋打木棍，/木棍打伤十几根。/抓住脑袋上法庭，/气得木棍发了昏”。“人咬狗”“脑袋打木棍”等颠倒手法的运用，批判、讽刺了国民党反动统治的专制暴政，发人深省。第三，《马凡陀的山歌》在新诗的民族化、群众化方面，做出了一些大胆的探索：从民歌、民谣、儿歌中汲取艺术经验，使用通俗易懂的民间语汇、方言俗语入诗等。如《人咬狗》一诗：“民主涂在嘴巴上，/自由附在条件上，/议案协定归了档，/文章写在水面上”和“抽不到达官贵人的遗产税和财产税，/索性再抽我们小百姓的破产税和无产税”，运用民间儿歌的颠倒句式揭露、讽刺当时的社会弊端。

《马凡陀的山歌》在当时产生了广泛的影响，并且在密切配合人民开展反压迫、反内战的民主运动方面发挥了积极作用。由于山歌的形式贴近广大人民的生活，易于理解和传诵，因此在群众中流传广泛，正如冯乃超在《战斗诗歌的方向》中所评价的那样：“马凡陀把小市民的模糊不清的不平不满、心中的怨望和烦恼，提高到政治觉悟的相当的高度，教他们嘲笑贪官污吏，教他们认识自己的可怜的地位，引导他们去反对反动的独裁统治。”①

① 冯乃超：《战斗诗歌的方向》，《大众文艺丛刊》第一辑，1948（3）。

第十六章　现代散文的多种形态

20 世纪 40 年代的散文创作，尽管受到战争的影响，但仍然呈现繁荣的景象。抗战初期（尤其是 1938 年前后），报告文学作为一种迅速反映时代面貌的散文次文体，几乎抢占了整个文坛。报告文学最初在国统区兴盛起来，大多集中描写前线将士的英勇奋战和敌人的凶横残暴。代表作有丘东平的《第七连》《我们在那里打了败仗》、阿垅的《闸北打了起来》、萧乾的《血肉筑成的滇缅路》、周而复的《诺尔曼·白求恩断片》、黄钢的《开麦拉前的汪精卫》、丁玲的《彭德怀速写》、卞之琳的《第七七二团在太行山一带》、沙汀的《我所见的 H 将军》等。战争进入相持阶段（大致是 1940 年之后）后，以揭露批判社会弊端为主要内容的杂文进入文坛的中心，形成了两个重要的杂文流派："鲁迅风"和"野草"。"鲁迅风" 杂文流派出现于"孤岛"时期的上海，主要成员有唐弢、柯灵、巴人（王任叔）、周木斋、孔令境等。"野草"杂文流派因鲁迅的散文集《野草》而得名，是一个专门刊登杂文的小型刊物。夏衍的《论"晚娘"作风》、聂绀弩的《历史的奥秘》《蛇与塔》《韩康的药店》等是传诵一时的名篇。此时期的抒情散文和艺术小品虽然大大减产了，但抒情叙事类散文集的出版数量，也仍然相当可观。部分作家这方面在创作的质量有了突出的进步，出现一些散文艺术臻于圆熟的作品，如茅盾的《白杨礼赞》、陆蠡的《囚绿记》、萧红的《回忆鲁迅先生》、梁实秋的《雅舍小品》、李广田的《灌木集》、沈从文的《湘西》、冯至的《山水》、张爱玲的《流言》等。

第一节　丘东平和周而复的报告文学

我国报告文学的真正繁荣，并取得长足进展，是在抗日战争时期。1937 年 7 月 7 日爆发的"卢沟桥事变"，拉开了全面抗战的帷幕。许多作家南下流亡，或参加了军队，或亲历目睹了战争的残酷，爆发出为抗日写作的热情。受到战争的影响，当时的人们希望文学能更加贴近现实，甚至要求文学能迅速反映战况，肩负起传递战争信息、记录抗战成绩的任务。因而，从 1937 年到 1940 年，报告文学成为此时期文坛的热门文体，"成为抗战以来的文艺创作实践中最主要的，也是最发达的样式"（罗荪：《谈报告文学》）。尤其是 1938 年前后，"一切的文艺刊物都以大的地位（十分之七八）发表报告文学，读者以大的热忱期待着每一篇新的报告文学的刊布；既成的作家（不论小说家或诗人或散文家或评论家），十之八九都写过几篇报告"[①]。当时，几乎所有的文学刊物都在刊载通讯和报告。《抗战文艺》和《文艺阵地》是抗战时期影响较大的两个刊物，从 1938 年到 1939 年，每期发表的通讯、报告最少二三篇，最多五六篇。报告文学丛书也在大量出版，如以群主编的《战地生活丛刊》，第一辑就出版了八种；胡风主编的《七月文丛》，也出版了很多报告文学集。其他如《抗战报告文学选辑》《战地报告丛刊》《抗战文艺丛刊》《战地小丛刊》等，也在纷纷出版。许多著名作家在以他们所熟悉和常用的文学形式从事创作的同时，也写了一些报告文学作品，及时地反映抗日救亡斗争。在写作报告文学较多的作家中，丘东平、碧野、萧乾、曹白的作品具有很大的代表性。

① 以群：《抗战以来的报告文学》，见《以群文艺论文集》，上海文艺出版社 1983 年版。

一、丘东平的报告文学

七月派作家丘东平是较早将上海“八一三”事变的战斗实况呈献在读者面前的作家。他的《我们在那里打了败仗》《我认识了这样的敌人》《第七连》等作品，在当时都很有影响力。他较早突破对一般事件的描写，重视刻画描写战场中的人物。他很擅长烘托气氛，但偏于直观的感受与印象。他的作品能将外部的场面描写和人物内在的思想描摹紧密结合起来，形成一种摄人心魄的力量。

丘东平（1910—1941），原名丘潭月，字席珍，广东陆丰梅陇人，七月派小说的中坚作家，“抗战文坛上最负盛名的作家之一”，曾被誉为“无产阶级文艺战线上最早的带枪的文艺战士”。丘东平的文学创作主要是小说和报告文学，先后出版了短篇小说集《沉郁的梅冷城》《将军的故事》《长夏城之战》，报告文学《第七连》，通讯报告特写集《向敌人腹背进军》，长篇小说《茅山下》等十余部作品。

《第七连》和《一个连长的战斗遭遇》两篇报告文学，被称为“抗战以来最壮丽的诗篇”（《聂绀弩：《给战死者》），写于 1937 年 12 月的《第七连》，被称为“阵地特写”。作品着重刻画了连长丘俊的内心世界。在硝烟滚滚的战场上，丘俊对他的士兵说：“我自穿起了军服，就决定了我一生必走的路径，我是一个军人，我已经以身许给了战斗。”这段表白，让我们看到了一个视死如归、忧郁又刚强的民族英雄形象。《第七连》通过描写连长丘俊的战斗经历，展现了战争带给民众的苦难，揭露了日本侵略者的凶狠残暴，歌颂了抗日战士保家卫国、英勇杀敌的战斗精神。《一位连长的战斗遭遇》写于 1938 年 4 月，被胡适赞誉为“中国抗日民族战争的一首最壮丽的史诗”。作品以连长林青史的遭遇为线索，展现了抗日战争曲折而艰巨的历程。在行军途中，连长林青史率领的第四连遭遇数倍于自己的日本军队，他们奋勇搏斗，但还是寡不敌众，战败后只剩下 78 人。林青史带着剩余的士兵，遇到了同样打了败仗的军校好友高峰排长和幸存下来的 25 人。两股抗日军队重新集结起来，他们忍着饥饿、寒冷与疲困，寻找失散的大部队。行军途中，他们再次遭遇日本军队，经过一晚艰苦的奋战，他们消灭了一个营以上的敌人兵力，包括 17 个步兵野战排和一个通讯分队。在这场战役中，高峰排长牺牲了。林青史率领 50 多个士兵继续行军，终于找到了友军团部。在一个漆黑的夜晚，团长以“你们来历不明”为由，强迫林青史和他的士兵全部缴械，解体了英勇的第 4 连。小说最后，当林青史拖着伤痕累累的身体回到营部时，营部以没有按时归队、违反军纪为由，枪决了他。作者写道：“他像一只骆驼，必须负载着这巨重的担子走尽了他壮烈而痛楚的路程。”在《一个连长的战斗遭遇》中，作者塑造了一个带有理想化色彩的爱国军人形象，这是一个悲剧人物形象，造成他悲剧的是时代，是社会。作者借助这个悲剧人物形象揭露批判了国民党政府内部的黑暗腐败和他们奉行的不抵抗主义。被直接标以“报告文学”的《战斗的顽强性》，讲述的是如何夺取一挺机关枪的故事。为了一挺“漂亮的机关枪”，第六纵队副队长吴昆中校命令连队长金汉成去袭击日军巡逻队，结果袭击失败，没有夺到机关枪。连队长金汉成第二次去夺取机关枪，再次失败。吴昆中校决定亲自带领一个排去袭击，结果不但没有夺到机关枪，反而遭到日军大部队的大规模围剿，金汉成连长战死，吴昆中校损失了三分之一的兵力。《我认识了这样的敌人》借一个女难民之口，描写了抗日战争中上海平民的遭遇，批判日本侵略者屠杀平民的恶行，表现了中国民众嫉恶如仇、不甘屈服、奋起反抗的抗日精神。《给予者》通过主人公黄伯祥从平民到士兵再到连长的人生经历，刻画出黄伯祥不求索取、无私奉献的

“给予者”形象，表现了中国民众保家卫国的爱国精神，同时也揭露了军队内部的黑暗与腐败。《我们在那里打了败仗》描写的是爱国士兵保卫江阴炮台的故事。抗战初期，敌强我弱，为保卫江阴炮台，爱国守将激战七天，百分之九十五的士兵阵亡，但还是因为寡不敌众丢掉了江阴炮台，通篇洋溢着一股悲壮的气氛。《逃出了顽固分子的毒手》讲述大敌当前，国民党反动派不顾民族大义迫害新四军，破坏抗日民族统一战线。《友军的营长》揭露国民党军队僵化教条的管理制度，导致一个营长因寡不敌众、丢失阵地而被判处死刑。

1938年春丘东平参加新四军，积累了很多新素材，改变了以往沉重阴霾的风格，写出了一些充满乐观主义和表达革命必胜信念的作品。《友军营长》和《溧武路上的故事》将新四军与国民党进行对比，赞扬了抗日民主根据地军队的新风貌、新精神和新气象。《截击》《把三八式枪夺过来》《王凌岗的小战斗》描写新四军与敌人的正面交战，反映出新四军迥异于国民党的积极主动、同心协力的战斗精神。《叶挺印象记》刻画出新四军军长叶挺将军刚毅、朴实、平易可亲的形象。抗战初期，很多报告文学作品只注重描写事件的始末而忽略对人物形象的刻画。但丘东平在写报告文学的时候，不仅描写战争的场面，还特别注意刻画主要人物的思想性格。《茅山下》是丘东平未完成的一部作品，主要描写了茅山抗日根据地政权的建设过程和士兵保家卫国、奋勇抗敌的英雄事迹。

丘东平的报告作品真实地记录了东方战场的前线战斗生活，洋溢着一种特殊的壮美。胡风在《第七连·题记》中认为丘东平的作品塑造了“这个伟大的时代受难以及神似地跃进的一群生灵”。石怀池评价丘东平：“被苦难的奴隶的命运枷锁着的祖国要求他，不仅是一个持笔的文艺作家，他的永远活在人们心里的雄伟壮丽的诗篇，是蘸着他自己的血涂抹而成的，而终于，他英勇地仆倒在为挣脱中国的半封建半殖民地的沉重的锁链，艰苦而持久的战斗的血里。”①

二、周而复的报告文学

周而复（1914—2004），原名周祖式，安徽旌德人。出生于江苏南京，父亲周兆山是个普通的小职员。从小熟读中国古典文学，擅长写旧体诗词和散文。受到“五四”新文学的影响，周而复阅读了大量鲁迅、郭沫若等人的作品，并走上文学之路。他曾在上海参加左联的活动，1938年离开上海后，经香港、广州、武汉，从西安步行到达延安，在陕甘宁文协工作。1939年，同诗人鲁黎一起来到晋察冀抗日民主根据地，深入前线，亲身参与陈庄歼灭战、黄土岭歼灭战、“百团大战”等著名战役，并在《晋察冀日报》和《抗敌三日刊》上发表了大量的通讯报导、文艺短论与散文。

1942年，周而复回到延安，创作发表了长篇报告文学《诺尔曼·白求恩片断》《海上的遭遇》《罗连长》《地道战》等多部作品。《海上的遭遇》讲述了一个51人的八路军干部队，在赴延安学习的路上遭遇敌人的袭击，面对敌人的坚船利炮，以彭参谋长、田旅长为代表的中国共产党人英勇奋战，最终成功到达目的地的故事。整部作品洋溢着悲壮的英雄主义基调。《诺尔曼·白求恩片断》描写了诺尔曼·白求恩大夫为了中国人民的解放事业，深入前线、救死扶伤的动人事迹，赞扬了白求恩大夫伟大无私的国际主义奉献精神。白求恩大夫从加拿大带来大批紧缺药品和医疗器械，为抗日根据地培养医务工作人员，并创建了国际和平医院。

① 石怀池：《论东平》，见《石怀池文学论文集》，耕耘出版社2000年版。

他工作认真负责，真诚地关心着每一个伤员。他把自己的棉被送给伤员盖，把营养品送给伤员吃，还把自己“万能血型”的鲜血输给伤员。他说，医疗工作的目的“不仅为挽救今日的中国，而且为实现明天的伟大、自由、没有阶级的新中国”。在战火纷飞的前线阵地，他救活了很多英勇抗战的革命战士。当 1939 年 11 月 12 日清晨，诺尔曼·白求恩大夫因败血症医治无效逝世时，所有听闻消息的人没有一个不悲痛的。作者通过描写诺尔曼·白求恩大夫在抗日前线的工作事迹，刻画出白求恩大夫作为国际主义战士的崇高形象。为了纪念这位为中国抗日作出巨大贡献的外国友人，作者还创作了长篇小说《白求恩大夫》。

1944 年，周而复开始在重庆《新华日报》工作，发表了大量介绍敌后抗日根据地的作品，结集出版了《晋察冀行》。这部报告文学集对晋察冀边区的实际情况进行了翔实报道，描写了敌后抗日根据地人民民主自由的生活，塑造出很多鲜明动人的文学形象。

抗日战争胜利后，作为新华社与《新华日报》的特派员，周而复陪同周恩来总理与张治中、马歇尔访问了张家口、延安等城市，写了很多暴露国民党反动派内战阴谋的通讯报道，结集出版了《东北横断面》和《松花江上的风云》。这些作品真实地记录了国民党发动内战之前的时代风貌。

解放战争开始后，周而复被调到香港工作，期间创作出版了《白求恩大夫》《燕宿崖》《西流水的孩子们》等作品。

除了丘东平和周而复的作品，此时期较好的报告文学作品还有：以群的《台儿庄战场散记》、王西彦的《台儿庄巡礼》、黄钢的《麦拉之前的汪精卫》、宋之的的《从仇恨生长出来的》、汝尚的《当南京被虏杀的时候》、慧珠的《在伤兵医院中》、S.M（亦门）的《闸北打了起来》、李乔的《饥寒褴褛的一群》、草明的《遭难者的葬礼》、沈起予的《人性的恢复》、老舍的《“五四“之夜》、蹇先艾的《唐沽的三天》、碧野的《北方的原野》《太行山边》二集、徐迟的《大场之夜》、田涛的《中条山下》、姚雪垠的《战地书简》、丁玲的《孩子们》、于逢的《溃退》等。这些作品有的写敌寇的凶残横暴，有的写前方战士的英勇献身，有的写敌后武装的生长，有的写后方民众的爱国一心，有的写国民党政府的腐败堕落，有的写难民的颠沛流离。

第二节　茅盾的《风景谈》

茅盾是左翼文学的代表作家，他在小说创作上取得了卓越的成就。除此之外，他的散文也有很高的造诣。共有《茅盾散文速写集》《茅盾随笔》《速写与随笔》《生活之一页》《时间的记录》《故乡杂记》《苏联见闻》《杂谈苏联》《脱险杂记》《话匣子》等十多部散文集。

茅盾的散文创作历程分为三个阶段：第一阶段是 20 世纪 20 年代末期，代表作品是《卖豆腐的哨子》《雾》《虹》；第二阶段是 20 世纪 30 年代，代表作是《沙滩上的脚迹》《雷雨前》；第三阶段是 20 世纪 40 年代前期，代表作是《白杨礼赞》《风景谈》。茅盾三个时期的散文思想情调变化比较大，但都写得含蓄蕴藉、颇有灵性。乐黛云认为茅盾的散文具有三个特点：一是始终表现了一种正视现实却又不满现状，追求未来的求索精神；二是始终饱含着对社会、对人生、对自己理智冷静的分析；三是抒情的多样化。

茅盾散文的主要特色是努力反映社会生活和时代风貌。作为杰出的现实主义大师，茅盾拥有很强的社会责任感和使命感。他说：“社会对于我们的作家的迫切要求，也就是对社会现象的正确而有为的反映。”他“未尝为要创作而创作”“未尝敢忘记了文学的社会意义”[①]。郁达夫也说他“行文每不忘社会”“若要使文章和现实社会发生关系，则像茅盾那样的散文作家，多一个好一个”。[②]茅盾的散文创作始终贯穿着这种强烈的现实主义精神和知识分子的人文关怀。

《风景谈》收录在散文集《时间的记录》中。评论家认为《风景谈》和其姊妹篇《白杨礼赞》代表了茅盾散文创作的最高成就。《风景谈》主要描绘了“沙漠驼铃、高原晚归、延河夕照、石洞雨景、桃林小憩、北国晨号”六个场景，反映了延安边区军民的和谐生活，表达了作者对边区根据地的向往和赞美，歌颂了边区军民伟大的民族精神。

第一部分“沙漠驼铃”，以广阔无垠的沙漠为背景，描绘出一幅壮美的骆驼队方阵图。被誉为“沙漠之舟”的骆驼，具有刻苦耐劳、负重致远的优点。在沙漠中，骆驼是行走的“活地图”，他们能带领人类走出沙漠，寻找到出路。《风景谈》开篇出现的骆驼方队，象征的就是带领中国人民走向胜利的中国共产党。

第二部分“高原晚归”“延河夕照”，回忆了黄土高原上的两幅劳动晚归图。这里的“黄土高原”指的是中国共产党领导下的西北抗日民主根据地。第一幅“高原晚归”是解放区农民晚归图。作者用诗意的笔法描绘了月夜中边区农民驱牛晚归的情景，洋溢着理想化的牧歌情调。第二幅“延河夕照”是革命知识分子劳动晚归图。来自五湖四海的作家、画家、雕刻家、音乐家，他们带着爽朗的笑声，唱着雄壮的歌曲，快乐地在夕阳下的黄土地上开荒种地。作者由普通劳动者写到知识劳动者，将他们放在一起比照，形象地展现了中国共产党领导下边区根据地的新风貌。

第三部分“石洞雨景”，作者有意识地将两种“风景”进行比照，凸显并赞美边区人民积极向上、丰富充实的心灵世界。在中国共产党领导的边区，两个革命青年在天然石洞兴致勃勃地探讨学习；在国民党统治的都市公园，一对“西装革履、烫发旗袍”的男女在长椅上谈情说爱、打情骂俏。同是青年，在不同人的领导下，他们的精神风貌是迥然相反的。

第四部分“桃林小憩”，写的是桃林的茶舍和来这里休息的茶客。桃林的茶舍非常简陋，二三十棵桃树，半盘旧石磨，断碑和旧阶石拼凑成一道古朴的风景。来这里休息的茶客是“不知道消磨时间为何事”的革命者，他们走过“天下最难走的路”，拥有十分丰富的生活阅历。正是这些休息的茶客，弥补了大自然的贫乏，让我们透过桃林风景看到了更多、更丰富的世界。

最后部分“北国晨号”，描绘的是号兵吹号、哨兵站岗的画面。五月北国的清晨，一个“额角异常发亮”的小号兵，在霞光的映射下吹着喇叭。不远处的山峰上一位“荷枪的战士”，严肃地站在那里。这两个战士是“民族精神的化身”，“号声”唱响的是胜利的决心，“刺刀”显示的是保家卫国的决心。全篇以两个战士的光辉形象结束，既深化了主题，也给了读者力量和希望。

与同时代同类型体裁作品不同，作者借谈“风景”之名，讴歌赞美了中国共产党领导下边区根据地的抗日军民，委婉地表达了“解放区的天是明朗的天”“没有共产党就没有新中国”这一时代主题。

---

① 茅盾：《茅盾论创作》，上海文艺出版社 1981 年版。

② 蔡元培：《中国新文学大系导论集》，岳麓书社 2011 年版。

《风景谈》这篇散文在艺术上的特点，首先是大题小做，以小见大。《风景谈》截取了边区生活的六个小片断，反映的却是陕甘宁边区全部的生活图景。题目名为“风景谈”，也是谈风景，但实际上却以风景为依托表达宏大的时代主题。其次是笔触细致入微，富有诗意。对风景的描绘，轻挥淡洒与浓墨重彩相结合，兼顾形神、静动、声色各方面，细致入微，富有诗意。例如写农民晚归，先写静美的月夜，再写牵着牛“姗姗而下”的夜归人，最后写洋溢着欢快旋律的粗朴短歌。动静结合、声色交融，描绘出一幅具有诗情画意的牧歌图。又如写桃林茶园小憩，作者用白描的手法，勾勒了几类茶客的形象，一个个栩栩如生、各具情态，使人感到仿佛自己也是茶客中的一员。

第三节　陆蠡的《囚绿记》

陆蠡（1908—1942），字圣泉，原名陆考源，曾用笔名卢敏、陆敏、大角等，被后人誉为“绝代散文家”。陆蠡出生于浙江省天台县平镇岩下村一个书香之家，自幼受到父亲陆宗兰的启蒙教育，博闻强记，有“神童”之称。十三岁时就已经读完高小全部课程。随后来到杭州之江大学附属高中学习，于 1926 年考入之江大学机械系。1927 年之江大学因为北伐战争被迫解散，陆蠡随后进入上海劳大工学院机械工程系学习。1933 年在福建泉州平民中学任教，同时开始了文学创作和翻译工作。1934 年来到上海任教，第二年辞去教职而担任出版社编辑，正式走上专业写作之路。1942 年因出版宣传抗日的文艺书籍，被日本宪兵队拘留并秘密杀害。

陆蠡从事文学创作不到 10 年，总共留下了三本散文集：《海星》《竹刀》《囚绿记》。这三本散文集，总共 40 多篇，具有不能低估的思想和文学价值。他的散文有着“感情厚实，蕴籍有力，文字格外凝重不浮”的独特风格（刘西渭：《陆蠡的散文》,《陆蠡散文全编》）。

《囚绿记》写于 1940 年 8 月，是陆蠡的代表作。这篇散文写的是作者旅居故都北平时，因为瞥见了窗外的绿影，于是决定选择这个窗外有常春藤的房间作为寄居之处。按照“恋绿—囚绿—释绿—念绿”的叙事结构，全文可分为四个部分：一是“恋绿”。因为喜欢房间南墙圆窗外的一株绿色的常春藤，“我”租下了一间狭小潮湿、简陋闷热的小房子。“当太阳照过它繁密的枝叶，透到我房里来的时候，便有一片绿影。”“我”非常喜欢这片象征着希望和生命的绿影，它让“我”感到慰安与快乐，忘记了都市的疲惫和烦闷。在和绿影朝夕相处的过程中，“我”越来越爱恋这片绿影。这是散文的第一部分，细致入微地书写了我对绿色的依恋和赞美。二是“囚绿”。为了近距离地亲近绿影，我把窗外的常春藤枝叶牵进我的房间，既是想装饰简陋的房间，也为了用绿色来抚平“我”的抑郁。原文写道：“我囚住这绿色如同幽囚一只小鸟，要它为我作无声的歌唱。”但是很快“我”发现“绿友”并不接受我的爱恋和眷顾，它的枝条总是朝着窗外的方向，而且它青苍的枝条也渐渐地失去了色泽，“变成了柔绿，变成了嫩黄”。这一部分详写“我”和“绿友”的进一步交往，写出了“绿友”永远向着阳光、永不屈服黑暗的品格。三是“释绿”。抗日战争爆发，临行前“珍重地开释了这永不屈服于黑暗的囚人”，把“绿友”放回原来的位置上，并真诚地祝福“绿友”永远“繁茂苍绿”。四是“念绿”。“我”离开北平一年后，依然怀念着“绿友”，希望能再次见到“绿友”，并相信“这永不屈服于黑暗”的“绿友”也同样不会忘记自己。

这篇散文在结构上分为“显在结构”和“潜在结构”两层。在显在结构层面上，作品直抒胸臆地表达了“我”对“绿友”的爱恋。第一次瞥见“绿友”，“我”就被它深深吸引，为了这一抹绿“我”甘愿在简陋的房间里住下来。“我”快活地坐在窗前欣赏“绿友”，享受它成长的每一分每一秒。为了更接近、亲密“绿友”，“我”甚至自私地将它引入我的房间，“拿绿色来装饰我这简陋的房间，装饰我过于抑郁的心情”。直到“我”发现“绿友”的枝条始终向着窗外有阳光的地方，它像孩子一样“生病”的时候，我才释放了“绿友”。离开北平一年后，“我”仍然时时怀念“绿友”。“我”对“绿友”的爱恋，贯穿文章始终。这种爱，是对生命、光明、自由、幸福的渴求。《囚绿记》中的“我”就是作者陆蠡。在故都时常感到孤独和抑郁的陆蠡，在窗外的一抹绿中找到了心灵的安慰，因为“它是生命，它是希望，它是慰安，它是快乐”，这是作者爱绿的原因。在和“绿友”的朝夕相处中，陆蠡发现“绿友”永不屈服于黑暗、永远向着阳光生长的坚贞本质，从而从对绿的单纯喜爱升华为对其品质的赞美。

《囚绿记》还有一个潜在结构：“绿友”是作者生命的写照。“绿友”孤独地生，孤独地死。孤独也是陆蠡的生命本色。原文中的一句话展现了陆蠡的生命状态：“门虽是常开着，可没人来打扰我，因为在这古城中我是孤独而陌生的。”陆蠡的孤独，是因为日本帝国主义的侵略，把他与广大文化战士隔离了开来。国土沦丧和异族入侵让他感到悲凉与痛心。所以他对“绿友”的爱恋，也是对自由的向往与渴望。“绿友”是卑微的，因为“我”的自私，它失去自由和理想，经历了被囚禁的屈辱和苦难。这种卑微与苦难也存在于陆蠡的人生境遇之中。所以，陆蠡对“绿友”苦痛与遭遇的抒写，也寄托了自我的苦痛与遭遇：他要通过“绿友”的苦难，映照现实中的自我。同时他又从现实出发，用自我的人生感受去审视、理解绿友的苦难人生。而绿友永不屈服于黑暗的精神，也表现了陆蠡与黑暗的势不两立，抒写了陆蠡向光明进取的精神。“绿友”坚贞的品质也是陆蠡高贵人格的写照。除此之外，这永不屈服于黑暗的“绿友”，还象征了顽强拼搏、忠贞不屈的民族精神。“绿友”被“囚”，象征了中华民族的被侵略。在被囚禁的黑暗岁月里，“绿友”始终把枝条的末端伸向窗外的阳光。它不屈服于黑暗、永远心向阳光的品质，也是中华民族在侵略者蹂躏下永不屈服精神的写照。

《囚绿记》这篇散文在艺术结构上也很有特色。首先是新奇精巧的结构。作品开篇使用的是冒头法。以“这是去年夏间的事情”开篇，娓娓道来，按照“恋绿、囚绿、释绿、念绿”这一故事结构一层层地展开叙述。结构安排精巧谨严、独具匠心，同时又平中见奇，出奇制胜。其次是深沉且婉转的抒情。作者沉默、内向的性格，造就了他含而不露、抒情深沉委婉的行文风格。写作这篇作品时，作者旅居上海，日本帝国主义的侵略使得他与自己的朋友隔离了开来。作者的孤独、愤懑之情无处抒发，只能借助窗外象征希望与自由的“绿友”来委婉地表达自己复杂的情感。作者表面写的是对“绿友”的爱恋，实则表达的是一种失去自由后的孤独、被囚禁的愤懑。因此，平淡的文字之下，饱蘸的是作者炽烈的感情。最后是清丽纯朴的语言。聊天似的语言不失纯厚质朴。比如原文的这句话：“绿的枝条悬垂在我的案前了，它依旧伸长，依旧攀缘，依旧舒放，并且比在外边长得更快。”整个句子读来亲切自然，好似作者的窃窃私语。在结构上，这个句子长短交错、舒展自如，读起来简洁明快且富有音乐美。

《囚绿记》是作者用生命谱写的，凝聚着他“崇高的灵魂”与“美丽深邃”的散文艺术。作品中的“绿友”是陆蠡心灵底色的显现，读懂《囚绿记》也就读懂了陆蠡。

第四节　梁实秋的雅舍小品

梁实秋（1902—1987），祖籍浙江杭县，生于北京，名治华，字实秋，笔名子佳、秋郎、程淑等。中国著名的现当代散文家、学者、文学批评家、翻译家，国内第一个研究莎士比亚的权威。一生给中国文坛留下了两千多万字的著作，其散文集创造了中国现代散文著作出版的最高纪录。

1923 年 8 月赴美留学，取得哈佛大学文学硕士学位。1926 年回国后，先后任教于国立东南大学（东南大学前身）、国立青岛大学（今中国海洋大学、山东大学共同前身）并任外文系主任。梁实秋从 1927 年开始写散文，直至 1987 年病逝绝笔，前后 60 余年，出版散文集二十余种。散文集主要有《骂人的艺术》《雅舍小品》《谈徐志摩》《清华八年》《秋室杂文》《谈闻一多》《秋室杂忆》《西雅图杂记》《实秋杂文》《雅舍杂文》《槐园梦忆》《白猫王子及其他》《看云集》《雅舍谈吃》《梁实秋札记》《雅舍散文》等 20 余种。一本《雅舍小品》为梁实秋赢得海内外的巨大声誉。《雅舍小品》之后，梁实秋的创作进入丰收期，涉及小品、杂感、游记、回忆录、读书札记等文体。这些风格独特的散文创作共同构成了梁实秋的雅舍系列散文，最终奠定了他 20 世纪中国散文大家的地位。

具有高度审美价值《雅舍小品》是“闲适的散文”的代表。开篇《雅舍》就奠定了这本散文集的闲适风格。作者在这篇散文中精心刻画雕琢的“雅舍”，实际是“陋室”。从标题中就体现了作者乐观开朗的生活态度和旷达幽默的情趣。这篇《雅舍》颇有刘禹锡《陋室铭》和苏东坡《超然台记》的风韵。读《雅舍》其实是在欣赏一种人生态度。作品开篇就如数家珍式的向我们介绍“雅舍”：“瘦骨嶙嶙，单薄得可怜”“四面编了竹篦墙，墙上敷了泥灰”。就是这样一座陋室，作者仍然能品味出它的可爱、它的个性。这一种是贵族式的雅致情趣。在他的笔下，我们看到的“雅舍”纵然“有窗而无玻璃”“有瓦而空隙不少”“鼠子瞰灯”“聚蚊成雷”，但是它“风来则洞若凉亭”“雨来则渗如滴漏”的景观仍然透出一份诗意的生活。这是作者主观世界对客观世界的投射，所以我们读《雅舍》实则揣摩的是作者的内心世界。在《雅舍》中，作者已经把生活的体验升华为审美的玩味，把困苦的境遇转化为观赏的对象，是审美体验对实用功利的超越，表达了作者随遇而安、豁达自由的审美心态，展现了作者常人难以抵达的安时处顺、悠然自得的人生境界。

受到新人文主义文学观的影响，梁实秋认为文学应表现人性，反对在文学中使用阶级的观点。在《雅舍小品》的选材上，他一直执着于“人性”方面。他的散文题材以描摹世态百相、社会风习为主。在作者细致入微的描写中，喝茶、吸烟、洗澡、睡觉、请客、送礼、乞丐、广告、头发、牙签等凡人琐事、饮食起居……都成为审美对象进入了散文创作中。作者通过普通人的心态性格、生活习性，审视人性的优缺点，表现永恒的人性。在他的散文中，女人爱说谎、胆子小、性格善变、气量狭小，男人自私、懒惰、贪吃、不讲卫生，孩子刁蛮任性、喜欢无理取闹等。他笔下的这些人物并不指代具体的哪个人物，而是人类“普遍的固定的人性”的显现。在《脸谱》中，作者将“每天都要映入我们眼帘的形形色色的活人的脸”分为两类：“一种是令人愉快的，一种是令人不愉快的。”作者表现的并不是具体的某个人，描绘的也不是某个人的思想性格，而是将人类的共性进行了汇总，对纷繁世相进行针砭。在《谦让》中，作者对社会上盛行的让座之风进行了调侃，讽刺了“谦谦君子”们谦让之风的虚伪和矫情。原文这样写道：“一群客人挤在客厅里，谁也不肯先坐，谁也不肯坐首座，……于是你推我让，人声鼎沸。辈分小的，官职低的，垂着手远远立在屋角，听候调遣。自以为有占首座或次座资格的人，无不攘臂而前，拉拉扯扯，不肯放过他们表现谦让的美德的机会。……主人腆着一张笑脸，偶然插一两句嘴，作鹭鸶笑。这场纷扰，要直到大家的兴致均已低落，该说的话差不多都已说完，然后急转直下，突然平息，本就该坐上座的人便去就了上座，并无苦恼之相，而往往是显着踌躇满志顾盼自雄的样子。”《孩子》中，对从古至今一直盛行的娇宠孩子的风气进行了调侃。在《拜年》《送礼》《结婚》《握手》《排队》等散文中，作者还嘲讽和针砭了伪善不良的社会习俗。在《唐人从何处来》《北平的冬天》《北平年景》等散文中，写异乡华侨，写传统习俗，写天气，借景抒情，表现了人性的多样性。总之，梁实秋把人性作为标尺观照、审视社会人生，肯定并赞扬了健康的人性，否定批判了不健康的人性。

殷实的家庭生活，西方贵族文化的熏陶，以及新人文主义的文艺主张，决定了梁实秋没有鲁迅“横眉冷对千夫指”的斗士性格和“哀其不幸，怒其不争”的悲愤情绪，他以古代名士的超越，夹杂着西方绅士的幽默俯瞰人生百态，形成了旷达自由、悠然自得、超脱冲淡的审美心态。刘勇在《安放人生的雅舍》这样评价梁实秋：“既充分享受物质生活又不过分沉迷；既追求高贵的生活品味，又认同凡俗的人生，寓雅于俗。在这种人格理想指引之下，梁实秋形成了既认真执着于人生又洒脱豁达于人生之外的性格。”[①]走进梁实秋的《雅舍小品》，读者在轻松与闲适的描述中，能够真切体会到作者谐趣横生、风雅幽默的美学风格。比如在《衣裳》中梁实秋先生是这样进行风趣描写的：“中国的旧式士子出而问世必须具备四个条件：一团和气，两句歪诗，三斤黄酒，四季衣裳，可见衣裳是要紧的。”梁实秋的幽默是不动声色、不着痕迹的，体现的是一种绅士的温文尔雅。散文《中年》中有这样一段话：“别以为人到中年，就算完事。不，譬如登临，人到中年像是攀跻到了最高峰。”“中年的妙趣，在于相当的认识人生，认识自己，从而作自己所能作的事，享受自己所能享受的生活。”短短几句话，就表达了作者对人生的深刻认识，显示出作者超脱世俗、洒脱豁达的名士精神。在梁实秋的散文中，处处充满着绅士的幽默、名士的洒脱，使得他的作品耐人寻味、意蕴悠长。

作为一名学贯中西的文学大家，梁实秋先生的《雅舍小品》不仅继承了中国古典文学中“采菊东篱下，悠然见南山”的闲适情怀，同时又受到西方文学尤其是英国散文个人笔调的影响，流露出一种浓郁优雅的贵族气质。《洋罪》一文写道：“好像人数一到十三，其中必将有谁虽欲‘寿终正寝’而不可得的样子”“一根火柴不准点三支纸烟”“朋辈对饮，常见有碰杯之举，把酒杯碰得呰一声响”……作者只是列举“新生活运动”的种种现象，并没有发表见解，却立马让读者感受到“新生活运动”的可笑之处。整篇散文弥漫的是一种优雅的贵族气质，不带一个脏字，不说一句刻薄话，却把“新生活运动”的可笑与可悲淋漓尽致地展现了

① 刘勇：《安放人生的雅舍》，花山文艺出版社 2005 年版。

出来。《雅舍小品》中谈古博今的学识也彰显出作者贵族式的优雅。《手杖》在短短的千字文中，将春秋战国的“礼记”，盛唐的唐诗，古希腊文学中的典故……统统融汇进来，中西典故信手拈来，渊博的学识令人赞叹。除此之外，《雅舍小品》的记叙抒情写作手法，也体现出一种文化贵族式的从容优雅。如《音乐》这样描写对音乐的感受：“最令人难忘的还有所谓天籁。秋风起时，树叶飒飒的声音，一阵阵袭来，如潮涌，如急雨，如万马奔腾，如衔枚疾走。风定之后，细听还有枯干的树叶一声声地打在阶上。秋雨落时，初起如蚕食桑叶，窸窸窣窣，继而淅淅沥沥，打在蕉叶上清脆可听。风声雨声，再加上虫声鸟声，都是自然的音乐，都能使我发生好感，都能驱除我的寂寞……”这段文字妙语连珠、情韵悠长、风趣优雅，令人回味无穷，是一种非常典型的贵族情趣。在《雅舍小品》中，随处可见这种贵族式的从容优雅，这是作者个人的气质，也是作者独特的文风。

文学评论家楼肇明将梁实秋散文比喻为“绅士礼服上的玫瑰”。绅士的风格、贵族的优雅、名士的闲适，这些在梁实秋的散文中得到了和谐统一，共同构筑了梁实秋散文独特的艺术风格——“温柔敦厚，谑而不虐，谈言微中，发人深省”[①]（台湾关国煊先生对梁实秋散文的评价）。

① 叶永烈：《我看梁实秋》，《光明日报》，1998-10-02。

第十七章　现代戏剧的多方面收获

1937 年 7 月 15 日，中国剧作者协会（原上海剧作者协会）成立，这是中国文艺界第一个抗日统一战线组织。上海戏剧界、电影界近百人参演三幕话剧《保卫卢沟桥》作为抗战以来第一个宣传鼓动的抗战剧，拉开了抗战戏剧大幕。随着抗战转入相持与稳定阶段，较大型规模的戏剧演出开始出现。1937 年 12 月 31 日，中华全国戏剧界抗敌协会在汉口成立，来自上海、南京等全国各地数十个进步戏剧团体、千百戏剧人汇聚一堂，迎来中国戏剧的黄金时代。这一时期也出现很多戏剧作品，如早期的抗战短剧《好一计鞭子》、夏衍的《上海屋檐下》、宋之的的五幕剧《雾重庆》、于伶的《长夜行》和《夜上海》、陈白尘的《乱世男女》、老舍的《张自忠》和《面子问题》、吴祖光的《风雪夜归人》、欧阳予倩的《忠王李秀成》、阳翰笙的《天国春秋》和《李秀成之死》、阿英的《海国英雄》和《碧血花》、郭沫若的历史剧《棠棣之花》《屈原》《虎符》《高渐离》等。这一时期的戏剧也趋向小型化、轻型化、通俗化，后逐渐为多幕剧，同时在戏剧创作中也多紧跟形势，为社会服务的现实题材戏剧影响较大。

第一节　郭沫若的历史剧《屈原》

《屈原》是郭沫若历史剧的代表作，也是郭沫若独具特色的史剧理论的一次成功实践，在郭沫若的历史剧创作中具有划时代的意义，与《女神》并称为郭沫若作品的两座高峰。

1942 年 1 月《屈原》剧作完成，4 月便进行了公演。据作者自己回忆，剧本从开始动笔到最终定稿完成，只在 10 天左右的时间内用了不足 40 个小时。写作速度之快，连郭沫若自己都感到相当意外。当时全世界人民正在进行反对法西斯的斗争，国民党反动派与日伪勾结日趋紧密，并公开出卖国家和民族的利益，对革命者实行惨无人道的法西斯统治。尤其是在“皖南事变”之后，法西斯专政得到进一步强化，重庆——这一国民党的统治中心正处于一片白色恐怖之中，《屈原》就是产生于这样的现实基础之上。《屈原》一经和广大人民见面，随即便受到了大家的一致好评和欢迎。茅盾曾提到：“皖南事变以后《屈原》的演出，引起热烈的回响，在当时起了显著的政治作用。”

《屈原》剧本共五幕，作者集中把屈原 40 多年的生活和斗争，通过屈原从清晨到夜半一天的经历，概括地表现了出来。剧作的第一幕，从屈原朗诵《橘颂》开始，通过诗歌内容揭示屈原的思想道德品格以及他的政治主张。第二幕中，作者进一步加强矛盾冲突，集中体现光明与黑暗、正义与邪恶的激烈斗争。南后对屈原的陷害，给了屈原致命一击。他向楚怀王申诉，却遭到对方的拒绝，并被免掉官职。于是屈原悲愤交加，发出不平的怒吼。剧作的第三幕，通过靳尚、子兰的话，迷惑群臣，将所有的人物都卷进作者创作的矛盾冲突之中，集中展现了不同的人不同的立场和态度。剧作第四幕，屈原最终得知所有的这一切都是张仪在从中作梗，于是心气逐渐平和了许多，但是想起南后对他的侮辱和刁难，屈原在精神上又一次崩溃了。他开始大骂张仪，但并没有得到支持，反而被抓进东皇太一庙。第五幕，也是全剧的高潮。屈原有冤无处诉，政治主张得不到实现，眼看祖国走向灭亡却无能为力，借助《雷电颂》像火山一样爆发出来。结尾处用《橘颂》祭奠婵娟。全剧由《橘颂》开始，由《橘颂》终了，前后呼应，浑然一体，达到了强烈的艺术效果。

郭沫若说他在写《屈原》时遇到了困难，因为“屈原在历史上的地位太崇高了”，足可见他在塑造屈原形象上费了不少心思。作者把一个诗人炙热的感情、丰富的想象力，一个历史学家渊博的历史知识，一个革命烈士的崇高的爱国主义品质和鲜明的爱憎，全部倾注到了屈原这一历史人物身上，使屈原这个艺术典型高大丰满、大放异彩。作者在塑造这一形象时，集中表现了他对国家和人民命运的极大关怀和为国为民忠贞不屈的斗争。在他的身上，充分体现了我国古代人民的崇高美德。剧作开端，作者用《橘颂》描绘了屈原的高尚情操，刻画了屈原有信念、有抱负，有美好的理想和道德观念，光明磊落的伟大形象。在教育宋玉时，他希望宋玉要虚心、要坚持，不做无益的贪求，不和世俗同流合污。在外交方面，屈原识破秦国的阴谋，坚决主张联合抗秦。在内政上，他反对小人、奸臣掌权，主张改革；在他的主张得不到认同，被人诬陷关进东皇太一庙后，他的悲愤达到顶点，通过《雷电颂》发出震天动地的呼喊，表达对光明、自由的渴望。

《屈原》中作者塑造的人物形象也极具鲜明特色。婵娟作为作者完全虚构的人物形象，郭沫若说她是“道义美德化身”。剧本中的婵娟谦虚好学、明辨是非且又知书达礼，对荣华富贵更是嗤之以鼻，极具骨气和勇气。她追随屈原，时时刻刻聆听屈原的教诲，虽然地位不高，但是她有追求，具有高洁、坚贞的品格。在屈原被陷害后，她始终相信屈原的人品，和屈原站在一起，同南后一派黑暗势力作斗争。作者创造这个人物，就是把她作为屈原形象的烘托和补充，将她的精神刻画得淋漓尽致。可以说，婵娟这颗晶莹透彻、光彩照人的明珠，是屈原精神的体现和继承。剧中的南后是一个阴险残忍、善于玩弄权术的反面人物，她是宫廷中实际权力的操纵者。这一点通过她的儿子子兰的话最能体现：“我看宫廷里面的人，恐怕没有一个不怕她的。”她是跟张仪一起陷害屈原、出卖楚国的人，她可以翻手为云覆手为雨，同时又能做到笑里藏刀。表面上说屈原是“南国圣人”，转身又给屈原加上“淫乱宫廷”这样莫须有的罪名，并指使靳尚等人暗杀屈原。可以说，南后是一个好话说尽、坏事做绝、两面三刀、阴险毒辣的女人。楚怀王是一个昏庸无能、爱好美色，听信谗言的昏君，是迫害屈原、出卖楚国的罪魁祸首。他好女色、图私欲，出卖国家和人民的利益。他喜怒无常、正邪不分、迫害忠臣。作者用他反映了楚国统治集团的腐朽和反动，可以说，楚怀王是一个极度蠢笨的人。

《屈原》作为郭沫若最具代表性的话剧作品，也集中体现了作者历史剧创作的原则。郭沫若曾说“我要借古人的骸骨，另行吹嘘些生命进去”。因此，郭沫若在创作历史剧的过程中，无论是将原有的历史事实形象化，还是进行艺术上的虚构再创作，主要目的都是为了古为今用。他尤其注重历史真实、艺术虚构和古为今用的有机结合。历史上的屈原是一位爱国诗人，由于政治上的失败，最后投江自尽。作者借屈原来象征作者所处的时代，表达这一时期革命者战斗的情绪和意志，反映广大人民的爱憎和愿望。作者在创作《屈原》剧作时，通过虚构次要人物来丰富、衬托主角。比如剧中忠于屈原的女子婵娟，最后救屈原出来的卫士，都是历史上没有的人物，作者通过虚构的手法创造出了这些人物，与屈原的人物形象交相辉映，为屈原性格的发展提供了强有力的烘托。郭沫若是语言大师，剧中人物的语言，既贴合人物性格，又通俗易懂、朴实真切，很容易为读者所接受。屈原是诗人，因此诗的语言贯穿全剧，《橘颂》《雷电颂》等多次出现在剧本中，既点名了屈原的身份，又做到了即景抒情、直抒胸臆。同时，剧中语言形象生动，不仅表达了深邃的思想、深厚的感情，而且还散发出迷人的魅力。作者在塑造屈原形象的过程中，先用《橘颂》显示屈原坚贞高洁的性格，后面又运用独白的形式抒发人物极度悲愤的心情。《雷电颂》作为一首戏剧诗，不仅表达了强烈的情感，而且与戏剧冲突紧密结合，使人物形象增添了浪漫主义色彩。

第二节 陈白尘的讽刺戏剧《升官图》

陈白尘（1908—1994），江苏淮阴人，又名陈斐，原名陈征鸿。中国著名的剧作家和小说家。代表作有《乱世男女》《结婚进行曲》《岁寒图》《升官图》等。他一直致力于喜剧作品的创作。他创作的喜剧作品，往往作品具有讽刺、犀利以及泼辣的艺术特征，挥洒自如、纵横捭阖，构思方面又显得大胆且奇妙。在他的作品中，往往还兼具漫画化、性格化、荒诞性、真实性，既有喜剧性，又带有悲剧性，两者交相辉映，同时还大量吸取中国传统的讽刺艺术特点，注重喜剧的民族化表达方式。鉴于陈白尘对于讽刺喜剧的独特贡献，他被誉为“中国的果戈理”。

陈白尘的三幕讽刺喜剧《升官图》，写于抗战时期。自作品问世之日起，就受到广大观众以及评论家们的高度认可和充分肯定，作为中国现代戏剧史上最优秀的一部讽刺喜剧，半个多世纪以来，影响力一直经久不衰。我们可以这样说，陈白尘的《升官图》标志着中国现代讽刺喜剧的成熟，同时也揭开了中国现代讽刺历史戏剧的新篇章。

作者曾在重庆《新民报》晚刊上发表过一篇题为《序<升官图>的演出》一文。在文章中，他首次谈到自己创作《升官图》的动机和目的，他认为，和平、民主和团结一定会到来，但是自己也仍然认为在新中国还存在着许多“绊脚石”，其中“官僚政治”这块“绊脚石”是必须要消除的。正是基于这一点，作者开始构思和创作了《升官图》。

该剧除去序幕和尾声，共 3 幕 5 场，作者为我们侧重描绘了两个强盗为了躲避追捕，在一个风雨交加的夜晚，用武力威逼一位看门的老头一起躲进了一所古宅之中，在梦境之中，他们做了一个关于升官发财的美梦。整出戏剧的故事也都是在这两个强盗的梦境中演绎的。借着知县身受重伤、秘书长殒命的机会，两个强盗冒名顶替了知县以及秘书长。秘书长巧舌如簧且诡计多端，知县成为他的傀儡，同时，真正的知县太太还在他们的威逼利诱下，与他们展开了合作，他们充分利用官场上错综复杂的人际关系，巧妙地拉拢了警察局长，随后又牵制住了财政局长，可谓混得风生水起。最后，即便财政局长认清了这个假的秘书长的真实面目之后，对方非但没有一丝的惊慌失措，反而顺势利用搜集到的信息抓住财政局长的软肋，并与财政局长展开了巧妙的周旋。最为讽刺的是，最后为了共同的利益，财政局长竟然与假秘书长握手言欢。在另一个故事中，作者仍旧表现了讽刺的意味。在迎接省长到来的时候，假秘书长不仅清楚地知道如何让省长开心，同时还能将本性奸猾狡诈的省长玩弄于自己的股掌之上。而正当他们两个冒牌货欢天喜地地欢送省长的时候，广大人民群众拿起武器揭竿而起，将他们一起打翻在地。梦境之外，两个强盗从梦中惊醒，随即也遭官方逮捕。在这个黑暗王国中，作者坚决摒弃了一切正面人物，借由梦中的虚幻来照进现实之中，用极度夸张的表现手法，为我们无情地暴露和讽刺了国民党反动派的腐败、贪婪以及灭绝人性，通过作者的生花妙笔，一幅官僚政治下的“群丑图”便生动形象地展现在读者眼前。

在《升官图》中，假秘书长（即闯入者甲）是贯穿始终、掌控全局、指挥一切的关键性人物。这个人物对揭示官僚政治的欺骗性有着重要的作用。他狡猾、干练、诡计多端、阴险狠毒，同时也是一个有魄力、有机智、收放自如的人。他能吹会炫，善于欺人耳目。他也善于权谋，工于心计，能够巧妙地应付各种突然的变故。同时他还能够在非常复杂、难度系数较高的“人际关系”中展开利益交换，通过无耻的交易，帮自己打开局面，从而绝处逢生。也正是因为他有这种手腕，把所有的人都玩弄于股掌之上，用各种手段把大家哄得团团转，进而为观众奉献出了一幕又一幕的丑剧。但是，他和知县是假冒的，这就像一颗定时炸弹一样，随时随地都有可能败露，假冒的身份像一把利剑一样悬在他们的头顶。假秘书长性格中的所有喜剧化的表达全部是通过“真”与“假”这一对立的矛盾中展开的，他所有展现出来的“才能”也只有通过这“真”与“假”的对立中才能找到表现的途径。虽然省长这个人物在整部剧的第二幕第二场才姗姗出现，但他在整部剧中的地位却举足轻重。他看起来“仪表非凡，严肃端正”，而且还是以“青天大老爷”的面目出现在观众面前的，但是道貌岸然的外表也掩盖不了他疯狂敛财和财色俱贪的丑恶本质。他刚一登场就扬言要“为官从政的，应该俭以养廉”，并且批评为他的所有布置太过华贵了，对对方送的礼物一律拒收，而要通过花钱买。他以 58 元“买”下了市值在 58 万元的名贵地毯，用 200 元“买”下了价值好几千万的钻石戒指、洋房以及汽车。作者的讽刺之意跃然纸上。通过情态各异的描写，把省长的形象更鲜明地烘托了出来。

《升官图》的剧情围绕两个流氓强盗的梦境展开，除了序幕和尾声，所有的场景均发生在梦中。该剧构思的巧妙之处也正在于此，作者通过梦境来表达自己对当时社会风气的不满，巧妙而又委婉含蓄。全剧首尾呼应，结构完整，梦与现实相映成趣，为读者展现出了一幅又一幅贪官污吏尔虞我诈、勾心斗角、你方唱罢我登场的戏剧场面。剧情生动形象，富有较强的喜剧性，结构布局又精巧细致，引人入胜。作品将讽刺手法运用到了极致，为我们塑造了一个个夸张的典型，描绘了一幅 20 世纪 40 年代国统区官场的“群丑图”。

第三节　贺敬之等的大型歌剧《白毛女》

20 世纪 30 年代，“白毛仙姑”的传说在晋察冀边区流传着，当地人民根据自己的想象加工创作了这个传说，并通过口耳相传的方式传播这个故事。在这一时期，还只纯属民间口头创作，带有浓厚的传奇色彩。20 世纪 40 年代，革命圣地延安也开始流传着“白毛仙姑”的故事。在《白毛女》创作初期，许多人并不赞同，并且认为这仅仅只是一个“神怪”故事，没有任何价值和意义。当然，还有相当一部分人认为，可以将“白毛仙姑”的故事看作一个破除迷信的题材来进行加工创作。当时我们党的文艺政策代言人周扬同志，认为这是一个可以并且值得改编和创作的题材。于是，他带领大家重新认识了这个故事。慢慢地，通过深入了解，大家才渐渐地认识到，这并不是毫无价值的；相反，这是一个非常优秀的民间传奇故事。通过一个佃户悲惨的身世，一方面展现了当时处于黑暗的、封建的旧中国以及在其统治下的广大农民的日常生活；另一方面向我们展示了在中国共产党的领导下，广大的翻身农奴把歌唱的光明美好的前景。

在剧作创作初期，该传说的相关资料由邵子南先生来收集，这为剧作的后期加工创作奠定了坚实的理论基础。为了更好地表现作品主题，周扬先生还亲自组建了创作班子，深入挖掘隐藏在“白毛仙姑”这个传说背后的艺术价值和反映出来的社会精神，后来经过鲁艺工作团的集体讨论，由剧作家贺敬之、丁毅执笔，开始了加工创作。

“旧社会把人逼成鬼，新社会把鬼变成人”是剧作《白毛女》所要着重揭示的主题，同时也是对这一斗争历程最精准的概括和诠释。喜儿是《白毛女》中作者着力塑造的人物形象，她是杨白劳的独生女儿。他们一家虽然生活艰辛，但是喜儿并不为此感到悲伤、难过；相反，她天性开朗又乐观、天真又淳朴。后来，由于受到地主黄世仁的欺压、迫害，喜儿由最初天真烂漫、无忧无虑的少女开始慢慢地变成了人们口中相传的“白毛仙姑”，自此，她彻底地失去了青春岁月，这是喜儿的不幸和悲伤，也反映了受压迫、受奴役的贫苦大众的生活状态。纵观全剧，喜儿的性格经历了乐观的农家少女——绝望的贫苦农民——决心复仇的“白毛仙姑”——坚强不屈的抗争者四重变化。喜儿刚出场时，只有十四五岁，她给爹爹杨白劳打身上的雪、和爹爹一起守岁过年、给爹爹捶背，这些细节的刻画都在体现喜儿孝顺善良的品性。年关将至，杨白劳给喜儿带回来的新年礼物是二尺红头绳，满心欢喜的喜儿跪在父亲杨白劳面前，让父亲亲自给自己扎红头绳并开心得唱了起来。通过唱词，我们可以知道，让喜儿欢天喜地，仅仅用二尺红头绳就可以满足，这也从侧面反映出了喜儿天真乐观的性格特征。渐渐长大的喜儿与农民王大春相爱，但是地主黄世仁却见色起意，威逼杨白劳用喜儿来抵债。无奈之下，杨白劳大年三十晚上离喜儿而去，只留下一张卖身契。第二幕第四场，喜儿发现与自己相依为命的爹爹死了，自己也要被迫卖给黄世仁，她内心充满了绝望和不安。喜儿进入黄家后，黄母根本不把喜儿当人看，动辄打骂不休，喜儿唱道：“进他家来几个月呵，口含黄连过日月呵。先是骂来后是打呀，一天到晚受折磨呵，眼泪流到肚里呵，有话只对二婶子说呵。”后来更是被黄世仁玷污，经王二婶相救活下来后，喜儿心中便燃起了复仇的熊熊烈火，她不再像爹爹一样忍气吞声，开始有了反抗意识。当大春哥将喜儿带出山洞后，合唱道：“太阳出来了，太阳出来了。太阳光芒万丈，万丈光芒。上下几千年，受苦又受难，今天看见了太阳，赶走万重黑暗！我们的喜儿哪里去了？离开我们三四年，今天呵——我们要把荒山踏破，我们要把野洞劈开，要把喜儿救出来，救出来！”当喜儿再次见到地主黄世仁时，当着众人的面，喜儿开始声泪俱下地控诉自己的遭遇，体现了喜儿心中的苦闷和仇恨。

歌剧《白毛女》剧中人物的设定，从名字来看，极具隐喻意义。杨白劳，顾名思义，就是白白地劳动，不会有任何收获。喜儿和大春，极具浪漫主义色彩。黄世仁是“不是人”的寓意，穆仁智与“没人智”谐音。单单从主要人物名字的选取就可以看出剧作家赋予的特定的思想意义和社会价值。歌剧《白毛女》还化用了中国传统戏曲的音乐元素。创作者们对中国传统戏曲的音乐遗产进行广泛吸收利用，并在此基础上进行二度加工，以此来凸显人物性格。如剧中黄世仁就套用了秦腔中丑角三花脸表演样式，突出表现黄世仁轻佻、放荡的面目；而黄世仁母亲的音乐则采用了昆曲音调和河北妇女诵善书调。除此之外，《白毛女》在音乐选择上，采用了中西混搭的伴奏形式，乐队中既有西洋管弦乐队的提琴家族，也有民族管弦乐队家族，中西合璧，进一步凸显人物性格和命运。

诗意化的语言是《白毛女》在语言方面的特色。比如地主黄世仁的唱词是：“花天酒地辞旧岁，张灯结彩过除夕。堂上堂下齐欢笑，酒不醉人人自醉。我家自有谷满仓，哪管他穷人饿肚肠。”这段词平整、对称，淋漓尽致地刻画出了黄世仁伪善、刻薄、恶毒的性格。此外，该剧歌词还使用了排比、比兴、比喻、对偶等多种修辞手法，来进一步增强语言的表现力。可以说，《白毛女》能够经久不衰地出演，与作者的语言运用有着密不可分的关系。至今，《白毛女》依旧活跃在话剧舞台上，向我们展示了自身不休的生命力和艺术感染力，影响着一代又一代人。

第四节　吴祖光的社会问题剧《风雪夜归人》

在我国当代文艺界，吴祖光是一位多才多艺的作家。他在诗歌、散文、戏剧等许多方面都有独到的造诣。特别是在戏剧领域中，他不仅创作了一批脍炙人口的话剧，而且还创作了很多出色当行的戏曲作品。此外，他还能写电影剧本，担任过电影导演，他堪称舞台艺术中的“多面手”。当然，最能代表吴祖光创作成就的，还是他的话剧创作。他从 1937 年写出第一部话剧《凤凰城》到 1978 年写成的《闯江湖》，40 余年中，完成了整整十部大型话剧：《凤凰城》（1937）、《正气歌》（1938）、《风雪夜归人》（1942）、《牛郎织女》（1943）、《林冲夜奔》（1943）、《少年游》（1943）、《　画角春声　》（1945）、《捉鬼传》（1946）、《嫦娥奔月》（1946）以及《闯江湖　》（1978）。其中《风雪夜归人》作为吴祖光最为杰出的代表作品，自问世以来就深受读者和观众的喜爱，也成为吴祖光话剧作品中舞台生命最长的一个。

《风雪夜归人》剧写于 1942 年，当时正值全国人民以极大的热情进行抗战，举世震惊的“皖南事变”发生了，高压的社会环境使艺术家陷入沉思之中，作者开始对万花筒般的世态作冷静的思考：为什么人会有这么多的坏习惯？人为什么要压迫人？作者产生了强烈的愿望，“试图描绘和解答一下什么是美的，什么是丑的，什么是真正的高贵和卑贱。”于是，作者结合自己熟悉的生活和人物，经过长时间的酝酿，开始了《风雪夜归人》的创作。

作品的题目是《风雪夜归人》，据作者本人说是引自唐诗“日暮苍山远，天寒白屋贫。柴门闻犬吠，风雪夜归人”的最后一句。这首诗读者肯定不陌生，但用它作为一部话剧的题目对读者而言却是陌生的，而作者正是通过这种“陌生化”，引起观众与读者的探究心理。

关于这部剧的写作主题，正如吴祖光所说：“根据我生活经历过的事情，我就想写那么一个戏，写不同的人、不同的个性和不同的思想感情，归结为探索生活的道路，考虑人到底为什么活着，出于这么一个动机，我写了《风雪夜归人》。”“我就忽然想到要借用魏莲生这么个人物和他的身世来写一个剧本，来探索一下生活里面，什么是真正的高贵与卑贱；人应当怎么活着，是浑浑噩噩、老老实实听人摆布，听从命运的安排，还是应当自己主宰自己的命运。就想写这么一个主题。”

这部剧作算上序幕和尾声，一共有五幕。主要向观众讲述了京剧名伶魏莲生与法院院长苏弘基的四姨太玉春因学戏而结识，后受玉春点拨而醒悟“什么是真正的人生”。期间二人相识、相知、相爱，并决定一起私奔，中途却被苏家的管事王新贵发现。王新贵将此事禀报给了苏弘基，苏弘基派人抓回玉春，将其转手送给了另一位官僚徐辅成，并将莲生驱逐出京城。一对追求美好爱情的男女惨遭“棒打鸳鸯”，最终落得个天各一方、死生不相知的悲惨结局。转眼，20 年后的一个风雪夜晚，已经身体孱弱并多病的莲生重新回到故土，但早已“物是人非事事休，欲语泪先流”。但巧合的是，玉春也跟随徐辅成重返故地，但最终仍像谜一样失踪在夜晚风雪之夜中。

《风雪夜归人》以强烈的对比、淡淡哀愁的文笔，显示了社会的不公平。揭露社会的不公平、思考人生的意义，这出戏剧的主题使其与前人的作品有了鲜明的区别。

作者着力塑造的人物形象是魏莲生，吴祖光用多种色调把这个人物形象塑造得相当丰满。恭谦是魏莲生人物性格的底色，善良是在这个底色基础上的又一层着色。两者结合起来共同构成了魏莲生这个人物形象的主要特征。在日常为人处世中，他恭谦中暗含着虔诚，善良中又有一点窝囊。而恰恰是这样一个人，他一旦下定决心，却又是九头牛也拉不回来。玉春作为推动剧中主要人物性格变化和戏剧情节进展的人物，作者用玉春的美衬托了苏弘基的丑，净化了莲生的心灵。

有人将《风雪夜归人》看作中国现代抒情戏剧中“婉约派”的代表性作品。《风雪夜归人》中的台词有种不事雕琢的自然和质朴之美，同时又十分符合人物的个性，不同的人有不同的风格。例如，苏弘基开口便一派官腔，陈祥言语中处处透露出纨绔子弟的作风习气，马大婶的台词则尽显劳动人民的本色。同时，吴祖光还善于运用多样化的语言，准确无误地传达出人物的心理状态。例如，女主人公玉春出场那种带着淡淡哀愁的对话，读者一听就能感受到她对生活的不满和幽怨，这对人物舞台形象的塑造，起到了重要的作用。总之，吴祖光的《风雪夜归人》是作者话剧作品中舞台生命最长的一个，至今都活跃在话剧舞台之上，闪耀着自身的光芒和不朽的艺术魅力。

第四编　十七年时期文学

（1949—1966）

1949年中华人民共和国的成立，标志着中国文学进入社会主义历史时期，通常意义上，人们习惯把中华人民共和国建立后的文学称为“当代文学”。这一提法在相当长的一段时间里被广泛接受，并直接影响到了对当代文学性质的界定，即它是社会主义性质的文学，必须反映社会主义时代的生活，体现广大人民积极进行社会主义革命和社会主义建设的热情。如果接受对当代文学概念的这一界定，那就意味着把政治性题材之外的文学写作排除在当代文学之外，把香港、台湾、澳门文学排除在外，这显然是一种比较狭隘的文学史观。基于此，我们将从更宽泛的意义上来使用中国当代文学的概念。

首先，从时间上，我们仍然延续以中华人民共和国的建立为界这一传统提法，但只把它作为一个时间意义上的划分，而淡化对其性质的强调，目的是把更多、更丰富的题材作品引入当代文学的研究中。其次，从空间上，以对内地文学史的研究为主，同时把1949年之后的台湾、香港等地区的文学纳入我们的视野，把它看作中国当代文学不可分割的一部分，使中国当代文学这一概念更科学，也更具开放性。

当代文学具有相对独立的文学精神和审美规范，但同时与中国现代文学、古典文学及外国文学之间有着重要的渊源关系。

中国当代文学是“五四”以来新文学尤其是20世纪40年代解放区文学的发展与延续。毛泽东在《新民主主义论》中对五四新文学运动作了高度的评价。他认为，以“五四”为开端的新民主主义文化是“无产阶级领导的人民大众的反帝反封建的文化”，五四新文化运动也是“在共产主义的文化思想，即共产主义的宇宙观和社会革命论”领导下的新民主主义文化运动。毛泽东对五四新文化运动的评价奠定了它在后世文学创作中的指导性地位。而与当代文学最具亲缘关系的当数20世纪40年代的解放区文学。1942年，毛泽东在《在延安文艺座谈会上的讲话》中系统地总结了“五四”以来新文学尤其是作为主流的革命文学运动的经验教训，提出了一系列具有创见性的观点和看法。以《在延安文艺座谈会上的讲话》为代表的毛泽东文艺思想在中华人民共和国成立后成了当代文学的理论纲领和指导方针。20世纪40年代，贯彻《在延安文艺座谈会上的讲话》精神而出现的文学作品成为当代文学创作的楷模。而当代文学最初十年的创作队伍中的作家大多来自解放区，由此可以看出二者之间的密切联系。

中国当代文学继承了中国古典文学中现实主义与浪漫主义两大传统，并使之成为当代文学的两大主潮。尽管在具体的实践中曾经出现过某种游离，如十七年（1949—1966）期间提出的“革命现实主义与革命浪漫主义的结合”的一元化创作，但从当代文学发展的主流来看基本延续并发展了这两大文学传统。

在中国当代文学发展的很长一段时间里，中国文学基本处于与外国文学的隔绝状态，但外国文学中的优长还是对当代文学的发展起到了启示作用。尤其在改革开放之后，西方的文学思潮成为中国当代作家重要的思想资源和参照。

总之，中国当代文学在继承古今中外优秀文学传统的基础上，勇于创新，走出了一条独具特色的发展之路。

中国当代文学从 1949 年至今已经走过了半个多世纪的发展历程。在这半个多世纪的时间里，中国当代文学伴随着中国当代社会的变化而变化，大体上经历了三个历史时期。（1）十七年文学（1949—1966）：英雄主义与乐观主义的高涨是这个时期文学的主旋律。在当代文学发展的第一个时期，作家们在继承“五四”以来文学传统的基础上，实用理性与狂热政治激情相结立足时代，创作出了许多优秀作品。在各类文体中，长篇小说得到了充分的发展，达到了那个时期文学的最高水平。一直到今天，像《创业史》《红旗谱》等都是当代文学的扛鼎之作。尤其可贵的是，作家们在创作中形成了自己极为鲜明的风格，这些都是值得肯定的。但不容忽略的问题是，由于对“文学与政治”之间关系的机械理解，形成了用文学图解政治的创作模式，这使十七年文学在一定程度上陷入模式化、雷同化的误区。（2）“文化大革命”十年文学（1966—1976）：这是中国当代文学发展史上一个极为特殊的时期。现实主义文学传统遭到严重破坏。当时作为主流的“八个样板戏”以及极为有限的作品已完全沦为政治斗争的工具而失去了文学艺术鲜活的生命力。而在“文化大革命”中非主流文学传递出弥足珍贵的文学声音，人们习惯上称之为“地下文学”。“地下文学”代表了“文化大革命”时期文学发展的实绩。（3）新时期文学（1976—）：这是当代文学发展过程中最富有探索性的时期。在这一时期遭到破坏的“五四”文学传统回归，西方文化思潮被广泛引入，文学工作者们上下求索，勇于创新，文学充满了勃勃生机。文学潮流的风起云涌，不断更替，成为这个时期文学最动人的一道风景。但这个时期文学的浮躁之气不容忽视，这主要表现为急于创新而缺少沉稳，为利益驱动而放弃精神坚守等，这极大地影响了新时期文学的艺术底蕴。

第十八章　十七年文学概况

1949 年 7 月 2 日至 19 日在北平召开“中华全国文学艺术工作者代表大会”（简称“第一次文代会”）。这次文代会作为新中国文学运动的起点，标志着中国新文学进入了当代文学阶段，标志着全国文艺界的大团结、大统一。从第一次大革命失败后，革命文艺工作者被迫分离在两个地区，形成两支文艺队伍：一支是解放区的队伍，一支是国统区的队伍。通过文代会，两支队伍在北平会师，都“集中在毛主席的胜利的旗帜之下”。文代会总结了“五四”以来文艺工作的成绩与经验，确定了以毛泽东的《在延安文艺座谈会上的讲话》为新中国文艺工作的总方针，指出了中华人民共和国成立后文艺必须为人民服务、首先为工农兵服务的总方向，提出了社会主义时期文艺的新任务，这就使全国文艺工作者进一步统一了思想，明确了方向。作为当代文学开端，第一次文代会意义深远。由于对“文学与政治”之间关系的机械、片面理解，中华人民共和国成立初期文艺界一系列批判运动发生。其中，对电影《武训传》的批判、对俞平伯《红楼梦》研究的批判、对胡风文艺思想的批判昭示着当代文学遭受的巨大伤害。文艺界的“反右”斗争则是这一伤害的进一步加深。对文学史中这些问题的了解，对我们正确理解文学与政治之间的关系、为文学发展寻求正确的道路具有重要意义。

第一节　第二次文代会

1953 年 9 月 23 日至 10 月 6 日，中国文学艺术工作者第二次代表大会（简称“第二次文代会”）在北京召开。此次大会将中华全国文学艺术界联合会更名为中国文学艺术界联合会。会议选举产生新一届中国文联的领导人，郭沫若为主席，茅盾、周扬为副主席。会议期间，毛泽东、刘少奇、周恩来、朱德、陈云等党和国家领导人接见会议代表。周恩来作了题为《为总路线而奋斗的文艺工作者的任务》的政治报告，周扬作了题为《为创造更多的优秀的文学艺术作品而奋斗》的报告，茅盾作了题为《新的现实和新的任务》的报告。郭沫若在开幕词中说：“为了适应新的历史时期国家建设与人民的需要，本次文代大会的中心任务是总结四年来的工作经验，进一步发展文学艺术的创作事业，鼓励作家和艺术家创造出更多更好的作品，加强文学艺术界更紧密的团结，健全文艺工作者的组织机构，把任务明确化，改进工作，改进领导，使文学艺术的生产能够蓬蓬勃勃地发展起来。”

第二次文代会围绕繁荣创作的中心议题，总结了中华人民共和国成立四年来的文艺情况，指出文艺创作中的公式化、概念化倾向和文艺批评中的简单化、庸俗化倾向；把文艺工作必须以创作为主、鼓励作家创作更多更好的作品，确定为社会主义改造时期文艺的新任务；把社会主义现实主义确定为文艺创作的方法和文艺批评的准则；把塑造新的英雄人物形象确定为对社会主义文艺的基本要求。社会主义现实主义要求的是政治性与艺术性的统一，即艺术描写的真实性、具体性和以社会主义精神教育人民的统一。

第二次文代会对促进社会主义文艺创作的繁荣起到了巨大的促进作用，出现了《三里湾》（赵树理）、《保卫延安》（杜鹏程）、《铁木前传》（孙犁）等洋溢着社会主义思想和热情的作品。

但也有片面之处，如把表现英雄人物作为首要任务，不允许写英雄人物身上的缺点等。

第二节　文艺界的批判运动

十七年时期文艺界展开了一系列思想批判运动，文学批判成为阶级斗争、政治斗争的重要手段，几乎每一次政治运动都在文艺界鲜明地反映出来，甚至许多大规模的政治运动就是由文艺论争开始的。在这些批判中规模最大、涉及最广的有三次：对电影《武训传》的批判、对俞平伯《红楼梦》研究的批判、对胡风文艺思想的批判。

一、对电影《武训传》的批判

电影《武训传》由孙瑜编导、赵丹主演，1950 年底拍摄完成。《武训传》以清末山东邑县农民武训的真实事迹为蓝本进行拍摄，讲述了农民武训具有传奇色彩的行乞兴学的故事。武训（1838—1896），据传他出身贫寒，因年轻时不识字经常受人欺骗，后决心行乞兴学，以便让穷人的孩子都能读书识字，免受富人的欺压，过上好日子。武训经过 30 年的乞讨，积攒了一些钱，在他 50 岁以后陆续在堂邑柳林集、馆陶、临清办了 3 所义学，而他自己仍然以乞讨为生，直至离世。武训的行乞兴学活动受到统治者赞扬，清末山东巡抚张曜曾奏准光绪帝给予“建坊施表”。武训死后，其事迹“宣付史馆”，被尊为“义乞”“乞圣”。1950 年 12 月，影片在全国上映，引起了文艺界和整个社会的巨大反响，曾被推选为当年的最佳影片。

《武训传》一开始受到了高度评价。在不到四个月的时间里仅京、津、沪三地发表肯定、赞扬的文章多达 40 多篇。有人称武训是劳动人民从文化上翻身的“一面旗帜”，赞扬他那为劳动人民的子弟能够受教育而实施的“苦行主义”，一些文章甚至从理论上探讨了“武训精神”“武训道路”。但不久《文艺报》发表了贾霁《不足为训的武训》等文章对武训形象及其称赞者提出尖锐的批评，出现两种截然相反的意见并引起争论。1951 年 5 月 20 日，《人民日报》发表毛泽东撰写的社论《应当重视电影〈武训传〉的讨论》，认为电影《武训传》宣传了反唯物主义的反动思想，必须严肃批判。

自此，一场本应该正常进行的文艺讨论演变为一场全国规模的群众性的批判运动。

关于《武训传》的主要问题是，歌颂了不应当歌颂的人物，宣扬了历史唯心主义观点和资产阶级改良主义思想。所以，对《武训传》的批判的实质就是文学创作应该如何反映历史人物的问题，这是斗争的核心。

在当时的历史条件下，对电影《武训传》讨论的初衷是为了澄清中国文艺界的思想混乱，宣传和坚持马克思主义的历史唯物主义，这是必要的。但用简单粗暴的方式，把本属于文艺界的问题上升到政治的高度上来，这对新中国文学艺术的发展造成了消极影响。

二、对俞平伯《红楼梦》研究的批判

俞平伯是继胡适之后“新红学派”的主要代表，他于 1923 年成书的《红楼梦辨》和胡适前著的《红楼梦考证》同属于该派的奠基之作。他们把美国哲学家杜威的实证方法同中国传统的考据、评点结合起来，对《红楼梦》的作者和版本做了大量去伪存真、核实正误的工作，以富于创见的阐释，推翻了自晚清以来颇有声势的“旧红学派”的虚妄臆测和索隐附会，开创了红学研究的现代格局。从批评方法的角度看，其研究具有传记批评和形式批评的某些特

征。中华人民共和国成立后，俞平伯在《红楼梦辨》的基础上增删修订，更名为《红楼梦研究》并于1952年出版，随后又发表了《红楼梦简论》等文章。

1954年，刚刚经历了思想改造运动并在运动中初步学习了马克思主义的青年学者对俞平伯的研究观点和方法提出了异议。李希凡、蓝翎著文批评《红楼梦研究》，他们的论文《关于〈红楼梦简论〉及其他》和《评〈红楼梦研究〉》分别发表在1954年9月号的《文史哲》和1954年10月10日的《光明日报》上。他们认为俞平伯的研究抹煞了《红楼梦》的社会意义和历史价值，是反现实主义的唯心论。随后，全国文艺界、文化界及整个政治领域迅速掀起了一场思想批判运动，其规模之大超过了对电影《武训传》的批判，整个批判是从两个方面进行的。一方面是批判《红楼梦研究》中的错误观点，进而发展为对胡适派资产阶级唯心主义、实用主义的清算；另一方面是就《文艺报》在批判《红楼梦研究》和编辑工作中的错误进行批判。

对俞平伯《红楼梦》研究的批判只是导火线，批判的主要目标是胡适，批判以胡适为代表的资产阶级思想。然而，这种批判将学术问题定性为“政治问题”，不少批判都未能采取科学的、实事求是的态度，未能将研究者的学术观点和政治立场区分开来。这不利于学术和艺术的发展。

三、对胡风文艺思想的批判

胡风，原名张光人，著名的左翼文艺理论家。抗战爆发后，先后主编文学杂志《七月》《希望》，集结了一些进步人士和作家、诗人，形成了以胡风为中心的在中国现代文学中占有重要地位的“七月派”诗人群、小说群。他本人的文艺思想也基本成熟，其主要观点是：“到处有生活”“写真实”和“主观战斗精神”。由于不满当时批评界的教条主义、宗派主义作风，1954年7月，胡风向党中央提交了《关于解放以来的文艺实践情况报告》，它曾被称为“三十万言”。《意见书》的内容非常广泛，它从共产主义世界观、工农兵生活、思想改造、民族形式、题材等方面对当时的批评界进行了批判，把党向作家提倡共产主义世界观、深入工农兵生活、提倡思想改造、提倡民族形式、提倡写革命题材说成是“插在作家和读者头上的五把刀子”。《意见书》建议文艺界从理论到组织进行全面改革，并提出了具体的规划和措施方案。

1955年1月，中共中央发出指示，要求各级党委开展对胡风文艺思想的批判。接着，全国各文学艺术团体和各地区都分别召开作家、文艺工作者、大专院校教师的座谈会和讨论会，批判了胡风的唯心主义世界观，从而划清了马克思主义文艺观与资产阶级文艺观的界限。

对胡风文艺思想的批判，作为思想批判、文艺批判是必要的和重要的。但是，在斗争过程中，混淆了两类不同性质的矛盾，将胡风的错误言论和宗派活动误定为反革命及反革命集团的活动。一场文艺批判升级为一场政治上的对敌斗争。这场斗争牵连2100余人，正式被定为“胡风反革命集团”分子的78人，其中给予撤销职务、劳动教养、下放劳动处分的61人。

胡风一案使文艺界的空气日益紧张。

第三节　“双百”方针

“双百”方针，即“百花齐放、百家争鸣”的方针，是1956年4月党中央在讨论十大关系的过程中，确定的繁荣和发展社会主义科学和文化事业的重要指导方针。4 月 28 日，毛泽东在中央政治局扩大会议上说，“百花齐放、百家争鸣”，即艺术问题上百花齐放，学术问题上百家争鸣，应该成为我们的文艺方针。5 月 2 日，毛泽东在最高国务会议上正式宣布将“百花齐放、百家争鸣”作为党发展科学、繁荣文学艺术的指导方针。

毛泽东对“双百”方针的内涵作了经典性的阐述：“艺术上不同的形式和风格可以自由发展，科学上不同的学派可以自由争论。利用行政力量，强制推行一种风格、一种学派，会有害于艺术和科学的发展。艺术和科学中的是非问题，应当通过艺术界、科学界的自由讨论去解决，通过艺术和科学的实践去解决，而不应当采取简单的方法去解决。”①

“双百”方针的提出，有着深刻的社会历史背景。当时，一方面，我国生产资料的社会主义改造取得了决定性胜利，党和国家面临的迫切任务，是要调动一切积极因素建设社会主义，迅速发展我国的经济、科学和文化事业。另一方面，在科学文化领域内仍然存在着某些“左”的思想影响，在学术、文化和艺术问题上动辄打棍子、扣帽子的情况时有发生。这与党和国家面临的形势与任务是不相适应的。针对这种情况，中央政治局扩大会议在讨论十大关系的过程中，提出要把政治思想问题同学术、艺术和技术性质的问题区分开来。为了发展文化和科学，要贯彻毛泽东过去吸收党内意见分别提过的“百花齐放、百家争鸣”的口号。“双百”方针的提出，吸取了我国历史上学术、文化发展的经验，总结了我们党领导科学文化工作的经验和教训，也借鉴了外国党领导科学文化工作的经验和教训。这是一个符合社会主义科学文化发展客观规律的方针。它的主旨同《论十大关系》完全一样，就是要把一切积极因素都调动起来，为人民服务，为社会主义建设服务。它同党在科学文化领域的其他重要方针一起，是我国社会主义科学文化事业繁荣进步的根本保证。

“双百”方针的提出及实行，给文艺界带来了勃勃生机。它鼓舞了一大批老作家的创作。在文学创作方面出现了“干预生活”和“人道主义”的作品，如王蒙的《组织部新来的青年人》、耿简的《爬在旗杆上的人》、李国文的《改选》、宗璞的《红豆》等，创作界出现了繁荣的局面。在文艺理论和批评方面，围绕创作上的公式化、概念化倾向，展开了关于我国古典文学中的现实主义，关于社会主义现实主义、关于典型、关于形象以及美等多种学术问题的讨论，出现了何直（秦兆阳）的《现实主义——广阔的道路》、钱谷融的《论“文学是人学”》、巴人的《论人情》等优秀作品。

不过，由“双百”方针的推行而带来的繁荣局面，被 1957 年下半年开始的“反右”斗争中断了。

第四节 文艺界的“反右”斗争

1957 年 4 月，全党开展整风运动和反右斗争，主要是反对官僚主义、宗派主义、主观主义，提高全党马列主义思想水平，改进作风，搞好建设。但是极左路线进一步发展，整风变成了引蛇出洞，反右斗争迅速扩大化。一大批作家被打成右派，一批作品包括“百花文学”被打成“毒草”。随之而来的“大跃进”运动，更进一步助长了“左”倾路线的发展。文艺界

① 毛泽东：《关于正确处理人民内部矛盾的问题》，见《毛泽东选集》第 5 卷，人民出版社 1977 年版，第 388 页。

也布满了浮夸、冒进的风气。

1961年6月，中国文联在北京新侨饭店召开了全国文艺工作座谈会和故事片创作会议(即新侨会议)，周恩来同志作了《在文艺工作座谈会和故事片创作会议上的讲话》，讲话的中心思想，就是要克服文艺界“左”的倾向，正确认识和解决艺术民主和艺术规律两个重大问题。会议根据周恩来同志讲话的精神，拟定了《关于当前文学艺术工作若干问题的意见》，经征求意见后，1962年4月正式确定为《文艺八条》，由中央批发全国各地贯彻执行。

1962年3月，文化部和戏剧家协会在广州召开了话剧、歌剧、儿童剧创作座谈会（即广州会议）。周恩来、陈毅都作了重要讲话，周恩来同志所作的《关于知识分子问题的报告》是一篇知识分子做出全面估计、正确评价的光辉文献。讲话对当时中国的知识分子的现状有着精辟的分析，文章指出：“十二年来，我国大多数知识分子已有了根本的转变和极大的进步”，并肯定全国绝大多数知识分子都是“劳动人民的知识分子”。广州会议在极其关键的时候，调整了党的政策，调动了广大知识分子的积极性，文艺创作也逐步活跃起来。

1962年8月，中国作家协会在大连召开了“农村题材短篇小说创作座谈会”（即大连会议）。许多著名的文艺界领导、作家、评论家都出席了会议。作协副主席、党组书记邵荃麟主持了会议，茅盾、周扬等都在会上发表了讲话。这次会议旨在讨论农村的形势，讨论农村工作“左”的倾向的危害以及反映农村生活的创作如何克服“左”的影响。邵荃麟在发言中强调，创作应注重题材和人物的多样化。在描写先进、英雄人物的同时，更要重视对中间状态的人物的描写。他还指出，反对浮夸、歪曲真实的浪漫主义，强调“现实主义深化”的原则。大连会议提出了“写中间人物”“现实主义深化”的理论主张。可惜不久之后就遭到了铺天盖地的批判。

围绕着几次具有历史意义的会议，文艺界在理论探讨和创作实践上，都出现了令人欣喜的局面。

1962年，党的八届十中全会召开。出于对形势的错误判断，会议提出“以阶级斗争为纲”的指导思想。从次年开始，在思想文化开展了持续多年的范围广泛（涉及哲学、经济学、史学、文学艺术等）的批判运动。

十七年文学与那个时代一起走过了一条艰难曲折的发展之路，比较真实而典型地反映了这一时期中国社会的发展变化过程。其中有炫目的辉煌，也有无法弥补的缺憾。

第十九章　十七年小说的勃兴

从中华人民共和国成立到“文化大革命”前的十七年，小说得到充分发展，是这一时期取得成绩最大的一个文学样式。小说创作紧跟中国社会现实中的一些重大事件，反映出那个时期社会发展的历程，形成了以实用理性与政治激情相结合、英雄主义和乐观主义为主旋律的特征。革命历史题材小说取得丰厚的成果，以反映战争为主要内容，代表作品有长篇小说《红日》《青春之歌》《保卫延安》《林海雪原》《红旗谱》，短篇小说《百合花》《黎明的河边》等。这些作品的集体诞生，使新中国文学出现了第一次创作高潮。在这个时期，小说的特点主要表现在对英雄的崇拜，有史诗的创造情结，更有鲜明的传奇色彩。此外，表现现实生活成为这个时期小说创作的主题。代表作有柳青的《创业史》、王蒙的《组织部来了个年轻人》、宗璞的《红豆》、周立波的《山乡巨变》等。

第一节　梁斌的《红旗谱》

梁斌（1914—1996），中国作家，小说家。笔名梁斌、雨花、梁文彬等。原名梁维周，河北蠡县辛兴镇梁庄人。1930 年考入河北保定省立第二师范学校学习，1932 年全国掀起抗日救亡运动，保定二师学生踊跃宣传，梁斌也参加了护校斗争。同年，故乡高蠡发生暴动，这对梁斌的创作产生了重要影响。1934 年发表了以河北“高蠡暴动”为题材的小说《夜之交流》。梁斌从 1935 年开始酝酿《红旗谱》并写下大量作品，如短篇小说《三个布尔什维克的爸爸》、中篇小说《父亲》等。1953 年，梁斌正式开笔创作《红旗谱》，1957 年出版的第一部《红旗谱》，成为反映中国农民革命斗争的史诗性作品，反响强烈，被改编为话剧、电影等；1963 年出版第二部《播火记》，1983 年出版第三部《烽烟图》。1996 年 6 月逝世。《红旗谱》是“十七年文学”的少数优秀之作，周扬当时称其为“全国第一部优秀作品”。2019 年 9 月，《红旗谱》入选“新中国 70 年 70 部长篇小说典藏”。

《红旗谱》是作家梁斌呕心沥血之作，是十七年文学中为数不多的优秀之作。小说的背景正是中国农民几千年的历史悲剧即将结束，时代的觉醒、时代的斗争序幕已经拉开。在这个转折时期，进行了北伐战争，发生了“四一二”反革命政变和“九一八”事变，革命由高潮转入低潮，白色恐怖席卷全国，民族危机日益加重，阶级矛盾空前尖锐。但是，全国人民在中国共产党的领导下，进行了顽强的斗争，使革命从低潮走向高潮。《红旗谱》正是在这样的历史背景下，以朱、严两家三代农民同地主冯兰池父子两代的尖锐矛盾斗争为线索，谱写了冀中地区“反割头税”斗争和保定二师的学生爱国运动，真实地反映了从第一次国内革命战争前后到“九一八”事变时期社会错综复杂的阶级关系，展现了 20 世纪 30 年代中国共产党领导中国人民进行革命斗争的壮丽史诗。作者精心描绘了“朱老巩单枪匹马大闹柳树林”这一情节。地主冯兰池为霸占公产，密谋砸钟，农民朱老巩拼死护钟，最终冯兰池砸碎了古钟，朱老巩悲愤交加、呕血身亡，儿子朱老忠被逼闯关东。25 年后，朱老忠带着妻子和两个儿子重返家乡，由此揭开了农民和地主矛盾争斗的新一页；之后运涛参加了北伐军，蒋介石背叛革命后，运涛被捕入狱，“反割头税”斗争取得胜利。通过朱老忠等农民的变化，证明中国农民只有在共产党的领导下，才能更好地团结起来，战胜敌人、解放自己。朱老巩单枪匹马，赤膊上阵，与恶霸地主斗争，结果家破人亡；朱老明三告冯老兰，以倾家荡产而告终；朱老忠、严志和则是新旧交替时代的农民代表，他们从父兄辈的惨痛失败中吸取教训，在斗争中找到了共产党，终于走上了正确的斗争道路。在《红旗谱》中，梁斌完成了一个完整的革命叙事，创造了一个革命的史诗和神话。

朱老忠是《红旗谱》中着力塑造的人物形象，也是这部作品中最为成功的人物形象之一。朱老忠是一个跨越旧民主主义革命和新民主主义革命两个历史阶段的人物，他具有强烈的反抗精神。当他还是一个十几岁的孩子时，目睹了父亲朱老巩口吐鲜血而亡的惨剧。父亲临死前留下的“只要有口气，就要为我报仇”的嘱托，重重地压在他的心头，使他时刻牢记这血海深仇。“他一想起家乡，心上就像辘轳一样，他搅动不安”“回去！回到家乡去！他拿铜铡铡我三截，也得回去报这份血仇！”返乡之后，耳闻目睹了朱老明被气瞎双眼，严志和负气欲远走他乡，冯兰池落井下石、乘人之危勒索“宝地”等人间不平之事，他与地主阶级之间的矛盾进一步激化，铸就了他嫉恶如仇的性格。朱老忠还具有豪爽仗义、急公好义的特点。朱老忠的这种性格正是作者对劳动人民正直无私、慷慨仗义的精神品质的高度概括。二十多年闯荡江湖的经历，练就了他一身侠肝义胆。起初，朱老忠乐于助人的品德中更多地包含了“为朋友两肋插刀”的江湖义气。比如，他初回锁井镇，听说朱老明瞎了双眼并破了产，就立刻去探望，说：“大哥！你甭发愁，好好养病吧，好了再说。有朱老忠吃的，就有你吃的；有朱老忠穿的就，有你穿的。”说着，掏出十块血汗钱，往炕上一扔，咣啷一响，又说：“看看，够治眼病吗？”这一言一语很有传统文化中仗义疏财的江湖好汉的风采。当江涛无钱上学时，朱老忠卖掉了自己心爱的小牛犊资助江涛；运涛被捕入狱，老奶奶辞别人世，朱老忠主动帮助严志和料理丧事，代替严志和步行到济南探监，并承担起他们全家生活的担子。这一切，都表现出朱老忠的古道热肠、慷慨无私。但这种江湖义气在后来的斗争中，尤其在找到中国共产党之后，逐渐升华为一种阶级的情感与责任，这时他表现出的是一个无产阶级先锋战士以服从阶级利益为天职的高度觉悟，如帮助欲寻短见的严志和树立起坚定的信念，在保定二师学潮中冒着危险为学生送食品，营救被困学生等举动，就不仅仅是出于江湖义气。朱老忠有勇有谋，具有既坚且韧的斗争精神。朱老忠避祸闯关东，颠沛流离二十五载，在长白山挖过参，在黑河里打过渔，在海兰泡淘过金……漂泊流离的生活不仅磨炼了朱老忠不屈不挠的斗争意志，而且增长了他的才干和见识。所以，他虽然时刻想为父报仇，但却未像他父亲那样赤膊上阵，“出水才见两腿泥”的口头禅鲜明地体现了他的深谋远虑。回到锁井镇后，地主冯兰池不断地寻衅滋事，但朱老忠始终按兵不动。即使冯兰池唆使人把大贵绑了壮丁，他仍泰然处之，因为他认识到父亲朱老巩的赤膊上阵、朱老明的打官司告状都不可能扳倒冯兰池。他订下了“一文一武”的长远复仇计划，让江涛去读书，大贵去从军，抱定“大丈夫报仇，十年不晚”的心理。这对于中国农民来说是至关重要的进步，他们已经意识到了要想在与地主的斗争中获得胜利，就必须有“印把子”“枪杆子”，只凭一时之勇是于事无补的。找到中国共产党后，朱老忠参加了党领导下的革命斗争，他自觉地把个人的复仇计划与整个被剥削阶级的反抗斗争结合在一起，从传统的草莽式英雄成长为优秀的无产阶级先锋战士。在反“割头税”斗争中，他冲在最前面；在保定二师学潮中，他救出了张嘉庆。朱老忠的成长道路，是每一个试图改变自己命运的现代中国农民的必由之路。朱老忠的形象，高度概括了我国农民革命斗争的历程，在他身上，既有中国农民传统的美德，又闪现着新时代农民的英雄特征。他的生活道路、斗争经历概括了20世纪初期中国农民的历史踪迹。

与朱老忠的英雄形象相互映照的是严志和这样一个地地道道的农民形象。如果说朱老忠代表了农民群体中的优秀分子，那么严志和这个形象在中国农民中更具有普遍性。作品主要刻画了严志和内向、勤劳、朴实、善良，但又软弱、狭隘的性格特征。他仇恨地主阶级，状告冯兰池失败，老母亲暴死，被逼卖掉宝地，儿子一个被杀害、一个被逮捕，这一切都激起了他心中反抗的火花。但他又胆小怕事，只求能够忍气吞声地活下去，他的生活信条是：“什么也别扑摸，低着脑袋过日子吧！”生活的不幸使他的心里“像铅块一样，又凉又硬”，他甚至想投河自杀，而在斗争中又不时地表现出软弱动摇。他在朱老忠等人的帮助下，不断摆脱旧的精神负担，觉悟逐渐提高，最终走上革命的道路。他的思想变化过程，集中表现了中国大多数农民在旧社会遭受苦难及逐渐觉醒的过程。

《红旗谱》的重要特点在于它不是单纯地写阶级斗争，而是立足于中国北方农村的生活实际，描绘了农村生活、风土人情，力图写出中国农民从个人反抗到有组织的阶级斗争的必然性与合理性，表现了中华民族勤劳勇敢的品质。小说深入地反映了20世纪上半叶中国农村生活的现实，显示了较大的真实性和深刻性。

梁斌一开始就有意把《红旗谱》写成一部中国农民革命的史诗。小说写到了中国革命的“起源”，也就是中国革命“发生”的问题。关于革命“起源”的探讨，一方面是探讨革命者投身革命的心理动机、思想转变的问题；另一方面就是探讨20世纪二三十年代：中国乡村和城市革命运动最初的孕育和展开。《红旗谱》这两个方面都涉及了，小说的正文是从朱老忠回乡开始写起，这也正是中国革命在农村展开之时。另外小说也着重写了以朱老忠为代表的农民思想转变的过程，从朴素的农民观念向具有现代性的阶级观念转变的过程。

作者努力把阶级斗争的主题与民族心理、乡村风俗和传统文化结合起来。小说中有大量乡风习俗的描写，冲淡了阶级斗争的那种僵硬感。例如，反“割头税”那一节，冯老兰派保长刘二卯收税，受到农民的反抗。一群妇女一起上来打他，大闺女、小媳妇一起上，有揪耳朵的、有拉头发、有拽衣服的，闹闹攘攘要把刘二卯抬起来了。刘二卯没有办法，急中生智，他一下子把自己的裤子褪下来了。吓得大闺女、小媳妇一哄而散。反“割头税”本来是严肃的阶级斗争，但是在这里却成了生活的闹剧。

《红旗谱》被誉为中国共产党领导下的农民革命运动的壮丽史诗，如果将《红旗谱》三部曲作为一个整体来看，它也确是一部具有史诗气度的小说。作者曾说：“我写这部小说，一开始就明确主题是写阶级斗争。”因此《红旗谱》一开篇便摆开了两个阶级生死冲突的阵势。而第三部《烽烟图》的结尾，则将被压迫阶级不屈不挠的反抗推向了一种源远流长、绵延不绝的时空：“夜深了，远远传来滹沱河里呜呜咽咽的流水声，那是渗彻人心的、几千年来永恒不变的、被压迫人民的心声！那是几千年来，永恒不变的、反抗的力量！”整部作品还将冀中平原的风云变幻与大革命时期全国范围的农民运动、“四一二”反革命政变等联系起来，赋予了作品史诗一般的品格。

第二节 吴强的《红日》

吴强（1910—1990），原名汪大同，江苏涟水人。少年时喜欢看《西游记》等书籍，读中学时开始文学创作。1933年在上海加入“左联”，1935年9月发表短篇小说《电报杆》，这是吴强的处女作，同年发表小说《苦脸》。抗日战争爆发后，吴强投笔从戎，1938年在皖南参加新四军，从事文艺和宣传工作。1939年参加中国共产党。解放战争期间参加了莱芜、淮海等著名战役。1952年后在上海工作，曾任中国作协上海分会副主席、上海小说家联谊会会长等职。1957年出版长篇小说《红日》，这是他的成名作，对当代文学创作影响重大。1990年因病逝世。吴强著有长篇小说《堡垒》（上部）、散文集《咆哮的烟苇港》、中篇小说集《养马的人》、小说散文集《心潮集》、报告文学《淮海前线纪事》等。

《红日》是一部规模宏大、正面描写革命战争的长篇小说。小说主要描写了1947年华东野战军与国民党王牌军74师在山东战场上的涟水、莱芜、孟良崮三场战役。1946年底涟水战役爆发，由于国民党军队既有装备和数量的优势，又有美国的支持，此战以国民党军队攻占涟水、解放军伤亡惨重而被迫撤退结束。之后，华东野战军重整队伍，总结经验教训，神速拿下了莱芜。莱芜战大捷作为过渡，小说着重描写了孟良崮战役。

1947年4月，张灵甫率领王牌军74师，再次向沂蒙山区大举进攻。华东野战军把74师逼进了孟良崮一带包围了起来，此时国民党的外围后援部队又把华东野战军包围了起来，企图与74师里应外合，一举歼灭华东野战军，情势十分危急。但华东野战军上下一心，一面抵御外围敌军，一面集中火力攻上了孟良崮的高峰，经过三天三夜激烈的战斗，华东野战军英勇的战士们，将躲藏在山洞里的74师师长张灵甫和他的残兵败卒统统歼灭。

《红日》这部文学经典让人感触最深的不是华东野战军在与国民党74师的英勇战斗中获得的巨大胜利，也不是恢弘壮烈的战争场面，而是作品中塑造的典型环境中的典型人物。作者吴强在修订本的序言中也提到：“……战史仿佛是作品的基地似的，作品的许多具体内容、情节、人物活动，是在这个基地上建树、生长起来的。”茅盾曾在总结抗战文学时说过：“创作的最高目标是描写典型事件中的典型人物。”作家艾芜也强调：“文学家最重要的任务是在创造典型人物上。”在《红日》中，作者吴强成功塑造，典型环境中的典型人物。国民党王牌师整编74师是蒋介石用美式装备武装起来的嫡系王牌部队，张灵甫是74师的师长，号称“天之骄子”。他在攻占涟水城后显得不可一世，甚至在陷入了解放军的重围之中时，仍然气焰嚣张，叫嚣着要创造惊人奇迹，一举解决山东战场，显示了他狂妄骄横、刚愎自用的性格。作品也展示了他性格的多重性，如作为王牌师师长的指挥才能，精明强干，指挥若定，但身陷重围无人接应时又惊恐万分。中国人民解放军高级指挥员、军长沈振新，是一位参加过长征、身经百战的“老革命”。作品塑造了他沉着、冷静、果断的良好品质，突出了一名优秀指挥官的风采。同时，作品还表现了他作为一个普通人的思想感情：对牺牲战友的哀悼思念，对犯错误的部下严厉又热情，对妻子满怀想念之情，这些都真实地展现出这个运筹帷幄、决胜千里的指挥员丰富的内心世界。沈振新比较严肃，而中国人民解放军高级指挥员、副军长梁波则比较风趣。作者通过对涟水战役失利后梁波的到来、羊角庄侦察、吐口丝战斗以及其情感生活的描绘，展现出他的性格魅力：既有军事指挥员的谋略，又有政治家的气度；既有理论水准，又能平易近人。连长石东根，是战场上叱咤风云、雷霆万钧的英雄人物，但也存在着人性的弱点：幼稚、浮躁，容易被胜利冲昏头脑。莱芜大捷后，因为他的连队在此次战役中战果辉煌，在庆功会上喝得酩酊大醉，得意忘形，一时酒醉纵马，着一身缴获而来的敌军军官装束，狂奔乱喊，受到军长的严厉批评。但经过战友们的帮助及战争的锤炼，石东根逐渐改掉了“火烧屁股”的毛躁性格。作品细致地描绘了他在革命战争的磨炼之下，逐渐克服自身弱点不断成长的过程。

这部小说的突出艺术成就是成功地塑造了革命军人形象系列。在这个形象系列中，军长沈振新和副军长梁波尤为光彩照人。沈振新是我军经过万里长征锻炼和考验的高级军事指挥员，身经百战，高瞻远瞩，总是从战争的大局、全局思考问题，作出决定;运筹帷幄，指挥若定，率领全军取得一个又一个胜利，最后全歼国民党 74 师。长期的战争生活和军事指挥员的特殊地位，形成了沈振新深沉内向、刚毅威严的性格。他治军极严，而对部下却关怀备至，处理问题通情达理。为了更深入地揭示人物的内心世界，小说以一定的篇幅描写沈振新的家庭、婚姻、爱情生活，写出他的喜怒哀乐和兴趣爱好，从而把他塑造成一个既有高度的原则精神又有浓厚的人情味的血肉丰满的艺术形象。与沈振新的深沉内向不同，副军长梁波性格开朗，平易近人，说话风趣幽默，即使批评人也不疾言厉色。他同样是高级指挥员，却更多地表现出政治家风度和儒将风采，别具魅力。团长刘胜和连长石东根是军事指挥员的英雄形象。他们都是农家子弟，有不少相似之处，忠诚、勇敢、嫉恶如仇。但他们的英雄性格里又有农民固有的文化观念，如刘胜求战心切的急躁、石东根醉酒纵马的浮躁等。作者善于从对立和对比中写人，以显示他们迥异的个性，沈振新与梁波相映成趣，刘胜和石东根同中有异，都充分体现了人物描写上的这一特色。

小说的另一重要艺术成就是对于革命战争的史诗式描写，在整体艺术构思上张弛有致，疏密相间。作品以涟水、莱芜、孟良崮几个大的战役为主线，描绘了一幅光彩夺目的革命战争画卷，其中又穿插了后方人民的支前活动，军人的爱情生活等场面，把紧张的前方与安定的后方，激烈的战斗场面与轻松的生活瞬间有机地结合起来，做到了张弛有致。作品在对几个重点战役进行描写时，进行了有主有次、疏密有致的安排。涟水战役是揭幕战，揭示了敌人暂时处于优势的特点，作者用笔简略。莱芜大捷是事件的发展，敌我力量的优劣对比发生变化，描写得较为细致。孟良崮歼灭战是事件发展的高潮和结局，用墨最多。由于作者对情节所做的合理安排，小说结构具有立体感，情节发展具有节奏感。

第三节　杨沫的《青春之歌》

杨沫（1914—1995)，原名杨成业，笔名杨君默、杨默、小慧。湖南湘阴人，中国当代女作家。1914 年 8 月生于北京。1928 年考入北平温泉女中学习，阅读了大量中外文学作品。1931 年抗婚离家出走，在香河小学教书。1936 年 12 月加入中国共产党。抗战爆发后到冀中地区投入游击战争并承担妇女宣传工作。1944 年起任《黎明报》《晋察冀日报》编辑、副刊主编。中华人民共和国成立后，调任北京市妇联宣传部副部长。1958 年，出版长篇小说《青春之歌》，2019 年 9 月《青春之歌》入选“新中国 70 年 70 部长篇小说典藏”。1980 年 6 月，出版长篇小说《东方欲晓》第一部。1986 年 5 月，出版长篇小说《芳菲之歌》。1990 年 10 月，出版长篇小说《英华之歌》。1995 年 12 月 11 日因病在北京逝世。

《青春之歌》是新中国文学史上第一部描写学生运动、探索民主革命时期青年知识分子道路问题的长篇小说。1931 年“九一八”事变后，中华民族面临着生死存亡的选择，以爱国青年为先导的抗日救亡运动风起云涌，到1935年的“一二·九”运动前后达到高潮。在民族的危急关头，青年知识分子对自我的人生道路作出了不同的选择。《青春之歌》就是以此为背景，描述了林道静因家中逼迫她嫁给有财有势的胡局长，道静不肯从，连夜出走，到北戴河附近投亲不遇，做了代课老师。偶然的情形下，道静得知挽留自己的校长别有所图，她羞怒交加，心灰意冷，在雨夜里奔向大海……被余永泽从险地中救回。余永泽良好的文学素养和他的关爱与抚慰，使道静心里产生了绝处逢生的欣幸和喜悦。“九一八”事变后，道静也对国家危亡的大事忧心如焚。这时她遇上了有爱国激情的北大学生卢嘉川，在他身上有余永泽所没有的勇毅精神，卢嘉川南下而去，很快投身到抗日示威的学生运动中。此时道静回到北平，生活四处碰壁。迷惘中她应允了余永泽的恳求，答应和他共建爱巢，从小孤苦无依的林道静暂时享受到了家庭的温馨。但她不甘心被人供养，先是寻找工作受挫，后来道静结识了一群热情洋溢的、以国家民族为己任的青年学生，其中就有她以前见过的卢嘉川。与他们的交往中，道静复活了她的青春，她明白了很多现实的事情，也对马克思主义社会科学产生了强烈的求知欲。卢嘉川鼓励这个有正义感的女子走出狭小的个人生活，道静开始逐渐向往革命。这时余永泽与道静的分歧越来越大，他阻拦道静参加有政治色彩的集会，同时不满于道静和卢嘉川的来往，更在危急的时候拒绝救助被宪兵围捕的卢嘉川，使他落到了敌人的手上。道静终于和过去的生活决裂了。卢嘉川牺牲了，道静在怀念中接过他未竟的事业，投身到抗日救亡的洪流中去。从此她在革命者的指引下，一步步克服软弱，最终成为一名成熟的无产阶级革命战士。

《青春之歌》是一部充满理想、激情昂扬的红色经典文学作品。围绕在林道静周围的一批进步青年，从对待世俗的超然冷漠到投身革命的热血沸腾，从反对封建统治到抗击日本帝国主义侵略，并在共产党领导下，积极投身于无产阶级伟大革命之中。主人公林道静的传奇成长故事是小说的主要线索。林道静是一个典型的洋溢着青春光彩的女性知识分子形象，她的成长道路向我们展现了中国青年知识分子如何从追求个性解放到献身社会解放，在革命斗争中实现人生价值与生命意义的生命历程。

林道静的成长历程可以概括为“恋爱——革命”的转移过程。小说第一部分讲述的是她与旧家庭决裂、追求独立自由，并与知识分子余永泽自由结合的故事。林道静从家庭里逃出来，抗婚逃往北戴河。这段时间，她孤独苦闷、无人倾诉，感觉到生活的艰难，刚从虎口里逃出来却又进入另一个虎穴。反抗无门的林道静只得投海自尽，被北大学生余永泽救助。在余永泽的开导鼓励下，她重新燃起对生活的希望。她在一所小学当教员，并在课堂上传播爱国思想，这是她成为一名进步人士的开始。但小学校长的顽固守旧，迫使她再次跨上去北平的列车。到北平后，她与余永泽再次相见并同居，但婚后的生活却让她感到窒息与苦闷。直到卢嘉川的出现，她才又一次看到曙光。

第二部分是她向无产阶级蜕变的过程。在卢嘉川的引导下，林道静阅读进步书籍，接受先进思想。不顾余永泽的反对，积极参加革命活动。后来余永泽因为私心破坏革命，导致革命人士被捕，林道静毅然离开余永泽。这是林道静的第二次决裂，与小家庭的决裂。当与所有朋友都失去联系时，林道静依然坚持参加革命运动，宣传革命主张，散发传单，鼓舞青年人关心国家命运。她是一个有勇气的人，为了自己的理想与国家的前途可以不顾一切。在活动过程中，她不幸被捕，下放到小学当教员。在这里，她遇到了地下党员江华。

江华给她讲了许多革命的道理，使得苦闷彷徨的林道静有了很大的心理安慰。同时她决定要加入共产党，江华十分支持她，并且竭尽全力帮助她。经过党组织的考验以及她参加活动时的积极表现，她终于如愿以偿地成为一名无产阶级战士，并出色地完成了党组织交给的任务，成功发动学生参加“一二·九”运动。

除林道静外，作者还塑造了共产党员卢嘉川、江华、林红等形象。他们是以“党的使者”的身份出现的，对林道静走上革命之路产生了重要影响。卢嘉川是北大党组织的负责人，是一位有着卓越领导才能和坚贞不屈品格的优秀共产党员，是林道静参加革命的启蒙者。江华是一个沉重、质朴、刚毅，有着更多工人气质的共产党人。林红以共产党人的爱心和坚韧的人格力量，感召着林道静，使她最终完成了人生的重大转折。此外，作家杨沫为更加形象地揭示出小资产阶级知识分子走向革命之路的艰难性，还塑造了堕落为时代渣滓的余永泽，贪图享乐、经不起磨炼的白莉萍，在物欲的诱惑下叛变革命的戴喻等，他们与林道静、卢嘉川，以及几经动摇最终走向革命的许宁、王晓燕形成了鲜明的对比。

《青春之歌》通过对人物形象的个性特征刻画，对人物活动构成的曲折艺术情节描述，运用鲜明生动的艺术语言和耐人寻味的艺术手段，将作者的创作立意完美地展示出来。小说布局严密，层次清晰，结构严谨。作者侧重表现以林道静为代表的20世纪30年代知识青年在斗争中的成长，展示党对青年一代的关怀、培养，同时又描述自“九一八”至“一二·九”这个时期以北京大学青年学生为主的爱国运动，这在艺术结构上便形成了两条线索交叉并行的总的布局。

作者善于观察生活、表现生活，特别是在女性形象的塑造上，对她们的言行举止、内心活动，刻画得尤为细致、生动。在表现林道静初次接受散发宣传品任务、接过盛放革命传单的手提包时，小说这样写道：“道静小心翼翼地接过那个半旧的古铜色的小提包，好像母亲接抱自己初生的婴儿。片刻间，她的心头充溢着一种幸福的、欢乐的感情，这感情是怎样激越和有力，竟使得她忘掉了刚才的紧张，紧紧把提包搂抱在怀里，眼睛燃烧似的瞅着卢嘉川……”当她携带宣传品走上街头时，作者又写道：“她像在等待什么，又像在窥伺什么。她手里提着一个华丽的手提包，穿过一个胡同又一个胡同。当她听到似乎有脚步声或者什么声音的时候，她就停了下来，把苗条的轻捷的身子紧贴在墙边，侧着耳朵，屏住了呼吸。她谛听着，在黑夜里闪闪发光的大眼睛睁得大大的，心里却忍不住激烈地狂跳着——她几乎都听到了砰砰的跳跃声。但是当她听了一会，并未听到有人走来的时候，她就像小孩子一样天真地笑了。”“贴第一张的时候，她的手不住地哆嗦，腿也在发软”“在这黑暗的深夜里只有她一个人。孤单、恐怖。……贴了几张，胡乱地向几家住户的门口塞了几张，她实在支持不住了，就匆匆地跑了回来。躺在床上，她好像瘫了似的不能动弹”。这里，作品主人公在特定境遇下既紧张、焦急、胆怯，又要坚持锻炼，严肃对待党组织交办的任务的心情跃然纸上。

作者通过不同人物对于同一事物的不同反映，展现出各个人物的不同心理特征。打开小说第一章，呈现在大家面前的就是“穿着白洋布短旗袍、白线袜、白运动鞋”这“浑身上下全是白”的林道静，携带了各式各样的乐器，在火车上成为人们谈资的情景。这是一件很小的事，然而作者却通过两个旅客的不同反映，生动地展示了一名“洋学生”和一名商人的不同内心世界。“洋学生”和他的同伴悄悄地说：“这小密斯失恋啦？”而身旁的胖商人却热衷于另一方面，他煞有介事地计算起这堆乐器“至少也得值个十块二十块洋钱”，说着竟凑近了身旁的“洋学生”“挤眉弄眼地瞟着乐器和女学生”，说什么“这小妞带点子这个干么呀？卖唱的？……”仅仅是简洁的几笔，就把两个人的不同趣味、爱好、见解、心理状态都勾勒出来了。虽然这些人是作品中的小人物，但展现了出社会各阶层人物的精神面貌。

第四节　曲波的《林海雪原》

曲波（1923—2002），现代作家，山东黄县人。年少时家庭贫困，13 岁失学在家务农，在这期间经常到武术馆习武，习武之余喜欢和武馆的人们聚在一起谈古论今。1938 年参加八路军，历任文化教员、指导员等职。1943 年入抗日军政大学学习。1944 年起任八路军大队政委、团政委、政治处主任等职。1950 年因伤转业。历任机车车辆制造厂党委书记兼第一副厂长、设计院副院长、铁道工业部总局副局长等职。1956 年起，陆续发表了长篇小说《林海雪原》《山呼海啸》《桥隆飙》等。2019 年 9 月，长篇小说《林海雪原》入选"新中国 70 年 70 部长篇小说典藏"。

《林海雪原》写的是解放战争初期，为了巩固后方，支援前线，我军改变大军团作战的方式，以小分队的形式同土匪斗争，描绘了解放军战士艰苦的战斗生活。在这场突破险中险、经历难中难、发挥智中智、战胜魔中魔的斗争中，战士们的意志锻炼得更加坚强了，并在军事技术和战斗策略上战胜了敌人，直至将匪徒消灭。在斗争中，他们发挥了解放军艰苦奋斗的优良传统，战胜了常人难以忍受的艰苦，克服了想象不到的困难。塑造了人民战士的英雄形象，讴歌了中国人民解放军的革命英雄主义气概。1946 年冬天，东北民主联军一支 36 人精悍小分队，在团参谋长邵剑波的率领下，深入林海雪原执行剿匪任务。小分队用计捉匪徒一撮毛和小炉匠，审问之后，得到了敌人的先遣图，随后我军又抓到土匪傻大个，了解到威虎山是国民党座山雕的大本营，山上敌匪众多，超过小分队数倍，而且有很多暗堡、暗道，不利于强攻硬打。我军经过周密研究，决定让杨子荣化装成另一匪徒胡彪，带着先遣图插入敌人内部。杨子荣上山后，将先遣图献给座山雕，并经过数次考练，取得他的信任，破格封为"上校团副"威虎山老九。大年三十晚上，座山雕庆祝 60 大寿，杨子荣担任司宴官，他利用这个机会在山上点起火把并在威虎厅点上松明，给小分队做信号。正当杨子荣准备配合小分队与民兵消灭座山雕时，先前趁乱逃走的小炉匠也来到了威虎山。紧要关头，杨子荣不慌不忙、先发制人，解决了小炉匠。随后，小分队和民兵突袭威虎山，趁敌人烂醉之际将其歼灭并活捉座山雕。

《林海雪原》的主要人物之一邵剑波的战斗经历同作者有许多相似之处，可以说这是作者本人经历通过文字进行的艺术化和故事化，这使得本书所描述的故事在生动之余，更增添了几分真实性和可考性，也使得人物和情节在经过艺术处理之后更加形象和丰满，对于读者更进一步深入作品情节，感受那段血与火的战争岁月、被压迫民众的水深火热、惊心动魄的斗争故事有很大的帮助。邵剑波是小说的中心人物。作为小分队的最高指挥员，邵剑波深知自身所肩负的重任和所面临的严峻斗争形势，但他始终对革命事业的胜利充满信心。在战斗中，他冷静地分析敌情，周密部署、屡出奇兵，先后机智果断地率领小分队奇袭奶头山，智取威虎山，并利用战斗的间隙消灭九彪等，这些作战行动充分展现出邵剑波足智多谋、胆识过人、指挥果敢的性格特征。杨子荣是作者以现实战斗中的真人为原型塑造出的人物形象，具有一定的传奇色彩。作者为了使这个人物更加真实可信，充分展现了他成长为英雄人物的过程：杨子荣被黑暗的社会逼得家破人亡，带着深仇大恨参加革命队伍。战争生活锤炼了他的意志，党的教育树立了他崇高的目标，一次次战胜敌人的阴谋，与战友里应外合智取威虎山等一系列英雄壮举，成功表现了杨子荣超凡的智慧和胆气。

《林海雪原》吸引广大读者的最大特色在于它成功地塑造出杨子荣、邵剑波等一批个性鲜明而又极具传奇色彩的英雄人物形象。其他英雄人物，还有如猛擒刁占一、袭击虎狼窝、活捉许大马棒的刘勋苍，善于登攀、有飞越天堑“绝技”的栾超家，具有超人耐力、能日行百里的孙达德等小分队英雄们。他们都以其生动鲜明的个性特征和富于传奇色彩的战斗事迹，给读者留下了深刻的印象。此外，作品对反面人物的描写同样出色。曲波在表现他们凶残暴虐、狰狞面目的同时，又着重突出了他们虚弱的本质和不同的个性。如老奸巨猾、嗜血成性的座山雕，冷酷无情、凶狠残暴的许大马棒，顽固不化的马希山，十分狡猾又贪生怕死的“小炉匠”栾平，凶狠毒辣的“一撮毛”刘维山，道貌岸然、双手沾满鲜血的老特务宋宝森，嗜杀成性的惯匪郑三炮和“蝴蝶迷”等，都具有较为鲜明的个性特征。

在小说的结构上，既注意运用二元对立的模式，凸显双方的强烈差异，又注意通过紧张惊险、曲折多变的情节来不断增强作品的传奇色彩和可读性。曲波充分借鉴了传奇小说的模式和手法，在传统的“两军对阵”思维模式的基础上，刻意突出“好人极好，坏人极坏”的模式，并具体通过小分队与国民党残匪、惯匪的作战冲突，着重突出革命力量与正义力量的不可战胜，表现出作家强烈的爱憎情怀。而传奇小说本身就具有追求情节曲折生动与故事浪漫夸张的传统，进一步强化了这种艺术效果。

在小说之中始终洋溢着强烈的英雄主义精神和浪漫主义色彩。小分队深入林海雪原，不仅要穿山越岭，跨越峡谷，战胜恶劣的自然环境等，还要和数十倍于己的顽匪周旋，经历种种艰难险阻，一次又一次地化险为夷，这些传奇性情节使得这部小说充满了民间趣味。小说在描写小分队战士的性格和塑造其英雄形象时，既考虑到了所谓的“阶级本质”等程式，又在人物性格与形象的塑造上较为明显地受到民间传统小说“五虎将”模式的影响。如颇似张飞、李逵性格的刘勋苍，身怀绝技的栾超家像是水浒好汉时迁，而在雪地里健步如飞的孙达德很容易让人想到水浒好汉戴宗等。作品中这些主要人物个性鲜明独特，洋溢着强烈的英雄主义精神和浪漫主义情调。除此之外，经过曲波的文学艺术加工，小说描绘了林海雪原奇异的自然环境，再次烘托出作品的浪漫主义传奇色彩。

第五节　王蒙的《组织部来了个年轻人》

王蒙（1934—），祖籍河北省南皮县，生于北京，从小天资聪颖，受到很好的古典诗词曲赋的熏陶。王蒙在中学时代与共产党地下党员接触，并成为中国共产党的一名地下党员。他身上具有强烈的少年布尔什维克的精神气质，这一精神气质对他的文学创作产生了很大的影响。王蒙最初的人生理想是成为一名职业的革命家，但为他这一代人的青春宣言的冲动促使他拿起笔，开始了他的文学创作之旅。1953 年创作他的长篇处女作《青春万岁》（1978 年正式出版），1955 年发表第一篇短篇小说《小豆儿》。1956 年因发表短篇小说《组织部来了个年轻人》（发表时标题为《组织部新来的青年人》）而成名。历任北京市文联专业创作员，中国作协书记处书记、常务副主席，《人民文学》主编，文化部长等职务。1990 年王蒙辞去文化部长职务。新时期是王蒙文学创作的旺盛时期，先后出版了长篇小说《活动变人形》《这边风景》《恋爱的季节》《失态的季节》《踌躇的季节》，中篇小说集《深的湖》《冬雨》《木箱深处的紫绸花服》《在伊犁——浅灰色的眼珠》《坚硬的稀粥》等。其中短篇小说《最宝贵的》《悠悠寸草心》《春之声》分别获 1978、1979、1980 年全国优秀短篇小说奖。《蝴蝶》《相见时难》分别获全国第一、二届优秀中篇小说奖。此外，王蒙还著有散文集《纪行》，评论集《创作是一种燃烧》《漫话小说创作》《王蒙王干对话录》，以及《王蒙报告文学集》、《王蒙文集》(1-4 卷)。

王蒙的创作大致可分为四个阶段。第一阶段以《青春万岁》和《组织部来了个年轻人》为代表。这一阶段的作品充满着青春的激情，作品的“少年布尔什维克”气质给人以青春的鼓舞。第二阶段以《最宝贵的》《悠悠寸草心》等为代表，这是王蒙复出文坛后创作的第一批作品。作品的主题大多是对背弃人民的丑恶思想行为进行批判，呼唤光明。第三阶段以《春之声》《夜的眼》《蝴蝶》等为代表，这一阶段王蒙完全摒弃了以前单一的主题、线性结构的传统创作方法，在艺术上大胆探索、创新，创作了一系列的“意识流”小说。第四阶段以长篇小说《活动变人形》《失态的季节》等为代表，以现代意识透视中国历史、现实和人。此外，王蒙还写了幽默小说《冬天的话题》《买买提处长轶事》，通俗小说《球星奇遇记》《名医梁有志传奇》等。

《组织部来了个年轻人》大胆地揭露了当时社会生活中存在的官僚主义现象，因“积极干预生活”而著称。不过，作品更是表现了在理想与现实之间生活所呈现的复杂状态。作者的创作意图是通过对其中人物的塑造，提出一些令人深思的问题。小说的中心人物林震，富有理想，对党支部的歪风邪气不满，他想要通过自己的努力去改变现状。但他又是单纯的，和刘世吾等人比起来是弱小的，他怀着一股热情想要改变组织部存在的一些坏习气，勇敢地向上级提出批评，却没想到没有任何人给予理睬。他感到气愤，也使得他的反抗意志更加坚定。他有过惶恐，但没有退却。林震与许许多多的年轻人一样，作为一个涉世未深的新生儿踏进社会，对一切充满了热情。在他的头脑中，生活就应该像党允诺的一样，单纯明朗，人们应该按照党章那样循规蹈矩。然而事实并非如此。他困惑，自然也不能接受。但令人佩服的是，即使对革命的热情被压迫在社会的洪流中，也仍然继续为之努力。他就是社会主义新势力与旧官僚主义、形式主义作斗争的象征。

王蒙写作时关注的核心问题不是政治问题，而是青年问题。青年知识分子林震的成长和出路才是作者思考的重心。林震这一人物形象的经典意义便在于他呈现了一个青年知识分子如何在组织部日常生活中成长的人生形态。在面对腐朽势力的时候，往往会显得不知所措，但他丝毫没有退缩的意思。刘世吾看似一本正经，其实是新式官僚主义的最初原型，刘世吾具有官僚主义气息，有革命的工作经验，熟悉“领导艺术”，但对工作缺乏热情和积极性，平淡默然，忽视工作上的缺点。他常挂在嘴边的话就是：“就那么回事。”他似乎什么都了如指掌，也什么都看透了。他善于舆论宣传，不作为但擅长玩弄思想，只宣传思想不干实事，反映出当时一部分官员的真实心态。

小说中作者塑造人物时运用了对比手法，人物间形成各种对比，突出了性格特征，凸显了丰富多样的个性。同是组织部成员，在面对麻袋厂问题时，林震心急如焚，想方设法地解决问题；而早就知晓此事的刘世吾，教训林震幼稚，面对林震的汇报，他总能找到一套借口和理论来为自己开脱。在区常委开会讨论麻袋厂问题的会议上，林震为会议准备了几千字的发言提纲，韩常新专心地把自己的鞋带解开又系上了，刘世吾面对林震在会上所提的意见只是点点头说：“小林同志的意见是对的，他的精神也给了我一些启发……然后他悠闲地溜到桌子边去倒茶水。”通过对比很自然地表现人物性格和他们各自对待工作的不同态度。刘世吾曾告诉林震："当我读一本好小说的时候，我梦想一种单纯的、美妙的、透明的生活。我想去做水手，或者穿上白衣服研究红血球，或者做一个花匠，专门培植十样锦……" 从中可知，以前的刘世吾也曾和林震 一样，但是后来刘世吾变得世故圆滑、明哲保身，"取笑缺陷，仅仅是取笑；欣赏成绩，仅仅是欣赏"。青年刘世吾与中年刘世吾的对比，揭露了官僚体制对人性的异化。

小说将讽刺隐含于简练质朴的叙事语言中，如经验丰富的刘世吾常常把"把党的生活建立在……上"挂在嘴边，而这段话在林震听来是"把生活建在登登登上"，重复的"登"字加快了这句话的节奏感，也正是在"登登登"中读者能看出青年林震对党工作的满腔热情。而刘世吾那些似是而非的理论概念，"缺点是前进中的缺点，我们伟大的事业，正是有这些有缺点的组织和党员完成的"，看似头头是道，实际是他充分利用自己深厚的政治素养掩盖其官僚主义的惰性。小说中质朴却形象的比喻也为揭露现实起到了重要作用。"他纯熟地驾驭那些林震觉得是相当深奥的概念，像拨弄算盘子一样地灵活。"这句话表面是夸赞刘世吾谙熟党的方针政策，实际上是讽刺他利用职权将制度玩弄于股掌之中。

第六节　茹志鹃的《百合花》

茹志鹃（1925—1998），曾用笔名阿如、初旭，祖籍浙江杭州。自幼随祖母在上海、杭州以做手工维持生活，11 岁才上小学。祖母去世后，被孤儿院收养。后进上海妇女文化班学习。1942 年初中毕业。第一篇作品《生活》发表于 1943 年 11 月 22 日《申报》副刊上。1944 年随兄参加新四军，发表小说《一个女学生的遭遇》。1947 年加入中国共产党。1950 年发表了中华人民共和国成立后的第一篇小说《何栋梁和金凤》。1958 年 3 月，在《延河》月刊发表短篇小说《百合花》，歌颂解放军和人民之间的血肉关系，茅盾称赞这是一篇具有清新、俊逸风格的好作品。此后，她又陆续写出了一批艺术质量较高，显示出她艺术风格的短篇小说，如《春暖时节》《如愿》《三走严庄》《静静的产院》《阿舒》等。茹志鹃在十七年时期创作的作品大都收入《高高的白杨树》《静静的产院》两个集子中。1977 年短篇小说《出山》的发表标志着沉寂多年的茹志鹃重出文坛，并相继发表了具有探索意义的小说《剪辑错了的故事》（此篇小说的发表标志着反思文学揭开了帷幕）《她从那条路上来》等，另有散文集《惜花人已去》发表。复出之后的茹志鹃创作风格发生了重大转变，由原来的清新俊逸变为老辣、诙谐。1998 年的秋天，文坛上这朵清新、淡雅的百合花静静地合上了花瓣，但百合花的幽香永远充溢着读者的心田。

《百合花》是茹志鹃的代表作，也是当代文学史上最优秀的短篇小说之一。小说截取了解放战争时的一个小插曲，再现了人性的至真、至纯、至美。1946 年的中秋，即将发起总攻，文工团的同志被分派到各个战斗连去帮助工作。大概因为"我"是个女同志，团长叫一个年轻的通讯员送"我"到前沿包扎所。在路上，通讯员很羞涩，一直小心地和"我"保持距离。通过交谈，"我"得知他是天目山人，入伍前是帮人托毛竹的。到包扎所后，"我"自告奋勇讨了向老乡家借被子的差事，也请通讯员帮忙动员几家再走。但通讯员出师不利，还说老百姓封建。"我"知道可能是他借被子时说错了话，便叫他带"我"去看看。他带"我"到了那户老乡家。接待我们的是个长得很好看的年轻媳妇。"我"替通讯员道歉，年轻媳妇却只是咬着嘴唇笑。经"我"说服，年轻媳妇抱出了被子交给我们。后来听说这被子是年轻新媳妇唯一的嫁妆，“我”和通讯员都感到过意不去。回到包扎所以后，“我”就让通讯员回团部去。不久后，新媳妇也来包扎所帮忙。战斗打响了，半夜时担架队送来一个重伤员。担架员介绍说，这位同志是为保护担架队才受重伤的。这时，新媳妇和“我”发现那位重伤员正是小通讯员。虽然医生确认通讯员已经牺牲，但新媳妇却依然拿着针缝着他衣服上那个破洞。当棺材抬来时，新媳妇把她唯一的嫁妆被子，半条平展展地铺在棺材底，半条盖在通讯员的身上，在月光下，“我”看见那条枣红底色上洒满白色百合花的被子，这象征纯洁与感情的花，盖上了这位平常的青年人的脸。

《百合花》是一篇将政治主题和人性审美意蕴巧妙结合的佳作。描绘了战争年代人与人之间真挚的友情，赞美了小通讯员平凡而崇高的品格，表达了对人性回归和对真善美的呼唤。《百合花》的取材视角十分独特，它没有正面描写主要英雄人物“小通讯员”，而是有意识地淡化主要英雄人物的正面描写，通过“我”和“新媳妇”这两位女性的视角刻画出英雄人物日常的一面，表现了战争背景下人与人之间的圣洁友谊和美好的人性。这篇小说摆脱了十七年主流文学对英雄人物的模式化塑造，体现了作家独有的艺术风格，是十七年小说中非常有特色的一部小说。印着百合花的枣红色被子是推动小说情节发展的“矛盾体现物”。小通讯员帮“我”到老乡家借被子，因为遇上了同样不善言辞、羞怯害羞的新媳妇，没有完成任务。随后“我”再去借被子，不仅借到了被子还解开了小通讯员和新媳妇之间的误会。最后小通讯员牺牲，新媳妇主动为小通讯员缝上了第一次见面时上衣肩膀处被挂的“破洞”，还把百合花被子盖在心目中的英雄身上。作者通过这条“象征纯洁与感情的”百合花被子，实现了对战争中人性美和人情美的歌颂。

小说的情节虽然单纯，但有很强的节奏感。随着情节的发展，人物的音容笑貌和个性特征也逐渐展现。小通讯员奉上级命令护送“我”去前线，通过行军路上“我”与小通讯员的交往过程，写出了小通讯员内向害羞、怯于和女性交往的性格特点。随后，小通讯员去老乡家借被子，通过他与新媳妇的初次接触，使得这位不善言辞、羞怯内向的英雄人物形象在读者心中立了起来。小说笔调起伏跌宕，细节描写细腻，结构单纯而又缜密，耐人寻味。小说中含有不少意蕴丰富的意象。“百合花”的意蕴丰厚，一方面，它只是被子上的一个图案；另一方面，它又象征这新媳妇的质朴美丽、纯洁无瑕。独特的女性视角是小说的一个重要特点。这个主要是通过“我”这个人物形象来实现的。虽然，作品主要写的是小通讯员和新媳妇之间的圣洁感情，但是，“我”却是小通讯员和新媳妇之间不可缺少的穿针引线的人物，是故事的叙述人和情节发展的重要推动者。《百合花》的语言不论叙述、描写、对话，都给人一种自然、清新、柔和、优美的感觉，把一个流血牺牲的战斗故事，写得充满诗意。特别是其人物语言个性鲜明、生动传神。

第二十章　十七年诗歌的继承与突破

新中国的建立标志着人民跨进社会主义新时代，广大诗人怀着极其真挚的热情讴歌新时代，讴歌当时还未结束的人民解放战争和已经燃起的抗美援朝战争，讴歌正在展开的社会变革和社会主义各条战线的建设，整个20世纪50年代都是战歌和颂歌的时代。郭沫若的《新华颂》、艾青的《我想念我的祖国》、贺敬之的《回延安》等都是诗人们献给新生祖国最真挚、最热烈的赞歌，郭小川的《望星空》等又以不同的方式表达了诗人对时代的独特思考。但是1957年的反右斗争扩大化和1958年的"大跃进"民歌运动，则使许多诗作丧失现实的真实感。继之而起的是长篇叙事诗创作，闻捷的《复仇的火焰》、郭小川的《将军三部曲》、王志远的《胡桃坡》等就是这方面的重要收获。

第一节　贺敬之的《回延安》

贺敬之（1924—），山东峄县人（今枣庄）人，中共党员。生于一个贫苦的农民家庭，读过乡村师范。1939年在四川参加抗日救亡活动，开始发表作品。1942年毕业于延安鲁艺文学系，后在鲁艺文工团创作组工作。1945年，他同丁毅创作了我国第一部新歌剧《白毛女》，获得1951年斯大林文学奖，这是我国新歌剧发展的里程碑。作品生动地表现出"旧社会把人逼成鬼，新社会把鬼变成人"这一深刻的主题。1946年，贺敬之任华北联合大学文艺学院教员。1949年，他参加第一次全国文学艺术工作者代表大会，被选为中国戏剧工作者协会理事和中国文学工作者协会理事，在中央戏剧学校创作室工作。后任《剧本》月刊、《诗刊》编委，《人民日报》文艺部副主任，文化部副部长兼文学艺术研究院院长等职。1994年12月当选为毛泽东诗词研究会会长。贺敬之的诗歌创作开始于20世纪30年代，早期的作品收入《并没有冬天》《乡村的夜》《朝阳花开》等诗集，中华人民共和国成立后他最先受到好评的诗是1956年初用信天游的形式创作的《回延安》，以后又陆续创作了《放声歌唱》《东风万里》《三门峡歌》《十月颂歌》《雷锋之歌》《西去列车的窗口》《中国的十月》《八一之歌》等有名的诗篇。

贺敬之是一个深具民族脊梁精神的大诗人，他一直奏响着政治的号角，站在时代的风口浪尖上。中华人民共和国成立后他的诗集大致可以分为两类：一类是抒情短诗，如《回延安》《桂林山水》《三门峡》《梳妆台》等。这类作品一般是表现他对某些事物的感受，感情真挚，格调清新，民歌和古诗韵味浓厚。另一类是长篇政治抒情诗，如《放声歌唱》《十年颂歌》《雷峰之歌》《中国的十月》等。这类作品主要表现我国政治生活中的重大事件和重要人物，因而政治倾向强烈，感情饱满，气势雄壮。他的政治抒情诗不仅数量多，而且成就突出。

《回延安》是贺敬之在中华人民共和国成立后最早问世的一首抒情短诗，流传甚广。诗人运用信天游形式，以激情澎湃的赤子之心抒发了自己在阔别延安十年之后故地重游时欣喜、激动的感情，表达了诗人对革命圣地延安的无限热爱和对延安人民的深切怀念。从字里行间我们强烈地感受到了诗人跳动的脉搏——对延安永生难忘的挚爱。诗人贺敬之十几岁就来到革命圣地延安，不久后在延安入党，同时进入鲁迅艺术学院学习，并开始进行文学创作，初显成绩。在延安生活的这个时期成了贺敬之一生难以忘怀的经历，他度过了革命历史上最困难的时刻，也在政治、文学上为之后的发展打下了坚实的基础，因此诗人把延安当作自己的“母亲”。1946 年诗人因革命工作需要离开延安，但延安的一山一水、一草一木，延安的战友和父老乡亲仍萦绕在他的记忆和梦幻里。1956 年，诗人回到了阔别 10 年之久的“母亲”的怀抱，心情澎湃，诗歌《回延安》正是对这种真挚而生动的激动心情的抒写。

全诗共分五部分。“心口呀莫要这么厉害地跳，灰尘呀莫把我眼睛挡住了”把诗人重返延安、无法控制内心激动的情绪表现得淋漓尽致，描绘了与亲人相见时兴奋和喜悦的场景；“树梢树枝树根根，亲山亲水有亲人”“羊羔羔吃奶眼望着妈，小米饭养活我长大”，诗人追忆当年在延安的生活，表明了贺敬之与延安母亲的血肉关系；“一口口的米酒千万句话，长江大河起浪花”描画出诗人与亲人见面团聚的场面，表现了相互间深厚的情谊；“千万条腿来千万只眼，……母亲延安换新衣”描绘出延安在党领导下的巨大变化，展现了延安新貌；“杨家岭的红旗啊高高地飘，革命万里起高潮”歌颂了延安的光辉历史，也展望了美好的明天。全诗紧扣主题，从“回”字落笔，始终把对延安的眷念和热爱，凝结为对“母亲”的深深呼唤：“千声万声呼唤你，母亲延安就在这里”“手把手儿教会了我，母亲打发我过黄河”“对照过去我认不出了你，母亲延安换新衣”。这种真挚热烈的感情贯穿全诗，既炽热奔放又真切感人，深得抒情诗的神韵。

这首诗是诗人吸收民歌营养而创作的一篇优秀作品。全诗采用了“信天游”的形式，描绘了延安的风土民情及社会风貌，具有浓郁的生活气息与地域色彩。诗的每一节都由两句构成，按照“信天游”的特点，第一句起兴，有时候两句诗兴、比连用，或比兴、夸张连用，并且通常要押韵。例如，“树梢树枝树根根，亲山亲水有亲人”以“树”起兴，比喻诗人和延安以及延安的父老乡亲的血肉关系。“杨家岭的红旗啊高高地飘，革命万里起高潮”上句起兴，使人联想到由延安一地向全国扩展的革命形势，下句紧接着使用夸张。“白生生的窗纸红窗花，娃娃们争抢来把手拉”上句起兴，又兼有描写环境的作用。“信天游”中“兴”的表现手法，往往给读者留下很大的想象空间，使感情表达更加有力。擅用夸张也是“信天游”的一个特点，如诗中的“一口口的米酒千万句话，长江大河起浪花”“身长翅膀吧脚生云，再回延安看母亲”等句。这首诗里还有不少陕北方言，如多次出现的叠音词“儿回回”“树根根”“羊羔羔”“白生生”“一口口”等，一些儿化音“紧紧儿”“手把手儿”等。繁复的意象组合为全诗编织出诗意葱茏的画面，“黄土”“宝塔山”“白羊肚手巾”“小米饭”“油馍”等陕北高原所特有的事物，既质朴无华又令人回味无穷，使全诗具有一种乡土美感，流淌着诗人对延安永不褪色的情感。富有表现力的词汇准确地传达出诗人的思想感情，以高度集中的艺术概括和清新质朴的语言，如“抓”“贴”等，把诗人重返延安时细致、微妙的感受表达出来了。总之，用“信天游”体的咏唱方式歌颂延安，使全诗读起来有一唱三叹的艺术效果，具有民族音乐般的美。

第二节　闻捷的《苹果树下》

闻捷（1923—1971），原名赵文节，曾用名巫之禄，现代诗人。1923 年 6 月出生于江苏省丹徒县，少年时代曾在煤厂当学徒。1938 年到武汉参加抗日救亡演剧活动，随后入党。1940

年到延安，在文工团、陕北公学等地方工作学习。1944 年开始写作反映陕甘宁边区军民斗争生活的小说、诗歌、散文、剧本等。1945 年到边区《群众日报》当编辑和记者。解放战争时期，闻捷以记者的身份参加解放西北的战斗，并随军到了新疆。1952 年任新华社新疆分社社长。1955 年，他先后在《人民文学》发表了《吐鲁番情歌》《博斯腾湖畔》《果子沟山谣》等诗集，1956 年出版《天山牧歌》。此后创作一发不可收拾，陆续出版了《河西走廊行》《生活的赞歌》《东风吹动黄河浪》《祖国，光辉的十月》《我们插遍红旗》和长篇叙事诗《复仇的火焰》等。

在十七年时期文坛上，闻捷是第一个用动人的诗篇讴歌具有别样风情的异域生活、描写青年人隐秘情感的诗人，这得益于他在新疆的生活经验。1949 年，闻捷随中国人民解放军进驻新疆，曾任新华社新疆分社社长之一，直到 1956 年。在这期间，闻捷的足迹遍布天山脚下、吐鲁番盆地、博斯腾湖畔，他为那里能歌善舞、为爱“心跳失去节拍”的姑娘，那里剽悍、勇敢的年轻猎手所折服，也被那里湛蓝的天空、碧绿的草原、肥硕的牛羊、洁白的羊群所吸引。经过几年的情感积淀，闻捷相继写下了赞美新疆各少数民族新生活、赞美青年男女美好爱情的优美诗篇。诗人在对新生活的生动描绘中揭示出人的思想美、心灵美，将青年人的爱情同他们的劳动及理想，以及对故乡的热爱、对祖国未来的憧憬糅合在一起。其中《苹果树下》比较典型地代表了闻捷这个时期诗歌的创作特色。

《苹果树下》是诗人闻捷的一首生活抒情诗。诗中刻画了哈萨克族青年男女爱情生活中倾慕、追求、等待、表白等生活情趣，别具一格，展现了深厚浓郁的地方色彩，给人耳目一新的感觉。这首爱情生活诗体现了当时的社会风貌，而且在诗中把爱情同创造新生活的劳动相结合，可以说它是一首“生活的赞歌”。诗篇一开头出现了“苹果树下那个小伙子”，有背景，有人物，焦点集中，干净明快。第二行由视觉转为听觉：“你不要、不要再唱歌”，这一行写得极妙，一个“你”字，多情的“我”——抒情诗主人公立刻呼之欲出，这首第三人称的诗篇也因此而平添了几分抒情意味。两个“不要”，下笔轻盈，感情委婉，叮咛的口吻由此可见。更使人难解难忘的是，在苹果园里边劳动边唱歌，不正可以表现劳动人民翻身的喜悦和劳动的干劲，何以要提出与此相反的嘱咐和请求？这无疑是一个有趣而吸引人的悬念。诗人没有忙于把悬念一下子解开。接下来，姑娘出场了，我们看到了她沿着水渠走来的身影，听到了她心脏跳动的声音，但她对歌声的反响如何，诗人没有明确回答，而是连用了两个问号，曲折地表现了姑娘的感情活动，显得含而不露，恰到好处。

在诗中，小伙子频频唱出了求爱的歌声，表现得大胆而热烈，其中要数采摘“葡萄那么大”的苹果最为风趣，令人忍俊不禁。可是姑娘却说：“别用歌声打扰我，”继而说，“别像影子一样缠着我。”这一切构成了鲜明的对比，诗篇也因此笼罩上一层轻松活泼的喜剧氛围。当然，精诚所至，金石为开，小伙子的求爱终于得到了报偿，姑娘开始“整夜整夜地睡不着”，急切地期待着小伙子前来正式求爱。有趣的是，这次是小伙子落后了，他大概有些愣头愣脑、不善于观察姑娘微妙的感情变化吧？诗人这样处理，既契合姑娘和小伙子的身份、性格，也是诗篇构思的需要，诗的喜剧性氛围在此更加浓厚，使得诗歌也更加生动、吸引人。

此诗的结尾和开头句式相近，韵脚相同，构成一种首尾回环、复沓的音乐感，不过形式的整齐和匀称并没有遮掩住人物感情的发展和变化，即便是在开头和结尾中两次出现的诗行如“你不要、不要再唱歌”，其内涵也有着明显的差异。没有疑问，这种同中见异、形同实异的手法是别具一番韵味的。

全诗构思巧妙，苹果作象征体，诗人借苹果的生长来比喻爱情的成熟。从春天的花苞到夏天的果实再到秋天果实的成熟。这俨然就是爱从萌芽到成熟的一段美好过程。在收获果实的时候，也幸福地采摘了爱情的硕果。将美妙的爱情与劳动场面相结合，真切地表达了爱情生活中的新内容，有着浓郁的民族气息和时代气息。正面写劳动，侧面谈爱情，把爱情同创造新生活的劳动相结合，使内容更充实，也使人物更形像。

第三节　彝族民间长篇叙事诗《阿诗玛》

20 世纪 50 年代前期，兴起了一股搜集、整理少数民族民间叙事诗和抒情诗的热潮。当时发表的比较有代表性的作品有：傣族的《召树屯》、彝族的《阿诗玛》、蒙古族的《嘎达梅林》、藏族的《格萨尔王传》、纳西族的《创世纪》、壮族的《布伯》，等等。

《阿诗玛》是流传于云南彝族支系撒尼民间圭山地区的长篇叙事诗，被撒尼人称为“我们民族的歌”。中华人民共和国成立后，过去被压抑和忽视的少数民族文学受到党和国家的高度重视。1954 年 2 月，《阿诗玛》由公刘、黄铁等人整理后在《云南日报》上发表，受到国内读者的一致好评。1959 年，李广田受命再次整理、加工《阿诗玛》，于 1960 年正式出版。1964 年，叙事诗《阿诗玛》被改编成电影，再次引起了广大民众的轰动。

《阿诗玛》全诗共十三章，一千多行。故事讲述的是在撒尼阿着底的地方，贫苦的格路日明家生了一个美丽的姑娘，起名叫阿诗玛。地主热布巴拉家看上了聪慧美丽、能歌善舞的阿诗玛，想娶她进门做儿媳妇，遭到了阿诗玛的严词拒绝。热布巴拉家仗势欺人，强行抢走了阿诗玛。阿诗玛的哥哥阿黑听闻消息，策马扬鞭来到热布巴拉家，与其父子斗智斗勇，救出了阿诗玛。在阿诗玛和阿黑回家的路上，热不巴拉家求助崖神放洪水挡住了他们的去路，阿诗玛变成了山谷的回声。

这部长诗以阿诗玛和阿黑反抗封建统治阶级的抢亲为线索，批判了封建统治阶级对底层劳动人民的欺压，歌颂了劳动人民不畏强权、追求自由幸福的坚强意志以及反抗封建专制秩序的斗争精神。

阿诗玛和阿黑是长诗着力塑造的、最能体现诗歌主题的人物形象。阿诗玛出身于劳动人民家庭，诗歌一开篇就称赞了她爱劳动的本性。“长到六七岁，就会坐在门槛上，帮母亲绕麻线了。长到八九岁，就会把网兜背在背上，拿着镰刀挖苦菜去了。”阿诗玛是美丽的，众人夸她“千万朵山茶，你是最美的一朵。千万个撒尼族姑娘，你是最好的一个” 。作为一个少数民族少女，阿诗玛也体现出能歌善舞、多才多艺的特点。“谁把小伙子招进公房，阿诗玛的歌声最响亮。谁教小伴织麻缝衣裳，阿诗玛的手艺最高强。”阿诗玛这个人物形象，凝聚了撒尼族人民对所有美好的期待，是真善美的化身。在有钱有势的地主热布巴拉家面前，阿诗玛不卑不亢，严词拒绝热布巴拉家的逼婚，“清水不愿和浑水在一起，我绝不嫁给热布巴拉家，绵羊不愿和豺狼作伙伴，我绝不嫁给热布巴拉家” 。 阿诗玛还严正表明了自己鲜明的阶级立场：“不嫁就是不嫁， 九十九个不嫁”“穷人知道穷人的苦，穷人爱听穷人的话，穷人喜欢的是一样，受冻受饿我甘愿” 。阿诗玛这些掷地有声的话，表现了劳动人民的骨气，以及对地主阶级的蔑视。随着热布巴拉家的抢亲、鞭打、威逼、利诱，阿诗玛的反抗精神再次得到升华，塑造出她不畏强权的斗争精神。面对金银满堂的热布巴拉家，“阿诗玛笑也不笑，阿诗玛瞧也不瞧，”她说道：“我喜欢和谁相好，别人不能干扰，我高兴嫁给谁，你们管不着。”

阿黑是撒尼人集体智慧和力量的化身。他拥有坚强的品质：“像高山上的青松， 断得弯不得”，有过人的胆识：“万丈青松不怕寒， 勇敢的阿黑吃过虎胆。”同时，和阿诗玛一样，他不仅多才多艺、能歌善舞，“阿黑唱山歌，画眉飞来和；阿黑吹笛子，过路马鹿也停脚” 。他还具有爱劳动的勤劳品质：“大风大雨天，他砍柴上高山，石子地上他开荒， 种出的玉米比人壮。”为了救出阿诗玛，他“一口气跑了两座山，两口气跑了五座山，马嘶震动山林，四蹄如飞不沾尘”，来到热布巴拉家，阿黑先和阿支对歌，再和热布巴拉家父子比赛砍树、接树、撒种，阿黑样样都获胜。热布巴拉一计不成又生一计，放出三只老虎要伤害阿黑，阿黑连射三只箭杀死了老虎。热布巴拉家不遵守诺言，紧闭大门不放阿诗玛，阿黑一箭射在大门上，一箭射进堂屋柱子，再一箭震得供桌嗡嗡响。热布巴拉家惧于阿黑的神力，开门放出了阿诗玛。在营救阿诗玛的过程中，阿黑展现的过人胆识和超凡神力，突显了这个人物的英雄形象。

作为一首来自民间口传文学的长篇叙事诗，《阿诗玛》在形式和内容上具有鲜明的民族特色，主要表现在以下几个方面。第一，这首诗使用了复沓、比兴、比喻、夸张、对比等民歌常用手法，呈现出口传诗体语言的特点。描写阿诗玛成长历程的语句，属于口头民间文学典型的复沓环唱模式。“好囡阿诗玛，长到三月满，会笑脚蹦跳，妈欢喜两场。好囡阿诗玛，长到八月满，会做会爬了，会爬像耙地，妈欢喜三场。……七岁满，帮妈绕梭线，妈欢喜七场。好囡阿诗玛，长到九岁满，会帮妈煮饭，妈欢喜八场。”诗歌中还大量使用了具有民间文化特色的比兴手法。如“讨厌的猴子下山来，是为了偷吃庄稼，讨厌的海热到阿着底来，是为了劝说阿诗玛”。这一句使用了兴的手法，将做媒的海热比作偷吃庄稼、令人厌恶的猴子。还使用比喻的手法，增加语言的形象性，用“脸洗得像月亮白，身子洗得像鸡蛋白，手洗得像萝卜白，脚洗得像白菜白”。此外，全诗使用的五言句式，也体现了彝族诗歌特有的特点。第二，这首诗的内容涵盖了撒尼人生活的方方面面，呈现出浓郁的民族文化气息，“天空闪出一朵花”这一节写出了撒尼人为新生儿取名的隆重仪式（“待祝米客”）。热布巴拉家的“抢婚”是撒尼人的婚姻习俗。阿黑到热布巴拉家的“对歌”“砍树”“接树”“撒种”“射箭”，表现的都是撒尼人独有的生活习俗。第三，诗歌结尾让阿诗玛变成“回声”的结局，既使得这首诗充满了浪漫主义的色彩，深化了反封建的主题，也使得这首诗具有了鲜明的民族特色。流传于彝族民间的很多叙事诗歌都采用了类似的结尾，如《美丽的彩虹》让投火殉情的女主人公化作天上的彩虹；《太阳金姑娘和月亮银儿子》让焚火殉情的男女主人公幻化成青藤、蝴蝶和日月等等。这些相似的结尾，体现了彝族叙事诗的浪漫主义传统。

第二十一章　十七年戏剧的繁荣

经过几代人的共同努力，1949—1966 年期间，话剧创作、传统戏曲改编以及历史剧创作和中华人民共和国成立前期相比有了长足的发展，其中话剧是这一时期戏剧创作的主要形式，在数量和质量上都占据着绝对优势，出现了曹禺、郭沫若、田汉和老舍等一批极具个人特色的剧作家，出现了戏剧创作的三次热潮。第一次热潮出现在中华人民共和国成立至 1956 年期间。一个崭新国家的建立为创作者们提供了丰富的素材，激发了他们的创作热情，话剧团体如雨后春笋在全国范围内大量出现。话剧创作者们从社会现实出发，对传统剧目进行“推陈出新”的改革，在题材上以反映现实政治生活、工农斗争为主，创作了一批以反映农民生活、城市建设和当代战士生活为主题的作品。话剧团体分布广、题材多样、数量庞大，是戏剧创作第一次高潮的突出特点。代表性作品，如刘沧浪执笔的《红旗歌》、天津码头工人创作的《六号门》、胡可的《战斗里成长》、陈其道的《万水千山》、老舍的《龙须沟》、曹禺的《明朗的天》、海默的《洞箫横吹》、杨履方的《布谷鸟又叫了》、夏衍的《考验》、沈西蒙的《霓虹灯下的哨兵》、宋之的的《保卫和平》等。第二次热潮出现于 20 世纪 50 年代末期至 60 年代初，集中体现在历史剧的创作上，代表作家及作品有郭沫若的《蔡文姬》、田汉的《关汉卿》、曹禺的《胆剑篇》等。当时话剧创作的主流是“写中心、演中心、唱中心”和“领导出思想、群众出生活、作家出技巧”三结合，这些做法违背了艺术发展规律，一度将话剧带向脱离生活的歧路，而历史剧的出现是剧作家极力避免公式化创作的大胆尝试，在戏剧发展过程中产生了重要影响。第三次热潮出现于 60 年代初期至中期，党中央及时对“左”的文艺创作的方针路线进行调整，广大戏剧创作者的热情再一次被调动起来，话剧创作中的模式化、公式化、概念化的问题得以改变，京剧现代戏取得重大突破，在内容革命性和形式现代性两个方面都有所革新，代表作品有《红灯记》《沙家浜》《智取威虎山》等。到了后期，由于政治力量的介入和干涉，戏剧创作再次走向单一化、模式化，京剧现代戏被革命样板戏所取代，戏剧创作也走向了僵化，使得戏剧发展遭受严重的挫折和打击。

第一节　老舍的《茶馆》

三幕剧《茶馆》写于 1957 年，是老舍在当代最为重要的一部戏剧作品。

关于《茶馆》的写作缘由，在《答复有关〈茶馆〉的几个问题》的文章中，老舍做出了解释。他认为，茶馆虽然是日常生活中常见的一个小空间，但在这样一个空间中，形形色色的人来来往往，构建了复杂的社会关系网络，借助北京城里普通百姓的日常生活的变化，来反映近代中国的历史变迁。

《茶馆》包含三个时代，即 1898 年戊戌变法失败后、民国初年袁世凯死后军阀混战时期、抗战胜利到内战爆发之间，通过裕泰茶馆的盛衰变化，展现了掌柜王利发、民族资本家秦仲义以及旗人常四爷等人的跌宕命运，借此描绘了一幅幅历史画卷，表现出中华民族在近代历史上遭受苦难后对民主自由独立的向往与追求。作者借茶馆的衰落，高度概括了中国社会各阶层各种势力的尖锐对立和冲突，揭示了半封建半殖民地中国的历史命运，唱出了送别旧时代的葬歌。

《茶馆》在结构手法、人物形象、语言等方面都有极强的艺术性。

在结构手法上,《茶馆》具有较强的独特性,采用图卷式结构,将传统评书艺术中“旁征博引式”的叙事结构运用到戏剧创作中来,穿插了众多人事,虽然没有贯穿全剧的故事情节,但在主题上紧密相连,众多事件和人物看似分散,但始终围绕主题,指向主题这一圆心。茶馆中贴着的“莫谈国事”的纸条,是串联全剧的重要道具之一。第一幕中,茶客们尚有闲情在裕泰茶馆里弄鸟、吃茶、玩虫,但当侦缉出现,掌柜王利发贴上“莫谈国事”的纸条,冲淡了闲适的氛围,营造出一种压抑恐惧的气氛。第二幕中,茶馆的空间不断收缩,在越变越小的空间中,“莫谈国事”的纸条却越写越大,不仅预示了茶馆的生存危机,更是昭示了整个时代即将面临的危机。第三幕,“莫谈国事”的纸条写得更大,而且旁边还贴着一张“茶钱先付”的字条,表明了茶馆已经到了入不敷出的地步。一方面是茶馆的生存困境,暗示着社会日益腐朽;另一方面是学生运动的高涨、教员的罢课,康大力参加革命以及康顺子、王大拴等投奔西山游击区,这些场景和事件的描述,在揭露黑暗现实的同时,又表现出人民的觉醒和抗争,暗示了时代发展的光明前景。《茶馆》的三幕剧中穿插着不同的小故事,每一个故事都是独立的“小花”,太监娶老婆、秦仲义办工厂、庞四奶奶要做皇后、两个大兵合娶一个媳妇等,彼此之间毫无纠葛,每一个故事都牵涉一个社会问题,引发人们思考,汇聚起来又成为一种合力,共同揭示黑暗罪恶、民不聊生的社会现实。全剧通过图卷式结构,将众多人物的生活片段巧妙组合,展示出更为广阔和完整的社会风貌。

在人物塑造上,《茶馆》全剧以人物串联,共出现七十余个人物形象,除茶馆老板之外,有吃皇粮的旗人、办实业的资本家、清宫里的太监、信奉洋教的教士、穷困潦倒的农民,以及特务、打手、警察、流氓、相士等,人物众多但性格鲜明,能够“闻其声知其人”,“三言两语就勾出一个人物形象的轮廓来”。[①]各阶层三教九流的人物,出入这家茶馆,共同构成了一个完整的社会,老舍正是通过这些“小人物”的故事来反映大时代的风云变幻。

老舍将眼光聚焦在茶馆掌柜王利发,旗人常四爷、松二爷,新生民族资本家秦仲义等人的身上。他们身上既有个人的不幸,但也蕴含着斗争和奋进,是当时整个旧中国广大底层人民不幸的缩影。全剧以茶馆掌柜王利发为中心串联起来,刚出场时的王利发是一个精明能干的小掌柜,他本着“多说好话,多请安,讨人人喜欢”的信条操持着这间由他父亲创建的裕泰茶馆,精明又圆滑;第二幕中王利发口头上竟出现了“All right?”“Yes”等这类外语词,为了维持茶馆经营不得不顺应时代,随波逐流,这极有表现力的话语不仅再次突显其圆滑变通的商人形象,还写出了人物性格的发展与变化,也表现了那时的社会情境。到了最后,这个一生千方百计当好顺民、谨小慎微地顺应潮流进行改良的小商人在旧社会恶势力的逼迫下厄运难逃,动荡的时代、混乱的时局、腐朽的统治,让这样一个精明的人也无法生存下去了,茶馆倒闭了,自己的一生也以上吊自杀收场。在临死前,他终于大胆地喊出了:“我可没做过缺德的事、伤天害理的事,为什么就不叫我活着呢?我得罪了谁?谁?……那些狗男女都活得有滋有味的,单不许我吃窝窝头,谁出的主意?”一辈子安分守己的老实人最终发出了对这个时代最后的控诉。

除了掌柜王利发之外,秦仲义和常四爷也是老舍着墨较多的人物,他们两个人的命运也

① 老舍:《对话浅论》,见《出口成章》,作家出版社 1964 年版。

同样的悲惨。秦仲义年轻时有着实业救国的理想，寄希望于创办工厂实业救国，苦苦挣扎，惨淡经营之后，他的工厂被没收，救国的理想也随之破灭了。常四爷是满族人，和王利发相比，他有更多的斗争精神，年轻时参加过义和团运动，和洋人打过仗，一辈子不服输不服软。但在第三幕当中，当年意气风发好打抱不平的人也变得垂垂老矣，穷困潦倒，孤苦无依，不得不发出无奈的叹息："个人算什么呢，我盼哪，盼哪，只盼国家像个样儿，不受外国人欺侮。"在当时的社会中，无论是小商人还是民族资本家或曾经的旗人，其实都无法逃开被压迫被欺负的命运，老舍借此表明，普通人要想生存下去，就必须反抗，必须斗争，必须革命。

在语言上，老舍被誉为"语言大师"，《茶馆》中的语言高度凝练、准确传神、幽默隽永。老舍认为："戏剧虽仅有对话，而无一语不恰到好处地配备着内心的与身体上的动作。"[①]如第三幕中的沈处长，出场时间极短，台词只有一个字"好"，但通过几个"好"的不同语气语调，将一个装腔作势、狐假虎威的官僚形象刻画得活灵活现。又如二德子和马五爷的对话，借用"吗、啊、喝、哪"几个语气词，就把二德子的势利，马五爷的高傲展现得淋漓尽致。

《茶馆》展现的是从清末到抗战后的一幅广阔的历史图卷，在"茶馆"这样的一个小社会里，生活着形形色色的小人物，老舍借助这些小人物的遭遇命运，反映了社会的悲剧、民生的悲剧、民族的悲剧。《茶馆》的悲剧情感是一步步深入的。第一幕，各类人物纷纷登场并发生各种插曲。第二幕，各类人物上演各自的人生悲剧。第三幕，各类人物不得不走向各自的命运和归宿，悲剧情感由简单的人生悲剧升华到社会悲剧、时代悲剧。在社会动荡的黑暗社会大背景下，无论个人如何挣扎，都无法摆脱走向衰落、走向死亡的悲剧结局。在荒唐黑暗的时代下，各方恶势力不断滋长，一切奋发努力都是徒劳，因此圆滑的王利发掌柜依旧无法保全茶馆，民族资本家秦仲义的奋发改良也只能惨淡收场。在悲剧的时代里，中华民族和其承载的传统文化也逐渐走向没落，面对民族的困境，有奋起反抗的人，也有像唐铁嘴那样麻木不仁的人，他们没有目标，没有方向，也不知道活着的意义究竟为何。面对社会、民生、民族三重悲剧，老舍既有对底层百姓的同情，也有对黑暗社会的控诉。但更重要的是，老舍试图通过《茶馆》对麻木不仁的众生群像进行深刻的审视和反思，激发起民众强烈的民族意识和民族感情，建立一个自立自强的现代国家，彻底去除国民劣根性，这是老舍创作《茶馆》的真正意义所在。

第二节　沈西蒙等的《霓虹灯下的哨兵》

沈西蒙（1919—2006），上海人，笔名沈西门。1938 年夏，随"上海职业界救亡协会战地服务团"到温州，在街头演出揭露日军暴行的《还我孩子》《放下你的鞭子》等剧目。著有歌剧剧本《买卖公平》、话剧剧本《重庆交响乐》《甲申记》《杨根思》、电影文学剧本《霓虹灯下的哨兵》（与漠雁、吕兴臣合著）等。

《霓虹灯下的哨兵》最早发表于《剧本》1963 年第二期，以"南京路上的好八连"为原型，讲述了上海解放后，某英雄连队接受了在南京路执勤的任务，由此产生了一系列矛盾冲突。三排长陈喜被"香风"熏染腐蚀，新战士童阿男不请假私自外出，纪律意识淡薄，自由散漫，八班长赵大大则看不惯上海滩的乌烟瘴气，坚决要求上前线。面对种种矛盾冲突，指

① 老舍：《对话浅论》，见《出口成章》，作家出版社 1964 年版。

导员请来了老工人一同对连队战士开展思想教育，回忆旧上海给人民带来的种种灾难，让连队战士认识到和资产阶级的斗争不止在战场上，更在日常生活中，一刻也不能放松警惕。

该剧在创作完成后，引起了较大的反响，主要具有以下几个方面的特点。

在情节结构上，有两条线索串联全剧。一是虽然上海已经解放，但当时的社会环境依旧复杂，还要和藏匿其中的敌对分子进行斗争；二是解放后的上海，四处张贴着摩登海报，夜晚霓虹灯闪烁，这些事物都代表着资产阶级享乐主义、金钱主义对部队的侵扰、腐蚀，在意识形态领域还要和这些资产阶级风气进行斗争。一明一暗、一虚一实两条斗争线索，充分表现出当时革命斗争的复杂性、艰巨性；两条线索之间互相纠缠，互相推进，让全剧剧情跌宕起伏，时有波澜，且结构完整、层次分明，体现出当时我军所面临的局势复杂而矛盾，较好地反映了当时的社会大环境。

在人物塑造上，人物各具特点，对比鲜明，既有关心战士、善于开展思想工作的指导员，也有乐观幽默的老班长，这些都是较为正面的人物形象。与此相对应的，还有被资产阶级“香风”腐蚀打败的战士陈喜，年轻、单纯，意志薄弱的新兵童阿男。正面和反面的对比映衬，是对当时社会环境的高度概括，借此表明资产阶级和社会主义革命队伍之间的斗争从来没有停止过。这种斗争是复杂的、矛盾的、不明显的，要想保持革命队伍的纯洁，就必须提高警惕，加强思想教育。作者在塑造连队战士的形象之余，还塑造了一系列女性形象，其中塑造得较为成功的一个人物就是春妮。她朴质、单纯、忠贞而又坚定，恰恰又和陈喜形成了鲜明的对比，是两个截然不同的精神世界，春妮的塑造，也让《霓虹灯下的哨兵》这部展现了革命斗争的作品，增添了一份浪漫和文艺的气息。

在内容设计上，作者善于通过一些细节来推动情节发展，表达丰富的主题内涵。如剧中出现的“一双布鞋”，这其实就是我军艰苦朴素的革命传统的象征。来到上海南京路之后，陈喜丢掉了这双鞋，暗示陈喜丢掉了革命传统，被资产阶级风气所打败；而洪满堂和鲁大成前后捡起并保存了这双布鞋，象征着他们对革命立场的坚守。这样的细节，让作品既充满了人情味、生活味，又有利地推动了剧情发展，除了“一双布鞋”外，剧中还出现了“针线包、花、入团书”等大量的细节，内涵丰富，引人思考。

《霓虹灯下的哨兵》，内容和主题是严肃的，写作手法和风格是幽默的。作者以抒情喜剧方式来书写严肃的内容，揭示了这样一个道理：无产阶级夺取政权后，依旧要和暗藏的反革命分子进行斗争，特别是要继续和资产阶级在意识形态领域上进行斗争。只有时刻保持清醒的头脑，发扬艰苦奋斗的精神，才能立于不败之地。这一主题，在今天依旧有重要的启迪意义。

第三节　田汉的《关汉卿》

历史剧《关汉卿》是田汉于 1958 年为纪念世界文化名人——元代著名戏剧家关汉卿戏剧活动七百周年而创作的，是田汉在中华人民共和国成立后的重要代表作之一。历史上的关汉卿，虽然戏剧创作成就较高，但在元代他的社会地位较低，没有留下多少资料可供参考。为了熟悉了解元代的时代面貌，进而了解关汉卿的生活、性格，更好地在创作中还原当时的历史，田汉收集并研究了大量的资料，同时对关汉卿所创作的杂剧、散曲进行了细致的研究。通过《窦娥冤》《单刀会》《南吕一枝花》等作品的研读及史料文献的查阅，田汉在创作中一方面真实再现了元代黑暗腐朽的统治，另一方面刻画了关汉卿看似风流浪荡，实则关注社会现实、爱憎分明的性格，较好地实现了历史和现实的统一。

在《关汉卿》中，田汉通过描写关汉卿创作《窦娥冤》的经过及演出前后的经历，对元代统治者的昏庸残暴进行了强烈的抨击，对敢于揭露社会不公的剧作家进行了热烈的赞颂，对遭受压迫的普通百姓表达了深切的同情，对关汉卿这位伟大的剧作家致以崇高的敬意。

田汉在作品中，并没有按照时间顺序平铺直叙地介绍关汉卿的一生，而是选择了最能代表关汉卿思想性格和艺术特色的作品——《窦娥冤》，以他创作《窦娥冤》的过程，设置了一连串的戏剧矛盾和冲突，借以展示人物形象的性格特点。

关汉卿在写戏的过程中，遭遇了重重困难与各方势力的阻挠，如叶和甫的诬陷、权臣阿合马强迫改戏，这些没有使关汉卿动摇退缩。为了《窦娥冤》的顺利上演，关汉卿和各类势力进行斗争，这就成为了《关汉卿》这部剧的主线。同时，作品又将刘二妞和周福祥的婚姻波折作为副线，从另一方面揭露了统治阶级的罪恶，丰富了关汉卿的性格，增添了戏剧的传奇色彩，并起到了呼应各场的作用。一主线一副线的设计，既反映了深刻的社会内容，又有引人入胜的曲折情节，充分展示出田汉高超的艺术技巧和功力。

《南吕一枝花·不伏老》是关汉卿性格的集中体现，在散曲中他自称是“蒸不烂，煮不熟，捶不扁，炒不爆，响当当一粒铜豌豆”。田汉以此为关汉卿性格的主要依据，塑造了这一历史人物的舞台形象。当他看见暴戾的差役将无辜的民女绑缚刑场时，他义愤填膺，以自己手中的一支笔为受冤的普通百姓伸张正义，这是一个正义的富有同情心的关汉卿。而在创作过程中，关汉卿谢绝朋友的规劝，驳斥败类的利诱，抗拒权贵的高压，将生死置之度外，即使为此而牺牲也要“作厉鬼，除逆贼”，这是一个坚强不屈嫉恶如仇临危不惧的关汉卿。当关汉卿和朱帘秀被关进大牢后，两人互诉真心，建立起一段生死不渝的爱情，既有铁汉柔情，又体现了关汉卿与恶势力斗争到底的坚定信心。通过一系列情节的设置，田汉成功塑造了一位同情弱者、敢作敢为、愤世嫉俗的伟大剧作家的形象。

除了情节的设计、人物的塑造外，《关汉卿》还有一个显著的艺术特色，即将诗歌的浪漫主义写法融入现实主义的戏剧创作中，使作品带有浓郁的抒情性，这种浪漫来自田汉早年在诗歌创作和古典戏曲改编上的尝试与积累。一方面，田汉在塑造关汉卿这一人物形象时，就赋予其鲜明的理想化色彩；另一方面，在语言表达上，田汉在剧本中根据情节需要插入诗歌和歌曲，如慷慨赴死前，一首《蝶双飞》将二人视死如归、矢志不渝的情感推向高潮，也增强了戏剧作品的悲剧性和抒情性。

第二十二章　十七年散文的丰收

十七年时期，“散文”这一概念的范围有所扩大，既包括抒情散文、艺术散文，又包括艺术性议论文、带有文学性的通讯稿、报告文学等。散文所承载的内容，也从单纯的抒情向议论转变，出现了一系列反映现实生活、议论社会的作品。

20 世纪 50 年代初，散文创作以通讯文学为主，内容上主要取材于社会主义建设和抗美援朝战争，带有明显的政治倾向；反映新时代生活，散文创作者自觉担负起为社会主义服务的历史使命，创作了大量描写中华人民共和国成立初期社会时代蓬勃发展的作品，同时由于发生了抗美援朝和社会主义建设等重大社会事件，通讯文学发展也较为迅速。尤其是反映抗美援朝战争的通讯作品，在当时引起了极大的社会反响，其中，魏巍的《谁是最可爱的人》最为著名。20 世纪 60 年代初，散文创作的成就较为突出，创作队伍不断壮大，优秀作品大量涌现，散文创作在内容和主题上发生了转变。一是叙事及抒情散文得到了长足发展，直接展现个人情感的散文得到重视，以杨朔、秦牧、刘白羽为代表，三人各自创造了极具个人风格的散文创作模式。二是报告文学相比于中华人民共和国成立初有了更大的发展，这些作品篇幅加长，承载的内容和情感更为丰富深厚。三是革命回忆录、杂文等创作也较为活跃。但由于受到当时政治思潮的影响，也有一部分作品出现了虚假、浮夸的问题，题材较为单一僵化，个性特色不够鲜明。总体来看，这一时期散文的创作正如蓬勃发展的社会主义建设事业一般，展示出蓬勃发展的面貌。

第一节　魏巍的《谁是最可爱的人》

魏巍（1920—2008），河南郑州人，本名魏鸿杰，笔名魏巍、红杨树，1950 年底奔赴抗美援朝前线。中国当代作家、诗人。1938 年，进入延安抗日军政大学，1942 年 4 月创作长诗《黎明的风景》，1951 年发表通讯作品《谁是最可爱的人》，1978 年之后创作完成三部表现革命战争的长篇小说《东方》《地球的红飘带》《火凤凰》。

20 世纪 50 年代初，通讯文学这一题材在散文创作中占据优势地位，一方面报道社会主义蓬勃建设的景象；另一方面反映抗美援朝战争的战地实况。杨朔、刘白羽、黄钢等人都有这一主题的作品，其中魏巍的通讯报道最为著名。在创作时，魏巍曾三次奔赴抗美援朝战场前线，采访当时的官兵，力图还原战争的真实场景，先后发表了《前进吧，祖国!》《依依惜别的深情》《谁是最可爱的人》《祖国和战士》《挤垮它》等作品。他擅长抓住战场上的典型场景进行描绘，在真实记录的基础上融入个人强烈的感情，极具抒情性，真实的典型情景和真挚强烈的感情，让作品充满了打动人心的力量，“最可爱的人”也成为志愿军的代称。

1950—1951 年，是抗美援朝战争最为艰苦的一个时期，魏巍有感于志愿军战士英勇反击美国侵略军的英雄事迹，“在朝鲜的每一天，我都被一些东西感动着；我的思想感情的潮水，在放纵奔流着；我想把一切东西都告诉给我祖国的朋友们。但我最急于告诉你们的，是我思想感情的一段重要经历，这就是：我越来越深刻地感觉到谁是我们最可爱的人!”

通讯文学，一方面需要及时、真实地记录报道战争中出现的感人事迹，传播光辉的英雄事迹和革命精神；另一方面，通讯文学又是散文，因此语言要生动、形象，把真实的描写和抒情、议论融为一体，《谁是最可爱的人》就较好地实现了两者的统一。

在内容选材上，魏巍奔赴前线后，面对抗美援朝战场上涌现出的伟大事迹和可敬英雄，有选择性地提炼出最能反映主题的典型人物和典型场景，如作品中魏巍和战士们的三段对话，通过这三段对话，塑造了不怕流血牺牲的战士形象。又如战士马玉祥，只选择了他战斗中的两件事情，一详一略，展现出一位无产阶级革命战士的坚毅勇敢。魏巍讲述了三个故事，第一、二个故事分别塑造了集体和个人两个典型形象，第三个故事通过问答的方式，展示志愿军战士们的崇高与伟大，三个故事衔接自然，互为补充，让读者自然而然地找到“谁是最可爱的人”这一问题的答案。

在语言上，作品的语言朴素、真挚、感人，又准确、形象、生动。如“这时候，勇士们是仍然不会后退的呀，他们把枪一摔，身上帽子呼呼地冒出火苗，向敌人扑去，把敌人抱住，让身上的火，也要把占领阵地的敌人烧死。”在这里，魏巍使用短句，通过一系列动词“摔”“抱”“扑”“抱”等，形象地描绘出当时战场上激烈紧张的战斗场面。同时，作品中运用了大量的比喻、排比等修辞手法，如“敌人的死尸像谷个子似地在山前堆满了”。“谷个子”是农村捆成一束一束的农作物，这里用来形容敌人的尸体，形象地说明战争的激烈、敌人伤亡的惨重，从而表现出志愿军的英勇。文末用“当你……”构成排比句式，唤醒生活在和平环境下人们的思考。如今和平的环境，是当时无数志愿军战士英勇奋斗流血牺牲换回来的，我们应该意识到现在的幸福生活来之不易，更应该珍惜，更应该珍视，更应该奋斗。

魏巍以饱含深情和诗意的笔触，报道了抗美援朝战场上惊天动地的英雄事迹，揭示了中国人民志愿军光照日月的崇高心灵，歌颂了中朝两国人民的血肉情谊。在散文开头、结尾及中间，加入抒情、议论，深邃的思想、潮水似的感情交融在一起，语言优美，读起来真挚感人。

第二节　杨朔的《茶花赋》

杨朔（1919—1968），山东蓬莱人，原名杨毓瑨。20 世纪 30 年代后期参加革命，开始文学创作。创作的中篇小说有《帕米尔高原的流脉》《红石山》、长篇小说有《三千里江山》。散文集有《海市》《生命泉》《东风第一枝》等，其中《荔枝蜜》《茶花赋》《雪浪花》《香山红叶》等作品最能代表其散文创作特点，影响较大。因其散文创作成就，他被认为是“十七年间”最有代表性的散文作家之一。

在创作散文的过程中，杨朔始终把眼光聚焦在和时代息息相关的事件、场景上，借此反映当时的社会景象，作品主题包含抗美援朝生活、社会主义建设、祖国的大好河山及广大人民在中华人民共和国成立初期蓬勃向上的生活热情等，以诗歌一般的语言，对这些时代场景进行赞美和讴歌。因此，杨朔的散文带有极强的诗意之美，语言秀雅隽永，这种诗意的创作方式是杨朔对散文创作理念的一次重大革新。“当诗一样写”是他在这一时期的艺术追求，结构布局上追求精巧，语言炼字上注重锤炼，意境上注重氛围营造，力求从寻常事物和日常生活中挖掘新意，并赋予日常生活和普通事物以宏大主题和深厚情感。

杨朔散文除了在语言上具有鲜明的“诗化”的特点之外，在结构上也具有较强的个人特色。他的作品在结构上都有一个共同的模式，即遵循“景——人或事——情”的套路，先推景和人，最后再归结到议论说理。如《雪浪花》中，海边上几个姑娘正在嬉闹，追逐浪花，议论着礁石上的坑窝。这一情节的设置并不是为了凸显浪花之美，而是为了引出老渔民，借老渔民阐述浪花心齐，“咬上几百年，几千年，几万年，哪怕是铁打的江山极顶也能教它变个模样儿”这一道理；接着介绍老渔民的经历，正如海边浪花一般：“我觉得老泰山恰似一点浪花，跟无数浪花集到一起，形成这个时代的大潮，激扬飞溅，早已把旧日的江山变了个样儿，正勤勤恳恳塑造着人民的江山。”再如《香山红叶》，作者去香山，没有看到红叶，但他不后悔，说老向导就是一片红叶。《泰山极顶》中作者登泰山去看日出，偏遇阴天，但他不遗憾，说通过沿途见闻，看到了伟大祖国之美。这些都是杨朔先产生一种感情，酝酿一个主题，然后围绕着主题再去构思情节，设计人物，最后将感情和人物、情节相统一，发出议论。这种结构模式，在布局上体现出一种精致之美，但同时也带有比较重的模式化的印记。

《茶花赋》是杨朔的代表作之一，发表于 1961 年，此时中国人民正经历着一段艰难的岁月，外部有苏联的施压，内部有自然灾害的侵扰。面对内外的艰难处境，那个时代的中国人民表现出了一种发愤图强的精神面貌。因此，杨朔怀着无限热爱祖国的赤子之心，以艺术家特有的慧眼，透过“祖国上空的乌云”，看到光明灿烂的未来，满怀激情地写下了这篇热情洋溢而又含蓄深刻的散文，通过茶花的美来赞美祖国、歌颂祖国美的生活，歌颂创造美的生活的劳动者。

从结构上看，《茶花赋》体现了杨朔散文“景——人或事——情”的结构模式，先写昆明茶花的红艳、茂密，令人心醉，借此象征此时社会主义建设过程中欣欣向荣的场面；其次写养花人的劳心劳力、终年辛勤，以此表现新中国的创建者和无数投身社会主义建设中的建设者的伟大；最后写看花人，借看花展望祖国光明灿烂的未来。借助“花-养花-看花”三层结构，阐发出“美好的生活，是依靠辛勤劳动奋斗出来的”这样的道理。

从语言上看，《茶花赋》的语言极具诗意，杨朔并没有直接开始描写茶花，而是直抒胸臆，“久在异国他乡，有时难免要怀念祖国的”，直言对祖国的思念之情。表面看起来这句话和茶花没有什么联系，似乎要把读者引到对祖国的思念之情上，但此句与茶花绝非毫无关系。继而笔锋一转，写自己因怀念祖国要请人画一幅画以寄托对祖国的思念之情，但这又使画家感到为难，觉得画什么都难以表现祖国日新月异的面貌特色，只得“搁”下这桩心思。说“搁”下，又非真的搁下，而是有意给读者留下一个悬念：到底能不能构思这幅画？文章开篇设置悬念，情节跌宕起伏，语言虽朴实无华，内蕴却极为丰富，委婉含蓄，引人遐思。

综观全篇，作者并没有无病呻吟的讴歌、赞美，也没有直抒胸臆的思念、怀想，全篇借形象可感的茶花，把日新月异的祖国呈现在读者的面前。一幅茶花图，既绘茶花奇景，又写祖国风貌；既写旖旎风光，又写美化生活的人。再从栽花人到赏花人，看似散漫，实为形散神聚，绘物明志。因为作者写茶花并非为了咏物，而是为了赞美祖国，表达身在异乡的游子对祖国的思念之情。可以说，杨朔对茶花的描绘，字字含情，句句表意，既形象又传神，通篇借对茶花的描绘，表明了作者的志向。

第三节　吴南星的《三家村札记》

1961 年，邓拓（1912—1966）、吴晗（1909—1969）和廖沫沙（1907—1990）在北京《前线》杂志上开辟“三家村札记”专栏，以吴南星为笔名发表了一批具有现实关怀精神和独特风格的杂文，“吴南星”由邓拓、吴晗和廖沫沙的笔名组合而成，吴晗出“吴”字，邓拓出“南”字（笔名“马南邨”），廖沫沙出“星”（笔名“繁星”），合称“吴南星”。从 1961 年到 1964 年 7 月，三人轮流写稿，在《三家村札记》上共发表了 198 篇文章，内容以介绍古人读书治学、做事做人、从政打仗等方面的历史知识为主，借此针砭时弊，具有较强的现实性和针对性，在当时产生了很大影响。1966 年 5 月，姚文元抛出《评“三家村”》《“三家村札记”的反动本质》，对“三家村”罗织罪名，三位作家因此惨遭迫害，邓拓、吴晗因此含冤而死。1979 年，人民文学出版社重新出版了《三家村札记》，昭示着《三家村札记》的复活和再现。

在当时的政治环境下，三位作家仍然坚守着作为知识分子的立场和责任感，为万马齐喑的文坛注入了一股自然清新的风气。三人的创作既包含对当时社会现实的讽刺，如邓拓针对当时社会浮夸风的盛行，写了《一个鸡蛋的家当》《“伟大的空话”》《专治“健忘症”》《重视群众的经验》等文进行讽喻；吴晗的《赵括和马谡》和《讨论的出发点》再现了不讲客观规律的历史教训等。同时，三人也创作了一些无关政治的谈天说地的散文，这些挥洒自如的杂文对当时僵硬、沉闷、单一的文风具有一定的冲击作用。

介绍普及知识也是三人写作的宗旨之一。借助杂文，他们谈古论今，旁征博引，启迪民智，让杂文成为知识的载体和传播途径，如《文丑与武丑》《“植物猪肉”》《谈火葬》《开卷有益和出井观天》等文章，知识渊博，例证丰富，具有较强的说服力。

《三家村札记》语言流畅自然，平易朴实，介绍各类知识兼具科学性和趣味性。邓拓的《专治“健忘症”》一文，借助夸张幽默的故事来揭示深刻的道理；吴晗的《谈<三字经>》《古人的业余学习》和廖沫沙的《怕鬼的“雅谑”》《除草与革命》等文也都娓娓道来，说理深刻而不枯燥，娓娓而谈,深入浅出，具有独特的艺术魅力。

《三家村札记》的“序言”中写道：“……被林彪、‘四人帮’诬为毒草，打入十八层地狱，已经十多个年头。今天，它又重新回到人间，显示出它的倔强生命力，决不是几个流氓痞子的谎言咒语能将它绞杀的。”“文化大革命”时期，邓拓、吴晗和廖沫沙以及他们创作的《三家村札记》，都曾遭受了无情的打压和迫害，但正义终究到来，光明也终究到来，历史也终将会给这些正直的作家、进步的作品以真实的评价，书中闪烁的智慧的光亮也必将长期存在，照亮一代又一代人。

第五编　“文化大革命”时期的文学（1966—1976）

第二十三章　“文化大革命”时期文学概况

1966年5月至1976年10月，是我国进行“文化大革命”（简称“文革”）的十年。这场“大革命”，“不是也不可能是任何意义上的革命或社会进步”，而是“由领导者错误发动，被反革命集团利用，给党、国家和各族人民带来严重灾难的内乱”。[①]我们现在常说的“文革”文学，就是在这种政治高压、文化荒芜的环境中出现的文学。受政治环境的影响，“文革”文学分为主流文学和非主流文学。主流文学直接服务于“阶级斗争”的政治纲领，是政治意识极端化的表现。非主流文学也称“潜在写作”，是游离于政治意识形态之外的个人化写作，代表了个体意识的觉醒。

第一节　《部队文艺工作座谈会纪要》

1966年2月2日，在刘少奇、周恩来、邓小平等同志毫不知情的情况下，江青征得林彪支持，在上海召开部队文艺工作座谈会，旨在对文艺界实行“全面专政”。为了进一步把文艺界“全盘系统地抓起来”，便策划召开了这次座谈会，并形成了《部队文艺工作座谈会纪要》（以下简称“纪要”）。《部队文艺工作座谈会纪要》成为“文化大革命”在文化领域推行专政的理论支持。

《部队文艺工作座谈会纪要》的核心观点是“文艺黑线专政论”，认为自中华人民共和国成立以来，文艺界一直被一条反党反社会主义的黑线专了政。这条黑线就是资产阶级和现代修正主义的文艺思想，以及从30年代到中华人民共和国成立后七十年的文学艺术成就。“文艺黑线专政论”的提出，为“文化大革命”推行“左”的思想、政治和文化路线炮制了理论根据。

对“文艺黑线专政论”的批判是《部队文艺工作座谈会纪要》的核心。

第一，《纪要》用“黑八论”来归纳概括中华人民共和国成立以来文艺理论方面的代表性论点，即“现实主义——广阔的道路”论、“现实主义的深化”论、“写真实”论、“中间人物”论、“时代精神汇合”论、“离经叛道”论、反“火药味”论和反“题材决定”论。除此之外，还批判了《中国话剧运动五十年史料集》《中国电影发展史》《京剧剧目初探》，诬蔑其“伪造

① 《关于建国以来党的若干历史问题的决议》，中共党史出版社2021年版。

历史，抬高自己”，向公众宣传了错误观点。

第二，《纪要》用“黑”来指责中华人民共和国成立以来的文艺作品。《纪要》说，“在这股资产阶级、现代修正主义文艺思想逆流的影响和控制下，十几年来，真正歌颂工农兵的英雄人物，为工农兵服务的好的或者基本上好的作品也有，但是不多；不少是中间状态的作品；还有一批是反党反社会主义的毒草。”“有些作品，歪曲历史事实，不表现正确路线，专写错误路线。有些作品，写了英雄，但都是犯纪律的，或者塑造起一个英雄形象却让他死掉，人为地制造一个悲剧的结局。有些作品，不写英雄人物，专写人间人物，实际上是落后人物，丑化工农兵形象；而对敌人的描写，却不是暴露敌人剥削、压迫人民的阶级本质，甚至加以美化。还有些作品，则专搞谈情说爱，低级趣味，说什么‘爱’和‘死’是永恒的主题。这些都是资产阶级的、修正主义的东西，必须加以坚决反对。”①

第三，《纪要》用“黑”来污蔑中华人民共和国成立后的文艺队伍。《纪要》认为：“我们的许多文艺工作者，是受资产阶级的教育培养起来的，在从事革命文艺活动的过程中，有些人又经不起敌人的迫害叛变了，或者经不起资产阶级思想的腐烂烂掉了”，或者“在全国解放后，进了大城市，许多同志没有抵抗住资产阶级思想对我们文艺队伍的侵蚀，因而有的在前进中掉队了”。因此，“要重新教育文艺干部，重新组织文艺队伍”“坚持进行一场文化战线上的社会主义大革命，彻底搞掉这条黑线”“这是关系到我国革命前途的大事，也是关系到世界革命前途的大事”。

《部队文艺工作座谈会纪要》的出笼，助推了“文革”的爆发，给文化领域带来巨大的灾难。《纪要》的推行，将文学领域所有的学术问题、艺术问题、思想问题都上纲上线为政治问题，提到阶级斗争、路线斗争的高度，混淆了政治与文学的界限，造成了文学领域内的极大混乱。一些野心家、阴谋家给中华人民共和国成立后涌现的优秀文学作品都戴上一顶“毒草”的帽子，以“宣扬谈情说爱的低级趣味”“贩卖人性论”“复辟资本主义的宣言书”“丑化工农兵形象”“为阶级敌人张目”“鼓吹叛徒哲学的黑标本”等各式罪名对其进行批判，使得文学领域“百花齐放”的局面很快消失殆尽。他们用“文艺黑线”的“反党反社会主义分子”“黑线人物”“走资派”“叛徒”“特务”“祖师爷”“总头目”“大红伞”等罪名诬陷文艺工作者和文艺界的领导，将文艺工作者投入监狱、流放干校、关进牛棚，对其进行打击迫害。大兴文字狱，剥夺文艺工作者的创作权利，从肉体到精神对其进行剥削打击，致使很多文艺工作者含冤而死，蒙受冤假错案被强行改造的文艺工作者更是举不胜举。

此外，为了从根本上破坏文艺组织，他们强行解散全国文联、作协及其各地分会，强迫全国文艺刊物（除《解放军文艺》外）停刊，禁止一切文艺团体和文化设施从事文艺活动。在全国范围内风行的批判、迫害、揪斗也横扫了文艺界，政治性的灾难也将文学界席卷了进来，造成了文学界的大混乱。

第二节　“三突出”创作原则

继“黑八论”之后，江青等反动集团又以总结创作经验为名，炮制了“根本任务论”、“三突出”创作原则、“主题先行论”等一整套创作理论。

① 《林彪同志委托江青同志召开的部队文艺工作座谈会纪要》，人民出版社1967年版。

“文革”文学理论的核心命题是“根本任务论”。《部队文艺座谈会纪要》规定：“要努力塑造工农兵的英雄人物，这是社会主义文艺的根本任务。”1974 年 7 月 12 日，“四人帮”御用写作班子以“江天”署名，发表《努力塑造无产阶级英雄典型》一文，对此进一步阐释，使之更加系统化，成为“文革”文学创作与文学批评的最高标准。文学通过多样化的形象塑造这一手段与途径，来满足人民群众日益增长的精神需求。但是“根本任务论”却反其道而行之、本末倒置，否定了英雄形象之外其他人物的形象塑造，改变了社会主义多样化的文艺方向，制造了“文革”文学的统一色调。

根据“四人帮”的解释，“三突出创作原则”指的是“在所有人物中突出正面人物；在正面人物中突出英雄人物；在英雄人物中突出主要英雄人物”。这条原则完全背离了文艺创作的规律，它把生活中的复杂性和多样性剥离掉，将生活中人与人的关系简单地归纳为“突出与陪衬的关系”，用非英雄人物突出英雄人物，用反面人物陪衬正面人物，用公式化的文学创作代表了独创性的文学创作，使得文学丧失了主体地位。

“三突出”创作原则首先提出的就是要在文艺作品中塑造工农兵英雄人物。文艺要为工农兵服务，工农兵人物形象成为文艺作品的主角，这在 20 世纪 40 年代的解放区文学中也是提倡的，并且出现了诸如《王贵和李香香》《小二黑结婚》《暴风骤雨》等优秀文学作品。但是，“三突出”创作原则和 40 年代文学提倡的工农兵方向是不同的，它是从阶级斗争扩大化的“左”倾理论出发来提倡歌颂工农兵英雄人物的。把工农兵英雄人物的塑造与阶级斗争联系起来，并将其绝对化、夸大化，认为在文学作品中，所有的主角人物都代表一定的阶级，所以让谁来当主角的问题，反映的是作家的阶级立场。同时，从“文艺黑线专政论”出发，“三突出”创作原则认为要战胜文艺“黑线”，就要在文学作品中大力塑造工农兵人物形象，把代表封建主义的帝王将相、才子佳人和代表资产阶级的老爷太太、少爷小姐从文学作品中驱逐出去，这样才是工农兵阶级对封建阶级、资产阶级的绝对胜利。

其次，不仅要在文学作品中塑造工农兵人物形象，“三突出”创作原则还提出塑造的工农兵人物形象要“高、大、全”，要“比普通的实际生活更高、更强烈，更有集中性，更典型，更理想”“高就高在具有高度的阶级斗争、路线斗争和继续革命的觉悟，美就美在他们是用马克思主义、列宁主义、毛泽东思想武装起来的新人”。根据“三突出”创作原则，所塑造的工农兵人物形象应具有五个方面的特征：（1）他们都“胸怀朝阳”；（2）他们都胸怀祖国，放眼世界，具有崇高的革命理想；（3）他们都“无限忠于毛主席，无限忠于党，无限忠于人民”；（4）他们同人民群众“同命运共呼吸，密切联系群众，从群众中来，到群众中去”，与人民群众保持着血肉联系，并拥有深厚的阶级感情；（5）他们都是敢于斗争的、具有英雄气概的“铁打的金刚”。

为了突出工农兵人物形象的“高、大、全”，“三突出”创作原则还规定，不能写工农兵人物的缺点和复杂性格，他们从出场到结束都必须给观众树立高大完美的形象；也不能描写工农兵人物的成长历程，主要人物自始至终都应是不变的。在“三突出”创作原则的要求下，文学作品中的工农兵人物形象完全脱离了生活的源泉，成为一个空洞的政治标语。除此之外，为了表现人物的完美与高大，这些工农兵人物形象在生活中没有婚姻和恋爱，只有革命事业。

最后，“三突出”创作原则要求文学作品不仅要写工农兵英雄人物，还要突出主要英雄人物，认为“搞好‘三突出’，最重要的就是要把剧中主要英雄人物放在尖锐、激烈的阶级斗争中来塑造。只有这样，才能把英雄人物真正突出出来”。

总之，“三突出”这种教条、僵化的创作原则，造就了文学创作题材的单一化、情节的雷同化和人物的脸谱化，使得文学作品数量和作品的艺术水准急剧下降，对文学创作造成了极大的影响和破坏。

第三节 主要的文学样式

“文革”期间的文学，实际上分裂为不同的部分。一部分是公开的（公开的文学活动，和公开出版物上刊发的作品），是这一时期文学的主流；另一部分则是隐秘的、分散的，是当时文学的“异质”力量，它们后来成为文学变革的准备和先声。

一、“文革”的主流文学

以“革命样板戏”为中心的戏剧，在“文革”主流文学中占据主要位置。“样板戏”，简单来说就是严格遵守“文革”时的文艺政策，在高度一致的主题、题材及情节模式下生产出来的戏剧形式，戏剧从台词、唱词、动作神态到服装礼仪、背景音乐、舞台灯光，都有严格的规范。1966 年 12 月 26 日，《人民日报》发表了一篇题为《贯彻毛主席文艺路线的光辉样板》的文章，首次将京剧现代戏《智取威虎山》《奇袭白虎团》《沙家浜》《红灯记》《海港》、芭蕾舞剧《红色娘子军》《白毛女》和交响乐《沙家浜》称为“革命现代样板作品”。京剧《龙江颂》《红色娘子军》《平原作战》等作品是第二批“革命样板戏”。之后，“样板戏”的数量在“文革”接近尾声时增加为 18 个，其中京剧 11 个。在中外文学作品几乎被全部打倒的特殊年代里，这些“革命样板戏”通过电影播放、电台广播、舞台表演等形式，被强行在大众中推广，成为“文革”时期大众唯一的精神食粮。

作为特殊时期的特殊产物，“革命样板戏”从诞生之日起便打上了政治的烙印。首先是主题，每一部样板戏在写作之前就已经既定了主题。每部样板戏都根据既定的主题选择经典性话语来强化主题思想。比如《红灯记》中为了强化李玉和、铁梅等革命志士前仆后继献身革命的政治性主题，选用了毛主席的话：“成千上万的先烈，为着人民的利益，在我们的前头英勇地牺牲了，让我们高举起他们的旗帜，踏着他们的血迹前进吧”！[①]《海港》将阶级斗争的主题贯穿于整部戏剧，选用了毛主席的“已经获得革命胜利的人民，应该援助正在争取解放的人民的斗争，这是我们的国际主义的义务”[②]其次是大量使用文学的象征和隐喻来表达政治观念。比如在《沙家浜》中，根据毛泽东的《中国社会各阶级的分析》一文中对当时社会阶级构成、阶级性质的划分，将作品中的人物划分以郭建光为代表的新四军，以阿庆嫂、沙四龙、程谦明为代表的地下党，以黑田为代表的日本帝国主义侵略者，以刁德一、胡传魁为代表的伪军，形成了阶级阵营鲜明、阶级矛盾对立的社会结构。而在故事的叙述上，在两个阶级的对立中展开故事情节，每一次矛盾冲突都必然以代表正义的阶级取得胜利而画上圆满的句号。代表反方的阶级人物也是脸谱化的，只具有奸猾刁钻、愚笨可笑的共性而很少显现各自的个性。不仅如此，戏剧中出现的人物的角色、姓名、装束、扮相、神貌、动作等方面

---

① 毛泽东：《论联合政府》，见《毛泽东选集》（第一卷），人民出版社出版 1964 年版，第 999 页。

② 《建国以来毛泽东文稿》第 10 册，中央文献出版社 1996 年版，第 340 页。

都根据不同的阶级阵营形成固定化、模式化的套路，戏剧的人物一出场，观众就能立马辨别出他所属的阶级阵营和立场。此外，样板戏中的舞台秩序也与政治主题联系了起来。比如在样板戏中，正面人物出场时灯光明亮、音乐高昂，反面人物出场时灯光灰暗、音乐低沉。

尽管“革命样板戏”存在这样或那样的弊病，但它依然是中国传统戏曲现代化改革的成功产物，是民族文化的经典。如果抛开政治的影响，单从审美角度来看“革命样板戏”，会发现它精致的曲调、优美的唱词和灵动的舞蹈也是具有独特的审美价值的。《中国京剧史》这样评价“革命样板戏”：“样板戏的创演，集中了本世纪以来戏曲改革的成功经验，又借鉴了话剧、电影、歌剧等姊妹艺术的表现手法，在京剧传统艺术形式与现代生活相结合、塑造新的人物、体现时代精神方面做了许多新的创造，使京剧这门古老的艺术从剧本文学的题材内容、音乐创作、舞美设计到表演艺术得到了全面性的丰富与拓展，尤其在唱腔音乐和器乐曲的创作方面达到了很高的艺术成就。”从剧本的题材内容上来看，样板戏把民主革命和社会建设中的工农兵人物形象成功地带进传统戏曲中，改变了传统戏曲以才子佳人、帝王将相为主人公的叙事模式，促进了中国戏曲的现代化。在文学的改革方面，五四文学革命主要致力于引进西方的文学形式以促成中国文学的现代化。包括戏曲在内，主要是引进西方的戏剧形式，并没有尝试对中国传统戏曲进行现代化的改革。因此，“革命样板戏”的意义就在于弥补了五四文学革命在中国传统戏曲改革方面的空缺，真正实现了中国传统戏曲民族化与现代化的融通。“革命样板戏”在对中国传统戏曲进行改革时在人物造型、舞台表现、音乐体制、舞台表演等方面既充分尊重了传统戏剧艺术的特点，又做了精心细致的革新。值得一提的是，芭蕾舞剧《白毛女》和《红色娘子军》既是对西方芭蕾舞艺术本土化的成功改造，也适时地加入了中国传统艺术的元素，是传统戏曲现代化与西方艺术中国化成功融合的典范。当然，囿于时代的局限，“革命样板戏”在唱腔、表演、音乐等方面也存在一些缺陷。总的来说，“革命样板戏”在艺术上的成功探索与实践，对于如今受到市场化强势冲击而日益衰微的中国传统艺术来说，是具有借鉴意义的。

“文革”期间，确立为“样板”的主要是京剧、舞剧等艺术形式，而在培育文学各样式（小说、诗歌）的“样板”上，似乎遇到了难题。因此，在树立“样板戏”的同时，野心家们还授意突击炮制了小说《虹南作战史》《初春的早晨》《第一课》、电影《欢腾的小凉河》《春苗》《决裂》《反击》、话剧《盛大的节日》等，用来图解他们的政治纲领，露骨地美化江青之流。这些所谓的文艺创作，已经沦为阴谋政治的工具。

二、“文革”的非主流文学

除了受到政治意识形态操控的主流文学，“文革”中还有两类非主流文学值得我们注意。

一类是坚守文艺创作原则的文学。在公式化、概念化文学横行的时代，一些作家尽管横遭迫害，但始终坚守艺术的底线，与“左”倾思潮顽强抗争，创作了一些具有一定艺术价值的作品。其中影响较大的，长篇小说有李云德反映中华人民共和国成立初期东北地区工业建设的《沸腾的群山》、克非反映农业合作化运动的《春潮急》、黎汝清描写农民武装建立农村革命根据地的《万山红遍》、孟伟哉反映抗美援朝战争的《昨天的战争》、郭澄清反映历史题材的《大刀记》、曲波带有革命浪漫主义的《山呼海啸》、姚雪垠再现明末农民起义并受到争议的《李自成》（第二部）。中、短篇小说有蒋子龙反映“抓革命、促生产”这一时代主题的《机电局长的一天》、李心田反映30年代红军后代潘冬子生活经历的《闪闪的红星》。戏剧方面，有湘剧《园丁之歌》、晋剧《三上桃峰》、话剧《万水千山》。电影方面有谢铁骊编导的反映海防前线女民兵生活的《海霞》、张天民编剧的歌颂石油工人的《创业》等。其中的《创业》《海霞》《李自成》（第二部）等，巧妙地冲破重围才与受众见面。

还有一类是地下文学。在政治的高压专制下，它们不能公开发表，只能通过手抄的形式互相传阅。冒着收缴、查禁、批斗、坐牢、杀头的危险，出现了《第二次握手》《团泊洼的秋天》《太阳落了》《城市》《秋歌》《春夜》《船》《赠》等当时名噪一时的作品，表现了创作者追求个性独立、反对文学专制的不屈抗争。“地下文学”是中国当代文坛特殊的文学现象。产生于“文革”特殊历史环境下的它们，表达了作者的真情实感，有一定的时代意义。

总之，无论是公开文学中屡经磨难、挣扎存活之作，还是地下文学中辗转传抄之作，它们抵抗专制主义、在压迫中生长的史实都充分表明，“文革”时期真正的文学艺术，并没有完全被斩尽杀绝，正如“野火烧不尽，春风吹又生”，它们对艺术价值的坚守，最终迎来了文艺界的春天。

第二十四章　荒芜中的小说和诗歌

“文革”时期，民族传统文化遭到破坏和摧毁，外国优秀的文学作品被屏蔽和驱逐，“五四”以来的新文化传统被干预和阻断。很长一段时间，公众误以为“文革”时期在文化上是一片荒漠，但实际上除了公开发表的作品之外，“文革”中还存在着另一种文学，即“地下文学”。这些地下文学种类繁多，就其体裁而言主要有小说和诗歌两种。

小说作品有：《第二次握手》（张扬）、《公开的情书》（靳凡）、《桐柏英雄》（前涉，改编为电影《小花》）、《闪闪的红星》（李心田）、《波动》（北岛）、《晚霞消失的时候》（礼平）、《当芙蓉花盛开的时候》（甘恢理）、《疮痍》（陈自强）、《圆号》《仇恨》《伊昶》（刘自立）、《梦》《决斗》（王江）、《兴安行》《阿荣行》《海山行》（郑义）、《胎衣》《霞与雾》《哲理木，你这荒凉的土地》《夜茫茫》《回光返照》（牟敦白）等。此外，在“文革”中广泛传抄的还有《叶飞三下江南》《绿色的尸体》《少女之心》《一只绣花鞋》《梅花党》等作品。

诗歌主要有：《秋歌》《团泊洼的秋天》（郭小川）、《回答》《宣告》《迷途》《你好，百花山》（北岛）、《相信未来》《鱼儿三部曲》《这是四点零八分的北京》《愤怒》《疯狗》（食指）；“白洋淀诗群”的一些诗歌：《葡萄园》《路上的月亮》（芒克）、《三月与末日》《致生活》（根子）、《当人民从干酪上站起》《祝福》（多多），以及其他诗人的诗作。还有就是“文革”即将结束时被广泛传抄的诗歌作品，如《天安门诗抄》。

第一节　张扬的《第二次握手》

张扬，原名张尊宽，1944 年 5 月 19 日出生在河南省长葛县石固镇。张扬刚出生两个月，父亲就去世了。幼时的张扬随母四处漂泊，去过很多地方，直到 1950 年才开始在长沙定居。1962 年，张扬高考落榜。1963 年初，张扬来到舅舅家，无意间听闻作为化学家的舅父曾和一位留洋海外的女科学家谈过恋爱。同年 2 月，以舅舅爱情经历为素材，张扬创作短篇小说《浪花》。小说叙述了三个科学家之间的感情纠葛，小说结尾男主人公和他人结婚，女主人公离开北京，来到边疆的工作站。这本小说被张扬的老师、朋友们互相传看，得到了大家的一致好评。其中一个老师认为《浪花》结尾太消极，应该更积极一点。张扬听取了意见，立马对结尾做了修改：中国科学院副院长凌云竹和苏冠兰夫妇等人先后赶到机场劝留女主人公。最后，在周总理的挽留下，女主人公决定留在北京……修改后，这部小说由短篇扩充为中篇，并改名《香山叶正红》。1965 年 9 月，张扬来到湖南省浏阳县大围山区下乡当知青。1967 年，张扬将小说进行第三次修改，并把这部书稿借给朋友们传看，朋友们又借给别人，传来传去，所写的手稿在反复传阅中佚失。1970 年，作者又重新写作了一次，并将《香山叶正红》改名为《归来》，在全国传抄的就是这一稿。《归来》先在湖南流传，后又辗转在北京、上海、江苏、甘肃、四川等全国各地，在流传的过程中被改名为《第二次握手》《一代天骄》《氢弹之母》《归国》等。《第二次握手》的读者群极为广泛，从十四五岁的青年学生，到国内一些知名的学者、专家和教授，都阅读过这本小说。

1974年，作者在长沙将作品扩充到约二十万字，增加了对周总理光辉形象的描写，仍题名《归来》。1979年7月，张扬将作品名改为《第二次握手》正式出版，新华社还为这本书发了专稿。除了中国青年出版社外，国内十几家出版社争相重印这本书。三个月之内，张扬的《第二次握手》发行量突破300万册，成为中华人民共和国成立以来仅次于《红岩》的、发行量最多的长篇小说。2006年9月，根据多年的生活经验和积累，张扬再次重写《第二次握手》，将小说内容扩充到40余万字，由人民文学出版社出版，但反响一般。

张扬的《第二次握手》是“文革”时期流传最为广泛、影响力最大、最具有代表性的一部小说。可以说这部小说“不仅是传播史上的奇迹，同时也是写作史上的奇迹。它的初稿和最终定稿，都由作家张扬完成，但中间的过程，却有无数不知名的写作者在参与，定稿与初稿无论是在情节上还是在主题上，都大不相同。究竟有多少个版本，也无从统计。应该说，这是一次由作家张扬发动的，全民性的写作活动”[①]。

这部小说以苏冠兰、丁洁琼、叶玉菡三人的感情关系为主要线索，讲述了苏冠兰和丁洁琼生死不渝的爱情故事。暑假期间，齐鲁大学的大学生苏冠兰救了一名落水的女孩。这个女孩叫丁洁琼，是一名学习舞蹈的大学生。两人很快建立了恋爱关系。在苏冠兰的影响下，丁洁琼放弃了热爱的舞蹈艺术，进入台城大学学习物理。在父亲故友、台城大学校长凌云竹的悉心教导下，天资聪颖的丁洁琼很快成为物理系最优秀的学生。苏冠兰和丁洁琼两人私下相约一起出国留学。但苏父不允许苏冠兰出国，还强迫儿子娶养女叶玉菡为妻。苏冠兰深爱着丁洁琼，而叶玉菡则默默守在苏冠兰身边，等待着苏冠兰回心转意。在一次危机中，叶玉菡舍身相救。叶玉菡的行为和十几年的等待终于感动了苏冠兰。此时苏父告诉苏冠兰，丁洁琼已经在国外结婚。随后，苏冠兰就和叶玉菡结成了夫妻。数年后，丁洁琼学成归国，找到苏冠兰，发现昔日的爱人已经成家。为化解心中的悲痛，丁洁琼决定离开北京，前往边疆的一个工作站工作。恩师凌云竹和苏冠兰夫妇得知消息后前来挽留，最后在周总理亲自出面的情形下，丁洁琼留在了北京，并和苏冠兰有了第二次握手。之后，丁洁琼和其他科学家一起克服困难，终于实现了核弹试验的成功。

《第二次握手》是“文革”时期手抄本小说的代表作。小说不仅描写了苏冠兰和丁洁琼、叶玉菡之间曲折的情感纠葛，还表达了对知识分子的肯定和周总理的热爱之情。在个体和文学被规训的时代，它却大胆地描写出了真实的人性，并对知识分子表示尊重，体现了文学的独立性精神与个体追求自由的本质。

作品大力歌颂知识分子，塑造了一批勇敢正直、热爱科学、忧国忧民、无私奉献的科学家。在动荡不安的20世纪20年代，凌云竹抛却个人的功名利禄，毅然回到祖国。担任台城大学校长期间，他真诚地关爱每一个青年的成长。对于丧失父母的丁洁琼，他更是给予了无微不至的关怀和鼓励，并教导即将出国的丁洁琼要有民族自信心，要为国增光。其他老知识分子如苏凤麟、赵久真等人，也始终坚守着自己的理想和责任。而年轻一代的知识分子如苏冠兰、叶玉菡、丁洁琼等人，则拥有坚强的毅力和艰苦奋斗的精神。五年的艰苦工作和无数个不眠之夜，丁洁琼在国外终于成功地证明了“席里构造”的错误。她在国际会议上的精彩演讲，在给中国带来巨大声誉的同时，还赢得了美国知名学者的肯定和尊重。药物学家苏冠兰冒着生命危险搭救溺水的丁洁琼，在火车上与歹徒英勇搏斗，打破了知识分子文质彬彬、

① 张闳：《乌托邦文学狂欢 1966—1976》，广东教育出版社2010年版。

迟于行动的固有形象。在病毒学方面作出突出贡献的叶玉菡，不仅将自己的青春年华无私奉献给科学事业，还不顾自身安危帮助共产党员鲁宁安全脱险。她的英雄事迹为广大女科技工作者唱了一曲赞歌。

和主流文学“高、大、全”式的人物形象不同，张扬塑造的知识分子，既有优点也有缺点。如苏冠兰这个人物形象，作者既写出了他的正直勇敢，也暴露出他性格的软弱性。他渴望自由地恋爱，却摆脱不了父亲的精神控制。在人生的选择上，他总是在妥协而不是勇敢地反抗。总之，在创作《第二次握手》时，张扬大胆地打破主流限制，超越生活常规，不仅表现人性描写爱情，还刻画出一批丰富又健全的知识分子形象，并肯定了知识的价值。

在“文革”时期，对于人性人情的描写在文学中是被禁止的。《第二次握手》之所以成为“文革”时期广为传抄的小说，就在于小说对人情人性美，尤其是对当时视为禁忌的爱情进行了刻画描写。小说开篇，作者就引用了恩格斯的一句名言：“人与人之间的特别是两性之间的感情关系，是从有人类以来就存在的。”（张扬《第二次握手》）。这句话表明了自己对爱情以及人欲的认可。小说中还有很多处关于爱情的行动、心理描写。如在火车站分别时，关于苏冠兰和丁洁琼的动作描写：

“呜！呜——”机车在厉声地嘶鸣，告诉人们就要开车了。丁洁琼的鹿皮箱和网袋，躺在离出口处不远的水泥地上。她依偎在苏冠兰身旁，彼此几乎可以听见对方心脏的激跳——两人纯洁、炽热的青春热血，在心脏的鼓动下，正在全身血管中沸腾、迅流……两个年轻的检票员倚着出口处的栅栏，朝着一对难分难解的人儿善意地微笑。这边，四只炽热的手更紧地握在了一起。

小说中苏冠兰写给丁洁琼的求爱信：

琼姐，我亲爱的琼姐!在这封信的末尾，请允许我写一句冒昧的，然而也是真挚的话吧：当不久后我们重会的那一刹那，我一定要紧紧地拥抱你！那时啊，你一定会用温柔的手为我拭净夺眶而出的泪花，用爱情为我弥补心灵上的创伤，用欢笑为我染黑开始变得灰白的鬓发……

小说对人性人情美的描写，首先表现在对坚贞而纯洁的爱情的赞美。作者花费了很多的笔墨去描写苏冠兰和丁洁琼二人柏拉图式的恋爱。两人相识后，丁洁琼为了苏冠兰放弃舞蹈、学习物理。丁洁琼在科学道路上的求知精神离不开苏冠兰的鼓励。两人的恋爱完全超越了世俗的男女之爱，而是在相互鼓励、相互扶持中不断追求知识、实现自我价值。这是人类高级形态的恋爱，也是很多人理想中真正完美的爱情。丁洁琼说：“一个人的爱情只有一次，只能有一次，也只应该有一次。”正是抱着对纯洁爱情的执着，她拒绝了深爱自己的奥姆霍斯博士的热烈追求。她秉信“爱情的结果并不一定是生活上的结合，它也可以是心灵上的结合，是精神的一致，是感情的升华”。所以，当发现苏冠兰已经结婚后，她能毫无怨言地、优雅地离开。

其次表现在对个体价值尊严的肯定。朱尔同冷嘲热讽给苏冠兰送信的门房佣人老申头，苏冠兰站出来制止朱尔同，并对老申头表示感谢。为了救走被视作灵长动物实验品的小星星，叶玉菡放火烧了东雅医学院的病毒实验室，并大声地谴责美国政府灭绝人性的行为：“他们是人吗？不，他们根本不配‘人’的尊严称号！他们是一批灭绝人性的法西斯细菌。”

最后表现在人与人之间的朋友情、师生情、同窗情等。校长查路德派朱尔同监视室友苏冠兰，朱尔同不但没有出卖苏冠兰，还帮着传递他和丁洁琼的信件。为了帮助共产党员鲁宁，叶玉菡让鲁宁踩着自己的肩膀逃跑，造成右肘关节脱臼、腰部扭伤。

《第二次握手》突破了当时的时代环境，讴歌知识分子、肯定知识的价值，塑造出一批鲜活生动的知识分子形象，是对“五四”文学开创的知识分子题材的继承。作品对于人性人情美的描写，接续了现代文学以生命、灵魂为主体的叙事伦理。对人道主义的呼唤，开启了新时期人道主义文学的航道。尽管这本小说在内容和形式上还有很多不完美的地方，但我们应看到这本小说在特殊时代、特殊环境下的意义和价值。

第二节　食指的《这是四点零八分的北京》

食指（1948—），原名郭路生，取名路生，是因为他是母亲在行军途中分娩生下的。山东鱼台人，朦胧诗的代表诗人，被称为“‘文革’新诗写作第一人”。食指的代表性作品有《海洋三部曲》《鱼儿三部曲》《愤怒》《再也掀不起波浪的海》《给朋友》《命运》《相信未来》《灵魂》《这是四点零八分的北京》《烟》《酒》等。

《海洋三部曲》包括《波浪与海洋》《再也掀不起波浪的海》《给朋友们》，描写的是“文革”时期个体心灵的心路历程，表达了作者对时代的思考。《鱼儿三部曲》表达了青年从受挫到失望再到苏醒的心理过程。《相信未来》是食指流传比较广泛的一首诗歌，在“文革”时受到广大青年的热捧。这首诗歌既表现了个体在“文革”时期受到的心灵伤害，也表达了诗人对未来的憧憬和信心。诗歌中使用了大量的象征，委婉而曲折地表达了作者的思想感情。这种表现诗歌的艺术手法，直接影响了北岛、芒克、多多等诗人的创作。同时，在食指的诗歌中出现了个体的声音，表达了个体的思想情感。这是个体意识的苏醒，也是食指诗歌的价值所在。从阶级意识为主体到个体意识为主体的转变，最突出地体现在食指的名作——《这是四点零八分的北京》里。

1968 年年底，全国上下掀起了知识青年上山下乡高潮。每天的四点零八分，都会有一批青年乘上云山西插队的火车离开北京。食指用他的笔，描绘出了这一特殊的历史时刻，也决定了这首诗与时代与政治的纠葛。这首书写知识青年上山下乡的诗，描写了青年对故乡北京的依依不舍之情，抒发了一代人辉煌梦想的破灭和苍凉青春的呼喊，表达的不是个人的离别，而是一个时代的离别。在这首诗里，没有空洞的政策性号召，也没有豪迈的激情，只有泪眼蒙眬中诗人真挚的情感表露。个人化的叙述方式，让我们看到了不一样的时代，感受了那个时代知识青年们最真实的情感。

诗的第一节：“这是四点零八分的北京/ 一片手的海洋翻动/ 这是四点零八分的北京/ 一声尖厉的汽笛长鸣/。”诗歌第一节连续两次重复强调“四点零八分的北京”。这是一个具有历史意义的时刻，也是分别的时刻。“一声尖厉的汽笛长鸣”是诗人作为诗歌主体感受到的离别时的场景。“尖厉”一词，写出了个体在时代洪流面前的不知所措。诗歌开篇，书写的是一代知识青年无法主宰自己命运的惶恐、忧虑和悲伤。

诗的第二节：“北京车站高大的建筑/ 突然一阵剧烈地抖动/ 我吃惊地望着窗外/ 不知发生了什么事情/。”北京车站高大建筑的“抖动”，既写出了火车启动瞬间的客观感受，也借此象征了诗人主观世界的震动。这种“抖动”是一种“吃惊”“不知发生了什么事情”，表达了知识青年对不可知未来的恐惧、迷惘和无助。

诗的第三节：“我的心骤然感到一阵疼痛，一定是/妈妈缀扣子的针线穿透了心胸/这时，我的心变成了一只风筝/风筝的线就在妈妈的手中”这一句诗超越了当时的主流意识形态，大胆地表达了个体而不是集体的情感。“我的心骤然感到一阵疼痛”是因为“妈妈缀扣子的针线穿透了心胸”，这里既有游子对慈母的眷恋，也暗含了慈母对游子的依依不舍。两种情感用“妈妈缀扣子的针线”串联起来，情感的表达既紧凑又炽烈。接下来的“我的心变成了一只风筝/风筝的线就在妈妈的手中”，让紧张的情感舒缓下来，再次表达了游子对慈母、慈母对游子的不舍与思念，呼应了上句的内容。

诗的第四节：“线绳绷得太紧了，就要扯断了/我不得不把头探出车厢的窗棂/直到这时，直到这个时候/我才明白发生了什么事情/”上半句“线绳绷得太紧了，就要扯断了”暗示了母亲与儿子的分别是外力造就的，是被迫而非主动的分离。下半句“直到这时，直到这个时候/我才明白发生了什么事情”写出了无数知青离开亲人、远离故乡那一刻的茫然不知所措。

这首诗展现的是知识青年因为生理心理的不成熟在离家时而产生的复杂情绪，是一种一刹那间的离别感受，也是作为个体最真实的情感流露。

诗的第五节：“一阵阵告别的声浪/就要卷走车站/北京在我的脚下/已经缓慢地移动。”这句诗利用夸张的手法描写火车驶离北京的情景。“一阵阵告别的声浪/就要卷走车站”这种物我颠倒的错觉描写，是为了强调离别时的情绪。这股悲痛的情绪撼动了在场的每一个人，也撼动了即将驶离的车站。强烈的主观情绪裹挟了所有的客观物象，物我达到了统一。

诗的最后两节：“我再次向北京挥动手臂/想一把抓住他的衣领/然后对着他亲热地叫喊/永远记着我/妈妈啊北京”“终于抓住了什么东西/ 管他是谁的手，不能松/因为这是我的北京/这是我的最后的北京”诗歌最后两节表达的思想情感是十分复杂的，写出了个体在时代洪流中的真实体验。“妈妈啊北京”将前面对母亲的不舍巧妙地转化为对故乡北京的依依不舍，升华了诗歌的主题。一个“抓”字，写出了孩童对母亲的依恋，以及对于不可知命运的无可奈何。这是最后的挣扎，也是对母亲、对故乡北京最后的表白。全诗的情绪至此达到高潮又戛然而止，给人一种言有尽而意无穷的感觉。

这首诗是阶级主体向个人主体的回归，是个人意识的觉醒，也是诗歌主体的回归。诗歌描写的内容，是对那个特殊时代最真实的记录，见证了那个具有特殊意义的时代。

第三节　“白洋淀诗群”

“白洋淀诗群”是“文革”中后期形成的一个比较松散的诗歌流派，其主要成员大多是在红卫兵运动退潮期由北京赴河北水乡白洋淀插队的知青，有多多、芒克、根子、白青、林莽等人。除此之外，广义上的“白洋淀诗群”成员还应包括如北岛、郑义、严力、甘铁生、陈凯歌等人。 尽管他们没有到白洋淀插过队，但是与多多、芒克等人交往频繁，经常来到白洋淀交流思想和诗作。

白洋淀诗群的很多诗人是从高级干部和高级知识分子家庭中走出来的，优渥的家庭环境使得他们从小就接触了很多西方文化，也使他们拥有了更丰厚的阅读经验。他们用诗歌表达失落、困惑的情绪，质疑现存秩序，体现出独立、自主的自醒精神，带有西方现代主义诗歌的特征。总的来说，反叛既定的意识形态、远离现代商业文化影响的白洋淀诗歌，是一种个人化的写作。其特点有三。

一是理想主义的崩塌，使得白洋淀诗群的诗歌具有现代主义诗歌的风格特点，弥漫着一种灰色而黯然的悲伤基调。“文革”中后期，理想的失落是一代知识青年共有的情绪基调。白洋淀诗群的诗歌不仅表现了这一时代的情绪，还通过使用现代主义的艺术技巧来丰富自己的艺术形态。当然，白洋淀诗人对西方诗歌有意识地靠拢，也是其试图纠正中华人民共和国成立初期文学日益狭隘、偏窄的“民族化”误区，对“五四”以来新文学精神的承接，是他们在诗歌道路上的积极主动探索。

在食指的诗歌中，已经表现了个人意识的觉醒，如《相信未来》《这是四点零八分的北京》。白洋淀诗群受到食指的影响，沿着食指在诗歌中开辟的道路继续走了下去。在他们的诗歌中，开始把关注点投射在个体的内心世界中，不直接反映现实，即使有也是经过抽象变形了的。如芒克在《阳光中的向日葵》这首诗里，让向日葵挣脱奴性、不再顺从太阳，变成叛逆而决绝的斗士。诗歌中这样写道：“你看它，它没有低下头/而是在把头转向身后/它把头转了过去/就好像是为了一口咬断/那套在它脖子上的/那牵在太阳手中的绳索。”诗人用向日葵这个意象，象征“文革”后期觉醒的青年，他们想要挣脱从精神到肉体的束缚，寻找个体的自由与独立，所以他们要“怒视着太阳”“把太阳遮住”。这首诗表面上写的是向日葵，实际上写的是个体的内心世界，表达的是个体的情绪。多多在《无题》中用“那空漠的没有灵感的天空/那阴魂荧(萦)绕的古旧的中国的梦/当那枚灰色的变质的月亮/从荒漠的历史边际升起”等诗句指涉了内心世界的荒芜感。

除了对西方现代主义精神的继承，白洋淀诗群还在诗歌中自觉地使用了很多现代主义诗歌的艺术技巧。比如芒克运用语言的“陌生化”拉开与现实的距离，表达个体对现实的叛离以及一种独特的生存体验。如“太阳升起来把这天空染成血淋淋的盾牌”“雪地上的夜/是一只长着黑白毛色的狗”“我眼看着葡萄掉在地上/血在落叶中间流”。这些诗句中的“太阳”“夜”“葡萄”，既是我们熟悉的，又是我们陌生的。诗人成功地运用“陌生化”的语言效果让我们看到了不一样的世界，这是对既定规则和秩序的超越，代表了诗人对现存世界的独特思考。他还使用意识流的手法描写虚无的精神状态，如《街》：“我至今不清楚自己准确的年龄大概已活了十几年/可是我却知道我的脑袋什么乌七八糟的事都想/我走在街上双脚使劲儿地踩着一个女孩儿的影子/从我身旁晃悠着走过一个被拍着屁股的婴儿睡着了……”这是一首典型的带着现代主义风格的意识流诗歌的开头法，表现的是一种虚无的心态。大量地运用象征物来抒发情感，表达思想，是白洋淀诗歌的一大特色。林莽的《二十六个音节的回响—献给逝去的年华》，使用“夕阳”“庙宇”“海”等意象寄存自己的内心体验，表达对历史人生的思考。芒克的《太阳落了》，太阳象征着正义和秩序，黑暗象征着邪恶和混乱。用“太阳落了/黑夜爬了上来”隐喻现存秩序的不合理。在《葡萄园》中，全诗使用了象征和隐喻的手法委婉地描写“文革”带给个体及家园的劫难。

二是个体意识的苏醒，使得白洋淀诗歌中出现了很多反抗的声音。目前很多研究者认为白洋淀诗歌中个体意识的苏醒是受到食指诗歌的启蒙。食指诗歌中出现的个人声音，对当时主流意识形态的超越，引导了白洋淀诗人的写作方向。但不同的是，食指的诗歌中还是带有

“十七年诗歌”的理想主义色彩，如《相信未来》中的结尾：“朋友，坚定地相信未来吧/相信不屈不挠的努力/相信战胜死亡的年轻/相信未来、热爱生命/”；而白洋淀诗人则背离了食指诗歌中的理想主义色彩，更多地表现出一种现代主义的反叛、质疑与嘲讽。在芒克《太阳落了》这首诗中，出现了当代诗歌中最早的反抗者形象。诗文这样写道：“你的眼睛被遮住了，/你低沉、愤怒的声音/在阴森森的黑暗中冲撞/放开我！”“放开我”，是久久被压抑后的第一声怒吼，也是个体意识觉醒后的第一次反抗。根子的《致生活》，全篇充满了对现实的质疑、批判和反抗。如诗歌最后一节：“我还要诋毁你，因为大脑/已经冰冷，我/绝不思考/绝不思考。/有香气的花是不是真正的花/绝不思考。/映在水面上的是不是真正的太阳/绝不思考。”“我还要诋毁你”明确地表达了对现实的批判。连续出现的“绝不思考”，是诗人对现实的拒绝和反叛。“有香气的花是不是真正的花”“映在水面上的是不是真正的太阳”是诗人对当时主流意识形态的质疑，表达了诗人可贵的独立精神。诗人多多则用荒诞的诗句来表达自己对现实的反抗，比如：“被俘的野蛮的心永远向着太阳/向着最野蛮的脸”“而我要让常绿的凤凰树听到/我在抽打天上常在的敌人”“不，我拒绝/这些抹在面包上的愚蠢/这些嗅东西的鼻子看货物的眼睛”等。

三是白洋淀诗歌中拥有内省和孤独的精神。白洋淀的诗歌中虽然出现了反抗的声音，但是这些反抗既不是郭沫若式的激情宣告：“我把月来吞了，/我把日来吞了，/我把全宇宙来吞了”，也不是北岛式的决裂：“我不相信天是蓝的，/我不相信雷的回声，/我不相信梦是假的，/我不相信死无报应”，而是包含着一种失落、一种迷惘。如芒克在《太阳落了》中写道：“太阳落了。/黑夜爬了上来，/放肆地掠夺。/这田野将要毁灭，/人/将不知道往哪儿去了。”失落是因为在现实中找不到方向，有反抗的精神却不知道突破口在哪里。迷惘则是反抗之后的集体沉默。这种又失落又迷惘的精神，代表了“文革”中一代青年真实的思想状况。经历了反抗之后的失落和迷惘，既然在现实中找不到出路，他们就转向内心，通过自我的内省来表达被压抑的情绪，寻找精神的寄托和安慰。于是就有了这样的诗句：“从那个迷信的时辰起/祖国，就被另一个父亲领走/在伦敦的公园和密支安的街头流浪/用孤儿的眼神注视来往匆匆的脚步/还口吃地重复着先前的侮辱和期望。”（多多：《祝福》）“城市冒着浓烟，乡村也在燃烧/一群瘦弱的孩子/摇着细长的手臂说/我们什么也没有，我们什么也不要。”（林莽：《悼一九七四年》）仔细揣摩这些诗句，我们感受到的还有诗人被放逐的孤独。就像芒克的诗句：“夜深了，/风还在街上像个迷路的孩子/东奔西撞”“日子像囚徒一样被放逐，/没有人来问我，/没有人宽恕我”“啊，你这蹲在门口的黑夜——/我的寂寞”“那向我走来的黑夜对我说：/你是我的。”这种情绪是时代的情绪，代表的是被逐出社会中心的知识青年的尴尬与失落。于是，他们在诗歌中回到童年，用孩童的眼光和口吻叙述诗歌，回忆母亲的爱，渴望能再次被母亲召唤。如：“我喃喃梦呓/熄灯吧，妈妈/接着讲/你昨天讲到/奥涅金叔叔”（根子：《白洋淀》）；“啊，北方的树林/我总是对你恋恋不舍/但母亲在召唤/我要和她一起去收割”（芒克：《我是风》）。这种“拟孩童”式的叙述风格表达的也是诗人内心的孤独感。诗人在现实世界上找不到出路，于是把自己封闭在孩童的世界，用孩童的口吻质疑现实、反抗既定秩序。这种叙述风格被后起的朦胧诗人顾城、梁小斌等继续沿用，如顾城的《我是一个任性的孩子》：“我是一个任性的孩子/——我想在大地上画满窗子，/让所有习惯黑暗的眼睛都习惯光明。/也许/我是被妈妈宠坏的孩子/我任性”。诗句中连续出现两次“任性”，表现了诗人固执的个性，也书写了诗人不被世人理解的孤独感。他的坚持、他的固执、他的孤独，既是对理想的守护也是对现实的反叛。“我想在大地上画满窗子，/让所有习惯黑暗的眼睛都习惯光明。/”，是诗人试图用孩童的任性和幻想，改造现实、实现理想。

总之，带着理性思辨精神的白洋淀诗群，是“文革”地下诗歌群落的佼佼者。他们的追寻、他们的迷惘，表现了一代人精神发展的轨迹。

第四节　郭小川的《团泊洼的秋天》

郭小川（1919—1976），原名郭恩大，河北省丰宁县人。郭小川创作了很多诗歌作品，比较有代表性的有：叙事诗《白雪的赞歌》《深深的山谷》《严厉的爱》《一个和八个》等，抒情诗《致大海》《望星空》等，政治抒情诗《刻在北大荒的土地》《祝酒歌》《青松歌》《大雪歌》《甘蔗林——青纱帐》《厦门风姿》《秋日谈心》《乡村大道》《昆仑行》《三门峡》等，还有总结了自己“战士兼诗人”一生的绝唱《团泊洼的秋天》《秋歌》。此外，他还出版了《投入火热的斗争》《致青年公民》《雪与山谷》《鹏程万里》《月下集》等多部诗集。郭小川的诗歌非常有气势，他喜欢短句长排，擅长使用排比、对偶、夸张、铺饰等表现手法，被称为“郭小川体”。他曾这样评价自己的诗歌：“处在一个意气风发、精神振奋的前所未有的时代。造成一种雄浑而壮丽的气势，一种高昂的调子。”①

郭小川被誉为“战士诗人”，而最能体现他战士和诗人品格的作品就是《团泊洼的秋天》。在“文革”期间，郭小川受到迫害，在团泊洼接受隔离审查。有感于毛泽东同志对电影《创业》的批示，他写下了这首脍炙人口的名篇。这首诗描写的是团泊洼的秋景，但表达的却是一个诗人兼战士对党和革命的忠贞情怀。

秋风像一把柔韧的梳子，梳理着静静的团泊洼；
秋光如同发亮的汗珠，飘飘扬扬地在平滩上挥洒。
高粱好似一队队的“红领巾”，悄悄地把周围的道路观察；
向日葵摇头微笑着，望不尽太阳起处的红色天涯。

开篇用“柔韧的梳子”“发亮的汗珠”两个比喻写出了团泊洼的宁静、祥和。接着说高粱是“红领巾”，向日葵遥望的是“红色天涯”。红色是时代的流行色，也成为这两行诗的主色调。红色也象征了党和革命，向日葵的方向也是作者心中矢志不移的方向。

矮小而年高的垂柳，用苍绿的叶子抚摸着快熟的庄稼；
密集的芦苇，细心地护卫着脚下偷偷开放的野花。
蝉声消退了，多嘴的麻雀已不在房顶上吱喳；
蛙声停息了，野性的独流减河也不再喧哗。
大雁即将南去，水上默默浮动着白净的野鸭；
秋凉刚刚在这里落脚，暑热还藏在好客的人家。
秋天的团泊洼啊，好像在香甜的梦中睡傻；

① 郭小川：《谈诗》（修订本），上海文艺出版社 1984 年版

团泊洼的秋天啊，犹如少女一般羞羞答答。

这一段先从视觉上写到了纤柔婀娜的垂柳、温情脉脉的芦苇，赋予了笔下景物以人的生命与感情；接着用消退的蝉声、停息的蛙声，以及不再喧哗的麻雀和河流，从听觉的角度写出了团泊洼秋天的静美之色；最后用南行的大雁和白净的野鸭，为静美的团泊洼抹上了一丝灵动和别致的风味。毛泽东借影片《创业》对“四人帮”进行了尖锐地批判。听闻这一消息，正在接受政治审查的郭小川通过团泊洼欣欣向荣的丰收景象，委婉地表达了自己对于当时政治形式的乐观预见。但高粱“悄悄地把周围的道路观察”，芦苇“细心地护卫着脚下偷偷开放的野花”等诗句也表达了作者对于复杂环境的警惕之心。因此，“蝉声消退了”“蛙声停息了”等诗句也不仅仅是在描写团泊洼秋天的静谧，也表达了诗人默默的期待。

团泊洼，团泊洼，你真是这样静静的吗?
全世界都在喧腾，哪里没有雷霆怒吼，风云变化!
是的，团泊洼的呼喊之声，也和别处一样洪大；
请听听人们的胸口吧，其中也和闹市一样嘈杂。
……

从这一段开始，画风突转，团泊洼的平静被打破，出现了喧腾和呼喊。这是诗人在沉默中爆发的呼喊，是作为一个战士对毛主席、对党的拥护和期待，好似一声惊雷，说出了所有人想说而不敢说的话。

……战士自有战士的性格：不怕污蔑，不怕恫吓；
一切无情的打击，只会使人腰杆挺直，青春焕发。
战士自有战士的抱负：永远改造，从零出发；
一切可耻的衰退，只能使人视若仇敌，踏成泥沙。
……

这是诗人正式以战士的姿态出现，用战士的口吻表达了作者作为一个战士的选择和坚守。“不怕污蔑，不怕恫吓”“不信流言，不受期诈”……作者用了一连串的否定词，写出了广大文艺战士在“四人帮”残酷迫害下永不屈服的倔强性格和百炼成钢的战士品质。

请听听吧，这就是战士从心中掏出的一句句话。
团泊洼，团泊洼，你真是那样静静的吗?
是的，团泊洼是静静的，但那里时刻都会轰轰爆炸!
不，团泊洼是喧腾的，这首诗篇里就充满着嘈杂。
不管怎样，且把这矛盾重重的诗篇埋在坝下，
它也许不符合你秋天的季节，但到明春准会生根发芽。

诗歌的最后三节用自问自答的句式，呼应开头，对全文做了总结。团泊洼既是“静静的”，也是“喧腾的”，这一看似矛盾的诗句写出了团泊洼复杂的政治环境，也表达了诗人在时代迷雾中的复杂情感。但最后一句预言式的诗句——“它也许不符合你秋天的季节，但到明春准会生根发芽”，仍然表达了作者对未来的希望和光明的期许。

和郭小川以往的诗歌相比,《团泊洼的秋天》有了多方面的超越。首先，这首诗歌没有了剑拔弩张的紧张，多了一份成熟和练达；其次，在形式上，郭小川成功地借鉴了古典诗词的音韵和形式。整首诗的句式结构整齐均匀，两行为一段，每段的字数相差不多却又富有变化，在长长短短的句式变化和有规律的对偶中形成了诗歌特有的音乐美；最后，在思想的表达上，这首诗除了表现一名战士的高贵精神外，在诗歌中始终贯穿着一股矛盾，表现了诗人内心深层次的真实想法。

第五节　天安门诗歌

1976 年 1 月，周恩来总理逝世。同年二三月间，北京、上海、南京、杭州、郑州等城市依次爆发了大规模的政治抗议行动。到 4 月初，这股浪潮在天安门广场发展到高潮。多达数百万人的民众不约而同地来到广场追悼周恩来总理，谴责、批判“四人帮”的倒行逆施。他们采取发表演说，悬挂、设置花圈和挽联，张贴标语等形式表达自己的抗议。诗歌是这次运动中采用最多的方式。这次运动中创作或抄录的诗词，或挂在松柏枝叶间，或当众朗读，或张贴在广场的灯柱和纪念碑的护栏上。到 4 月 5 日清明节时，这一悼念和抗议的活动达到高潮。但是很快，这一民众自发的运动被定义为“反革命政治事件”，那些广为传抄的诗词也被污蔑为“反动诗词”“是彻头彻尾的反革命煽动”。

1976 年年底，江青等“四人帮”倒台后，童怀周（北京第二外国语学院 16 位教师的集体笔名）将他们搜集、保存的一部分诗词誊写、张贴于天安门广场，发出征集天安门运动作品的倡议书。这次倡议得到广大群众的响应，很快便征集到数以万计的诗词。他们从中选出一千五百多篇，编成《天安门诗抄》出版发行。

《天安门诗抄》的主要内容是批判揭露“四人帮”，悼念周恩来总理。诗抄中的大量诗歌抒发了人民群众对一代伟人——周恩来总理崇高品格的无限敬仰，对他光明磊落的一生及为人民事业所建立的丰功伟绩的热烈赞颂。“相告不成声，/欲言泪复垂。/听时不敢信，信时心已碎”一诗表现了人民群众惊闻噩耗时的悲痛心情；“人民的总理人民爱，/人民的总理爱人民，/总理和人民同甘苦，/人民和总理心连心”再现了总理和人民群众之间亲密无间的情感；“多少人追求荣誉，/真正的荣誉是人民的称颂；/多少人追求不朽，/真正的不朽是活在人民中”是对周恩来总理一生高风亮节的最好总结。

《天安门诗抄》另一主要的内容是对“四人帮”的强烈憎恨与批判。大量的诗歌揭露“四人帮”的丑恶面目，声讨他们的罪行。“欲哭闻鬼叫，/我哭豺狼笑。/洒泪祭雄杰，/扬眉剑出鞘”一诗把“四人帮”一伙的丑恶嘴脸及人民群众不屈的斗争精神显现出来；“把鬼怪在烈火中烧尽，/把妖魔在利剑下斩断”则把人们的憎恶之情渲染到了极点。

感情真挚、强烈是《天安门诗抄》最鲜明的特点。收入《天安门诗抄》中的作品真实地表达出那个时期人民群众真实的爱憎情感，这也是天安门诗歌时至今日一直打动读者的原因所在。“抹去吧，眼角的泪！/鞠上最后一躬，/再把战刀多磨几回。/死，决不是战斗的终止，/死，是永远的丰碑。”这首诗把人民群众坚强的意志和强烈的斗争精神毫无遮拦地宣泄出来。

天安门诗歌的另一个特点是含蓄生动。当时特殊的政治环境使许多作者采用一些暗示性比较强的诗句表达感情：“黄浦江上有座桥，/江桥腐朽已动摇。/江桥摇，/眼看要垮掉；/请指示，是拆还是烧？”此诗以江青、张春桥、姚文元的姓名中字的谐音组成一个摇摇欲坠的江桥的形象，生动而含蓄。

天安门诗歌的创作群体庞杂而广泛，因为多是即兴式的写作，所以不讲究诗歌的格式，也不追求诗味儿。尽管在艺术上天安门诗歌不是最好的，但借悼念周总理而狠狠打击了“四人帮”的嚣张气焰，增加了群众的凝聚力。

第六编　新时期文学
（1976—2000）

第二十五章　新时期文学概况

1976年10月，“四人帮”反革命集团被粉碎，长达十年的“文革”宣告结束，中国当代文学经历了复苏和发展之后，在大踏步中走向繁荣，真正迎来了“百花齐放、百家争鸣”的时代。人们习惯上将1976年以后的文学时期称为新时期文学，这是继“十七年文学”“文革文学”之后，当代文学的第三个文学时期。新时期的文学发展快，变化也快。随着新时期文学的复苏、西方文艺思潮的涌入和中国社会政治经济的变革，新时期出现了“伤痕文学”“反思文学”“改革文学”“寻根文学”“新潮小说”“先锋小说”等众多文学流派，并取得了极为可观的文学创作成果。

第一节　新时期文学的复苏与转折

以1976年10月“文革”的结束为标志，我国当代文学的发展进入一个崭新的历史时期，我们习惯上把它称为新时期文学。较之“十七年文学”“文革文学”，新时期文学以它快速的发展变化、全新的审美风貌、纷纭复杂的文学思潮流变而呈现出自身的特色，成为当代文学发展过程中一个辉煌的篇章。

新时期文学是在坚持思想解放、坚持改革开放的背景下发展的。在粉碎“四人帮”的最初两年，文学的发展并没有像人们所期待的那样日新月异，而是踟蹰于极左的阴影里。对禁锢人们的极左思想发起猛烈冲击的是思想解放运动。1978年5月11日，《光明日报》发表本报特约评论员文章《实践是检验真理的唯一标准》，开始向“两个凡是”的思想禁区发动攻击，从而引发了一场关于“真理标准问题”的大讨论，这标志着新时期思想解放运动的深入。1978年12月，十一届三中全会在北京召开，这次会议高度评价了关于真理标准问题的讨论，把全党的工作重点从“以阶级斗争为纲”转移到“以经济建设为中心”的轨道上来，造就了中国的伟大转折与崛起。从1979年开始，文艺界开始了大规模的平反，包括右派作家案、“胡风反革命集团”案等在内的大批冤假错案，为一大批在历次政治运动中被判为“毒草”的作品恢复名誉，并有大规模的文学期刊复刊或创刊。一大批具有创新意义的作品，如刘心武的《班主任》、卢新华的《伤痕》、雷抒雁的《小草在歌唱》、张洁的《爱是不能忘记的》、徐怀中的

《西线轶事》等横空出世。在 1957 年被打成右派的作家、诗人纷纷复出，如王蒙、刘绍棠、邓友梅、艾青、邵燕祥等。一批文坛新锐崭露头角，如刘心武、卢新华、蒋子龙、张洁等。文学创作在题材上、艺术手段的运用上都有巨大的突破。

1979 年 10 月 30 日至 11 月 16 日，第四次全国文艺工作者代表大会召开，邓小平代表中共中央为大会祝辞，他指出："在艺术创作上提倡不同形式和风格的自由发展，在艺术理论上提倡不同观点和学派的自由讨论。"[①]这次大会的召开，标志着文艺界的全面"解冻"，中国文学全面复苏。

第二节 重要文艺问题的讨论和争鸣

新时期文学的复苏与发展与一系列文艺的基本问题、创作中具有倾向性问题的热烈争鸣与讨论是关联在一起的。这一系列的争鸣与讨论真实地记录了新时期文学的发展历程。

一、文艺与政治的关系问题

关于文艺与政治之间的关系问题，是新时期影响最大、波及面最广的一次理论探讨。1978 年 6 月，《上海文艺》刊登陈丹晨、吴泰昌的《评"文艺创作都要写阶级斗争"》一文，文章把"文艺创作都要写阶级斗争"列为"四人帮""最为惯用最典型的反动文艺谬论之一"。1979 年 1 月，陈恭敏在《戏剧艺术》上发表《工具论还是反映论——关于文艺与政治的关系》；继而《上海文学》又发表《为文艺正名——驳"文艺是阶级斗争的工具"说》。3 月，《文艺报》举行理论批评工作座谈会，"文艺服从于政治"的提法受到普遍置疑。这一讨论迅速波及全国，文艺、学术部门和报刊等均参与争鸣，展开讨论。论争之初，"为文艺正名"的主张招致不少反对意见，反对意见坚持"文艺是阶级斗争的工具"，是"马克思主义文艺理论的一个基本原则""是一个普遍存在的客观规律"，认为所谓的"为文艺正名"是削弱乃至否定无产阶级文艺的党性。但这些反对的观点并没有阻止讨论的深入，相反，还推进了讨论的进一步深化。这次讨论从理论上澄清了文艺和政治的关系，"两为"口号即"文艺为人民服务、为社会主义服务"的明确提出，是这场文艺与政治关系讨论的重要成果，极大推动了新时期文艺的复苏。

二、现实主义的论争

20 世纪 70 年代末，由新时期新作品引发文艺界开展了恢复、坚持和发扬现实主义的论争，深入批判"文革"中"假、大、空"的伪现实主义，引发了对以真实性为代表的现实主义的一些问题的反思。1980 年《红旗》第 4 期刊发李玉铭、韩志君的《对"写真实"说的质疑》，开启了学术界关于"写真实"问题的讨论。这是继讨论文艺与政治的关系问题后又一次论争活动。"伤痕""反思""改革"等文学创作潮流，对恢复现实主义精神和文学的真实性起了重要作用。通过对一些作品的分析，如《班主任》《伤痕》《失去的爱情》《乔厂长上任记》都涉及真实性的问题，现实主义文学传统及其批判精神，在揭露"文革"对我国社会和人民带来的巨大伤害过程中复苏，在反映改革开放的现实生活过程中得以恢

---

① 《邓小平文选》(一九七五——一九八二)，人民出版社 1983 年版，第 182 页。

复和回归，也确立了新时期文艺复苏的方向。

三、人性和人道主义问题

从 20 世纪 70 年代末到 80 年代初，基于对文革文学的反思，文学开始呼唤人的尊严、人的价值和人的权利，因此形成了对文学中人性、人情、人道主义问题的讨论。三中全会以后不久，清算“文化大革命”中种种非人道罪行的讨论就开始了。到 1983 年，讨论人道主义和“异化”问题的论文至少有 400 篇，其中有代表性的，如王若水的《人是马克思主义的出发点》、邢贲思的《怎样识别人道主义》等。讨论的主题词是“异化”，对文艺表现人性等问题有异议有赞成。无论赞成还是反对，新时期文学形成了一股人道主义潮流已成为不争的事实。在这场讨论中，随着西方现代哲学思潮的引进，尤其是对存在主义文艺的介绍，文坛上出现了现实主义悲剧创作的另一种形态。

四、文学批评方法问题

西方现代各种思维方法的引进使习惯于按照某种统一的模式进行批评的中国批评家和大梦初醒，于是争相反思过去的批评观念并提出自已对批评的新的看法。从 1984 年开始，西方流行的各种批评方法被迅速传到中国，同时运用到对新时期文学和过去文学的研究实践中，有形式主义、结构主义、现象学、文艺阐释学、表现主义等批评方法。尤其以“系统论、信息论、控制论”所谓“三论”的引入和运用最为普遍。文学批评方法的引入不仅推进了新时期文学研究的发展，也促进了文艺观念的变革。因 1985 年和 1986 年文学批评方法的更新已成为文学界的热门话题，所以人们把这两年分别称为“方法年”和“观念年”。

五、关于“重写文学史”

早在 20 世纪 80 年代初期的“拨乱反正”中，人们鉴于极左思潮对文艺的伤害，就曾对以往文学史，尤其是中国现代文学史上的某些结论提出疑问，由此谈到了修改或重写文学史的话题。黄子平、陈平原、钱理群等曾提出“20 世纪中国文学”的基本设想，这一概念的提出给“重军文学史”以启示。真正掀起讨论高潮的是 1985 年唐弢等文学史家与晓诸等人展开的论争。1988 年，“重写文学史”在文学界引起了强烈反响；同年 4 月，《上海文论》开辟了“重写文学史”专栏，《主持人的话》申明了“重写”的意义是“要改变这门学科原有的性质，使之从从属于整个革命史传统教育的状态下摆脱出来，成为一门独立的审美的文学史学科”。“重写文学史”口号的提出及其具体操作，表明了 20 世纪 80 年代后期我国政治文化环境的宽松，同时也是新时期开始治学生涯的一批年轻学者自 70 年代末以来，不断在文艺理论和批评方面积极探索、大胆深入地挺进。

六、关于人文精神和“文化保守主义”的争鸣

人文精神讨论是 20 世纪 90 年代波及最广的一场讨论，其主题是社会转型期知识分子价值取向和精神立场问题，其出发点是在商品经济的冲击下文学是否存在危机的问题。上海批评界在 1994 年提出了“人文精神”的口号，是由王晓明等在《上海文学》上的一次对话《旷野上的废墟—文学和人文精神的危机》引发的。随后，《读书》《钟山》《光明日报》《文汇报》等报刊都组织了热烈的讨论，讨论延续两年之久。1995 年，张承志的长篇小说《心灵史》，

张炜的两部长篇《柏慧》《家族》等作品的发表引发了对人文精神的讨论与“文化保守主义”的争鸣。

“二张”（张承志、张炜）发表文章对当下思想价值迷失和道德滑坡给予尖锐的批评，表现了作家深切的人文关怀和坚定的精神信仰。认同“二张”的人认为，他们坚持了“人文知识分子的精神追求和人格操守”。质疑者认为，这是“文化保守主义”在作祟。这次讨论为文学进入下一个世纪提供了许多新的启示。

第三节　重要的文学思潮

在改革开放大潮的推动下，新时期文学思潮的总体走向是，各种文艺观点、各种创作方法相互碰撞，形成了文艺思潮的多重变奏和流派林立的格局。

一、伤痕文学

新时期的文学创作开端是 20 世纪 70 年代末的“伤痕文学”。“伤痕文学”的主要内容是揭露和控诉“文革”给人带来的肉体伤害和精神创伤。以 1977 年刘心武的小说《班主任》(1977 年 11 月发表于《人民文学》）为开端，这篇小说率先揭露了“文革”在青少年心灵中造成的精神创伤。1978 年 8 月 11 日，在上海《文汇报》刊登了卢新华的短篇小说《伤痕》，引起了广泛的关注和争论。小说描写了女知青王晓华与母亲反目成仇的悲剧。当历史的迷雾被拨开后，母亲却永远离开了她，这在她的心灵中留下了永远无法弥合的伤痕。这部作品在当时引发了强烈的反响，“伤痕文学”也因此而得名。“伤痕文学”比较的代表作品有：揭露“文革”对于人性的压抑和尊严的践踏，如张洁的《爱，是不能忘记的》、张贤亮的《邢老汉和狗的故事》、周克芹的《许茂和他的女儿们》、古华的《芙蓉镇》、戴厚英的《人啊，人！》等；揭露“文革”对人的心灵的毒害，如刘心武的《班主任》、卢新华的《伤痕》等；表现“文革”中惊心动魄的运动斗争，如郑义的《枫》、孔捷生的《在小河那边》等；表现了老一辈革命者的受难故事，如从维熙的《大墙下的红玉兰》、莫应丰的《将军吟》、王亚平的《神圣的使命》等。

“伤痕文学”的主要特征是对文学真实性的回归，强化文学的社会批判功能。正是由于“伤痕文学”的这些特征与长期以来中国当代文学所倡导的反映生活中光明的一面相悖逆，关于“写伤痕”的大讨论持续了一年之久。有的批评者认为，“伤痕文学”写社会的阴暗面，是“向后看”，是“用阴暗心理看待人民的伟大事业”的“缺德”文艺，会使人消沉。持支持态度的人认为，“伤痕文学”所反映的人民群众所遭受的苦难、社会生活的阴暗面是客观存在的，文学对此加以反映是一种进步，它能促使人们觉醒。

二、反思文学

“伤痕文学”之后，一股被称为“反思文学”的创作潮流应运而生。它是“伤痕文学”的延续与深化。1978 年 5 月开始“真理标准大讨论”批判“左”的错误，思想上相对解放。这种反思在文学上的表现就是反思文学。如张一弓的《犯人李铜钟的故事》、李国文的《冬天里的春天》、王蒙的《蝴蝶》《杂色》、张贤亮的《绿化树》、茹志娟的《剪辑错了的故事》等。

其中，《剪辑错了的故事》通过记叙发生在20世纪50年代农村“大跃进中的故事”，描绘了近40年共产党与人民群众关系的演变历史，探讨了这次运动产生的根源。作品发出了令人痛心的警告：如果再一次发生战争，老百姓还会像抗战时代那样支持抗日军队吗？这些作品在客观上为文学创作提供了进一步发展的空间。

除小说创作之外，“反思”的浪潮也波及戏剧、诗歌、散文等创作领域，并出现了一批具有深远影响的作品。戏剧作品有《灰色王国的黎明》（中英杰）、《假如我是真的》（沙叶新）等，诗歌作品有《沉思》（公刘）、《阳光，谁也不能垄断》（白桦）、《现代化和我们自己》（张学梦）、《对一座大山的询问》（边国政）等，散文作品有《随想录》（巴金）、《干校六记》（杨绛）、《牛棚小品》（丁玲）等。

“反思文学”在艺术表现上兼容并蓄，求新求变，在继承传统现实主义的基础上，广泛吸纳西方现代派的表现手法，如意识流、象征主义、荒诞手法等。总之，“反思文学”以其广阔的社会内容、深厚的思想内涵，以及艺术表现上的革新，为新时期文学的发展增添了新鲜的血液。

三、改革文学

改革文学兴起于20世纪70年代末，在80年代初盛极一时，是反映改革开放以及由此引发的一系列社会生活、思想观念、文化心理的变革与冲突的文学创作潮流。改革文学是以社会政治经济的改革为题材的作品，是新时期改革开放的必然产物。

1979年7月，蒋子龙的短篇小说《乔厂长上任记》在《人民文学》发表，标志着“改革文学”的诞生。小说描写某电机厂内部改革中所遇到的种种矛盾与阻力，作品中那位大刀阔斧、锐意改革的电机厂厂长乔光朴激起了全国上下的改革热情，以致许多工厂挂出了“请乔厂长到我们这里来！”的长幅标语。《乔厂长上任记》虽然在艺术上还显得比较粗糙，但作者的激情无疑弥补了这一点，而且主人公乔光朴的形象以其“硬汉子”的性格、改革家的胆识与气魄备受读者的喜爱。随后，蒋子龙又先后发表了《一个工厂秘书的日记》《开拓者》《赤橙黄绿青蓝紫》《锅碗瓢盆交响曲》等小说作品，塑造了一系列改革者的形象。

1981年底，张洁的长篇小说《沉重的翅膀》问世，标志着“改革文学”进入第二阶段。这一阶段主要关注改革对整个社会尤其是人的思想、道德、伦理观念带来的变化。影响较大的有长篇小说《故土》（苏叔阳）、《花园街五号》（李国文）、《男人的风格》（张贤亮）、《新星》（柯云路），以及中篇小说《老人仓》（矫健）、《鲁班的子孙》（王润滋）、《秋天的愤怒》（张炜）、《腊月·正月》（贾平凹）等。

“改革文学”在广阔的时代背景下，描写改革的进程，反映生活的巨变，并成功塑造了一系列改革者的形象。但“改革文学”也存在一些问题，如大多数作品是趋时之作，缺少对生活的积淀，难免有粗陋之嫌。

四、知青文学

“知青文学”是经常用来描述新时期以来的一种文学现象的概念，这个概念大体包括以下内涵：作者曾是“文革”中“上山下乡”的知青；作品的内容主要描写知青在“文革”中的经历，也包括返城后的生活道路及思想感情；从体裁上看主要指小说。知青作家的写作几乎贯穿了整个新时期文学，写下了一系列质量上乘的作品。

从知青文学所表现出的内容及主题，可以把它划分为以下四种情况：一是表现控诉、悔恨主题的作品。知青作家都有过上山下乡的经历，都经历过从狂热到失落，再到迷茫的精神历程，他们对历史与现实充满着怀疑与否定的情绪。苦难的时代刚刚结束时，他们大多描写知青的苦难，暴露“文革”的黑暗，凭吊已逝的青春岁月。代表作有竹林的《生活的路》、孔捷生的《在小河那边》、老鬼的《血色黄昏》等。二是表现出强烈的理想主义与英雄主义色彩的作品。在“文革”结束的很长一段时间里，知青自我及社会对他们那段历史的评价和态度是模糊不清的。这种评价和态度推动知青作家试图通过创作来为他们这一代人的青春立言，肯定自我的价值。代表作有梁晓声的《这是一片神奇的土地》、张承志的《骑手为什么歌唱母亲》、陆天明的《啊，野麻花》等。在上述作品中涌动着理想主义和英雄主义的激情。但由于作家过于执着于对“青春无悔”的表述而失去了对那段历史进行反思的可能，从而影响了作品对历史开掘的深度。三是表现对精神彼岸进行寻找的作品。当知青们在农村插队时，返城就是他们的人生目标，但返城后的知青在工作、婚姻、精神各个方面都遇到很多的问题，使他们陷入新的迷茫与痛苦中。在这种心态下，知青作家们开始以“怀旧”的情感抒写农村的田园风光，追怀农民的淳朴，在精神上重返乡村，以此来为在现实中陷入困顿的自己寻找精神的家园。代表作品有史铁生的《我的遥远的清平湾》、孔捷生的《南方的岸》等。四是描写知青返城后，的生活的作品。代表作有梁晓声的《雪城》、叶辛的《孽债》等。到20世纪80年代中期以后，知青文学创作进入更为复杂的阶段，代表作品有邓贤的《中国知青梦》、郭小东的《中国知青部落》等。

五、寻根文学

20世纪80年代中期兴起的“寻根文学”是由知青出身的作家发起的一场文学思潮。韩少功、李杭育、阿城、郑义等作家发出了文学寻根的呼唤。1984年12月，在“文学与当代性”的座谈会上，一些青年作家提出了文化寻根问题。随后，韩少功在《文学的“根”》中，明确地阐述了“寻根文学”的立场，认为：“文学之根应该深植于民族文化、传统文化的土壤里，根不深，则叶难茂。”此外，郑万隆的《我的根》、李杭育的《理一理我们的“根”》、阿城的《文化制约着人类》、郑义的《跨越文化断裂带》等文章都表明了一个共同的愿望：文学应该突破表面化的“现实”层面，挖掘中华民族文明的潜藏底蕴，求索文化的根基，揭示传统的精华与糟粕，探寻并重构中国文化。这一时期，“寻根”成为这些作家、评论家口中的关键词。《商州初录》（贾平凹）、《北方的河》（张承志）、《棋王》（阿城）等作品的发表，标志着“寻根文学”热潮的来临。

寻根小说的创作呈现出复杂的景观，作家对自己所寻的“根”这一概念的态度也比较矛盾，概括起来大致有下面三类：一是民族文化派（对传统文化持肯定态度）。代表作主要有阿城的《棋王》、汪曾祺的《受戒》等。这些作家对传统文化有深厚的依恋，倾向于维持传统心理思维和生活方式。从他们的作品中表现出对平静生活的向往。二是原始生命派。代表作主要有郑万隆的《老棒子酒馆》、莫言的《红高粱》等，作品中表现出一种野性、放荡不羁、充满行动力量的气息。三是忧患派。代表作主要有韩少功的《爸爸爸》、王安忆的《小鲍庄》等（这一派作家大多由知青作家转化而来）。此派作家在民族传统文化的影响下思考历史命运问题，充分体现出对民族深沉的爱和对民族前途的忧虑。

寻根小说在创作中具有共同的特点，以现代意识观照现实和历史，反思传统文化，重铸民族灵魂，探寻中国文化重建的可能。表现手法上既有中国传统文学的手法，又运用现代派的象征、暗示等方法丰富作品的意蕴。

寻根文学最早出现于20世纪80年代初期，在1985到1988年间达到高潮，随之落潮。寻根文学作家高高举起文化的旗帜，体现出自觉的文化意识，为中国当代文学注入了新的因子。

六、现代主义文学

现代主义文学是以20世纪80年代初王蒙等作家尝试借用意识流等一些西方现代派文学手法为先声的。1985年后迅速兴起的“新潮小说”“先锋小说”，标志着当代文学对西方现代主义文学的全面引进，一时间，意识流、存在主义、荒诞派、黑色幽默等西方现代主义流派都可以在中国找到各自的投影。马原、残雪、莫言、洪峰等也都成了不断引起轰动与论争的名字。90年代之后，小说创作突破了创作方法上的壁垒，出现了新写实小说、新状态小说、新现实主义小说、新生代小说等名目繁多的潮流，当代文坛进入了众声喧哗的共生时期。

第四节　第七次文代会

2001年12月18日，中国文学艺术界联合会第七次全国代表大会、中国作家协会第六次全国代表大会在北京开幕，会议历时5天。这是进入新千年、新世纪之后文艺界的第一次盛会，也是一次总结过去文艺成绩、继往开来、共同商讨今后我国文艺发展大计的十分重要的会议。巴金为大会撰写了开幕辞，他在开幕辞中高度肯定了鲁迅先生对现代文学所作出的重大贡献，并号召当今的作家和艺术家们以鲁迅先生为榜样，走进人民群众中去，与大家同命运、共担当，一起肩负起建设中国特色社会主义文化的重任。他在开幕辞的最后要求广大文艺工作者要尊重文学艺术的规律，一方面做到在艺术上的大胆创新和探索，另一方面以繁荣社会主义文艺为共同目标，团结互助，营造百家争鸣、百花齐放的生动画面，共同开辟出新世纪中国文艺的新境界。

这次全国文代会和全国作代会，是广大文艺工作者为推进社会主义现代化建设，为发展和繁荣先进文化而继续奋进的一次盛会，是我国广大文艺工作者大团结、大欢聚、大鼓劲的一次盛会。来自全国各地1400余名文艺界的代表参加了此次盛会，经投票选举产生了中国文联第七届全国委员会。该委员会由179人组成，并在第一次会议上选举周巍峙为新一届文联主席。李文树代表文联第六届全委会主席团作工作报告。在报告中，李文树对前六届文代会的工作作了详细的总结和回顾，并从深入学习“三个代表”重要思想，提高业务素质、着力创新与繁荣，推动文艺创作与理论建设、发挥文联优势，实现新的发展、改革创新，探索新的发展机制、加强作风建设，努力提高服务水平等方面对今后五年的工作作了规划和部署。同时，与会代表们还集中讨论了《中国文联章程》，并提出了相应的修改意见。最后通过了李文树所作的工作报告和修改后的《中国文联章程》。

江泽民同志在大会上作了重要讲话，特别对新形势下如何进一步坚持先进文化前进方向、繁荣发展社会主义文艺事业，提出了明确要求和希望。首先，他在讲话中点明了文化的“世界性”与“民族性”以及“现代文化”与“传统文化”的关系。他指出，现阶段我们致力于建设的先进文化，是“面向现代化、面向世界、面向未来的，民族的科学的大众的社会主义先进文化”[①]。这种“先进文化”是完全符合现代化要求、代表人类未来发展方向，并与世界各民族最先进的文化成果相衔接的文化，具有现代性、前导性和世界性。“先进文化”也是中华民族自己的文化，是植根于人民群众当中的文化，具有深刻的科学内涵，具有民族性、人民性和科学性；同时，还必须是一种体现我们建设具有中国特色社会主义的原则和精神的文化。其次，他肯定了文艺在建设先进文化中培育和弘扬民族精神、洗涤人民心灵的重要地位和积极作用。他指出：“文艺是民族精神的火炬，是人民奋进的号角。在培育和弘扬民族精神方面，文艺可以发挥独特的重要作用。”[②]最后，他在讲话中还对文艺工作者提出了要求，他指出：“当代中国的文艺工作者，应该遵循先进文化的前进方向，自觉投身改革开放和现代化建设的伟大实践，努力推进我国文艺的创新和繁荣，努力创作出弘扬中华民族的民族精神和我们时代的进步精神的作品，用以教育人、鼓舞人、鞭策人，为繁荣祖国文艺的百花园，为培育一代又一代有理想、有道德、有文化、有纪律的社会主义新人作出自己的贡献。这就是我国当代文艺工作者肩负的庄严使命。”[③]

本次文代会的召开，对于文艺工作者在新千年认真贯彻江泽民同志提出的“三个代表”重要思想，努力发展文艺事业，不断开创文艺创作，具有重要意义，也为以后的文艺创作指明了道路，明确了方向。

① 江泽民：《文艺是民族精神的火炬》，见《江泽民文选》第三卷，人民出版社2006年版，第400页。
② 江泽民：《文艺是民族精神的火炬》，见《江泽民文选》第三卷，人民出版社2006年版，第401页。
③ 江泽民：《文艺是民族精神的火炬》，见《江泽民文选》第三卷，人民出版社2006年版，第402页。

第二十六章　新时期小说创作的复苏

新时期以来，小说创作展示出更宽广更深刻的面貌。受西方各类文学思潮的影响，创作者们在主题、形式等方面都进行了大胆的探索和尝试。这一时期，一方面，随着思想上、政治上的拨乱反正，伤痕文学、反思文学和改革文学兴起，人们从教条的束缚中解放出来，呼唤真实，呼唤科学，呼唤人性；另一方面，寻根文学、先锋文学、新写实文学也是当时较为重要的文学创作潮流。总体来说，随着改革的深入，这一时期小说创作在文学体裁、表现手法、审美倾向上都呈现出多元化的特点，多种文学流派和文学样式共同存在，共同发展，互相促进。

第一节　路遥的《平凡的世界》和《人生》

路遥（1949—1992），陕西清涧人，本名王卫国。1949 年 12 月出生于一个贫穷的农民家庭，7 岁时因家庭困难被过继给伯父，1973 年考入延安大学后，开始进行文学创作，代表作有长篇小说《平凡的世界》、中篇小说《人生》等。广袤无垠的黄土高原，苍凉而壮阔，路遥生于此地，长于此地，一生虽然短暂，但其创作体现了对人生的深切关注、对理想的执着追求，表现出强烈而鲜明的现实主义的特色。幼年家穷，上学之路也十分艰难，生活在这样的环境中的路遥早早地经历了身体和心灵的双重困苦。这样的伤痛经历，磨炼了路遥，也成就了路遥。在他的作品中，总是自觉或不自觉地反映身处城乡边缘地带的痛苦和迷茫，如《人生》中的高加林、《平凡的世界》中的孙少平。他始终关注着当代生活正在发生、发展变化的火热的现实，关心人们对美好生活的热切向往，同情他们遭遇的困境和艰辛，路遥为那些在交叉地带苦苦挣扎的年轻人带来了精神支撑和抚慰。

从十一届三中全会提出改革开放口号以来，中国社会步入了激烈的社会变革时期。在这个历史转换的关键时期，随着计划经济向商品经济的转变，传统的思想观念面临强烈的冲击，传统的心理结构也在发生新的变动。新一代农村青年最先感受到了这种变动和冲击的力量，他们开始对自己生活的乡村世界产生不满与怀疑，而对具有现代文明诱惑的都市产生强烈的向往。如《人生》中的高加林不惮于违背传统道德伦理而力争到大城市发展自己的前途，《平凡的世界》中的孙少平在从揽工汉到煤矿工人的身份流动中彰显了实现进城理想的种种努力与尝试。无论是高加林还是孙少平，他们都是 80 年代个人奋斗者的典型人物。因此，路遥在其进城故事中通过高加林、孙少平等进城乡下人形象的塑造，寄托了对城乡关系的思考，探寻着城乡边缘地带的年轻人矛盾的心理。

《人生》是路遥创作的一部中篇小说，也是作者的成名作。作品以 20 世纪 80 年代的中国为背景，改革开放促使商品经济发展和活跃，现代都市文明诱惑着困守农村的农民，特别是其中的青年人，他们开始对自己的生活及周围的世界产生怀疑与不满，通过各种方式和途径尝试走出农村，以改变自己的命运。在城市和农村的交叉地带，既有现代都市文明的影响，又不能完全摆脱农村生活的束缚限制，于是就产生了现代文明和古老传统的矛盾冲突。随着农村生活的城市化，交叉地带还出现现代生活方式和古老生活方式的冲突。在《人生》中，通过选取生活在城乡交叉地带的几个人物，展现他们在城乡矛盾中的曲折命运，特别是通过对几个男女青年爱情悲剧的描写，真实再现了那个时代农村知识青年的困惑、迷茫、希望和追寻。

《人生》中的主人公高加林，经历了高中毕业后回到土地又离开土地，再次回到土地又离开土地，最终回到土地这样人生的变化过程。他先是毕业后回到村里当上了民办小学的教师，但很快他就被大队书记高明楼的儿子顶替，重新回到了农村。正当他失意无奈时，他抓住机会又重新回到城市，城市生活不仅让高加林得以实现理想，也让他和自己大胆开朗的同学黄亚萍相遇了。城市生活让这个农村青年渐渐迷失了自我，最终他选择了黄亚萍，拒绝了巧珍，这也意味着高加林选择了城市文明而抛弃了农村生活。就在高加林以为自己终于被城市文明接纳的时候，他通过关系得到城里工作这件事被人告发，不得不重新回到生他养他的那片土地，在那里他褪去了骄傲，认清了现实，接受了德顺爷爷的一番话，而后懊悔地扑倒在了黄土地上。

高加林的经历是充满矛盾的，他是农民的儿子，更是黄土地的儿子，但是他却一直想要逃离农村，逃离这片土地；他聪明能干，充满年轻的活力和朝气，痛恨“走后门”“找关系”，他自己就因为“走后门”被顶替而失去了工作，但最后高加林也向“关系社会”屈服了、妥协了，靠关系重新走进城市；在失意的时候，农村姑娘巧珍给了他无限安慰，用奔放热情抚慰了高加林的痛苦，他对此也是感动和珍惜的。但在重新回到城市后，他看到美丽大方的黄亚萍后，高加林在痛苦和自我谴责中选择了背叛。

高加林是《人生》中的主要人物，在塑造这一形象时，路遥认为人的思想是复杂的、多变的，绝对不能将复杂的人性做“好人”“坏人”这样简单地划分，因此在高加林身上既体现了现代青年自信坚毅，不屈从于命运的一面，同时又有虚荣自私懦弱的一面。他有远大的理想和抱负，不想忍气吞声、安守本分，渴望离开贫穷落后的农村，到更广阔的城市天地去生活。但是现实与他心中的理想总是相差极远，正是这样的反差构成了他的复杂的性格特征。小说为我们展示了两个高加林的形象：一个高加林是自尊的，沉浸在自己构筑的精神幻想世界中；一个高加林是自卑的，淹没在不公正的现实世界里不能自拔。高加林形象的塑造，体现了路遥站在城乡交叉地带，对社会转型期农村知识青年前途命运的思考与探索。

《人生》中还塑造了一个悲剧的女性形象——巧珍，她出身农村，善良美丽，在高加林失意的时候，她用自己的真心化解了高加林的苦闷；面对高加林的背叛和抛弃，她也只是默默接受了这样一个悲剧的结果，对生活、对爱情、对未来不再表现出积极的追求。在这个悲剧的背后，表明的是传统女性对自己命运的无力感，想要解放女性，想要获得幸福，就必须依靠自身，自立自信，不能把希望寄托在他人身上，这才是改变女性命运的唯一出路。

《平凡的世界》是路遥创作的又一力作。为了创作这部小说，路遥做了三年准备，为了扩充视野、掌握资料，他进行了大量的阅读，包括近百部长篇小说、前后近十年的报纸以及其他相关书籍，过着“早晨从中午开始”的生活。同时，他还奔波于社会各阶层体验生活。第一部初稿是在一个偏僻的煤矿医院开始的，第二部初稿是在黄土高原腹地的一个偏僻小县城完成的，因为生活没有规律，路遥身体严重透支，最后病倒了。身体略有恢复后，他继续写作，1988 年 5 月，路遥终于完成了《平凡的世界》的全部创作，这部作品共三部六卷，成为其人生绝唱。1991 年 3 月，《平凡的世界》获得第三届茅盾文学奖。

《平凡的世界》以中国70年代中期到80年代中期十年间为背景，以孙少安和孙少平两兄弟为中心，刻画了当时社会各阶层众多普通人的形象。作品中，劳动与爱情、挫折与追求、痛苦与欢乐、日常生活与巨大社会冲突纷繁地交织在一起，深刻地展示了普通人在大时代历史进程中所走过的艰难曲折的道路。

孙少安是双水村具有传统思想的新农民，在改革开放的春风吹到农村的时候，他敏锐地感知到了这一时代机遇，在双水村办了砖厂，发家致富，成为让周围村民都羡慕钦佩的人。同时，他身上依旧保留着传统农民的特质，忍耐、包容、善良，对家庭、对弟妹、对父母、对妻子、对周围农民都尽力爱护、关心和帮助。靠着中国农民的传统美德、微薄的文化知识和敏锐的现代意识，他实现了自己的人生价值，达到了自己的人生目标，成了历史变革时期农村社会新一代农民的代表。

和孙少安相比，孙少平体现出了更多的现代意识，他比自己的哥哥孙少安文化程度高，渴望依靠自己的知识走出农村，走进城市文明，被城市文明接纳认可，得到精神上的解脱和满足。在孙少平身上，集中体现了接受过教育的新一代农村青年的更高的人生追求，他想通过个人的奋斗走出农村，改变命运。他做过揽工汉，最后成了矿山采煤工。但无论处在什么社会位置上，他都保持着劳动者的诚实和文化人的尊严。对体力劳动和脑力劳动，他都同样认可和尊重；在感情上，他既没有因为自己的身份而过度自卑，面对省报女记者田晓霞和医学院大学生金秀，他始终能够保持清醒，同时又能真诚面对自己的内心，用行动践行着对工人遗孀的承诺。

小说的语言朴实厚重，在朴实流畅的叙事之中，意蕴深刻的话语也时常出现，给人以激励和鼓舞。比如："人生就是永不休止的奋斗！只有选定目标并在奋斗中感到自己的努力没有虚掷，这样的生活才是充实的，精神也会永远年轻。""人的生命力正是在这样的煎熬中才强大起来的。想想看，当沙漠和荒原用它严酷的自然条件淘汰了大部分植物的时候，少女般秀丽的红柳和勇士般强壮的牛蒡却顽强地生长起来——因此满怀激情的诗人们才不厌烦高歌低吟赞美它们！"同时，陕北信天游古朴忧郁的情绪和单纯明朗的表达方式，以及他们丰富的日常语言，都成为小说的语言素材，赋予书面语具体可感的形象，也增添了浓郁的地方特色。

第二节　陈忠实的《白鹿原》

陈忠实（1942—2016），陕西西安人，中国当代作家。1962 年毕业于西安市第三十四中学，1965年开始文学创作，小说集子有《乡村》《到老白杨树背后去》《初夏》《四妹子》《地窖》《害羞》等。《白鹿原》是他的成名作。1997 年 12 月，长篇小说《白鹿原》获得第四届茅盾文学奖。

《白鹿原》以白嘉轩为叙事核心，讲述了白鹿两个家族的恩怨纠葛，时间跨度较长，展示了从清末民国直至中华人民共和国成立这五十多年来的时代变迁，借助白嘉轩、鹿子霖及两家后代的命运起落，展示了近现代社会从推翻清王朝的革命，到国共两党的政治斗争和军事斗争的历史。在这期间，穿插了各种政治力量、民间势力的活动和抗日民族战争的历史，集中表现中国社会"从衰败走向复兴复壮"的历史过程，是一部记录"民族秘史"的长篇巨作。

小说的前五章写了白鹿原社会群体的常态，娶妻生子、耕种土地种植、翻修宗祠、兴办学堂，整个白鹿原按照既定的传统轨道运行着。从第六章开始，原本的生活轨迹被打破了，改朝换代，皇帝被推翻。为了维持白鹿原内部的稳定，朱先生拟定了乡约，但个体的力量无法和历史演进相抗衡，社会矛盾激化之下还是爆发了交农事件。这一次事件暗藏了白鹿两家两代人的不同命运，新一代年轻人开始成长、觉醒。从第十一章开始，农民运动爆发了，白嘉轩作为族长还在努力维持白鹿原的稳定，但已经无力回天。在社会矛盾加剧的过程中，白鹿原又遭遇了饥馑与瘟疫。社会的急剧变动、恶劣的生存环境，让白鹿两家年轻的一代人走向了不同的人生道路，他们的命运也在此埋下了伏笔。作品最后以抗日战争和解放战争为背景，原本安宁稳定的白鹿原，也不得不卷入社会变动的漩涡之中。结局中笼罩着悲剧的氛围，朱先生的死、黑娃的死、鹿子霖的疯、白嘉轩的残，以及鹿兆鹏的下落不明，共奏出一曲挽歌，似在挽悼旧的白鹿原的终结。

作者在小说中创造了一系列个性鲜明的人物形象，白鹿两家族长白嘉轩和鹿子霖性格迥异，分别代表着不同的道德观念和立场，两个家族中的成员也都形象各异，但都体现出一种复杂性和矛盾性。作者在塑造人物的时候，并没有写出明显的忠奸、善恶的对立性，而是着力于展示矛盾、冲突、纠纷和妥协。

白嘉轩是书中重点刻画的人物形象之一，他始终坚守儒家传统的仁义道德，一方面他有坚持“理”的一面：出面修立乡约、整修祠堂，对破坏宗族礼法的人和行为，他都给予严厉的惩罚；另一方面他也有“仁”的一面：对待长工仁义宽厚，宽恕伤害过自己的乡民。虽然当了族长，但他始终没有忘记自己来自土地、来自农村，土地和宗族是他最看重的东西。他始终秉持着“耕织传家久，经书济世长”的信念，他的一生都是在为守护白鹿原、守护宗族礼法而努力。无论是拒绝当参议院的议员，还是无奈接受了县长的聘任，他始终都是为了维护家族的利益。而当自己的家长权威受到挑衅的时候，他会做出猛烈的回击。女儿白灵想要继续求学，不愿接受家族婚姻，白嘉轩因此就决定不再承认有这么一个女儿；当家族利益受到侵害时，他会为了重振家风而做出有违仁义的行为，“白嘉轩从山里娶回来第七个女人吴仙草，同时也带回了罂粟种子”。依靠罂粟发家后，“完整的四合院便以其惹人的雄姿稳稳地盘踞于白鹿村村巷里”。大量种植罂粟，无视对土地对乡民的伤害，恰恰是为了重振家声，让白家重回繁荣。

与白嘉轩对应的，则是另一家族的族长鹿子霖。和白家远离政治不同的是，鹿家人始终有强烈的进入官僚阶层的热情。当鹿子霖就任乡约后，他感觉自己似乎得到了权力，能够在和白家的斗争中占得上风了。“在白鹿村，他的财富可以累加，却与族长的位置无缘；现在，他是保障所的乡约，下辖包括白鹿村在内的十个村庄，起码不在白嘉轩之下了吧？”然而，对女色对权力的过度贪婪，使得鹿子霖最终精神错乱，走向了人生的悲惨结局。

小说中的朱先生也是作者着墨较多的人物，他是儒家文化的代表和化身，在他身上能够找到儒学的一切特征。在他身上有独善其身的一面，也有兼济天下的理想。他十六岁应县考得中秀才，二十二岁省试中举，游学江南又退守白鹿书院，通天文晓地理。他既独善其身，又兼济天下，虽然远离白鹿村，隐居、教书、修史，但又始终关注时局，支持禁烟、赈济。朱先生可谓儒家文化在关中地区的代表人物，也是整个儒家文化传统的化身，力践躬行垂范当世，同时还以他的职业身份广施教化，以他的权威地位为乡民立法（乡规民约），甚至也以他所坚守的理性原则和人格节操参与抵御外来侵略、平衡白鹿原上的各派力量和各种势力的政治、军事纷争，为白鹿原上的乡民消灾免祸，求取富足和安宁。但尽管如此，朱先生的儒学仍无法制止白鹿原上“翻鏊子”式的政治、军事纷争，也无法消弭这种政治、军事纷争在白鹿原上所造成的各种动乱和灾难，更无法保证他所教化的乡民在这种动荡的时势中，始终恪守儒家的政治和道德伦理规范。

除白嘉轩、鹿子霖、朱先生等主要人物外，老实本分的长工鹿三，苦难一生最终被压在塔下的田小娥，始终躲在白嘉轩身后的吴仙草，冤死的白灵，失去踪影的鹿兆鹏……一个个性格迥异、形象鲜明的人物依次登台，又各自走向人生的结局，生命如同折子戏一般开演又谢幕，共同构成了《白鹿原》这部大戏。

《白鹿原》是一部现实主义作品，也是一次魔幻现实主义的成功尝试，和之前的革命现实主义有本质不同，在具体的创作中，着重人物的心理剖析，吸取借鉴了西方象征、潜意识、魔幻等艺术手法，使情节愈显曲折，突出了人物命运的不可臆测，使作品笼罩了一层神秘的面纱，可以说《白鹿原》是注重传统的现实主义创作走向开放的一次重大突破。

第三节　余华的《活着》

余华（1960—），浙江杭州人，当代作家。1977 年中学毕业后，进入北京鲁迅文学院进修深造。1983 年第一次发表了短篇小说《第一宿舍》。1987—1989 年，先后发表《十八岁出门远行》《四月三日事件》《一九八六年》《现实一种》《世事如烟》《往事与刑罚》《鲜血梅花》等短篇小说，确立了先锋作家的地位。1990 年以后，陆续发表长篇小说《在细雨中呼喊》《活着》《许三观卖血记》等。

余华作品中的一大主题就是对苦难的阐释，人的生存困境是其反复书写的主题。《活着》中的福贵，一生命途多舛，经历了一系列的厄运和打击，但余华通过福贵不幸的经历，展现了人在绝境中的倔强和坚韧。在《活着》中，余华再现了悲剧精神，将人从苦难的深渊中拯救出来。

《活着》设计了一个小说的叙述者“我”的形象，“我”在收集民间歌谣的过程中，遇到了一个叫福贵的老人，听他讲述了自己坎坷的一生。在那样一个特殊的时代里，人经历了内战、“大跃进”“文化大革命”等一系列社会事件和时代环境的急剧变动，生存是一件十分困难的事情，福贵本是地主少爷，但因为嗜赌成性，败光了家业，替母亲求医又意外被抓了壮丁，历经磨难回乡后发现自己的母亲早已离世，虽然还有妻子儿女，但女儿却不幸成了哑巴。悲剧到此还远远没有结束，妻子得了重病，儿子为县长夫人输血而死，女儿因难产大出血死在了手术台，在女儿死后不久妻子也去世了，女婿做搬运工，被两排水泥板夹死。连串的死亡降临在这个老人的身边，福贵只能带着外孙回到乡下。外孙苦根却因为吃豆子而撑死，最终只留下福贵和一头老牛相伴残生。福贵生命中所有重要的血亲，他的妻子家珍、儿子有庆、女儿凤霞、女婿二喜、外孙苦根，一个个要么意外死去，要么年幼夭折，亡命、无常的命运和死亡频繁地降临在福贵的身上，一次次将他拖进绝望痛苦的深渊。但他在经历了一连串的打击后，却始终对生活怀有希望，靠着一股韧劲和坚持，走到人生的最后一刻。

在《活着》中，赌博输掉家业是福贵“苦难”的起点，也是其命运的转折点。福贵的一生，死亡的阴影始终如影随形，如同一把利剑悬在福贵的头顶。而“无可避免的苦难”这一主题，恰恰也是余华作品中反复书写的内容之一，借助对人生和死亡的思考，余华也在书写人性，解读人性。年轻的福贵，出身富裕，一生本应顺遂，却染上了赌博和沉迷酒色的恶习，因为赌博和拈花惹草，他花光了自己的家产，气死了自己的父亲，也让自己的命运走向了另外的结局。但也正是年轻时家境的转变、至亲死亡的经历，让福贵产生了警惕，得到了警醒，原本浪荡放纵的个性开始慢慢改变，善良、宽厚、仁义的品质渐渐得以恢复，他也逐渐开始思考，人为何而存在，人的存在又要承担着什么样的责任。这样的思考，在他经历了被抓壮丁之后，变得更加深刻。在生存困境之下，家庭和亲人的温暖是何等重要，这都在两年抓壮丁的经历中进一步升华了。此时的福贵，虽然不再有往日富足优越的生活，但和困窘的生活相对应的，是精神和内心的充实与满足。遗憾的是，苦难却并没有因为他的宽广而放慢脚步：先是儿子有庆的突然死亡，接着又是女儿凤霞和妻子家珍的死亡，然后是女婿二喜和外孙苦根的死亡。一个个亲人都被死神以这样或那样的方式残酷地夺走了鲜活的生命。只留下福贵一人来面对这样的生离死别。这种人生感受，就像刀子一次次地剔下了富贵身上的肋骨，他无能为力，只有承受，因为这是命运。在命运面前，任何愤怒和反抗都显得异常苍白，任何绝望和郁闷都变得无比怯懦。所以，福贵学会了宽容，学会了容纳，学会了忍受。人物生存处境的大起大落和命运沉浮的飘忽难测，偶然性和必然性相互交错，强化了宿命感，但这种命运的无常性恰恰又和时代必然性密不可分。

在余华看来，面对人生的种种困难，没有所谓的解脱和救赎，人想要得到超脱，就无可避免地会走向死亡，在余华的笔下，生存是艰难而痛苦的，因为人活着就是遭受苦难的折磨与打击。但活着的意义恰在于此，明明知道活着是痛苦的，人面对命运是无能为力的，但仍然要挣扎着活下去，在挣扎之中，恰恰闪现着人性的光辉。在无可避免的命运面前，在无法回避的现实面前，人并非无能为力、毫无办法，只能逆来顺受，就像《活着》中的福贵一样，即便经历了一次又一次的打击，但人仍然可以改变自己的心态，努力摆脱被摆布的命运。人的存在不仅意味着活在世上，还意味着存在的超越与自由。这种超越是人对现实与命运的一种胜利。《活着》中，一个人接一个人死亡，苦难像潮水一样一波又一波，无边无际，从未中断。在作者看来，这种痛苦是绵长的、持久的，看起来是无能为力的，但我们知道了人是怎样活着、活着的责任与意义是什么，就会明白死亡其实是存在的另一种形式，是存在的升华。当命运降临厄运之时、消极面对、被动躺倒，逃避退出都是行不通的，只有咬紧牙关，像在沙漠中负重前行的骆驼一般，沉默而坚定地前行，直到生命尽头。而在这个过程当中，我们自然能够找到生命的答案，自然能够领悟到面对死亡和苦难时应该有的心境和态度。正如小说最后所写，老人仍然用粗哑的嗓音唱道——少年去游荡，中年想掘藏，老年做和尚。活着本身很艰难，延续生命就得艰难地活着，正因为异常艰难，活着才具有深刻的含义。

在艺术性上，《活着》具有一种悲剧美，这种悲剧美是通过作者对福贵所遭受的种种困难的冷静描写实现的，这种写法带有新写实主义小说的风格，也被称为“零度介入”的叙事方式。余华在描写过程中，不加入个人的任何主观评价和感情，只是用第三人的眼光跳出故事之外，冷静客观地描写和记录。这种写法，既赋予了作品的悲剧意义，也成为余华创作转型的标志。在写作手法上，《活着》中还有大量的象征写法，如死亡和活着之间的象征关系。在语言上，余华的语言是质朴的、自然的，但在质朴自然之下，又因为有死亡和活着之间的象征对应，而带有一种直击人心的强烈力量。

第四节　高晓声的《陈奂生上城》

高晓声（1928—1999），江苏武进人，20 世纪 50 年代开始创作，1954 年发表短篇小说《解约》，描写了新一代农民在恋爱婚姻问题上表现出的新道德观，开始形成自己的风格。1957年初，与陆文夫等创办《探求者》文学月刊社，主张文学应大胆干预生活。1978年重新执笔，接连写出了《李顺大造屋》《“漏斗户”主》《陈奂生上城》《钱包》等反映农民生活和命运的短篇小说。高晓声被视为农村题材反思、改革小说的代表人物。

高晓声擅长描写农村生活，善于在普通农民的日常生活中发现并揭示具有重大意义的社会问题，探索我国农民坎坷曲折的命运与心路历程的变化，文笔简练幽默，格调寓庄于谐。高晓声曾在《且说陈奂生》中写道：“写作《陈奂生上城》不是预先有了一个概念，不是为了证实这个概念，而是在生活接触到了一些人和事，有所触发，有所感悟。”他在农村生活过二十多年，与农民患难与共，有着一致的情感，而且多年的观察和经验使其对中国农民的性格有着深刻而清醒的认识。这促使他致力于描写和反映中国农村经济体制改革和农民命运。

《陈奂生上城》是系列小说中最能体现主人公性格特征、最能展示高晓声小说艺术风格的作品。小说以80年代初期中国农村经济改革为背景，通过陈奂生进城卖油绳、买帽子、巧遇县委书记、住宿招待所的经历，以及主人公微妙的心理变化，写出了背负历史重荷的农民在跨入社会变革门槛时的性格特征和精神状态。

《“漏斗户”主》中曾经因缺粮的困顿而陷入精神麻木的主人公陈奂生，在三中全会后甩掉了“漏斗户主”的帽子，肚里吃得饱，身上穿得新，便萌发了精神生活的要求，渴望得到“神气”的机会，渴望得到人们的尊重。接下来，高晓声诙谐地渲染了陈奂生这种急切想“神气”一番的心理，进而精心设计了陈奂生“上城奇遇”。陈奂生为了买顶新帽子进城卖油绳，病倒在车站，被旧相识县委书记吴楚安排在招待所的高级房间住了一晚。书记的好意让他感激涕零，却也令他因损失掉卖油绳所赚的五元钱而陷入沮丧，以至于心理失去平衡，甚至用在沙发上“跳坐”、不脱鞋进屋等方式泄愤。然后他又顿悟“这五块钱花得值透”。通过自我解嘲，陈奂生得意地摆脱了物质的负累，虚荣心得到前所未有的满足。这种阿Q式的自欺欺人和自我陶醉恰恰在一个怪圈式的循环中造就了另一种精神的麻木与困顿。

作者让农民陈奂生经受了一次城市文化的“洗礼”，展示了典型环境中的典型人物、典型性格，即传统中国农民性格心理的两个侧面：善良与软弱、淳朴与无知、憨直与木讷、诚实与愚昧等。高晓声笔下的陈奂生是中国农民的一类典型：善良而正直，无锋无芒，心地光明，通情达理；老实得受了损失却不知道查究，单纯得受到欺骗会无所觉察。他们抱定两个信念：一是在任何艰难困苦的情况下，相信能依靠自己的劳动活下去；二是坚信共产党能够使他们的生活逐渐好起来。一方面，作者对这样的群体充满了尊重；另一方面，作者也指出，已获得某种程度物质满足的农民，在精神解放的道路上还有很长的路要走。农民的病态文化心理、独立人格的缺失，将阻碍他们自己改革的步伐。中国农民要获得真正意义上的社会主人翁地位，必须彻底改变自己的精神状态和文化心理。

小说情节设计来源于作者真实的生活经历，具有典型性，情节设计上使用倒推法，巧妙地进行了情节构思，合理的布局牵连出一串有趣的故事，同时典型的故事又丰富了人物的性格。在《陈奂生上城》中，作者大量运用了“自由转述体”的叙事方式（即表面上运用第三人称客观叙事，实际上是叙述人转换到角色的视点，模仿角色的语气进行事物描述或心理描写），灵活变换叙事视角与人称。

从《“漏斗户”主》《陈奂生上城》到《陈奂生出国》，高晓声的“陈奂生系列”实际上也就是一部中国当代农民的命运史。作家对中国农民生活命运进行追踪式描写，注意将农民的命运与中国的社会历史命运紧密联系在一起。一方面，中国的社会历史的发展制约乃至决定着农民的命运；另一方面，从农民的命运中也可窥视到中国社会、历史的发展。作家在《“漏斗户”主》中告诉人们，只有首先解决了吃与住的问题，才谈得上农民的其他生活和精神、文化等追求。而续篇《陈奂生上城》，则从中国历史文化等角度来思考中国农村和农民命运的发展历史及其原因，提出了一个引起人们深思的问题：农民在解决了生存需求之后，是否还有精神的追求。在《陈奂生上城》中，高晓声通过塑造陈奂生的艺术形象，对中国农民的文化心理和精神结构进行了深入解析，并由此引发出对中国国民性的改造问题。

第五节　李存葆的《高山下的花环》

李存葆（1946—），山东五莲人，作家、诗人，曾用笔名茅山。主要作品有：中篇小说《高山下的花环》《山中，那十九座坟茔》、舞剧《火中凤凰》、报告文学《将门虎子》《“战争之神”的眼睛》《大王魂》《沂蒙九章》、散文《我为捕虎者说》等。1982 年发表的中篇小说《高山下的花环》引起巨大的社会反响，被称为“一部震撼人心”的战争题材的佳作。

1979 年春，李存葆以作家身份去云南前线采访，当时正是对越南自卫反击战时期，在采访时了解到这样一件事：部队中的一个连队干部，来自贫困山区，因为家庭原因欠了一笔钱，入伍之后他还一直记着这笔钱没还，在上战场前，给自己的妻子留下了一封信，里面写道如果自己战死了，她要坚强地活下去，要多想想国家的难处，不要向组织伸手，他欠的账可用抚恤金来还。李存葆以这个故事为灵感，创作了《高山下的花环》，小说通过描写云南边防部队某部三营九连指导员在战前、战中、战后的生活，真实而生动地展示了对越自卫反击战前后的社会生活、军旅生活，以及令人惊心动魄又发人深思的战争场面，塑造了一系列有着崇高思想品质、道德情操的当代军人英雄群像，讴歌了革命战士、人民群众高尚的道德品质和思想情操，冲破了军事文学“无冲突论”的老套，正视并深刻反映现实生活的矛盾冲突，揭示了军队内部矛盾和历史伤痛。

小说塑造人物时，采用现实主义手法，从社会实际生活出发，从人物的个性出发，而不是从概念出发、从模式出发，对丑的不粉饰，对美的不夸大、更不神化。靳开来说话粗俗，但他说着怪话，做的却是好事；指导员赵蒙生既有自私、庸俗的一面，又不乏人格自尊。这样的手法深刻揭示了作为普通人精神世界的丰富性和复杂性，真实地再现了他们在一定社会关系中的成长和转变。同时，作者注意描写一定环境中人物性格的互相冲突。赵蒙生下连队当指导员，他生活懒散，业务水平差，还瞧不起农村出身的连队干部，在馒头事件、休假问题上与梁三喜起冲突。对此，治军甚严的连长梁三喜再三忍让。但当部队即将上前线，赵蒙生却在母亲的帮助下搞到了调令时，忠厚人梁三喜一下变成靳开来，怒斥这种逃跑行为，尚知军人报国当义无反顾的赵蒙生含羞登上南下军车，此时梁三喜又异常高兴，大小事情都同赵蒙生商量，给他改正错误的机会。在一系列冲突中，展现了梁三喜谦和忍让又爱憎分明的性格，也为赵蒙生日后心灵的净化埋下伏笔。在特定的环境中，一个个性格鲜明的人互相撞击，使各自迸发出思想火花，并以此揭示生活的矛盾和人生的意义。

作者一改之前军事作品“神化”“净化”英雄的倾向，通过真实的描写，将英雄豪情与人之常情统一起来。在临上前线时，连从来都抽劣等旱烟末的梁三喜竟也破例买了两盒“红塔山”，因为在告别人生前最后体味一下生活赐予人的芳香，乃是人之常情。小说中英雄靳开来在激烈的战斗中随身带着全家的合影，并且记得儿子的生日，牺牲前他也没有豪言壮语，而是充满了对生活的留恋，对妻子、孩子、母亲的挚爱。而他死后不能评功的结局，也让作品充满了悲剧色彩。

小说以第一人称展开叙事，给人自然亲切真实之感。小说的第一人称并非一成不变，开头的“我”是采访战斗英雄赵蒙生的记者，而小说的主要情节以“我”（赵蒙生）为故事叙述人，同时在故事叙述过程中第一人称随情节需要转换。作品从“我”思想发展过程的层次更迭和“我”的所见所闻、所作所为来构成艺术画面，形成波澜。正是由于采用第一人称口述的形式，小说的语言显得自然质朴亲切，节奏流畅，富有浓郁的生活气息。

第六节　莫言的《红高粱》

莫言（1955—），本名管谟业，山东高密人，中国当代作家。1981 年，发表处女作短篇小说《春夜雨霏霏》。1985 年发表中篇小说《透明的红萝卜》。1986 年发表小说《红高粱》，引起文坛轰动。主要作品有《天堂蒜薹之歌》《酒国》《丰乳肥臀》《檀香刑》《生死疲劳》等。2012 年获得诺贝尔文学奖。

莫言的小说创作始于 20 世纪 80 年代早期，早年创作处于模仿和探索阶段，主要作品有《春夜雨霏霏》《丑兵》《民间音乐》等。《透明的萝卜》《红高粱》的发表，表明莫言小说真正走向成熟。

《红高粱》是莫言文学创作进入新阶段的代表作之一。故事围绕着“我”的爷爷和奶奶展开。“我”的爷爷叫余占鳌，他勇敢剽悍，既是高密东北乡杀人不眨眼的土匪，又是精忠报国的英雄。在他身上，既有土匪的桀骜不驯，也有抗日英雄的勇敢赤诚，这两种看似矛盾的特点在他身上得到了融合和统一。因此，明明做了杀人越货的行径，却能够得到谅解和宽容，甚至成为了后代的骄傲。对余占鳌的评价，很难用好或坏去定义，他的身上既有人性之美、人性之善，同时也有人性之丑、人性之恶。在民族大义面前，参与抗战，他是勇敢的，是果断的，是彻底的，但手段也是残忍的、严酷的。杀人是他表达恨的方式，他的亲叔叔余大牙，对手花脖子，情敌单家父子，都死在他的手下。这种“杀人”的行为，毫无疑问，在传统的伦理道德中是“恶”的，是不可饶恕的。但在具体的价值行为中，他杀人的行为却又是高度的“善”，是高度的英雄主义和高度的爱国主义的表现。在爱情的准绳上，余占鳌杀死仗势欺人的单家父子，是为了拯救深陷苦海的爱人；他杀死酒后乱性的余大牙，是为了还无辜少女曹玲子一个公道；他杀死流氓头子“花脖子”，是为了当地百姓免于盘剥之苦……这些都恰恰表现出了一种人性的“善”。

“我”奶奶戴凤莲，因为姣好的容貌被财主看上，家里人为了利益将她“卖给”了财主得了麻风病的儿子单扁郎。但“我”奶奶却不愿屈从这种任人摆布的命运，渴望自由地追求自己的爱情，封建社会和封闭的生活并没有封闭她的心灵，也没有限制她的眼界，在个人命运、国家命运的选择上，她都有长远的思考，和余占鳌一起成了抗战英雄。

小说既带有强烈的生命意识和张扬的个性意识，又歌颂英勇抗日的爱国主义精神。一方面，描绘轿夫颠轿时的肆意潇洒，轿夫们的行为深深感染了坐在轿子里的戴凤莲，促使她生命意识的觉醒，余占鳌和戴凤莲在高粱地中野合，反映的是个性的张扬和原始生命力的释放。这些场景的描绘，使整部作品带上了激昂的情调。另一方面，《红高粱》以抗日战争为时代背景，余占鳌以高密东北乡这一地方为据点，对抗日军侵略。作品中这样写道：

一穗一穗被露水打得精湿的高粱在雾洞里忧悒地注视着我父亲，父亲也虔诚地望着它们。父亲恍然大悟，明白了它们都是活生生的灵物。它们根扎黑土，受日精月华，得雨露滋润，上知天文下知地理。

奶奶注视着红高粱，在她的眼睛里，高粱们奇橘瑰丽，奇形怪状，它们呻吟着，扭曲着，呼号着，缠绕着，时而像魔鬼，时而像亲人，它们在奶奶眼里盘结成蛇样的一团，又呼喇喇地伸展开来，奶奶无法说出它们的光彩了。

莫言选择高密的黑土地以及生长在这片土地上的高粱为意象，让红高粱成为见证者，见证这片黑土地上用鲜血和生命保家卫国、对抗侵略的壮举，赋予了红高粱以灵魂和生命。表面上写红高粱经受风雨滋养茁壮成长，实际上借红高粱象征在这片土地上守护自己家园的英雄豪杰。而在“我奶奶”戴凤莲临死前，她眼中的红高粱变得扭曲，变得奇怪，在魔鬼和亲人两种对立的形象中来回变化。此时，高粱地从守护家园的英雄豪杰变成嗜血的恶魔，成为埋葬“我奶奶”的坟墓的象征。

在小说的结尾处，莫言这样写道：“谨以此文召唤那些游荡在我们故乡无边无际的通红的高粱地里的英魂和冤魂。我是你们的不肖子孙，我愿扒出我的被酱油腌透了的心，切碎放在三个碗里摆在高粱地里。伏惟尚飨！尚飨！”这种热烈直接的情感宣泄正体现了莫言对在抗日战争中牺牲的英雄们的致敬和赞颂。

《红高粱》中的人物语言带有明显的乡村特点，有大量的俚俗用语，充斥着粗话、脏话、野话、荤话等，让人一读就感受到这是高密农民的语言。这在《红高粱》中不仅不违和，反而给作品增添了一种独特的民族特色。除俚俗用语之外，在《红高粱》中，人物的对话也极具特点。莫言生活在高密，熟悉农村生活，他笔下的人物，对话语言都带有高密乡村特有的气息，既保留了民间对话的粗野，又在粗野背后蕴含了一股来自生命深处强大的原始之力。因此《红高粱》中的语言，既有底层农民特有的说话风格和特点，但在粗俗中显质朴，粗俗中显崇高，看似矛盾的两种特质在独特的叙事方式和情节设置下达到了和谐统一。

第七节　贾平凹的《浮躁》

贾平凹（1952—），原名贾平娃，出生于陕西省丹凤县棣花镇。1973 年 8 月在《群众艺术》杂志上发表处女作《一双袜子》。1978 年以《满月儿》（《上海文艺》1978 年 8 期）获全国优秀短篇小说奖，开始引起文坛注意。贾平凹是一位勤奋的作家，他的小说创作大体分四个阶段：第一阶段（1973—1983 年），即“乡村牧歌”阶段，主要抒发欢快、清纯的生活感受，如《满月儿》《果林里》《二月杏》等。第二阶段（1983—1993 年），即“商州系列”阶段，他找到了自己的写作定位，形成比较自觉的“商州情节”；乡土风情类如《商州初录》《商州又录》《商州再录》《妊娠》等；农村改革类如《腊月・正月》《鸡窝洼人家》《小月前本》《浮躁》等；匪怪类如《鬼城》《太白山记》《美穴地》《五魁》等。第三阶段（1993—2000 年），即“废都阶段”，《废都》呈现出的没落的精神家园饱受各方争议，以致《废都》成为“禁书”；《白夜》《土门》《高老庄》《怀念狼》等是在生活的泥淖中绽开的一朵朵灿烂的莲花。第四阶段（2000—），作者对现实生活重新审视，流露出浓郁的忧患意识，如《秦腔》《古炉》《带灯》

《高兴》《我是农民》《极花》《暂坐》等。同时，贾平凹也创作散文，如《月迹》《心迹》《爱的踪迹》等都闪烁着哲理的火花。贾平凹在文坛素有“鬼才”“怪才”之称，他的作品多次在国内、国际文坛上获奖。

贾平凹的小说，大都以陕西南部的商州地区或陕西省作为地域背景，在挖掘秦汉文化古老根系的同时，展示着商州在现代文明、改革大潮冲击下所经历的嬗变。《浮躁》是贾平凹“商州系列”小说的一个总结，也是贾平凹小说的代表作。在80年代改革开放的背景下，在流贯商州全境的商州河两岸，农民为摆脱贫穷落后，摆脱封建残余势力和自身传统意识的束缚，在经济、政治、文化、道德、心理等方面，进行了一次复杂、艰难而曲折的斗争。小说在热情讴歌改革开放的同时，又真实暴露了发展城乡商品经济中的新矛盾、新弊端，并把这种矛盾冲突概括为“浮躁”。

“商州系列”以《商州初录》为起点，《商州初录》中描绘的是一个自然美好的乡村世界。在这种美丽秀气的自然风景之下，生活的是自然纯朴的商州儿女，民风自然率直，极具单纯之美。随着外在社会环境的变化，到了80年代中期，商州不再是一个简单纯朴的小乡村了，在商品经济的冲击之下，人与人之间原本简单的关系发生了改变，原本纯朴的乡村社会也多了一份浮躁和贪婪。

这一转变，在《浮躁》中得到了集中的展现。在改革开放后商品经济的冲击下，商州这个单纯的世界也经历着传统和现代的矛盾，由此带来传统和现代两种文明、两种价值观念、两种道德观念的激烈交锋。在交锋中，人们的情绪、价值观、思想观念也在发生着剧烈的变动，由此催生出了一股浮躁之气，笼罩在整个商州大地之上。金狗正是这种浮躁情绪的主要体现者。他读过书，也曾见过外面的世界，这样的经历让他敏锐地察觉到社会正处于变革时期，受时代变革的感召，他身上萌发出强烈的改革意识和开拓意识，以此来挑战传统观念下的家族势力和官僚势力。但是在这一挑战过程中，金狗注定要走一条坎坷曲折的路，成熟的政治体制尚未确立，世族势力根深蒂固，以及自身的传统道德和文化心理难以克服。在多重因素的束缚压迫之下，金狗陷入了举步维艰的境地，理想和现实之间的巨大差距让他的内心开始变得浮躁不安。这种浮躁对他的影响是全面的，不仅表现在个人事业的开拓上，也体现在他的爱情状态上。在和小水、英英、石华三人的纠葛中，他始终处于矛盾之中。贾平凹正是借助金狗事业上的波折和婚恋纠葛，来展现80年代时代变化之下的整个社会的浮躁情绪，由此描绘出一幅改革探索期中国农村社会的真实画卷。

《浮躁》中另一重要形象是雷大空，他同样不愿遵从传统的安排，走以往在乡村当农民的老路。在改变个人命运的过程中，雷大空走上了另一条路，这条路最后将他引向了悲剧的结局。他钻改革开放的空子，投机倒把，虽然一夜暴富，但因为没有接受过较高的教育，无法很好地控制个人的欲望，个人生活腐化堕落。为了满足自己日渐膨胀的欲望，他走上了犯罪的道路，最后锒铛入狱。贾平凹在写雷大空的悲剧命运的同时，也肯定了他身上敢于改革、敢于冒险、不屈服个人命运的积极的一面。

除金狗、雷大空外，《浮躁》中塑造了一位形象突出的女性人物——小水，她的身上有中国传统女性的美好品质，美丽、温顺、善良，在面对人生挫折和打击的时候，就像她的名字“小水”，她就如水一样温柔勇敢地自我消化了生活中的种种磨难，既温柔顺从，又坚定勇敢。一开始，她的婚姻完全由长辈做主，但最后走向了悲剧，之后又认识了福运，刚准备好好过日子的时候，福运又意外离世。经历了这些，她没有消极，相反更加坚韧，一个人挑起生活的重担，与狡猾的田中正、蔡大安做生意，并独自在麦草中诞下了她与福运的孩子。当金狗被无辜逮捕的时候，她想尽各种办法，在为营救金狗奔波努力的过程中，自身也发生了蜕变，成为一个真正自信自立自强的女性。

在创作艺术上，《浮躁》呈现出强烈的创作主体意识，作者毫不掩饰自己的个人情绪和感受，在赞美改革开放的同时，又对社会发展中暴露出来的种种问题提出尖锐的批评。同时，借用商河这一具体意象，暗示不同的人物性格和状态，虚实结合，意蕴丰富。

第八节　史铁生的《命若琴弦》

史铁生（1951—2010），北京人，1969 年去延安一带插队，因双腿瘫痪 1972 年回到北京。他创作的长篇小说有《务虚笔记》《我的丁一之旅》《老屋小记》、中篇小说有《山顶上的传说》《插队的故事》《原罪·宿命》、著名的短篇小说有《我的遥远的清平湾》《夏天的玫瑰》《来到人间》《命若琴弦》《死国幻记》、散文集有《我与地坛》《病隙碎笔》《记忆与印象》等。

《命若琴弦》讲述了两个盲人与自己命运进行抗争的故事，借助老瞎子和小瞎子的形象，表达出史铁生自己在经历病痛折磨后对人生的种种思考。小说中，老瞎子和小瞎子从出生起就失去光明，老瞎子经历了重重磨难，得到了一个能看见光明的方法，那就是弹断一千根琴弦。在这个目标的鼓励下，老瞎子有了生活下去的勇气和信心，而当弹断第一千根琴弦时，老瞎子并没有成功地看见这个世界，他的眼睛依旧什么都看不见，那一刻，一直以来支撑着他活下去的精神支柱倒塌了，药方上什么也没有，只是一张白纸，而几十年来的追求也只是一场空。对于老瞎子来说，这种打击是巨大的，带有毁灭性的，他自己也迅速走向了生命的尽头。但就在经历了无限的绝望之后，老瞎子把这个方子留给了小瞎子，让小瞎子有了继续活下去的希望和信心，又给结局增加了一丝温情。

借着这样一个故事，史铁生其实也是在鼓励自己，人在任何时候都不能失去希望，因为这是支撑人活下去的动力，只有希望还在，人生就没有过不去的坎。希望也不仅仅是一种心态，更是一种积极勇敢的追求，人的一生可能会面对各种各样的困难和坎坷，有的甚至是带有毁灭性的，但不论遇到多大的困难，只要人的心中还燃烧着希望的火苗，积极地转变自己的态度，就能够顺利地度过人生的磨难。而没有希望的人生，就会陷入无限的黑暗和绝望，即便生理的眼睛没有残疾，但一个没有希望的人，内心早已失明了。

史铁生塑造了一个老瞎子的形象，在他的身上，寄托着人们对希望的肯定和追求。在《命若琴弦》中，老瞎子的人物形象可视为人们追求希望的代表。和正常人相比，老瞎子和小瞎子的生活有更多的艰辛，生活越困难，他们心中对光明的向往就越强烈。正是这种向往支撑着他们在艰苦岁月中坚定前行，哪怕在追求过程中付出再多努力、历经无数苦楚，也不会动摇他们对光明的执着追求，更不会替代追求过程中内心的满足与高兴。老瞎子在希望的追求中，练就了高超的口技与琴技，让年近百岁的他充满活力。当老瞎子将琴弦弹断后，没有长时间的苦闷与伤心，而是积极学习怎样创作词曲，重新找到生活的乐趣，为山村人的生活增添了更多欢乐，同时也为老一辈手艺人赢得了应有的尊重与爱戴，实现了自身存在的价值，获得了成就感与满足感。当一千根琴弦马上将要被老瞎子弹断时，他对自己即将见到光明充满期待与感激，可以说希望是老瞎子内心最有效的安慰良药。

《命若琴弦》的故事情节虽然看似简单，但象征着史铁生的生活经历，印刻着他在人生困境中拼命挣脱的痕迹。史铁生根据这部作品向众人呈现了生活的喜怒哀乐，展示了希望的强大能量，让人们从中得到战胜困难的勇气与信心。人生最幸福的事情莫过于充分享受每一天的生活，在希望的引领下努力创造幸福美好的生活。因此，生命中最美丽的景色是由生活过程中所产生的若干个希望构成的，幸福不仅仅是对现状的满足，还是对将来美好愿景的期盼与希望。这种力量鞭策人们更加努力，敢于直面所有困难，享受生活的酸甜苦辣。人活着不只是为了体现生物过程，更重要的是为了探索生命的精神，并努力将这种精神放大，以此来帮助自己更勇敢地战胜困难，化解一切空虚与寂寞。

在人物塑造方面，小说中出现的师徒形象互相联系，彼此映衬，共同构建了一个完整的立体的形象群。小说中运用了大量的比喻和象征手法，大大增加了小说的可读性和生动性，人的一生寄托在一根琴弦之上，一次次用心努力地演奏，象征着人的奋斗和努力，琴弦的紧张松弛，恰恰是人一生跌宕起伏的体现。史铁生将看不见的人的命运和一把琴联系起来，老瞎子弹琴的过程，也正是他追求光明的过程。借助群山中鹞鹰的不停盘旋及稳稳的飞翔来表示瞎子为自己理想不断努力过程中个人情感的动态变化，逼真形象，展现了广阔苍劲的艺术气息。

小说中对声音的描写也让师徒两人的形象更加真实立体，如："山深夜静。有了一点风，墙头的草叶子就会响。夜猫子在远处哀哀地叫。听得见野羊坳里偶尔有几声狗吠，又引得孩子哭。"自然界中陆续产生各种声响，各种声音之间彼此呼应联系，墙头的草声与猫叫声，再到狗吠与孩子哭声，由近到远，此起彼伏与渐趋缥缈的声响构成了具有立体感的和声。"野羊坳里已经昏暗，羊叫、驴叫、狗叫、孩子们叫，处处起了炊烟，野羊岭上还有一线残阳，小庙正在那淡薄的光中，没有声响。"声响一起发出，以动衬静，极具韵味。

在语言上，《命若琴弦》的语言和一般小说语言不同，带有诗化的倾向，如"野羊坳上的小庙里这时更热闹。电匣子的音量开得挺大，又是孩子哭，又是大人喊，轰隆隆地又响炮，嘀嘀哒哒地又吹号。月光照进正殿，小瞎子躺着啃鸡蛋，兰秀儿坐在他旁边。两个人都听得兴奋，时而大笑，时而稀里糊涂莫名其妙。"叠词和拟声词的使用，使得作品读起来富有节奏感，抑扬顿挫，朗朗上口。

第二十七章　新时期诗歌的多元化

新时期诗歌一方面发展继承了中国现代诗歌的艺术传统，沿着现实主义和浪漫主义两个源流向前发展；另一方面不断地求新求变，使得新的诗歌美学不断崛起，诗坛论争不断，潮流纷涌。现实主义诗歌仍是20世纪70年代末80年代初的主流，主要以“伤痕”诗歌和“归来的诗”为代表，代表作有贺敬之的《中国的十月》、艾青的《鱼化石》、雷抒雁的《小草在歌唱》等。而朦胧诗在经历了漫长的蛰伏后浮出表面，成为20世纪80年代诗坛的主流，代表作有北岛的《回答》、舒婷的《致橡树》《祖国啊，我亲爱的祖国》等。新生代的崛起意味诗坛继朦胧诗后又一次大的震荡到来。20世纪90年代，受市场经济的影响，诗人队伍分流，诗歌日益边缘化，“多元并举”成为这个时期诗坛的总体风貌。

第一节　北岛的《回答》

北岛（1949—），原名赵振开，“北岛”是诗人芒克给他取的笔名，也是他影响最为广泛的笔名。祖籍浙江湖州，生于北京。中国当代诗人、作家，为朦胧诗代表人物之一，是民间诗歌刊物《今天》的创办者。北岛在“文革”中被迫中断学业，在北京市当了11年的混凝土工和烘炉工。1970年开始写诗，1972年开始写小说。1986年被《星星》杂志评为“我最喜欢的中青年诗人”之一。1987年春，北岛去了英国，在大学当访问学者。1989年北岛移居国外，2007年北岛回国与家人团聚。2010年，北岛当选《钟山》杂志“当代（1979—2009年）十大中国诗人”之首。北岛著有诗集《陌生的海滩》《北岛诗选》《在天涯》、散文集《蓝房子》《午夜之门》《时间的玫瑰》、小说集《波动》《归来的陌生人》等，代表诗作有《回答》《一切》。他的作品被翻译成多国文字。

1976年在中国的历史上发生了一场意义深远的“四五”运动，中国人民的政治意识开始觉醒，北岛参加了这场运动。《回答》创作于1976年清明前后，初刊于诗歌刊物《今天》，后作为第一首公开发表的朦胧诗，刊载于1979年第3期《诗刊》。《回答》是诗人对所经历的“文革”那个荒谬、罪恶的现实社会的披露、怀疑和挑战，反映了整整一代青年觉醒的心声，是与已逝的一个历史彻底告别的“宣言书”。

北岛的《回答》是朦胧诗派的代表作之一。作者用高度概念化的意象批判了社会的黑暗，通过反讽等艺术手法使诗歌具有强烈的悲剧感。诗中许多意象具有鲜明的色彩感，使诗具有哲理的意蕴和历史的深度。

全诗共七节，表现了以北岛为代表的一代青年主体意识的彻底觉醒。第一节“卑鄙是卑鄙者的通行证，高尚是高尚者的墓志铭。看吧，在镀金的天空中，飘满了死者弯曲的倒影”。作者用悖论式的句子对那是非颠倒的荒谬时代做了否定性的概括，卑鄙者横行世间，高尚者备受摧残，这正反的意象组合，截然相反的宿命，作者似已说明玄机。第二节“冰川纪已过去了，为什么到处都是冰凌？好望角发现了，为什么死海里千帆相竞？”连续的反问是对世界本质的认识，暗示着主体意识的觉醒。新时代的曙光已照射进青年一代的心灵，然而个体终究渺小,民族复生何时才能拨开往日伤痛的阴霾？这成为一个时代所有青年的呼喊和期盼。第三、四、五节，一个“只带着纸、绳索和身影”的坚定的声音来了：“我——不——相——信!”一字一顿，代表了与作者相同历程的一代人不屈的呐喊。这无畏的挑战，是与荒谬时代诀别的“宣言书”。第六节，“如果海洋注定要决堤，就让所有的苦水都注入我心中；如果陆地注定要上升,就让人类重新选择生存的峰顶”。这一节塑造了一个普罗米修斯式的悲剧英雄形象，表现了“舍我其谁”的崇高情怀。最后一节，“五千年的象形文字”从历史与未来中捕捉到希望和转机，体现了诗人对民族美好未来、光明前程的乐观信念，显示了具有五千年历史的中华民族即将融化“冰凌”，穿越“死海”，黑夜即将过去，光明终将到来。

北岛说:“诗歌面临着形式的危机,许多陈旧的表现手法已经远远不够用了。隐喻、象征、通感，改变视角和透视关系，打破时空秩序等手法为我们提供了新的前景。我试图把电影蒙太奇手法引入自己的诗中，造成意象的撞击和迅速转换，激发人们的想象力来填补大幅度跳跃留下的空白。另外，我还十分注重诗歌的容纳量、潜意识和瞬间感受的捕捉。”在诗中，北岛通过对意象的接组、叠加、撞击、转换、剪接，成功地将一个理想的艺术世界呈现在读者面前。民族文化传统、时代的哲学氛围、沉重的对理想生活的渴求成为他诗歌的主题。诗歌大量运用象征手法，许多意象具有鲜明的色彩，有明确的意义指向。“镀金的天空”是辉煌表象掩盖下那个时代真正的黑暗，人性被扭曲成“弯曲的倒影”，四处凋落；“冰川纪过去了，为什么到处都是冰凌？好望角发现了，为什么死海里千帆相竞？”这是希望与绝望的对抗；“我——不——相——信!”是对黑暗势力的炮轰，激烈而坚定，用善良和正义的呼声激起人们的抗争之心，预示着一个新的时代会来临，会有“新的转机和闪闪的星斗”。诗中那新颖的意象和丰富情感的巧妙组结，清醒的思辨能力和丰富的想象力结合，成就了北岛独特的抒情方式，让诗歌在当时显得与众不同。

《回答》是北岛诗歌中最真实的、最成功的代表。他以一种“觉醒者”的姿态出现在当时的文坛。无论是对诗歌传统的反思还是诗中喊出的独立的、自我的声音，都带给那个时代平地惊雷的震撼。诗人反复表示，自己绝不相信这样的社会，绝不会对这种种荒谬妥协，诗人准备反抗。这首诗是对那个荒谬社会的否定，诗人带着那个时代青年特有的历史责任感和对民族生存的忧患，面对黑暗，以挑战者的身份发出“我不相信”的回答。与此同时，在这种反叛与控诉之中，诗人在历史和未来之中寻觅着、探索着，希望捕捉改变这一切的转机，这也是这首诗的现实意义。

《回答》是一首杰出的政治抒情诗，北岛的诗歌创作开始于“文革”后期，反映了一代青年醒悟的心声。“文革”动乱的荒诞现实，造成了诗人独特的“冷抒情”方式。他在冷静的观察中，发现了人的价值的全面崩溃、人性扭曲和异化的原因。他想“通过作品建立一个自己的世界，这是一个真诚而独特的世界，正直的世界，正义和人性的世界。”在这个世界中，北岛建立了自己的律法，以理性、人性为基准，确定人的价值，恢复人的本性；悼念烈士，审判刽子手。

第二节　雷抒雁的《小草在歌唱》

雷抒雁（1942—2013），陕西泾阳人。中共党员。当代诗人、作家。中国作家协会全国委员会委员。1962 年，雷抒雁考入西北大学中文系。1967 年，雷抒雁大学毕业，适逢“文革”，延至1968年离校，在中国人民解放军陆军62师部队农场“接受再教育”种田三年。1970—1971年入伍承担宣传干事、诗歌编辑工作。1979年加入中国作家协会。1982年转业到地方工作，先后在《解放军文艺》、工人出版社、诗刊社任编辑、编辑部主任、副主编。2012年5月任中国诗歌学会会长，并担任中国作协诗歌专业委员会主任。2013年2月因病逝世。先后出版诗集《小草在歌唱》《春神》《父母之河》《雷抒雁抒情诗百首》《踏尘而过》等，散文集《悬肠草》《丝织的灵魂》《与风擦肩而过》等，诗论集《写意人生》。成名作是长诗《小草在歌唱》，获1978—1980年中青年优秀诗歌奖。

雷抒雁的创作可分为三个阶段。1983年之前，他的诗大多数直率、激烈，直抒胸臆。1983年之后，他的诗发生了一些变化，开始比较冷静地思考人世和人生。他在1981年写的长诗《海的向往》，已显示他对生活的投入，也是他对自己的又一次忏悔。1989年之后，他把主要精力放在写一些短小的抒情诗，内容上注重人生的感悟。

雷抒雁的长诗《小草在歌唱》是为悼念烈士张志新而写的，歌颂了这位不惜以生命为代价来坚持和捍卫真理的女性。它是新时期诗歌创作的一个里程碑式的作品。当雷抒雁看到张志新烈士的报道后，内心激动又悲愤，直到一天晚上他看到一片野草和一滩鲜血，他就提笔写下长诗《小草在歌唱》：“风说：忘记她吧！我已用尘土，把罪恶埋葬！雨说：忘记她吧！我已用泪水，把耻辱洗光！”

《小草在歌唱》是一首政治抒情诗，其副标题“悼女共产党员张志新烈士”点明了诗歌的主旨。本诗共分为五大部分：第一部分抒写人民对烈士的怀念。“在没有星光的夜里，唱得那样凄凉；在烈日暴晒的正午，唱得那样悲壮！”人民用歌声寄托哀思，烈士的鲜血渗进土壤、花朵的清香，这些诗句饱含深情意蕴丰富，揭示了烈士革命精神正在渗透进人们的心房，孕育伟力。诗歌一、二两节，则从另一个角度反衬这种与日俱增的怀念之情。第二部分则重视“四害”横行时血淋淋的现实。“黎明，一声枪响，在祖国遥远的东方，溅起一片血红的霞光！”诗人用虚实结合的手法概括了事件的原委，给人以丰富的想象空间，从正面描写转入感情抒发，控诉“四人帮”的恶行，诗句呼天抢地，撕裂人心。更精彩的是那强烈的自我谴责：“我恨我自己，竟睡得那样死，像喝过魔鬼的迷魂汤，让辚辚囚车，碾过我僵死的心脏！”这是一个革命军人、一个共产党员的内心觉醒，也是一代人一个民族的苏醒，同时也是对林彪和“四人帮”的有力控诉和批判，增强了事件的悲剧性，扩展了诗的意境。第三部分赞扬了革命烈士勇于献身的精神。开始两小节用比喻的手法正面讴歌了英雄的伟大形象。第三小节，“我们有八亿人民，我们有三千万党员，七尺汉子，伟岸得像松林一样。可是，当风暴袭来的时候，却是她冲在前边，振起柔嫩的肩膀，肩起民族大厦的栋梁！”这诗句如晨钟暮鼓，震聋发聩，令人警醒。通过强烈的对比，诗人进一步自我剖析，对“昏睡的生活”“愚昧的日子”的鞭挞，正是烈士革命精神的具体形象化的体现，也是对英雄最强力的歌颂。第四部分怒斥了“四人帮”对党纪国法的践踏：“法律呵，怎么变得这样苍白，苍白得像废纸一方；正义啊，怎么变得这样软弱，软弱得无处伸张！”张志新烈士多才多艺、温柔善良、坚强果敢、心地纯洁，忠诚于党、捍卫真理，这样的民族精英、人民之子，“却被枪杀了！”不平的呐喊，悲愤的火山爆发了，把一切美的有价值的东西毁灭，这正是“四人帮”在特殊时期制造的悲剧，是从另一个角度揭露批判了“四人帮”。第五部分欢呼烈士永垂不朽。这部分表面上紧承上文，实际上却是第三部分的伸展和深入。“你看，从草地，上走过来的是谁？油黑的短发，披着霞光；大大的眼睛，像星星一样明亮；甜甜的笑，谁看见都会永生印在心上！”这是精神的化身，是烈火中再生的凤凰，是多么美丽！而“四人帮”受到了正义的审判，成为历史的罪人。诗歌的格调此时转向高昂，诗人激动地呼喊着：“去拥抱她吧，她是大地的女儿，太阳，给了她光芒；山岗，给了她坚强；花草，给了她芳香！跟她在一起，就会看到希望和力量……”既照应了开头，又使收尾含蓄有力的收煞，全诗显得结构严谨、完整。

《小草在歌唱》是一首悼念诗，却气势恢宏，如伤花怒放。全诗采用多种修辞，将情感表达得淋漓尽致。诗人运用鲜明的对比手法，写出一个英雄的牺牲在诗人内心引起的强烈震撼；以“我”的自我剖析，来赞颂烈士的伟大，来写她的英雄精神对群众的教育和影响。诗中以“我”的昏睡与烈士的清醒对比，以“我”的满足同烈士坚强的党性对比，以七尺汉子的伟岸身躯同“肩起民族大厦的栋梁”的“柔嫩的肩膀”对比。在鲜明的对比中，“我”感到强烈的自责：“我是军人，却不能挺身而出，像黄继光，用胸脯筑起一道铜墙！而让这颗罪恶的子弹，射穿祖国的希望，打进人民的胸膛!”“我”为自己在“专制下，吓破过胆子”、在“风暴里，迷失过方向”而感到羞耻。通过痛心疾首的对比，“我”终于领悟到了人生的真谛：“昏睡的生活，比死更可悲，愚昧的日子，比猪更肮脏!”这正是烈士的事迹对“我”的教育和影响，也正是烈士牺牲的价值所在。诗中的“我”并不仅仅是主人公自己，更是代表着被极左路线蒙蔽了双眼的仁人志士。

这是一首政治抒情诗，诗歌构思新颖、别致，采用了托物言志、借物抒情的手法，以“小草”作为起兴，贯穿整首诗歌的线索，赋予“小草”以深刻的象征含义。“小草”象征人民群众。在英雄牺牲的刑场上，生长着的小草是见证人，是同情者，让烈士的鲜血浸染土壤，让花朵里放出烈士革命精神清香。小草看起来平凡、弱小，但它们却又是强大的。“野火烧不尽，春风吹又生”，当正义和法律变得苍白，“只有小草变得坚强”“只有小草在歌唱”。诗中这样写小草的歌唱：“在没有星光的夜里，唱得那样凄凉；在烈日暴晒的正午，唱得那样悲壮！像要砸碎礁石的潮水，像要冲决堤岸的大江。”小草的命运就是人民的命运，小草的性格就是人民的性格，小草的歌就是人民的歌。另外，小草柔韧、秀美，又是对女烈士美好形象的衬托。诗人在小草身上灌注了自己满腔炽热的情感，使小草的形象产生了神奇的艺术力量。

第三节　舒婷的《祖国啊，我亲爱的祖国》

舒婷，原名龚佩瑜，后改名龚舒婷。中国当代女诗人，朦胧诗派的代表人物。1952 年出生于福建龙海市石码镇，祖籍福建省泉州市，居住于厦门鼓浪屿。1969 年初中未毕业即“插队落户”，并在知青生活中开始了诗歌创作。1972 年返回厦门，当了 8 年工人。1979 年 4 月，诗歌《致橡树》在《诗刊》上发表。诗人以橡树为对象表达了爱情的热烈诚挚和坚贞，表现手法独特，富有理性气质，舒婷由此成名。接着，先后发表了《祖国啊，我亲爱的祖国》《这也是一切》1980 年至福建省文联工作，从事专业写作。诗歌《祖国啊，我亲爱的祖国》获 1980 年全国中青年优秀诗歌作品奖。1982 年，发表诗歌《会唱歌的鸢尾花》，同年出版诗集《双桅船》。2008 年获得《诗选刊》杂志社主办的“中国 2008 年度十佳诗人”荣誉。2012 两岸诗会桂冠人物奖得主。2018 年 12 月 19 日，获得“玉润四会”女性诗歌奖杰出贡献奖。

舒婷崛起于 70 年代末中国的诗坛，同北岛、顾城等以新异诗风在中国诗坛上掀起了一股“朦胧诗”浪潮。她的诗歌充满着一种浓郁的浪漫主义忧伤情调，对祖国、人生、爱情、土地的爱，既有温馨平和的忧伤，又潜动着激情，具有感伤与激越共鸣的情调。她的创作往往从个人价值出发，升华到对民族命运的关心，《祖国呵，我亲爱的祖国》就是她这种崇高历史责任感的体现。

《祖国呵，我亲爱的祖国》是舒婷献给祖国母亲的一首深沉而热烈的歌。“文革”十年浩劫，作者同祖国和人民共同历经坎坷，她大胆地将自己内在的情感与外在的客观物象融合在一起，与祖国共命运，创造出一系列感性和理性交融的鲜活意象。通过这些意象的递进组合，把祖国和个人之间的血肉联系揭示出来，不仅表达了祖国从苦难到新生的发展历程，而且表达了一代人的呼声。全诗共四节，从历史、现实、未来这三度空间，描述了中国过去的贫穷，和人民千百年来的梦想与苦难，亦展现了中国让人振奋的崛起和新生，折射出诗人同祖国共命运的痛苦与坚韧、理想与追求，抒发了作者对祖国深深的挚爱。这种爱发自心底，没有娇柔、没有功利。“我是你河边上破旧的老水车，数百年来纺着疲惫的歌；我是你额上熏黑的矿灯，照你在历史的隧洞里蜗行摸索；我是你干瘪的稻穗；是失修的路基；是淤滩上的驳船。把纤绳深深勒进你的肩膊，——祖国啊！”在这里，作者以沉重的笔调，刻画了祖国几百年来曲折艰辛的历程。诗人痛苦迷惘，她以独特的女性视角挖掘出深刻的象征意象，展示了祖国灾难深重的过去。在第一幅画面中，诗人给我们展现的是：“河边上那破旧的老水车，不知经历过多少代，残破得快散了架，汲水时就像老祖母用过的旧纺车，发出吱吱呀呀愁苦的哀吟”；在第二幅画面中，作者用“熏黑的矿灯”“蜗行摸索”等词描绘了艰辛苦涩中祖国艰难前行的崎岖时代，接着用“干瘪的麦穗”“失修的路基”“淤滩上的驳船”这三组意象来刻画崎岖时代里，祖国和人民艰难的跋涉、抗争。突然，作者笔锋一转，“把纤绳深深勒进你的肩膊”，这是负重前行的毅力，这是永不后退的斗志，这是执着顽强不屈的精神。诗的第二节，当诗人表达对祖国的挚爱时，并没有掩去祖国的贫困、悲哀，祖国的昨天令人伤痛。作者写道：“我是贫困，我是悲哀。我是你祖祖辈辈痛苦的希望啊，是‘飞天’袖间，千百年来未落到地面的花朵。”这一节写古老民族在痛苦中的长久期待，期待是美好也是痛苦的。“飞天袖间”“千百年来落到地面”，是这一节的点睛之笔，象征着中华民族微弱渺茫而又执着的希望。这时诗人同样在呼喊：“——祖国啊”，那声音中露出了奋争的力量与祖国的重托。诗的第三节是一个转折，“我是你簇新的理想，刚从神话的蛛网里挣脱；我是你雪被下古莲的胚芽；我是你挂着眼泪的笑涡；我是新刷出的雪白的起跑线；是绯红的黎明，正在喷薄；——祖国啊！”这一节写中华民族在灾难过后出现的生机。诗人用“理想”“古莲的胚芽”“笑涡”“起跑线”“黎明”这样充满希望与未来、富有蓬勃生命力的意象象征祖国的生机。一个崭新的、充满希望和奋进精神的中国觉醒了。作者同人民一样欣喜呐喊，真挚地抒发了对祖国母亲的挚爱。最后一节中，祖国母亲在痛苦磨难中，依旧用她绵绵的爱，用她博大的胸怀，哺育了“迷惘的我、深思的我、沸腾的我”，“我”理应报答祖国母亲。在经历了浩劫后我们更应凝心聚力，为祖国的繁荣奋斗。诗人讴歌了祖国母亲的伟大无私，表达了中华儿女渴望为祖国的强大作出奉献和牺牲的志向、抱负。

诗歌《祖国呵，我亲爱的祖国》想象奇谲美丽，富有浪漫气息。诗人精心选择新奇的意象来表现激荡奔流的情感，这些密集意象的使用既出人意料又合情入理，使全诗意境幽深，情思优美。使用了物我交流的手法，全诗使用“我是……”的抒情句式，“我”作为抒情主体，不断地向祖国倾诉，同时“我”与祖国又合二为一，不可分割。这种物我交流手法的运用使诗歌情感的表达奔涌激荡，格外动人心弦。诗人情感的表达不是直线推进，而是多种情感的复合。失望中有希望，痛苦中有欢欣，迷惘中有奋进，这种复杂的情绪正是舒婷这一代人所特有的。

第二十八章　戏剧的创新与发展

“文革”结束后，社会正处于拨乱反正的阶段，因此戏剧创作的题材集中体现了“文革”时期广大人民和“四人帮”进行斗争的场景，以《丹心谱》《枫叶红了的时候》《于无声处》等为代表的戏剧作品，表现对无产阶级革命家的赞扬和对反革命集团的批判嘲讽，在当时社会引发了热烈的讨论。这些作品，主题思想深刻，和当时的政治形势联系密切，因而一经发表就产生了广泛的反响和热切的共鸣。这是新时期戏剧发展的第一阶段，戏剧从“文革”废墟中重生，创作得以恢复和发展。

十一届三中全会召开后，随着思想的进一步解放，戏剧创作的现实性进一步增强，出现了一大批关注社会现实、表现社会重大现实的作品，戏剧创作随之进入第二阶段，集中体现为在借鉴西方戏剧过程中进行大胆的革新与尝试，题材由展示人民群众和“四人帮”的斗争转向对新时期现实生活的反映，代表作品及作家有《假如我是真的》（沙叶新）、《报春花》（崔德志）等。到20世纪80年代左右，剧作家们的创作受西方影响更为深远，创作中大量使用象征主义、表现主义等西方戏剧技巧和手法，在题材和形式上进行大胆尝试和探索，代表作品及作家有《绝对行号》（高行健）、《屋外有热流》（马中骏）、《秦王李世民》（颜海民）等。80年代后，受“百花齐放、推陈出新”等方针的影响，广大戏剧创作者们在继承的基础上大胆革新，积极借鉴西方创作手法，个人主体性得到极大的张扬，戏剧作品中人物形象也更为复杂、富有内涵，创作形式及手法异彩纷呈，新作、佳作层出不穷，戏剧得到了长足的发展。

第一节　苏叔阳的《丹心谱》

苏叔阳（1938—2019），笔名舒扬，河北保定人，当代剧作家、诗人。1960年毕业于中国人民大学。1956年，苏叔阳开始发表作品。1977年开始戏剧创作，主要作品有话剧剧本《丹心谱》《左邻右舍》《金水桥畔》等。在他的创作中，既有斗争性较强的体现社会重大矛盾的作品，也有充满生活气息反映时代特点的作品，同时他还在荒诞戏剧创作上有所尝试和探索。

《丹心谱》是其创作的现代话剧剧本，1978年首次发表，反映的是1975年到1976年周总理逝世这一历史时期的社会生活。这是光明的中国和黑暗的中国两种命运、两个前途尖锐搏斗的时期。作品以“03”新药研制过程中所展开的矛盾斗争为线索，1976年初老中医方凌轩按照周总理指示研制新药，但遭到当时领导的打压，最后在党委书记李光、老友丁文中等的支持下，新药终于研制成功。作品歌颂了方凌轩、丁文中、方静淑、吴愫心、郑松年等优秀医务工作者忠于科学，以强烈的正义感与江青一伙作斗争的无畏精神，从侧面讴歌了周总理一片丹心为人民的高尚情操，揭露和批判了江青一伙对医疗战线横加干涉、矛头对准周总理的罪恶行径。

《丹心谱》始终围绕“03”新药的研制设计情节，展开一系列错综复杂的矛盾冲突。以方凌轩为代表的知识分子，对党和人民怀有深厚的情感，他们正直、善良、坦诚，爱憎分明，强烈的责任感促使他们在事业上忘我劳动；而“四人帮”及其一伙走狗，则怀着不可告人的目的，肆意践踏知识分子的工作热情，并疯狂阻挠科研工作的进行。这两者的矛盾在时代的氛围中显现出日益尖锐的趋势，在矛盾激化的过程中，方凌轩、丁文中、郑松年等的磊落人格与耿耿丹心，与庄济生之类人物的巧妙钻营、看风使舵、变色龙式的人生哲学形成鲜明对比，在观众面前再现出那个时代真实的形象世界，让人们尽情去领略和感受“无限的人生和人生无限广阔的心理世界”。其中，方凌轩是作者重点刻画的人物形象，他出身贫寒，但始终怀揣着献身科学、献身真理的奉献精神。面对反对派的阻扰和打压，他坚持在家完成实验，和反对者激烈辩论，最终在座谈会上粉碎了“四人帮”的阴谋。通过这些情节的设计，塑造了一位真理至上、光明磊落的知识分子形象。而和方凌轩相对的一个形象，是他的女婿庄济生，虽然外表文雅，头脑精明，但这样的风度和气质只不过是庄济生作为一个投机分子的伪装。作者在塑造这一人物的时候，充分展示了反面人物的复杂性和多面性，改变了以往文学创作中人物形象脸谱化的弊病。同时，在展示时代大环境的过程中，作者有意识地将日常生活和普通家庭中的场景、细节融入其中，使作品显得更加真实自然。

第二节　沙叶新的《陈毅市长》

沙叶新（1939—2018），江苏南京人，国家一级编剧，20 世纪 60 年代开始戏剧创作，主要作品有《约会》《论烟草之有用》《陈毅市长》《尊严》等。1987 年创作话剧《耶稣·孔子·披头士列侬》，发表后引起社会较大的争议。其代表作品有《陈毅市长》《假如我是真的》等。

《陈毅市长》创作于 1980 年，1981 年公映并改编成电影搬上银幕。话剧以 1949 年 5 月上海解放为背景，讲述陈毅出任新中国首任上海市长后为上海的复兴与发展打开了一个新局面的故事。谷城先生曾说过：陈毅同志“一生是戏剧，全身皆文章”。[①]在沙叶新创作《陈毅市长》之前，已经有多篇关于陈毅的戏剧，大部分都集中表现他上马治军的一面，展示他的坚毅乐观的共产党人的性格。而沙叶新的《陈毅市长》则独辟蹊径，在主题、结构上都有所创新。沙叶新创作《陈毅市长》这部作品，不是为了追忆历史，也不单单是为了缅怀陈毅，最重要的是希望重现当时的历史，以此来反映现实，给当代的人有所启迪。

从结构来看，《陈毅市长》突破了传统的一人一事、有头有尾的结构原则，没有统一的中心事件，而是借用具体的生活片段来表现时代风貌和社会生活；始终以陈毅这一主要人物来贯穿全剧，各场之间事情不相联系，但人是一致的，每一场独立成章，各有自身故事的完整性。每场的尾部都有几句台词或一个情节来为下场铺垫。通过这样的情节设置，作者将陈毅生活中的十个典型片段得以完整展示，创造了一种独特的结构形式，即“冰糖葫芦式”的结构。

从内容上看，沙叶新在创作《陈毅市长》时，坚持“真实地再现历史”这一原则，将眼光聚焦在陈毅对经济建设的巨大热情和贡献上，展示了陈毅关心人民生活、团结同志、以身作则等品质，避免让内容和之前的描写陈毅的戏剧产生重复，不再凸显陈毅在革命时期的成就，而是展示他在中华人民共和国成立后，为社会主义建设，在社会主义改革浪潮中的事迹，让陈毅精神成为整个时代奋进的一种力量。陈毅任上海市长后，社会百废待兴，经济凋敝，他为恢复社会发展倾注了大量心血，对人民群众无限关爱，对自己对干部严格要求，以实际

① 赵振在：《和陈老总一样豪爽坦荡——访锡田》，《电影评介》，1990（1）。

行动践行着对党和人民的庄严承诺，充分展示了一个共产党人的担当和无私，从而引起观众强烈共鸣，“使陈毅同志的伟大精神化为今天的物质力量”，让人们能够从中受到感染和召唤。

沙叶新在创作《陈毅市长》时，在还原历史的基础上也进行了合理的虚构，如“陈毅夜访化学家”这一段情节，就属于作者虚构的一段内容。但这种虚构和艺术创造是从陈毅的性格出发的，他是一个实事求是、尊重科学、尊重知识的人，因此这种虚构就是合理的，增添了作品中的细节，让人物形象更为丰满真实。在访化学家遭拒门外后，陈毅不停按门铃。这既符合陈毅性格又富有情趣的细节，为陈毅形象增色不少，也让作品增加了一丝喜剧的色彩。这些虚构的细节和情节，让表现历史的作品增添了喜剧轻松的氛围，语言也生动有趣，一方面展示了陈毅的革命乐观主义精神，另一方面让读者和观众以一种轻松的心情去感受陈毅这一英雄形象。

第三节　高行健的《绝对信号》

高行健（1940—），当代著名剧作家、小说家、翻译家，1987 年移居法国。1982 年与刘会远合作创作了《车站》《绝对信号》等话剧。他善于将中西各种流派的艺术手法加以融会贯通，在话剧创作上进行了多方面的探索。2000 年，其作品《灵山》获得诺贝尔文学奖。

《绝对信号》是高行健第一部重要的戏剧作品，也是他在象征主义戏剧上的尝试和实验。1982 年，该剧在北京人民艺术剧院首次进行公演，在当时引发了热烈的讨论。《绝对信号》在情节设计上较为简单：待业青年黑子没有经济来源，无法和心上人——少女蜜蜂结婚，车匪利用他的迷茫和对现实生活的不满，和他密谋一起盗车；二人利用黑子的朋友——见习车长“小号”混上车厢，车匪试图在行车途中给抢车团伙制造机会。剧中的几位主要人物悉数集中在这节列车上，黑子、小号和蜜蜂之间又有着青年男女的感情纠葛，故事就在这些人物的矛盾冲突中展开。作品以正面积极的结局结束，黑子在斗争中觉醒，掏出匕首和车匪格斗。小号在老车长的指示下亮起红灯，列车安全进站。整体来看，《绝对信号》在故事设计上并无太多创新，但在其写作手法上具有较强的象征主义意味，在当时是一种大胆的尝试。

高行健以前进的列车来象征国家，车上的乘客恰恰是社会发展进程中形形色色的各类人，有人竭力维护列车运行的安全和平稳，也有人试图破坏和颠覆，而故事的主角——黑子，则是徘徊于两者之间的象征性角色，一方面他并无主观破坏秩序的意愿，另一方面他的犹豫和彷徨给了破坏分子可乘之机。黑子的挣扎、矛盾和选择，也象征了人在社会巨变之下的善恶选择。

高行健在创作《绝对信号》时，注重人物内心的变化和反映。和传统戏剧以旁白、独白来表现心理活动不同的是，高行健更多是借助舞台的变化来展示人物复杂的心理，通过光影的变化，使抽象的内心世界变得更易感知。如黑子在车上与蜜蜂重逢后，舞台上的光影声的变化展示了时间的回溯，表现出他与蜜蜂相遇相爱再到因经济问题无法结婚相守的心路历程。剧本还大量运用了超现实的声光效果，不同颜色的灯光、不同节奏的音乐和不同的情节相对应。当黑子回忆甜蜜的恋爱时光时，舞台上的灯光是蓝绿色，背景音乐是柔美抒情的；当黑子在想象同盟车匪抢劫列车时，舞台陷入黑暗，音乐也变成了没有规律的嘈杂的噪音。人物的性格、心理依靠音乐的转换，灯光的变化来体现，这是中国戏剧表演的一种新的尝试，而这种尝试的成功正建立在高行健象征主义手法的运用之上。

尽管《绝对信号》在演出后褒贬不一，但这部剧的出现，代表着进入新时期后中国戏剧创作者在戏剧形式上的大胆探索。高行健在创作中，大量吸收借鉴了西方戏剧艺术中的表现手法，促进中国现代戏剧和国际接轨，为中国戏剧的发展带来了更为多元的叙事手法和表现形式，对戏剧的革新和发展，尤其是先锋戏剧的发展起到了重要作用。

第二十九章　新时期散文的繁荣

新时期散文创作，百花齐放，异彩纷呈。经历了“文革”的打击和沉寂之后，随着思想的解放、社会经济的发展，散文创作无论是从主题上还是形式上都有了更大胆的尝试和创新，个人的情感、内心、价值得以在作品中重现，作家或追忆历史，或反思时代，或怀念古人，或赞扬人性，或憧憬未来，在内容和形式上都体现了真思想和真性情，作家把眼光聚焦在现实社会和人之情感上，散文呈现出振兴繁荣的趋势。

第一节　巴金的《随想录》

《随想录》是巴金用全部人生经验来倾心创作的，包括《随想录》《探索集》《真话集》《病中集》《无题集》五集，全集共42万字，字字体现了晚年巴金对美好理想的追求，对完美人格的追求，对历史的严肃反思。在痛苦回忆、深刻反思之后，严厉地剖析自我，鞭挞自己灵魂中的阴暗面，以“说真话”的方式，吐露“真情”，展现了老年巴金最真实的思想和最真挚的感情。其以深刻的思考和痛苦的觉醒，为中国知识分子树立了一座丰碑。

《随想录》的写作缘由，就在于巴金对经历过的那一段痛苦的无秩序的时代的反省和思考。在十年“文革”中，巴金自己经历过肉体和心灵的残害，也见到过自己的亲人朋友遭受的磨难。粉碎“四人帮”之后，“文革”虽然结束了，但给人们留下的伤痛记忆依然存在。十年“文革”给巴金留下的是一段深刻的记忆，在之后的创作过程中，他始终都在思考“文革“中出现的种种反常现象。作为一名作家，巴金认为自己有责任记录下那段历史，也记录下自己的反思和思考。因此，《随想录》中的散文基本都围绕着“文革”这一事件来写，既有如实记录“文革“中人们所受的伤害的文章，如《怀念萧珊》；也有让人警惕“文革”余威仍在的作品，如《“毒草病”》等。一本《随想录》，其实就是巴金用文字在纸上建立起了一个博物馆，为后来人留下历史，带来警醒。

和其他的同类型作品不同，巴金在写作时，并没有把对“文革”的反省停留在表面，认为一切错误都在于“四人帮”，只要解决了“四人帮”，就能解决一切问题。在长期的思考中，巴金把对“文革”的思考走向了更深处，在个人的反省和忏悔中，蕴含了更多对社会历史发展规律的思考。这种升华不是一蹴而就的，从《随想录》中我们能够发现，巴金的思想有一个层层深入的发展过程：在《一颗桃核的喜剧》中，巴金直接写道，责备的对象不能仅仅是林彪，更要责备自己。在群体活动中，个体丧失了独立思考的能力，才会让“四人帮”得逞。而个体之所以会丧失独立思考的能力，正是奴隶意识在作祟，像奴隶似的盲从让个体容易被群体煽动，进而承认“莫须有”的过错。在《十年一梦》中，巴金无限悲痛地承认，在“文革”中自己也做了十年奴隶。这样的自我剖析让人看到巴金的清醒和理性，也看到了巴金所承载的巨大痛苦和折磨。“文革”带来的不仅是头上的一顶帽子、身上的一把枷锁，更是在巴金的心中捆上了一根粗大的铁链，令人无法挣脱。

《随想录》中，除了对“文革”的反省，巴金也对作家的社会责任问题有过思考。他认为作为知识分子，作家有义务通过作品揭露社会中的阴暗面，有义务对社会现实进行清醒批判，有义务和现实社会中的丑陋的、落后的事物进行斗争。一句“对我，已经没有什么可怕的了”(《“没什么可怕的了”》)，昭示着巴金被重新点燃的热情和勇气，促使他从“文革”的创伤和折磨中走出来，再次以冷静、警醒和理智的眼光去审视这个社会。再次去揭露社会落后的一面是需要勇气的，知识分子的责任感让巴金成功地战胜了几十年来的恐惧和顺从，在最后的几篇随想(《官气》《“文革”博物馆》《二十年前》《老化》)中，巴金拾起了知识分子的良知，他的笔下又喷涌而出巨大的热情，挣脱了“奴隶意识”的枷锁，再一次大声疾呼，发出属于自己的最强音，确立了中国当代知识分子精神传统，即自觉地独立地思考，以清醒冷静的眼光审视社会，用现代文化和探索精神来战胜社会上各种丑恶、落后和黑暗的事物。

《随想录》中不仅有冷峻的思考，也有温情的回忆，如《怀念鲁迅先生》《纪念雪峰》《怀念老舍同志》《悼念茅盾同志》《靳以逝世二十周年》《怀念一位教育家》等共三十余篇文章。这些文章中的人物，既有赫赫有名的作家同行，也有无名之辈，但篇篇文章都承载着一个老人对自己亲朋好友的追忆和怀念，字里行间寄托着巴金的悼念、感谢、愧疚和怀念。“朋友之间的友爱，就是这么一种气息，它就是幸存者的生命……友爱，无论如何，都始于幸存的可能性。此乃哀悼的别名，其可能性绝对是不可期待的。”巴金对亡友的怀念哀悼伴随忏悔和自省而贯穿《随想录》始终。这种回忆，不是单纯地让自己在“文革”中遭到摧残破坏的人格得到修复和完满，更在于通过自己的文字，让曾经那些遭到侮辱和陷害的好友得以昭雪，洗去他们身上的脏水，让后来人看到真实的历史。

在语言方面，《随想录》的语言是自然的、质朴的，让人感觉像是在和一位和蔼谦逊的老人说话。如《随想录》中有这样一段话：“有人说作家‘是灵魂的工程师’，未免把我们抬得太高了，一个作家一部作品能够起多大作用？……作家并不是高高在上，像扭面人似的把读者的灵魂挂来挂去。他也不是俄罗斯作家笔下的末等文官，在上司面前唯唯诺诺、低头哈腰。我当了几十年的作家，我看不如说作家是一种职业，他的笔是工具，他的作品是产品，作家用作品为读者服务。”[①]语言朴实，通俗易懂，就像一位老人在拉家常，娓娓道来。

语言艺术的最高境界就是看不出技巧和雕琢。《随想录》是巴金的自我反省、自我忏悔之作，和这一主题相适应，巴金所使用的语言也是自然的，不卖弄技巧，达到一种返璞归真的效果。这样自然质朴的语言，集中表现为一个“真”字。《随想录》的事情是真的，人物是真的，说的话是真的，更重要的是感情也是真的。巴金真实地还原了十年“文革”的社会面貌，真实再现了自己在这几十年的经历，真实抒发了内心的挣扎、焦虑、矛盾和痛苦，坚持讲自己的心里话、讲自己相信的话以及讲自己思考过的话的原则，把真心交出去任人研读。如《小端端》《再说端端》《三说端端》三篇散文描写了巴金的孙女端端受教育的过程。巴金通过孙女读书的经历揭示了填鸭式教育方式的种种弊端，提倡学生在不影响学习的情况下，应抓住大好时光懂玩、会玩，张扬个性。通过对孙女受教育方式的思考，一方面展现了巴金对自己孙女的关爱；另一方面也印证了巴金创作时对“真”的坚持，即观察体味真实的生活，记录真实的事情和人物，抒发真实的情绪和感受。

《随想录》在题材内容和情感抒发上追求真挚感人，在写作方法上追求自然随和，语言平

① 巴金：《随想录》，上海文艺出版社2008年版。

淡质朴，在简单朴素的话语中体现自己作为知识分子对自身的审视和反省。将自己的真心真情真意倾注其中，是其新时期散文创作成就的集中体现。

第二节　徐迟的《哥德巴赫猜想》

徐迟（1914—1996），原名商寿，浙江吴兴人，诗人、散文家和评论家。20 世纪 30 年代开始写诗，抗战爆发后积极投身街头诗朗诵运动支持抗战，1983 年加入中国共产党。徐迟的报告文学特色鲜明，代表作有《哥德巴赫猜想》《地质之光》《祁连山下》《生命之树常绿》等。著有诗集《二十岁人》、文艺评论集《诗与生活》以及《徐迟散文选集》等。

《哥德巴赫猜想》发表于 1978 年，最初发表在《人民文学》杂志上。这篇文章详细地写了陈景润的身世和在“文革”期间的困难条件下证明（1+2）的过程。当时“文革”刚刚结束，这篇文章推动了解放思想的浪潮，也使陈景润名声大噪。他被邀参加全国科学大会，并受到了邓小平的接见。徐迟说：“应《人民文学》的召唤，写了一篇《哥德巴赫猜想》，这时我似乎已从长久以来的冬蛰中苏醒过来。”①

《哥德巴赫猜想》围绕陈景润钻研数学、攻克哥德巴赫猜想这一难题为主线，通过大量的细节和特征，生动地再现了一个刻苦钻研、醉心学术、赤诚坚守的数学家形象，语言具有诗意，情节设置合理感人，形象塑造鲜明立体。在徐迟的笔下，陈景润不再是以往作品中简单化、片面化的英雄人物形象，他是沉默的、内向的，经历了战乱和“文革”，也曾遭受到嘲笑和欺负。经受身心的打击之后，他和病魔搏斗，和生活搏斗，以强大的内心和精神一步一步地攀登上数学的高峰。而这样的陈景润，才是真实的、完整的、可信可亲可敬的，他的身上没有神的光环，只有一个知识分子对真理的不懈追求和探索。陈景润小时候过着困窘的生活，他的家里兄弟众多，父母也无法给他完整的关心和呵护，上学期间因为瘦弱和内向，也常常遭到同学的欺侮，幼小瘦弱的他还要承受抗日战争带来的伤痛。一个瘦弱、内向、敏感的人，只能在数学的世界里不断寻求着力量和慰藉，但在数学之外的生活世界里，他缺乏基本的生活能力，不会照顾自己，不擅长社交，也无法胜任老师的工作。这样看来，陈景润是笨拙的、无能的。但幸运的是，在人生道路的重要分叉口，他遇到了改变命运的伯乐，遇到了理解和尊重他的老师、同事。正是这些温暖、这些闪烁的微弱的星光支撑着他走过艰难的岁月。

在艺术创作上，《哥德巴赫猜想》将科学性和文学性结合在一起。徐迟通过报告文学真实记录了数学家陈景润在极其艰难、险峻的生活环境和政治环境下终于证明了“1+2”这一命题，展现了奇妙深邃的数学世界，塑造了执着坚韧、勇攀数学高峰的知识分子形象。

在语言上，《哥德巴赫猜想》具有较强的文学性，用诗意的语言，将陈景润笔下的数学演算比作山谷中的兰花、高山上的杜鹃、森林中的人参和冰山上的雪莲，种种比喻将无形的抽象的内容具体化、形象化，让人更能直观地感受到数学和科学的魅力。“多少次坚冰封山，多少次雪崩掩埋！”冰山、雪崩，暗喻陈景润探索之路的艰难，但他义无反顾，埋头钻研，“一张又一张的运算稿纸，像漫天大雪似的飞舞，铺满了大地”。②形象的描写，让原本枯燥晦涩

① 徐迟：《哥德巴赫猜想》，人民文学出版社 2017 年版，后记。
② 徐迟：《哥德巴赫猜想》，人民文学出版社 2017 年版，后记。

的数学问题变得亲切可感，增加了作品的艺术性和感染力。

《哥德巴赫猜想》真实地反映了陈景润的故事，在题材上是一次开拓，将散文的主题内容拓展到科学界。在人物形象塑造上，首次塑造了知识分子中科学家的形象，引发大众对个人价值、对知识和科学的尊重和认可，全文情感克制而又充满感情，表达了对科学家不幸遭遇的深深同情和遗憾，对其取得的成就的高度赞扬。题材和人物形象上的开拓创新，一方面直接激发了读者强烈的共鸣，另一方面对知识分子社会地位的提高和社会价值的展示有重要的积极意义。

从《哥德巴赫猜想》到《生命之树常绿》《在湍流的涡漩中》《地质之光》《祁连山下》《刑天舞干戚》等，徐迟创作了一系列以科学家为主人公的作品，改写了知识分子的形象，"文革"中知识分子被认为是改造的对象，冠上"臭老九"的帽子，由此带来对科学精神、理性精神的打压和摧毁，这一切都在徐迟创作的系列作品得到改写，知识分子的形象被重新塑造，科学精神再次得到肯定和弘扬，陈景润、李四光、蔡希陶、周培源等成为时代新的英雄和楷模，他们身上所体现的科学精神、人文风范，成为新时代的重要精神资源。

第三节　余秋雨的《文化苦旅》

余秋雨（1946—），浙江余姚人，文化学者，理论家、文化史学家、散文家。1966 年毕业于上海戏剧学院。1980 年陆续发表并出版作品。余秋雨以擅写历史文化散文著称，代表作有《文化苦旅》《中国文脉》《山河之书》《千年一叹》等。

《文化苦旅》是余秋雨的一部散文集，是他在讲学和考察过程中，一路游学旅行一路思考后创作的作品，借助所见到的山川风物、历史古迹来追忆历史，思考文化中面临的种种困境和难题。从《道士塔》中愚昧的王道士，到《苏东坡突围》中苏轼陷入的种种困局，再到《风雨天一阁》中历经风雨而不倒的天一阁，余秋雨从自己的体验感悟出发，试图寻找到对种种文化难题的解答，展示出他个人的思考和探索。

《文化苦旅》中的散文主题不一，内容各异，但都有一个共同的内核，即对文化良知的呼唤和追寻。为了实现文化的回归，作者建构了一种健全的文化人格，所谓的"健全"有以下几个方面的含义。

一是具有传承延续中华优秀文化的责任感和使命感。《风雨天一阁》中范钦及其家族，由于"他们懂得，只有书籍，才能让这么悠远的历史连成缆索，才能让这么庞大的人种产生凝聚，才能让这么广阔的土地长存文明的火种"，于是殚精竭虑地搜罗古籍，建造了天一阁这座藏书楼。这座藏书楼不是一个简单的建筑物，更是民族精神的贮藏所，为中华民族提供了一个能够遮风挡雨的栖息之地。不管经历了多少风雨飘摇，遭遇多少坎坷曲折，范钦及其家族一代又一代，不计报酬，不计成果，无怨无悔地守护这宗文化血脉，终于把它延传到今天。这个"极端艰难、又极端悲怆的文化奇迹"，树立了一个健全的文化人格的典范，散发出文化良知的不灭光辉。

二是具有勇于开拓、敢于创新的个性追求。《青云谱随想》以明末清初的画坛作为观察点，表现出对"扬州八怪"、徐渭、朱耷等和正统画派相异的画家的赞扬，尤其赞美了他们身上所体现出的强烈的个性，批判了正统“四王”的保守和空洞。

三是具有开阔的视野和宽广包容的胸怀。作者一路旅行，看见湖畔的三醉亭、君山上秦始皇遗留的封山石刻、娥皇女英的坟墓、农民起义领袖遗留的古钟、浪漫风流的柳毅井等景观，由这些景观的多样性联想到文化的多元性，又从文化的多元性激荡出无限创造的热情。

在颂扬历史上健全的文化人格的同时，《文化苦旅》也以犀利的目光，对历史上曾经有过的各种不利于健全人格构建的精神障碍和消极现象进行了批判性的审视，如在《柳侯祠》中对封建主义进行批判；在《西湖梦》中指出文化人不应该只求个人的安全、本分，进而在隐居中消除个人志向，批判了以“归隐湖山”为代表的“地窖文化”。

在艺术形式上，《文化苦旅》对散文的结构方式进行了探索，创造了如开放式、立体式、多层式等结构，将个人寻访山水的所思所感和对文化的哲思融合在一起，语言自然平淡，含蓄隽永，耐人寻味，在平淡中蕴含无限诗意，在蕴藉中包含无限美感。

第三十章　台港澳文学

在我国台湾、香港、澳门的土地上，自古就有中华民族儿女生活和劳作，这些地方属于中国领土。台湾、香港、澳门文学的发展在中国文学发展中呈现出独特的风采。

第一节　台湾文学综述

从中国文学整体空间横向上来看，台湾的现代文学起于 1920 年 1 月“新民会”的成立，下讫 1949 年国民党当局南逃台湾。台湾的当代文学从 1949 年 5 月也就开始了。其中，1895—1945 年为“台湾日据时期”，受着日本帝国主义的殖民统治。因此这一时期的文学具有反帝反殖民主义色彩。

一、文学革命风潮（20 世纪 20 年代）

受大陆新文学影响，台湾人们继承了“五四”反帝反封建精神，争取民主和科学，呼吁自由平等，勇敢地开展了台湾新文化运动和文学革命运动。1920 年 1 月 11 日，在东京的台湾留学生蔡惠如等改组“启发会”，成立“ 新民会”，推选林献堂为会长、蔡惠如为副会长，成员有林呈禄、彭华芙、黄呈聪、赖和等百余人。他们建会的宗旨是：第一，为增进台湾同胞之幸福，从事政治社会改革运动；第二，发行刊物，联络同志；第三，图谋与祖国同志接触之途径。他们模仿大陆出版的《新青年》杂志，于 1920 年 7 月 16 日创刊《台湾青年》(1922 年 4 月改名《台湾》, 1923 年 4 月发行增刊《台湾民报》, 1929 年 1 月株式会社将其改名为《台湾新民报》, 1941 年 2 月日本殖民当局强令其改名为《兴南新闻》, 1944 年 3 月本殖民当局强令其与《台湾日日新闻》等五家报纸合并为《台湾新报》, 1944 年 3 月 27 日《兴南新闻》发表“停刊之辞”)。《台湾青年》的办刊宗旨是“研究台湾革新，谋求文化向上”，以此引发了台湾的新文化运动。

1921 年 10 月 17 日，台湾文化协会（简称“文协”）在台北静修女学校成立，掀起了台湾民族解放运动的高潮。出席者 300 余人，大会公推林献堂为总理、杨吉臣为协理、蒋渭水为专务理事，另有理事 41 人、评议员 44 人。台湾文化协会的宗旨是改革台湾社会，灌输民族思想，唤醒民族意识，以摆脱殖民统治，进入文化抗日的新阶段。会员曾达 1300 多人，是当时规模最大、影响最广的文化政治组织。1927 年 10 月，因内部分歧，分别形成了以林献堂、王敏川为代表的两派。1931 年，由于王敏川等被捕入狱，“文协”结束了其历史使命，文学革命也就此结束。

与大陆一样，台湾当时的日用文都是文言文。1922 年 1 月，陈瑞明在《台湾青年》发表《日用文鼓吹论》，指出文言文有三个弊端：一是不能充分表达思想；二是学起来很困难，不能普及，影响了文化发展；三是阻碍进取精神，沮丧国民元气。因这篇文章本身是用文言文写的，所以未能引起人们的注意。1923 年 1 月 1 日，《台湾》上发表了黄呈聪的《论普及白话文的新使命》和黄朝琴的《汉字改革论》，吹响了白话文运动的进军号，在当时的台湾文坛起到震聋发聩的作用，对台湾新文学运动产生了很大影响。4 月 15 日《台湾民报》创刊号全部改用白话文。林宝禄在《创刊词》里说，要“启发文化”“振起民气”，先要普及白话文。为此，他宣布成立白话文研究会，向台湾全岛征聘会员。《台湾民报》刚改用白话文，难免存在文白夹杂的现象，有些人不免要指东论西，施文杞的《对于台湾人做的白话文的我见》、林耕余的《对在台湾研究白话文的我见》、陈福泉的《白话文适用于台湾否》等文章，都对白话文持批评态度。对此，白话文研究会以《台湾民报》为阵地，进行了大量宣传工作，发表了许多解释性的文章，其中易前非的《〈台湾民报〉怎样不用文言文呢？》回答了一些人对《台湾民报》使用白话文的责难，认为文言虚词是死字眼儿，白话文语助词是活字眼儿；《台湾民报》是为鼓吹人民觉醒，普及平民教育，启迪青年知识，所以不用深奥的文言文，而用浅显易晓的白话文。1923 年 6 月 15 日，许乃昌化名“秀湖生”，在《台湾民报》上发表《中国新文学运动的过去、现在、将来》，介绍了胡适《文学改良刍议》和陈独秀《文学革命论》的要点，介绍了当时比较活跃的作家作品，这是介绍大陆新文学运动最早的论文。1923 年冬，张我军从厦门到上海，参加了上海台湾人大会，感受到了大陆新文学的新鲜气息。1924 年 11 月，张我军在《糟糕的台湾文学界》里提出建设白话文学的主张，那就是“建设白话文学，以代文言文学；改造台湾语言，以统一中国国语”；接着发表了《为台湾的文学界一哭》《揭破闷葫芦》《文学革命运动以来》《诗体的解放》《研究新文学应该读什么书》《新文学运动的意义》等，详尽介绍了胡适、陈独秀的“八不主义”和“三大主义”，对台湾文坛上吟风弄月、无病呻吟的旧式诗文展开猛烈的批驳。张我军的观点，受到赖和、蔡孝乾、易前非、陈虚谷等绝大多数人的支持。同时，因张我军的热情推荐，《台湾民报》先后转载了鲁迅的《狂人日记》《阿 Q 正传》《故乡》《杂感》等，给台湾新文学作家广泛阅读鲁迅作品提供了更多的机会。因此，台湾的文学革命风潮迅速吹遍全岛。

据统计，从新民会创办《台湾青年》开始，到《台湾》《台湾民报》《台湾新民报》，会员作家赖和（1894—1943，原名赖河）、张我军、杨云萍、杨守愚等纷纷发表文学作品，仅发表的小说就有 60 多篇，追风的小说《她要往何处去》是台湾现代文学史上的第一篇小说。其中代表性的小说有赖和的《斗闹热》《一杆秤仔》、张我军的《买彩票》、杨云萍的《光临》、杨守愚的《谁害了她》、陈虚谷的《无处伸冤》、一村的《他发财了》、柳裳君的《犬羊祸》、赵经世的《贤内助》、施文杞的《台娘悲史》等。赖和是台湾新文学的奠基人，被誉为“台湾新文学之父”，他的作品对台湾“五四”以后的一代乡土作家产生了深刻的影响。《斗闹热》是用白话文写作的第一篇小说，写日本殖民统治下台湾民众的日常生活与知识者心迹，看似批判由儿童游戏引起的大人之间的“争面子”，实则指向日本殖民统治下台湾民众的压抑。《一杆秤仔》描写了日本殖民主义者对台湾同胞的压迫和摧残，也表现了台湾人民不甘做奴隶的反抗精神。长工秦得参向邻居借了一杆秤到街上做小买卖，日本巡警故意刁难，折断秤杆，还将其抓进牢房，其妻花了三块钱才将其赎出来。他忍无可忍，对敌人采取了壮烈报复手段。《买彩票》写在北京上大学的穷学生林天财、李万金幻想买彩票得头彩。而学费将绝的陈哲生诅咒这种坐等收利的邪道，却又禁不住他们的诱惑。他幻想得头彩后既可继续学业，又能与爱人厮守。结果自然是幻想破灭，他垂头丧气、失望酸楚的心情表现无余。《光临》写日本伊田警部大人即将“光临”某村，保正李通灵为讨好日本人，号召全村“清庭除通”，并准备酒席款待，结果伊田却到别处去了。《无处伸冤》写日本巡警强奸良家妇女后，反而诬告受害人家属侮辱官员。

在新诗创作方面，赖和的《觉悟下的牺牲》、施文杞的《送林耕余君随江校长渡南洋》、追风的《诗的模仿》、杨云萍的《橘子开花》等具有代表性。1925 年 12 月，张我军的新诗集《乱都之恋》在台湾出版，是台湾第一部新诗集。

1924 年 8 月，张梗发表独幕历史剧《屈原》，这是台湾新文学中最早的现代剧作。

1925 年，赖和发表了白话处女作《无题》，被誉为“台湾新文学运动以来头一篇可纪念的散文”。

二、活跃的文学思潮（20 世纪 30 年代）

随着文学革命的推进，台湾知识青年与留日等进步学生的跨域思想联结日益紧密，作家队伍不断扩大，文学刊物逐渐增多，20 世纪 30 年代的台湾文学进入繁荣时期。

（一）无产阶级文艺运动

1928 年 4 月，台湾省籍共产党人林木顺、林日高、蔡孝乾等在上海举行第一次代表大会，成立了台湾共产党。此后，台湾的无产阶级文艺运动从兴起走向繁荣。主要表现在：（1）1930 年 6 月 21 日，在台湾共产党的领导下，共产党员王万德、江森钰等在台北创办《伍人报》；7 月组织成立“台湾战线社”，创办《台湾战线》《新台湾战线》等机关刊物。在《台湾战线》创刊宣言里宣称无产阶级文艺的“新时代已经诞生”，主张“以普罗列塔利亚文艺来谋取广大人民群众的利益，解放在资本家铁蹄下过牛马不如生活的所有被压迫劳苦群众”。（2）受日本无产阶级文学影响，1929 年 9 月，藤原泉三郎、上清哉等左翼文学青年在台湾台北地区创刊发行《无轨道时代》月刊。该杂志上的作品以新诗歌为主，也有短歌、俳句等，无产阶级倾向的文学作品占大多数。如颍川镜波的诗歌《痴人的嘲笑》，藤原泉三郎的诗歌《秋天来了》、小说《陈忠少年的故事》，都是从日本人的视角描写台湾地区下层人生活的愚昧和不幸。但该杂志只发行四期，到 1929 年 12 月就被叫停。（3）1931 年 6 月，台湾地区的左翼文学青年重新集结，成立“台湾文艺作家协会”。该团体试图创建像“全日本无产者艺术联盟”那样的组织，主张“根据马克思主义，建设独有的文学”，提出“确立崭新的文艺”“文艺面向大众”等口号，其成员不仅包含《无轨道时代》的创始人，也有一些台湾地区的左派青年，创办了《台湾文学》（只出版六期就被叫停）。1931 年 6 月、11 月，大量的左倾人员被检举，对左翼人士的迫害日益严重。（4）1930—1934 年，先后成立的社团、创办的刊物很多。台湾战线社还创办了《明日》《洪水报》《现代生活》《赤道》杂志，发表了王诗琅的论文《新文学小论》、子野的《中国文坛的介绍》、赖和的小说《棋盘边》、朱点人的小说《一个失恋者的日记》、瘦鹤的小说《新郎的礼数》等。1931 年 6 月 30 日，台湾文艺作家协会成立，创办《台湾文学》。1931 年，台南市艺术俱乐部成立，他们的作品大多发表在《台湾新文学》上，有郑明的短篇小说《三更半暝》、赵枥马的短篇小说《西北雨》、张庆堂的短篇小说《他是流眼泪了》、朱锋的历史小说《鸭母王》等。1932 年 3 月 20 日，王白渊等留学生在日本东京成立“台湾艺术研究会”，创办《摩尔摩沙》，发表了王白渊的寓言小说《唐璜与加珍妮》、吴希圣的短篇小说《豚》、吴天尝的短篇小说《龙》、张碧华的短篇小说《上弦月》等。1933 年 10 月，台湾文艺协会在台北成立，1934 年 7 月创办机关刊物《先发部队》（1935 年 1 月改名为《第一线》），发表的理论文章有郭秋生的《台湾新文学的出路》、青萍的《诗歌的科学性》、蔡嵩林的《郭沫若先生访问记》、王诗琅的《柴霍夫与其作品》、吴逸生的《薄命诗人苏曼殊》，小说有枥马的《私奔》、毓文的《创痕》、克夫的《秋菊的告白》、朱点人的《蝉》、王诗琅的《夜雨》，民间故事有黄琼华的《莺歌庄的传说》、李献璋的《过年的传说》、蔡德音的《洞房花烛的故事》，戏曲有廖毓文的《逃亡》等，散文随笔有杨云萍的《断章》、黄纯青的《谈竹枝》等。（5）为把台湾全岛文艺家进一步聚合，1934 年 5 月 6 日台湾全岛第一次文艺大会在台中市召开，被邀参加的代表有 94 人，出席会议的有 82 人，黄纯青为议长，赖和致开幕词。会议的口号为"推翻腐败文学，实现文艺大众化""精诚团结起来，为文学奋斗到底"等。会议宣布成立台湾文艺联盟，决定创办《台湾文艺》月刊。大会选举赖和、赖庆、赖明弘、何集璧、张深切为常委，张深切为委员长。联盟成立后，还在台北、鹿港、嘉义、埔里、丰源、东京等地成立支部，召开各种座谈会，讨论文艺上的问题。1935 年 8 月，台湾文艺联盟在台中召开第二次文艺大会，引起日本殖民统治者的注意，加紧了对它的压迫，加之部分盟员相继离开台湾，到 1936 年 8 月，《台湾文艺》也就停办了。这期间，比较著名的作品有赖和的小说《善讼人的故事》、杨华的小说《一个劳动者的死》、王白渊的小说《荆棘之道》、"盐分地带"诗人群的诗歌（日据时期，台湾台南北门郡一带多为海滨，土壤盐分较高，故得名，其诗人群中代表性作家有郭水潭、吴新荣、徐清吉、王登山等）。（6）杨逵是《台湾文艺》的日文编辑，无权取舍稿件。于是，1935 年 12 月 28 日，杨逵（1905—1985，本名杨贵）、叶陶夫妇在台中成立台湾新文学社，独资创办《台湾新文学》，共出版 17 期。1937 年 6 月 5 日，日本政府宣布废止所有杂志的汉文栏，台湾新文学社的活动随之也就停止了。经常在《台湾新文学》上发表作品的有 40 余人，其中小说数量有 60 多篇，比较有代表性的短篇小说有杨逵的《顽童伐鬼记》、吴浊流的《泥沼中的金鲤鱼》、朱点人的《脱颖》、杨守愚的《鸳鸯》《赤土与鲜血》、黄有才的《凄惨谱》，诗歌有杨华在狱中所写《黑潮集》53 首。这些作品从不同角度反映台湾底层人民的生活及其对压迫者、殖民者的反抗。黄得时在《台湾文学运动概观》里对台湾新文学社评价极高，认为"堪称在台湾文学史上划下一段光辉灿烂的时期"。

（二）乡土文学之争

1930 年 8 月 16 日，黄石辉在《伍人报》发表的《怎样不提倡乡土文学》中提出要建立台湾的"乡土文学"。他认为："台湾的文学如何写呢？便是用台湾话作文、用台湾话做诗、用台湾话做小说、用台湾话做歌曲，描写台湾的事物……不管你是支配阶级的代辩者，还是劳苦群众的领导者，你总须以劳苦群众为对象去做文艺，便应该起来提倡乡土文学，应该起来建设乡土文学。"郭秋生也发文呼应，他先后发表《建设台湾白话文一提案》《建设台湾语文》，强调方言对文学的意义，提倡将台湾语文、乡土文学和民间文学合一。黄石辉、郭秋生的观点引起了普遍反对。廖毓文的《乡土文学的吟味》、林可夫的《乡土文学的检讨》、朱点人的《检一检乡土文学》都不主张用台湾白话写作，因为台湾话文分歧不一，而主张以中国白话文做普及。总体来看，无论是正方还是反方，他们并不是反对乡土文学，只是反对台湾话文的乡土文学。以后，"乡土文学"成了台湾永恒的话题。在 20 世纪 30 年代，台湾乡土文学的内容都是反帝反殖民主义的现实主义文学，主题表现为反对日本帝国主义的殖民主义统治，洋溢着浓郁的民族主义和爱国主义情感。当时比较有名的乡土文学作品有赖和的《可怜她死了》和《惹事》、杨逵的《送报夫》和《模范村》、陈虚谷的《荣归》、龙宗英的《植木瓜的街市》、杨守愚的《过年》、郭秋生的《不可抗争的命运》、赖庆的《女性悲曲》、徐坤泉的《可爱的仇人》等。特别是杨逵的小说《送报夫》，通过杨君在家乡和东京的不幸遭遇，向受苦受难的底层百姓吹响了时代的反抗号角。小说继承了赖和的写实主义，还对日本殖民主义统治者进行了控诉，而且在作品最后写杨君联合报社员工进行斗争取得了胜利，使作品透出了希望的光亮。

（三）文艺大众化运动

从20世纪20年代的《台湾青年》《台湾战线》《无轨道时代》到30年代的《南音》《先发部队》《台湾文学》《台湾文艺》《台湾新文学》，台湾知识分子始终把文艺大众化问题作为左翼文艺思潮的一个重要议题。1932年，叶荣钟在《南音》的卷首语里提出了对真正的大众文艺的“待望”。在他看来，这种大众文艺即通俗文艺，是写给“一般文化的教养较低的大众”的，其功能就在于“涵养大众的趣味和品格”，从而使他们的人生艺术化。接着，杨逵发表《新文学管见》《关于大众》《台湾文坛近况》，与刘捷在《何谓艺术上的大众》里提出的“艺术不是大众的”观点展开论争。杨逵认为：“大众不了解现在的杂志文学，但不能因此说文学不是大众的，也不能说大众不懂文学。”由于日本殖民者对台湾左翼知识分子的打压，左翼文艺运动不得不向民间发展，以在普通民众中取得生存空间。据《台湾社会运动史（1913—1936）·共产主义运动》（第三册）记载，台湾赤色救援会曾经向农民秘密发送《二字集》《三字集》，“不少人能将该文章背的滚瓜烂熟”，如《三字集》内容为，“无产者/散乡人/劳动者/日做工/做不休/负债重/住破厝/坏门窗/四面壁/全是穴”“资本家/典有钱/天地变/不知死/有钱人/想天年/已没落”，这样的文学形式对于普通大众是容易接受的，能很好地发挥无产阶级反帝反殖民主义的战斗作用。

三、“皇民化”背景下的文化凋零和沉寂（1337—1949年）

1937年6月5日，日本殖民当局在台湾强制推行“皇民化运动”，废止台湾报刊的汉文栏目，强迫台湾作家用日文写作，企图扼杀中国文化，致使刚刚走向繁荣的无产阶级文艺、乡土文学遭到重挫而突然凋零，大量的文学文艺社团停止活动，绝大多数刊物被迫关张，作家们都选择了沉默，将强烈的反帝反殖民主义情绪和爱国主义思想内藏于心底。

在40年代，台湾有两个相互对立的杂志，一个是西川满主编的《文艺台湾》。《文艺台湾》是“台湾文艺家协会”刊物，于1940年1月在台北创刊，提倡“外地（殖民地）文学”，注重异域情调，发起成员有杨云萍、张文环、龙瑛宗等，刊物以发表日本人作品为主，全部日文创作，实则是宣传“皇民化运动”。太平洋战争爆发后，台湾成立“文学奉公会”，殖民当局将《文艺台湾》和《台湾文学》合并，于1944年5月重新创办《台湾文艺》日文月刊，发表宣传“圣战”的作品，1945年日本投降后停刊。另一个是张文环主编的《台湾文学》。1941年5月，张文环因为不满西川满的傲慢，脱离台湾文艺家协会，另外发起组织启文社，创办日文季刊《台湾文学》，自任主编和发行人，以发表以台湾作家的作品为主，侧重于中华民族色彩及乡土人情，具有写实主义风格。到1943年12月，《台湾文学》被令停办。发表于1943年7月《台湾文学》第3卷第2号上的王昶雄的中篇小说《奔流》，通过主人公朱春生受到“皇民化”的遭遇，以及他大骂“皇民化运动”是“狗屁！狗屁”的心声，反映了台湾人的认同危机与挣扎。

致力于诗的纯粹性、开拓纯文艺的银铃会于1943年成立，成员有张彦勋、詹冰、锦连等，发行油印日语刊物《边缘草》，作品文体有童谣、短歌、俳句、新诗、随笔等，具有浓郁的乡土色彩，寄予着对殖民者的强烈批判。

1937年7月，《风月报》半月刊以标榜吟风弄月的汉文综合文艺杂志面貌在台北复刊，主编林荆南、吴漫沙，文言、白话并用，初期以刊载抒情文学、杂文为主，鼓励关注小说创作，较少涉及政治。很快，也刊登了诗话、游记、短篇小说、章回小说、散文随笔和翻译的文学作品、歌谣、俗谚等。出于处事策略的考虑，该杂志也刊登了一些宣扬军国主义的作品。1941年7月，殖民当局迫使《风月报》改名为《南方》；1944年2月，又改名为《南方诗集》；3月，被迫停办。这是台湾汉文被禁后仅存的一份中文综合文艺杂志。

1944年9月，针对西川满对台湾文学的污蔑，杨逵主编了具有强烈抗日精神的《一阳周报》，共发行9期，同年11月停刊。

日据时期，面对殖民当局推行的“皇民化运动”，被称为“台湾鲁迅”的赖和拒不穿日本和服，拒不用日语写作，两度入狱，备受摧残，但他宁死而不改其志，本时期创作的代表性短篇小说是《可怜她死了》。此外，还有杨逵的中篇小说《鹅妈妈出嫁》、龙瑛宗的短篇小说《植有木瓜树的小镇》、张文环的短篇小说《阉鸡》。钟理和（1915—1960）于1945年在北平马德增书店出版具有鲁迅式国民性批判意味的小说集《夹竹桃》。而最具代表性的作家是吴浊流（1900—1976），他的小说有《先生妈》《陈大人》《亚细亚的孤儿》。写于1944年的短篇小说《陈大人》塑造的是一个台湾候补警察的形象，作者无情鞭打了他作为殖民统治帮凶的傲慢、霸横的鹰犬习性。1943—1945年，他冒着生命危险偷偷创作的长篇小说《亚细亚的孤儿》是他的代表作，被称为台湾新文学史上的史诗性作品，描写普通知识分子胡太明的苦难经历，表明台湾民众开始觉醒，发出了“汉魂终不灭”“誓将热血为义死”的怒吼，启示人们要摒弃“孤儿意识”，积极投身于民族解放斗争之中。

（一）台湾文学的光复期

从1945年8月日本投降到1949年12月国民党政府逃至台湾，是台湾文学的光复期。很多台湾籍作家因面临由日文向中文的艰难过渡而中止创作，而坚守在新文学前沿阵地上的杨逵、吴浊流、龙瑛宗、叶石涛、钟理和等作家表现为对台湾新文学传统的承接。许寿裳、台静农、李霁野、黎烈文、李何林、谢冰莹等大陆作家先后赴台湾，有力促进台湾新文学与大陆新文学的合潮。但海峡两岸作家的交流活动，却不能被国民党政府所包容。1947年“二·二八”事件以后，国民党政府在台湾实施白色恐怖统治，台湾文坛被虚伪的反共文学所主导。台湾光复初期，只有吴浊流的中篇小说《波茨坦科长》能够算得上是表现当时社会现实的力作，小说通过对范汉智、玉兰、陈德清等人物的刻画，反映了抗战胜利后台湾社会阶层压迫依旧，社会腐败的阴暗面仍然没有去除。

台湾文学中的“乡愁情结”一直不绝于耳，代表性的如60年代于右任的《望大陆》、70年代余光中的《乡愁》、80年代席慕蓉的《乡愁》。于右任先生于1962年1月创作的《望大陆》，又名《望故乡》《国殇》，借屈原《九歌·国殇》体式，抒发了以身许国的深深的爱国情怀，表现出了他强烈期望两岸统一的情感和渴望回归大陆的心情，透露出在有生之年不能与亲人相见的失望愁绪。余光中于 1972 年 1 月创作的《乡愁》，侧重写个人在大陆的经历，那年少时的一枚邮票、那青年时的一张船票，甚至那未来的一方坟墓，都寄寓了诗人的也是万千海外游子的绵长乡关之思，而这一切在诗的结尾升华到了一个新的高度，“而现在/乡愁是一湾浅浅的海峡/我在这头/大陆在那头”，深切地表达了对故乡的思念之情，流露出希望祖国统一的愿望。余光中写于 1974 年春天的散文《听听那冷雨》，借惊蛰过后淋淋漓漓、淅淅沥沥的小雨，对雨进行视觉、听觉、嗅觉等多方面感觉和描写，抒写与大陆 25 年的离愁，“雨里风里，走入霏霏令人更想入非非。想这样子的台北凄凄切切完全是黑白片的味道，想整个中国整部中国的历史无非是一张黑白片子”，表达了作者对历史和生活的无限喟叹，因此说，余光中的乡愁已经超越了一般人的乡愁，而变成了“文化乡愁”。席慕蓉写于 1982 年的小诗《乡愁》：“故乡的歌是一支清远的笛/总在有月亮的晚上响起/故乡的面貌却是一种模糊的怅望/仿佛雾里的挥手别离/离别后/乡愁是一棵没有年轮的树/永不老去”，仅用短短的七句，借助牧笛、月光、绿树形象，抒发了对乡音乡情离别后的惆怅与思念，情感是真挚的、执着的，坚信“思念”与绿树一样永远常青。以小说形式表现台湾人乡愁的，当属白先勇出版于 70 年代初的《台北人》，内收作者创作于 1964—1971 年的 14 篇短篇小说，小说中所谓“台北人”，实质上是沦落台北的大陆客，他们朝思暮想远在大陆的亲人，怀恋往日的辉煌与风光，在今不如昔的对比中形成一股浓郁的独特的“大陆情结”。小说题材涉猎各阶层多种行业，有上流社会的窦夫人（《游园惊梦》）、年迈儒将朴公（《梁父吟》）、老板娘（《花桥荣记》）、社交界名女尹雪艳（《永远的尹雪艳》）、知识分子余嵚磊教授（《冬夜》），也有落魄军人赖鸣升（《岁除》）、帮佣工人王雄（《那血一般红的杜鹃花》）、女仆顺恩嫂（《思旧赋》）、低级舞女金大班（《金大班的最后一夜》）等。他们贫富悬殊，行业各异，但没有一个不背负着一段沉重的、斩不断的往事。为了生活，他们都在奋力打拼，极力挣扎，但似乎命运早已注定，都没有好的结局。

迁徙到台湾的大队人马中，有一批女作家和知识女性，她们大都衣食无忧，身处“闺阁”，她们以女性特有的观察和情感，描写爱情婚姻家庭生活，以表达远离故乡的离愁别绪之情，有人称她们为“闺阁作家”，把她们的作品称为“主妇文学”。比较有影响的有苏雪林、琦君、钟梅音、林海音、聂华苓、孟瑶、张秀亚、郭良蕙等。

苏雪林，原名苏小梅，笔名瑞奴、绿漪、老梅等，先后在沪江大学、国立安徽大学、武汉大学任教，出版成名作散文集《绿天》和自传体小说《棘心》，兼做文学评论；1949 年到台湾后，先后在台湾师范大学、台南成功大学任教，陆续发表了《天马集》《眼泪的海》《人生三部曲》《文坛话旧》《我的生活》《秀峰夜话》等作品集，其中充满了对祖国悠久历史文化的仰慕，洋溢着恋国思乡的强烈情感。

琦君生于浙江永嘉县一个旧式家庭。其父亲虽出身农野，久历戎行，身为师长，却酷爱中国古典文学，盼她成为才女，就请一位姓叶的家庭教师教她。在之江大学毕业后，其先后在上海汇文女子中学、永嘉县中学教书。1949 年去台湾，服务于司法界，同时在大学中文系任教，并挤出时间写作。短篇小说有《菁姐》《百合羹》《缮校室八小时》《七月的哀伤》，散文集有《溪边琐语》《烟愁》《琦君小品》《红纱灯》《三更有梦书当枕》，有名的散文《细雨灯花落》《家乡味》多年入选小学教材。她的作品里，感情朴实真挚，充满了对故乡秀丽山水的眷恋和对亲人师友的怀念，热切地盼望祖国能够早日统一。

林海音，原名林含英，1918 年出生于日本大阪，台湾苗栗县头份镇人，自幼在北平城南厂甸小学、北京女子师范学校、北京新闻专科学校学习。1948 年 11 月，回到台湾。在受聘《联合报》副刊主编期间（1953—1963），林海音以敏锐的文学触感发掘了相当多的人才，且重视台湾本土作家，如林怀民、黄春明、郑清文、钟理和等；还鼓励日据时代停笔的老作家，例如杨逵、钟肇政、文心、陈火泉、施翠峰等执笔再写，是推动台湾文学的重要推手。任职主编期间，林海音自己也出版了其第一本散文集《冬青树》、第一部长篇小说《晓云》、自传体小说《城南旧事》等作品；林海音的作品题材大多数是对儿时居住过的北平城南生活的回忆，以及反映妇女爱情婚姻生活及其悲剧命运的。

聂华苓，1948 年毕业于国立中央大学（南京大学前身）外文系，同年以笔名远方发表第一篇文章《变形虫》。1949 年，随母亲赴台湾，曾为《自由中国》编辑委员和文艺主编，1960 年该杂志被封闭；出版有长篇小说《失去的金铃子》、中篇小说《葛藤》、短篇小说集《翡翠猫》《一朵小白花》、散文集《梦谷集》。《失去的金铃子》描写的是抗战时期一个在外读书的苓子返回故乡的一段经历和见闻，作者用细致入微的笔触对少女青涩的初恋心理刻画得动人心弦。

孟瑶，本名杨宗珍，籍贯湖北武昌青山，1942 年重庆国立中央大学历史系毕业，先后在四川省重庆私立广益中学、四川省简阳县立女子中学任教。1949 年迁居台湾，任教于台中师范学校，并开始创作生涯。1952 年 4 月，完成第一部长篇小说《美虹》。此后，她的创作进入高产期。到 70 年代中期，创作了 50 多部小说，如长篇小说《心园》《危岩》《几番风雨》《穷巷》《柳暗花明》《黎明前》《悬崖勒马》《浮云白日》《危楼》《食人树》等，短篇小说集《流浪汉》《迟暮》，散文集《梦之恋》。她取材广泛、内容豪放、笔法洒脱，汉口、南京、重庆等地的生活素材和台湾的大陆人生活现状尽入作品。

张秀亚，笔名陈蓝、张亚蓝，1948 年迁居台湾，先后在台中静宜英专、辅仁大学中文系任教。1937 年出版第一本小说集《大龙河畔》，1952 年在台湾出版第一本散文集《三色堇》。她的小说、散文数量很多，总是用诗一般的语言描写充满乡情的梦幻般的世界，带着忧郁和感伤色彩。

郭良蕙于 1950 年开始写作，1962 年长篇小说《心锁》在《征信新闻报》连载并引起风波，被台湾当局查禁，随后“中国文艺协会”又注销她的会籍。面对这些打击，郭良蕙没有退缩，仍旧埋头苦耕，创作以长篇小说为主，如《银梦》《感情的债》《黑色的爱》《春尽》《心锁》，擅长写都市婚姻爱情故事，揭示各式各样的情感症结。

（二）现代主义文学高调植入

20 世纪 50 年代中期，台湾作家们对“战斗文艺”思潮普遍厌倦和反叛，部分青年产生了逃避主义心理和颓废情绪，使西方现代主义找到了广泛滋生的温床。首先掀起现代主义运动的是纪弦。纪弦在 30 年代曾经与戴望舒参与编辑《新月》诗刊，1948 年迁居台湾，1953 年 1 月 20 日创办并主编《现代诗》季刊，1956 年号召诗坛同仁组成现代派诗社，由纪弦、叶泥、郑愁予、林泠等 9 人组成筹委会，加盟者最多达到 112 人。他们发布“六大信条”，提倡新现代主义，掀起新诗的再革命运动，即所谓的现代派的“自由诗运动”或“现代诗运动”。纪弦主张写“主知”的诗，强调“横的移植”，注重诗意创新。纪弦在台湾诗坛享有极高的声誉，与覃子豪、钟鼎文合称为“台湾三大元老”。1954 年 3 月，覃子豪因“反纪弦式”主张而改创蓝星诗社，出版《蓝星诗选》季刊，主要成员有余光中、覃子豪、钟鼎文、罗门、蓉子、周梦蝶等，提出新诗发展的“六原则”，强调新诗“应以自己为主”“重视实质及表现的完美”，发出“中国现时代的声音，真实的声音”。蓝星诗社是具有沙龙精神的现代派诗社，最具特色的是自由创作路线，提倡充分发挥个人才华和个性。1954 年 10 月，张默、洛夫、痖弦、季红、商禽等成立创世纪诗社，创办《创世纪》诗刊，提出“新民族诗型”的创作路线，旨在矫正“横的移植”，要求现代诗排除纯理性和纯情绪呈现，主张“形象第一，意境至上”，具有中国风、东方味，也赞同吸收西方现代诗的表现技巧。到 50 年代末，“现代派”和“蓝星”已过全盛时期，“创世纪”诗社则乘虚跃进，树起“超现实主义”的反理性大旗。1958 年 4 月第 11 期《创世纪》出版，标志着他们创作路线的根本转变，此后，声名大振，很快成为 60 年代台湾诗坛一个举足轻重的现代诗社。《创世纪》诗刊出版到 29 期，1969 年后因经济困难而停办。1972 年 9 月复刊后，又呈现出回归传统、靠拢现实的趋势，此时文坛上现代派风潮已经日薄西山，走向沉寂。

台湾的现代主义文学鼎盛于现代小说的问世。1956 年 9 月，台湾大学外文系教授夏济安主编的《文学杂志》出版，在创刊号《致读者》里表明：“……我们反对舞文弄墨，我们反对颠倒黑白，我们反对指鹿为马。我们并非不讲求文字的美丽，不过我们觉得更重要的是：让我们说老实话。”《文学杂志》在鼓励写实文学的同时，更倾向于 19 世纪西方批判现实主义，它介绍了西方现代文学潮流，发表了大量台湾作家创作或翻译的现代主义作品。1959 年 7 月，夏济安离台赴美，拟赴西雅图华盛顿大学任教，该刊物也就停办。1960 年 3 月，台湾大学外文系学生陈次云、白先勇、陈若曦、欧阳子、王文兴等将《文学杂志》改名为《现代文学》接续出版，在《发刊词》中宣布，要“有系统地翻译介绍西方近代艺术学派和潮流、批评和思想”“我们决定试验、摸索和创造新的艺术形式和风格”，并主张对传统做一些“破坏性的建设工作”。《现代文学》从开放的现代主义立场，着力介绍西方现代作家作品，先后出版过卡夫卡、沃尔夫、乔伊斯、劳伦斯、奥尼尔、福克纳、叶慈、横光利一、艾略特、加缪等专号。1973 年 9 月，《现代文学》第 51 期出刊后就宣告暂停了。《现代文学》的最大成就在于培养了一批台湾作家。《现代文学》上共发表小说 206 篇，涉及 70 多位作家，如陈次云、白先勇、陈若曦、欧阳子、王文兴、王祯和、丛甦、施叔青、陈映真、七等生、於梨华、黄春明等。《现代文学》刊发现代诗歌 200 多首，当时《蓝星》《创世纪》《笠》等大诗社的著名诗人都在其上发表过作品。

在《文学杂志》和《现代文学》两个刊物的引导下，小说家们的艺术视野从外在现实世界拓展，深化到人物的内心世界，他们受西方存在主义、虚无主义等哲学的影响，追求和模仿艰深晦涩的寓言和诡谲奇幻的形式，注意强化小说主题的比喻性、形象的抽象性和手法的荒诞性，并广泛运用意识流、暗示、象征等手法。台湾的现代主义小说主要分为两类：第一类是从内容到形式，全面模仿西方现代主义文学样式，如王文兴的《家变》、丛甦的《盲猎》、七等生的《我爱黑眼珠》、东方白的《口口》等；第二类是立足中国传统的创作基础，借鉴西方现代主义创作技巧，大胆表现特定时代人物的精神状态和生活状态，如白先勇的《金大奶奶》《闷雷》《寂寞的十七岁》《游园惊梦》《我们去看海》（后改名为《入院》）、欧阳子的《秋叶》《魔女》《最后一节课》、聂华苓的《桑青与桃红》《珊珊，你在哪里？》、陈若曦的《最后夜戏》《钦之舅舅》、於梨华的《又见棕榈，又见棕榈》、林海音《我们去看海》、陈映真的《一绿色之候鸟》等。其中最具有代表性的是白先勇的《游园惊梦》，被称为他的“扛鼎之作”，小说采用戏子出身的钱夫人的现实视角与心内意识流动相结合的手法，表现出“今”与“昔”的对比，钱夫人自始至终总是产生一种梦幻般的联想和印象；“虚”与“实”交织，往日的青春年华和富贵地位已经丧失，而今却孤独地生活在台湾南部。

现代文学的出现是对“战斗文学”的无声反叛，但因现代文学对西方现代主义观念的盲目宣扬，文学中的消极、颓废、绝望、色情、精神分裂等倾向逐渐加深。

（三）乡土文学重新崛起

台湾的乡土文学早在20世纪20年代初就开始产生了。台湾新文学的创立者赖和，至今被人们尊称为乡土文学的“奶母”。而后，张我军、杨逵、张文环、吴浊流、钟理和等集成并发扬了这一文学传统。1944 年吴浊流的小说《先生妈》，通过主人公先生妈对儿子、日本奴才金井新助的不满，深刻揭露了日本侵略者奴化中国人民的“皇民化”运动，批判了崇洋媚外的奴才思想，表现了中国人民崇高的民族气节和善良品质。即使在“战斗文艺”充斥文坛的年代，乡土文学仍然破土而出。如 1952 年廖清秀的长篇小说《恩仇血泪记》、1956 年钟理和的长篇小说《笠山农场》先后出版并获奖，台湾籍乡土作家开始引起人们关注。1957 年，钟肇政（1925—2020）编印《文友通讯》，给台湾籍作家搭建了“互通声气，互为砥砺”的平台，新老作家有了更多的交集。他的小说《鲁冰花》《茶虫世界》具有强烈的批判现实主义精神；《浊流三部曲》（含《浊流》《江山万里》《流云》）、《台湾人三部曲》（含《沉沦》《沧溟行》《插天山之歌》）真实地再现了台湾人民反抗殖民、抗日爱国的英勇故事。1964 年，吴浊流创办《台湾文艺》、林亨泰创办诗刊《笠》，呼吁“革新文坛旧弊，创造新文艺，供给健康的精神食粮”，倡导“写实的、乡土的、介入的文学”。1966 年，尉天骢创刊《文学季刊》，旗帜鲜明地提出文学“回归乡土”的口号。于是，一些受“现代主义文学”影响的台湾籍作家纷纷转向，而投入到乡土文学创作之中，主要代表作家有陈映真、王拓、杨青矗、黄春明、李乔、王祯和、林钟隆等。乡土文学的发展，在 60 年代后期给台湾文坛吹进了一阵清新的风，到 70 年代形成乡土作家群，还出现了乡土文学重新崛起的态势。

台湾的乡土文学作家都怀着“一种使命感”（杨青矗语），用现实主义笔调努力描写台湾社会各阶层人民的形形色色生活，作品散发着浓郁的泥土气息，这在现代主义作家笔下是很难见到的。乡土小说主要内容有：第一，表现强烈民族意识和民族感情的，如黄春明的《莎哟娜啦》，通过七个外国商人在台湾嫖妓的故事，表现外国“经济援助”给台湾人民带来的灾难，既批判了“过去穿上军装对中国进行军事侵略”“现在脱下军装穿上西装对中国进行经济侵略”的殖民者，也批判了台湾青年中崇洋媚外的颓废心态。钟理和的《原乡人》以自传体口吻，写一名台湾人在从孩童到青年的成长过程中，深受日本殖民历史教育精神伤害，通过祖辈、父辈的民族思想教育，坚持自己就是“原乡人”，表达了对中华民族的强烈认同。第二，反映下层劳动人民不幸生活的，如陈映真的《将军族》、杨青矗的《低等人》《上等人》《工厂女儿圈》、王祯和的《嫁妆一牛车》、黄春明的《看海的日子》、王拓的《炸》《金水婶》《奖金 2000 元》等。《将军族》通过大陆人“三角脸”和台湾“小瘦丫头”的爱情悲剧故事，反映了台湾下层人民和来自大陆的下层人民在台湾的共同遭遇，以及彼此之间的深切同情。杨青矗曾做过裁缝，熟悉农民和工人的生活，他的作品擅长描写城市工人生活，有“工人作家”之称。《低等人》里的主人公董粗树为资本家拼命劳作 50 多年，快要退休了，还是个临时工，没有办法拿到退休金。为了养活 90 多岁的父亲，他设法使自己“因公殉职”，小说对资本主义制度作了血泪控诉。1978 年发表的《升迁道上》，女工侯丽珊不堪忍受工头的剥削和凌辱，勇敢地进行反抗，表明作者创作进入新阶段。王祯和在描写农村被侮辱被损害的小人物时，善于对人物进行善意嘲讽，写作技巧方面大胆汲取现代主义成分。《嫁妆一牛车》是他的代表作，小说主人公万发是个耳聋老头儿，明知妻子和商人私通，但为想得到商人送的一架牛车，自己不得已佯装，心里充满痛苦。王拓的作品大多以家乡渔村为背景，《吊人树》表现青年男女追求婚姻自由，反对封建礼教。《海葬》《炸》主要反映台湾殖民经济给破产农民带来的痛苦和灾难。《奖金 2000 元》《金水婶》揭露了资本主义社会赤裸裸的金钱关系、拜金主义对人性扭曲的罪恶。第三，满含深情地表达对劳动人民和乡土的热爱。台湾四面环海，地理位置、政治历史、人情风俗都很特殊，福建闽南、广东客家迁居台湾的居民较早较多，表现祖辈生活的作品，读起来乡土气息浓郁。如黄春明的《青番公的故事》，主人公青番公为孙子辈讲村子里战胜浊水溪洪水的故事,实际上是表现台湾人民的先辈们开辟台湾宝岛的艰苦奋斗精神。在作者笔下，慈祥智慧的青番公老农形象和浊水溪两岸黝黑的泥土、六月金黄的稻浪，似乎都渐渐离开文字和语言，直接进入读者的视觉和心灵。

台湾乡土文学的重新崛起，逐步成为台湾文坛上进步文学的主流，在读者中影响越来越大，引起台湾国民党当局及其御用文人的关注与迫害。但无论是政治上的迫害，还是其他方面的管制，都不可能阻止台湾的乡土文学发展。80 年代以来，台湾乡土文学作家队伍进一步壮大，涌现出一批新秀，如宋泽莱（1952 年出生于台湾云林）、曾心仪（1949 年出生于台湾台南）、洪醒夫（1949 年出生于台湾彰化）、钟延豪（1953 年出生于台湾桃园）等。

（四）通俗文学的流行

“通俗文学”是相对于“纯文学”“严肃文学”而言的，具有“文人创作”“书面流行”“大众需要”“市场消费”等特征。通俗文学伴随着城市工商业发展的繁荣而广为流行。创刊于 1954 年 2 月的《皇冠》杂志注重知识性、趣味性，娱乐性，助推了通俗文学大行其道。台湾的通俗文学从 50 年代中期开始流行，主要种类有武侠小说、言情小说、历史小说。通俗文学到 80 年代中期开始走向衰落。

1. 武侠小说

据向恺然的《近代侠义英雄传》第 14 回介绍，武侠小说的兴起与鸦片战争时有识之士呼吁提倡体育、发展国术，要求“增强中华民族体质、洗刷东亚病夫耻辱”的精神有关。台湾武侠小说从 1926 年林超钧在《风》月刊上发表《台湾奇侠传》开始出现，但当时还不太流行。把台湾武侠小说最先推向成熟的是郎红浣（郎铁丹，1897—1969），他被称为台湾第一个职业武侠作家。1951 年 3 月起，郎红浣的《古瑟哀弦》《碧海青天》《瀛海恩仇记》《莫愁儿女》《珠帘银烛》《剑胆诗魂》《黑胭脂》《赫图阿拉英雄传》陆续问世，他在传承王度庐“悲剧侠情”的基础上，尤其善于描摹江湖儿女情态，或缠绵悱恻、或悲歌断肠，忽张忽弛，跌宕起伏，颇引人入胜。1954 年 1 月 17 日，香港太极派拳师吴公仪、澳门白鹤派拳师陈克夫，各自宣称其本派拳技之优点，相约在澳门比武，引起了香港民众的普遍关注。这场比武的结果是，吴公仪击败了陈克夫。但是，这一事件却成为香港人津津乐道的话题。不久，梁羽生（原名陈文统，1924—2009）发表第一部武侠小说《龙虎斗京华》；查良镛将自己名字的最后一个字拆开，以笔名金庸（1924—2018）随之在报刊连载第一部武侠小说《书剑恩仇录》。很快，小说市场走红，两个人也成了港台新派武侠小说的开山鼻祖，他们的创作也一发不可收拾。关于金庸武侠小说的流行，陈墨在《金庸小说之谜》里说道："无论是在香港、台湾、中国大陆，或者是在东亚、西欧、南洋、北美——都有人知道金庸的名字，都有金庸的武侠小说作品在流传，都有无数的金庸迷。"1960—1965 年，台湾涉足武侠小说的作家众多，武侠小说接连出炉，如卧龙生的《玉钗盟》《飞燕惊龙》、司马翎的《剑神传》、诸葛青云的《一剑光寒十四州》《天心七剑》《夺魂旗》、陆鱼的《少年行》、独抱楼主的《碧玉弓》《金剑银衣》、伴霞楼主的《八荒英雄传》、古龙的《苍穹神剑》《大旗英雄传》《浣花洗剑录》《孤星传》、柳残阳的《玉面修罗》、司马紫烟的《环剑争辉》、秦红的《无双剑》、独孤红的《紫凤钗》《血掌龙旛》等。70 年代，主要有萧逸的《甘十九妹》《马鸣风萧萧》、温瑞安的《追杀》《四大名捕会京师》、高庸的《天龙卷》等。到 80 年代，主要有李凉的《奇神杨小邪》、温瑞安的《敬请造反一次》《杀了你，好吗？》、黄易的《寻秦记》《大唐双龙传》、苏小欢《天地无声》等。在现代，台湾出现的武侠小说作家虽然很多，但公认的著名作家不是太多，如金庸、古龙、梁羽生并称为中国武侠小说三大宗师，被誉为新派武侠小说的开山祖师；金庸、古龙、梁羽生、温瑞安并称"新武侠四大宗师"；诸葛青云、卧龙生、古龙、司马翎并称"台湾武侠小说四大家"；卧龙生、诸葛青云、司马翎、慕容美并称"三剑一美"。

古龙（1938—1985），原名熊耀华，出生于香港， 1950 年定居台湾，素有"鬼才"之谓，是台湾新派武侠小说泰斗和宗师。1955 年 11 月发表处女作文艺小说《从北国到南国》。60 年代初，台湾武侠小说创作狂潮迭起，以"三剑客"为代表的各路武林高手盘踞各大报纸副刊，每天发表的武侠小说数量可观。就在 1960 年，古龙出版武侠处女作《苍穹神剑》的同时，连续又出版《月异星邪》《剑气书香》《湘妃剑》《剑毒梅香》《孤星传》武侠小说，以卓越的才情和惊人的勤奋赢得人们的注意。到 1985 年病逝前，一生共创作武侠小说 71 部，成为足以与金庸分庭抗礼的一代武侠大家。他的代表作有《多情剑客无情剑》《武林外史》《绝代双骄》《英雄无泪》《楚留香》《陆小凤》等。他的多部武侠小说被改编或者衍生成影视作品，如小李飞刀系列、楚留香系列、陆小凤系列、绝代双骄系列、萧十一郎系列、大旗英雄传系列、武林外史系列、流星蝴蝶剑系列、浣花洗剑录系列、三少爷的剑系列、名剑风流系列、英雄无泪系列、天涯明月刀系列、大地飞鹰系列。古龙轻易不写武功和武打场面，常有些惊魂动魄的场面，竟未写一招一式就轻轻带过。人物的决斗只突出一个"快"字，往往一招取胜。他成功地运用了写景、写情、写心态的新派写法，又兼顾中国传统小说环环相扣、扑朔迷离的情节安排。古龙小说里的主人公的经历大多具有传奇色彩，他们对生活充满了热情、充满了信心，他们身上体现出积极追求自由和个性解放的人生境界。

2. 言情小说

在中国历史上，"有情人终成眷属"是"才子佳人"式小说的基本模式，符合读者休闲时通过阅读得到幸福感的心理期待。

台湾的言情小说作家主要有华严、琼瑶、姬小苔、玄小佛、苏云青、孟瑶、郭良蕙、徐薏蓝、杨小云、朱秀娟、萧飒、温小平等。杨小云、朱秀娟、琼瑶等人的小说更关注人生观、价值观与伦理观在婚姻中的重要作用，着力展现女性不屈于世俗的顽强意志和对获得真正爱情的强烈渴望，更热衷于描写男女主人公丰富多彩的感情世界。言情小说主要描写男女情事，又多以普通生活为背景，不少作品还满含着作者本人的生活阅历与感情色彩，读起来显得情真意切、淡雅素洁，呈现出阴柔之美。

1963 年，琼瑶出版第一本带有自传性质的小说《窗外》，讲述了师生间一段绝望的初恋。到 2003 年，琼瑶共出版小说 40 多部，改编后拍的电影 49 部、电视剧近 30 部 900 集，形成特有的“琼瑶热”“琼瑶现象”。琼瑶的小说主要代表作有《窗外》《潮声》《水云间》《一帘幽梦》《心有千千结》《梅花烙》《海鸥飞处彩云飞》《彩霞满天》等。琼瑶的艺术构思、创作手法高度雷同，故事轨迹大体为：男女主人公由邂逅而一见钟情，到深情地相爱，双方深深地陷入情网之中；接着是误会或者是来自外部的障碍，使他们陷入痛苦之中；一切不利因素解除之后，爱情的浪花里又是一片欢声笑语。琼瑶小说的读者群是青年学生，他们的心理正处于不成熟的过渡期，他们已经有了朦胧的爱情渴求，对爱情充满憧憬，但由于思想并不完全成熟，他们本能地抗拒旧有的一切，琼瑶的小说正好适合他们这种审美取向。孙中夫在《一个文学现象引起的思考》里，对琼瑶小说的畅销总结了两个原因：一是琼瑶小说适应当时社会的思想需要。60 年代初期，谈论国事风险很大，所以只能在小说里寻求刺激或者慰藉。香港《中报》曾指出：“琼瑶小说其实是典型的逃避主义文学。尽管她的小说大都以当代台湾为背景，但却一点儿也不反映台湾的社会真实面貌。对读者来说，这往往是对现实生活的最佳逃避，对周围的一切可以完全视而不见。”二是与经济迅速发展有着密切联系。当时社会中的一些中产阶级不太关心政治，在追求物质财富的同时也喜欢反映自己阶层的文艺作品。琼瑶柔情轻调的爱情小说适应了这个阶层精神生活的需求。1990 年，琼瑶作品进入大陆，随着《婉君》《六个梦》《一帘幽梦》《还珠格格》电视剧的播放，“琼瑶热”再度出现高潮。

3. 历史小说

在台湾的历史小说作家中，高阳算是出类拔萃的代表性作家。高阳（1926—1992）一生经历繁多，原名许晏骈，谱名儒鸿，出身于钱塘望族。他反对将小说当作游戏和消遣的工具，自觉地把历史小说创作看作与历史的对话。高阳于 1951 年开始创作现实题材的小说，如长篇小说《猛虎与蔷薇》《菲菲》等。1962 年以笔名“高阳”在平鑫涛主编的《联合报》副刊连载其首部长篇历史小说《李娃》，此后走上了历史小说创作之路。经约略统计，高阳毕生著作 89 部，其中历史小说 60 多部。其主要的历史小说有《李娃》《慈禧全传》（六部 8 册）、《胡雪岩全传》（四部 7 册）、《红楼梦断》（4 册）、《曹雪芹别传》（2 册）、《小凤仙》《八大胡同》等。高阳的历史小说取材从秦汉到清末民初，展现了中国封建社会的历史画卷。大体可以分为四类：第一类，反映宫闱的风云变幻，如《慈禧全传》《大将曹彬》《乾隆韵事》《风尘三侠》《百花洲》《金色昙花》《八大胡同》等。高阳的这类小说最多，尤其擅长表现清朝末年朝廷里权力倾轧的勾心斗角，代表性作品《慈禧全传》以恢弘的气势描绘了慈禧从争夺权力、垂帘听政到统揽大权、专横独裁的全过程，透视了晚清官僚政治机体的运作，表现了当时错综复杂的社会矛盾。第二类，再现商场巨贾的兴衰沉浮，如《胡雪岩全传》。《慈禧全传》和《胡雪岩全传》被称为高阳小说的“双绝”。《胡雪岩全传》描写晚清江南奇人、“红顶商人”胡雪岩从起家、发迹、致富到衰败的过程，生动描述了晚清特有的政商关系，艺术再现了近代社会民族工商业在外国资本势力裹挟和国内官场政治权利争斗中必然走向败落的历史命运。第三类，演绎曹雪芹及其家族的故事。高阳对曹雪芹的生平、家世、创作《红楼梦》的前因后果，及《红楼梦》中重大事件和人物原型都做了精深研究、考证，完成了“红曹系列小说”

四部 12 册，即《红楼断梦》4 册、《曹雪芹别传》2 册、《三春争及初春景》3 册、《大野龙蛇》3 册。“红曹系列小说”以独特的艺术视角再现了曹（寅）、李（煦）两大家族由盛到衰的历史变故，反映了曹雪芹从幼年到壮年饱经人世沧桑的生活历程。第四类，重现名士佳人的人生际遇，如《李娃》《少年游》《醉蓬莱》《状元娘子》《金缕鞋》《印心石》《清末四公子》等。高阳有意识地将文人名士的仕途生活与青楼女子的命运相联系，铺陈描写他们的私情秘闻和喜怒哀乐。《李娃》写唐朝时常州刺史之子郑徽赴京都长安参加应试，在京都名妓李娃的帮助和鼓舞下，郑徽终于及第。《少年游》抒写北宋大诗人周邦彦生活放浪，留恋于秦楼楚馆的风流韵事。

高阳认为：“历史必须求真，是一条绝对的法则，而小说作者对于人物的处理具有完全的自由，也是一条绝对的法则。”也就是说，历史小说创作要求作家具有历史研究与艺术创造的双重才力。

五、多元化发展趋向（八九十年代）

80 年代，台湾的文学市场呈现出多流派、多风格、多题材的多元化发展趋向，较有影响的有政治小说、新女性小说、都市文学、探亲文学等。

（一）政治小说

政治小说以大胆暴露监狱内幕、披露社会阴暗面为主。率先揭开台湾政治小说序幕的是曾经饱受铁窗之苦的施明正（原名施明秀，1935 年出生于高雄市）。他于 1980 年发表短篇小说《渴死者》。小说写台湾当局将一名大陆的青年军官以“政治犯”名义逮捕，青年军官因不堪忍受酷刑折磨，最后自杀的故事。1982 年又发表短篇小说《喝尿者》，以纪实的笔法写台湾监狱生活对人性的压抑和犯人灵魂的扭曲。《渴死者》《喝尿者》先后获得吴浊流文学奖。比较有影响的政治小说还有王拓的《牛肚港的故事》《台北，台北！》、陈映真的《铃铛花》、钟延豪的《南潭村人物志》《陈君的日记》、杨青矗的《选举名册》、林双不的《大学生庄南安》《小喇叭手》《黄素小编年》、陈艳秋的《陌生人》、莘歌的《书像里祝福》、李乔的《告密者》等。

（二）新女性小说

80 年代台湾女性小说出现了富于时代气息的新趋向，即由传统女性小说所渲染的妇女不幸的婚姻、母爱、家庭温情的框架中挣脱出来，转而表现女性的自尊、自强和对侵犯女性人权的陈腐道德观念的摒弃。特别是女性们已经抛掉了琼瑶小说中多愁善感、小鸟依人的弱者气质，而活跃在社会的各个领域。吕秀莲、朱秀娟、龙应台是新女性小说的代表性作家。吕秀莲的短篇小说《贞节牌坊》提出了全新的贞操观念，被誉为“女性文学里程碑式的巨著”。女主人公蓝玉青为偿还债务宁愿去做舞女也不去给富商秦光世填房，毅然冲破门第观念与真心相爱的青年医生叶明结合。吕秀莲的短篇小说《这三个女人》通过三个不同类型的女性对于异性、婚姻和家庭的不同看法，阐释了当代女性对人生价值的追求和对社会的思考。作者本人也曾经说，这是一篇最彻底阐扬“新女性主义思想的小说”。朱秀娟的《一个少女的心路》

写女主人公林欣华考大学落榜后，应聘在一家公司当打字员，尝遍普通人的生活辛酸，而后成为这家公司的总经理，展示了她对理想的美好生活和恋爱婚姻的执着追求。比较有影响的新女性小说还有曾心仪的成名作《彩凤的心愿》《朱丽特别的一夜》、袁琼琼的《自己的天空》、廖辉英的《盲点》《红尘劫》、李昂的《杀夫》、苏伟贞的《沉默之岛》、王文华的《性、政治、强暴案》、朱天文的《世纪末的华丽》、邱妙津的《水瓮里的红蝎》、朱少麟的《伤心咖啡店之歌》；新女性诗歌方面有钟玲的《卓文君》、李玉芳的《给我醉醉的夜》、夏宇的《备忘录》；散文方面有成英姝的《恋爱无用论》等。

（三）都市文学

这类作品以写都市的历史变迁和当代人的生存状态为主，探求人生的价值和存在意义。陈映真以台北街头“华盛顿特区”里“现代企业行为下的人”为主题的系列作品《华盛顿大楼》，以其恢宏的气势开拓了台湾文学新的题材领域。他的小说《万商帝君》描写了台湾人精神的无所适从。陌上尘的小说《失去的城堡》提出现代科技发展对工人生存空间进行挑战的严峻课题。张晓风的纪实文学《新灯旧灯》写面对都市高楼大厦的威逼，人们产生了思想上、心理上的慌乱。王祯和的《老树捧茶请客人》以荒诞的笔法曲折揭示了台湾人伦关系的势利和异化。古蒙仁的《故乡之妹》揭露台湾文化界尔虞我诈的争斗和庸俗不堪的风气。蒋勋的剧本《地》表现工商业的种种污染开始由都市向农村侵蚀，已经引起人们的重视和防御。比较有影响的都市文学作品还有廖辉英的《油麻菜籽》、黄凡的《慈悲的滋味》、廖蕾夫的《骑士》《隔壁亲家》、许芗君的《迎一野阳光》、李乔的《篮彩霞的春天》、七等生的《垃圾》、陈恒嘉的《一场肮脏的战争》、王幼华的《健康公寓》、宋泽莱的科幻小说《废墟台湾》、蔡智恒（痞子蔡）的网络小说《第一次的亲密接触》等。

（四）探亲文学

如果说台湾乡愁文学里还带有消极因素的话，那么探亲文学则是带有特殊情调的积极向上的希望色彩。陈若曦的《路口》写北京举行第四届全国运动会期间，生活在美国的台湾同胞文娟，作为台湾体育代表团成员赴北京参加了该体育盛会。她回到美国后，对大陆出现的新人新事新气象赞不绝口，由此影响了身居台湾的表姐文秀，文秀随即产生了想回大陆的强烈愿望。於梨华的中篇小说《三人行》描写陆教授、傅博士和龚胖三位在美国的华人学者在大陆见到祖国真实面貌后，迸发出了强烈的爱国爱故土爱亲人的炽热情感。莘歌的《家》写一个跨越海峡两岸长期隔绝的家庭悲剧。王令娴的《故事没有完》叙述了作者回重庆探亲的情景。王书川的《四十年天伦梦圆》写作者回到山东大奎山下的家乡，见到哭泣的妻子后的伤心和自责。辛宇的《返乡手记第一叶》写返乡后面对父亲 75 岁时拍摄的遗像，作者发出撕心裂肺的怒吼与自责。许国衡的《一张照片》写退伍老兵收到从大陆辗转寄的全家福照片时，情不自禁地把头贴在照片上。洛夫的《长城秋风里》写登上八达岭长城时的自豪。平鑫涛、琼瑶花了两个月时间畅游了大陆山水和名胜之后，平鑫涛以《中国印象》为题，在《皇冠》杂志上将一帧帧大陆风光介绍给台湾民众；琼瑶出版《剪不断的乡愁》系列纪实，对祖国如画江山和大陆民众精神面貌做了如实报道。曾回大陆探亲的作家还有张放、张默、柏杨、三毛、王戚、程泰、罗兰、张曼娟等，他们都写了探亲散文。

80 年代台湾文学中散文也有较大的发展，如李敖（1935—2018）的《千秋评论》、柏杨（1920—2008，原名郭定生）的《丑陋的中国人》、三毛（1943—1991，原名陈懋平，后改名为陈平）的《万水千山走遍》等。

80 年代中叶，后现代主义文化思潮伴随着后工业化社会发展出现了。罗青在《什么是后现代主义》里列举的后工业社会特色包含强大的复制能力、迅速的传播方式、商业消费导向、生产力大增等，后现代主义创作也相伴诞生了。1995 年，尔雅出版社出版的《年度短篇小说选》，所选的 10 篇小说都均有“后现代色彩”。该书编者廖咸浩在《复眼观花，复音歌唱——八十四年短篇小说选的后现代风貌》里说：“这些后现代思潮——包括女性主义、性别论述、后殖民论述、弱势论述、后结构主义、日常生活论述、咨询理论——的后现代共同特色，就是都从超越启蒙的前提——对最终解放与大叙述的质疑——出发。但这些思潮和表述与狭义‘后现代主义’也有所不同，其关键在于前者‘微观政治’的取向。也就是说，它们是把‘反启蒙’的精神，从一轮普遍性议题落实到较为‘社会’的层面。”这基本上把台湾后现代主义文学的风貌描述清楚了。在复杂的文学现象中，情色文学和后设小说出类拔萃。在新女性主义文学的影响下，情色小说一改低级粗俗的面貌而广受市井民众欢迎。情色小说表现强烈的女性觉醒意识和凌驾于男权帝国的性解放观念，如李昂的《戴贞操带的魔鬼》《北港香炉人人插》、夏行的《奔赴落日而显现狼》、洪祖玉的《剖》、郭良蕙的《玛丽袁》、朱天文的《荒人手记》（该长篇小说于 1995 年获得首届《中国时报》百万小说奖）。后设小说也叫“反小说”“超小说”“自我衍生小说”。它以小说探讨小说，小说的叙述往往在谈论正在进行的叙述本身，并使这种对叙述的叙述成为小说整体的一部分。如朱天文的《荒人手记》所反映的国族、时代、性别、情欲等问题，总是徘徊在现代与后现代之间。比较典型的后设小说还有黄凡的《如何测量水沟的深度》《系统的多重关系》、张大春的《晨间新闻》《写作百无聊赖的方法》、平路的《五印封缄》、蔡源煌的《错误》、王宏伦的《关于他的二三事》；后现代主义诗人主要有罗青、林德、孟樊、古添洪、黄智溶、杜十三等，作品如罗青的《天净沙》《多次观沧海之后再观沧海》、林德的《上邪注》《终端机》《文明几何》《塔之奥义》、夏宇的《情妇》、陈克华的《生命书》、黄智溶的《合并档案》。

90 年代，台湾与大陆文学交流日益紧密，经济进一步发展，文学的消费更注重精致包装，作者的明星化商业炒作非常严重，淡化了严肃文学和通俗文学的界限，形成了“精致文学通俗化、通俗文学精致化”的倾向，而在文学内容方面则具有“软、浅、甜”的特点。

第二节　香港文学综述

研究资料表明，香港的现代文学与内地是不同步的，侣伦在《向水屋笔语》里说：“……‘新文化’是不受欢迎的。‘五四’运动给与香港社会的影响，似乎只有‘抵制日本货’的概念，‘文学革命’这一面的意义，却没有能够在这个封建思想的坚强堡垒里面发生什么作用。那时候，头脑顽固的人不但反对白话文，简直也否定白话文是中国正统文字。”难怪鲁迅 1927 年 2 月在香港青年会做演讲后，竟“因为攻击国粹，得罪了若干人”（见《而已集·略谈香港》）。按照香港文学自身发展脉络以及内地文学对其的影响状况，香港现代文学大致可以分为拓荒期、发展期和繁荣期三个阶段。

一、香港现代文学的拓荒期（1928—1949）

（一）香港现代文学的诞生

1927 年 2 月 18—20 日，鲁迅在香港虽然只停留短短三天，却应香港青年会邀请，分别做了《无声的中国》《老调子已经唱完》两次讲演，深刻揭露封建旧文化的贻害，热情介绍“五四”新思潮和新文学内涵。当时，香港青年会礼堂座无虚席。两次演讲，对正处于文白消长和新旧交替过程中的香港文坛来说，起到的鼓励和助推作用实在是太大了。1928 年 8 月，香港文坛终于冲破旧势力的阻挠迎来了转化的崭新局面，“香港文坛第一燕”的《伴侣》杂志问世，这是香港第一本白话文的纯文学刊物（半月刊，共出版 9 期，1929 年 1 月停刊）。主编为张稚庐，经常发表作品的有侣伦（1911—1988，原名李林风，笔名侣伦、贝茜）、张吻冰、岑卓云、谢晨光、黄天石（1898—1983，笔名杰克）、陈灵谷等。《伴侣》停刊后，志趣相投的文学青年们又组织了一个文学社团——“岛上社”，相继出版《铁马》（1929）、《岛上》（1930）、《激流》（1930）、《红豆》（1933）等刊物，顽强勇敢地同封建旧文化势力作斗争。由于内地无产阶级革命文学的影响，1933 年，香港文坛出现了以“普罗”文学为旗帜的《春雷》《小齿轮》等革命文学杂志。

香港现代文学从 1928 年兴起，发展到 1937 年，基本上完成了从渗透到取代旧文学的过程。从创作实绩来看，小说、诗歌数量较多，张稚庐、侣伦、张吻冰、谢晨光、陈江帆、路易士等人的作品具有较强的社会意义。特别是侣伦在拓荒期中的创作很有代表性，他于 1926 年就在香港《大公报》发表组诗《睡狮集》，1928 年先后在《伴侣》上发表《试》《殿薇》等短篇小说，1930 年在上海《北新》杂志的“新进作家特号”发表小说《伏尔加船夫曲》，散文集《红茶》作为岛上社丛书之一于 1935 年出版，1937 年创作的短篇小说《黑丽拉》被誉为“香港的《茶花女》”。

（二）内地作家两次南下的文学交融

抗日战争和解放战争期间，香港以她特殊的地理条件，先后两次接纳了内地大批文化人士，他们的创作极大丰富了香港现代文坛，影响和培育香港本土作家健康成长。

抗战爆发后，一批进步文艺工作者出于工作需要，120 余人汇聚到香港。1939 年 3 月 26 日，中华全国文艺界抗敌协会香港分会宣告成立，选出许地山、楼适夷、戴望舒等九人为第一届理事。文协香港分会在抗战时期的主要任务就是用文艺作品宣传抗日。文协香港分会在抗战胜利后改名为“中华全国文艺协会港粤分会”；1949 年 9 月，港粤分会改名为“中华全国文艺协会香港分会”。到 1949 年底，留港文艺界人士大部分回国，分会也宣告解散。它是香港文学史上存在时间最长、规模最大的新文学社团。香港分会创办的影响较大的刊物有茅盾主编的《文艺阵地》（1938 年 4 月创刊），茅盾、叶灵凤主编的《立报・言林》（1938 年 4 月创刊），戴望舒主编的《星岛日报・星座》（1938 年 8 月创刊），戴望舒、叶君健主编的《中国作家》（1939 年创刊），夏衍、陆浮主编的《华商报・灯塔》（1941 年 4 月创刊），端木蕻良主编的《时代文学》（1941 年 6 月创刊）等。香港分会先后开展各种形式的文艺讨论会，举行“鲁迅先生60诞辰纪念大会”“郭沫若先生祝寿大会”，开办“文艺讲习会”，组建香港青年文艺研究会等。南下作家创作的长篇小说主要有茅盾的《第一阶段的故事》《腐蚀》、萧红的《呼兰河传》、端木蕻良的《大时代》、夏衍的《春寒》等；中篇小说有许地山的《玉官》；短篇小说有许地山的《铁鱼的鳃》、萧红的《后花园》《小城三月》、张天翼的《华威先生》等；散文有茅盾的《劫后拾遗》、楼适夷的《香港的忧郁》等；诗歌有戴望舒《元旦祝福》《狱中题壁》、袁水拍的《后街》等；戏剧有夏衍的《一年间》《愁城记》《白云故乡》等。1941年12月，香港被日军攻陷，南下作家大部分都撤离回到内地。往日灯火辉煌的“不夜城”变成了血雨腥风的世界。

1945年8月，日本投降，香港文坛开始复苏。1946年6月30日，蒋介石发动全面内战，残酷镇压民主运动，大批作家再次南下香港躲避战火。这一次的队伍人数比第一次的还多，不少于150人，主要有郭沫若、茅盾、夏衍、叶圣陶、郑振铎、冯乃超、臧克家、欧阳予倩、陈残云、胡风、孟超、聂绀弩、秦牧、廖沫沙、吴祖光、端木蕻良等。他们以“中华全国文艺协会港粤分会”为阵地，继续创办《港粤文协》《华商报·文艺》《大公报·方言文学》《文艺丛刊》等刊物，一边从事创作，一边培养文艺骨干和文学青年。南下作家创作的长篇小说有郭沫若的《洪波曲》、茅盾的《锻炼》、聂绀弩的《天亮了》、陈残云的《南洋伯还乡》、雨季的《南洋淘金记》等；诗歌有袁水拍的诗集《马凡陀山歌》续集、邹荻帆的诗集《浅水湾》、黄宁婴的长诗《溃退》等。这期间，香港作家侣伦先后发表中篇小说《无尽的爱》，长篇小说代表作《穷巷》（又名《都市曲》），在夏衍主编的《华商报》上开始连载；出版小说集《无尽的爱》、散文集《无名草》。黄谷柳的长篇小说代表作《虾球传》在夏衍主编的《华商报》上开始连载，分为《春风秋雨》《白云珠海》《山长水远》三部，还创作了《反饥饿》《旗袍》《生命的幼苗》等八个短剧。其中的《穷巷》和《虾球传》被称为香港现代文学拓荒期的“双璧”，标志着香港现代文学已经走向成熟。

二、香港现代文学的发展期（1950—1982）

50年代，香港先后涌现出《西点》（刘以鬯主编）、《星岛周报》（曹聚仁、叶灵凤等任编委）、《文艺新潮》（马朗主编）、《文艺新地》（慕容羽军主编）、《诗朵》（岑昆南主编）、《文学世界》（杰克主编）等刊物，本土新作家崭露头角，比较有名的如海辛、吴羊璧、张君默等。

香港现代文学的发展过程中，除现实主义持续发展外，先后出现“难民文学”、现代派文学、通俗文学的思潮。

（一）现实主义文学

50年代，当现代主义高调传播的同时，香港的现实主义文学也在并行不悖地坚实发展。他们继承“五四”新文学和抗战文学的现实主义传统，作品立足现实，揭露社会矛盾，歌颂生活中的真善美，用传统手法书写真情实感。主要长篇小说作品有徐訏的《江湖行》、徐速的《疑团》、李雨生的《情人》,《新雨集》（叶灵凤等六人创作）、吴其敏等的《五十人集》《五十人又集》、张千帆等的《新绿集》等。

在50年代，当“绿背文学”频频招手时，有一部分作者却忠于自己的艺术信仰，坚持现实主义创作道路，如实反映所处时代和艺术感受，如曹聚仁描写人间疾苦的《酒店》、徐訏歌颂宇宙和谐的《彼岸》、李辉英反映抗战现实的《人间》、徐訏歌颂崇高爱情的《星星·月亮·太阳》、夏易（原名陈绚文，笔名林未雪、言茜子、叶问、余盈）探索爱情真谛与人生价值的《香港小姐日记》（又名《少女的心声》），还有徐訏的《江湖行》、严庆澍的《孟姜女》、秦牧的《黄金海岸》、刘存仁的《庚欣》、高雄和梁厚甫的《经纪拉日记》等。

60 年代，舒巷城的长篇小说《再来的时候》《太阳下山了》《白兰花》、短篇小说《雾香港》《曲巷恩仇》都很有代表性。海辛（1930—），原名郑辛雄，主要从事短篇小说创作，善于以菜农、花匠、尼姑、乞丐、小贩等“小人物”为题材，表现他们的生活与命运，揭示他们美好的心灵，如《丑汉子的禁地》《香港无名巷》《春日蝴蝶》等。金依（1927—），原名张夑雏，是著名的工人作家，着重写香港经济繁荣背景下突出的劳资与对立、觉醒与反抗、理解与帮助，如《还我青春》《大陆上》《小琴妹妹》《迎风曲》《友谊桥》《初入世途》《垃圾西施》《楼下楼》等。张君默（1940—），原名张景云，其小说大多表达下层劳动者的心酸，如《江湖岁月》《青春的插曲》《寂寞的爱神》等。

70 年代，舒巷城着重写“都市抒情诗”，出版的诗集有《回声集》《都市诗抄》。作者从对香港的见闻与体验出发，对城市中的肮脏、物质化、缺乏人情味、崇洋媚外、传统文化瓦解等现象予以谴责，揭示了深刻的社会矛盾。张君默 70 年代的创作注重揭示香港商业气息下人性的本质，如《香港子夜》《从香港来的客人》《色情香港》《模特儿之恋》等。陶然（1943 年出生于印度尼西亚，1973 年移居香港），在向世人表达客观真实的香港的同时，更多地暴露了社会制度的不合理性和阴暗面，如《追寻》《人间》《法庭上》《今天不回家》《平安夜》《表错情》等。东瑞（1945 年出生于印度尼西亚，1972 年移居香港），一方面表现香港娱乐文化的畸形，如《夜夜欢歌》《人海枭雌》；另一方面探索商业社会里女性意识的状况，如《夜来风雨声》《珠婚之恋》《白领丽人》等。白洛（1946—），童年在柬埔寨湄公河畔度过，1973 年移居香港。其作品取材上最大的特点是敢于正面反映香港经济斗争，如长篇小说《暝色入高楼》《新来的香港人》；他的短篇小说多是关注中下层劳动者的命运，如《赛马日》《庄经理》《歧路》《这一条街》等。1974 年，陈若曦在香港创作反映“文革”悲剧的《尹县长》，表达对扭曲人性与迫害百姓的惊讶和哀叹。

（二）“难民文学”

1949 年 7 月 2 日，中华全国文学艺术工作者代表大会即将在北平召开，流亡香港的左翼作家纷纷回到内地，而恐惧中国新政权的大陆右翼文人却先后逃亡到香港。由于右翼逃亡文化人士中“逃难”的占大多数，因此他们的文学常被称为“难民文学”。

50 年代初，美国对年轻的新中国实行经济封锁，企图以香港为桥梁，向中国内地进行文化渗透。美国国会拨款在香港成立了“亚洲基金会”，掀起了一股“美元文化”浪潮（美元纸币呈绿色，有人戏称之为“绿背文化”“绿背文学”）。他们创办带有政治色彩的出版物，如《人人文学》《今日世界》《中国学生周报》《海澜》《大学生活》等，这些右翼“难民”在美国“经济援助”的诱惑下，甘愿充当美国政治的宣传工具，创作了大量御用作品。香港作家刘以鬯评述说：“在‘绿背浪潮’的冲击下，作家们不但失去独立思考的能力，甚至失去创作的冲劲，写出来的作品，多数因过分重视思想性而缺乏艺术魅力。”50 年代末，随着西方文艺思潮的涌入和国内外政治经济形势的变化，“绿背文学”也就自行消退了。

（三）现代主义文学

50 年代中期，香港自由开放的经济政策和文化政策，加快了与西方国家的交流与合作。同时，西方的尼采、萨特、伯格森、弗洛伊德等非理性哲学思潮也被引入。1956 年 3 月 18 日，马朗（原名马博良）主编的《文艺新潮》创刊，一开始就把西方现代主义文艺思潮引进香港文坛。他认为：“通过现代主义才可以破旧立新，这是文学上追求真善美的道路。”在大力介绍萨特、卡缪等的理论主张，陆续出版《法国文学专号》《英美现代诗特辑》《意大利现代小说特辑》等现代主义作品的同时，他还热心发表香港作家的现代主义试作，较有影响的小说如徐訏的《心病》《选择》、马朗的《太阳下的街》《雪落在中国的原野上》、李维陵的《两夫妇》《疑犯》，诗歌有昆南的《卖梦的人》《布尔乔亚之歌》。现代主义的艺术手法使香港文艺青年大开眼界。刘以鬯在主编《香港时报·浅水湾》文艺副刊时，也很重视介绍和发现现代主义文学作品，他自己也自觉运用新技巧进行“实验小说”探索。到 1958 年底，经常在《文艺新潮》和《香港时报·浅水湾》上发表作品的王无邪、岑昆南等人发起成立了“现代文学美术协会”，创办《新思想》《好望角》杂志，将现代主义作为一个有组织的文艺运动来推行，由此又集结了一些文学新人，如文楼、李英豪、林燕妮、张义、蔡炎培等。1967 年文楼等人创办《盘古》杂志，积极介绍存在主义、嬉皮士文艺、荒诞剧等文艺理论和作品，推动了现代主义文艺思潮的深入发展。当时，一群留学欧美的年轻人，如也斯、戴天、李援华、亦舒、叶维廉、西西（原名张彦），他们深受西方文化的熏染，视野开阔、思维敏捷、意趣相投，很快便聚集在现代主义旗帜之下，从小说、诗歌、戏剧的创作，也写评论和进行翻译，加快推进了香港现代主义文学的发展步伐。也斯（1948—2013，原名梁秉钧）的《剪纸》被视为香港首部魔幻现实主义小说。该小说主要描写乔与瑶两位截然不同的香港女性及其周围人的生活状态和现实困境，充满了对香港城市与香港人境况的思考。代表香港现代主义文学创作最高成就的作家，当属刘以鬯。他的小说努力借鉴现代派技巧，探求人物的内在真实，撰写了《天堂与地狱》《对倒》《吵架》《打错了》《酒徒》等“实验小说”，其中《酒徒》被香港评论界誉为“中国首部意识流长篇小说”，它将香港的现代主义文学推向了一个崭新的阶段。

（四）通俗文学

通俗文学兴起于 50 年代中期，到 70 年代达到高潮，主要有武侠小说、言情小说、历史小说、科幻小说等。

1. 武侠小说

1954 年，梁羽生（1924—2009，原名陈文统）发表《龙虎斗京华》，开启香港新派武侠小说先河，被誉为新派武侠小说的开山祖师。从 50 年代到 80 年代，梁羽生共创作武侠小说 35 部，代表作有《白发魔女传》《七剑下天山》《萍踪侠影录》《云海玉弓缘》等。梁羽生的武侠小说写侠多于写武，侠风义气多于刀光剑影，他往往将浓厚的历史氛围与清代词人纳兰容若的词风相融汇，显得诗意浪漫、典雅风流。金庸（1924—2018，原名查良镛）于 1955 年开始连载《书剑恩仇录》，很快，小说市场走红，梁羽生、金庸两个人就成了港台新派武侠小说公认的宗师。到 1970 年，金庸共创作武侠小说 15 部，有人曾将书名第一个字进行串联，即“飞雪连天射白鹿，笑书神侠倚碧鸳”，外加《越女剑》。金庸的代表性作品有《射雕英雄传》《神雕侠侣》《倚天屠龙记》。金庸的作品以武侠为载体，贯穿着爱国主义思想情感，关注现实人生，探索人性哲理与生命的意义。金庸的小说突破了传统文学的界限，从国家元首到普通市民和学生，“金庸迷”不计其数。70 年代金庸“封刀”之后，梁羽生的创作持续走高。到 80 年代，温瑞安“四大名捕系列”小说和影视再次使武侠功夫热掀起波浪。

2. 言情小说

50 年代初，“港岛传奇”大肆泛滥，“鸳鸯”+“武侠”的“艳侠小说”很受热捧。冯玉奇（1918—？），自号左明生，一生创作通俗小说 170 多部，仅 1949—1953 年在香港期间就创作出版通俗小说 20 多部，多为鸳鸯蝴蝶式的言情小说，充满了对丑态人物的刻画和色欲宣泄，审美情趣极为庸俗，叙述技巧粗制滥造，一味追求娱乐休闲。黄天石于 1949—1953 年间也一口气连续创作了近 20 部长篇“艳侠小说”。60 年代中期，台湾作家琼瑶的言情小说以追求纯正爱情和柔情缠绵的格调曾经风靡香港。南下作家徐速的长篇小说《星星・月亮・太阳》写动荡年代的罗曼蒂克爱情故事，本土作家夏易的成名作《香港小姐日记》（又名《少女的心声》）写娇生惯养的林玉琼与两个男性之间的感情纠葛，作者试图挖掘出爱情的真谛和人生的价值；夏易表现爱情生活题材的小说还有《少女日记》《宝贝》（又名《紫色的泡沫》）、《青春日记》等。舒巷城的长篇小说《白兰花》写“我”与地下抗日工作者周洁美之间纯洁凄美的爱情故事。到七八十年代，被称为“书院女”作家的亦舒、岑凯伦、严沁、林燕妮等言情小说创作热情高涨，李碧华、钟晓阳的言情小说创作势头一直延续到 90 年代。亦舒（1946—），原名倪亦舒，笔名梅峰、伊莎贝，是位多产女作家，主要言情小说如《喜宝》《曾经深爱过》《我的前半生》《香雷海》《绝对是个梦》等。小说中的女主人公大多经济独立、精神自由、睿智自信、冷静知性，都是些典型的“都市丽人”。岑凯伦曾被称为“港台言情小说女王”，她小说里的爱情始终是乐观健康、火热纯真的，男主角都是白马王子，女主角都是白雪公主，爱情故事带有明显的幻想色彩，如《白马王子》《彩虹公主》《八月樱桃》《天鹅姑娘》《爱的彩衣》《青春十八》《幸福花》等。李碧华（1959—），原名李白，擅长叙写前尘往事、奇情畸恋，充满了浪漫凄艳的色调，许多作品都被拍成影视片，代表作如《川岛芳子》《霸王别姬》《胭脂扣》《生死桥》《秦俑》《潘金莲之前世今生》《诱僧》等。钟晓阳（1962—），深受张爱玲风格影响，主要写现代人爱情的残缺与感情的失落，小说故事总是阴差阳错，在荡气回肠的缠绵情节里隐藏着忧郁哀伤的气氛，主要长篇小说有《停车暂借问》《遗恨传奇》，短篇小说集有《爱妻》《流年》《哀歌》《燃烧之后》《普通的生活》等。

3. 科幻小说

香港科幻小说的兴起与倪匡密不可分。70 年代，金庸、倪匡、亦舒被视为“香港文坛的三大奇迹”，倪匡也被称为“香江四大才子之一”（另外三人为金庸、蔡澜和黄霑）。倪匡（1935 年出生于上海），1957 年 7 月到香港，同年底发表关于土地改革题材的处女作《活埋》，初露文学才华。为了生存赚钱，他笔耕不辍。1958 年起，开始以“岳川”的笔名写武侠小说，如《浪子高达传奇》《女黑侠木兰花》等，但他觉得水平始终无法超越当时的梁羽生、金庸。1962 年，在金庸的鼓励下，倪匡以“卫斯理”的笔名开始写作“科幻小说”，如《钻石花》《地底奇人》《妖火》《蓝血人》，小说发表后产生了理想的共振效应，倪匡就从众多的通俗文学作家中脱颖而出。倪匡的创作在70年代达到高峰，流行于80年代。他创作的作品都应市场而生、应消费而活，如“木兰花”系列60部、“卫斯理”系列145部、“原振侠”系列32部、“亚洲之鹰”系列15部、“年轻人”系列13部、“浪子高达”系列17部、“神探高斯”系列29部等。从60年代开始，香港邵氏公司改编拍摄的武侠电影四百多部中，有261部是倪匡编剧的。倪匡参与的电影中最有名的是由他亲自担任编剧、李小龙主演的《精武门》，其中陈真形象震惊整个华语以至西方电影市场，对白“中国人不是病夫”传诵至今。倪匡的科幻小说充满了大胆的想象和奇特的幻想，通过神奇诡秘、灵异超能的科学故事，张扬了美好的人性和中华民族优秀的美德，如见义勇为、除恶扶弱、爱憎分明、勇敢机智、守信重义等。在科幻小说园地里，张君默的创作也很有特色，他于1976—1980年创办主编《科技世界》杂志，为读者介绍科技知识和科技信息，此后还创作异象系列、神探系列、推理系列的通俗小说，其中异象系列的小说有《大预言》《碟神》《蚁国》《人妻》《宝图》等，探讨人类面临大自然的惨烈灾难如何迎接挑战等社会问题。

4. *历史小说*

香港的历史小说家以南宫博、董千里、高旅、金东方为代表。南宫博（1924—1983，本名马彬，字汉岳，笔名史剑、马兵），50年代初开始写作，以历史小说见长，以官史所记之事为经，以单个人物为主线，以主角的时代背景为陪衬，描绘个体化的历史，强调人性中的真爱。从题材上看，南宫博写的四分之三以上是女人，出版历史小说40多部，主要有《洛神》《汉宫韵事》《蔡文姬》《孔雀东南飞》《李后主》《潘金莲》《圆圆曲》《玄武门》《武则天》《太平天国》等。董千里担任过香港国泰电影公司编剧主任、邵氏影片公司副经理、《明报》总编辑、《快报》主笔，50年代末出版历史小说《寂寞红》《铜雀台之恋》《玉缕金带枕》，1969—1974年为《明报》撰写社评，80年代创作的历史小说有《成吉思汗》《柔福帝姬》《董小宛》《马可·波罗》。无论是写尚武征战的成吉思汗、猎奇探险的马可·波罗，还是写曹植和甄后、穆顺和灵雎、冒襄和董小宛、高世荣和瑗瑗之间山盟海誓的激情浪漫，作者都从史实出发做大胆演绎，极大丰富了小说的故事情节，也使人物形象更加丰满。高旅（1918—1997，原名邵元成，1950年到香港《文汇报》任职，开始写反映香港社会现实生活的小说，如《补鞋匠传奇》《去看人断气》《门当户对》等，1962年第一部历史小说《杜秋娘》出版。1981年，高旅为《新晚报》撰写长篇历史小说《玉叶冠》，以盛唐时三大宝物之一的玉叶冠为贯穿线，描写唐朝初期武则天、唐高宗到唐玄宗到李隆基再到唐代七帝等宫廷一次又一次的残酷斗争历史。接着，他又连续撰写了《金屑酒》《武德颂》《火烧铜雀台》《海盗王朝》《李铁枪传奇》《最后的金粉王朝》《气吞万里如虎行》《元宫争艳记》等10余部长篇历史小说。

三、香港现代文学的繁荣期（1982—1997）

1985年1月，刘以鬯主编的《香港文学》创刊，不仅是香港文学的标志性刊物，也是具有品牌意识的重要刊物。1985年3月，香港中华文化促进中心成立，出版《中华文化》周刊，随之开展“中国水墨画新人奖”“赖少其书画展览”“余光中惜别诗会”等系列活动。1986年9月，香港文学研究会成立，刘以鬯任会长。1987年11月10日，香港作家协会（简称香港作协）成立，出版会刊《作家》（月刊），倪匡任首任会长。1988年1月31日，香港作家联谊会（现改名香港作家联会）成立，出版会刊《香港作家》（月刊），首任会长曾敏之。1988

年 12 月 19 日，世界华文诗人协会成立，蓝海文为会长。总之，80 年代中期以来，香港的文学社团不断涌现，文学刊物相继出版，作家们相互交流的平台更为宽敞。1994 年 8 月 1 日，香港艺术发展局文委会成立，对香港文学艺术的发展起到了锦上添花的推动作用。

“九七回归”信号发出之后，香港的归属问题牵动着每一个市民的心，不同流派的作家也纷纷以此为重要题材进行创作。1983 年 2 月 6 日，刘以鬯创作中篇小说《一九九七》，这是最早触及“九七”题材的小说。作品中的主人公吕世强是偷渡到香港后的小厂老板，他获悉“九七回归”的消息后表现出强烈的忧虑和焦躁。在移民风潮中，他也产生了移居国外的想法，但又想在移民前通过炒股发一笔横财，屡屡投资失利后就借酒浇愁，最后在酩酊大醉时遭遇车祸而死去。小说批判了移民风对香港部分居民所造成的严重损害，也对香港市民中的政治短视者提出善意的提醒。梁锡华的中篇小说《头上一片云》写了一个家庭面对“九七回归”的两种态度；《太平门内外》以清醒的笔触揭露了移民风潮背后港英当局的黑手操作。巴桐的短篇小说《雾》写儿子要参加区议员竞选，父亲考虑到“九七回归”后前途未卜就极力反对。涉及“九七回归”的小说还有陶然的《太平》、陈浩泉的《香港九七》、白洛的《福地》、也斯的《神灯》、叶娓娜《长廊》、梁凤仪的《归航》等。这些小说反映了作家们对香港现实问题的高度关注，真实表达了作为中国作家无可推卸的政治责任与文学担当。

80 年代，香港作为“亚洲四小龙”之一，工商业经济十分繁荣。曾经领军香港工商界和出版界的女强人梁凤仪，从 1989—1996 年连续出版财经小说 25 部，如《醉红尘》《花魁劫》《千堆雪》《信是有缘》《豪门惊梦》等。这些小说以香港商界为背景，较为广阔地描绘了经济领域尔虞我诈、云诡波谲、惊心动魄的矛盾斗争。小说将财经知识、经营手段等因素融于故事情节之中，塑造出一系列时代女强人形象，横扫香港文坛闺门怨妇和纯情少女的柔弱气息，令人耳目一新。1993 年 3 月 3 日，梁凤仪在北京文学界讨论她的作品会议上发言时表示，她创作这一批财经小说，目的就是“为香港回归做好一个沟通的准备”“作为一个中国人对香港回归祖国应有的良知与支持”。陈娟（1942— ），原名陈秀娟，原籍福建省长乐首占岱边村，1964 年毕业于福建师范大学中文系，1981 年移居香港。她亦文亦医，是香港注册中医师，1985 年 1 月与人创办香港龙香文学社。她于 80 年代中期创作的第一部长篇小说《昙花梦》被誉为描写国民党的“官场现形记”，之后创作的《香港女人》《玫瑰梦》等小说以冷峻的笔触无情鞭挞了香港社会病态、畸形的罪恶。而她的散文集《陈娟文集》则以平淡从容的笔调给香港传递了大量真实可信的改革信息。陈娟、张诗剑夫妇从香港回到内地游览期间，处处受到的是诚挚热情的接待。王尚政（1924—2010），本名王尚华，出生于菲律宾马尼拉，1948 年底只身到香港，1949 年回福建晋江，1979 年返港定居），60 年代创作大型诗剧《还我河山》，以后多写作散文，出版的集子有《情海波涛》《闲云集》《女儿梦》《绿窗随笔》《恋》等，特别是《恋》向香港人传递了深沉的爱国之恋。

八九十年代，在经济活动发达、政治相对自由的香港社会，每一天都可能发生光怪陆离、风云际会的故事，所以香港的作家们不断用旺盛的精力推出一部又一部力作，在创作方法上也呈现出现实主义、现代主义与通俗化相互渗透、多元并举的格局。表现现代都市的小说有林荫的《镀金鸟》《都市传奇录》《九龙城寨燕云》、梁荔玲的《今夜没有雨》《香山盟》、海辛的《塘西三代名花》《华族留痕》《庙街两妙族》、西西的《飞毡》、施叔青的《香港三部曲》（含《她名字叫蝴蝶》《遍山洋紫荆》《寂寞云园》）；表现悲欢离合命运或者奋斗成长历程的小说有陈浩泉的《扶桑之恋》《香港狂人》、吴应厦的《女人阿，女人》、程乃珊的《望尽天涯路》、也斯的《烦恼娃娃的旅程》；继续“实验小说”技巧探索的小说有刘以鬯的《黑色里的白色，白色里的黑色》《他有一把锋利的小刀》、也斯的《记忆里的城市·虚构的城市》；以“雪米莉”署名（其实这是四川作家田雁宁、谭力等人为赚取噱头而组成的写作团队的笔名），陆续出版百余部香港警匪系列通俗小说，几乎可以与金庸武侠小说分庭抗礼，形成红极一时的“雪米莉现象”。自 1987 年出版第一本《女带家》（江湖黑话，管运送毒品的人叫“带家”）之后，几乎所有小说分成了“女”字头和“男”字头两大系列，流行于港岛的街头巷尾并向内地流传，代表性的如《女杀手》《女探王》《女恶鲨》《女艺员》《女冤魂》《男舞伴 》《男玩家》《大流氓》《龙虎豹》《大覆灭》等；书写情色小说的有黄碧云的《桃花红》《无爱记》、王良和的《鱼咒》、余非的《煮一碟意大利粉的时间》等。

要谈香港散文，首先就得先谈谈“框框杂文”，它属于典型的港式“快餐文化”。什么是“框框杂文”？顾名思义就是报纸上用线条围在框框里的杂文，一般 500 字左右。20 世纪 30 年代，这种框框叫“报屁股”，仅作为补白或者陪衬。到 70 年代报业发达，报纸栏目增多了，这些栏目一般“三固定”（即固定作者、固定位置、固定字数），如《文汇报》的栏目有“天涯路”“聚宝盆”“七彩带”“浮云篇”“旁观集”“前后幕”“海边小唱”等。“框框杂文”的内容谈天说地、鬼怪灵异、宇宙洪荒、风花雪月、寻人找物等包罗万象，富有政论性、知识性、趣味性、娱乐性、商业性的特点。90 年代香港散文的发展前景依然是“框框杂文”一枝独秀，如 1991 年香港市政局举办的第一届中文文学双年奖活动中，参赛的散文集 51 本，其中杂文或小品文约占 80%，散文只占 20%。“框框杂文”犹如一面多棱镜，不同言论的专栏作家们快速地反映香港各个层面的社会生活，也构成了多层面的庞大的消费群体。比较有代表性的专栏作家有三苏、黄伟华、李碧华、王亭之、董千里、李英豪、小思、胡菊人、林燕妮等。有代表性的散文集有罗浮的《南斗文星高》、梁锡华的《八仙之恋》《我为山狂》、潘铭《廉政论》、黄维梁的《我的副产品》、林洵的《倒影》、古剑的《有情人间》、东瑞的《都市的眼睛》、西茜凰的《晨风夕月》、李碧华的《不但而且只有》、也斯的《山水人物》《山光水影》、陈娟的《陈娟文集》等。

在诗歌创作方面，1989 年人民文学出版社出版了由姚学礼、陈德锦编选的《香港当代诗选》，收入 92 位香港诗人 200 多首诗歌。比较活跃的诗人有蓝海文、黄河浪、张诗剑、王心果、胡燕青、王一桃等。“九七回归”题材在诗歌里表现比较深切的有王一桃的《香港火凤凰》、张诗剑的《阿香，你这娇灵的女孩》。

第三节　澳门文学概述

澳门曾是个小渔村，古称濠镜澳，因为当时泊口称为“澳”，所以又称“澳门”。

澳门新文学的发展大致可分为三个时期，即萌芽期（20 世纪三四十年代）、探索期（20 世纪五六十年代）、发展期（20 世纪 80 年代至 1999 年）。

“九一八”事变之后，随着抗日救亡运动的开展，一些内地的过客催生了澳门新文学的诞生。茅盾、张天翼、夏衍、端木蕻良等都在澳门播下了新文学的火种。1934 年，在马来西亚进行革命活动的陈少陵身份暴露，被迫转移到澳门，通过各种渠道寻找党组织。他与杨岭梅等人组织“旅澳中国青年乡村服务团”（简称“旅澳服务团”），开办第一家供应新文艺书刊的“小小书店”，宣传救国和组织抗日力量。1935 年以后，“澳门筹赈兵灾慈善会”“起来读书会”

“大众歌咏团”“前锋剧社”“晓钟剧社”“绿光剧社”以及修社、雪社等纷纷成立，或演出话剧、唱救亡歌曲，或写宣传抗日诗文。1937 年 12 月，“七君子”之一的史良到澳门指导妇女后援会工作，并作了《抗战与妇女》的专题演讲，说明抗日救亡的责任男女各半，妇女民众应担负起自己应尽的责任。太平洋战争爆发后，少数香港、内地文化人士转移到澳门，继续编发报纸，其副刊上的杂文小品、武侠小说等活跃了当时的文艺气氛，著名的作者有陈霞子、何文法、余寄萍等。

50 年代，澳门本土作者开始在澳门新民主协会主办的《澳门日报》副刊《新园地》、香港爱国民主人士创办的《文汇报》、葡文报刊《澳门消息》《澳门》等刊物发表作品。1963 年 5 月，澳门本土文学青年凌棱、金良等创办油印的文学刊物《红豆》。曾参与创办《红豆》、后任《澳门日报》总编辑的李鹏翥说过：“从 1950 年到 1985 年，36 年来澳门没有出版过一本公开售卖发行的文学杂志。” 由于发表园地不足，澳门文学青年将稿件投到香港发表，这就形成了一种特殊的文学现象——“离岸文学”（即到澳门以外地区去发表作品）和“离岸作家”（移居香港或海外但仍保持与澳门密切关系的澳门作家）。“文革”时期，澳门文学也不同程度地受到极左文艺思潮影响，吹“样板戏”，搞“三突出”，宣扬个人迷信，致使澳门文学日渐萧条，唯有报纸副刊的连载小说和“框框”短文成为澳门作家广泛尝试的文体。70 年代末 80 年代初，中国实行改革开放，文化开放和移民潮对澳门文学产生了重大影响。1983 年 3 月，澳门东亚大学（即澳门政府于 1991 年收购后的澳门大学）的学生团体成立澳门第一个“中文学会”，倡导中国文化。1983 年 6 月 30 日，《澳门日报》开设了澳门历史上第一个文学周刊《镜海》。1984 年 3 月 29 日，在《澳门日报》主办的“港澳作家座谈会”上，诗人韩牧提出的建立“澳门文学形象”的呼吁成为所有澳门文化界人士的心声。1987 年 1 月成立澳门文学团体“澳门笔会”，会员超过 300 人，成为澳门第一个统一性的作家组织，它将作家们聚集起来，对推动本土文学活动起了积极作用。1989 年 5 月“五月诗社”正式成立，创办了《澳门现代诗刊》。1989 年底，《澳门现代诗刊》和《澳门笔汇》两本杂志的创办并出版，在提高澳门文学的层次、品位方面起到了积极的促进作用。1990 年 7 月，澳门中华诗词学会成立，创办《镜海诗词》。同时，北京的《诗刊》《四海》、香港的《诗》《亚洲华文作家》、深圳的《特区文学》、广州的《作品》等刊物设专辑介绍澳门文学。可以说，80 年代是澳门文学的起步之时，也是澳门文学的丰收之际。

1987 年 4 月 13 日，中葡关于澳门回归的联合声明签署，确认中国将于 1999 年 12 月 20 日恢复对澳门行使主权。自此，澳门进入了过渡期，澳门文学也飞速发展起来。通过“请进来”“走出去”的形式，澳门作家加强了与外界的沟通交流。澳门文学从题材上看也开始拓宽了，除了表现热爱祖国、景仰悠久的中华历史和文化、怀乡恋土等传统题材之外，还出现众多描写本地风土人情、世态习俗方面内容的作品。澳门文学开始进入了一个繁荣的新时期。1993 年，澳门基金会编辑出版《澳门小说选》《澳门新诗选》《澳门散文选》《澳门文学评论选》，第一次较为完整地呈现澳门文学的整体形象。

诗歌是澳门文学中最活跃的文体，收获也最丰富。60 年代的澳门诗坛，主要有本地诗人余君慧（1928 年出生于澳门）、汪浩瀚（1950 年生，原名汪云峰，广东中山人）、江思扬（1949 年生，原名李江，广东博罗人）、韩牧（1938 年生于澳门，原名何思扮）等。到 70 年代，汪浩瀚、江思扬的诗歌愈加成熟，逐渐形成独特的诗风。韩牧于 1974 年移居香港，但仍关心澳门的诗坛建设，被称为“港澳两栖诗人”。陈德锦于 1970 年移居香港，1978 年曾获得第五届青年文学奖新诗高级组冠军。1985 年，陶里、胡晓风、汪浩翰、江思扬四人组成“藤鸦”诗歌小组。郑炜明先后出版《双子叶》《黑色的沙与等待》《血门外无血的沉思》《无心眼集》《传说》等诗集，1988 年曾获香港中文文学奖诗组优异奖。90 年代，澳门新诗坛呈现出新诗派、现代派、后现代派三足鼎立，其中现代派创作阵容最为强大，其中陶里影响最大。1997 年以年轻诗人为主新成立的“如一诗社”，其诗风和五月诗社接近，作者主要有陶里（1937 年生，原名危亦健，广东花都人）、高戈、冯刚毅、苇鸣（1958 年生，原名郑炜明，上海人）、李观鼎、流星子（1958 年生，原名庄文永，福建惠安人，80 年代迁居澳门）、淘空了（1937 年生，原名郑卓力，福建惠安人）、懿灵（1964 年生，原名郑妙珊，广东开平人）、林玉凤等。郑炜明编选的《澳门新诗选》，基本上反映了澳门新诗创作的概貌。主要代表性诗集如江思扬的《向晚的感觉》、韩牧的《回魂夜》、陶里的《蹒跚》《冬夜的预言》、高戈的《梦回情天》、淘空了的《我的黄昏》、流星子的《落叶的季节》、懿灵的《流动岛》《集体游戏》《集体死亡》等。

澳门的现代小说大致有三种类型。第一类是言情小说，代表作家是周桐（1949 年生于澳门，本名陈艳华）。她创作的小说有《半截美人》《幻旅迷情》《晚晴》《错爱》等，其中长篇小说《错爱》写现代都市男女常见的错综复杂的恋爱与生活，向人们展示了女性所梦寐以求的理想的两性关系，这是其代表作。第二类是实验小说，陶里、吕平义、寂然、梯亚等是澳门自觉尝试小说创作现代主义新形式的作家，他们不再以现实生活的事件作为表现对象，代之以心理图像；不再侧重外部塑造人物，代之以人物的客观存在；不再追求理性秩序的真实，代之以非理性的相对真实。吕平义的《失踪的猫》可视为澳门超现实与魔幻小说的先导，这篇小说在结构上是迷宫式的，在意义上又是自我解构的。陶里的短篇小说集《百慕她的诱惑》也具有“魔幻写实”特色，《石卵之恋》在神秘的背后隐喻着女性的反叛期待。梯亚的《陶渊明研究》《论〈一个关于命运（或者自杀）的格言〉》，小说名字看起来像学术论文，前者的隐喻通过对诗人的人生态度的消解而实现，后者把理论语言作为一种“话语方式”以建立小说的个性命题。沙蒙的《女人死了》、寂然的《独居生活》以抽象夸张的手法写婚姻中两性冷漠的状态。区仲桃的《人，这种动物》采用魔幻的手法表达了对人情淡薄的忧虑。第三类是写实小说，如鲁茂（1932—，原名邱子维，广东佛山人）的《蒲公英之恋》通过三个女工不同的生活道路反映出澳门基本的社会面貌；《白狼》描写中葡混血儿吴白狼误入歧途，加入黑社会组织，历尽劫难，最后迷途知返、存身而退的故事。陶里的《春天误》、郑重的《偷渡》、林中英的《重生》、廖子馨的《命运——澳门的故事》主要写澳门移民社群的生态。冯锯鹏的《过埠新娘》、张兆全的《跛得与闭眼女神》、许劲生的《失去的空间》写澳门青年娶内地女子为妻后的无形困惑与酸甜苦辣。长争的长篇小说《万木春》书写澳门炮竹工人的悲苦生活。林中英的《爱的梦魇》写男权社会里女性的生存困境，《爱心树》写儿童情趣。

澳门的散文创作从形式上看大致可分为抒情散文、论说小品两类。澳门的现代散文创作大多为报纸副刊的专栏小品，这与香港散文很相似。这些小品篇幅短小、文字精练，或抒情感悟，或针砭时弊，或谈古论今，或谈文说艺，都显现了作者的个人性情、知识素养和文学才情。澳门的抒情性散文作者有林惠的散文集《有情天地》《北窗内外》。爱是林惠散文的主题和情调，爱情、友情、母子情、兄妹情都在她温柔素雅的笔下散发出温馨的气息。林惠的抒情是十分女性化的，柔美、浪漫、纯净而且细腻，其缺点在于情绪抒发有余而理性沉思不足。玉文的散文集《七星集》深受何其芳《画梦录》的影响，抒情十分简约而意味隽永。陶里的散文集有《逆声击节集》《静寂的延续》，李鹏翥认为陶里的散文是诗的散文，在行云流水中有点朦胧，有诗的构思、诗的手法，意境悠远而含蓄无穷。澳门的论说小品或针砭时弊或谈文说艺，前者以胡晓风、林中英、鲁茂等人为代表，如胡晓风的散文集有《横眉集》《低眉小语》，其中的《妓女老鼠贪污》《相逢莫问开工事》《市政厅应否受检控》笔锋犀利。林中英的散文集《人生大笑能几回》满含尖锐嘲讽。后者以李鹏翥（笔名梅萼花，广东梅县人，1949 年参加革命工作）、凌钝、徐敏等为代表。他们可谓学者型散文作家。代表性小品集有李鹏翥的《澳门古今》《濠江文谭》、凌钝的《一壶浊酒喜相逢》、徐敏的《镜海情怀》《澳门风物志》、鲁茂的《望洋小品》等。

澳门的现代话剧，最早可以追溯到 20 世纪 30 年代。抗战爆发后，澳门的戏剧界积极投入救亡爱国活动之中，1937 年 9 ~ 11 月，前锋剧社演出《烙痕》、晓钟剧社演出《布袋对》《兰芝与仲卿》，内容以反帝反封建为主。1938 年圣诞节时由培正中学暴风剧社集体创作、编演了中国基督徒团结抗战的《圣诞节前夜》，这是目前发现的澳门最早的现代话剧作品。1945 年晶晶创作独幕剧《归来燕》，反映扶风重逢的感情纠葛。20 世纪 50 年代，陆昌、陈振华等集体创作《出路》，反映工人失业情状。到 60 年代，话剧创作在数量上有了突破，在文艺刊物《红豆》上陆续发表街头剧，如冬不拉的《咖啡与蛇》、而华的《“利市”的戏剧》、横眉的《拜山记》、楚竹的《车厢内》等。60 年代，许多剧社停止了活动，创作仅发现有集体创作的《幸福的时刻》，表现一群澳门工友在党的九大前高昂的工作激情。70 年代后期和 80 年代，话剧团体逐渐恢复活动，比较活跃的“四大剧社”是晓角话剧研进社、艺苗戏剧社、教区话剧社、海燕剧社，重要的剧作有高焕建的童话剧《疯子伊凡》、赵天亮的《法庭内的小故事》《相逢何必曾相识》、李盘志的《天使的控诉》《超人之死》《神奇女侠也移民》《回到往日垃圾时》、谭淑霞的《谁言寸草心》《幸运何价》《我要奖学金》。郑继生的现实生活剧《镜海豪情》，以“郑家大屋”中自 1941 年至 1986 年间所发生的事件为题材，从中提炼出戏剧性的情节，涉及 70 年代郑家儿子要出国、女儿要出嫁给土生葡人并移民，导致与父辈的矛盾冲突；余润霖的历史剧《断云依水》，以天主教神父利玛窦 400 年前来华传教为题材，写了东西方文化最初的交流情景。90 年代，澳门剧本创作获得可喜的丰收，文学杂志《蜉蝣体》率先推出“澳门剧作专辑”，收入卢耀华、李宇樑、许国权等作者的 12 个剧本；接着，周树利剧本专辑《简陋剧场剧集》出版，收入 22 个剧本作品。同时，比较有名的剧本还有李宇樑的《二月廿九》《男儿当自强》《澳门特产》、许国强的《我系阿妈》《九个半梦……》、王智豪的《一线传真》、梁淑琪的《连理树》等。

参考文献

[1] 钱理群，温儒敏，等. 中国现代文学三十年（修订本）[M]. 北京：北京大学出版社，1998.

[2] 黄修己. 中国现代文学发展史[M]. 北京：中国青年出版社，1988.

[3] 郭志刚，孙仲田. 中国现代文学史（上下）[M]. 北京：高等教育出版社，1999.

[4] 朱栋霖，丁帆，朱晓进. 中国现代文学史（第二版，上下册）[M]. 北京：高等教育出版社，2012.

[5] 林志浩. 中国现代文学史（上下）[M]. 北京：中国人民大学出版社，1984.

[6] 杨义. 中国现代小说史（1-3 卷）[M]. 北京：人民文学出版社，1986.

[7] 严家炎. 中国现代小说流派史[M]. 北京：人民文学出版社，1989.

[8] 唐弢，严家炎. 中国现代文学史（1-3 卷）[M]. 北京：人民文学出版社，1980.

[9] 方铭. 中国现代文学作品教学必读（上下）[M]. 天津：天津人民出版社，1986.

[10] 洪子诚. 中国当代文学史[M]. 北京：北京大学出版社，2010.

[11] 陈思和. 中国当代文学史[M]. 上海：复旦大学出版社，1999.

[12] 谢冕，洪子诚. 中国当代文学史料选（1948—1975）[M]. 北京：北京大学出版社，1995.

[13] 陈思和，李平. 中国当代文学[M]. 北京：中央广播电视大学出版社，2000.

[14] 温儒敏. 中国现当代文学专题研究[M]. 北京：北京大学出版社，2019.

[15] 张器友. 现当代文学思潮散论[M]. 合肥：安徽教育出版社，2003.

[16] 古远清. 当代台港文学概论[M]. 北京：高等教育出版社，2012.

[17] 刘登翰，庄明萱. 台湾文学史[M]. 北京：现代教育出版社，2007.

[18] 王剑丛. 香港文学史[M]. 南昌：百花洲文艺出版社，1995.

[19] 刘登翰. 香港文学史[M]. 北京：人民文学出版社，1994.

[20] 邱峰，汪义生. 澳门文学简史[M]. 北京：人民出版社，2007.